唐圭璋編

詞話叢編

第一册

中華書局

圖書在版編目(CIP)數據

詞話叢編/唐圭璋編. —北京:中華書局,1986.11
(2023.7 重印)
ISBN 978-7-101-00763-3

Ⅰ.詞… Ⅱ.唐… Ⅲ.詞話(文學)-中國-古代-選集 Ⅳ.I207.23

中國版本圖書館 CIP 數據核字(2005)第 065021 號

責任編輯:王秀梅
責任印製:陳麗娜

詞話叢編
(全六册)
唐圭璋 編
*
中華書局出版發行
(北京市豐臺區太平橋西里 38 號 100073)
http://www.zhbc.com.cn
E-mail:zhbc@zhbc.com.cn
三河市中晟雅豪印務有限公司印刷
*
850×1168 毫米 1/32 · 172¾印張 · 3934 千字
1986 年 11 月第 1 版 2005 年 10 月第 2 版
2023 年 7 月第 8 次印刷
印數:13601-14500 册 定價:598.00 元

ISBN 978-7-101-00763-3

重印說明

《詞話叢編》自一九八六年十一月出版，至今已近十九年，重印過四次。其間，陸續有學者同好或致函書局、或撰文發表，對書中存在的問題提出修訂意見。對此，我們表示衷心的感謝！

正如唐圭璋先生在《修訂說明》中所言，此書原稿「未加標點」、「其中錯字很多」，雖經唐先生親自校改，「但因不能往圖書舘查書，疏失仍多」。待我局接手審閱此稿時，唐先生已年高體衰，無力再事董理，修訂工作只能由我局倩人而爲。其事殊非易易，前後積數年之功，方始告竣。此間發生的文字和標點的錯誤，自當由我局編輯部負責。

按我局慣例，重印再版，應當修訂後，方可面世。然此書原爲活版鉛排，其工藝早已淘汰，挖改錯誤已無可能，而重排出版，又將曠日持久。因此，本次重印，仍據原版照像製版，以應讀者之亟需。同時，我局已聘請專人，對全書作全面修訂，待完成後，將重排新校出版。

一九九一年，李復波先生所編《詞話叢編索引》單行出版。此次重印，爲方便讀者查閱使用，我們將索引作爲第六冊，附於全書卷後，一併刊出。

中華書局編輯部

二〇〇五年六月

《詞話叢編》修訂説明

我於一九三四年春季，輯印《詞話叢編》六十種，線裝二十四册。由於當時個人經濟力量不足，只印了二百部。且原擬印的一些詞話如《蕙風詞話》之類，都未收入，準備將來再印續編。

原書依照舊時習慣，未加標點，讀者頗感不便。加之全書由我一人校對，其中錯字很多，未能及時改正，尤爲憾事。

此書出版後，我曾收到不少國内外學者來函，希望修訂再版。直到一九五九年，我適患類風溼關節炎，乘治療間隙，校改了不少明顯的錯字（凡此次新增補的校語，均用圓括號標出），並加了小標題和標點；但因不能往圖書館查書，疏失仍多。後見趙萬里曾輯宋人詞話三種，又見晚清諸家詞話，共得二十五種，合之原來六十種，計八十五種，一並寄給中華書局審閲。由於中華書局當時修訂《全宋詞》，無暇審閲此書。《全宋詞》經過六年修訂，於一九六五年出版。但次年即發生「文化大革命」，更不可能審閲此書。

經過十年動亂，此書幸得保存。近兩年來，承編輯部同志大力協助，加工整理此書，備極辛勞，凡錯字及標點都做了改正，使這部唐宋金元明清以來詞學理論比較完備的叢刊，得以重新出版，爲國内外研究詞學者提供了豐富的資料。在此，我謹向編輯部同志致以衷心的感謝！

唐圭璋

一九八一年十月

詞話叢編序

江寧唐君圭璋彙刊詞話叢編，書成，問序于余。余曰：倚聲之學，源于隋之燕樂，三唐導其流，五季揚其波，至宋大盛。山含海負，制作如林。然北宋諸賢，多精律呂，依聲下字，井然有法。而詞論之書，寂寞無聞，知者不言，蓋有由焉。南渡以還，音律之學日漸陵夷。作者既無準繩，歌者益乖矩矱。知音之士，乃詳攷聲律，細究文辭。玉田詞源，晦叔漫志，伯時指迷，一時並作，三者之外，猶罕專篇。元明以降，精言蔚起。顧諸書大抵單行，或采入叢籍，舊刊流傳，日益鮮少。志學之士，遍睹爲難，識者憾焉。圭璋廣羅羣籍，會爲兹編，校勘增補，用力彌勤。所收諸書，多出善本。未刊之籍，亦得一二。推求牌調，則有漫志之精核。攷訂律呂，則有詞源之詳贍。白雨開沈鬱之途，融齋嚴涇渭之辨。其餘諸家，亦各有雅言。學者手此一編，悠然融貫，則命意遣辭，俱有法度。圭璋此書，洵詞林之鉅製，藝苑之功臣矣。且圭璋復有全宋詞之輯，潛搜專集，旁及金石方志之書，暝寫晨抄，逾歷年載。殺青將竟，付梓有期。它日書出，與此編兼行，不尤爲詞林之盛事哉。甲戌涂月，長洲同學兄吴梅。

詞話叢編序

昔河平中祕，子駿輯其綱維。當塗廣藏，思元別其朱紫。誠以載籍浩瀚，沿世彌豐，編簡淩越，鉤玄匪易。又況世更三古，字漫于豕魚。書經五戹，策荒于井冢。承學之士，心迷理董，力殫蒐揚，鮮不障厥性靈，囿兹耳目。不有賢哲，曷綿墜緒，甄校之事，其能已乎。自夫子删詩，雅頌得所。楚臣履潔，騷章寓憂。聲情之文，于焉是則。炎劉以降，詩樂分鑣。郊祀陳諸廟廷，河梁別爲贈答。江南陌上之曲，辭取謳謡。子建、士衡之篇，事謝絃管。爰洎六代，下逮三唐，吐納愈精，篇什尤富。充十部之趨亂，發六義之蓋藏。物窮則變，踵事增華。付雅製于伶工，衍齊言爲長短。樂府之續，填詞是興。花間集于殘唐，草堂撮于有宋。接軫方軌，風起雲從，形體雖歧，神理則一。詩樂之致，于斯極矣。若夫詩話之元，權輿鄒魯。琢磨磋切，賜解無驕。巧笑美目，商知禮後。與權與立，議唐棣之未思。濯足濯纓，悟滄浪之自取。雲漢周餘之詠，詎必無遺。小弁我辰之嗟，何嫌自怨。逆志之旨，聖賢尚焉。至如毛公制序，鄭君作譜，疏理源流，判別正變，依經立義，斯道正宗。後世諷誦，工拙攸分。操觚者既比響而聯辭，月旦者遂批郤而導窾。則若休文推藻，獨揚四聲。仲偉持衡，顯標三品。皎然詩式，備陳法律。孟棨本事，旁采故實。自兹而還，益趨繁靡。或評量主客，不惜偏宕。或鉤棘字句，徒務雕鎪。或執門户之私，誖於公議。或摭里巷之瑣，羞于薦紳。作者過蕃，流品遂濫。詩既有之，詞亦宜然。上焉者徵文攷獻，明雅鄭于藝林。中焉者撫事擷芳，備參稽于詞苑。自餘侈陳纖冶，標榜聲華，亂以詼諧，涉于玄怪，又其下焉者也。夫持珉混玉，視眩于精粗。以渭合涇，流淆于清濁。載尋往轍，式綜前修，宜抉菁英，用營綿蕝。自宋訖今，無慮百家。鈎沉于蟫蠹之中，簡金于砂礫之内，蔚兹盛業，豈易就哉。江甯唐子，文采有斐。雅素具于席珍，潛輝藴乎和璧。以學文之餘力，彙説詞之鉅觀，將欲羽翼風騷，恢張翰墨。集兹狐腋，腆彼侯鯖。紹讎校于劉、班，擴傳箋于毛、鄭。抑仲任求書，立覩于市肆。廬陵集古，究索于巖阪。迺鐫印之術已昌，而縹緗之致較易。使是編者成諸往古，伏在隱微，則徒祕枕函，難周文囿。安望享家絃之便，濟指薪之窮。然則學人之成勞，亦洪鈞之厚貺也歟。甲戌長至，南昌王易。

詞話叢編例言

一、詞集叢刻，自毛晉以後，侯文燦、秦恩復兩家，續有增補。迨至近日，王鵬運、江標、朱祖謀、吳昌綬、陶湘諸家，愈先後競刊珍本，一時風氣，亦云盛矣。顧詞話專書，迄無人彙刊一處，以供學者參證，亦憾事也。予不揣譾陋，蓄志搜輯，爲時既久，所積遂夥。所收範圍，大抵以言本事、評藝文爲主。若詞律、詞譜、詞韻諸書，以及研討詞樂之書，概不列入。

一、是編所收詞話，有采自叢書者，有采自全集者，有附見詞選者。采自叢書者，如周密浩然齋雅談，采自武英殿聚珍版叢書。李調元雨村詞話，采自函海。采自全集者，如張侃拙軒詞話，采自四庫珍本拙軒集。王世貞藝苑卮言，采自弇州山人四部稾。田同之西圃詞說，采自古懽堂全集。附見詞選者，如歷代詞話，附歷代詩餘後。謝元淮填詞淺說，附碎金詞選前。

一、是編所收詞話，有精校本，有增補本，有注釋本，有罕見之珍本。精校本如楊慎詞品及陳霆渚山堂詞話，並以明嘉靖刊本精校。增補本如從倚聲集、昭代叢書諸書增補賴古堂刊本詞筌。注釋本如陸輔之詞旨，用胡元儀原釋。罕見之本，如沈雄古今詞話、馮金伯詞苑萃編。又如杜文瀾之憩園詞話，向無刊本，原鈔本嘗經潘鍾瑞、費念慈兩家校訂，茲並刊之。

一、前人所作詩詞話，詩詞雜陳，非專論詞者，不以入録。如俞倬詩詞餘話、徐涵芙蓉港詩詞話、秦國璋淮海先生詩詞話之類是。又專家詞集，卷首有附時賢詞話者，如珂雪詞話，亦有詞後附名流評語者，如孫默十六家詞，氣類標榜，率多逾量，兹並不録。但有精言可采者，亦不遺棄。

一、是編于通行之刊本，無論精粗，皆網羅之。時賢新論，亦並收之。此外新輯稿本，爲數尚多，將來當謀續刊。至如張星耀詞論、許田屏山詞話、王初桐小琅環詞話、秦耀曾雪園詞話、孫麟趾一魚庵詞話、雷葆廉通波水榭詞話、汪焀國朝詞話、陳君鑾本事詞、蕉耕居士懷蘭拜石軒詞話，今並未得寓目，亦俟訪得續刊。海内藏書家倘承以珍本借鈔，尤極紉感。

一、近日出版社所已出版近人之箋注詞集，概不重録。

詞話叢編總目

時賢本事曲子集

〔宋〕楊繪撰

時賢本事曲子集目録

都九則

楊元素本事曲，新會梁先生啓超記時賢本事曲子集一文，考之詳矣。顧所輯佚文，僅歐陽近體樂府、東坡詞中五事。余續於苕谿漁隱叢話、敬齋古今黈搜得四事，爲梁氏所未見，合爲一卷，以見此最古之詞話。漁隱叢話後集三十八載盧絳夢一白衣婦人歌菩薩蠻，南唐近事及本事曲所載皆同云云。檢他書未見稱引，知其散佚多矣。萬里記。

時賢本事曲子集

南唐中主

南唐李國主嘗責其臣曰：「吹皺一池春水，干卿何事。」蓋趙公所撰謁金門辭有此一句，最警策。其臣即對曰：「未如陛下小樓吹徹玉笙寒。」苕谿漁隱叢話後集三十九引本事曲

案吹皺一池春水一詞，苕谿漁隱叢話引古今詩話以爲成幼文作。南唐書十一、花庵唐宋諸賢絶妙詞選一、草堂詩餘前集下（類編本一）引雪浪齋日記，並以爲馮延巳作。宋嘉祐間，陳世修輯陽春集收之，與本事曲以爲趙作者不合，未知孰是。

孟蜀後主

〔洞仙歌〕冰肌玉骨，自清涼無汗。水殿風來暗香滿。繡簾開、一點明月窺人，人未寢，攲枕釵橫雲東坡詞無雲字。鬢亂。起來攜素手，庭户無聲，時見疎星渡河漢。試問夜如何，夜已三更，金波淡、玉繩低轉。細東坡詞作但。屈指西風幾時來。又不道流年，暗中偷換。

錢塘有一老尼，能誦後主詩首章兩句，後人爲足其意以填此詞。余嘗見一士人誦全篇云：

冰肌玉骨清無汗。水殿風來暗香暖。類編草堂詩餘作滿。簾開明月獨窺人，攲枕釵横雲鬢亂。起來

瓊户啓無聲,時見疎星渡河漢。屈指西風幾時來,只恐流年暗中換。苕谿漁隱叢話前集六十載漫叟詩話引楊元素本事曲　草堂詩餘前集下(類編本二)載漫叟詩話引楊元素本事曲

案洞仙歌乃蘇軾詞,見東坡樂府上。胡仔曰:本事曲與東坡洞仙歌序全然不同,當以序爲正也。

林逋

點絳唇一闋,乃和靖草詞云:

金谷年年,亂生春色誰爲主。餘花落處。滿地和煙雨,又是離歌,一闋長亭暮。王孫去。萋萋無數。南北東西路。苕谿漁隱叢話後集二十一引楊元素本事曲

范仲淹

范文正公自前二府鎮穰下營百花洲,親製定風波五詞,其第一首云:

羅綺滿城春欲暮。百花洲上尋芳去。浦映□花花映浦。無盡處。恍然身入桃源路。莫怪山翁聊逸豫。功名得喪歸時數。鶯解新聲蝶解舞。天賦與。争教我輩無歡緒。敬齋古今黈三引本事曲子

歐陽修

歐陽文忠公,文章之宗師也。其於小詞,尤膾炙人口。有十二月詞,寄漁家傲調中,本集亦未嘗載,今

列之於此。前已有十二篇鼓子詞，此未知果公作否。

正月新陽生翠琯。花苞柳綫春猶淺。簾幕千重方半卷。池水泮。東風吹水琉璃軟。漸好凭欄醒醉眼。隴梅暗落芳英斷。初日已知長一綫。清宵短。夢魂怎奈珠宮遠。

二月春期看已半。江邊春色青猶短。天氣養花紅日暖。深深院。真珠簾額初飛燕。漸覺銜盃心緒懶。酒侵花臉嬌波慢。一捻閒愁無處遣。牽不斷。游絲百尺隨風遠。

三月芳菲看欲暮。胭脂淚洒梨花雨。寶馬繡軒南陌路。笙歌舉。踏青鬬草人無數。强欲留春春不住。東皇肯信韶容故。安得此身如柳絮。隨風去。穿簾透幕尋朱户。

四月芳林何悄悄。綠陰滿地青梅小。南陌採桑何窈窕。争語笑。亂絲滿腹吴蠶老。宿酒半醒新睡覺。雛鶯相語匆匆曉。惹得此情縈寸抱。休臨眺。樓頭一望皆芳草。

五月薰風才一信。初荷出水清香嫩。乳燕學飛簾額峻。誰借問。東隣期約嘗佳醖。漏短日長人乍困。裙腰減盡柔肌損。一撮眉尖千疊恨。慵整頓。黄梅雨細多閒悶。

六月炎蒸何太盛。海榴灼灼紅相映。天外奇峯千掌迥。風影定。漢宫圓扇初成詠。珠箔初褰深院靜。絳綃衣窄冰膚瑩。睡起日高堆酒興。厭厭病。宿醒和夢何時醒。

七月芙蓉生翠水。明霞拂臉新粧媚。疑是楚宫歌舞妓。争寵麗。臨風起舞誇腰細。烏鵲橋邊新雨霽。長河清水冰無地。此夕有人千里外。經年歲。猶嗟不及牽牛會。

八月微凉生枕簟。金盤露洗秋光淡。地上月華開寶鑑。波瀲灧。故人千里應凭檻。蟬樹無情風苒苒。燕歸碧海珠簾捲。沈臂疑冒霜潘鬢減。愁黯黯。年年此夕多悲感。

九月重陽還又到。東籬菊放金錢小。月下風前愁不少。誰語笑。吳娘搗練腰肢裊。　槁葉半軒慵更掃。凭欄豈是閒臨眺。欲向南雲新鴈道。休草草。來時覓取伊消耗。

十月輕寒生晚暮。霜華暗卷樓南樹。十二欄干堪倚處。聊一顧。亂山衰草還家路。　悔別情懷多感慕。胡笳不管離心苦。猶喜清宵長數鼓。雙繡户。夢魂儘遠還須去。

律應黃鍾寒氣苦。冰生玉水雲如絮。千里鄉關空倚慕。無尺素。雙魚不食南鴻渡。　把酒遣愁愁已去。風摧酒力愁還聚。却憶獸爐追舊處。頭懶舉。爐灰剔盡痕無數。

臘月年光如激浪。凍雲欲折寒根向。疑謝女雪詩真絕唱。無比況。長堤柳絮飛來往。　便好開尊誇酒量。酒闌莫遣笙歌放。此去青春都一餉。休悵望。瑶林卽日堪尋訪。近體樂府二引京本時賢本事曲子後集

蘇軾

子瞻始與劉仲達往來於眉山，後相逢於泗上，久留郡中，遊南山話舊而作。

〔滿庭芳〕三十三年，漂流江海，萬里煙浪雲帆。故人驚怪，憔悴老青衫。我自疎狂異趣，君何事、奔走塵凡。流年盡，窮途坐守，船尾凍相銜。　巉巉。淮浦外，層樓翠壁，古寺空巖。步攜手林間，笑挽纖纖。莫上孤峯盡處，縈望眼、雲海相攙。家何在，因君問我，歸夢遶松杉。毛斧季校本東坡詞上引楊

又

董毅夫名鉞，自梓漕得罪歸鄱陽，遇東坡於齊安，怪其豐暇自得。曰：「吾再娶柳氏三日而去官，吾固不戚戚而憂，柳氏不能忘懷於進退也。已而欣然同憂患，如處富貴，吾是以益安焉。」乃令家僮歌其所作滿江紅，東坡嗟歎之。次其韻：

憂喜相尋，風雨過、一江春緑。巫峽夢，至今空有，亂山屏簇。何似伯鸞攜德耀，簞瓢未足清歡足。漸粲然、光彩照階庭，生蘭玉。幽夢裏、傳心曲。腸斷處、憑他續。文君壻知否，笑君卑辱。君不見周南歌漢廣，天教夫子休喬木。便相將、左手抱琴書，雲間宿。同上

又

陳述古守杭，已及瓜代，未交前數日，宴僚佐於有美堂，因請二車蘇子瞻賦詞。子瞻即席而就，寄攤破虞美人：

湖山信是東南美。一望彌千里。使君能得幾回來。便使尊前醉倒，且徘徊。沙河塘裏燈初上。水調誰家唱。夜闌風静欲歸時。惟有一江明月，碧琉璃。毛斧季校本東坡詞下引本事集

又

錢塘西湖有詩僧清順居其上，自名藏春塢。門前有二古松，各有淩霄花絡其上，順常晝卧其下。時子瞻爲郡，一日屏騎從過之，松風騷然，順指落花覓句，爲賦此詞：

〔減字木蘭花〕雙龍對起。白甲蒼髯煙雨裏。疎影微香。下有幽人晝夢長。　湖風清軟。雙鵲飛來爭噪晚。翠颭紅輕。時下淩霄百尺英。同上

附錄

記時賢本事曲子集

梁啓超

讀歐陽文忠公集卷一百三十二近體樂府二第二十四葉漁家傲調下小注，引有京本時賢本事曲子後集一則，初不知何時何人所著。繼讀吳文恪唐宋名賢百家詞之東坡詞，其調名下小注引楊元素本事曲集者兩條，滿庭芳三十三年漂流江海篇、滿江紅憂喜相尋風雨過篇。引本事集者兩條，虞美人買田陽羨篇、減字木蘭花雙龍對起篇。凡遺文五條，體裁相同，皆紀北宋中葉詞林掌故。又讀紹興間輯本南唐二主詞，蝶戀花調下注云：本事曲以爲山東李冠作，李冠亦北宋中葉之「時賢」也。因此可推定以上所引同一書，其全名爲時賢本事曲子集，且有前後集，省名則稱本事曲集，再省則稱本事集或本事曲，著者則楊元素也。歐集所引，冠以京本二字，則當時有刻本且不止一本可知。徧考南宋簿録諸書，自紹興闕書目下逮晁志、陳録、馬考以至

宋史藝文志，皆不著録，惟尤延之遂初堂書目載有楊元素本事曲，當爲本書省名。此後公私藏目皆不復見，知此書南宋尚有傳本，入元則全佚矣。考東坡詞集中與楊元素贈答倡和之詞多至十三首，交情之親厚可知。元素名繪，緜竹人，宋史有傳。神宗時以侍讀學士出知亳州，歷應天、杭州。據王文誥蘇詩總案，知其守杭在熙寧五年甲寅七月，時東坡方以同鄉爲杭倅，故過從尤契密也。本傳稱有集八十卷，不言有本事曲子集，或附全集中耶？今兩集俱佚，不可考矣。張子野詞勸金船調下題云：「流杯堂唱和，翰林主人元素自撰腔。」東坡詞亦有泛金船一闋，題云「流杯亭和楊元素」，則元素固自能詞，且曉暢音律，今張、蘇詞具在，而元素原唱並不能託嚴詩編杜集之例以傳於後，甚可慨也。本事曲子既有前後集，想卷帙非少。據所存佚文，知其每條於本事之下，具録原曲全文，是實最古之宋詞總集，遠在端伯、花庵、草窗諸選本以前。且覼述掌故，亦可稱爲最古之詞話，尤可寶貴。今諸選幸傳，而此書乃並書名及撰人名皆在若存若亡之數！東坡詞注所引，惟吴本有之，萬里謹案：紫芝漫抄本東坡詞亦有之。今所存汲古閣本及四印齋翻元延祐本皆已删去，朱彊邨輯編年東坡樂府亦未見吴本。吴本舊鈔孤行，不絶如縷，非得此與歐集注及遂初目合參，幾不復知世間曾有此名著矣。今故亟録佚文五則於左，他日若見他書更有徵引，當續録焉。

時賢本事曲子集佚文（見前，此略）

案茗谿漁隱叢話後集卷二十一「西湖處士」目下云：「按楊元素本事曲有點絳脣一闋，乃和靖草詞。」又後集卷三十九「長短句」目下引本事曲云：「南唐李國主嘗責其臣曰：吹皺一池春水，干卿何事。蓋趙公所撰謁金門辭有此一句，最警策。其臣卽對曰：「未如陛下小樓吹徹玉笙寒」云云。此亦楊氏本辱曲佚文，梁先生文中未引，玆附見於此。戊辰仲冬萬里記。

古今詞話

〔宋〕楊　湜撰

古今詞話目録

都六十七則

楊湜（原作偍，茲從苕溪漁隱叢話改。下同。）古今詞話，明以後久佚。宋以來公私書目罕著於錄。也是園書目七載古今詞話十卷，未知即此書否。苕谿漁隱叢話成書於紹興戊辰，已加稱引。證之草堂詩餘，紹興間林外洞仙歌後所注，知其人與胡仔爲同時。據明寫本說郛引白獺髓，知湜字曼倩。（曼原作景，茲從說郛改。下同。）然其里貫及書之卷數迄無考，是可憾也。其書採輯五季以下詞林逸事，乃唐宋說部體裁，所記每多不實。胡仔於漁隱叢話後集三十九黜之甚烈。其言曰：

> 古今詞話，以古人好詞世所共知者，易甲爲乙，稱其所作，仍隨其詞牽合爲說，殊無根蒂，皆不足信也。如秦少游千秋歲「水邊沙外，城郭春寒退」末云「春去也，飛紅萬點愁如海」者。山谷嘗歎其句意之善，欲和之，而以海字難押。陳無己言，此調用李後主「問君那有幾多愁，恰似一江春水向東流」，但以江爲海耳。洪覺範和此詞，題崔徽真子云「多少事，都隨恨遠連雲海」。晁無咎亦和此詞，弔少游云「重感慨，驚濤自卷珠沉海」。觀諸公所云，則此詞少游作，明甚。乃以爲任世德所作。又，八六子「倚危亭，恨如芳草，萋萋剗盡還生」者，浣溪沙「脚上鞋兒四寸羅」者，二詞皆見淮海集。乃以八六子爲賀方回作，以浣溪沙爲涪翁作。晁無咎鹽角兒「開時似雪，謝時似雪，花中奇絕」者，

爲晁次膺作。汪彥章點絳脣「新月娟娟，夜寒江靜山啣斗」者，爲蘇叔黨作。皆非也。

案楊湜此書，乃隸事之作，大都出於傳聞。且側重冶豔故實，與麗情集、雲齋廣録相類似。胡仔責之，未免過苛。今於歲時廣記、箋注草堂詩餘、花草粹編外，又於天一閣舊藏明寫本緑窗新話內，搜得十餘事，都六十七則。視楊元素本事曲子集傳世殘編不盈二紙，則所得多矣。茲仿青瑣高議，剪燈新話例，遇曲詞另行低格，紀事則頂格書之。萬里記。

歷代詩餘詞話引古今詞話，多涉宋南渡後及元明人事，蓋别一書，與楊湜無涉。歷代詩餘詞話亦引楊湜古今詞話，則自漁隱叢話販録者也。此外，康熙間吴江沈雄，亦著古今詞話八卷，其書蕪陋不足道。此三者名同實異，恐世有混爲一談者，故附記之。

古今詞話

唐莊宗

後唐莊宗修内苑，掘得斷碑，中有字三十二曰：曾宴桃源深花草粹編作仙。洞。一曲舞鸞歌粹編作清歌舞。鳳。長記欲别時，殘月落花煙重。粹編作和淚出門相送。如夢。如夢。和淚出門相送。粹編作殘月落花烟重。莊宗使樂工入律歌之，名曰古記。又使翰林作數篇。上句據粹編補。苕谿漁隱叢話後集三十九引古今詞話　花草粹編一引古今詞話

案胡仔駁之曰：「東坡言如夢令曲名，本唐莊宗製，一名憶仙姿。嫌其不雅，改云如夢。莊宗作此詞，卒章云，如夢。如夢。和淚出門相送。取以爲之名。詞話所記，多是臆説，初無所據，故不可信。當以坡言爲正。」

孟昶

〔相見歡〕無言獨上西樓。月如鈎。寂寞梧桐深院，鎖清秋。　剪不斷。理還亂。是離愁。别有一般滋味，在心頭。花草粹編一引古今詞話李後主詞作是。

案花庵唐宋諸賢絶妙詞選一引作李後主詞，南詞本南唐二主詞無之。楊湜謂爲孟昶作，殆必有據。

韋莊

韋莊以才名寓蜀，王建割據，遂羈留之。莊有寵人，資質艷麗，兼善詞翰。建聞之，託以教內人爲詞，强莊奪去。莊追念悒怏，作小重山及空相憶云：

空相憶。無計得傳消息。天上嫦娥人不識。寄書何處覓。新睡覺來無力。不忍把花庵詞選作看。伊花間集作君。書跡。滿院落花春寂寂。斷腸芳草碧。

情意悽怨，人相傳播，盛行於時。姬後傳聞之，遂不食而卒。花草粹編三引古今詞話

案上闋又見花間集三、花庵唐宋諸賢絕妙詞選一，兹並校之。

徽宗皇帝

〔滿庭芳〕和左丞范致虛寰宇清夷，元宵遊豫，爲開臨御端門。暖風搖曳，香氣靄輕氛。十萬鈎陳燦爛，歲時廣記作錦。鈞臺外、羅綺繽紛。歡聲裏、燭龍銜耀，黼藻太平春。　靈鼇擎綵岫，冰輪遠駕，初上祥雲。照萬宇嬉遊，一視同仁。更起廣記作喜。維垣大第，通宰燕，調燮良臣。從兹慶，都俞賡載，千歲樂昌辰。花草粹編九引詞話

案歲時廣記十引上闋，前有序云：「上元賜公師宰執觀燈御筵，遵故事也。卿初獲御坐，以滿庭芳詞來上，因俯同其韻以賜。」可據補粹編之略。

潘閬

〔憶餘杭〕長憶西湖湖水上。湘山野録無上三字，本集同。盡日凭欄樓上望。三三兩兩釣魚舟。島嶼正清秋。　笛聲依約蘆花裏。白鳥成行忽驚起。別來閒想整集作整釣。綸野録作漁、集作魚。竿。思入水雲寒。

石曼卿見此詞，使畫工絣繪之，作小景圖。花草粹編五引古今詞話　詞綜四引古今詞話

案湘山野録下云：閬嘗作憶餘杭一闋，錢希白愛之，自寫於玉堂後壁。與古今詞話說異。

晏殊

慶曆癸未十二月十九日立春，甲申元日，丞相晏元獻公會兩禁於私第。丞相席上自作木蘭花以侑觴曰：

東風昨夜回梁苑。日脚依稀添一綫。旋開楊柳緑蛾眉，暗折海棠紅粉面。　無情欲集作一。去雲間集作中。鴈。有意飛集作歸。來梁上燕。無集作有。情有集作無。意且休論。莫向酒杯容易散。

于時坐客皆和，亦不敢改首句東風昨夜四字。今得三闋，皆失姓名。其一曰：

東風昨夜吹春晝。陡覺去年梅蕊舊。誰人能解把長繩，繫得烏飛並兔走。　清香瀲灔杯中酒。新眼苗條江上柳。尊前莫惜玉顏酡，且喜一年年入手。

其二曰：

東風昨夜傳歸耗。便覺銀屏寒料峭。年華容易即凋零，春色只宜長恨少。池塘隱隱驚雷曉。柳眼初開梅萼小。尊前貪愛物華新，不道物新人漸老。

其三曰：

東風昨夜歸來後。景物便爲春意候。金絲齊奏喜新春，願介香醪千歲壽。尋花插破桃枝臭。造化工夫先到柳。鎔酥剪綵恨無香，且放真香先入酒。歲時廣記七引古今詞話

司馬光

〈西江月〉寶髻鬆鬆綰就，鉛華淡淡粧成。紅煙翠霧罩輕盈。飛絮游絲無定。相見爭如不見，有情還似無情。笙歌散後酒微醒。深院月明人靜。花草粹編四引詞話

王安石

金陵懷古，諸公二字據草堂詩餘補。寄詞於桂枝香，凡三十餘首，獨介甫最爲絕唱。東坡見之，不覺嘆息曰：「此老乃野狐精也。」上三句據草堂補。

登臨縱草堂作送本集同。目。正故國晚秋，天氣初肅。瀟洒集作千里。澄江似練，翠峯如簇。征集作歸。帆去棹殘陽裏，背西風、酒旗斜矗。綵舟雲淡，星河鷺起，畫圖草堂作圖畫。難足。念自集作往。昔豪集作

繁。華競逐。悵草堂作恨集作歎。門外樓頭，悲恨相續。千古憑高，望眼草堂作對此集同。謾嗟榮辱。六朝舊事隨流水，但寒煙衰集作芳。草凝綠。至今商女，時時尚集作猶。歌，後庭遺曲。景定建康志三十七引古今詞話　草堂詩餘後集上（類編本三）引古今詞話

張先

晏元獻之子小晏，善詞章，頗有父風。有寵人善歌舞，晏每作新詞，先使寵人歌之。張子野與小晏厚善，每稱賞寵人善歌。偶一日，寵人觸小晏細君之怒，遂出之。子野作碧牡丹一曲以戲小晏曰：步帳摇紅綺。曉月墮、沈烟砌。緩板香檀，唱徹伊家新製。怨入眉頭，歛黛峯横翠。芭蕉寒，雨聲碎。鏡華翳。閒照孤鸞戲。思量去時容易。鈿盒瑶釵，至今冷落輕棄。望極藍橋，空暮雲千里。幾重山，幾重水。小晏見之，凄然與子野曰：曰字據道山清話補。「人生以適意爲貴，吾何咎之有。」乃多以金帛贖姬，及歸，使歌子野之詞。綠窗新話上

案綠窗新話引上節，不注所本，以他節例之，知亦從古今詞話出也。又案道山清話云：晏元獻公爲京兆辟張先爲通判。新納侍兒，公甚屬意。先字子野，能爲詩詞，公雅重之。每張來，即令侍兒出侑觴，往往歌子野之詞。其後王夫人寖不容，公即出之。一日，子野至，公與之飲。子野作碧牡丹詞，令營妓歌之，有云「望極藍橋，但暮雲千里，幾重山、幾重水」之句。公聞之，憮然曰：「人生行樂耳，何自苦如此。」亟命於宅庫支錢若干，復取前所出侍兒。既來，夫人

亦不復誰何也。與古今詞話正同，惟清話以此事屬元獻，此云小晏爲異耳。

又

張先字子野，嘗與一尼私約。其老尼性嚴。每卧於池島中一小閣上，俟夜深人靜，其尼潛下梯，俾子野登閣相遇。臨別，子野不勝惓惓，作一叢花詞以道其懷曰：傷高傷集作懷。遠幾時窮。無物似情濃。離愁正引千絲亂，更南北、集作東陌。飛絮濛茸。集作濛。歸集作嘶。騎漸遥，征塵不斷，何處認郎踪。雙鴛池沼水溶溶。南北小橋集作橈。通。横看集作梯横。畫閣黄昏後，又還是、新集作斜。月朦朧。集作簾櫳。沈思集作恨。細恨，集作思。不如桃李，集作杏。猶解嫁東風。緑窗新話上引詞話

又

張子野往玉仙觀，中路逢謝媚卿，初未相識，但兩相聞名。子野才韻既高，謝亦秀色出世，一見慕悦，目色相授。張領其意，緩轡久之而去，因作謝池春慢以敍一時之遇。詞云：繚繞重院，静花草粹編作時，本集同。聞有、啼鶯到。繡被堆集作掩。餘寒，畫幕粹編作閣。明新曉。朱檻連天粹編作空，集同。闊，飛絮知集作無。多少。徑莎平，池水渺。日長風静，花影閒相照。塵香拂馬，逢謝女、城南道。秀豔粹編作靨。過施粉，多媚生輕笑。鬬色鮮衣薄，碾一粹編作玉，集同。雙蟬小。歡難偶，

粹編作遇。春過了。琵琶流韻，粹編作怨。都入相思調。緑窗新話上引古今詞話　花草粹編八引詞話

柳永

柳耆卿祝仁宗皇帝聖壽，作醉蓬萊一曲云：

漸亭皋葉下，隴首雲飛，素秋新霽。華闕中天，鎖蔥蔥佳氣。嫩菊黄深，拒霜紅淺，近寶階香砌。玉宇無塵，金莖有露，碧天如水。　正值昇平，萬機多暇，夜色澄鮮，漏聲迢遞。南極星中，有老人呈瑞。此際宸游，鳳輦何處，動本集作度。管絃清脆。太一集作液。波翻，披香簾捲，月明風細。

此詞一傳，天下皆稱妙絶。蓋中間誤使宸游鳳輦挽章句，耆卿作此詞，惟務鈎摘好語，却不參考出處。仁宗皇帝覽而惡之。及御注差注至耆卿，抹其名曰：「此人不可仕宦，儘從他花下淺斟低唱。」由是淪落貧窘。終老無子，掩骸僧舍。京西妓者，鳩錢葬於棗陽縣花山。既出郊原，有浪子數人戲曰：「這大伯做鬼也愛打鬨。」其後遇清明日，游人多狎飲墳墓之側，謂之弔柳七。歲時廣記十七引古今詞話

又

柳耆卿嘗在江淮惓一官妓，臨別，以杜門爲期。既來京師，日久未還，妓有異圖，耆卿聞之怏怏。會朱儒林往江淮，柳因作擊梧桐以寄之曰：

香靨深深，孜孜本集作姿姿。媚媚，雅格奇容天與。自識伊來，便有憐才心素。集作便好看承會得妖嬈心素。

臨歧再約同歡，定是都把身心集作平生。相許。又恐恩情易破難成，未免千般思慮。近日書來，寒暄而已，苦没刀刀集作忉忉。言語。便認得聽人教當，擬把把字據集補。前言輕負。見説蘭臺宋玉，多才多藝善詞賦。試與問朝朝暮暮，行雲何處去。

妓得此詞，遂負□竭産，泛舟來輦下，遂終身從耆卿焉。緑窗新話上引古今詞話

又

柳耆卿與孫相何爲布衣交。孫知杭州，門禁甚嚴，耆卿欲歲時廣記作却，據緑窗新話改。見之不得，作望海潮廣記有之字，據新話删。詞，往謁名妓楚楚曰：「欲見孫相，恨無門路。若因府會，願借朱唇歌於孫相公新話無上二字。之前。若問誰爲此詞，但説柳七。」中秋府新話作夜會，楚楚宛轉歌之，孫卽日迎耆卿預坐。詞曰：新話引曲文在往謁名妓句上。

東南形勝，三吳都會，錢塘自古繁華。烟柳畫橋，風簾翠幕，參差十新話作千，鶴林玉露同。萬人家。雲樹遶堤沙。怒濤卷雪屋，新話作霜雪，本集同。天塹無涯。市列珠璣，户盈羅綺，競豪奢。重湖疊巘清佳。集作嘉。有三秋桂子，十里荷花。羌管弄晴，菱歌泛夜，嬉嬉釣叟蓮娃。千騎擁高牙。乘醉聽簫鼓，吟賞煙霞。異日圖將好景，歸去鳳池誇。歲時廣記三十一引古今詞話　緑窗新話下引古今詞話

又

柳耆卿作傾杯秋景一闋，忽夢一婦人云：「妾非今世人，曾作詩云：明月斜，秋風冷。今夜故人來不來，教人立盡梧桐影。數百年無人稱道，公能用之。」夢覺說其事，世傳乃鬼謡也。苕谿漁隱叢話後集三十八引古今詞話

案胡仔駁之曰：回仙於京師景德寺僧房壁上題詞，相傳自國初時即有之。柳耆卿詞云：愁緒終難罄，人立盡梧桐碎影，用回仙語也。古今詞話怪誕，無可考據，蓋不曾見回仙留題，遂妄言耳。

蘇軾

蘇子瞻守錢塘，有官妓秀蘭天性黠慧，善於應對。湖中有宴會，羣妓畢至，惟秀蘭不來。遣人督之，須臾方至。子瞻問其故，具以髮結沐浴，不覺困睡，忽有人叩門聲，急起而問之，乃樂營將催督之。草堂詩餘作也。非敢怠忽，謹以實告。子瞻亦恕之。坐中倅車屬意於蘭，見其晚來，恚恨未已。責之曰，必有他事，以此晚至。秀蘭力辯，不能止倅之怒。是時榴花盛開，秀蘭以一枝藉手告倅，其怒愈甚。秀蘭收淚無言，子瞻作賀新凉以解之，其怒始息。其詞曰：

乳燕飛華屋。悄無人、桐草堂作槐。陰轉午，晚凉新浴。手弄生綃白團扇，扇手一時似玉。漸困倚孤眠清熟。門草堂作簾，本集同。外誰來推繡户，枉教人、夢斷瑶臺曲。又却是、風敲竹。石榴半吐紅巾蹙。待浮花浪蕊都盡，伴君幽獨。濃豔一枝細看取，芳心千重似束。又恐被西草堂作秋，本集同。風驚緑。若待得君來，向此花前，對酒不忍觸。共粉淚，兩蔌蔌。

子瞻之作，皆目前事，蓋取其沐浴新涼，曲名賀新涼也。後人不知之，誤爲賀新郎，蓋不得子瞻之意也。子瞻真所謂風流太守也，豈可與俗吏同日語哉。苕谿漁隱叢話後集三十九引古今詞話　草堂詩餘前集下（類編本四）引古今詞話。

案胡仔駁之曰：「野哉楊湜之言，真可入笑林。東坡此詞，冠絕古今，托意高遠，寧爲一娼而發邪。『簾外誰來推綉户，枉教人、夢斷瑶臺曲。又却是、風敲竹。』用古詩『捲簾風動竹，疑是故人來』之意。今乃云，忽有人叩門聲急，起而問之，乃樂營將催督，此可笑者一也。『石榴半吐紅巾蹙，待浮花浪蕊都盡，伴君幽獨，濃豔一枝細看取，芳心千重似束』，蓋初夏之時，千花事退，榴花獨芳，因以中寫幽閨之情。今乃云，是時榴花盛開，秀蘭以一枝藉手告倅，其怒愈甚，此可笑者二也。此詞腔調寄賀新郎，乃古曲名也。今乃云取其沐浴新涼，曲名賀新涼，後人不知之，誤爲賀新郎。此可笑者三也。詞話中可笑者甚衆，姑舉其尤者。第東坡此詞，深爲不幸，横遭點汙，吾不可無一言雪其恥。宋子京云，江左有文拙而好刻石者，謂之詅嗤符。今楊湜之言俚甚，而鋟板行世，殆類是也。」

又

東坡自禁城出守東武，適值霖潦經月，黄河決流，漂溺鉅野，及於彭城。東坡命力士持畚鍤，具薪芻，萬人紛紛，增塞城之敗壞者。至暮，水勢益洶。東坡登城野宿，愈加督責，人意乃定，城不没者一板。不然，則東武之人，盡爲魚鼈矣。坡復用僧應言之策，鑿清冷口積水，入於古廢河，又東北入於海。水既退，坡具利害屢請於朝，築長堤十餘里，以拒水勢，復建黄樓以厭之。堤成，水循故道分流，城中上巳日，命從事樂成之。有一妓前曰：「自古上巳舊詞多矣，未有樂新堤而奏雅曲者，願得一闋歌公之前。」坡寫滿江紅曰：

東武城南，本集作南城。新堤就、漣漪集作邪淇。初溢。遍集作過。長林翠阜，卧紅堆碧。枝上殘花吹盡也，與君試向江頭覓。問向前、猶有幾多春，三之一。官裏事，何時畢。風雨外，無多日。相將泛曲水，滿城争出。君不見蘭亭修禊事，當時座上皆豪逸。到如今、修竹滿山陰，空陳迹。

俾妓歌之，坐席歡甚。歲時廣記十八引古今詞話

又

東坡初謫黃州，獨王定國以大臣之子不能謹交游，遷置嶺表。後數年，召還京師。是時東坡掌翰苑，一日，王定國置酒與東坡會飲，出寵人點酥侑尊。而點酥善談笑，東坡問曰：「嶺南風物，可噭不佳。」點酥應聲曰：「此身安處是家鄉。」坡嘆其善應對，賦定風波一闋以贈之，其句全引點酥之語，曰：

堪漁隱叢話作常，本集作長。羨人間琢玉郎。故教天賦叢話作天教分付，集作天應乞與。點酥娘。自作清歌傳皓齒。風起。雪花叢話作飛，集同。炎海起叢話作變，集同。清凉。萬里歸來年愈少。微笑。微笑二字據集及叢話補。笑中叢話作時，集同。猶帶雪叢話作嶺，集同。梅香。試問嶺南應不好。却道。此身叢話作心，集同。安處是家叢話作吾，集同。鄉。

點酥因是詞譽藉甚。緑窗新話下引古今詞話

案上閿見東坡樂府上，題作海南歸，贈王定國侍兒寓娘。苕谿漁隱叢話後集四十引東皐雜録則云，王定國嶺外歸，出歌者勸東坡酒。坡作定風波，序云，王定國歌兒曰柔奴，姓宇文氏，眉目娟麗，善應對，家世在京師。定國南遷歸，余問柔廣南風土，應是不好。柔對曰，此心安處，便是吾鄉。因爲綴此詞云，均與詞話作寵姬點酥不合。

又

東坡在黃州，中秋夜對月獨酌，歲時廣記無上二字。作西江月詞曰：

世事一場大夢，人生幾度新涼。夜來風葉已鳴廊。廣記作琅。看取眉頭鬢上。酒賤廣記作淺。常愁客少，月明多被雲妨。中秋誰與共孤光，托廣記作把，本集同。盞淒凉集作然。北望。

坡以讒言謫居黃州，鬱鬱不得志。凡賦詩綴詞，必寫其廣記無其字。所懷。然一日不負朝廷，其懷君之心，末句可見矣。苕谿漁隱叢話後集三十九引古今詞話　歲時廣記三十一引古今詞話。

案胡仔駁之曰：「聚蘭集載此詞，注曰寄子由，故後句云，中秋誰與共孤光，把酒淒涼北望。則兄弟之情，見於句意之間矣。疑是在錢塘作，時子由爲睢陽幕客。詞話所云則非也。」

又

東坡守錢塘，劉巨濟赴處州，道過錢塘，東坡留飲於中和堂，僧仲殊與焉。時堂之屏有西湖圖，東坡遽索牋管作減字木蘭花曰：

憑誰妙筆。橫掃素縑三百尺。天下應無。此是錢塘湖上圖。

以後疊屬巨濟，辭遜再三，遂以屬仲殊，繼曰：

一般奇絶。雲淡天高秋夜月。費盡丹青。只這些兒畫不成。

東坡大稱賞之。苕谿漁隱叢話後集三十七引古今詞話

案胡仔駁之曰：「此詞首句云，憑誰妙筆，橫掃素縑三百尺。則是初無此西湖圖，姑言之耳。詞話乃云，中和堂屏有西湖圖，可見其附會爲説，全與詞意不合。以此驗之，其以爲東坡作，亦必妄言，當以復齋爲正也。」云云。蓋叢話同卷又引復齋漫録云，上叠乃劉巨濟作，與詞話以爲東坡作者不合。具詳拙輯寶月集，兹不復贅。

又

〔蝶戀花〕花褪殘紅青杏小。燕子來本集作飛。時，緑水人家遶。枝上柳綿吹又少。天涯何處無芳草。

牆裏秋千牆外道。牆外行人，牆裏佳人笑。笑漸不聞聲漸悄。多情却被無情惱。

予得此詞真本於友人處，極有理趣。緑水人家遶非遶字，乃曰人家曉，曉字與遶字，蓋霄壤也。草堂詩餘前集上（類編本二）引古今詞話

黄庭堅

涪翁過瀘南，瀘帥留府。會有官妓盼盼性頗聰慧，帥嘗寵之。涪翁贈浣溪沙曰：

脚上鞋兒四寸羅。唇邊朱麝一櫻多。見人無語但回波。料得有心憐宋玉，祇應無奈楚襄何。今生有分向伊麽。案上闋又見淮海居士長短句

盼盼拜謝，涪翁令唱詞侑觴。盼盼唱惜花容曰：

少年看花雙鬢緑。走馬章臺管絃逐。而今老更惜花深，終日看花看不足。座中美女顔如玉。爲我一歌金縷曲。歸時壓得帽簷欹，頭上春風紅簌簌。

涪翁大喜。翌日出城遊山寺，盼盼乞詞。涪翁作驀山溪以見意曰：

朝來春日，陡覺春衫便。官柳豔明眉，戲鞦韆、誰家倩盼。烟滋露洒，草色媚横塘，平沙軟。雕輪轉。行樂聞絃管。追思年少，曾約尋芳伴。一醉幾纏頭，過揚州、朱簾盡捲。而今老矣，花似霧中看，歡喜淺。天涯遠。信馬歸來晚。緑窗新話上引楊湜古今詞話

秦觀

秦少游寓京師，有貴官延飲，出寵姬碧桃侑觴，勸酒惓惓，少游領其意，復舉觴勸碧桃。貴官云：「碧桃素不善飲。」意不欲少游强之。碧桃曰：「今日爲學士拚了一醉。」引巨觴長飲。少游即席贈虞美人詞曰：

碧桃天上栽和露。不是凡花數。亂山深處水縈迴。借問本集作可惜。一枝如玉，集作晝。爲誰開。輕寒細雨情何恨。不道春難管。爲君沉醉一集作又。何妨。只怕酒醒時候，逝水集作斷人。腸。

闔座悉恨。貴官云：「今後永不令此姬出來。」滿座大笑。綠窗新話上

案綠窗新話引上節不注所本，以他節例之，知即從古今詞話出也。

又

秦少游在揚州，劉太尉家出姬侑觴。中有一姝，善擘箜篌。此樂既古，近時罕有其傳，以爲絶藝。姝又傾慕少游之才名，偏屬意，少游借箜篌觀之。既而主人入宅更衣，適值狂風滅燭，姝來且相親，有倉卒之歡。且云：「今日爲學士瘦了一半。」少游因作御街行以道一時之景曰：

銀燭生花如紅豆。這好事、而今有。夜闌人靜曲屏深，借寶瑟、輕輕招手。可憐一陣白蘋風，故滅燭教相就。花帶雨、冰肌香透。恨啼鳥、轆轤聲曉，岸柳案句有脱誤。微風吹殘酒。斷腸時、至今依舊。鏡中消瘦。那人知後。怕你來僝僽。綠窗新話上引古今詞話

又

〔畫堂春〕東風吹柳日初長。雨餘芳草斜陽。杏花零落燕泥香。睡損紅粧。香篆暗消鸞鳳，畫屏縈遶瀟湘。暮寒輕透薄羅裳。無限思量。

少游畫堂春「雨餘芳草斜陽，杏花零落燕泥香」之句，善於狀景物。至於「香篆暗銷鸞鳳，畫屏縈遶瀟湘」二句，便含蓄無限思量意思，此其有感而作也。草堂詩餘前集下（類編本一）引古今詞話

又

〔南柯子〕贈東坡侍妾朝雲洩洩凝春態，溶溶媚曉光。何期容易下巫陽。祇恐使君，前世是襄王。暫爲清歌駐，還因暮雨忙。瞥然歸去斷人腸。空使蘭臺公子，賦高唐。花草粹編五引詞話

晁補之

〔一叢花〕趙德麟送洞庭春色本集題作謝濟倅宗室令劖送酒。王孫眉宇鳳凰雛。原集作天。與世情疎。揚州坐下集作上。瓊花底，佩錦囊曾從集作憶。奚奴。金盞倒集作醉。揮，滿身花影，紅袖競來扶。十年一夢訪吾集作林。居。離缺重踟躕。應憐肺病臨邛客，寄洞庭、春色雙壺。天氣未佳，梅花正好，曾醉燕堂無。花草粹編八引古今詞話

曹組

〔憶瑶姬〕雨細雲輕，花嬌玉軟，於中好箇情性。争奈無緣相見，有分孤零，香箋細寫頻相問。我一句句兒都聽。到如今、不得同歡，伏惟與他耐静。此事憑誰執證。有樓前明月，窗外花影。拚了一生煩惱，爲伊成病。祇恐更把風流逞。便因循、誤人無定。恁時節、若要眼兒厮覷，除非會聖。花草粹編十一引詞話

趙君舉

〔浪淘沙〕約素小腰身。不奈傷春。疎梅影下晚粧新。嫋嫋娉娉何樣似，一縷輕雲。　歌巧動朱唇。字字嬌嗔。桃花深處一通津。悵望瑤臺清夜月，還送歸輪。約字清妙，遠勝束字。花草粹編五引詞話

江致和

崇寧間，上元極盛。太學生江致和，在宣德門觀燈。會車輿上遇一婦人，姿質極美，恍然似有所失。歸運毫楮，遂得小詞一首。明日妄意復遊故地，至晚車又來，致和以詞投之。自後屢有所遇，其婦笑謂致和曰：「今日喜得到蓬宮矣。」詞名五福降中天。綠窗新話引此文較廣記爲詳：云崇寧間，輦下上元極盛。太學生江致和，一夕在宣德門前看燈。適會車輿上見一婦人，姿色絶美，與致和目色相授，至夜深乃散。致和似有所失，遂作五福降中天一曲，具道其意。明日，致和以此詞妄意於前日之地待之，至晚，車又來。婦人遥見致和，益增歡喜。致和密令小僕，以此詞投之。自後致和屢見所遇，約致和於曲室，以盡繾綣。婦人笑曰：「今日喜得君到蓬宮矣。」

喜元宵三五，縱馬御柳溝東。斜日映朱簾，瞥見芳容。秋水嬌横俊眼，膩雪輕鋪素胸。愛把菱花，笑匀廣記作勾，據新話、花草粹編改。粉面露春葱。　徘徊步懶，奈一點靈犀未通。悵望七香車去，慢輾春風。雲情雨態，願暫入陽臺夢中。路隔烟霞甚時遇，廣記脱遇字，據新話補，粹編作還。許到蓬宮。歲時廣記十二引

古今詞話　緑窗新話上引詞話

案花草粹編八，引上闋題作上元有感，不注所出。蓋即本古今詞話，茲並校之。

許將

嘉祐間，京師殿試，有一南商控細鞍驄馬於右掖門，俟狀元獻之。日未曛，唱名第一人，乃許將也。姿狀奇秀，觀者若堵。自綴臨江仙曰：

聖主臨軒親策試，集英佳氣葱葱。鳴鞘聲震未央宫。卷簾龍影動，揮翰御烟濃。　上第歸來何事好，迎人花面争紅。藍袍香散六街風。一鞭春色裏，驕損玉花驄。

後帥成都，值中秋府會，官妓獻詞送酒，仍别歌臨江仙曰：

不比尋常三五夜，萬家齊望清輝。爛銀盤透碧琉璃。莫辭終夕看，動是隔年期。　試問嫦娥還記否，玉人曾折高枝。明年此夜再圓時。閤開東府宴，身在鳳凰池。

許問誰作詞，妓白以西州士人鄭無黨詞。後召相見，欲薦其才於廊廟。無黨辭以無意進取，惟投牒理逋欠數千緡。無黨爲人不羈，長於詞，蓋知許公臨江仙最喜，歌者投其所好也。歲時廣記三十一引古今詞話

楊師純

廬陵楊師純登第年，泊舟江岸。鄰舟有一姝美而艷，與師純目色相投，未嘗有一語之接。一日，師純乘

酒，醉跳爲鄰舟徑獲一歡，案句有衍誤。因作清平樂詞以遣。羞蛾淺淺。秋水如刀剪。窗下無人自針綫。不覺郎來身畔。相將攜手鴛幃。忽忽不許多時。耳畔告郎低語，共郎莫使人知。後師純之官，復經故地，問其人已生數子矣。師純感舊，再作清平樂以遣懷曰：小庭春院。睡起花陰轉。往事舊歡離思遠。柳絮隨風難管。等閒屈指時□。欄干幾曲誰知。爲問春風桃李，而今子滿芳枝。綠窗新話上引古今詞話

楊端臣

楊端臣嘗買一妓，契約三年。一一案當作及。反，而比鄰富者賂其父母奪而有之。端臣追恨，作漁家傲曰：有個人人情不久。而今已落他人手。見說近來伊也瘦。好教受。看誰似我能摑就。蓮臉能勻眉黛皺。相思淚滴殘粧透。總是自家爲事謬。從今後。這回斷了心先有。嗣逢妓者，復有密會，再作漁家傲曰：樓鼓數聲人跡散。馬蹄不響街塵軟。門户深深扃小院。簾不捲。背燈盡燭紅條短。歸路恍如春夢斷。千愁萬恨知何限。昨夜月華明似練。花影畔。算來惟有嫦娥見。其後主人稍知之，防閑甚嚴，絶無消息，遂作阮郎歸曰：□□今日那人家。瑣窗紅影斜。鬢雲散亂不勝花。偷勻殘臉霞。梁燕老，石榴花。佳期今已差。

凭欄思想入天涯。暮雲重疊遮。綠窗新話上引古今詞話

張才翁

白雲先生之子張才翁，風韻不羈，敏於詞賦。初任臨邛秋官，邛守張公庠不知之，待之不厚。臨邛故事，正月七日有白鶴之遊，郡守率屬官同往，而才翁不預焉。才翁密語官妓楊皎曰：「此老子到彼，必有詩詞，可速寄來。」公庠既到白鶴，登信美亭，便留題。綠窗新話云：張才翁風韻不羈，初任臨邛秋官，張公庠待之不厚。會有白鶴之遊，郡守率屬官同往，才翁不預。密語官妓楊皎曰：「老子到彼，必有詩詞，可速寄來。」公庠既到白鶴，便留題。花草粹編同，惟第七句密語作乃語爲異耳。文較歲時廣記爲略。曰：

初眠官柳未成陰。馬上聊爲擁鼻吟。遠宦情懷銷壯志，好花時節負歸心。別離長恨人南北，會合休辭新話作論，粹編同。酒淺深。欲把春愁閒抖擻，亂山高處一登臨。

楊皎録此詩以寄，才翁得詩，即時增減作雨中花一闋，以遺楊皎，使皎調歌之。新話云：皎録寄才翁，才翁增減作雨中花。粹編同。曰：

萬縷青青。初眠官柳，向人猶未成陰。據征鞍無語，能改齋漫録作馬上。擁鼻微吟。遠宦情懷誰問，空勞漫録作嗟。壯志銷沈。新話作凝，粹編同。好花時節，山城留滯，又漫録作忍。負歸心。別離萬里，飄蓬無定，誰念會合難憑。相聚裏、莫漫録作休。辭金盞。酒淺還深。欲把春愁抖擻，春愁轉更難禁。亂山高處，憑欄垂袖，聊寄登臨。

公庠再坐晚筵，皎歌於公庠側。公庠怪而問，皎進稟曰：「張司理恰寄來，令楊皎歌之，以獻台座。」公庠遂青顧才翁，尤加禮焉。新話云：「公庠再座，皎歌於公庠之側。公庠怪問之，皎前稟曰：「張司理恰寄來，令皎歌之，以獻台座。」公庠遂青顧才翁尤厚。粹編同，惟第三句無怪字爲異耳。歲時廣記九引古今詞話　綠窗新話下引古今詞話

案上節又引見花草粹編十，即本古今詞話。又案此事又載能改齋漫錄十六，茲並校之。

劉濬

劉濬，潞州人，最有才名。樂部中惟杖鼓鮮有能能字據花草粹編補。工之者，京師官妓楊素娥最工，濬酷愛之。其狀妍態，作期夜月詞曰：

金鈎花綬繫雙月。腰肢軟低折。揎皓腕，縈繡結。輕盈宛轉，妙若鳳鸞飛越。無別。香檀急叩粹編作扣，詞譜同。轉清切。翻纖手飄瞥。催畫鼓，追脆管，鏘洋雅奏，尚與衆音爲節。當時妙選舞袖，慧性雅資，粹編作質，詞譜同。名爲殊絕。滿座傾心注粹編作住。目，不甚窺回雪。詞譜有纖怯二字。逡巡一曲霓裳徹。汗透鮫綃肌詞譜作濕，無下潤字。潤，教人詞譜有與字。傳詞譜作傳。香粉，粉字據粹編詞譜補。媚容秀秀字據粹編詞譜補。發。詞譜有宛降蕊珠宮闕六字。

素娥以此詞名振京師。綠窗新語下引古今詞話

案花草粹編十一引上節，不注所出，即本古今詞話，茲並校之。詞譜三十六引上闋注云，粹編後段脫第六句及結句，照詞緯本改正。考粹編所引與綠窗新話同，劉濬原作蓋如此。詞緯本疑出後人竄改，上下疊句法，固不必全合也。

任昉

太學生任昉，字少明，□一官妓，五夜未嘗暫離。昉既善限所拘，案句有脱誤。而妓以老嫗間隔。妓曰：「吾二人情意若此，莫若尋一利刃共死處。」昉姑諾之。後以一木刀裹以銀紙，密卷紙數重，置於枕下，擇日就行，妓深諾之。昉遂遷延時日，妓乃生疑，開紙觀之，乃一木刀也，遂大慟絶昉。昉懷惓惓，遂作雨中花以貽妓曰：

事往人離，還似暮峽歸雲，隴上流泉。奈奈字據花草粹編補。向玉照新志作強。分羅帶，新志作圓鏡，粹編同。已新志作枉。斷么新志作哀。弦。長新志作常。記歌時酒畔，新志作酒闌歌罷，粹編同。難忘月夕新志作底。花前。相新志作舊。攜手處，瓊新志作層。樓據新志粹編補。朱户，觸目依然。從來慣共，新志作向。錦衾屏枕，新志作繡幃羅帳，粹編同。長新志作鎮，粹編同。效比翼紋鴛。誰念我而今清夜，長新志作常，粹編同。是孤眠。入户緑窗新話作□夜，據新志粹編改。不如飛絮，傍懷爭及爐烟。這回休也，一生心性，新志作事，粹編同。爲你新志作爾。縈牽。

妓得歌之，遂復如初。緑窗新話下引古今詞話

案上闋又引見花草粹編十，蓋即本古今詞話，兹並校之。又案：上闋或以爲饒州張生作。玉照新志一記其本事云：元符中，饒州舉子張生游太學，與東曲妓楊六者好甚密。會張生南宮不利歸，妓欲與之俱，而張不可。約半歲必再至，若渝盟一日，則任其從人。張偶以親之命，後約幾月，始至京師。首訪舊游，其隣媪舍者迎謂曰，君非饒州張君

乎，六娘每恨君失約，日託我訪來期於學舍，其母痛折之，而念益切。前三日，母以歸洛陽富人張氏，遂偕去矣。臨發涕泣，多與我金錢，令候君來，引觀故居畢，乃僦後人。生入觀，則小樓奧室，歡館宛然。几榻猶設不動，知其初去如所言也。生大感愴，不能自持，跡其所向，百計不能知矣。作雨中花詞，盛傳於都下。或云，卽知常之子予功齋也。此得之廉宣仲布所記云。與古今詞話說殊，蓋傳聞異辭，未知孰是。

陳子雍

陳子雍奉使浙江，沈可動正叔留飲，出家妓侑觴。有翠鬟者，與子雍目色相授，以玉篦密贈子雍。未幾，辭沈而去，徑往子雍之宅。子雍未得翠鬟，有沁園春以念之曰：

小雪初晴，畫舫明月，強飲未眠。念翠鬟□聳，舞衣半捲，琵琶催拍，促□危絃。密意雖具，歡期難偶，遣我離情愁緒□。追思處，奈溪橋道窄，無計留連。　天天。莫是前緣。自別後深誠誰爲傳。□玉篦偷付，珠囊暗解，兩心長在，須合金鈿。淺淡精神，溫柔情性，記我疎狂應痛憐。空腸斷，奈衾寒漏永，終夜如年。

子雍既見翠鬟，又作清平樂曰：

鬢雲斜墜。蓮步彎彎細。笑臉雙娥生多媚。百步蘭麝香噴。案噴字疑譌。　從前萬種愁煩。枕邊未可明言。好是藍橋再渡，玉篦還勝金鈿。綠窗新話下引古今詞話

虞策

虞尚書策帥蜀，其子弟惓尹生，常苦人知，終不快其情意，作江神子贈之：

相逢只怕有分離。許多時。暗爲期。常是眉來眼去惹猜疑。何似總休拈弄上，輕咳嗽、有人知。

終須買箇小船兒。任風吹。儘東西。假使天涯海角也相隨。縱被江神收領了，離不得，我和伊。

凡綴辭多借腔叙他事，此名江神子，却舉江神，可謂詠景著題也。花草粹編七引古今詞話

閣詠詞譜失注撰人

〔迷仙引〕夢石曼卿春陰霽。岸柳參差，裊金絲細。畫閣晝眠鶯喚起。烟光媚。燕燕雙高，引愁人如醉。慵緩步，眉斂金鋪倚。佳景易失，懊惱韶光改，花空委。忍厭厭地。施朱粉，臨鸞鏡，膩香銷減摧桃李。獨自箇凝睇。暮雲暗，遥山翠。天色無情，四遠低垂淡如水。離恨託征雁寄。旋嬌波、暗落相思淚。粧如洗。向高樓日日春風裏。悔凭欄、芳草人千里。花草粹編十二引詩話　詞譜二十引古今詞話

案詩話疑卽詞話之誤，詞譜所改是也。（圭璋案：此詞又見詩話總龜卷三十三引古今詩話，撰人作閣詠。）

林外

〔洞仙歌〕垂虹橋飛梁壓水，虹影澄清漁隱叢話作清光。曉。橘里漁村叢話作鄉，花草粹編同。半烟草。嘆叢

話作看。今來古往，叢話作來今往古，粹編詞譜並同。物換叢話作是，粹編同。人非，天地裏，惟有江山不老。雨巾叢話作衣。風帽。四海誰知我。叢話作道，粹編同。一劍橫空幾番過。叢話作到，粹編同。按玉龍、嘶未斷，月冷波寒，歸去也、林屋叢話作琳宇，粹編同。洞闕叢話作天，詞譜作門。無鎖。認叢話作指。雲屏烟障叢話作嶂。是吾廬，任叢話作但。滿地蒼苔，年年不掃。

此詞乃近時林外題于吴江垂虹亭，世或傳以爲吕洞賓所作者，非也。詞譜作昔有人題此詞於吴江垂虹橋，不書姓名，或疑仙作，傳入禁中。孝宗笑曰：「以鎖字押老字，則鎖當音掃，乃閩音也。」訪之，果係閩人林外所作。與草堂詩餘所引不合，未詳所出。草堂詩餘後集上（類編本二）引古今詞話　花草粹編八引詞話　詞譜二十引古今詞話

案苕谿漁隱前集五十八云：近時吴江長橋垂虹亭屋山壁上，草書一詞，人以爲吕仙作，其果然耶。説與古今詞話略同，兹並校之。

聶勝瓊

李公之問儀曹解長安幕，詣京師改秩。都下聶勝瓊，名娼也，資性慧黠，公見而喜之。李將行，勝瓊送之別，飲於蓮花樓，唱一詞，末句曰：「無計留君住，奈何無計隨君去。」李復留經月，爲細君督歸甚切，遂別。不旬日，聶作一詞以寄之，名鷓鴣天曰：

玉慘花愁出鳳城。蓮花樓下柳青青。尊前花草粹編作清尊，古今女史同。一唱粹編作曲，女史同。陽關後，花庵詞選作曲。別箇人人第五程。尋好夢，夢難成。況花庵作有。誰知我此時情。枕前淚共簾花庵作枕，女史作

簷。前粹編作芭蕉。雨，隔箇窗兒滴到明。

李在中路得之，藏於篋間。抵家爲其妻所得，因問之，具以實告。妻喜其語句清健，遂出粧奩資募，後往京師取歸。瓊至，即棄冠櫛，損其粧飾，奉承李公之室以主母禮，大和悦焉。綠窗新話下引古今詞話

案上闋又引見花庵唐宋諸賢絶妙詞選十、花草粹編五、古今女史十二，兹並校之。粹編題作别李之問，女史同。

趙才卿

成都官妓趙才卿，性黠慧，有詞速敏。帥府作會以送都鈐帥，命才卿作詞，應命立就燕歸梁，曰：

細柳營中有亞夫。華宴簇名姝。雅歌長許佐投壺。無一日、不歡娱。　漢皇拓境思名將，捧飛詔、欲登途。從前密約盡成虚。空空字據古今女史補。嬴得、淚流珠。

都鈐覽之，大賞其才，以飲器數百厚遺，帥府亦賞歎焉。綠窗新話下引古今詞話

施酒監

〔卜算子〕贈樂婉杭妓相逢情便深，恨不相逢早。識盡千千萬萬人，終不似伊家好。　别你登長道。轉更添煩惱。柳外朱樓獨倚欄，滿目圍芳草。

〔又〕樂婉答施相思似海深，舊事如天遠。淚滴千千萬萬行，更使人愁腸斷。　要見無因見。了拚終難拚。若是前生未見緣，待重結前生願。花草粹編二引古今詞話

無名氏

東都防河卒於汴河上掘地得石刻，有詞一闋，不題其目。臣僚進上，上喜其藻思絢麗，欲命其名，遂摭詞中四字，名曰魚遊春水，令教坊倚聲歌之。

秦樓東風裏。燕子還來尋舊壘。餘寒初褪，草堂詩餘作猶峭。紅日薄侵羅綺。嫩草初草堂作方。抽碧玉簪，草堂作茵。細草堂作媚，能改齋漫録同。柳輕窣草堂作拂。黄金縷。鶯囀上林，魚遊春水。幾曲欄干遍倚。又是一番新桃李。佳人應念草堂作怪。歸期，草堂作遲。梅粧淚洗。鳳簫聲絶沉孤鴈，目草堂作望。斷清波無雙鯉。雲山萬重，草堂作里。寸心千里。

詞凡九十四字，而風花鶯燕動植之物曲盡之，此唐人語也。後之狀物寫情，不及之矣。苕谿漁隱叢話後集三十九引古今詞話　草堂詩集前上(類編本二)引古今詞話

案胡仔曰：復齋漫録云：「政和中，一中貴人使越州回，得辭於古碑陰，無名無譜，不知何人作也。録以進御，命大晟府填腔，因詞中語，賜名魚遊春水。」二説不同，未詳孰是。草堂詩餘亦引此數語，即本胡説。能改齋漫録十六載此事，與復齋漫録亦合。

又

政和間，京都妓之姥曾嫁伶官，常入内教舞，傳禁中擷芳詞以教其妓。

風搖蕩，詞譜作動。雨濛茸。翠條柔弱花頭重。春衫窄。香肌濕。記得年時，共伊曾摘。都如夢。何曾共。可憐孤似釵頭鳳。關山隔。晚雲碧。燕兒來也，又無消息。張尚書帥成都，蜀中傳此詞競唱之。却於前段下添憶憶憶三字，後段下添得得得三字，又名摘紅英。其所添字又皆鄙俚，豈傳之者誤耶。擷芳英之名，非擅爲之，人皆愛其聲，又愛其詞，類唐人所作也。蓋禁中有擷芳園、擅景園也。花草粹編六引古今詞話　詞綜二十四引古今詞話　詞譜十引古今詞話

又

近代有一士人，頗與一姬相惓。無何，爲有力者奪去。忽因清明，其士人於官園中閒遊，忽見所惓，頗相顧戀。後一日再往園中，姬擲一書與之。中有一詩，止傳得一聯云：「莫學禁城題葉者，終身不見有情人。」士人感念，作南歌子一曲以見情，曰：

禁苑沉沉静，春波漾漾行。仙姿才韻兩相并。葉上題詩，千古得佳名。　牆外分明見，花間隱約聲。銀鈎擲處眼雙明。應訝昔時，不得見情人。歲時廣記十七引古今詞話

又

瀘南營二十餘寨，各有武臣主之。中有一知寨，本太學士人，爲壯歲流落隨軍邊防，因改右選，最善詞章。嘗與瀘南一妓相款，約寒食再會，知寨者以是日求便相會。既而妓爲有位者拉往踏青，其人終

日待之不至。次日又逼於回期，然不敢輕背前約，遂留駐馬聽一曲以遺之而去。其詞曰：花草粹編題作留別。

雕鞍成漫駐。望斷也不歸，院深天暮。倚遍舊日，曾共憑肩門户。踏青何處所。想醉拍春衫歌舞。征旆舉。一步紅塵，一步回顧。　行行愁獨語。想媚容今宵，怨郎不住。來爲相思苦。粹編作却，詞綜、詞譜並同。又空將愁去。人生無定據。嘆後會不知何處。愁萬縷。憑憑字據粹編、詞綜、詞譜補。仗東風，和淚吹與。

亦名應天長。妓歸見之，輒逃樂籍往寨中從之，終身偕老焉。歲時廣記十六引古今詞話　花草粹編九引詞話　詞綜二十四引古今詞話　詞譜八引古今詞話

又

蜀中有一寡婦，姿色絶美。父母憐其年少，欲議再嫁。歸家有喜宴，伶唱菩薩蠻：

昔年曾伴花前醉。今年空洒花前淚。花有再榮時。人無重見期。　故人情義重。不忍嘗新寵。日月有盈虧。妾心無改移。

婦聞之，泣涕於神前，欲割一耳以明志。其母速往止之，抱持而痛，遂不易其節。花草粹編三引古今詞話

又

有時相本寒生，及登位嘗以措大自負。遇生日，都下皆獻壽。有一妓易朝中措數字爲壽曰：

屏歐詞作平。山欄檻倚晴空。山色有無中。手種庭前桃李，一作亭前楊柳。歐詞作堂前垂柳。別來幾度春風。文章宰相，歐詞作太守。揮毫萬字，一飲千鍾。行樂不歐詞作直。須年少，日歐詞作尊。前看取仙歐詞作衰。翁。

時相不直，憐其喜改易，又愛朝中措之名，厚賞之。新窗新話下引詞話　花草粹編四引古今詞話

案此改易歐陽修詞，茲據歐陽文忠公近體樂府迻校如右。

又

太學有士人長於滑稽，正月晦日，以芭蕉船送窮作臨江仙，極有理致。其詞曰：

莫怪錢神容易致，錢神盡是愚夫。爲何此鬼却相於。只由頻展義，長是泣窮途。韓氏有文曾餞汝，臨行慎莫躊躇。青燈雙點照平湖。蕉船從此逝，相共送陶朱。

予幼時亦聞巴談送窮鬼詞曰：

正月月盡夕。芭蕉船一隻。燈盞兩隻明輝輝，內裏更有筵席。奉勸郎君小娘子，飽吃莫形迹。每年只有今日日。願我做來稱意。奉勸郎君小娘子，空去送窮鬼。空去送窮鬼。歲時廣記十三引古今詞話

又

月到中秋偏瑩。乍團圓早欺我孤影。穿簾共透幕，來尋趁。鈎起窗兒裏面，故把燈兒撲燼。看盡古今歌詠。狀玉盤又擬金餅。誰花言巧語，胡厮脛。我只道、爾是照人孤眠，惱殺人、舊都名業鏡。野人曰：此詞極有才調，巧於游戲也，但不知在地獄對著業鏡有甚情綴詞。予以謂野人所謂在地獄對著業鏡，然業鏡不必在地獄中也。凡人對鏡，有不稱意，必撲鏡而歎曰，業鏡也。中秋夜月，照人孤眠，稱爲業鏡。以狀景寫意及於此也。野人之言，其責太過耳。歲時廣記三十一引古今詞話

又

〔鷓鴣天〕春閨枝上流鶯和淚聞。新啼痕間舊啼痕。一春魚鳥無消息，千里關山勞夢魂。無一語，對芳尊。安排腸斷到黄昏。甫能炙得燈兒了，雨打梨花深閉門。

此詞形容愁怨之意最工，如後疊「甫能炙得燈兒了，雨打梨花深閉門」，頗有言外之意。草堂詩餘前集古今詞話（類編本一誤作古今詩話）

案上闋至正本草堂詩餘引與秦少游畫堂春銜接，類編本即以爲秦作，失之。

又

〔阮郎歸〕歌停檀板舞停鸞。高陽飲興闌。獸煙噴盡玉壺乾。香分小鳳團。雲浪淺，露珠圓。捧甌春筍寒。絳紗籠下躍金鞍。歸時人倚欄。花草粹編引蘇軾綠槐高柳咽新蟬一詞當之與草堂詩餘不合

觀者歎服此詞八句狀八景，音律一同，殊不散亂，人争實之，刻之琬琰，掛於堂室之間也。草堂詩餘後集下（類編本一）引古今詞話　花草粹編四引古今詞話

案至正本草堂詩餘引上闋與黄魯直品令銜接，不注撰人。類編本因以爲黄作，失之。

又

蜀州王守門下客，遇紅梅花作祟，贈柳梢青：

依稀曉星明滅。白露點、蒼苔敗葉。斷址頹垣，荒烟衰草，漢家宫闕。　咸陽道上行客，詞譜作人。又依舊詞譜作依舊是。利名深詞譜作覩名。切。改换容顔，銷磨今古，瓏頭殘月。花草粹編四引古今詞話　詞譜七引古今詞話

又

（烏夜啼）一彎月掛危樓。似藏鈎。醉裏不知黄葉報新秋。　征鴻斷。歸雲亂。遠峯愁。愁見緑楊凝恨在江頭。花草粹編一引詞話　詞綜二十四引古今詞話

又

（鏡中人）柳烟濃，梅雨潤。芳草綿綿離恨。花塢風來幾陣。羅袖沾春詞譜作香。粉。　獨上小樓迷

遠近。不見浣溪人信。何處笛聲飄隱隱。吹斷相思引。花草粹編四引古今詞話　詞譜六引古今詞話

又

〔眼兒媚〕慘雲愁霧罩江天。呵手捲簾看。濛茸柳絮，萬千蝴蝶，飛過危欄。後庭一樹瑶華綴，零亂暗香殘。今番桂影，也應寒重，不放新彎。同上

又

〔花前飲〕雨餘天色漸寒滲。海棠綻、胭脂如錦。告你休看書，詞譜有且字。共我花前飲。皓月穿簾未成寢。篆香透、鴛衾雙枕。似恁天色時，你道是好做甚。花草粹編四引古今詞話　詞譜八引古今詞話

又

〔轉調賀聖朝〕漸覺一日，濃如一日，不比尋常。若知人爲伊瘦損，成病又何妨。相思到了，不成模樣，收淚千行。把從前淚來做水，流也流到伊行。花草粹編四引古今詞話　詞譜六引古今詞話

又

〔西江月〕郵亭壁上詞昨夜輜車宿處，亂山深鎖郵亭。烟溪霜葉顫秋聲。不管愁人不聽。枕冷安

排難穩，衾寒重疊猶輕。憑誰說與伊人人。報道衾寒枕冷。花草粹編四引古今詞話

又

〔望江南〕謫新及第友人這癡騃，休恁淚漣漣。他是霸陵橋畔柳，千人攀了到君攀。剛甚別離難。荷上露，莫把作珠穿。水性本來無定度，這邊圓了那邊圓。終是不心堅。花草粹編五引古今詞話

又

〔紅窗迥〕富春坊，好景致。兩岸盡是歌姬舞妓。引調得上界神仙，把凡心都起。內有丙丁并壬癸。這兩尊神，爲你爭些口氣。火星道、我待逞些神通，不怕你是水。花草粹編六引古今詞話

案說郛二十五引白獺髓曰，鄭剛中之鎮蜀也，眷妓曰閻王，所居曰富春坊。忽民間遺火，鄭公出鎮於火明中，獲一旂，上有詩，乃借東坡海棠詩爲之云：火星飛入富春坊。天恣風流此夜狂。只恐夜深花睡去，高燒銀燭照紅粧。公一見曰：必道山公子也。楊曼倩古今詞話中，亦有此詞云云，與上闋殆即一事。惜粹編只錄曲文，其本事已無由考見矣。

又

〔檐前鐵〕悄無人宿雨厭厭，空庭乍歇。聽檐前鐵馬戛叮噹，敲破夢魂殘結。丁年事，天涯恨，又早在心頭咽。誰憐我綺簾前，鎮日鞋兒雙跌。今番也，石人應下千行血。擬展青天，寫作斷腸文，難盡

說。詞譜十六引古今詞話

案上闋未詳所本。

又

〔御街行〕霜風漸緊寒侵被。詞綜作袂。聽孤鴈聲嘹唳。一聲聲送一聲悲，雲淡碧天如水。披衣起告，詞綜作告語。鴈兒略住，聽我些兒事。塔兒南畔城兒裏。第三箇橋兒外。瀕河西岸小紅樓，詞譜作橋。門外梧桐彫砌。請教且與，低聲飛過，那裏有人人無寐。花草粹編八引古今詞話　詞綜二十四引古今詞話　詞譜十八引古今詞話

又

〔滿庭芳〕風急霜濃，天低雲淡，過來孤鴈聲切。鴈兒且住，略聽自家說。你爲離羣到此，我共箇人人才樂府雅詞、拾遺作那人纔相。別。松江岸，黄蘆叢雅詞作影。裏，天更待飛雪。聲聲腸欲斷，和我也點點珠淚雅詞作淚珠點點。成血。這一江流水，流也嗚咽。告你高飛遠舉，前程事永無雅詞作沒。磨折。休煩惱，雅詞作須知道。飄零散聚，雅詞作聚散。終有見時節。花草粹編九引古今詞話　詞譜二十四引古今詞話

案樂府雅詞拾遺上引上闋作劉燾詞。茲並校之。

又

〔古陽關〕渭城朝雨，一霎裛輕塵。更洒遍客舍青青。弄柔凝。千縷柳色新。更洒徧客舍青青。千縷柳色新。休煩惱。勸君更盡一杯酒，人生會少。自古富貴功名有定分。莫遣容儀瘦損。休煩惱，勸君更盡一杯酒，只恐怕西出陽關，舊遊如夢，眼前無故人。只恐怕西出陽關，眼前無故人。花草粹編十一引詞話

又

〔永遇樂〕寄所思新第者孤衾不暖，靜聞銀漏，欹枕難穩。細想多情多才多貌，總是多愁本。而今幽會難成，佳期頓阻，只恁縈方寸。知他莫是，今生共伊，此歡無分。尋思斷腸腸斷，珠淚搵了，依前重搵。終待臨歧，分明說與，我這厭厭悶。得伊知後，教人成病，萬種斷也無根。只恐他恁不分曉，謾勞瘦損。花草粹編十一引詞話　詞譜三十二引古今詞話

復雅歌詞

〔宋〕鮦陽居士撰

復雅歌詞目録

都十則

陳振孫云:「復雅歌詞五十卷,題鮦陽居士序,不著姓名。末卷言宮詞音律頗詳,然多有調而無曲。」是直齋已不詳此書爲何時何人所著。徐光溥自號録,亦無鮦陽之名。明刻重校北西廂記引李邴調笑令,云出復雅歌詞後集。知其書又分前後集。觀陳元靚歲時廣記所引,知其體例與本事曲子集、古今詞話及本事詞、詩詞紀事俱引見歲時廣記。相類似,同可視爲最古之詞林記事。顧徐釚詞苑叢談、張宗橚詞林紀事、馮金伯詞苑萃編中,俱未引及。蓋隱晦已久,因輯存之,俾談藝者有所考焉。萬里記。

余案宋黄昇中興以來絶妙詞選序謂復雅一集兼采唐宋迄於宣和之季,凡四千三百餘首,可見此書搜采之繁富,但久已不傳,殊爲可惜。圭璋記。

復雅歌詞

陳汝羲

熙寧八年乙卯，楊繪在翰林，十二月立春日肆筵，設滴酥花。陳汝羲即席賦減字木蘭花云：纖纖素手。盤裏酥花新點就。對葉雙心。別有東風意思深。　瓊霑粉綴。消得玉堂留客醉。試嗅清芳。別有紅蘿巧袖香。歲時廣記八

蘇軾

明月幾時有，把酒問青天。不知天上宮闕，今夕是何年。我欲乘風歸去，又恐瓊樓玉宇，高處不勝寒。起舞弄清影，何似在人間。　轉朱閣，低綺户，照孤集作無。眠。不應有恨，何事長向別時圓。人有悲歡離合，月有陰晴圓缺，此事古難全。但願人長久，千里共嬋娟。

是詞乃東坡居士以丙辰中秋歡飲達旦大醉，作水調歌頭兼懷子由，時丙辰熙寧九年也。元豐七年，都下傳唱此詞。神宗問内侍外面新行小詞，内侍録此進呈。讀至「又恐瓊樓玉宇，高處不勝寒」，上曰：「蘇軾終是愛君。」乃命量移汝州。歲時廣記三十一

又

〔卜算子〕缺月掛疎桐，漏斷人初靜。時見幽人獨往來，縹緲孤鴻影。　驚起却回頭，有恨無人省。揀盡寒枝不肯棲，寂寞集作楓落。吴江冷。

缺月，刺明微也。漏斷，暗時也。幽人，不得志也。獨往來，無助也。驚鴻，賢人不安也。回頭，愛君不忘也。無人省，君不察也。揀盡寒枝不肯棲，不偷安於高位也。寂寞吴江冷，非所安也。此詞與考槃詩極相似。類編草堂詩餘一引鮦陽居士云

案至正本草堂詩餘後集下，引上節作衡陽居士云。類編本改衡陽作鮦陽，殆必有據。（圭璋案直齋書録解題作鮦陽。）

万俟咏

景龍樓先賞，自十二月十五日便放燈直至上元，謂之預賞。万俟雅言作雪明鳷鵲夜慢云：望五雲多處春深，開閬苑、别就蓬島。正梅雪韻清，桂月光皎。鳳帳龍簾縈嫩風，御座深翠金間繞。半天中、香泛千花，燈掛百寶。　聖時觀風重臘，有簫鼓沸空，錦繡匝道。競呼盧，氣貫調調字據歷代詩餘三十七補，花草粹編九作彫，卽調字之誤。歡笑。暗裏金錢擲下，來侍燕歌，太平睿藻。願年年此際，迎春不老。歲時廣記十一

又

万俟雅言作鳳皇枝令，憶景龍先賞。序曰：「景龍門，古酸棗門也，自左掖門之東，爲夾城南北道，北抵景龍門。自臘月十五日放燈，縱都人夜遊。」婦人遊者，珠簾下邀住，飲以金甌酒。有婦人飲酒畢，輒懷金甌。左右呼之，婦人曰：「妻之夫性嚴，今帶酒容，何以自明，懷此金甌爲證耳。」隔簾聞笑聲曰：「與之。」其詞曰：

人間天上。端樓龍鳳燈先賞。傾城粉黛月明中，春思蕩。醉金甌仙釀。一從鸞輅北向。舊時寶座應蛛網。遊人此際客江鄉，空悵望。夢連昌清唱。同上

又

宣和間，万俟雅言中秋應制作明月照高樓慢云：

平分素商。四垂翠幕，斜界銀潢。顥氣通建章。正烟澄練色，露洗水光。明映波融太液，影隨簾掛披香。樓觀壯麗，附霽雲耀，紺碧相望。宮粧。三千從赭黃。萬年世代，一部笙簧。夜宴花漏長。乍鶯歌斷續，燕舞回翔。玉座頻燃絳臘，素娥重按霓裳。還是共唱御製詞，送御觴。歲時廣記三十一

李邴

調笑八疊鶯鶯，又作李邴詞：

何處。長安路。不記牆東花拂樹。瑶琴理罷霓裳譜。依舊月窗風户。薄情年少如飛絮。夢逐雙東堂詞作玉。環西去。重校北西廂記三引後集

案此毛滂東堂詞，復雅歌詞以爲李詞，未知孰是。

李清照詞譜作無名氏

〔憶王孫〕賞荷雲鎖重樓簾幙曉。詞譜作湖上風來波浩渺，與樂府雅詞合，非是。秋已暮、紅稀香小。水光山色與人親，説不盡、無窮好。蓮子已成荷葉老。清露洗、蘋花汀草。眠沙鷗鷺不回頭，似應也詞譜無也字。恨人歸早。花草粹編五　詞譜二

無名氏

〔惜寒梅〕看盡千花，愛詞譜作喜。寒梅、暗詞譜作却。與雪期霜約。雅態香肌，迥有天然澹泊。五侯園囿恣遊樂。凭欄處、重開繡幕。秦娥粧罷，遥相縱豔□□洛。詞譜此句作自遠相從豔過京洛。天涯再見素萼。似凝然詞譜作愁。向人，玉愁寂寞。江上飄零，怎把芳心付託。那堪風雨夜來惡。便减動一分

瘦削。直須沈醉，尤香殢雲，詞譜作雪。莫待吹花草粹編作改，從詞譜正。落。花草粹編十　詞譜二十八

論七夕故事

七夕故事，大抵祖述張華博物志、吴均齊諧記。夫二星之在天爲二十八舍，自占星者觀之，此爲經星有常次而不動。詩人謂「睆彼牽牛，不以服箱。跂彼織女，終日七襄。雖則七襄，不成報章」者，以比爲臣而不職也。夫爲臣不職，用人者之責也，此詩所以爲刺也。凡小説好怪，誕妄不終，往往類此。天雖去人遠矣，而垂象粲然，可驗而知，不可誣也。詞章家者流，務以文力相高，徒欲飛英妙之聲於尊俎間，詩人之細也夫。歲時廣記二十六

碧雞漫志

〔宋〕王　灼撰

碧雞漫志序

乙丑冬，予客寄成都之碧雞坊妙勝院，自夏涉秋，與王和先、張齊望所居甚近，皆有聲妓，日置酒相樂，予亦往來兩家不厭也。嘗作詩云：「王家二瓊芙蕖妖，張家阿倩海棠魄。露香亭前占秋光，紅雲島邊弄春色。滿城錢癡買娉婷，風捲畫樓絲竹聲。誰似兩家喜看客，新翻歌舞勸飛觥。君不見東州鈍漢髮半縞，日日醉踏碧雞三井道。」予每飲歸，不敢徑卧。客舍無與語，因旁緣是日歌曲，出所聞見。仍考歷世習俗，追思平時論説，信筆以記。積百十紙，混羣書中，不自收拾。今秋開篋偶得之，殘脱逸散，僅存十七，因次比增廣成五卷，目曰碧雞漫志。顧將老矣，方悔少年之非，游心淡泊，成此亦安用。但一時醉墨，未忍焚棄耳。己巳三月既望，覃思齋序。

碧雞漫志目録

卷一

卷二

碧雞漫志卷第一

歌曲所起

或問歌曲所起，曰：「天地始分，而人生焉，人莫不有心，此歌曲所以起也。舜典曰：「詩言志，歌永言，聲依永，律和聲。」詩序曰：「在心爲志，發言爲詩，情動于中，而形于言。言之不足，故嗟歎之，嗟歎之不足，故永歌之，永歌之不足，不知手之舞之足之蹈之。」樂記曰：「詩言其志，歌咏其聲，舞動其容，三者本于心，然後樂器從之。」故有心則有詩，有詩則有歌，有歌則有聲律，有聲律則有樂歌。永言卽詩也，非于詩外求歌也。今先定音節，乃製詞從之，倒置甚矣。而士大夫又分詩與樂府作兩科。古詩或名曰樂府，謂詩之可歌也。故樂府中有歌有謠，有吟有引，有行有曲。今人于古樂府，特指爲詩之流，而以詞就音，始名樂府，非古也。舜命夔教胄子，詩歌聲律，率有次第。又語禹曰：「予欲聞六律、五聲、八音，在治忽，以出納五言。」其君臣賡歌九功、南風、卿雲之歌，必聲律隨具。古者采詩，命太師爲樂章，祭祀、宴射、鄉飲皆用之。故曰正得失，動天地，感鬼神，莫近于詩。先王以是經夫婦，成孝敬，厚人倫，美教化，移風俗。詩至于動天地，感鬼神，移風俗，何也。正謂播諸樂歌，有此效耳。然中世亦有因筦弦金石，造歌以被之，若漢文帝使愼夫人鼓瑟，自倚瑟而歌。漢魏作三調歌辭，終非古法。

歌詞之變

古人初不定聲律，因所感發爲歌，而聲律從之，唐、虞禪代以來是也。餘波至西漢末始絕。西漢時，今之所謂古樂府者漸興，晉魏爲盛。隋氏取漢以來樂器歌章古調，併入清樂，餘波至李唐始絕。唐中葉雖有古樂府，而播在聲律，則尠矣。士大夫作者，不過以詩一體自名耳。蓋隋以來，今之所謂曲子者漸興，至唐稍盛。今則繁聲淫奏，殆不可數。古歌變爲古樂府，古樂府變爲今曲子，其本一也。後世風俗益不及古，故相懸耳。而世之士大夫，亦多不知歌詞之變。

古者歌工樂工皆非庸人

子語魯太師樂，知樂深矣。魯太師者，亦可語此耶。古者歌工、樂工皆非庸人，故摯適齊，干適楚，繚適蔡，缺適秦，方叔入河，武入漢陽，襄入海，孔子録之。八人中，其一又見于家語。孔子學琴于師襄子，襄子曰：「吾雖以擊磬爲官，然能于琴，今子于琴已習是也。」子貢問師乙：「賜宜何歌。」答曰：「慈愛者宜歌商，温良而能斷者宜歌齊，寬而静、柔而正者宜歌頌，廣大而静、疎達而信者宜歌大雅，恭儉而好禮者宜歌小雅，正直而静、廉而謙者宜歌風。」師乙賤工也，學識乃至此。又曰：「歌者上如抗，下如墜，曲如折，止如槁木，倨中矩，勾中鉤，纍纍乎端如貫珠。」歌之妙不越此矣。今有過鈞容班教坊者，問曰：「某宜何歌。」必曰：「汝宜唱田中行、曹元寵小令。」

漢初古俗猶在

劉、項皆善作歌，西漢諸帝如武、宣類能之。趙王幽死，諸王負罪死，臨絶之音，曲折深迫。廣川王通經，好文辭，爲諸姬作歌尤奇古。而高祖之戚夫人，燕王旦之容華夫人兩歌，又不在諸王下，兩，一作所。蓋漢初古俗猶在也。東京以來，非無作者，大概文采有餘，性情不足。高歡玉壁之役，士卒死者七萬人，慚憤發疾，歸使斛律金作勅勒歌。其辭略曰：「山蒼蒼。天茫茫。風吹草低見牛羊。」歡自和之，哀感流涕。金不知書，能發揮自然之妙如此，當時徐、庾輩不能也。吾謂西漢後，獨勅勒歌暨韓退之十琴操近古。

荆軻易水歌

荆軻入秦，燕太子丹及賓客送至易水之上，高漸離擊筑，軻和而歌，爲變徵之聲，士皆涕淚。又前爲歌曰：「風蕭蕭兮易水寒。壯士一去兮不復還。」復爲羽聲慷慨，士皆瞋目，髮上指冠。軻本非聲律得名，乃能變徵换羽於立談間，而當時左右聽者，亦不憒憒也。今人苦心造成一新聲，便作幾許大知音矣。

古音古辭亡缺

或問，「元次山補伏羲至商十代樂歌，皮襲美補九夏歌，是否。」曰：「名與義存，二子補之無害。或有其名而無其義，有其義而名不可强訓，吾未保二子之全得也。」次山曰：「嗚呼，樂聲自太古始，百世之後，盡亡古音。樂歌自太古始，百世之後，遂亡古辭。」次山知之晚也。孔子之時，三皇五帝樂歌已不及見，在齊聞韶，至三月不知肉味。戰國秦火，古器與音辭亡缺無遺。

自漢至唐所存之曲

漢時雅鄭參用，而鄭爲多。魏平荆州，獲漢雅樂，古曲音辭存者四，曰鹿鳴、騶虞、伐檀、文王。而李（應作左。）延年之徒，以新聲被寵，復改易音辭，止存鹿鳴一曲。晉初亦除之。又漢代短簫鐃歌樂曲，三國時存者，有朱鷺、艾如張、上之回、戰城南、巫山高、將進酒之類，凡二十二曲。魏、吴稱號，始各改其十二曲。晉興，又盡改之。獨玄（原避諱作元。）雲、釣竿二曲，名存而已。漢代鼙舞，三國時存者，有殿前生桂樹等五曲，其辭則亡。漢代胡角摩訶兜勒一曲，張騫得自西域，李延年因之，更造新聲二十八解，魏晉時亦亡。晉以來，新曲頗衆，隋初盡歸清樂。至唐武后時，舊曲存者，如白雪、公莫舞、巴渝、白紵、子夜、團扇、懊憹、石城、莫愁、楊叛兒、烏夜啼、玉樹後庭花等，止六十三曲。唐中葉，聲辭存者，又止三十七，有聲無辭者七，今不復見。唐歌曲比前世益多，聲行于今、辭見于今者，皆十之三四，世代差近爾。大抵先世樂府，有其名者尚多。其義存者十之三，其始辭存者十不得一，若其音則無傳，勢使然也。

晉以來歌曲

石崇以明君曲教其妾緑珠，曰：「我本漢家子，將適單于庭。昔爲匣中玉，今爲糞上英。」緑珠亦自作懊憹歌曰：「絲布澀難縫。」澀，一作歰。元伊侍孝武飲讌，撫弦而歌怨詩曰：「爲君既不易，爲臣良獨難。忠信事不顯，乃有見疑患。周旦佐文武，金縢功不刊。推心輔王政，二叔反流言。」熊甫見王敦委任錢鳳，將有異圖，進説不納，因告歸。臨與敦別，歌曰：「徂風飆起蓋山陵。氛霧蔽日玉石焚。往事既去可長歎，可，一作有。念別惆悵會復難。」陳安死隴上，歌之曰：「隴上壯士有陳安。軀幹雖小腹中寬。愛養將士同心肝。驌驄文馬鐵鍛鞍。文，一作駿。七尺大刀奮如湍。一云匕及大刀奮無端。丈八蛇矛左右盤。十盪十決無當前。戰始三交失蛇矛。棄我驌驄竄巖幽。爲我外援而懸頭。西流之水東流河。一去不還奈子何。」奈子何，一作復奈何。劉曜聞而悲傷，命樂府歌之。晉以來歌曲見于史者，蓋如是耳。

唐絶句定爲歌曲

唐時古意亦未全喪，竹枝、浪淘沙、拋毬樂、楊柳枝，乃詩中絶句，而定爲歌曲。故李太白清平調詞三章皆絶句。元、白諸詩，亦爲知音者協律作歌。白樂天守杭，元微之贈云：「休遣玲瓏唱我詩。我詩多是別君辭。」自注云：「樂人高玲瓏能歌，歌予數十詩。」樂天亦醉戲諸妓云：「席上爭飛使君酒，歌中多唱舍人詩。」又聞歌妓唱前郡守嚴郎中詩云：「已留舊政布中和。又付新詩與豔歌。」元微之見人詠韓舍人新律詩，戲贈云：「輕新便妓唱，凝妙入僧禪。」沈亞之送人序云：「故友李賀，善撰南北朝樂府古詞，其所賦尤多怨鬱悽豔之句。誠以蓋古排今，使爲詞者莫得偶矣。得，一作能。惜乎其中亦不備聲歌弦唱。」然唐史稱，李賀樂府數十篇，雲韶諸工皆合之弦管。又稱，李益詩名與賀相埒，每一篇成，樂工爭以賂求取之，被聲歌供奉天子。又稱，元微之詩，往往播樂府。舊史亦稱，武元衡工五言詩，好事者傳之，往往被于筦弦。又舊説，開元中，詩人王昌齡、高適、王之渙（原作王渙之，據集異記改。下同。）詣旗亭飲。梨園伶官亦招妓聚燕，三人私約曰：「我輩擅詩名，未定甲乙，定，一作第。試觀諸伶謳詩，分優劣。」一伶唱昌齡二絶句云：「寒雨連江夜入吴。平明送客楚帆孤。洛陽親友如相問，一片冰心在玉壺。」「奉帚平明金殿開。强將團扇共徘徊。玉顔不及寒鴉色，猶帶昭陽日影來。」一伶唱適絶句云：「開篋淚沾臆，見君前日書。夜臺何寂寞，猶是子雲居。」之渙曰：「佳妓所唱，如非我詩，終身不敢與子争衡。不然，子等列拜牀下。」須臾妓唱：「黄河遠上白雲閒。一片孤城萬仞山。羌笛何須怨楊柳，春風不度玉門關。」之渙揶揄二子曰：「田舍奴，我豈妄哉。」以此知李唐伶伎，取當時名士詩句入歌曲，蓋常俗也。俗，一作事。蜀王衍召嘉王宗壽飲宣華苑，命宫人李玉簫歌衍所撰宫詞云：「輝輝赫赫浮五雲。宣華池上月華春。月華如水映宫殿，有酒不醉真癡人。」五代猶有此風，今亡矣。近世有取陶淵明歸去來、李太白把酒問明月、李長吉將進酒、大蘇公赤壁前後賦，協入聲律，此暗合其美耳。一云，此暗合孫吴耳。

元微之分詩與樂府作兩科

元微之序樂府古題云：「操、引、謡、謳、歌、曲、詞、調八名，起於郊祭軍賓吉凶苦樂之際。在音聲者，因聲以度詞，審調以節唱，句度長短之數，聲韻平上之差，莫不由之準度。而又别其在琴瑟者，爲操、引，採民甿者，爲謳、謡，備曲度者，總謂之歌、曲、詞、調。斯皆由樂以定詞，非選詞以配樂也。詩、行、詠、吟、題、怨、歎、章、篇九名，皆屬事而作，雖題號不同，而悉謂之爲詩可也。後之審樂者，往往取其詞度爲歌曲，蓋選詞以配樂，非由樂以定詞也。」微之分詩與樂府作兩科，固不知事始。又不知後世俗變，凡十七名皆詩也。詩即可歌，可被之筦弦也。元以八名者近樂府，故謂由樂以定詞。九名者本諸詩，故謂選詞以配樂。今樂府古題具在，當時或由樂定詞，或選詞配樂，初無常法。習俗之變，安能齊一。

古人善歌得名不擇男女

古人善歌得名，不擇男女。戰國時，男有秦青、薛談、王豹、綿駒、瓠梁。女有韓娥。漢高祖大風歌，教沛中兒歌之。武帝用事甘泉圜丘，使童男女七十人歌。漢以來，男有虞公發、李延年、朱顧仙、未子尚、吳安泰、韓發秀。女有麗娟、莫愁、孫瑣、陳左、宋容華、王金珠。唐時男有陳不謙、謙子意奴、高玲瓏、長孫元忠、侯貴昌、韋青、李龜年、米嘉榮、李袞、何戡、田順郎、何滿、郝三寶、黎可及、柳恭。女有穆氏、方等、念奴、張紅紅、張好好、金谷里葉、永新娘、御史娘、柳青娘、謝阿蠻、胡二姉、寵姐、盛小叢、樊素、唐有態、李山奴、任智、方四女、洞雲。今人獨重女音，不復問能否。而士大夫所作歌詞，亦尚婉媚，古意盡矣。政和間，李方叔在陽翟，有攜善謳老翁過之者。方叔戲作品令云：「唱歌須是玉人，檀口皓齒冰膚。意傳心事，語嬌聲顫，字如貫珠。老翁雖是解歌，無奈雪鬢霜鬚。大家且道，是伊模樣，怎如念奴。」方叔固是沈於習俗，而語嬌聲顫，那得字如貫珠，不思甚矣。

論雅鄭所分

或問雅鄭所分。曰，中正則雅，多哇則鄭。至論也。何謂中正。凡陰陽之氣，有中有正，故音樂有正聲，有中聲。二十四氣歲一周天，而統以十二律。中正之聲，正聲得正氣，中聲得中氣，則可用。中正用，則平氣應，故曰，中正以平之。若乃得正氣而用中律，得中氣而用正律，律有短長，氣有盛衰，太過不及之弊起矣。自揚子雲之後，惟魏漢津曉此。東坡曰：「樂之所以不能致氣召和如古者，不得中聲故也。樂不得中聲者，氣不當律也。」東坡知有中聲，蓋見孔子及伶州鳩之言，恨未知正聲耳。近梓潼雍嗣侯者，作正笙訣、琴數、還相爲宮解、律呂逆順相生圖。大概謂知音在識律，審律在習數。故師曠之聰，不以六律不能正五音，諸譜以律通不過者，率皆淫哇之聲。嗣侯自言，得律呂真數，著說甚詳，而不及中正。

歌曲拍節乃自然之度數

或曰，古人因事作歌，抒寫一時之意，意盡則止，故歌無定句。因其喜怒哀樂，聲則不同，故句無定聲。今音節皆有轄束，而一字一拍，不敢輒增損，何與古相戾歟。予曰，皆是也。今人固不及古，而本之性情，稽之度數，古今所尚，各因其所重。昔堯民亦擊壤歌，先儒爲搏拊之說，亦曰所以節樂。樂之有拍，非唐虞創始，實自然之度數也。故明皇使黃幡綽寫拍板譜，幡綽畫一耳於紙以進曰：「拍從耳出。」牛僧孺亦謂拍爲樂句。嘉祐間，汴都三歲小兒，在母懷飲乳，聞曲皆撚手指作拍，應之不差。雖然，古今所尚，治體風俗，各因其所重，不獨歌樂也。古人豈無度數，今人豈無性情，用之各有輕重，但今不及古耳。今所行曲拍，使古人復生，恐未能易。

碧雞漫志卷第二

唐末五代樂章可喜

唐末五代文章之陋極矣，獨樂章可喜，雖乏高韻，而一種奇巧，各自立格，不相沿襲。在士大夫猶有可言，若昭宗「野烟生碧樹，陌上行人去」，豈非作者。諸國僭主中，李重光、王衍、孟昶、霸主錢俶，習於富貴，以歌酒自娛。而莊宗同文，興代北，生長戎馬間，百戰之餘，亦造語有思致。國初平一宇內，法度禮樂，寖復全盛。而士大夫樂章頓衰於前日，此尤可怪。

唐昭宗詞

唐昭宗以李茂貞（原避諱作正。）之故，欲幸太原，至渭北，韓建迎奉歸華州。上鬱鬱不樂，時登城西齊雲樓眺望，製菩薩蠻曲曰：「登樓遥望秦宮殿。茫茫只見雙飛燕。渭水一條流。千山與萬丘。野烟生碧樹。陌上行人去。安得有英雄。迎歸大内中。」又曰：「飄飄且在三峯下。秋風往往堪沾灑。腸斷憶仙宮。朦朧烟霧中。思夢時時睡。不語長如醉。早晚是歸期。穹蒼知不知。」

各家詞短長

王荆公長短句不多，合繩墨處，自雍容奇特。晏元獻公、歐陽文忠公，風流緼藉，一時莫及，而温潤秀潔，亦無其比。東坡先生以文章餘事作詩，溢而作詞曲，高處出神入天，平處尚臨鏡笑春，不顧儕輩。或曰，長短句中詩也。爲此論者，乃是遭柳永野狐涎之毒。詩與樂府同出，豈當分異。若從柳氏家法，正自不分異耳。晁無咎、黄魯直皆學東坡，韻製得七八。黄晚年閒放於狹邪，故有少疎蕩處。後來學東坡者，葉少藴、蒲大受亦得六七，其才力比晁、黄差劣。蘇在庭、石耆翁入東坡之門矣，短氣跼步，不能進也。趙德麟、李方叔皆東坡客，其氣味殊不近，趙婉而李俊，各有所長。晚年皆荒醉汝潁京洛間，時時出滑稽語。賀方回、周美成、晏叔原、僧仲殊各盡其才力，自成一家。賀、周語意精新，用心甚苦。毛澤民、黄載萬次之。叔原如金陵王謝子弟，秀氣勝韻，得之天然，將不可學。仲殊次之，殊之贍，晏反不逮也。張子野、秦少游俊逸精妙。少游屢困京洛，故疎蕩之風不除。陳無己所作數十首，號曰語業，妙處如其詩，但用意太深，有時僻澀。陳去非、徐師川、蘇養直、吕居仁、韓子蒼、朱希真、陳子高、洪覺範佳處亦各如其詩。王輔道、履道善作一種俊語，其失在輕浮。輔道誇捷敏，故或有不縝密。李漢老富麗而韻平平。舒信道、李元膺，思致妍密，要是波瀾小。謝無逸字字求工，不敢輒下一語，如刻削通草人，都無筋骨，要是力不足。然則獨無逸乎。曰，類多有之，此最著者爾。宗室中，明發、伯山久從汝洛名士游，下筆有逸韻，雖未能一一盡奇，比國賢、聖褒則過之。王逐客才豪，其新麗處與輕狂處，皆足驚人。沈公述、李景元、孔方平、處度叔姪、晁次膺、万俟雅言，皆有佳句，就中雅言又絶出。然六人者，源流從柳氏來，病於無韻。雅言初自集分兩體，曰雅詞，曰側豔，目之曰勝萱麗藻。後召試入官，以側豔體無賴太甚，削去之。再編成集，分五體，曰應制、曰風月脂粉、曰雪月風花、曰脂粉才情、曰雜類，周美成目之曰大聲。次膺亦間作側豔。田不伐才思與雅言抗行，不聞有側豔。田中行極能寫人意中事，雜以鄙俚，曲盡要妙，當在万俟雅言之右。然莊語輒不佳。嘗執一扇，書句其上云：「玉蝴蝶戀花心動。」語人曰：「此聯三曲名也，有能對者，吾下拜。」北里狹邪間橫行者也。宗室温之次之。長短句中，作滑稽無賴語，起於至和。嘉祐之前，猶未盛也。熙豐、元祐間，兗州張山人以詼諧獨步京師，時出一兩解。澤州孔三傳者，首創諸宮調古傳，士大夫皆能誦之。元祐間，王齊叟彥齡，政和間，曹組元寵，皆能文，每出長短句，膾炙人口。彥齡以滑稽語譟河朔。組潦倒無成，作紅窗迥及雜曲數百解，聞者絕倒，滑稽無賴之魁也。夤緣遭遇，官至防禦使。同時有張衮臣者，組之流，亦供奉禁中，號曲子張觀察。其後祖述者益衆，嫚戲汙賤，古所未有。組之子，知閤門事勛，字公顯，亦能文。嘗以家集刻板，欲蓋父之惡。近有旨下揚州，毀其板云。

樂章集淺近卑俗

柳耆卿樂章集，世多愛賞該洽，序事閒暇，有首有尾，亦間出佳語，又能擇聲律諧美者用之。惟是淺近卑俗，自成一體，不知書者尤好之。予嘗以比都下富兒，雖脫村野，而聲態可憎。前輩云：「離騷寂寞千年後，戚氏凄涼一曲終。」戚氏，柳所作也。柳何敢知世間有離騷，惟賀方回、周美成時時得之。賀六州歌頭、望湘人、吴音子諸曲，周大酺、蘭陵王諸曲最奇崛。或謂深勁乏韻，此遭柳氏野狐涎吐不出者也。

歌曲自唐虞三代以前，秦漢以後皆有，造語險易，則無定法。今必以「斜陽芳草」、「淡煙細雨」繩墨後來作者，愚甚矣。故曰，不知書者，尤好耆卿。

東坡指出向上一路

長短句雖至本朝盛，而前人自立，與真情衰矣。東坡先生非心醉於音律者，偶爾作歌，指出向上一路，新天下耳目，弄筆者始知自振。今少年妄謂東坡移詩律作長短句，十有八九，不學柳耆卿，則學曹元寵，雖可笑，亦毋用笑也。

歐詞集自作者三之一

歐陽永叔所集歌詞，自作者三之一耳。其間他人數章，羣小因指爲永叔，起曖昧之謗。

小山詞

晏叔原歌詞，初號樂府補亡。自序曰：「往與二三忘名之士，浮沈酒中。病世之歌詞，不足以析酲解慍，試續南部諸賢，作五七字語，期以自娛。不皆敍所懷，亦兼寫一時杯酒閒聞見，及同游者意中事。嘗思感物之情，古今不異。竊謂篇中之意，昔人定已不遺，第今無傳耳。故今所製，通以補亡名之。始時沈十二廉叔、陳十君龍家，有蓮、鴻、蘋、雲，工以清謳娛客，每得一解，即以草授諸兒，吾三人聽之，爲一笑樂。」其大指如此。叔原於悲歡合離，寫衆作之所不能，而嫌於夸，故云，昔人定已不遺，第今無傳。蓮、鴻、蘋、雲，皆篇中數見，而世多不知爲兩家歌兒也。其後目爲小山集，黄魯直序之云：「嬉弄於樂府之餘，寓以詩人句法，清壯頓挫，能動摇人心。」又云：「狹邪之大雅，豪士之鼓吹，其合者高唐、洛神之流，其下者不減桃葉團扇。」「若乃妙年美士，近知酒色之娱。苦節臞儒，晚悟裙裾之樂。鼓之舞之，使宴安酖毒而不悔，則叔原之罪也哉。」叔原年未至乞身，退居京城賜第，不踐諸貴之門。蔡京重九冬至日，遣客求長短句，欣然兩爲作鷓鴣天。「九日悲秋不到心。鳳城歌管有新音。風彫碧柳愁眉淡，露染黄花笑靨深。　初過雁，已聞砧。綺羅叢裏勝登臨。須教月户纖纖玉，細捧霞觴灩灩金。」「曉日迎長歲歲同。太平簫鼓閒歌鐘。雲高未有前村雪，梅小初開昨夜風。　羅幕翠，錦筵紅。釵頭羅勝寫宜冬。從今屈指春期近，莫使金罇對月空。」竟無一語及蔡者。案小山詞元序，南部諸賢下緒餘有二字。

周賀詞語意精新

江南某氏者解音律，時時度曲，周美成與有瓜葛，每得一解，即爲製詞，故周集中多新聲。賀方回初在錢塘，作青玉案，魯直喜之，賦絶句云：「解道江南斷腸句，只今惟有賀方回。」賀集中，如青玉案者甚衆。大抵二公卓然自立，不肯浪下筆，予故謂語意精新，用心甚苦。

梅苑

吾友黄載萬歌詞，號樂府廣變風。學富才贍，意深思遠，直與唐名輩相角逐，又輔以高明之韻，未易求也。吾每對之歎息。誦東坡先生語曰：「彼嘗從事於此，然後知其難，不知者以爲苟然而已。」夏幾道序之曰：「惜乎語妙而多傷，思窮而氣不舒，賦才如此，反嗇其壽，無乃情文之兆歟。」載萬所居齋前，梅花一株甚盛，因録唐以來詞人才士之作凡數百首，爲齋居之玩，命曰梅苑。其序引云：「呈妍月夕，奪霜雪之鮮。吐臭風晨，聚椒蘭之酷。情涯殆絶，鑒賞斯在，莫不抽毫襞彩，比聲裁句。召楚雲使興歌，命燕玉以按節。粧臺之篇，賓筵之章，可得而述焉。」樂府廣變風有賦梅花數曲，亦自奇特。案梅苑序云，莫不抽毫遣滯，劈彩舒衷。

蘭畹曲會

蘭畹曲會，孔甯極先生之子方平所集。序引稱無爲、莫知非，其自作者。稱魯逸仲，皆方平隱名，如子虛、烏有、亡是之類。孔平日自號滍臯漁父，與姪處度齊名，李方叔詩酒侶也。

大晟樂府得人

崇甯閒，建大晟樂府，周美成作提舉官，而製撰官又有七。万俟詠雅言，元祐詩賦科老手也。三舍法行，不復進取，放意歌酒，自稱大梁詞隱。每出一章，信宿喧傳都下。政和初，召試補官，置大晟樂府製撰之職。新廣八十四調，患譜弗傳，雅言請以盛德大業及祥瑞事迹制詞實譜。有旨依月用律，月進一曲，自此新譜稍傳。時田爲不伐亦供職大樂，衆謂樂府得人云。

易安居士詞

易安居士，京東路提刑李格非文叔之女，建康守趙明誠德甫之妻。自少年便有詩名，才力華贍，逼近前輩，在士大夫中已不多得。若本朝婦人，當推詞采第一。趙死，再嫁某氏，訟而離之，晚節流蕩無歸。作長短句，能曲折盡人意，輕巧尖新，姿態百出，閭巷荒淫之語，肆意落筆，自古搢紳之家能文婦女，未見如此無顧忌也。陳後主游宴，使女學士狎客賦詩相贈答，采其尤豔麗者，被以新聲，不過「璧月夜夜滿」、「瓊樹朝朝新」等語。李戡嘗痛元白詩纖豔不逞，非莊士雅人，多爲其破壞，流於民間，子父女母，交口教授，淫言媟語，冬寒夏熱，入人肌骨，不可除去。二公集尚存可考也。元與白書，自謂近世婦人，暈淡眉目，綰約頭鬢，衣服脩廣之度，匀配色澤，尤劇怪豔，因爲豔詩百餘首。今集中不載。元會真詩，白夢游春詩，所謂纖豔不逞，淫言媟語，止此耳。温飛卿號多作側辭豔曲，其甚者「合歡桃葉終堪恨，裏許元來别有人」、「玲瓏骰子安紅豆，入骨相思知不知」。亦止此耳。今之士大夫學曹組諸人鄙穢歌詞，則爲豔麗如陳之女學士狎客，爲纖豔不逞淫言媟語如元白，爲側詞豔曲如温飛卿，皆不敢也。其風至閨房婦女，夸張筆墨，無所羞畏，殆不可使李戡見也。

六人賦木犀

向伯恭用滿庭芳曲賦木犀，約陳去非、朱希真、蘇養直同賦，「月窟蟠根，雲巖分種」者是也。然三人皆用清平樂和之。去非云：「黄衫相倚。翠葆層層底。八月江南風日美。弄影山腰水尾。楚人未識孤妍。離騷遺恨千年。無住庵中新事，一枝喚起幽禪。」希真云：「人間花少。菊小芙蓉老。冷淡仙人偏得道。買定西風一笑。　前身元是江梅。黄姑點破冰肌。只有暗香猶在，飽參清似南枝。」養直云：「斷崖流水。香度青林底。元配騷人蘭與芷。不數春風桃李。　淮南叢桂小山。詩翁合得躋攀。身到十洲三島，心游萬壑千巖。」後伯恭再賦木犀，亦寄清平樂贈韓璜叔夏云：「吴頭楚尾。踏破芒鞋底。萬壑千巖秋色裏。不奈惱人風味。　如今老我薌林。世間百不關心。獨喜愛香韓壽，能來同醉花陰。」韓和云：「秋光如水。釀作鵝黄蟻。散入千巖佳樹裏。惟許脩門人醉。　輕鈿重上風鬟。不禁月冷霜寒。步障深沈歸去，依然愁滿江山。」初劉原父亦於清平樂賦木犀云：「小山叢桂。最有留人（原作人留，據樂府雅詞改）意。拂葉攀花無限思。雨濕濃香滿袂。　别來過了秋光。翠簾昨夜新霜。多少月宫閒地，姮娥借與微芳。」同一花一曲，賦者六人，必有第其高下者。

紫姑神詞

正宫白苧曲賦雪者，世傳紫姑神作。寫至「追昔燕然畫角，寶鑰珊瑚，是時丞相，虚作銀城換得」，或問出處，答云：「天上文字，汝那得知。」末後句「又恐東君，暗遣花神，先到南國。昨夜江梅，漏泄春消息」，殊可喜也。予舊同僚郝宗文，嘗春初請紫姑神，既降，自稱蓬萊仙人玉英，書浪淘沙曲云：「塞上早春時。暖律猶微。柳舒金線拂回堤。料得江鄉應更好，開盡梅溪。　晝漏漸遲遲。愁損仙肌。幾回無語斂雙眉。凭徧欄干十二曲，日下樓西。」

沈公述詞

沈公述爲韓魏公之客，魏公在中山，門人多有賜環之望。沈秋日作霜葉飛詞云：「謾贏得相思甚了，東君早作歸來計。便莫惜丹青手，重與芳菲，萬紅千翠。」爲魏公發也。

賀方回石州慢

賀方回石州慢，予舊見其稿，「風色收寒，雲影弄晴」改作「薄雨收寒，斜照弄晴」。又「冰垂玉筯，向午滴瀝簷楹，泥融消盡牆陰雪」改作「煙橫水際，映帶幾點歸鴻，東風消盡龍沙雪」。

宇文叔通詞

宇文叔通久留金國不得歸，立春日作迎春樂曲云：「寶幡綵勝堆金縷。雙燕釵頭舞。人間要識春來處。天際雁，江邊樹。故國鶯花又誰主。念憔悴，幾年羈旅。把酒祝東風，吹取人歸去。」

周美成點絳脣

周美成初在姑蘇，與營妓岳七楚雲者游甚久，後歸自京師，首訪之，則已從人矣。明日飲於太守蔡巒子高坐中，見其妹，作點絳脣曲寄之云：「遼鶴西歸，故鄉多少傷心事。短書不寄。魚浪空千里。憑仗桃根，說與相思意。愁何際。舊時衣袂。猶有東風淚。」

何文縝詞

何文縝在館閣時，飲一貴人家，侍兒惠柔者，解帕子爲贈，約牡丹開再集。何甚屬意，歸作虞美人曲，曲中隱其名云：「分香帕子揉藍膩。欲去殷勤惠。重來直待牡丹時。只恐花知，知後故開遲。案詞綜云，重來約在牡丹時，只恐花枝相妒故開遲。別來看盡閒桃李。日日欄干倚。催花無計問東風。夢作一雙蝴蝶遶芳叢。」何書此曲與趙詠道，自言其張本云。

王彥齡夫婦詞

王齊叟彥齡，元祐副樞巖叟之弟，任俊得聲。初官太原，作望江南數十曲，嘲府縣同僚，遂併及帥。帥怒甚，因衆入謁，面責彥齡：「何敢爾，豈恃兄貴，謂吾不能劾治耶。」彥齡執手板頓首帥前曰：「居下位，只恐被人讒。昨日只吟青玉案，幾時曾做望江南。試問馬都監。」帥不覺失笑，衆亦匿笑去。今別素質曲「此事憑誰知證，有樓前明月，窗外花影」者，彥齡作也。娶舒氏，亦有詞翰。婦翁武選，彥齡事之素不謹，因醉酒嫚罵，翁不能堪，取女歸，竟至離絶。舒在父家，一日行池上，懷其夫，作點絳脣曲云：「獨自臨流，興來時把欄干凭。舊愁新恨。耗卻來時興。鷺散魚潛，煙斂風初定。波心靜。照人如鏡。少個年時影。」

莫少虛詞

水調歌頭：「瑤草一何碧，春入武陵溪。溪上桃花無數，花上有黄鸝。」世傳爲魯直于建炎初見石耆翁，言此莫少虛作也。莫此詞本始，耆翁能道其詳。予嘗見莫浣溪沙曲：「寶釧緗裙上玉梯。雲重應恨翠樓低。愁同芳草兩萋萋。」又云：「歸夢悠颺見未真。繡衾恰有暗香薰。五更分得楚臺春。」造語頗工，晚年心醉富貴，不復事文筆。

古人使王昌莫愁事

古書亡逸固多，存於世者，亦恨不盡見。李義山絶句云：「本來銀漢是紅牆。隔得盧家白玉堂。誰與王昌報消息，盡知三十六鴛鴦。」而唐人使王昌事尤數，世多不曉，古樂府中可互見，然亦不詳也。一曰：「相逢狹路間，道隘不容車。如何兩少年，挾轂問君家。君家誠易知，易知復難忘。黄金爲君門，白玉爲君堂。堂上置樽酒，使作邯鄲倡。中庭生桂樹，華燈何煌煌。兄弟兩三人，中子爲侍郎。五日一來歸，道上自生光。黄金絡馬頭，觀者滿路傍。入門時左顧，但見雙鴛鴦。鴛鴦七十二，羅列自成行。」一曰：「河中之水向東流。洛陽女兒名莫愁。莫愁十三能織綺，十四採桑南陌頭。十五嫁爲盧家婦，十六生兒字阿侯。盧家蘭室桂爲梁。中有鬱金蘇合香。頭上金釵十二行。足下絲履五文章。珊瑚桂鏡爛生光。平頭奴子提履箱。人生富貴何所望，恨不嫁與東家王。」以三章互考之，即知樂府前篇所謂白玉堂與鴛鴦七十二，乃盧家。然義山稱三十六者，三十六雙，即七十二也。又知樂府後篇所謂東家王，郎王昌也。余少年時戲作清平樂曲，贈妓盧姓者云：「盧家白玉爲堂。于飛多少鴛鴦。縱使東牆隔斷，莫愁應念王昌。」黄載萬亦有更漏子曲云：「憐宋玉，許王昌。東西鄰短牆。」予每戲謂人曰：「載萬似曾經界兩家來。」蓋宋玉好色賦，稱東鄰之子，即宋玉爲西鄰也。東家王，即東鄰也。載萬用事如此之工。世徒知石城有莫愁，不知洛陽亦有之，前輩言樂府兩莫愁，正謂此也。又韓致光詩：「何必苦勞魂與夢，王昌祇在此牆東。」業唱歌者，沈亞之目爲聲家，又曰聲黨，又曰貢聲中禁。案業唱歌者至此二十一字與上下文無涉，似當析出別爲一條。李義山云：「王昌且在牆東住，未必金堂得免嫌。」又云：「欲入盧家白玉堂。新春催破舞衣裳。」對雪云：「又入盧家妒玉堂。」

陳無己浣溪沙

陳無己作浣溪沙曲云：「暮葉朝花種種陳。三秋作意問詩人。安排雲雨要新清。隨意且須追去馬，輕衫從使著行塵。晚窗誰念一愁新。」本是「安排雲雨要清新」，以末後句新字韻，遂倒作新清。世言無己喜作莊語，其弊生硬是也。詞中暗帶陳三、念一兩名，亦有時不莊語乎。

碧雞漫志卷第三

霓裳羽衣曲

霓裳羽衣曲，説者多異。予斷之曰，西涼創作，明皇潤色，又爲易美名。其他飾以神怪者，皆不足信也。唐史云，河西節度使楊敬述獻，凡十二遍。白樂天和元微之霓裳羽衣曲歌云：「由來能事各有主。楊氏創聲君造譜。」自注云：「開元中，西涼節度使楊敬述造。」鄭愚案鄭愚當作鄭嵎，下同。津陽門詩注，亦稱西涼府都督楊敬述進。予又攷唐史突厥傳，開元間，涼州都督楊敬述爲暾煌谷所敗，白衣檢校涼州事。樂天、鄭愚之説是也。劉夢得詩云：「開元天子萬事足。惟惜當年光景促。三鄉陌上望仙山，歸作霓裳羽衣曲。仙心從此在瑶池。三清八景相追隨。天上忽乘白雲去，世間空有秋風詞。」李祐霓裳羽衣曲詩云：「開元太平時，萬國賀豐歲。梨園進舊曲，玉座流新製。鳳管迭參差，霞裳競摇曳。」元微之法曲詩云：「明皇度曲多新態，宛轉浸淫易沈著。赤白桃李取花名，霓裳羽衣號天樂。」劉詩謂明皇望女几山，持志求仙，故退作此曲。當時詩今無傳，疑是西涼獻曲之後，明皇三鄉眺望，發興求仙，因以名曲。「忽乘白雲去，空有秋風詞」，譏其無成也。李詩謂明皇厭梨園舊曲，故有此新製。元詩謂明皇作此曲多新態，霓裳羽衣非人間服，故號天樂。然元指爲法曲，而樂天亦云：「法曲法曲歌霓裳。政和世理音洋洋。開元之人樂且康。」又知其爲法曲一類也。夫西涼既獻此曲，而三人者又謂明皇製作，予以是知爲西涼創作，明皇潤色者也。杜佑理道要訣云：「天寶十三載七月改諸樂名，中使輔璆琳宣進旨，旨，一作止。令于太常寺刊石，內黃鍾商婆羅門曲，改爲霓裳羽衣曲。」津陽門詩注：「葉法善引明皇入月宮，聞樂歸，笛寫其半，會西涼都督楊敬述進婆羅門，聲調脗合，遂以月中所聞爲散序，敬述所進爲其腔，製霓裳羽衣。」月宮事荒誕，惟西涼進婆羅門曲，明皇潤色，又爲易美名，最明白無疑。異人録云：「開元六年，上皇與申天師中秋夜同游月中，見一大宮府，牓曰，廣寒清虛之府。兵衞守門，不得入。天師引上皇躍超煙霧中，下視玉城，仙人、道士乘雲駕鶴往來其間，素娥十餘人，舞笑于廣庭大樹下，樂音嘈雜清麗。上皇歸，編律成音，製霓裳羽衣曲。」逸史云：「羅公遠中秋侍明皇宮中翫月，以拄杖向空擲之，化爲銀橋，與帝升橋，寒氣侵人，遂至月宮。女仙數百，素練霓衣，舞于廣庭。上問曲名，曰，霓裳羽衣。上記其音，歸作霓裳羽衣曲。」鹿革事類云：「八月望夜，葉法善與明皇游月宮，聆月中天樂，問曲名，曰，紫雲回。默記其聲，歸傳之，名曰霓裳羽衣。」此三家者，皆誌明皇游月宮，其一申天師同遊，初不得曲名。其一羅公遠同游，得今曲名。其一葉法善同游，得紫雲回曲名易之。雖大同小異，要皆荒誕無可稽據。杜牧之華清宮詩：「月聞仙曲調，霓作舞衣裳。」詩家搜奇入句，非決然信之也。又有甚者，開元傳信記云：「帝夢游月宮，聞樂聲，記其曲名紫雲回。」楊妃外傳云：「上夢仙子十餘輩，各執樂器，御雲而下。一人曰，此曲神仙紫雲回，今授陛下。」明皇雜録及仙傳拾遺云：「明皇用葉法善術，上元夜自上陽宮往西涼州觀燈，以鐵如意質酒而還，遣使取之不誣。」幽怪録云：「開元正月望夜，帝欲與葉天師觀廣陵，俄虹橋起殿前，師奏請行，但無回顧。帝步上，高力士樂官數十從，頃之，到廣陵。士女仰望，曰，仙人現。師請令樂官奏霓裳羽衣一曲，乃回。後廣陵奏，上元夜仙人乘雲西來，臨孝感寺，奏霓裳羽衣曲而去。上大悦。」唐人喜言開元天寶事，而荒誕相凌奪如此，將使誰信之。予以是知其他飾以神怪者，皆不足信也。王建詩云：「弟子歌中留一色，聽風聽水作霓裳。」歐陽永叔詩話以不曉聽風聽水爲恨。蔡絛詩話云出唐人西域記。龜兹國王與臣庶知樂者，于大山間聽風水聲，均節成音。後翻入中國，如伊州、甘州、涼州，皆自龜兹致。此説近之，但不及霓裳。予謂涼州定從西涼來，若伊與甘，自龜兹致，而龜兹聽風水造諸曲，皆未可知。王建全章，餘亦未見。但「弟子歌中留一色」，恐是指梨園弟子，則何豫于龜兹，置之勿論可也。按唐史及唐人諸集、諸家小説，楊太真進見之日，奏此曲導之。妃亦善此舞，帝嘗以趙飛燕身輕，成帝爲置七寶避風臺事，戲妃事，一作偶。曰：「爾則任吹多少。」妃曰：「霓裳一曲，足掩前古。」而宮妓佩七寶瓔珞舞此曲，曲終珠翠可掃。故詩人云：「貴妃宛轉侍君側，體弱不勝珠翠繁。冬雪飄颻錦袍暖，春風蕩漾霓裳翻。」又云：「朱閣沈沈夜未央，碧雲仙曲舞霓裳。一聲玉笛向空盡，月滿驪山宮漏長。」又云：「霓裳一曲千峯上，舞破中原始下來。」又云：「漁陽鼙鼓動地來，驚破霓裳羽衣曲。」又云：「世人莫重霓裳曲，曾致干戈是此中。」又云：「雲雨馬嵬分散後，分，一作飛。驪宮無復聽霓裳。」又云：「霓裳滿天月，粉骨幾春風。」帝爲太上皇，就養南宮，遷于西宮，梨園弟子玉琯發音，聞此曲一聲，則天顔不怡，左右歔欷。其後憲宗時，每大宴，間作此舞。文宗時，詔太常卿馮定，采開元雅樂，製雲韶雅樂及霓裳羽衣曲。是時四方大都邑及士大夫家，已多按習，而文宗乃令馮定製舞曲者，疑曲存而舞節非舊，故就加整頓焉。李後主作昭惠后誄云：「霓裳羽衣曲，綿兹喪亂，世罕聞者。獲其舊譜，殘缺頗甚。暇日與后詳定，去彼淫繁，定其缺墜。」按馬令南唐書，昭惠后傳載後主誄云：「霓裳舊曲，韜音淪世。失味齊音，猶傷孔氏。故國遺聲，忍乎湮墜。我稽其美，爾揚其祕。程度餘律，重新雅製。」云云。灼所引似是誄後注文，今失傳云。蓋唐末始不全。始，一作殆。蜀檮杌稱：「三月上巳，王衍宴怡神亭，衍自執板唱霓裳羽衣、後庭花、思越人曲。」決非開元全章。洞微志稱：「五代時，齊州章丘北村任六郎，愛讀道書，好湯餅，得犯天麥毒疾，多唱異曲。八月望夜，待月私第，六郎執板大譟一曲。有水鳥野雀數百，集其舍屋傾聽。自適曰：『此即昔人霓裳羽衣者。』衆請于何得，笑而不答。」既得之邪疾，使此聲果傳，亦未足信。按明皇改婆羅門爲霓裳羽衣，屬黃鍾商云，時號越調，即今之越調是也。白樂天嵩陽觀夜奏霓裳詩云：「開元遺曲自淒涼。況近秋天調是商。」又知其爲黃鍾商無疑。歐陽永叔云：「人間有瀛府、獻仙音二曲，此其遺聲。」瀛府屬黃鍾宮，獻仙音屬小石調，了不相干。永叔知霓裳羽衣爲法曲，而瀛府、獻仙音爲法曲中遺聲，今合兩涸宮調，作霓裳羽衣一曲遺聲，亦太疏矣。筆談云：「蒲中逍遥樓楣上，有唐人横書，類梵字，相傳是霓裳譜，字訓不通，莫知是非。或謂今燕部有獻仙音曲，乃其遺聲。然霓裳本謂之道調曲，獻仙音乃小石調爾。」又嘉祐雜志云：「同州樂工翻河中黃幡綽霓裳譜，鈞容樂工程士守元本作士守程，下同，今依錢校。以爲非是，別依法曲造成。教坊伶人花日新見之，題其後云：『法曲雖精，莫近望瀛。』」予謂筆談知獻仙曲非是，乃指爲道調法曲，則無所著見。獨理道要訣所載，係當時朝旨，可信不誣。雜志謂同州樂工翻河中黃幡綽譜，雖不載何宮調，安知非逍遥樓楣上横書耶。今并程士守譜皆不傳。樂天和元微之霓裳羽衣曲歌云：「磬簫箏笛遞相攙，擊擫彈吹聲邐迤。」注云：「凡法曲之初，衆樂不齊，惟金石絲竹次第發聲，霓裳序初亦復如此。」又云：「散序六奏未動衣。陽臺宿雲慵不飛。中序擘騞初入拍。秋竹竿裂春冰坼。」注云：「散序六遍無拍，故不舞，中序始有拍，亦名拍序。」又云：「繁音急節十二遍，跳珠撼玉何鏗錚。翔鸞舞了卻收翅，唳鶴曲終長引聲。」注云：「霓裳十二遍而曲終，凡曲將終，皆聲拍促速，惟霓裳之末，長引一聲。」筆談云：「霓裳曲凡十二疊，前六疊無拍，至第七疊方謂之疊遍，自此始有拍而舞。」筆談，沈存中撰。沈指霓裳羽衣爲道調法曲，則是未嘗見舊譜。今所云豈亦得之樂天乎。世有般涉調拂霓裳曲，因石曼卿取作傳踏，述開元天寶舊事。曼卿云，本是月宫之音，翻作人間之曲。近夔帥曾端伯，增損其辭，爲勾遣隊口號，亦云開寶遺音。蓋二公不知此曲自屬黄鍾商，而拂霓裳則般涉調也。宣和初，普府守山東人王平，詞學華贍，自言得夷則商霓裳羽衣譜，取陳鴻、白樂天長恨歌傳，并樂天寄元微之霓裳羽衣曲歌，又雜取唐人小詩長句，及明皇太真事，終以微之連昌宫詞，補綴成曲，刻板流傳。曲十一段，起第四遍、第五遍、第六遍、正攧、入破、虚催、衮、實催、衮、歇拍、殺衮，音律節奏，與白氏歌注大異。則知唐曲，今世決不復見，亦可恨也。又唐史稱客有以按樂圖示王維者，無題識。維徐曰：「此霓裳第三疊最初拍也。」客未然，引工按曲，乃信。予嘗笑之，霓裳第一至第六疊無拍者，皆散序故也。類音家所行大品，安得有拍。樂圖必作舞女，而霓裳散序六疊，以無拍故不舞。又畫師于樂器上，或吹或彈，止能畫一個字，諸曲皆有此一字，豈獨霓裳。唐孔緯拜官教坊，優伶求利市，緯呼使前，索其笛，指竅問曰：「何者是浣溪沙孔籠子。」諸伶大笑。此與畫圖上定曲名何異。普府一作普州，錢校晉府。

涼州曲

涼州曲，唐史及傳載，稱天寶樂曲，皆以邊地爲名，若涼州、伊州、甘州之類。曲遍聲繁，名入破。又詔道調、法曲，與胡部新聲合作。明年，安禄山反，涼、伊、甘皆陷。吐（原誤作土。）蕃史及開元傳信記亦云，西涼州獻此曲。甯王憲曰：「音始于宮，散于商，成于角徵（原避諱作祉。）羽。斯曲也，宮離而不屬，商亂而加暴，君卑逼下，臣僭犯上，臣恐一日有播遷之禍。」及安史之亂，世頗思憲審音。而楊妃外傳，乃謂上皇居南内，夜與妃侍者紅桃歌妃所製涼州詞，上因廣其曲，今流傳者益加。明皇雜録亦云：「上初自巴蜀回，夜來乘月登樓，命妃侍者紅桃歌涼州，卽妃所製，上親御玉笛爲倚樓曲，曲罷無不感泣。因廣其曲，傳于人間。」予謂皆非也。涼州在天寶時已盛行，上皇巴蜀回，居南内，乃肅宗時，那得始廣此曲。或曰，因妃所製詞而廣其曲者，亦詞也，則流傳者益加，豈亦詞乎。舊史及諸家小説謂妃善舞，邃曉音律，不稱善製詞。今妃外傳及明皇雜録所云，夸誕無實，獨帝御玉笛爲倚樓曲，因廣之，流傳人間，似可信，但非涼州耳。唐史又云，其聲本宮調，今涼州見于世者凡七宮曲，曰黄鍾宮、道調宮、無射宮、中吕宮、南吕宮、仙吕宮、高宮，不知西涼所獻何宮也。然七曲中，知其三是唐曲，黄鍾、道調、高宮者是也。脞説云：「西涼州本在正宮，貞（原避諱作正。）元初，康崑崙翻入琵琶玉宸宮調，初進在玉宸殿，故以命名，合衆樂卽黄鍾也。」予謂黄鍾卽俗呼正宮，崑崙豈能捨正宮外，別製黄鍾涼州乎。因玉宸殿奏琵琶，就易美名，此樂工夸大之常態。而脞説便謂翻入琵琶玉宸宮調。新史雖取其説，止云康崑崙寓其聲于琵琶，奏于玉宸殿，因號玉宸宮調，合諸樂則用黃鍾宮，得之矣。張祜詩云：「春風南内百花時。道調涼州急遍吹。揭手便拈金椀舞，上皇驚笑悖拏兒。」又幽閒鼓吹云：「元載子伯和，勢傾中外，福州觀察使寄樂妓數十人，使者半歲不得通。窺伺門下，有琵琶康崐崙出入，乃厚遺求通，伯和一試，盡付崐崙。段和上者，自製道調涼州，崐崙求譜，不許，以樂之半爲贈，乃傳。」據張祜詩，上皇時已有此曲，而幽閒鼓吹爲段師自製，未知孰是。白樂天秋夜聽高調涼州詩云：「樓上金風聲漸緊，月中銀字韻初調。促張弦柱吹高管，一曲涼州入泬寥。」大吕宮，俗呼高宮，其商爲高大石，其羽爲高般涉，所謂高調，乃高宮也。史及脞說又云「涼州有大遍、小遍」，非也。凡大曲有散序、靸、排、遍、攧、正攧、入破、虛催、實催、衮遍、歇指、殺衮，一本實催下云，滚拍、遍歇、殺滚。始成一曲，此謂大遍。而涼州排遍，予曾見一本有二十四段。後世就大曲製詞者，類從簡省，而管弦家又不肯從首至尾吹彈，甚者學不能盡。元微之詩云：「逡巡大遍梁州徹。」又云：「梁州大遍最豪嘈。」及脞說謂有大遍小遍，其誤識此乎。

伊州

伊州見于世者，凡七：商曲大石調、高大石調、雙調、小石調、歇指調、指，一作拍。林鍾商、越調，第不知天寶所製七商中何調耳。王建宮詞云：「側商調裏唱伊州。」林鍾商，今夷則商也，管色譜以凡字殺，若側商即借尺字殺。即，一作則。○案姜夔琴曲側商調序云：「琴七弦散聲，具宮、商、角、徵、羽者爲正弄。慢角、清商、宮調、慢宮、黃鍾調是也。加變宮、變徵爲散聲者，曰側弄、側楚、側蜀、側商是也。側商之調久亡，唐人詩云：『側商調裏唱伊州。』予以此語尋之，伊州大食調黄鍾律法之商，乃以慢角轉弦，取變宫、變徵、散聲，此調甚流美也。蓋慢角乃黄鍾之正，側商乃黄鍾之側，它言側者同此。然非三代之聲，乃漢燕樂爾。據此則林鍾商當作黄鍾商。又夔越九歌内，側商調亦註云黄鍾商。

甘州

甘州，世不見，今仙吕調有曲破，有八聲慢，有令，而中吕調有象甘州八聲，象，一作蒙，下同。他宫調不見也。凡大曲就本宫調制引、序、慢、近、令，制，一作轉。蓋度曲者常態。常，一作斂。若象甘州八聲，即是用其法于中吕調，此例甚廣。僞蜀毛文錫，有甘州遍，顧敻、（原作瓊，據花間集改。）李珣有倒排甘州，顧敻又有甘州子，皆不著宫調。

胡渭州

胡渭州，明皇雜録云：「開元中，樂工李龜年弟兄三人，皆有才學盛名。彭年善舞，鶴年、龜年能歌，製渭州曲，特承顧遇。於東都大起第宅，僭侈之制，踰於公侯。」唐史吐蕃傳亦云：「奏涼州、胡渭、録要、雜曲，今小石調，胡渭州是也。」然世所行伊州、胡渭州、六么，皆非大遍全曲。案姜夔醉吟商詞序，胡渭州作湖渭州。

六么

六么，一名緑腰，一名樂世，一名録要。元微之琵琶歌云：「緑腰散序多攏撚。」又云：「管兒還爲彈緑腰。」

録腰依舊聲迢迢。」又云：「逡巡彈得六么徹。霜刀破竹無殘節。」沈亞之歌者葉記云：「合韻奏録腰。」又志盧金蘭墓云：「爲録腰玉樹之舞。」唐史吐蕃傳云：「奏涼州、胡渭、録要、雜曲。」段安節琵琶録云：「録腰，本録要也，樂工進曲，上令録其要者。」白樂天楊柳枝詞云：「六么水調家家唱，白雪梅花處處吹。」又聽歌六絶句内，樂世一篇云：「管急弦繁拍漸稠。録腰宛轉曲終頭。誠知樂世聲聲樂，老病人聽未免愁。」人聽，一作殘軀。注云：「樂世一名六么。」王建宮詞云：「琵琶先抹六么頭。」故知唐人以腰作么者，惟樂天與王建耳。或云，此曲拍無過六字者，故曰六么。至樂天又獨謂之樂世，他書不見也。青箱雜記云：「曲有録要者，録霓裳羽衣曲之要拍。」霓裳羽衣曲乃宮調，與此曲了不相關。士大夫論議，嘗患講之未詳，卒然而發，事與理交違，幸有證之者，不過如聚訟耳。若無人攻擊，後世隨以憒憒，或遺禍于天下，樂曲不足道也。琵琶録又云：「貞(原避諱作正。)元中，康崑崙琵琶第一手，兩市樓抵鬬聲樂，崑崙登東綵樓，彈新翻羽調録腰，必謂無敵。曲罷，西市樓上出一女郎，抱樂器云：『我亦彈此曲。』兼移在楓香調中，下撥聲如雷，絶妙入神。崑崙拜請爲師。女郎更衣出，乃僧善本，俗姓段。」今六么行于世者四，曰黃鍾羽，卽俗呼般涉調。曰夾鍾羽，卽俗呼中呂調。曰林鍾羽，卽俗呼高平調。曰夷則羽，卽俗呼仙呂調。皆羽調也。崑崙所謂新翻，今四曲中一類乎，或他羽調乎，是未可知也。段師所謂楓香調，無所著見。今四曲中一類乎，或他調乎，亦未可知也。歐陽永叔云：「貪看六么花十八。」此曲内一疊，名花十八，前後十八拍，又四花拍，共二十二拍。樂家者流所謂花拍，蓋非其正也。曲節抑揚可喜，舞亦隨之。而舞築球六么，至花十八益奇。

碧雞漫志卷第四

蘭陵王

蘭陵王，北齊史及隋唐嘉話，稱齊文襄之子長恭，封蘭陵王。與周師戰，嘗著假面對敵，擊周師金墉城下，勇冠三軍。武士共歌謠之，曰蘭陵王入陣曲。今越調蘭陵王，凡三段二十四拍，或曰遺聲也。此曲聲犯正宮，管色用大凡字，大一字，勾字，故亦名大犯。又有大石調蘭陵王慢，殊非舊曲。周齊之際，未有前後十六拍慢曲子耳。

虞美人

虞美人，脞説稱起于項籍虞兮之歌。予謂後世以此命名可也，曲起于當時，非也。曾子宣夫人魏氏作虞美人草行有云：「三軍散盡旌旗倒。玉帳佳人坐中老。香魂夜逐劍光飛，青血化爲原上草。芳菲寂寞寄寒枝。非，一作心。舊曲聞來似斂眉。」又云：「當時遺事久成空，慷慨尊前爲誰舞。」亦有就曲誌其事者，世以爲工，其詞云：「帳前草草軍情變。月下旌旗亂。褫衣推枕愴離情。遠風吹下楚歌聲。正三更。撫騅欲上重相顧。豔態花無主。手中蓮鍔凜秋霜。九泉歸去是仙鄉。恨茫茫。」黄載萬追和之，壓倒前輩矣。其詞云：「世間離恨何時了。不爲英雄少。楚歌聲起伯圖休。一似水東流。案錢校本霸圖休下元缺九字。別本有一似水東流五字。惟陳耀文花草粹編載此詞，作玉帳佳人血淚滿東流。葛荒葵老蕪城暮。一本云，蔓葛荒葵城隴暮，平仄與調不合，似誤。玉貌知何處。至今荒草解婆娑。只有當年魂魄未消磨。」年，一作時。按益州草木記，雅州名山縣，出虞美人草，如雞冠花。葉兩兩相對，爲唱虞美人曲，應拍而舞，他曲則否。賈氏談録，褒斜山谷中，有虞美人草，狀如雞冠，大葉相對。或唱虞美人，則兩葉如人拊掌之狀，頗中節拍。酉陽雜俎云：「舞草出雅州，獨莖三葉，葉如決明，一葉在莖端，兩葉居莖之半相對。人或近之歌，及抵掌謳曲，葉動如舞。」益部方物圖贊改虞作娛，云今世所傳虞美人曲，下音俚調，非楚虞姬作，意其草纖柔，爲歌氣所動，故其莖至小者，或若動摇，美人以爲娛耳。筆談云：「高郵桑景舒性知音，舊聞虞美人草，遇人唱虞美人曲，枝葉皆動，他曲不然。試之，如所傳，詳其曲，皆吳音也。他日取琴，試用吳音製一曲，對草鼓之，枝葉亦動，乃目曰虞美人操。其聲調與舊曲始末不相近，而草輒應之者，律法同管也。今盛行江湖間，人亦莫知其如何爲吳音。」東齋記事云：「虞美人草，唱他曲亦動，傳者過矣。」予考六家説，各有異同。方物圖贊最穿鑿，無所稽據。舊曲固非虞姬作，若便謂下音俚調，嘻其甚矣。亦聞蜀中數處有此草，予皆未之見，恐種族異，則所感歌亦異。然舊曲三，其一屬中吕調，其一中吕宮，近世轉入黄鍾宮，此草應拍而舞，應舊曲乎、新曲乎。桑氏吳音，合舊曲乎、新曲乎，恨無可問者。又不知吳草與蜀産有無同類也。一本云，有異同否耶。

安公子

安公子，通典及樂府雜録稱，煬帝將幸江都，樂工王令言者，妙達音律，其子彈胡琵琶作安公子曲。令言驚問那得此。對曰，宮中新翻。令言流涕曰：「慎毋從行。宮，君也，宮聲往而不返，大駕不復回矣。」據理道要訣，唐時安公子在太簇角，今已不傳。其見于世者，中呂調有近，般涉調有令，然尾聲皆無所歸宿，亦異矣。

水調歌與河傳

水調歌，理道要訣所載唐樂曲南呂商，時號水調。予數見唐人説水調，各有不同。予因疑水調非曲名，乃俗呼音調之異名，今決矣。按隋唐嘉話，煬帝鑿汴河，自製水調歌，即是水調中製歌也。一本云，非水調中製歌也。世以今曲水調歌爲煬帝自製，今曲迺中呂調，而唐所謂南呂商，則今俗呼中管林鍾商也。脞説云：「水調、河傳，煬帝將幸江都時所製，聲韻悲切，帝喜之。樂工王令言謂其弟子曰，不返矣。水調、河傳，但有去聲。」此説與安公子事相類，蓋水調中河傳也。明皇雜録云：「禄山犯順，順，一作闕。議欲遷幸。帝置酒樓上，命作樂，有進水調歌者曰：『山川滿目淚沾衣。富貴榮華能幾時。不見只今汾水上，惟有年年秋雁飛。』上問誰爲此曲，曰李嶠。上曰真才子。不終飲而罷。」此水調中一句七字曲也。白樂天聽水調詩云：「五言一遍最殷勤。調少情多似有因。不會當時翻曲意，此聲腸斷爲何人。」脞説亦云：「水調第五遍，五言調，聲最愁苦。」此水調中一句五字曲，又有多遍，似是大曲也。樂天詩又云：「時唱一聲新水調，謾人道是採菱歌。」此水調中新腔也。南唐近事云：「元宗留心内寵，宴私擊鞠無虛日。

嘗命樂工楊花飛奏水調詞進酒，花飛惟唱南朝天子好風流一句，如是數四，上悟，覆栝賜金帛。」此又一句七字。然既曰命奏水調詞，則是令楊花飛水調中撰詞也。外史檮杌云：「王衍泛舟巡閬中，舟子皆衣錦繡，自製水調銀漢曲。」自製上一有偶字。此水調中製銀漢曲也。今世所唱中吕調水調歌，迺是以俗呼音調異名者名曲，雖首尾亦各有五言兩句，決非樂天所聞之曲。河傳，唐詞存者二，其一屬南吕宫，凡前段平韻，後仄韻。其一乃今怨王孫曲，屬無射宫。以此知煬帝所製河傳，不傳已久。然歐陽永叔所集詞內河傳，附越調，亦怨王孫曲。今世河傳，乃仙吕調，皆令也。

萬歲樂

萬歲樂，唐史云：「明皇分樂爲二部，堂下立奏，謂之立部伎。堂上坐奏，謂之坐部伎。坐部伎六曲，而鳥歌萬歲樂居其四。鳥歌者，武后作也。有鳥能人言萬歲，因以製樂。」通典云：「鳥歌萬歲樂，武太后所造，時宫中養鳥，能人言，嘗稱萬歲，爲樂以象之。舞三人，衣緋大褏，並畫鸜鵒冠，作鳥象。」又云：「今嶺南有鳥，似鸜鵒，能言，名吉了。」音料。異哉，武后也，其爲昭儀，至篡奪，殺一后一妃，而殺王侯將相中外士大夫不可勝計，凶忍之極。又殺諸武，僅有免者。又最甚，則親生四子，殺其二，廢徙其一，獨睿宗危得脱。視他人性命如糞草，至聞鳥歌萬歲，乃欲集慶厥躬，改年號永昌。又因二齒生，改號長壽，又號延載，又號天册萬歲，又號萬歲通天，又號長安，自昔紀號祈祝，未有如后之甚者。在衆人則欲速死，在一身則欲長久，一身，一作己身。世無是理也。按理道要訣，唐時太簇商樂曲有萬歲樂，或曰，卽鳥歌萬歲樂也。又舊唐史，元和八年十月，汴州劉宏撰聖朝萬歲樂譜三百首以進。今黄鍾宫亦有萬歲樂，不知起前曲或後曲。

夜半樂

夜半樂，唐史云：「民間以明皇自潞州還京師，夜半舉兵，誅韋皇后，製夜半樂、還京樂二曲。」樂府雜録云：「明皇自潞州入平内難，半夜斬長樂門關，領兵入宫後，撰夜半樂曲。」今黄鍾宫有三臺夜半樂，中吕調有慢、有近拍、有序，不知何者爲正。

何滿子

何滿子，白樂天詩云：「世傳滿子是人名。臨就刑時曲始成。一曲四詞歌八疊，從頭便是斷腸聲。」自注云：「開元中，滄州歌者姓名，臨刑進此曲，以贖死，上竟不免。」元微之何滿子歌云：「何滿能歌聲宛轉。天寶年中世稱罕。嬰刑繫在囹圄間，下調哀音歌憤懣。梨園弟子奏元宗，一唱承恩羈網緩。便將何滿爲曲名，御府親題樂府纂。」甚矣，帝王不可妄有嗜好也。明皇喜音律，而罪人遂欲進曲贖死。然元白平生交友，聞見率同，獨紀此事少異。盧氏雜説云：「甘露事後，文宗便殿觀牡丹，誦舒元輿牡丹賦，歎息泣下，命樂適情。宫人沈翹翹舞何滿子，詞云：『浮雲蔽白日。』上曰汝知書耶。乃賜金臂環。」又薛逢何滿子詞云：「繫馬宫槐老，持杯店菊黄。故交今不見，流恨滿川光。」五字四句，樂天所謂一曲四詞，庶幾是也。歌八疊，疑有和聲，如漁父、小秦王之類。今詞屬雙調，兩段各六句，内五句各六字，一句七字。

五代時尹鶚、李珣亦同此。其他諸公所作，往往只一段，而六句各六字，皆無復有五字者。字句既異，即知非舊曲。樂府雜録云：「靈武刺史李靈曜置酒，坐客姓駱，唱何滿子，皆稱妙絶。白秀才者曰：『家有聲妓，歌此曲音調不同。』召至令歌，發聲清越，殆非常音。駱遽問曰：『莫是宮中胡二子否。』妓熟視曰：『君豈梨園駱供奉邪。』相對泣下，皆明皇時人也。」張祜作孟才人歎云：「偶因歌態詠嬌嚬。傳唱宮中十二春。御爲一聲何滿子，下泉須弔孟才人。」其序稱：「武宗疾篤，孟才人以歌笙獲寵者，密侍左右。上目之曰：『吾當不諱，爾何爲哉。』指笙囊泣曰：『請以此就縊。』上憫然。復曰：『妾嘗藝歌，願對上歌一曲，以泄憤。』許之，乃歌一聲何滿子，氣亟，立殞。上令醫候之，曰：『脈尚温而腸已絶。』一云肌尚温而腸已斷。上崩，將徙柩，舉之愈重。議者曰：『非俟才人乎。』命其櫬至，乃舉。」僞蜀孫光憲何滿子一章云：「冠劍不隨君去，江河還共恩深。」似爲孟才人發。祜又有宮詞云：「故國三千里，深宮二十年，一聲何滿子，雙淚落君前。」其詳不可得而聞也。

淩波神

淩波神，開元天寶遺事云：「帝在東都，夢一女子，高髻廣裳，拜而言曰：『妾淩波池中龍女，久護宮苑，陛下知音，乞賜一曲。』帝爲作淩波曲，奏之池上，神出波間。」楊妃外傳云：「上夢豔女，梳交心髻，大袖寬衣，曰：『妾是陛下淩波池中龍女，衛宮護駕實有功。陛下洞曉鈞天之音，乞賜一曲。』夢中爲鼓胡琴作淩波曲。後于淩波池奏新曲，池中波濤湧起，有神女出池心，乃夢中所見女子，因立廟池上，歲祀之。」明皇雜録云：「女伶謝阿蠻善舞淩波曲，出入宮中及諸姨宅，妃子待之甚厚，賜以金粟妝臂環。」按理道要訣，天寶諸樂曲名，有淩波神二曲，其一在林鍾宮云，時號道調宮。然今之林鍾宮，卽時號南呂宮，而道調宮卽古之仲呂宮也。其一在南呂商云，時號水調。今南呂商則俗呼中管林鍾商也。皆不傳。予問諸樂工，云舊見淩波曲譜，不記何宮調也。世傳用之歌吹，能招來鬼神，因是久廢。豈以龍女見形之故，相承爲能招來鬼神乎。

荔枝香

荔枝香，唐史禮樂志云：「帝幸驪山，楊貴妃生日，命小部張樂長生殿，奏新曲，未有名。會南方進荔枝，因名曰荔枝香。」脞説云：「太真妃好食荔枝，每歲忠州置急遞上進，五日至都。天寶四年夏，荔枝滋甚，比開籠時，香滿一室，供奉李龜年撰此曲進之，宣賜甚厚。」楊妃外傳云：「明皇在驪山，命小部音聲于長生殿奏新曲，音聲，一作張樂。未有名，會南海進荔枝，因名荔枝香。」三説雖小異，要是明皇時曲。然史及楊妃外傳皆謂帝在驪山，故杜牧之華清絶句云：「長安回望繡成堆。山頂千門次第開。一騎紅塵妃子笑，無人知道荔枝來。」遯齋閒覽非之，曰：「明皇每歲十月幸驪山，至春乃還，未嘗用六月，詞意雖美，美，一作好。而失事實。」予觀小杜華清長篇，又有「塵埃羯鼓索，片段荔枝筐」之語。其後歐陽永叔詞亦云：「一從魂散馬嵬間。只有紅塵無驛使，滿眼驪山。」唐史既出永叔，宜此詞亦爾也。今歇指大石兩調，歇指，一作歇拍。皆有近拍，不知何者爲本曲。

阿濫堆

阿濫堆，中朝故事云：「驪山多飛禽，名阿濫堆。明皇御玉笛採其聲，翻爲曲子名，左右皆傳唱之，播于遠近。人競以笛效吹，故張祜詩云：『紅樹蕭蕭閣半開。玉皇曾幸此宮來。宫，一作開。至今風俗驪山下，村笛猶吹阿濫堆。』」賀方回朝天子曲云：「待月上、潮平波灩灩。塞管孤吹新阿濫。」即謂阿濫堆。江湖間尚有此聲，予未之聞也。嘗以問老樂工，云屬夾鍾商。按理道要訣，天寶諸樂名，堆作𡍼，屬黃鍾羽，夾鍾商，俗呼雙調。而黃鍾羽則俗呼般涉調。然理道要訣稱黃鍾羽，時號黃鍾商調，皆不可曉也。

碧雞漫志卷第五

念奴嬌

念奴嬌，元微之連昌宮詞云：「初過寒食一百六。店舍無煙宮樹緑。夜半月高弦索鳴，賀老琵琶定場屋。力士傳呼覓念奴，念奴潛伴諸郎宿。須臾覓得又連催，特敕街中許然燭。春嬌滿眼淚紅綃，掠削雲鬟旋裝束。飛上九天歌一聲，二十五郎吹管逐。」自注云：「念奴，天寶中名倡，善歌。每歲樓下酺宴，萬衆喧溢。嚴安之、韋黄裳輩闢易不能禁，衆樂爲之罷奏。明皇遣高力士大呼樓上曰：『欲遣念奴唱歌，邠二十五郎吹小管逐，邠，元本作仰，今從元氏長慶集校改。看人能聽否。』皆悄然奉詔。然明皇不欲奪狹游之盛，未嘗置在宮禁。歲幸温湯，時巡東洛，有司潛遣從行而已。」開元天寶遺事云：「念奴有色，善歌，宮伎中第一。帝嘗曰：『此女眼色媚人。』又云：『念奴每執板當席，聲出朝霞之上。』」今大石調念奴嬌，世以爲天寶間所製曲，予固疑之。然唐中葉漸有今體慢曲子，而近世有填連昌詞入此曲者，後復轉此曲入道調宮，又轉入高宮大石調。

雨淋鈴

雨淋鈴，明皇雜録及楊妃外傳云：「帝幸蜀，初入斜谷，霖雨彌旬，旬，一作日。棧道中聞鈴聲，帝方悼念貴妃，採其聲爲雨淋鈴曲以寄恨。時梨園弟子，惟張野狐一人善篳篥，篳，一作觱。因吹之，遂傳于世。」予考史及諸家說，明皇自陳倉入散關，出河池，初不由斜谷路。今劍州梓桐縣地名上亭，有古今詩刻，記明皇聞鈴之地，庶幾是也。羅隱詩云：「細雨霏微宿上亭。雨中因感雨淋鈴。貴爲天子猶魂斷，窮著荷衣好涕零。劍水多端何處去，巴猿無賴不堪聽。少年辛苦今飄蕩，空媿先生教聚螢。」空，一作深。世傳明皇宿上亭，雨中聞牛鐸聲，悵然而起。問黃幡綽鈴作何語，曰：「謂陛下特郎當。」特郎當，俗稱不整治也。明皇一笑，遂作此曲。楊妃外傳又載上皇還京後，復幸華清，從官嬪御多非舊人。於望京樓下，命張野狐奏雨淋鈴曲，上四顧悽然。自是聖懷耿耿，但吟「刻木牽絲作老翁。雞皮鶴髮與真同。須臾弄罷寂無事，還似人生一世中。」杜牧之詩云：「零葉翻紅萬樹霜。玉蓮開蕊暖泉香。行雲不下朝元閣，一曲淋鈴淚數行。」張祜詩云：「雨淋鈴夜卻歸秦。猶是張徽一曲新。長說上皇和淚教，月明南內更無人。」張徽即張野狐也。或謂祜詩言上皇出蜀時曲，與明皇雜錄、楊妃外傳不同。祜意明皇入蜀時作此曲，至雨淋鈴夜卻又歸秦，猶是張野狐向來新曲，非異說也。元微之琵琶歌云：「淚垂捍撥朱弦濕。冰泉嗚咽流鶯澀。因茲彈作雨淋鈴，風雨蕭條鬼神泣。」今雙調雨淋鈴慢，頗極哀怨，真本曲遺聲。

清平樂

清平樂，松窗錄云：「開元中，禁中初種木芍藥，得四本，紅、紫、淺紅、通白繁開，上乘照夜白，太真妃以步輦從。李龜年手捧檀板，押衆樂前，將欲歌之。上曰：『焉用舊詞爲。』命龜年宣翰林學士李白，立進清平調詞三章。白承詔賦詞，龜年以進，上命梨園弟子約格調，撫絲竹，促龜年歌。太真妃笑領歌意甚厚。」張君房脞説，指此爲清平樂曲。按明皇宣白進清平調詞，乃是令白于清平調中製詞。蓋古樂取聲律高下合爲三，曰清調、平調、側調，此之謂三調。明皇止令就擇上兩調，偶不樂側調故也。況白詞七字絕句，與今曲不類。而尊前集亦載此三絕句，止目曰清平詞。然唐人不深攷，妄指此三絕句耳。此曲在越調，唐至今盛行。今世又有黄鍾宫、黄鍾商兩音者，歐陽炯稱，白有應制清平樂四首，往往是也。

春光好

春光好，羯鼓録云：「明皇尤愛羯鼓玉笛，云八音之領袖。時春雨始晴，景色明麗，帝曰：『對此豈可不與他判斷。』命取羯鼓，臨軒縱擊，曲名春光好。回顧柳杏，皆已微坼。上曰：『此一事不喚我作天工，可乎。』」今夾鍾宫春光好，唐以來多有此曲。或曰，夾鍾宫屬二月之律，明皇依月用律，故能判斷如神。予曰，二月柳杏坼久矣，此必正月用二月律催之也。春光好，近世或易名愁倚闌。

菩薩蠻

菩薩蠻，南部新書及杜陽雜(原脱雜字。)編云：「大中初，女蠻國入貢，危髻金冠，纓絡被體，號菩薩蠻隊，遂製此曲。當時倡優李可及作菩薩蠻隊舞，文士亦往往聲其詞。」大中，迺宣宗紀號也。北夢瑣言云：「宣宗愛唱菩薩蠻詞，令狐相國假温飛卿新撰密進之，戒以勿泄，而遽言於人，由是疎之。」温詞十四首，載花間集，今曲是也。李可及所製蓋止此，則其舞隊，不過如近世傳踏之類耳。

望江南

望江南，樂府雜録云，李衛公爲亡妓謝秋娘撰望江南，亦名夢江南。白樂天作憶江南三首，第一江南好，第二第三江南憶。自注云：「此曲亦名謝秋娘，每首五句。」予考此曲，自唐至今，皆南吕宫，字句亦同。止是今曲兩段，蓋近世曲子無單遍者。然衛公爲謝秋娘作此曲，已出兩名。樂天又名以憶江南，又名以謝秋娘。近世又取樂天首句名以江南好。予嘗歎世間有改易錯亂誤人者，是也。

文溆子

文溆子，盧氏雜説云：「文宗善吹小管，僧文溆爲入内大德，得罪流之。弟子收拾院中籍入家具，猶作師講聲，上採其聲製曲，曰文溆子。」予攷資治通鑑，敬宗寶曆二年六月己卯幸興福寺，觀沙門文溆俗講。敬、文相繼，年祀極近，豈有二文溆哉。至所謂俗講，則不可曉。意此僧以俗談侮聖言，誘聚羣小，至使人主臨觀，爲一笑之樂，死尚晚也。今黄鍾宫、大石調、林鍾商、歇指調，指，一作拍。皆有十拍令，未知孰是。而溆字或誤作序并緒。

鹽角兒

鹽角兒，嘉祐雜誌云：「梅聖俞説，始教坊家人市鹽，於紙角中得一曲譜，翻之，遂以名。」今雙調鹽角兒令是也。歐陽永叔嘗製詞。

喝馱子

喝馱子，洞微志云：「屯田員外郎馮敢，景德三年爲開封府界檢滲戶田，界，一作丞。宿史胡店。日落，忽見三婦人過店前，入西畔古佛堂。敢料其鬼也，攜僕王侃詣之。延坐飲酒，稱二十六舅母者，請王侃歌送酒，三女側聽。十四姨者曰：『何名也。』侃對曰：『喝馱子。』十四姨曰：『非也。』此曲單州營妓教頭葛大姉所撰新聲。梁祖作四鎮時，駐兵魚臺，值十月二十一生日，大姉獻之。梁祖令李振填詞，付後騎唱之，以押馬隊，因謂之葛大姉。及戰，得勝回，始流傳河北。軍中競唱，俗以押馬隊，故訛曰喝馱子。莊皇入洛，亦愛此曲，謂左右曰：『此亦古曲，葛氏但更五七聲耳。』」李珣瓊瑤集有鳳臺一曲，注云：「俗謂之喝馱子。」不載何宮調。今世道調宮有慢，句讀與古不類耳。

後庭花

後庭花，南史云：「陳後主每引賓客，對張貴妃等游宴，使諸貴人及女學士與狎客共賦新詩相贈答。采其尤麗者一云，采其尤豔麗者。爲曲調，其曲有玉樹後庭花。」通典云：「玉樹後庭花，堂堂黃鸝留、金釵兩臂垂，並陳後主造，恆與宮女學士及朝臣相唱和爲詩。太樂令何胥，一本太樂令上有時字。採其尤輕豔者爲此曲。」予因知後主詩，胥以配聲律，遂取一句爲曲名。故前輩詩云：「玉樹歌翻王氣終。翻，一作殘。景陽鐘動曉樓空。」又云：「後庭花一曲，幽怨不堪聽。」又云：「萬戶千門成野草，只緣一曲後庭花。」又云：「綵殘曾襲欺江總，綺閣塵銷玉樹空。」又云：「商女不知亡國恨，隔江猶唱後庭花。」又云：「玉樹歌闌海雲黑，花庭忽作青蕪國。」又云：「後庭餘唱落船窗。」又云：「後庭新聲歎樵牧。」歎，一作笑。又云：「不知即入宮前井，猶自聽吹玉樹花。」吴蜀雞冠花有一種小者，高不過五六尺，尺，一作寸。或紅，或淺紅，或白，或淺白，世目曰後庭花。又按國史纂異，雲陽縣多漢離宮故地，有樹似槐而葉細，土人謂之玉樹。揚雄甘泉賦「玉樹青葱」，左思以爲假稱珍怪者，實非也，似之而已。予謂雲陽既有玉樹，即甘泉賦中，未必假稱。陳後主玉樹後庭花，或者疑是兩曲，謂詩家或稱玉樹，或稱後庭花，少有連稱者。僞蜀時，孫光憲、毛熙震、李珣有後庭花曲，皆賦後主故事，不著宮調，兩段各四句，似令也。今曲在，兩段各六句，亦令也。

西河長命女

西河長命女，崔元範自越州幕府拜侍御史，李訥尚書餞於鑑湖，命盛小叢歌，坐客各賦詩送之。有云：「爲公唱作西河調，日暮偏傷去住人。」理道要訣：「長命女西河，在林鍾羽，時號平調，今俗呼高平調也。」脞説云：「張紅紅者，大曆初，隨父歌匄食，過將軍韋青所居，青納爲姬，自傳其藝，穎悟絶倫。有樂工取古西河長命女加減節奏，頗有新聲。未進間，先歌於青，青令紅紅潛聽，以小豆數合記其拍，紿云：『女弟子久歌此，非新曲也。』隔屏奏之，一聲不失。樂工大驚，請與相見，歎伏不已。兼云：『有一聲不穩，今已正矣。』尋達上聽，召入宜春院，寵澤隆異，宮中號記曲小娘子，尋爲才人。」按此曲起開元以前，大曆間，樂工加減節奏，紅紅又正一聲而已。花間集和凝有長命女曲，僞蜀李珣瓊瑤集亦有之，句讀各異。然皆今曲子，不知孰爲古製林鍾羽并大曆加減者。近世有長命女令，前七拍，後九拍，屬仙呂調、宮調，句讀並非舊曲。又別出大石調西河，慢聲犯正平，極奇古。蓋西河長命女，本林鍾羽，而近世所分二曲，在仙呂、正平兩調，亦羽調也。

楊柳枝

楊柳枝，鑑戒録云：「柳枝歌，亡隋之曲也。」前輩詩云：「萬里長江一旦開。岸邊楊柳幾千栽。錦帆未落干戈起，惆悵龍舟更不回。」又云：「樂苑隋堤事已空。樂苑，鑑戒録作梁苑。萬條猶舞舊春風。」皆指汴渠事。而張祜折楊柳枝兩絶句，其一云：「莫折宮前楊柳枝。元宗曾向笛中吹。元宗，一作當時。傷心日暮烟霞起，無限春愁生翠眉。」則知隋有此曲，傳至開元。樂府雜録云，白傅作楊柳枝。予考樂天晚年，與劉夢得唱和此曲詞，白云：「古歌舊曲君休聽，聽取新翻楊柳枝。」又作楊柳枝二十韻云：「樂童翻怨調，才子與妍詞。」注云：「洛下新聲也。」劉夢得亦云：「請君莫奏前朝曲，聽唱新翻楊柳枝。」蓋後來始變新聲，而所謂樂天作楊柳枝者，稱其別創詞也。今黄鍾商有楊柳枝曲，仍是七字四句詩，與劉白及五代諸子所製並同。但每句下各增三字一句，此乃唐時和聲，如竹枝、漁父，今皆有和聲也。舊詞多側字起頭，平字起頭者，十之一二。今詞盡皆側字起頭，第三句亦復側字起，聲度差穩耳。

麥秀兩岐

麥秀兩岐，文酒清話云：「唐封舜臣性輕佻，德宗時使湖南。道經金州，守張樂燕之，執盃索麥秀兩岐曲，樂工不能。封謂樂工曰：『汝山民亦合聞大朝音律。』守爲杖樂工。復行酒，封又索此曲。樂工前乞侍郎舉一遍，封爲唱徹，衆已盡記，於是終席動此曲。封既行，守密寫曲譜，言封燕席事，郵筒中送與潭州牧。封至潭，牧亦張樂燕之。倡優作襤褸數婦人，抱男女筐筥，歌麥秀兩岐之曲，敍其拾麥勤苦之由。封面如死灰，歸過金州，不復言矣。」今世所傳麥秀兩岐，今在黄鍾宮。唐尊前集載和凝一曲，與今曲不類。

己酉三月望日，錢遵王假毛黼季汲古閣本校定譌闕。惜家藏舊本少第二卷，無從是正爲恨。

乾隆己亥小春，吴門陸紹曾據鍾人傑唐宋叢書本重校一過，鍾本節删過半，益知此本爲佳耳。金管齋書。

能改齋詞話

〔宋〕吴　曾撰

能改齋詞話目録

卷一

能改齋詞話卷一

黄魯直詞謂之著腔詩

晁無咎評本朝樂章，不具諸集，今載於此云：「世言柳耆卿曲俗，非也。如八聲甘州云：『漸霜風淒緊，關河冷落，殘照當樓。』此真唐人語，不減高處矣。」「歐陽永叔浣溪沙云：『堤上遊人逐畫船。拍堤春水四垂天。緑楊樓外出秋千。』要皆絶妙，然只一出字，自是後人道不到處。」「蘇東坡詞，人謂多不諧音律。然（然上原衍一自字，據趙氏小山堂鈔本及詩人玉屑引文删去。）居士詞横放傑出，自是曲子中縛不住者。」「黄魯直間作小詞，固高妙，然不是當行家語，是著腔子唱好詩。」「晏元獻不蹈襲人語，而風調閑雅，如『舞低楊柳樓心月，歌盡桃花扇底風』，知此人不住三家村也。」「張子野與柳耆卿齊名，而時以子野不及耆卿。然子野韻高，是耆卿所乏處。」「近世以來，作者皆不及秦少游。如『斜陽外，寒鴉萬點，流水遶孤村』，雖不識字人，亦知是天生好言語。」

聶冠卿多麗新詞

翰林學士聶冠卿，嘗于李良定公席上賦多麗詞云：「想人生，美景良辰堪惜。問其間、賞心樂事，就中難是并得。况東城、鳳臺沙苑，泛晴波，淺照金碧。露洗華桐，烟霏絲柳，緑陰摇曳，蕩春一色。畫堂迥，玉簪瓊佩，高會盡詞客。清歡久，重燃絳蠟，別就瑶席。有翩若驚鴻體態，暮爲行雨標格。逞朱唇、緩歌妖麗，似聽流鶯亂花隔。慢舞縈回，嬌鬟低嚲，腰肢纖細困無力。忍分散、彩雲歸後，何處更尋覓。休辭醉，明月好花，莫漫輕擲。」蔡君謨時知泉州，寄定公書云：「新傳多麗詞，述宴遊之娱，使病夫舉首增歎耳。又近者有客至自京師，言諸公春日多會於天伯園池，因念昔遊，輒形篇詠。「緑（原作緣，據苕溪漁隱叢話引文改。）渠春水走潺湲。畫閣峯巒映碧鮮。酒令已行金琖側，樂聲初認翠裙圓。清遊盛事傳都下，多麗新詞到海邊。曾是尊前沈醉客，天涯迴首重依然。」

山谷愛賀方回青玉案詞

賀方回爲青玉案詞，山谷尤愛之，故作小詩以紀其事。及謫宜州，山谷兄元明和以送之云：「千峯百嶂宜州路。天黯淡、（原作但，據臨嘯書屋刊本改。）知人去。曉別吾家黄叔度。弟兄華髮，遠山修水，異日同歸處。長亭飲散尊罍暮。別語纏綿不成句。已斷離腸能幾許。水村山郭，夜闌無寐，聽盡空階雨。」山谷和云：「煙中一線來時路。極目送、幽人去。第四陽關雲不度。山胡聲轉，子規言語，正是人愁處。別恨朝朝連暮暮。憶我當年醉時句。渡水穿雲心已許。晚年光景，小軒南浦，簾捲西山雨。」洪覺範亦嘗和云：「緑槐煙柳長亭路。恨取次、分離去。日永如年愁難度。高城回首，暮雲遮盡，目斷人何處。解鞍旅舍天將暮。暗憶丁甯千萬句。一寸危腸情幾許。薄衾孤枕，夢回人静，徹曉瀟瀟雨。」

世推重少游醉卧古藤之句

秦少游千秋歲，世尤推稱。秦既没藤州，晁无咎嘗和其韻以弔之云：「江頭苑外。嘗記同朝退。飛騎軋，鳴珂碎。齊謳雲遶扇，趙舞風回帶。嚴鼓斷，杯盤狼藉猶相對。洒涕誰能會。醉卧藤陰蓋。人已去，詞空在。兔園高宴悄，虎觀英遊改。重感慨。驚濤自捲珠沉海。」中云「醉卧藤陰蓋」者，少游臨終作詞所謂「醉卧古藤陰下，了不知南北」，故无咎用之。山谷守當塗日，郭功父嘗寓焉。一日，過山谷論文，山谷傳少游千秋歲詞，歎其句意之善，欲和之，而海字難押。功父連舉數海字，若孔北海之類，山谷頗厭，而未有以卻之者。次日，又過山谷問焉，山谷答曰：「昨晚偶得一海字韻。」功父問其所以，山谷云：「羞殺人也爺娘海。」自是功父不復論文於山谷矣，蓋山谷用俚語以却之也。

賜名魚遊春水

政和中，一中貴人使越州回，得詞於古碑陰，無名無譜，不知何人作也。録以進御，命大晟府填腔，因詞中語，賜名魚遊春水云。「秦樓東風裏。燕子還來尋舊壘。餘寒初退，紅日薄侵羅綺。嫩草才抽碧玉簪，媚柳輕窣黄金縷。鶯囀上林，魚遊春水。幾曲欄干遍倚。又是一番新桃李。佳人應怪歸期未。梅妝淚洗。鳳簫聲絶沈孤雁，目斷清波無雙鯉。雲山萬重，寸心千里。」

漢殿夜涼吹玉笙

「仙女侍，董雙成。漢殿夜涼吹玉笙。曲終却從仙官去，萬户千門惟月明。河漢女，玉練顔。雲軿往往在人間。九霄有路去無跡，裊裊香風生珮環。」李太白詞也。有得於石刻，而無其腔。劉無言自倚其聲歌之，音極清雅。東皐雜録又以爲范德孺謫均州，偶遊武當山石室極深處，有題此曲於崖上。未知孰是。

送春送君有無盡意

王逐客送鮑浩然遊浙東，作長短句云：「水是眼波横，山是眉峯聚。欲問行人去那邊，眉眼盈盈處。才始送春歸，又送君歸去。若到江東趕上春，千萬和春住。」韓子蒼在海陵送葛亞卿詩斷章云：「今日一杯愁送春，明日一杯愁送君。君應萬里隨春去，若到桃源問歸路。」詩詞意同。

晁无咎嘲田氏詞

元豐己未，廖明略、晁无咎同登科。明略所遊田氏者，麗姝（原作姝麗，據趙本改。）也。一日，明略邀无咎晨過田氏，田氏遽起對鑑理髮，且盼且語，草草粧掠以與客對。无咎以明略故有意而莫傳也，因爲下水船一闋：「上客驪駒至。驚唤銀屏（原無至驚二字，又屏作瓶，並據苕溪漁隱叢話引文改。）睡起。困倚粧臺，盈盈正解羅髻。鳳釵墜。繚繞金盤玉指。巫山一段雲委。半窺鏡，向我横秋水。斜領花枝交鏡裏。淡拂鉛華，怱怱自整羅綺。斂眉翠。雖有愔愔密意。空作江邊解佩。」

水光山色漁父家風

徐師川云：「張志和漁父詞云：『西塞山前白鷺飛。桃花流水鱖魚肥。青箬笠，緑蓑衣。斜風細雨不須歸。』顧況漁父詞：『新婦磯邊月明。女（原作小，據趙本改。）兒浦口潮平，沙頭鷺宿魚驚。』東坡云：『玄（原作元，據明鈔本改，下同。）真語極清麗，恨其曲度不傳。』加數語以浣溪沙歌之云：『西塞山前白鷺飛。散花洲外片帆微。桃花流水鱖魚肥。　自庇一身青箬笠，相隨到處緑蓑衣。斜風細雨不須歸。』山谷見之，擊節稱賞。且云：『惜乎散花與桃花字重疊。又漁舟少有使帆者。』乃取張顧二詞合而爲浣溪沙云：『新婦磯邊眉黛愁。女兒浦口眼波秋。驚魚錯認月沉鈎。　青箬笠前無限事，緑蓑衣底一時休。斜風細雨轉船頭。』東坡云：『魯直此詞清新婉麗，其最得意處，以山光水色替却玉肌花貌，真得漁父家風也。然才出新婦磯，便入女兒浦，此漁父無乃太瀾浪乎。』山谷晚年亦悔前作之未工，因表弟李如篪言漁父詞，以鷓鴣天歌之甚協律，恨語少聲多耳。以憲宗畫像求玄真子文章，及玄真之兄松齡勸歸之意，足前後數句云：『西塞山前白鷺飛。桃花流水鱖魚肥。朝廷尚覓玄真子，何處而今更有詩。　青箬笠，緑蓑衣。斜風細雨不須歸。人間欲避風波險，一日風波十二時。』東坡笑曰：『魯直乃欲平地起風波耶。』」徐師川乃作浣溪沙、鷓鴣天各二闋，蓋因坡谷異同而作云：「西塞山前白鷺飛。桃花流水鱖魚肥。一波才動一波隨。　黃帽豈如青箬笠，羊裘何似緑蓑衣。斜風細雨不須歸。」其二云：「新婦磯邊秋月明。女兒浦口晚潮平。沙頭鷺宿戲魚驚。　青箬笠前明此事，綠簑衣裏度平生。斜風細雨小舟輕。」其三云：「西塞山前白鷺飛。桃花流水鱖魚肥。朝廷若覓玄真子，恆（原作晴，據臨嘯本改。）在長江理釣絲。　青箬笠，綠簑衣。斜風細雨不須歸。浮雲萬里煙波客，惟有滄浪孺子知。」其四云：「七澤三湘碧草連。洞庭江漢水如天。朝廷若覓玄真子，不在江邊卽酒邊。　明月棹，夕陽船。鱸魚恰似鏡中懸。絲綸釣餌都收却，八字山前聽雨眠。」

沁水公主園

今世樂府傳沁園春詞，按後漢書竇憲女弟立爲皇后，憲恃宮掖聲勢，遂以縣直請奪沁水公主園。然則沁水園者，公主之園也，故唐人類用之。崔湜長甯公主東莊侍寧詩云：「沁園東郭外，鑾駕一遊盤。」李適長寧公主東莊侍宴詩云：「歌舞平陽地，園亭沁水林。」李義府幸長寧公主東莊詩云：「平陽館外有仙家。沁水園中好物華。」世傳呂洞賓沁園春詞，所謂九（原作七，據趙本及臨嘯本改。）返還丹者，乃知唐之中世已有此音矣。

別易會難

顏氏家訓曰：「別易會難，古人所重。江南餞送，下泣言離。北間風俗不屑此。岐路言離，歡笑分首。」李後主長短句蓋用此耳。故云：「別時容易見時難。」又云：「別易會難無可奈。」然顏說又本文選陸士衡答賈謐詩云：「分索則易，攜手實難。」

千里傷行客

晏元獻早入政府，迨出鎮，皆近畿名藩，未嘗遠去王室。自南都移陳，離席，官奴有歌千里傷行客之詞。公怒曰：「予平生守官，未嘗去王畿五百里，是何千里傷行客耶。」

館客棄密約之好

開封富民楊氏子館客頗豪俊，有女未笄，（原誤作行，據臨嘯本改。）竊慕之，遂有偷香之說。密約登第結姻。既過省，乃棄所好，屢約相會，杳不可得。登第後，密遣人諭女曰：「若遂成婚好，則先姦後娶，在法當離，必不能久。爾（原作耳，據臨嘯本改。）或落髮，則我亦不娶，朝夕遊處，庶能長久。」女信之，然思慕已成疾，遂懇請於父母求祝髮焉。或告客於某氏結婚者，女聞之悶絶。良久，索筆書曰：「黄葉無風自落，彩雲不雨空歸。」就歸字落筆，放手而絶。兩句乃舊詞也。

傷春怨

王江寧元豐間，嘗得樂章兩闋於夢中云：「雨打江南樹。一夜花開無數。緑葉漸成陰，下有遊人歸路。與君相逢處。不道春將暮。把酒祝東風，且莫恁匆匆去。」其二云：「春又老。南陌酒香梅小。徧地落花渾不掃。夢回情意悄。紅箋寄與添煩惱。細寫相思多少。醉後幾行書帶草。淚痕都揾了。」右調生查子、謁金門。

載將離恨過江南

東坡長短句云：「無情汴水自東流。只載一船離恨向西州。」張文潛用其意，以爲詩云：「亭亭畫舸繫春潭。只待行人酒半酣。不管烟波與風雨，載將離恨過江南。」王平甫嘗愛而誦之，彼不知其出於東坡也。

妾意在寒松

鄭毅夫樂章有「玉環妾意無渝。問君心、朝槿何如」。玉環，韋皐事。朝槿，王僧孺詩語也。王賦上山采蘼蕪云：「出户望蘭薰。褰簾正逢君。斂容才一訪，新人詎可聞。新人含笑近，故人含淚隱。（淚原作笑，據趙本及臨嘯本改。）妾意在寒松，君心逐朝槿。」

蘇瓊善詞

姑蘇官妓（原作奴，據臨嘯本改。）姓蘇名瓊，行第九。蔡元長道過蘇州，太守召飲。元長聞瓊之能詞，命即席爲之，乞韻，以九字。詞云：「韓愈文章蓋世，謝安情性風流。良辰美景在西樓。敢勸一巵芳酒。記得南宫高選，弟兄争占鰲頭。金爐玉殿瑞烟浮。高占甲科第九。」蓋元長奏名第九也。

玉瓏璁詞

近時有士人，不欲書名。嘗於錢塘江漲橋爲狹邪之遊，作樂府名玉瓏璁云：「城南路。橋南路。玉鉤簾捲香横露。新相識。舊相識。淺顰低笑，嫩紅輕碧。惜、惜、惜。　劉郎去。阮郎住。爲雲爲雨朝還暮。心相憶。空相憶。露荷心性，柳花蹤跡。得、得、得。」其後朝廷收復河南，士人者陷而不返。其友不欲書名。作詩寄之，且附以龍涎香。詩云：「江漲橋邊花發時。故人曾共着征衣。請君莫唱橋南曲，花已飄零人不歸。」士人在河南得詩，酬之云：「認得吳家心字香。玉窗春夢紫羅囊。餘薰未歇人何許，洗破征衣更斷腸。」

此花開後更無花

李和文公作詠菊望漢月詞，一時稱美。云：「黄菊一叢臨砌。顆顆露珠妝綴。獨教冷落向秋天，恨東君、不曾留意。　雕欄新雨霽。緑蘚上、亂鋪金蕊。此花開後更無花，願愛惜、莫同桃李。」時公鎮澶淵，寄劉子儀書云：「澶淵營妓（原作髭，據趙本及臨嘯本改。）有一二擅喉囀之技者，唯以『此花開後更無花』爲酒鄉之資耳。」「不是花中惟愛菊，此花開後更無花」，乃元微之詩，和文用之耳。

明月逐人來詞

樂府有明月逐人來詞，李太師撰譜，李持正製詞云：「星河明淡。春來深淺。紅蓮正、滿城開遍。禁街行樂，暗塵香拂面。皓月隨人近遠。　天半鰲山，光動鳳樓兩觀。東風静、珠簾不捲。玉輦待歸，雲外聞絃管。認得宫花影轉。」東坡曰：「好個皓月隨人近遠。」持正又作人月圓令，（原作今，據臨嘯本改。）尤膾炙人口，云：「小桃枝上春風早，初試薄羅衣。年年樂事，華燈競處，人月圓時。禁街簫鼓，寒輕夜永，纖手重攜。更闌人散，千門笑語，聲在簾幃。」近時以爲小王都尉作，非也。

花蕊夫人詞

僞蜀主孟昶，徐匡璋納女於昶，拜貴妃，别號花蕊夫人。意花不足擬其色，似花蕊輕也，又升號慧妃，以號如其性也。王師下蜀，太祖聞其名，命别護送。途中作詞自解云：「初離蜀道心將碎，離恨綿綿。春日如年。馬上時時聞杜鵑。三千宫女皆花貌，妾最嬋娟。此去朝天。只恐君王寵愛偏。」陳無己以夫人姓費，誤也。

幼卿浪淘沙詞

宣和間，有題於陝府驛壁者云：「幼卿少與表兄同硯席，雅有文字之好。未笄，兄欲締姻，父母以兄未禄，難其請，遂適武弁。明年兄登甲科，職教洮房，而良人統兵陝右，相與邂逅於此。兄鞭馬略不相顧，豈前憾未平耶。因作浪淘沙以寄情云：『目送楚雲空。前事無踪。漫留遺恨鎖眉峯。自是荷花開較晚，孤負東風。客館歎飄蓬。聚散匆匆。揚鞭那忍驟花驄。望斷斜陽人不見，滿袖啼紅。』」

並蔕芙蓉詞

政和癸巳，大晟樂成，嘉瑞既至。蔡元長以晁端禮次膺薦於徽宗，詔乘驛赴闕。次膺至都，會禁中嘉蓮生，分苞合跗，夐出天造，人意有不能形容者。次膺效樂府體屬詞以進，名並蔕芙蓉。上覽之稱善，除大晟府協律郎，不克受而卒。其詞云：「太液波澄，向鑑中照影，芙蓉並蔕。千柄綠荷深，並丹臉爭媚。天心眷臨聖日，殿宇分明敞嘉瑞。弄香嗅蕊。願君王，壽與南山齊比。池邊屢回翠輦，擁羣仙醉賞，憑欄凝思。萼綠攬飛瓊，共波上遊戲。西風又看露下，更結雙雙新蓮子。鬭裝競美，問鴛鴦、向誰留意。」

東坡卜算子詞

東坡先生謫居黃州，作卜算子云：「缺月掛疎桐，漏斷人初靜。時見幽人獨往來，縹緲孤鴻影。驚起却回頭，有恨無人省。揀盡寒枝不肯栖，寂寞沙汀冷。」其屬意蓋爲王氏女子也，讀者不能解。張右史文潛繼貶黃州，訪潘邠老嘗得其詳，題詩以誌之云：「空江月明魚龍眠。月中孤鴻影翩翩。有人清吟立江邊。葛巾藜杖眼窺天。夜冷月墮幽蟲泣。鴻影翹沙衣露濕。仙人采詩作步虛。玉皇飲之碧琳腴。」

柳三變詞

仁宗留意儒雅，務本理道，深斥浮豔虛薄之文。初，進士柳三變，好爲淫冶謳歌之曲，傳播四方。嘗有鶴冲天詞云：「忍把浮名，換了淺斟低唱。」及臨軒放榜，特落之曰：「且去淺斟低唱，何要浮名。」景祐元年方及第。後改名永，方得磨勘轉官。其詞曰：「黃金榜上。偶失龍頭望。明代暫遺賢，如何向。未遂風雲便，爭不恣狂蕩。何須論得喪。才子詞人，自是白衣卿相。　煙花巷陌，依約丹青屏幛。幸有意中人，堪尋訪。且恁偎紅翠，風流事，平生暢。青春都一餉。忍把浮名，換了淺斟低唱。」

用江上數峯青之句填詞

唐錢起湘靈鼓瑟詩，末句「曲終人不見，江上數峯青」，秦少游嘗用以填詞云：「千里瀟湘挼（原作按，據明鈔本改。）藍浦，蘭橈昔日曾經。月高風定露華清。微波澄不動，冷浸一天星。獨倚危檣情悄悄，遥聞妃瑟泠泠。新聲含盡古今情。曲終人不見，江上數峯青。」滕子京亦嘗在巴陵，以前句填詞云：「湖水連天天連水，秋來分外澄清。君山自是小蓬瀛。氣蒸雲夢澤，波撼岳陽城。帝子有靈能鼓瑟，淒然依舊傷情。微聞蘭芷動芳馨。曲終人不見，江上數峯青。」

浣溪沙點絳脣詞

黄季岑云：往年蔡洲瓜陂鋪，有用篦刀刻青（原作清，據臨嘯本改。）泥壁爲浣溪沙詞云：「碎剪香羅褭淚痕。鷓鴣聲斷不堪聞。馬嘶人去近黄昏。整整斜斜楊柳陌，疎疎密密杏花村。一番風月更銷魂。」豐城南禪寺，壁間有秋社點絳脣云：「燕子依依，曉來忽爲誰歸去。淡雲生處。已覺賓鴻度。淺笑深嚬，便向機中素。乘鸞女。瑣窗瓊宇。會有明年暑。」

汪彦章詞

汪彦章在翰苑屢致言者，嘗作點絳脣云：「永夜厭厭，畫簷低月山銜斗。起來搔首。梅影橫窗瘦。好箇霜天，閑却傳杯手。君知否。曉鴉啼後。歸夢濃於酒。」或問曰：「歸夢濃於酒，何以在曉鴉啼後。」公曰：「無奈這一隊畜生聒噪何。」

樂府塵土黄詞

殿中侍御史劉公次莊中叟，元祐中罷官，寄居臨江軍之新淦，嘗往來袁州。時有一倡，爲郡官所據，太守怒之，逐出境外。中叟感其事而作樂府塵土黄，並譯箋凡三章。其序曰：「崔徽、霍玉、愛愛等事，昔日歌之，非特爲二三子而作也。然遺語敍情，雖爲詩曲，而參比樂府，則失古遠矣。故自唐以來，杜甫則壯麗結約，如龍驤虎伏，容止有威。李白則飄揚振激，如浮雲轉石，勢不可遏。李賀則摘裂險絶，務爲難及，曾無一點塵㬅之。張籍則平易優游，足有雅思，而氣骨差弱。世異才殊，體隨之變，亦其勢也。余比感宜春事，作塵土黄一首，雖不足方駕漢魏，而討本探源，或庶幾焉。既又爲之譯，爲之箋，其義類雖同，至於淺深遠近，要自以意考之耳。」其詞曰：『翠眉連娟舞袖長。春風自對理容粧。染絲繡作雙鴛鴦。欲飛不飛在羅裳。耳中明月珠，肘後錦香囊。憑高欲有寄，所寄在遠方。追風還君立路傍。豈不有地能相當。請著一鞭塵土黄。』譯曰：『妾本倡家子。笄鬢擅容止。名隸倡籍中，生倡即倡死。物勢本從權。情恩亦遂遷。一朝官長怒，獨抱錦衾眠。日暮倚高樓，青絲繫白馬。豈不謝殷勤，汪汪淚盈把。萬感自有因。無容遽相親。請君促金勒，妾願看飛塵。』箋曰：『春臺女兒似紅玉。曾奉當筵柘枝曲。舞成早自得癡名，更傍春風情不足。客携黄金欲有贈，多在鄰家賭雙陸。近從新官作顏面，祇得低心隨所欲。自知久去非所安，夜半東門車特碌。秀闕芙蓉潭畔起，每向波間得雙鯉。水流却上天應難，惟有孤懷似潭水。一騎翩翩錦臂鞲。紅羅百丈作纏頭。爲言聞得琵琶怨，當門下馬欲登樓。莫登樓，君馬駿。無限朱簾薰好香，城北城南無一瞬。』」

東坡送潘邠老赴省詞

「別酒送君君一醉。清潤潘郎，更是何郎壻。記取釵頭新利市。莫將分付東鄰子。回首長安佳麗地。三十年前，我是風流帥。爲向青樓尋舊事。花枝缺處餘名字。」右蝶戀花詞，東坡在黄時送潘邠老赴省試作也。今集不載。

杭妓琴操

杭之西湖，有一倅閑唱少游滿庭芳，偶然誤舉一韻云：「畫角聲斷斜陽。」妓琴操在側云：「畫角聲斷譙門，非斜陽也。」倅因戲之曰：「爾可改韻否。」琴卽改作陽字韻云：「山抹微雲，天連衰草，畫角聲斷斜陽。暫停征轡，聊共飲離觴。多少蓬萊舊侶，頻回首、烟靄茫茫。孤村裏，寒鴉萬點，流水遶低牆。　魂傷。當此際，輕分羅帶，暗解香囊。漫贏得青樓，薄倖名狂。此去何時見也，襟袖上、空有餘香。傷心處，長城望斷，燈火已昏黄。」東坡聞而稱賞之。後因東坡在西湖，戲琴曰：「我作長老，爾試來問。」琴云：「何謂湖中景。」東坡答曰：「秋水共長天一色，落霞與孤鶩齊飛。」琴又云：「何謂景中人。」東坡云：「裙拖六幅瀟湘水，鬢嚲巫山一段雲。」琴又云：「何謂人中意。」東坡云：「惜他楊學士，憋殺鮑參軍。」琴又云：「如此究竟如何。」東坡云：「門前冷落車馬稀，老大嫁作商人婦。」琴大悟，卽削髮爲尼。

張才翁以張公庠詩爲詞

張才翁風韻不羈，初仕臨邛秋官，郡守張公庠待之不厚。會有白鶴之遊，郡守率屬官同往，才翁不預，乃語官妓楊皎曰：『老子到彼，必有詩詞，可速寄來。』公庠既到白鶴，便留題云：（據中華書局本補）「初眠官柳未成陰。馬上聊爲擁鼻吟。遠宦情懷消壯志，好花時節負歸心。別離長恨人南北，會合休辭酒淺深。欲把春愁閑抖擻，亂山高處一登臨。」皎録寄才翁，才翁增減作雨中花詞寄皎云：「萬縷青青，初眠官柳，向人猶未成陰。據雕鞍馬上，擁鼻微吟。遠宦情懷誰問，空嗟壯志消沉。正好花時節，山城留滯，忍負歸心。別離萬里，飄蓬無定，誰念會合難憑。相聚裏，休辭金盞，酒淺還深。欲把春愁抖擻，春愁轉更難禁。亂山高處，憑闌垂袖，聊寄登臨。」公庠再坐，皎歌于側。公庠問之，皎前稟曰：「張司理恰寄來，令皎歌之，以獻台座」。公庠遂青顧才翁尤厚。（據中華書局本用宋詩紀事卷十八所引訂補。）

賀方回石州引詞

賀方回眷一姝，别久，姝寄詩云：「獨倚危欄淚滿襟。小園春色嬾追尋。深恩縱似丁香結，難展芭蕉一寸心。」賀得詩，初敍分别之景色，後用所寄詩成石州引云：「薄雨初寒，斜照弄晴，春意空闊。長亭柳色才黄，遠客一枝先折。煙横水際，映帶幾點歸鴉，東風消盡龍沙雪。還記出關來，恰而今時節。將發。畫樓芳酒，紅淚清歌，頓成輕别。已是經年，杳杳音塵都絶。欲知方寸，共有幾許清愁，芭蕉不展丁香結。望斷一天涯，兩厭厭風月。」

御詞

徽宗天才甚高，於詩文之外，尤工長短句。嘗爲探春令云：「簾旌微動，峭寒天氣，龍池冰泮。杏花笑吐香紅淺。又還是、春將半。　清歌妙舞從頭按。等芳時開宴。況去年對着東風，曾許不負鶯花願。」聒龍謠云：「紫闥岧嶢，紺宇邃深，望極絳河清淺。皓月流天，鎖穹隆光滿。水晶宫金瑣龍盤，玳瑁簾玉鈎雲捲。動深思，秋籟蕭蕭，比人世，倍清燕。　瑶堦迥，玉籤鳴，漸祕省引水，轆轤聲轉。雞人唱曉，促銅壺銀箭。拂晨光、宫柳煙微，蕩瑞色、玉爐香散。從宸遊、前後争趨，向金鑾殿。」宣和乙巳冬，幸亳州途次，御製臨江仙云：「過水穿山前去也，吟詩約句千餘。淮波寒重雨疎疎。煙籠灘上鷺，人買就船魚。　古寺幽房權且住，夜深宿在僧居。夢魂驚起轉嗟吁。愁牽心上慮，和淚寫回書。」

能改齋詞話卷二

茶詞

豫章先生少時嘗爲茶詞，寄滿庭芳云：「北苑龍團，江南鷹爪，萬里名動京關。碾深羅細，瓊蕊冷生煙。一種風流氣味，如甘露、不染塵煩。纖纖捧，冰甆弄影，金縷鷓鴣斑。相如方病酒，銀瓶蟹眼，驚鷺濤翻。爲扶起尊前，醉玉頹山。飲罷風生兩腋，醒魂到、明月輪邊。歸來晚，文君未寢，相對小窗前。」其後增損其辭，止詠建茶云：「北苑研膏，方圭圓璧，萬里名動天關。碎身粉骨，功合在凌煙。尊俎風流戰勝，降春夢、開拓愁邊。纖纖捧，香泉濺乳，金縷鷓鴣斑。相如雖病渴，一觴一詠，賓有羣賢。便扶起燈前，醉玉頹山。搜攪胸中萬卷，還傾動、三峽詞源。歸來晚，文君未寢，相對小妝殘。」詞意益工也。後山陳無己同韻和之云：「北苑先春，琅函寶韞，帝所分落人間。綺窗纖手，一縷破雙團。雲裏游龍舞鳳，香霧靄、飛入雕盤。華堂靜，松風雲竹，金鼎沸潺湲。門闌車馬動，浮黃嫩白，小袖高鬟。便胸臆輪囷，肺腑生寒。喚起謫仙醉倒，翻湖海、傾寫濤瀾。笙歌散，風簾月幕，禪榻鬢絲斑。」

贈楊姝詩詞

豫章先生在當塗，（原作途，據臨嘯本改。）又贈小妓楊姝彈琴送酒，寄好事近云：「一弄醒心絃，情在兩山斜疊。彈到古人愁處，有真珠承睫。使君來去本無心，休淚界紅頰。自恨老人憎酒，負十分金葉。」故集中有贈彈琴妓楊姝絶句云：「千古人心指下傳。楊姝閒處更嬋娟。不知心向誰邊切，彈作南風欲斷絃。」

秦少游唱和千秋歲詞

秦少游所作千秋歲詞，予嘗見諸公倡和親筆，乃知在衡陽時作也。少游云，至衡陽呈孔毅甫使君，其詞云云，今更不載。毅甫本云次韻少游見贈，其詞云：「春風湖外。紅杏花初退。孤館靜、愁腸碎。淚餘痕在枕，别久銷香帶。新睡起，小園戲蝶飛成對。惆悵誰人會。隨處聊傾蓋。情暫遣，心何在。錦書消息斷，玉漏花陰改。遲日暮，仙山杳杳空雲海。」其後東坡在儋耳，姪孫蘇元老因趙秀才還自京師，以少游、毅甫所贈酬者寄之。東坡乃次韻録示元老，且云：「便見其超然自得，不改其度之意。」其詞云：「島邊天外。未老身先退。珠淚濺，丹衷碎。聲搖蒼玉佩。色重黄金帶。一萬里。斜陽正與長安對。道遠誰云會。罪大天能蓋。君命重，臣節在。新恩猶可覬。舊學終難改。吾已矣。乘桴且恁浮於海。」豫章題云：「少游得謫，嘗夢中作詞云：『醉卧古藤陰下，了不知南北。』竟以元符庚辰，死於藤州光華亭上。」崇甯甲申，庭堅竄宜州，道過衡陽，覽其遺墨，始追和其千秋歲詞云：「苑邊花外。記得同朝退。飛騎軋，鳴珂碎。齊歌雲遶扇，趙舞風回帶。嚴鼓斷，杯盤狼藉猶相對。洒淚誰能會。醉卧藤陰蓋。人已去，詞空在。兔園高宴悄，虎觀英游改。重感慨。波濤萬頃珠沉海。」晁无咎集中，嘗載此詞，而實非也。少游詞云：「憶昔西池會。鵷鷺同飛蓋。」亦謂在京師與毅甫同在朝，敍其爲金明池之遊耳。今越州、處州皆指西池在彼，蓋未知其本源而云。

阮閎休善爲長短句

龍舒人阮閎，字閎休，能爲長短句，見稱於世。政和間官於宜春，官妓有趙佛奴，籍中之錚錚也。嘗爲洞仙歌贈之云：「趙家姊妹，合在昭陽殿。因甚人間有飛燕。見伊底，盡道獨步江南，便江北也何曾慣見。　惜伊情性，不解嗔人，長帶桃花笑時臉。向尊前酒底，得見些時，似恁地好，能得幾回細看。待不眨眼兒覷着伊，將眨眼底工夫看幾遍。」阮官至中大夫，累任監司郡守。他詞皆此類。

夏均父登浯臺作詞

夏倪均父，宣和庚子自府曹左遷祁陽酒官。過浯溪，登浯臺，愛其山水奇秀，自謂非中州所有，不減淵明斜川之遊。且作長短句以減字木蘭花歌之云：「江涵曉日。蕩漾波光摇槳入。笑指浯溪。漫（原作謾，據趙本改。）叟雄文鎖翠微。　休嗟不偶。歸到中州何處有。獨立風煙。湘水浯臺總接天。」

王觀應制詞

王觀學士嘗應制撰清平樂詞云：「黄金殿裏。燭影雙龍戲。勸得官家真箇醉。進酒猶呼萬歲。　折旋舞徹伊州。君恩與整搔頭。一夜御前宣住，六宫多少人愁。」高太后（原作皇，據臨嘯本改。）以爲媟瀆神宗，翌日罷職，世遂有逐客之號。今集本乃以爲擬李太白應制，非也。

黄元明詞

豫章先生兄(原誤作弟。)黄元明，宰廬陵縣。赴郡會，坐上巾帶偶脱，太守喻妓令綴之。既畢，且俾元明撰詞云：「銀燭畫堂明如晝。見林宗巾墊羞蓬首。針借花枝，線賒羅袖。須臾兩帶還依舊。勸君倒戴休令(原作今，據趙本改。)後。也不須、更漉淵明酒。寶篋深藏，濃香薰透。爲經十指如葱手。」蓋七娘子也。

王輔道詞

「日月無根天不老。浮生總被消磨了。陌上紅塵常擾擾。昏復曉。一場大夢誰先覺。雒水東流山四遠。路旁幾箇新華表。盡説在時官職好。爭信道。冷烟寒雨埋荒草。」王寀輔道侍郎漁家傲詞也，歌之使人有遺世之意。王在徽宗朝，嘗奏天神降其家。徽宗欲出幸，左右奏恐有不測，宜有以審其真僞。既中使至其家，無有也，因坐誣以死。世謂輔道乃曉人，不應爾。蓋輔道，韶之子，韶熙河用兵，其濫殺者多，故寃以致其禍耳。輔道又有浣溪沙兩詞，其一云：「扇影輕摇一線香。斜紅勻過晚來粧。嬌多無事做淒涼。借問誰教春易老，幾時能勾夜何長。舊歡新恨總思量。」其二云：「珠箔隨簷一桁垂。繡屏遮枕四邊移。春歸人懶日遲遲。舊事只將雲入夢，新懽重借月爲期。晚來花動隔牆枝。」玉樓春兩詞，其一云：「秋閨思入江南遠。簾幙低垂閑不捲。玉珂聲動曉屏空，好夢驚回還起嬾。風輕只覺香烟短。陰重不知天色晚。隔窗人語趁朝歸，旋整宿粧勻睡眼。」其二云：「繡屏曉夢鴛鴦侶。可惜夜來歡聚取。

幾聲低語記曾聞，一段新愁看乍覷。繁紅流盡胭脂雨。春被楊花勾引去。多情只有舊時香，衣上經年留得住。」

詠崔念四詞

政和間，一貴人未達時，不欲書名。嘗游妓崔念四之館，因其行第作踏青遊詞云：「識箇人人，恰正二年懽會。似賭賽、六隻渾四。向巫山、重重去，如魚水。兩情美。同倚畫樓十二。倚了又還重倚。兩日不來，時時在人心裏。擬問卜、常占歸計。拚三八清齋，望永同鴛被。到夢裏。驀然被人驚覺，夢也有頭無尾。」都下盛傳。

王荆公詞

王荆公築草堂於半山，引八（原誤作入，據趙本及臨嘯本改。）功德水，作小港其上，疊石作橋，爲集句填菩薩蠻云：「數間茅屋閒臨水。窄衫短帽垂楊裏。花似（原作是，據臨嘯本改。）去年紅。吹開一夜風。柳（原作梢，據臨嘯本改。）梢新月偃。午醉醒來晚。何物最關情。黃鸝三兩聲。」其後豫章戲效其體云：「半煙半雨溪橋畔。漁翁醉著無人喚。疎懶意何長。春風花草香。江山如有待。此意陶潛解。問我去何之。君行卽自知。」

顔持約詞不減唐人語

顔持約流落嶺外，舟次五羊，作品令云：「夜蕭索。側耳聽，青（原作清，據趙本改。）海樓頭吹角。停歸棹，不覺重門閉，恨只恨暮潮落。偷想紅啼緑怨，道我真箇情薄。紗窗外，厭厭新月上，應也則睡不着。」朱希真，洛陽人，亦流落嶺外。九日作沙塞子云：「萬里飄零南越，山引淚，酒添愁。不見鳳樓龍闕，又驚秋。九日江亭閑望，蠻樹瘴雲浮。腸斷紅蕉花晚，水東流。」不減唐人語。

五夜放燈

「帝城五夜宴遊歇。殘燈外、看殘月。都人猶在醉鄉中，聽更漏初徹。行樂已成閑話説。如春夢覺時節。大家重約探春行，問甚花先發。」李駙馬正月十九日所撰滴滴金詞也。京師上元，國初放燈，止三夕，時錢氏納土進錢買兩夜，其後十七十八兩夜燈，因錢氏而添，故詞云五夜。

釋可正平尤工長短句

釋可正平，工詩之外，其長短句尤佳，世徒稱其詩也。嘗見其有菩薩蠻兩闋云：「西風簌簌低紅葉。梧桐影裏銀河側。夢破畫簾垂。月明烏鵲飛。新愁那致許。欲似千絲縷。鴈亦不堪聞。砧聲何處村。」又云：「誰能畫取沙邊雨。和煙淡掃蒹葭渚。别岸却斜暉。采蓮人未歸。鴛鴦如解語。對浴紅衣去。去了更（原作便，據臨嘯本改。）回頭。教儂特地愁。」

李右丞送連寶文罷守詞

寶文閣學士連南夫鵬舉罷守泉南，李右丞邴漢老送之以詞，寄玉蝴蝶云：「壯歲分符方面，蕙風香偃，禾稼春融。報政朝天歸去，穩步鰲宮。望堯蓂、九重絳闕，頒漢詔、五色芝封。湛恩濃。錦衣槐里，重繼三公。　雍容。臨歧祖道，綺羅環列，冠蓋雲叢。滿城桃李，盡將芳意謝東風。柳煙輕，萬條離恨，花露重，千點啼紅。莫怱怱。且陪珠履，同醉金鍾。」

豫章解印作木蘭花令

豫章守當塗，既解印，後一日郡中置酒，郭功甫在坐，豫章爲木蘭花令一闋示之云：「凌歊臺上青青麥。姑孰堂前餘翰墨。暫分一印管江山，稍爲諸公分皂白。　江山依舊雲空碧。昨日主人今日客。誰分賓主强惺惺，問取磯頭新婦石。」其後復竄易前詞云：「翰林本是神仙謫。落帽風流傾坐席。坐中還有賞音人，能岸烏紗傾大白。　江山依舊雲横碧。昨日主人今日客。誰分賓主强惺惺，問取磯頭新婦石。」

燒殘絳蠟報黄昏詞

晁以道云：「杜安世詞『燒殘絳蠟淚成痕，街鼓報黄昏』，或譏其黄昏未到，那得燒殘絳蠟。或曰王荆公父益都官所作。曾有人以此問之，答曰：『重簷邃屋，簾幕擁密，不到夜已可然燭矣。』韓魏公以此賞杜公。杜云乃王益作，荆公時在坐，聞語離席。」其全章云：「燒殘絳蠟淚成痕。街鼓報黄昏。碧雲又阻來信，廊上月侵門。愁永夜，拂香裀。待誰温。夢蘭憔悴，擲果淒涼，兩處銷魂。」蓋訴衷情也。

王君玉燕詞

歐陽文忠公愛王君玉燕詞云：「煙遥掠花飛遠遠，曉窗驚夢語匆匆。」梅聖俞以爲不若李堯夫燕詩云：「花前語澁春猶冷，江上飛高雨乍晴。」君玉全章云：「江南燕，輕颺綉簾風。二月池塘新社過，六朝宫殿舊巢空。頡頏恣西東。王謝宅，曾入綺堂中。煙遥掠花飛遠遠，曉窗驚夢語匆匆。偏占杏梁紅。」

兀兀陶陶詞

豫章云：醉醒醒醉一曲，乃醉落魄也。其詞云：「醉醒醒醉。憑君會取些滋味。濃斟琥珀香浮蟻。一入愁腸，便有陽春意。須將幕席爲天地。歌前起舞花前睡。從他兀兀陶陶裏。猶勝惺惺，惹得閑憔悴。」此詞亦有佳句，而多斧鑿痕，又語高下不甚入律。或傳是東坡語，非也。與「蝸角虚名，解下癡絛」之曲相似，疑是王仲父作。因戲作二篇示吴（原作之，據趙本改。）元祥、黄中行，其一云：「陶陶兀兀。樽前是我華胥國。爭名爭利休休莫。雪月風花，不醉怎歸得。邯鄲一枕誰憂樂。新詩新事因閑適。東山小妓攜絲竹。家裏樂天，村裏謝安石。」又云：「陶陶兀兀。人生無累何由得。盃中三萬六千日。悶損旁觀，我但醉落魄。扶頭不起還頽玉。日高春睡平生足。誰門可款新篘熟。安樂春泉，玉醴荔枝緑。」其曰「安樂春泉玉醴荔枝緑」者，親賢宅四酒名也。其曰「家裏樂天，村裏謝安石」者，蓋石曼卿自嘲云：「村裏黄幡綽，家中白侍郎。」

驛壁玉樓春詞

予紹興戊辰，沿檄至信州鉛山，見驛壁有題玉樓春詞，不著姓氏，今載於此：「東風楊柳門前路。畢竟雕鞍留不住。柔情勝似嶺頭雲，别淚多如花上雨。　青樓畫幕無重數。聽得樓邊車馬去。若將眉黛染情深，直到丹青難畫處。」

宋景文劉原父送别詞

侍讀劉原父守維揚，宋景文赴壽春，道出治下，原父爲具以待宋。又爲踏莎行詞以侑歡云：「蠟炬高高，龍煙細細。玉樓十二門初閉。疎簾不捲水晶寒，小屏半掩琉璃翠。　桃葉新聲，榴花美味。南山賓客東山妓。利名不肯放人閑，忙中偷取工夫醉。」宋即席爲浪淘沙近，以别原父云：「少年不管。流光如箭。因循不覺韶光换。至如今，始惜月滿、花滿、酒滿。　扁舟欲解垂楊岸。尚同歡宴。日斜歌闋將分散。倚蘭橈，望水遠、天遠、人遠。」其云「南山賓客東山妓」，本白樂天詩。

詠草詞

梅聖俞在歐陽公坐，有以林逋草詞「金谷年年，亂生青草誰爲主」爲美者，梅聖俞别爲蘇幕遮一闋云：「露堤平，煙墅杳。亂碧萋萋，雨後江天曉。獨有庾郎年最少。窣地春袍，嫩色宜相照。　接長亭，迷遠道。堪怨王孫，不記歸期早。落盡梨花春又了。滿地殘陽，翠色和煙老。」歐公擊節賞之。又自爲一詞云：「闌干十二獨凭春。晴碧遠連雲。千里萬里，二月三月，行色苦愁人。謝家池上，江淹浦畔，吟魄與離魂。那堪疎雨滴黄昏。更特地、憶王孫。」蓋少年遊令也。不惟前二公所不及，雖置諸唐人温、李集中，殆與之爲一矣。今集不載此一篇，惜哉。

維揚好安陽好詞

韓魏公皇祐初，鎮揚州，本事集載公親撰維揚好詞四章，所謂「二十四橋千步柳，春風十里上珠簾」者是也。其後熙寧初，公罷相，出鎮安陽，公復作安陽好詞十章。其一云：「安陽好，形勢魏西州。曼衍山河環故國，昇平歌吹沸高樓。和氣鎮飛浮。　籠畫陌，喬木幾春秋。花外軒窗排遠岫，竹間門巷帶長流。風物更清幽。」其二云：「安陽好，戟户使君宫。白晝錦衣清宴處，鐵楹丹榭畫圖中。壁記舊三公。　棠訟悄，池館北園通。夏夜泉聲來枕簟，春來花氣透簾櫳。行樂興何窮。」餘八章不記。

張文潛詞

右史張文潛初官許州，喜官妓劉淑奴，張作少年遊令云：「含羞倚醉不成歌。纖手掩香羅。偎花映燭，偷傳深意，酒思入横波。　看朱成碧心迷亂，翻脉脉、斂雙蛾。相見時稀隔别多。又春盡，奈愁何。」其後去任，又爲秋蕊香寓意云：「簾幕疎疎風透。一線香飄金獸。朱欄倚遍黄昏後。廊上月華如晝。　别離滋味濃如酒。著人瘦。此情不及牆東柳。春色年年依舊。」元祐諸公皆有樂府，唯張僅見此二詞，味其句意，不在諸公下矣。

燭影摇紅詞

王都尉有憶故人詞云：「燭影摇紅，向夜闌，乍酒醒，心情懶。尊前誰爲唱陽關，離恨天涯遠。無奈雲沉雨散。凭闌干，東風淚眼。海棠開後，燕子來時，黄昏庭院。」徽宗喜其詞意，猶以不豐容宛轉爲恨，遂令大晟别撰腔。周美成增損其詞，而以首句爲名，謂之燭影摇紅云：「芳臉勻紅，黛眉巧畫宫粧淺。風流天付與精神，全在嬌波眼。早是縈心可慣。向尊前、頻頻顧眄。幾回相見，見了還休，爭如不見。燭影摇紅，夜闌飲散春宵短。當時誰會唱陽關，離恨天涯遠。爭奈雲收雨散。凭闌干，東風淚滿。海棠開後，燕子來時，黄昏深院。」

弔二姬温卿宜哥詞(原作詩，據趙本改。)

宿州營妓張玉姐，字温卿，本蘄澤人，色技冠一時，見者皆屬意。沈子山爲獄掾，最所鍾愛，既罷，途次南京，念之不忘，爲剔銀燈二闋。其一云：「一夜隋河風勁。霜溼水天如鏡。古柳堤長，寒煙不起，波上月無流影。那堪頻聽。疏星外、離鴻相應。須信道、情多是病。酒未到、愁腸還醒。數疊蘭衾，餘香未減，甚時枕鴛重並。教伊須更，將盟誓後約言定。」其二云：「江上秋高霜早。雲静月華如掃。候鴈初飛，啼螿正苦，又是黄花衰草。等閑臨照。潘郎鬢、星星易老。那堪更酒醒孤棹。望千里長安西笑。臂上粧痕，胸前淚粉，暗惹離愁多少。此情誰表。除非是重相見了。」其後明道中，張子野先、黄子思孝先相繼爲掾(原作張子野及黄子思先後相繼爲掾，據臨嘯本改。)，尤賞之。偶陳師之求古，以光禄丞來掌榷酤，温卿遂託其家。僅二年而亡，才十九歲。子思以詩弔之云：「人生第一莫多情。眼看仙花結不成。爲報兩京才子道，好將詩句哭温卿。」先，子思有愛姬宜哥客死舟中，遺言葬堤下，冀他日過此，得一見以慰孤魂。子思從之，作詩納棺中，其斷章云：「恩同花上露，留得不多時。」二人皆葬於宿州柳市之東。子野嘉祐中，過而題詩云：「好物難留古亦嗟。人生無物不塵沙。何時宰樹連雙塚，結作人間並蒂花。」

張志和漁父詞爲浣溪沙定風波

東坡、山谷、徐師川，既以張志和漁父詞填爲浣溪沙、鷓鴣天，其後好事者相繼而作。嘗有五闋云：「雲鎖柴門半掩關。垂綸猶自在前灣。獨乘孤棹夜方還。任使有榮居紫禁，爭如無事隱青山。浮名浮利總輪閑。」「一副綸竿一隻船。簑衣竹笠是生緣。五湖來往不知年。青嶂更無榮辱到，白頭終没利名牽。蘆花深處伴鷗眠」。「釣罷高歌酒一杯。醉醒曾笑楚臣來。夕陽維纜碧江隈。簑笠每因山雨戴，船窗多爲水花開。安居流景任相催。」「雨氣兼香泛芰荷。回舟冒雨懶披簑。夜闌風静水無波。白酒追歡常恨少，青山入望豈嫌多。人間榮辱盡從他。」乃浣溪沙也。「雨霽雲收望遠山。釣竿林下恣清閑。蟬噪日斜林影（原作影林，據臨嘯本改。）轉。溪岸。绿深紅淺畫屏間。對酒狂歌時鼓枻，更邀同志醉前灣。待月却尋維纜處。歸去。烟蘿一逕接柴關。」乃定風波也。

馮相三願詞

南唐宰相馮延巳有樂府一章，名長命女（原作縷，據明鈔本改。）云：「春日宴。绿酒一盃歌一遍。再拜陳三願。一願郎君千歲，二願妾身長健。三願如同樑上燕，歲歲長相見。」其後有以其詞悉改爲雨中花云：「我有五重深深願，第一願且圖久遠。二願恰如雕梁雙燕。歲歲得長相見。三願薄情相顧戀。第四願永不分散。五願奴哥收因結果，做箇大宅院。」味馮公之詞典雅豐容，雖置在古樂府，可以無愧。一遭俗子竄易，不惟句意重複，而鄙惡甚矣。

韓子蒼題御畫鵲扇詩

韓子蒼題御畫鵲扇詩云：「君王妙畫出神機。弱羽爭巢並語時。天上飛來兩鳷鵲，一雙飛上萬年枝。」蓋用馮延巳樂府也。「曉月墜，宿雲披。銀燭錦屏幃。建章鐘動玉繩低。宮漏出花遲。春態淺。來雙燕。紅日初長一線。嚴粧催罷囀黃鸝。飛上萬年枝。」乃鶴沖天也。

歐梅二妓詩

豫章寓荆州，除吏部郎中。再辭，得請守當塗。幾一年才到官，七日而罷，又數日乃去。其詩云：「歐倩腰支柳一渦。大梅催拍小梅歌。舞餘細點梨花雨，奈此當塗風月何。」蓋歐、梅當塗官妓也。李之儀云：「人之幸不幸，歐、梅偶見録於豫章，遂爲不朽之傳，與杜詩黄四娘何異。」然豫章又有木蘭花令敍云：「庭堅假守當塗，故人庾元鎮，窮巷讀書，不出入州縣，因作此以勸庾酒云：『庾郎三九常安樂。便有萬錢無處著。徐熙小鴨水邊花，明月清風都占却。朱顏老盡心如昨。萬事休休還莫莫。尊前見在不饒人，歐舞梅歌君更酌。』」自批云：「歐、梅當塗（原作時，據臨嘯本改。）二妓也。」

東坡戚氏詞

「玉龜山。東皇靈媲統羣仙。絳闕岧嶢，翠房深迥，倚霏烟。幽閑。志悄然。金城千里鎖嬋娟。當時穆滿巡狩，翠華曾到海西邊。風露明霽，鯨波極目，勢浮輿蓋方圓。正迢迢麗日，玄圃清寂，瓊草芊緜。爭解繡勒香韉。鑾輅駐蹕，八馬戲芝田。瑶池近，畫樓隱隱，翠鳥翩翩。肆華筵。間作翠管鳴絃。宛若帝所鈞天。稚顏皓齒，綠髮方瞳，圓極恬淡高妍。盡倒瓊壺酒，獻金鼎藥，固大椿年。縹緲飛瓊妙舞。命雙成奏曲醉留連。雲璈韻響寫寒泉。浩歌暢飲，斜月低河漢。漸綺霞，天際紅深淺。動歸思，回首塵寰。爛熳遊、玉輦東還。杏花風、數里響鳴鞭。望長安路，依稀柳色，翠點晴川。」此東坡戚氏詞也。東坡元祐末自禮部尚書帥定州日，官妓因宴，索公爲戚氏詞。（詞字原脱，據臨嘯本補。）公方與坐客論穆天子事，頗訝其虛誕，遂資以應之，隨聲隨寫，歌竟篇就，才點定五六字。坐中隨聲擊節，終席不問它詞，亦未容别進一語。且曰足爲中山一時盛事耳。

瑶臺第一層

武才人以色最後庭，教坊詞名瑶臺第一層，託意以美云：「西母池邊（邊字原脱，據臨嘯本補。）宴罷，贈南枝，步玉霄。緒風和扇，冰華秀發，雪質孤高。漢波澄練影，問是誰、獨步江皐。便凝望、認壺中珪璧，天上瓊瑶。清標。曾陪勝賞，坐忘愁，解使塵消。况雙成、與乳丹點染，都付香梢。壽粧酥冷，郢韻佩皐，霧捲雲消。樂逍遥。鳳凰臺畔，取次憶吹簫。」

李久善詞

蜀人李久善長短句，有「鶯擲垂楊，一點黄金溜」，識者以爲新。余舊見王與善蝶戀花詞云：「粉面與花相閒鬭。星眸一轉晴波溜。」蓋出於此。王名重，元祐間人。全篇云：「去歲花前曾記有。半醉嬉遊，花下携纖手。粉面與花相閒鬭。星眸一轉晴波溜。一見新花還感舊。淚眼逢春，忍更看花柳。春恨厭厭和永晝。□□寂寞黄昏後。」又，燭影揺紅云：「煙雨江城，望中緑暗花枝少。惜春長待醉東風，却恨春歸早。縱有幽歡會，奈如今、風情漸老。鳳樓何處，畫欄愁倚，天涯芳草。」

頭上宫花顫詞

「去年今日，從駕遊西苑。彩仗壓金波，看水戲、魚龍漫衍。寶津南殿，宴坐近天顔。金盃酒，君王勸。頭上宫花顫。六軍錦繡，萬騎穿楊箭。日暮翠華歸，擁鈞天、笙歌一片。如今關外，千里未歸人，前山雨，西樓晚，望斷思君眼。」此陳濟翁驀山溪詞也。舍人張孝祥知潭州，因宴客，伎有歌此，至「金盃酒、君王勸，頭上宫花顫」，其首自爲之揺顫者數四。坐客忍笑指目者甚多，而張竟不覺也。

作詞以弔楊謝

紹興庚午，台之黄巖妓，有姓謝與姓楊者，情好甚篤，爲嫗所制，相約夜投諸江。好事者爲望海潮以弔之。「彩篛角黍，蘭橈畫舫，佳時競弔沅（原作沉，據明鈔本改。）湘。古意未收，新愁又起，斷魂流水茫茫。堪笑又堪傷。有臨皋仙子，連璧檀郎。暗約同歸，遠煙深處弄滄浪。倚樓魂已飛揚。共偷揮玉筋，痛飲霞觴。煙水無情，揉花碎玉，空餘怨抑淒涼。楊謝舊遺芳。算世間縱有，不恁非常。但看芙蕖並蔕，他日一雙雙。」

魏壇

臨川距城南一里，有觀曰魏壇，蓋魏夫人經遊之地，具諸顏魯公之碑。以故諸女真嗣緒不絕，然而守戒者鮮矣。陳虛中崇寧間守臨川，爲詩曰：「夫人在兮若冰雪。夫人去兮仙蹤滅。可惜如今學道人，羅裙帶上同心結。」洪覺範嘗爲長短句贈一女真云：「十指嫩抽新筍，纖纖工染紅柔。人前欲展强嬌羞。微露雲衣霓袖。　最好洞天春曉，黄庭卷罷清幽。凡心無計奈閒愁。試撚梨花頻嗅。」（按此條見趙本。臨嘯本及此本俱無魏壇敍文，但分陳虛中與洪覺範爲兩條。）

苕溪漁隱詞話

〔宋〕胡　仔撰

苕溪漁隱詞話目録

卷一

卷二

苕溪漁隱詞話卷一

吴越王獻詞

後山詩話云：「吴越後王來朝，太祖爲置宴，出内妓彈琵琶。王獻詞曰：『金鳳欲飛遭掣搦。情脈脈。看卽玉樓雲雨隔。』太祖起，拊其背曰：『誓不殺錢王。』」

好句不能改

漫叟詩話云：「前人評杜詩云：『紅豆啄殘鸚鵡粒，碧梧棲老鳳凰枝。』若云：『鸚鵡啄殘紅豆粒，鳳凰棲老碧梧枝。』便不是好句。余謂詞曲亦然。李景有曲『手捲真珠上玉鈎』，或改爲珠簾。舒信道有曲云：『十年馬上春如夢』，或改云『如春夢』，非所謂遇知音。」

後主圍城中作詞

西清詩話云：「南唐後主圍城中作長短句，未就而城破。『櫻桃落盡春歸去，蝶翻金粉雙飛。子規啼月小樓西。曲欄金箔，惆悵卷金泥。　門巷寂寥人去後，望殘煙草低迷。』余嘗見殘稿，點染晦昧，心方危窘，不在書耳。　藝祖云：『李煜若以作詩工夫治國事，豈爲吾虜也。』」苕溪漁隱曰：「余觀太祖實録及三朝正史云：『開寶七年十月，詔曹彬、潘美等率師伐江南。八年十一月，拔昇州。』今後主詞乃詠春景，決非十一月城破時作。西清詩話云：『後主作長短句，未就而城破。』其言非也。然王師圍金陵凡一年，後主於圍城中春間作此詩，則不可知。是時其心豈不危窘，於此言之，乃可也。」

東坡責後主

東坡云：「李後主詞云：『三十餘年家國，數千里地山河。鳳閣龍樓連霄漢，玉樹瓊枝作煙蘿。幾曾慣干戈。（鳳閣兩句原脫，據南唐二主詞補。又，幾曾慣干戈，原作已曾慣見干戈，亦據二主詞改正。）一旦歸爲臣虜，沈腰潘鬢消磨。最是倉皇辭廟日，教坊猶奏別離歌。揮淚對宮娥。』後主既爲樊若水所賣，舉國與人，故當慟哭于九廟之外，謝其民而後行。顧乃揮淚宮娥，聽教坊離曲哉。」

後主詞悽惋

西清詩話云：「南唐李後主歸朝後，每懷江國，且念嬪妾散落，鬱鬱不自聊。嘗作長短句云：『簾外雨潺潺。春意闌珊。羅衾不暖五更寒。夢裏不知身是客，一餉貪歡。獨自莫凭欄。無限關山。別時容易見時難。流水落花何處也，天上人間。』含思悽惋，（原作悽怳，據明鈔本改。）未幾下世。」

荊公山谷論後主詞

雪浪齋日記云：「荊公問山谷云：『作小詞曾看李後主詞否。』云：『曾看。』荊公云：『何處最好。』山谷以『一江春水向東流』爲對。荊公云：『未若細雨夢回雞塞遠，小樓吹徹玉笙寒。又細雨溼流光最好。』」

柳三變詞天下詠之

後山詩話云：「柳三變游東都南北二巷，作新樂府，骫骳從俗，天下詠之，遂傳禁中。宋仁宗頗好其詞，每對酒，必使侍妓歌之再三。三變聞之，作宮詞號醉蓬萊，因内官達後宮，且求其助。後仁宗聞而覺之，自是不復歌此詞矣。會改京官，乃以無行黜之。後改名永，仕至屯田員外郎。」苕溪漁隱曰：「先君嘗云：『柳詞鰲山綵構（原本無構字，以避高宗諱空六格。但後集卷三十九引此句却作構字。）蓬萊島，當云綵締。坡詞低綺户，當云窺綺户。』二字既改，其詞益佳。」

瑤臺第一層

後山詩話云：「武才人出慶壽宫，色冠後庭。裕陵得之，會教坊獻新聲，爲作詞，號瑤臺第一層。」

孫洙詞

夷堅志云：「孫洙字巨源，元豐間爲翰苑，名重一時。李端愿太尉世戚里，折節交縉紳間，而孫往來尤數。會一日鎖院，宣召者至其家，則已出。數十輩蹤跡之，得于李氏。時李新納妾，能琵琶，孫飲不肯去。而迫于宣命，李不敢留，遂入院，已二鼓矣。草三制罷，復作長短句，寄恨恨之意，遲明遣示李。其詞曰：『樓頭尚有三通鼓。何須抵死催人去。上馬苦匆匆。琵琶曲未終。回頭凝望處。那更廉纖雨。

漫道玉爲堂。玉堂今夜長。』」

秦處度法山谷

雪浪齋日記云：「晏叔原工小詞，如『舞低楊柳樓心月，歌盡桃花扇底風』，不愧六朝宮掖體。荆公小詞云：『揉藍一水縈花草。寂寞小橋千嶂抱。人不到。柴門自有清風掃。』略無塵土思。山谷小詞云：『春未透。花枝瘦。正是愁時候。』極爲學者所稱賞。（賞下原有味字，據文義刪。）秦湛處度嘗有小詞云：『春透水波明，寒峭花枝瘦。』蓋法山谷也。」

沈會宗詞

苕溪漁隱曰：「賈耘老舊有水閣，在苕溪之上，景物清曠。東坡作守時，屢過之，題詩畫竹於壁間。沈會宗又爲賦小詞云：『景物因人成勝概。滿目更無塵可礙。等閑簾幕小欄干。衣未解。心先快。明月清風如有待。　誰信門前車馬隘。別是人間閑世界。坐中無物不清涼。山一帶。水一派。流水白雲長自在。』其後水閣屢易主，今已摧毁久矣。遺址正與余水閣相近，同在一岸，景物悉如會宗之詞。故余嘗有鄙句云：『三間小閣賈耘老，一首佳詞沈會宗。無限當時好風月，如今總屬績（原誤作續，胡仔原籍績溪，故稱績溪翁。）溪翁。』蓋謂此也。」

李嬰詞

苕溪漁隱曰：「元豐間，都人李嬰調蘄水縣令，作滿江紅一曲，往黃州上東坡，東坡甚喜之。其詞云：『荆楚風煙，寂寞近、中秋時候。露下冷，蘭英將謝，葦花初秀。歸燕殷勤辭巷陌。（原作陋，據花庵詞選改。）鳴蛩淒楚來窗牖。又誰念江邊有神仙，飄零久。橫琴膝，攜筇手。曠望眼，閑吟口。任紛紛萬事，到頭何有。君不見凌烟冠劍客，何人氣貌長依舊。歸去來，一曲爲君吟，爲君壽。』」

王逐客作夏詞

漫叟詩話云：「古樂府詩云：『今世褦襶子，觸熱向人家。』褦襶，集韻解之云：『不曉事。』余素畏熱，乃知人觸熱來人家，其謂不曉事宜矣。嘗愛王逐客作夏詞送將歸，不用浮瓜沈李等事，而天然有塵外涼思。其詞云：『百尺清泉聲陸續。映瀟洒碧梧翠竹。面千步回廊，重重簾幕，小枕欹寒玉。試展鮫綃看畫軸。見一片瀟湘凝綠。待玉漏穿花，銀河垂地，月上欄干曲。』此語非觸熱者之所知也。」苕溪漁隱曰：「余嘗愛李太白夏日山中詩『脫巾掛石壁，露頂洒松風』，其清涼可想也。」

樂府雅詞之誤

苕溪漁隱曰：「曾端伯慥，編樂府雅詞，以秋月詞念奴嬌爲徐師川作，梅詞點絳唇爲洪覺範作，皆誤也。秋月詞乃李漢老，梅詞乃孫和仲，和仲即正言諤之子也。又世傳江城子、青玉案二詞，皆東坡所作。然西清詩話謂江城子乃葉少蘊作，桐江詩話謂青玉案乃姚進道作。四詞皆佳，今併錄之。念奴嬌詞云：『素光練淨，映秋山，隱隱脩眉橫綠。鳷鵲樓高天似水，碧瓦寒生銀粟。千丈斜暉，奔雲湧霧，飛過盧仝屋。更無塵氣，滿庭風碎梧竹。誰念鶴髮仙翁，當年曾共賞，紫巖飛瀑。對影三人聊痛飲，一洗離愁千斛。斗轉參橫，翩然歸去，萬里騎黃鵠。滿天霜曉，叫雲吹斷橫玉。』點絳唇詞云：『流水泠泠，斷橋斜路梅枝亞。雪花初下。全似江南畫。白璧青錢，難買春無價。歸來也。風吹平野。一點香隨馬。』江城子云：『銀濤無際卷蓬瀛。落霞明。暮雲平。曾見青鸞紫鳳，下層城。二十五弦彈不盡，空感慨，有餘情。蒼梧烟水斷歸程。捲霓旌。爲誰迎。空有千行流淚，寄幽貞。舞罷魚龍雲海晚，千古恨，入江聲。』青玉案詞云：『三年枕上吳中路。遣黃耳、隨君去。君到松江呼小渡。莫驚鷗鷺，四橋盡是，老子經行處。輞川圖上看春暮。長記高人右丞句。作箇歸期天已許。春衫猶是，小蠻針線，曾溼西湖雨。』漢老念奴嬌詞中有『滿天霜曉，叫雲吹斷橫玉』之句，乃用崔魯華清宮詩『銀河漾漾月輝輝。樓礙天邊織女機。橫玉叫雲清似水，滿空霜逐一聲飛』，或云叫雲乃笛名，非也。又端伯所編樂府雅詞中，有漢宮春梅詞，云是李漢老作，非也。乃晁冲之叔用作，政和間作此詞獻蔡攸。是時朝廷方興大晟府，蔡攸攜此詞呈其父云：『今日於樂府中得一人。』京覽其詞，喜之，即除大晟府丞。今載其詞曰：『瀟洒江梅，向竹梢稀處，橫兩三枝。東君也不愛惜，雪壓風欺。無情燕子，怕春寒、輕失佳期。惟是有，南來歸雁，年年長見開時。清淺小溪如練，問玉堂何似，茅舍疎籬。傷心故人去後，冷落新詩。微雲淡月，對孤芳、分付他誰。空自倚，清香未減，風流不在人知。』此詞中用玉堂事，乃唐人詩云：『白玉堂前一樹梅。今朝忽見數枝開。兒家門戶重重閉，春色因何得入來。』或云玉堂乃翰苑之玉堂，非也。」

侯蒙詞

東堅志云："侯元功蒙，密州人。自少游場屋，年三十有一，始得鄉貢。人以其年長貌寢，不之敬。有輕薄子畫其形於紙鳶上，引線放之，蒙見而大笑。作臨江仙詞題其上曰：『未遇行藏誰肯信，如今方表名蹤。無端良匠畫形容。當風輕借力，一舉入高空。才得吹噓身漸穩，只疑遠赴蟾宮。雨餘時候夕陽紅。幾人平地上，看我碧霄中。』蒙一舉即登第，年五十餘，遂爲執政。"

詞句難得全篇皆好

苕溪漁隱曰："詞句欲全篇皆好，極爲難得。如賀方回『淡黃楊柳帶棲鴉』，秦處度『藕葉清香勝花氣』二句，寫景詠物，可謂造微入妙，若其全篇，皆不逮此矣。徐幹臣『雁足不來，馬蹄難駐，門掩一庭芳景』，駐字當作去字，語意乃佳。周美成『水亭小，浮萍破處，簷花簾影顛倒』，按杜少陵詩『燈前細雨簷花落』，美成用此簷花二字，全與出處意不相合，乃知用字之難矣。趙德麟『重門不鎖相思夢，隨意遶天涯』，徐師川『柳外重重疊疊山，遮不斷愁來路』，二詞造語雖不同，其意絕相類。古（原作右，據文義改。）詞『水竹舊院落，櫻筍新蔬果』，一本是『水竹舊院落，鶯引新雛過』。不然，『櫻筍新蔬果』與上句有何干涉。董武子『疇昔尋芳祕殿西，日壓金鋪、宮柳垂垂』，然祕殿豈是尋芳之處，非所當言也。"

汪彦章詞

苕溪漁隱曰：「汪彦章舟行汴中，見岸傍畫舫有映簾而觀者，止見其額，有詞云：『小舟簾隙。佳人半露梅粧額。綠雲低映花如刻。恰似秋宵，一半銀蟾白。　結兒梢朵香紅扐。鈿蟬隱隱摇金碧。春山秋水渾無迹。不露牆頭，些子真消息。』寄醉落魄。」

孫觿落梅詞

苕溪漁隱曰：「孫觿字濟師，嘗作落梅詞，甚佳。『一聲羌管吹嗚咽。玉溪半夜梅翻雪。江月正茫茫。斷橋流水香。　含章春欲暮。落日千山雨。一點着枝酸。吳姬先齒寒。』」

和東坡赤壁詞

苕溪漁隱曰：「東坡大江東去赤壁詞，語意高妙，真古今絶唱。近時有人和此詞題於郵亭壁間，不著其名，語雖粗豪，亦氣概可喜。今謾筆之。詞曰：『炎精中否，歎人材委靡，都無（原作元，據明鈔本改。）英物。戎馬長驅三犯闕，誰作連城堅壁。楚漢吞併，曹劉割據，白骨今如雪。書生鑽破簡編，説甚英傑。　天意眷我中興，吾君神武，小曾孫周發。海嶽封疆俱效職，狂虜何勞退滅。翠羽南巡，叩閽無路，徒有衝冠髮。孤忠耿耿，劍鋒冷浸秋月。』」

苕溪漁隱詞話卷二

元宗浣溪沙二闋

南唐書云：「王感化善謳歌，聲韻悠揚，清振林木，繫樂部爲歌板色。元宗嘗作浣溪沙二闋，手寫賜感化曰：『菡萏香銷翠葉殘。西風愁起碧波間。還與容光共憔悴，不堪看。細雨夢回鷄塞遠，小樓吹徹玉笙寒。簌簌淚珠多少恨，倚闌干。』『手捲珠簾上玉鈎。依前春恨鎖重樓。風裏落花誰是主，思悠悠。青鳥不傳雲外信，丁香空結雨中愁。迴首緑波三峽暮，接天流。』後主卽位，感化以其詞札上之。後主感動，賞賜感化甚優。」苕溪漁隱曰：「元宗卽嗣主李璟，嘗作此二詞。古今詞話乃以爲後主作，非也。後主名煜。」

馮延巳樂章

南唐書云：「馮延巳著樂章百餘闋。其鶴冲天詞云：『曉月墜，宿雲披。銀燭錦屏幃。建章鐘動玉繩低。宮漏出花遲。』又歸國謡詞云：『江水碧。江上何人吹玉笛。扁舟遠送瀟湘客。蘆花千里霜月白。傷行色。明朝便是關山隔。』見稱於世。元宗樂府辭云：『小樓吹徹玉笙寒。』延巳有『風乍起，吹皺一池春水』之句，皆爲警策。元宗嘗戲延巳曰：『吹皺一池春水，干卿何事。』延巳曰：『未如陛下小樓吹徹玉笙寒。』元宗悦。」

謁金門異説

苕溪漁隱曰：「古今詩話云：『江南成幼文爲大理卿，詞曲妙絶。嘗作謁金門云：「風乍起，吹皺一池春水。」中主聞之，因案獄稽滯，召詰之。且謂曰：「卿職在典刑，一池春水，又何干于卿。」幼文頓首。』又本事曲云：『南唐李國主，嘗責其臣曰：「吹皺一池春水，干卿何事。」』蓋趙公所撰謁金門辭，有此一句，最警策。其臣卽對曰：『未如陛下「小樓吹徹玉笙寒」。』若本事曲所記，但云趙公，初無其名，所傳必誤。惟南唐書與古今詩話二説不同，未詳孰是。」

後主用顔氏家訓語

復齋漫録云：「顔氏家訓云：『別易會難，古人所重，江南餞送，下泣言離。（原作難，據能改齋漫録改。）北間風俗，不屑此事，歧路言離，懽笑分首。』李後主蓋用此語耳。故長短句云：『別時容易見時難。』」

撲蝴蝶詞

苕溪漁隱曰：「舊詞高雅，非近世所及，如撲蝴蝶一詞，不知誰作，非惟藻麗可喜，其腔調亦自婉美。詞云：『煙條雨葉，緑遍江南岸。思歸倦客，尋芳來較晚。岫邊紅日初斜，陌上飛花正滿。淒涼數聲羌管，怨春短。玉人應在，明月樓中，畫眉懶。鸞牋錦字，多時魚雁斷。恨隨去水東流，事與行雲共遠。羅衾舊香猶暖。』」

射村二詞

苕溪漁隱曰「先君頃嘗丐祠，居射邨，作感皇恩一詞云：『乞得夢中身，歸棲雲水。始覺精神自家底。峭帆輕棹，時與白鷗游戲。畏途都不管，風波起。光景如梭，人生浮脆。百歲何妨盡沉醉。卧龍多事，漫説三分奇計。算來爭似我、長昏睡。』又嘗江行阻風，作漁家傲一詞云：『幾日北風江海立。千軍萬馬鼙聲急。（原作息，據宋本改。）短棹峭寒欺酒力。飛雨息。瓊花細細穿窗隙。我本綠簑青箬笠。浮家泛宅煙波逸。渚鷺沙鷗多舊識。行未得。高歌與爾相尋覓。』」

誤以古詞爲柳詞

苕溪漁隱曰：「先君嘗云：古詞有絳都春，有『鰲山綵構蓬萊島』之句。當云綵締。余於前集，誤以古詞爲柳詞，今是正之。」

柳三變詞

藝苑雌黄云：「柳三變字景莊，一名永，字耆卿，喜作小詞，然薄於操行。當時有薦其才者，上曰：『得非填詞柳三變乎。』曰：『然。』上曰：『且去填詞。』由是不得志，日與獧子縱游娼館酒樓間，無復檢約，自稱云『奉聖旨填詞柳三變』。嗚呼，小有才而無德以將之，亦士君子之所宜戒也。柳之樂章，人多稱之。然大概非羈旅窮愁之詞，則閨門淫媟之語。若以歐陽永叔、晏叔原、蘇子瞻、黃魯直、張子野、秦少游輩較之，萬萬相遼。彼其所以傳名者，直以言多近俗，俗子易悅故也。皇祐中，老人星現，永應制撰詞，意望厚恩。無何，始用漸字，終篇有『太液波翻』之語。其間『宸游鳳輦何處』，與仁廟挽詞闇合，遂致忤旨。士大夫惜之。余謂柳作此詞，借使不忤旨，亦無佳處。如『嫩菊黃深，拒霜紅淺』，竹籬茅舍間，何處無此景物。方之李謫仙、夏英公等應制辭，殆不啻天冠地履也。世傳永嘗作輪臺子蚤行詞，頗自以爲得意。其後張子野見之云：『既言匆匆策馬登途，滿目淡烟衰草，則已辨色矣，而後又言楚天闊，望中未曉，何也。柳何語意顛倒如是。』

六客詞

東坡云：「吾昔自杭移高密，與楊元素同舟。而陳令舉、張子野皆從余過李公擇於湖。遂與劉孝叔俱至松江。夜半月出，置酒垂虹亭上。子野年八十五，以歌詞聞于天下，作定風波令。其略云：『見說賢人聚吴分。試問。也應傍有老人星。』坐客懽甚，有醉倒者，此樂未嘗忘也。今七年耳，子野、孝叔、令舉皆爲異物，而松江橋亭，今歲七月九日，海風駕潮，平地丈餘，蕩盡無復孑遺矣。追思曩時，真一夢耳。」

後六客詞

苕溪漁隱曰：「吴興郡圃今有六客亭，卽公擇、子瞻、元素、子野、令舉、孝叔，時公擇守吴興也。東坡有云：『余昔與張子野、劉孝叔、李公擇、陳令舉、楊元素會於吴興，時子野作六客詞。其卒章云：「盡道賢人聚吴分。試問。也應旁有老人星。」凡十五年，再過吴興（興字原脱，據明鈔本補。）而五人者皆已亡之矣。時張仲謀與曹子方、劉景文、蘇伯固、張秉道爲坐客。仲謀請作後六客詞云：「月滿苕溪照夜堂。五星一老鬬光芒。十五年間真夢裏。何事。長庚對月獨凄涼。　緑鬢蒼顔同一醉。還是。六人吟笑水雲鄉。賓主談鋒誰得似。看取。曹劉今對兩蘇張。」』

聶冠卿詞

復齋漫録云：「翰林學士聶冠卿，嘗于李良定公席上賦多麗詞云：『想人生，美景良辰堪惜。問其間、賞心樂事，就中難是并得。況東城、鳳臺沁苑，泛晴波、淺照金碧。露洗華桐，煙霏絲柳，緑陰摇曳，蕩春一色。畫堂迥，玉簪瓊珮，高會盡詞客。清歡久，重燃絳蠟，别就瑶席。　有翩若驚鴻體態，暮爲行雨標格。逞朱唇，緩歌妖麗，似聽流鶯亂花隔。慢舞縈回，嬌鬟低鬢，腰肢纖細困無力。忍分散，彩雲歸後，何處更尋覓。休辭醉，明月好花，莫漫輕擲。』蔡君謨時知泉州，寄良定公書云：『新傳多麗辭，述宴游之娱，使病夫舉首增歎耳。』又近者有客至自京師，言諸公春日多會于元伯園池，因念昔游，輒形篇詠。『緑渠春水走潺湲。畫閣峯巒映碧鮮。酒令已行金盞側，樂聲初認翠裙圓。清游勝事傳都下，多麗新詞到海邊。曾是尊前沉醉客，天涯回首重依然。』」苕溪漁隱曰：「冠卿詞有『露洗華桐、煙霏絲柳』之句，此正是仲春天氣。下句乃云『緑陰摇曳，蕩春一色』，其時未有緑陰，真語病也。」

東坡寄子由詞

古今詞話云：「東坡在黄州，中秋夜對月獨酌，作西江月詞曰：『世事一場大夢，人生幾度新涼。夜來風葉已鳴廊。看取眉頭鬢上。　酒賤常愁客少，月明多被雲妨。中秋誰與共孤光。把盞淒涼北望。』坡以讒言謫居黄州，鬱鬱不得志，凡賦詩綴詞，必寫其所懷。然一日不負朝廷，其懷君之心，末句可見矣。」苕溪漁隱曰：「聚蘭集載此詞，注曰，寄子由。故後句云：『中秋誰與共孤光，把酒淒涼北望。』則兄弟之情，見于句意之間矣。疑是在錢塘作，時子由爲睢陽幕客，若詞話所云，則非也。」

晁次膺緑頭鴨

苕溪漁隱曰：「中秋詞自東坡水調歌頭一出，餘詞盡廢。然其後亦豈無佳詞，如晁次膺緑頭鴨一詞，殊清婉。但樽俎間歌喉，以其篇長憚唱，故湮没無聞焉。其詞云：『晚雲收，淡天一片琉璃。爛銀盤、來從海底，皓色千里澄輝。瑩無塵、素娥澹佇，淨可數、丹桂參差。玉露初零，金風未凜，一年無似此佳時。露坐久，疎星時度，烏鵲正南飛。瑶臺冷，欄干凭暖，欲下遲遲。　念佳人，音塵隔後，對此應解相思。最關情，漏聲正永，暗斷腸、花影潛移。料得來宵，清光未減，陰晴天氣又爭知。共凝戀，如今別後，還是隔年期。人縱健，清樽素月，長願相隨。』」

作詞要善救首尾

苕溪漁隱曰：「凡作詩詞，要當如常山之蛇，救首救尾，不可偏也。如晁无咎作中秋洞仙歌辭，其首云：『青煙冪處，碧海飛金鏡。永夜閑階卧桂影。』固已佳矣。其後云：『待都將許多明，付與金樽，投曉共流霞傾盡。更攜取胡床上南樓，看玉做人間，素秋千頃。』若此可謂善救首尾者也。至朱希真作中秋念奴嬌，則不知出此。其首云：『插天翠柳，被何人推上，一輪明月。照我藤床涼似水，飛入瑤臺銀闕。』亦已佳矣。其後云：『洗盡凡心，滿身清露，冷浸蕭蕭髮。明朝塵世，記取休向人説。』此兩句全無意味，收拾得不佳，遂并全篇氣索然矣。」

曹元寵望月婆羅門

苕溪漁隱曰：「曹元寵本善作詞，特以紅窗迥戲詞，盛行于世，遂掩其名。如望月婆羅門詞，亦豈不佳。詞云：『漲雲暮捲，漏聲不到小簾櫳。銀河淡掃澄空。皓月當軒高掛，秋入廣寒宮。正金波不動，桂影朦朧。佳人未逢。歎此夕，與誰同。望遠傷懷對景，霜滿愁紅。南樓何處，想人在長笛一聲中。凝淚眼，泣(原作立，據明鈔本改。)盡西風。』此詞病在『霜滿愁紅』之句，時太早耳。曾端伯編雅詞，乃以此詞爲楊如晦作，非也。」

錢思公玉樓春

侍兒小名録云：「錢思公謫漢東日，撰玉樓春詞曰：『城上風光鶯語亂。城下煙波春拍岸。緑楊芳草幾時休，淚眼愁腸先已斷。情懷漸(原脱漸字，據花庵詞選補。)變成衰晚。鸞鏡朱顔驚暗换。往年多病厭芳樽，今日芳樽惟恐淺。』每酒闌歌之，則泣下。後閤有白髮姬，乃鄧王歌鬟驚鴻也。遽言：『先王將薨，預戒挽鐸中歌木蘭花引紼爲送。今相公亦將亡乎。』果薨于隨州。鄧王舊曲亦嘗有『帝鄉烟雨鎖春愁，故國山川空淚眼』之句。」

東坡別參寥詞

苕溪漁隱曰：「東坡別參寥長短句云：『有情風、萬里卷潮來，無情送潮歸。問錢塘江上，西興浦口，幾度斜暉。不用思量今古，俛仰昔人非。誰似東坡老，白首忘機。記取西湖西畔，正暮山好處，空翠煙霏。算詩人相得，如我與君稀。約他年東還海道，願謝公、雅志莫相違。西州路，不應回首，爲我沾衣。』晉書：謝安雖受朝寄，然東山之志，始末不渝，每（原無每字，據明鈔本補。）形于顏色。及鎮新城，盡室而行，造汎（原作北，據明鈔本改。）海之裝。欲須經略粗定，自海道還東。雅志未就，遂遇疾篤還都，尋薨。羊曇爲安所愛重，安薨後，輟樂彌年，行不由西州路。嘗因大醉，不覺至州門，左右白曰，此西州門。曇悲感，以馬策扣扉，誦曹子建詩曰：『生存華屋處，零落歸山丘。』因慟哭而去。東坡用此故事，若世俗之論，必以爲讖矣。然其詞石刻後，東坡自題云：『元祐六年三月六日。』余以東坡先生年譜考之，元祐四年知杭，（杭下原有州字，據海山仙館叢書本删。）六年召爲翰林學士承旨，則長短句蓋此時作也。自後復守潁，徙揚，入長禮曹，出帥定武。至紹聖元年，方南遷嶺表，建中靖國元年北歸，至常，乃薨。凡十一載。則世俗成讖之論，安可信邪。」

唐初無長短句

苕溪漁隱曰：「唐初歌辭多是五言詩，或七言詩，初無長短句。自中葉以後，至五代，漸變成長短句。及本朝則盡爲此體。今所存止瑞鷓鴣、小秦王二闋，是七言八句詩，并七言絕句詩而已。瑞鷓鴣猶依字易歌，若小秦王必須雜以虛聲，乃可歌耳。其詞云：『碧山影裏小紅旗。儂是江南踏浪兒。拍手欲嘲山簡醉，齊聲争唱浪婆詞。西興渡口帆初落，漁浦山頭日未攲。儂送潮回歌底曲，樽前還唱使君詩。』此瑞鷓鴣也。『濟南春好雪初晴。行到龍山馬足輕。使君莫忘霅溪女，時作陽關腸斷聲。』此小秦王也。皆東坡所作。」

古今詞話不足信

苕溪漁隱曰：「古今詞話以古人好詞，世所共知者，易甲爲乙。稱其所作，仍隨其詞牽合爲説，殊無根蒂，皆不足信也。如秦少游千秋歲『水邊沙外，城郭春寒退』，末云『春去也，飛紅萬點愁如海』者，山谷嘗歎其句意之善，欲和之，而以海字難押。陳無己言，此詞用李後主『問君那有幾多愁，恰似一江春水向東流』，但以江爲海耳。洪覺範嘗和此詞，題崔徽真子，『多少事，都隨恨遠連雲海』。晁无咎亦和此詞，弔少游云：『重感慨，驚濤自卷珠沉海。』觀諸公所云，則此詞少游作明甚，乃以爲任世德所作。又八六子『倚危亭，恨如芳草萋萋，剗盡還生』者，浣溪沙『脚上鞋兒四寸羅』者，二詞皆見淮海集，乃以八六子爲賀方回作，以浣溪沙爲涪翁作。晁无咎鹽角兒『開時似雪，謝時似雪，花中奇絕』者，爲晁次膺作，汪彥章點絳唇『新月娟娟，夜寒江静山啣斗』者，爲蘇叔黨作，皆非也。」

東坡贈龍丘子詞

苕溪漁隱曰：「東坡云：『龍丘子自洛之蜀，載二侍女，戎裝駿馬，至溪山佳處，輒留數日，見者以爲異人。後十年，築室黄岡之北，號静庵居士。作臨江仙贈之云：「細馬遠馱雙侍女，青巾玉帶紅靴。溪山好處便爲家。誰知巴峽路，却是洛城花。　面旋落英飛玉蕊，人間春日初斜。十年不見紫雲車。龍邱新洞府，鉛鼎養丹砂。」龍邱子，卽陳季常也。秦太虚寄之以詩，亦云：「侍童雙擢（原作攉，據明鈔本改。）玉，鬢髮光可照。駿馬錦障泥，相隨窮海嶠。暮年更折節，學佛得心要。嚣馬放阿樊，幅巾對沉燎。」』西清詩話云：『季常自以爲飽禪學，妻柳頗悍忌，季常畏之。故東坡因詩戲之，有「忽聞河東獅子吼，拄杖落手心茫然」之句。觀此，則知季常載二侍女以遠游，及暮年，甘於枯寂，蓋有所制而然，亦可憫笑也。』」

鄒陳諧樂詞

復齋漫録云：「鄒志全徙昭，陳瑩中貶廉，間以長短句相諧樂。『有個胡兒模樣别。滿頷髭鬚（滿頷髭鬚原作滿頭頷髮髭，據明鈔本改。）生得渾如漆。見説近來頭也白。髭鬢那得長長黑。（原作長黑黑，據明鈔本改。）逸忘一句。　籋子鑷來，須有千堆雪。莫向細君容易説。恐他嫌你將伊摘』。此瑩中語，謂志全之長髭也。『有箇頭陀修苦行，頭上頭髮毵毵。身披一副醲裙衫。緊纏雙脚，苦苦要游南。　聞説度牒朝夕到，并除頷下髭髯。鉢中無粥住無庵。摩登伽處，只恐却重參。』此志全語，謂瑩中之多慾也。廣陵馬推官，往來二公問，亦嘗以詩詞贈之。『有才何事老青衫。十載低徊北斗南。肯伴雪髯千日醉，此心真與古人參。不見故人今幾年。年來風物尚依然。遥知閑望登臨處，極目江山萬里天。』志全（全下原衍完字，據文義删。）語也。『一樽薄酒。滿酌勸君君舉手。不是親朋。誰肯相從寂寞濱。人生如夢。夢裏惺惺何處用。盞到休辭。醉後全勝未醉時。』瑩中語也。初，志全自元符間貶新州，徽宗即位，以爲中書舍人。乃未幾，謫零陵别駕，龍水安置，未幾徙昭焉。」

魚遊春水

復齋漫録云：「政和中，一中貴人使越州回，得詞于古碑陰，無名無譜，不知何人作也。録以進御，命大晟府填腔，因詞中語，賜名魚遊春水云：『秦樓東風裏。燕子還來尋舊壘。餘寒初褪，紅日薄侵羅綺。嫩草初抽碧玉簪，細柳輕窣黄金縷。鶯囀上林，魚遊春水。　幾曲闌干遍倚。又是一番新桃李。佳人應念歸期，梅粧淚洗。鳳簫聲絶沉孤雁，目斷清波無雙鯉。雲山萬重，寸心千里』。」古今詞話云：「東都防河，卒于汴河上掘地，得石刻，有詞一闋，不題其目。臣僚進上，上喜其藻思絢麗，欲命其名，遂摭詞中四字，名曰魚遊春水，令教坊倚聲歌之。詞凡九十四字，而風花鶯燕動植之物曲盡之。此唐人語也，後之狀物寫情，不及之矣。二説不同，未詳孰是。」

王逐客用山谷語

復齋漫録云：「王逐客送鮑浩然之浙東長短句：『水是眼波横，山是眉峯聚。欲問行人去那邊，眉眼盈盈處。纔始送春歸，又送君歸去。若到江南趕上春，千萬和春住。』韓子蒼在海陵送葛亞卿，用其意以爲詩。斷章云：『明日一盃愁送春。後日一盃愁送君。君應萬里隨春去。若到桃源記歸路。』」苕溪漁隱曰：「山谷詞云：『春歸何處。寂寞無行路。若有人知春去處。喚取歸來同住。』王逐客云：『若到江南趕上春，千萬和春住。』體山谷語也。」

東坡言如夢令本莊宗製

苕溪漁隱曰：「東坡言，如夢令曲名，本唐莊宗製，一名憶仙姿。嫌其不雅，改云如夢。莊宗作此詞，卒章云：『如夢。如夢。和淚出門相送。』取以爲之名。古今詞話云：『後唐莊宗修內苑，掘得斷碑，中有字三十二，曰：『曾（原脱曾字，據尊前集補。）宴桃源深洞。一曲舞鸞歌鳳。長記欲別時，殘月落花煙重。如夢。如夢。和淚出門相送。』莊宗使樂工入律歌之，名曰古記。但詞話所記，多是臆說，初無所據，故不可信。當以坡言爲正。」

都門小詞

復齋漫録云：「鄧肅謂余言，宣和五年，初復九州，天下共慶，而識者憂之也。都門盛唱小詞曰：『喜則喜得入手。愁則愁不長久。忻則忻我兩個厮守。怕則怕人來破鬬。』雖三尺之童皆歌之，不知何謂也。七年，九州復陷，豈非不長久邪。郭藥師，契丹之帥也，我用以守疆，啓敵國禍者郭耳，非破鬬之驗邪。」

荆公集句

苕溪漁隱曰：「魯直書荆公集句菩薩蠻詞碑本云：『數間茅屋閑臨水。窄衫短帽垂楊裏。花是去年紅。吹開一夜風。　娟娟新月偃。午醉醒來晚。何許最關情。黄鸝三兩聲。』因閲臨川集，乃云：『今日是何朝。看余度石橋。』余謂不若『花是去年紅，吹開一夜風』爲勝也。」

山谷浣溪沙

夷白堂小集云：「山谷道人向爲余言，張志和漁父詞雅有遠韻。志和善丹青，必有形于圖畫者，而世莫之傳也。嘗以其詞增損爲浣溪沙，誦之有矜色。予以告大年，云：『我不可不成此一段奇事。』久之，乃以煙波圖見歸，其思致（原作致思，據文義改。）深處，不減昔人。詞云：『西塞山邊白鷺飛。散花洲外片帆微。桃花流水鱖魚肥。　自庇一身青篛笠，相隨到處緑簑衣。斜風細雨不須歸。』」

張仲宗漁家傲

苕溪漁隱曰：「張仲宗有漁家傲一詞云：『釣笠披雲青嶂繞。緑簑雨細春江渺。白鳥飛來風滿棹。收綸了。漁童拍手樵青笑。　明月太虚同一照。浮家泛宅忘昏曉。醉眼冷看城市鬧。煙波老。誰能認得閑煩惱。』余往歲在錢塘，與仲宗從游甚久，仲宗手寫此詞相示，云舊所作也。其詞第二句，元是『撅頭雨細春江渺』，余謂仲宗曰：『撅頭雖是船名，今以雨襯之，語晦而病，因爲改作緑簑雨細。』仲宗笑以爲然。」

東坡榴花詞非爲一娼而發

古今詞話云：「蘇子瞻守錢塘，有官妓秀蘭，天性黠慧，善于應對。湖中有宴會，羣妓畢至，惟秀蘭不來。遣人督之，須臾方至。子瞻問其故，具以髮結沐浴，不覺困睡。忽有人叩門聲急，起而問之，乃樂營將催督之，非敢怠忽，謹以實告。子瞻亦恕（原作怒，據海山仙館叢書本改。）之。坐中倅車屬意于蘭，見其晚來，恚恨未已。責之曰：『必有他事，以此晚至。』秀蘭力辨，不能止倅之怒。是時榴花盛開，秀蘭以一枝藉手告倅，其怒愈甚。秀蘭收淚無言，子瞻作賀新涼以解之，其怒始息。其詞曰：『乳燕飛（原作非，據蘇詞改。）華屋。悄無人、桐陰轉午，晚涼新浴。手弄生綃白團扇，扇手一時似玉。漸困倚孤眠清熟。門外誰來推繡户，枉教人、夢斷瑤臺曲。又却是、風敲竹。石榴半吐紅巾蹙。待浮花浪蕊都盡，伴君幽獨。濃豔一枝細看取，芳心千重似束。又恐被西風驚緑。若待得君來，向此花前，對酒不忍觸。共粉淚，兩簌簌。（原作兩兩簌，據蘇詞改。）』子瞻之作，皆紀（原無紀字，據明鈔本補。）目前事，蓋取其沐浴新涼，曲名賀新涼也。後人不知之，誤爲賀新郎，蓋不得子瞻之意也。子瞻真所謂風流太守也，豈可與俗吏同日語哉。」苕溪漁隱曰：「野哉，楊湜之言，真可入笑林。東坡此詞，冠絕古今，托意高遠，寧爲一娼而發邪。『簾外誰來推繡户，枉教人夢斷瑤臺曲，又却是風敲竹』，用古詩『捲簾風動竹，疑是故人來』之意。今乃云，忽有人叩門聲急，起而問之，乃樂營將催督，此可笑者一也。『石榴半吐紅巾蹙。待浮花浪蕊都盡，伴君幽獨。

濃豔一枝細看取，芳心千重似束』，蓋初夏之時千花事退，榴花獨芳，因以（以下原有中字，據文義刪。）寫幽閨之情，今乃云是時榴花盛開，秀蘭以一枝藉手告倅，其怒愈甚，此可笑者二也。此詞腔調寄賀新郎，乃古曲名也。今乃云取其沐浴新涼，曲名賀新涼，後人不知之，誤爲賀新郎，此可笑者三也。詞話中可笑者甚衆，姑舉其尤者。第東坡此詞，深爲不幸，橫遭點汙，吾不可無一言雪其恥。宋子京云：『江左有文拙而好刻石者，謂之詅癡符。』今楊湜之言俚甚，而鋟板行世，殆類是也。」

懷挾詞

上庠録云：「政和元年，尚書蔡嶷爲知貢舉，尤嚴挾書。是時有街市詞曰侍香金童方盛行，舉人因其詞加改十五字，作懷挾詞云：『喜葉之地，手把懷兒摸。甚恰恨出題厮撞着。內臣過得不住脚。忙裏只是，看得斑駁。　駭這一身冷汗，都如雲霧薄。比似年時頭勢惡。待檢又還猛想度。只恐根底，有人尋着。』」

拙軒詞話

〔宋〕張　侃撰

拙軒詞話目録

拙軒詞話

予監金臺之次年，榷酒之暇，取向所録前人詞，别寫一通，及數年來議論之涉於詞者附焉。傳不云乎：「不有博弈者乎，爲之猶賢乎已。」若夫泥紙上之空言，極舞裙之逸樂，非惟違道，適以伐性，予則不敢，復用鎮印，紹熙原誤作聖。四年五月，少府監鑄，時未有牐，故兼河堰云。九月九日，邗城張某記。（原題作跋揀詞）

倚聲起源

陸務觀自製近體樂府，敍云：「倚聲起於唐之季世。」後見周文忠題譚該樂府云：「世謂樂府起於漢魏，蓋由惠帝有樂府令，武帝立樂府，采詩夜誦也。」唐元稹則以仲尼文王操、伯牙水仙操、齊牧犢雉朝飛、衛女思歸引爲樂府之始。以予攷之，乃賡載歌，薰兮解愠，在虞舜時，此體固已萌芽，豈止三代遺韻而已。二公之言盡矣。然樂府之壞，始於玉台雜體。而後庭花等曲流入淫侈，極而變爲倚聲，則李太白、温飛卿、白樂天所作清平調、菩薩蠻、長相思。我朝之士，晁補之取漁家傲、御街行、豆葉黄作五七字句，東萊吕伯恭編入文鑑，爲後人矜式。又見學舍老儒云：詩三百五篇可諧律吕，李唐送舉人歌鹿鳴，則近體可除也。

箜篌引

又，高山流水，鍾子期所作。箜篌引，霍里子高妻麗玉所作。今流水有公無渡河聲。公無渡河，因渡河溺水，援箜篌而歌之。士友郭沔，相與笑後人穿鑿云。

補徵調

又，崇寧中，大樂闕徵調，議者請補之。丁仙現曰：「音久亡，非樂工所能爲，不可以妄意增。」蔡魯公使次樂工爲之，末音寄殺他調。召衆工按試尚書省庭，仙現曰：「曲甚好，只是落韻。」

限用入聲

又，郭沔云：「詞中仄字上去二聲，可用平聲。惟入聲不可用上三聲，用之則不協律。近體如好事近、醉落魄，只許押入聲韻。」

語句複用

又，前輩論王羲之之作修禊敍，不合用絲竹管絃。黄太史謂秦少游踏莎行末句「杜鵑聲裏斜陽暮」，不合用斜陽，又用暮。此固點檢曲盡。孟氏亦有雞豚狗彘之語，既云豚，又云彘，未免一物兩用。

桂有兩種

又，桂有兩種，陳去非參政清平樂詞云：「楚人未識孤姸。離騷遺恨千年。」蓋楚人知有椒桂耳。

蘇葉二公詞

又，蘇文忠赤壁賦不盡語，裁成大江東去詞，過處云：「人道是三國周郎赤壁。」赤壁有五處，嘉魚、漢川、漢陽、江夏、黃州，周瑜以火敗操在烏林，後漢書水經載已詳悉。陸三山入蜀記載韓子蒼云：「此地能令阿瞞走。」則直指爲公瑾之赤壁。又黃人謂赤壁曰赤鼻，後人取詞中酹江月三字名之。葉石林「睡起流鶯語」詞，平日得意之作也，名振一時，雖遊女亦知愛重。帥潁日，其侶乞詞，石林書此詞贈之。後人亦取金縷二字名詞。雖然豪逸而迫近人情，纖麗而搖動閨思。二公之名俱不朽，識者盍深攷焉。

三息詩用於詩詞

又，古樂府有三息詩，杜工部用於詩，辛待制用於詞，各臻其妙。待制名棄疾。

辛詞用鮑明遠語

又，辛待制水調首句，用鮑明遠「四坐且勿語」。今世詞，是有古腔樂府。

詩文詞用君不見三字

又，凡作文須是有綱目，如君不見三字，蘇文忠公滿江紅，辛待制摸魚兒用之。臧辛伯賀吳荆南啓亦用之。

秦淮海用錢起詩

又，秦淮海臨江仙，全用錢起「曲終人不見，江上數峯青」作煞句。

辛詞用顏魯公帖

又，辛待制霜天曉角詞云：「吴頭楚尾。一棹人千里。休説舊愁新恨，長亭樹、今如此。宦游吾老矣。玉人留我醉。明日落花寒食，得且住、爲佳耳。」用顏魯公寒食帖「天氣殊未佳，汝定成行否」。寒食只數日間，得且住爲佳耳。

晁次膺詞用林君復詩

又，晁次膺裁林君復「疎影横斜水清淺、暗香浮動月黄昏」作水龍吟，中段三句云：「疎影横斜，暗香浮動，月明清淺。」

毛達可詩用秦語

又，秦淮海詞，古今絶唱，如八六子前數句云：「倚危亭。恨如芳草，萋萋剗盡還生。」讀之愈有味。又李漢老洞仙歌云：「一團嬌軟，是將春揉做，撩亂隨風到何處。」此有腔調散語，非工於詞者不能到。毛友達可詩「草色如愁滚滚來」，用秦語。

韋能謙詞

又，韋壽隆有能詩聲。族子能謙調四安稅，因部使者市炭，不順其意，至索印紙，即書詞於印紙云：「風清日晚溪橋路。綠暗搖殘雨。閒亭小立望溪山。畫出明湖深秀，水雲間。漫郎疎懶非真吏。欲去無深計。功名英雋滿凌煙。省事應須，遠上五湖船。」雖列薦於朝，僅分司數月耳。

沈端節詞

又，沈端節字約之，元夕探春令云：「舊家元夜，追隨風月，連宵懽宴。被那瀌引得，滴流流地，一似蛾兒轉。而今老大心情懶。燈下幾曾忺看。算靜中惟有，窗間梅影，合是幽人伴。」日至感皇恩詞：「和氣靄微霄，黃雲飄轉。東閣觀梅負詩眼。滿斟綠酒，唱箇曲兒親勸。願從今日去，長相見。寶幄歡濃，玉爐香軟。彼此宜冬鎮長健。繡床兒畔。漸漸日遲風暖。告他事事，底饒一線。」用俗語而婉麗。周文忠公，乾道丁亥游山，經從蕪湖，時約之爲宰，以詩編謁文忠，文忠謝以詩：「令君到處即文場。未怕簿書期會忙。神術有時朝賜履，賡歌無路贊垂裳。彭州篇什元飛動，工部交游更老蒼。自古詩人貴磨琢，試看淇澳詠文章。」文忠期待，可謂厚矣。

徐幹臣作轉調二郎神

又，徐幹臣侍兒既去，作轉調二郎神，悉用平日侍兒所道底言語。史志道與幹臣善，一見此詞，蹤跡其所在而歸之。使魯直知此，與之同時，「可惜國香天不管，隨緣流落小民家」之句無從而發也。

韓馮詩詞集

又，香奩集，唐韓偓用此名所編詩，南唐馮延巳亦用此名所製詞，又名陽春。偓之詩淫靡，類詞家語。前輩或取其句，或翦其字，雜於詞中。歐陽文忠嘗轉其語而用之，意尤新。

康辛二公詞

又，康伯可曲遊春詞頭句云：「臉薄難藏淚，恨柳風不與，吹斷行色。」惜別之意已盡。辛幼安摸魚兒詞頭句云：「更能消幾番風雨。匆匆春又歸去。」惜春之意亦盡。二公才調絶人，不被腔律拘縛。至「但掩袖，轉面啼紅，無言應得」與「閒愁最苦。休去倚危闌，斜陽正在，煙柳斷腸處」，其惜別惜春之意，愈無窮。頃見范元卿杜詩説，載上韋左丞一詩，假如大宅第，自廳而堂，自堂而房，悉依次序，便不成文章。前二詞不止如范所云，而末後餘意愈出愈有，不可以小伎而忽焉。韓子蒼茶筅子絶句：「籊籊干霄百尺高。晚年何事困鉛刀。看君眉宇真龍種，猶解橫身戰雪濤。」此從竹之初生，及作筅子，以至點瀹，四句中包括得盡，此其所以高妙。

晚春詩詞

又，辛幼安祝英臺云：「是他春帶愁來，春歸何處，又不解和愁歸去。」王君玉祝英臺云：「可堪妬柳羞花，下床都懶，便瘦也教春知道。」前一詞欲春帶愁去，後一詞欲春知道瘦，近世春晚詞，少有比者。杜少陵獨步尋花第二首云：「稠花亂蕊裹江濱。行步敧危實怕春。詩酒尚堪驅使在，未須料理白頭人。」實怕春，可見春累次歸，使人愁，使人瘦，欲留連不得。坡翁云：「花應羞上老人頭。」意思尤長。

李詩蘇詞

又，李義山錦瑟詩云：「錦瑟無端五十絃。一絃一柱思華年。莊生曉夢迷蝴蝶，望帝春心託杜鵑。滄海月明珠有淚，藍田日暖玉生煙。此情可待成追憶，只是當時已惘然。」讀此詩俱不曉。蘇文忠公云：「此出古今樂志。錦瑟之爲器也，其絃五十，其柱如之。其聲也，適怨清和。攷李詩『莊生曉夢迷蝴蝶』，適也。『望帝春心託杜鵑』，怨也。『滄海月明珠有淚』，清也。『藍田日暖玉生煙』，和也。」孫仲益爲錫山費茂和説蘇文忠公水龍吟，曲盡詠笛之妙。其詞曰：「楚山修竹如雲，異材秀出千林表」，笛之地也。「龍鬚半剪，鳳膺微漲，緑肌匀繞」，笛之材也。「木落淮南，雨晴雲夢，月明風裊」，笛之時也。「自中郎不見，桓伊去後，知辜負、秋多少」，笛之怨也。「聞道嶺南太守，後堂深，緑珠嬌小」，笛之人也。「綺窗學弄，梁州初遍，霓裳未老」，笛之曲也。「嚼徵含宫，泛商流羽，一聲雲杪」，笛之聲也。「爲使君洗盡，蠻煙瘴雨，作霜天曉」，笛之功也。予恐仲益用蘇文忠讀錦瑟詩，以釋水龍吟耳。劉貢父云：「錦瑟是令狐楚家青衣名。」許彦周云：「令狐楚侍兒能彈此曲，詩中四句，狀此景也。」

周泳先輯本，辛待制摸魚兒，魚作漁，漫郎政懶非真吏，真作其，燈下幾曾忺看，忺作炊，轉面啼紅，面作面面，皆誤記也。又蘇文忠赤壁賦一則，與葉石林睡起流鶯語一則，應從文淵閣本，併作一則爲是。圭璋記。

魏慶之詞話

〔宋〕魏慶之撰

魏慶之詞話目録

附録　中興詞話目録

魏慶之詞話

晁无咎評

晁无咎評本朝樂章云：「世言柳耆卿之曲俗，非也。如八聲甘州云：『漸霜風淒慘，關河冷落，殘照當樓。』此唐人語不減高處矣。」「歐陽永叔浣溪沙云：『隄上遊人逐畫船。拍隄春水四垂天。綠楊樓外出秋千。』要皆絕妙，然只一出字，自是後人道不到處。」「蘇東坡詞，人謂多不諧音律，然居士詞橫放傑出，自是曲中縛不住者。」「黃魯直間作小詞，固高妙，然不是當家語，自是著腔子唱好詩。」「晏元獻不蹈襲人語，而風調閑雅，如『舞低楊柳樓心月，歌盡桃花扇底風』，知此人不住三家村也。」「張子野與柳耆卿齊名，而時以子野不及耆卿。然子野韻高，是耆卿所乏處。」「近世以來作者，皆不及秦少游，如『斜陽外，寒鴉數點，流水遶孤村』，雖不識字，亦知是天生好言語。」苕溪漁隱曰：「無己稱，今代詞手，惟秦七黃九耳。唐諸人不逮也。无咎稱魯直詞不是當家語，自是著腔子唱好詩。二公在當時品題不同如此。自今視之，魯直詞亦有佳者，第無多耳。少游詞雖婉美，然格力失之弱。二公之言殊過譽也。」復齋漫錄

李易安評

李易安云：「樂府聲詩並著，最盛於唐。開元、天寶間，有李八郎者，能歌擅天下。時新及第進士開宴曲

江，榜中一名士先召李，使易服隱名姓，衣冠故敝，精神慘怛，與同之宴所。曰：『表弟願與坐末。』衆皆不顧。既酒行樂作，歌者進，時曹元謙念奴爲冠。歌罷，衆皆咨嗟稱賞。名士忽指李曰：『請表弟歌。』衆皆哂，或有怒者。及轉喉發聲，歌一曲，衆皆泣下。羅拜曰：『此李八郎也。』自後鄭衛之聲日熾，流靡之變日煩，已有菩薩蠻、春光好、莎雞子、更漏子、浣溪沙、夢江南、漁父等詞，不可徧舉。五代干戈，四海瓜分豆剖，斯文道熄。獨江南李氏君臣尚文雅，故有『小樓吹徹玉笙寒』、『吹皺一池春水』之詞，語雖奇甚，所謂亡國之音哀以思也。逮至本朝，禮樂文武大備，又涵養百餘年，始有柳屯田永者，變舊聲作新聲，出樂章集，大得聲稱於世。雖協音律，而辭語塵下。又有張子野、宋子京兄弟、沈唐、元絳、晁次膺輩繼出，雖時時有妙語，而破碎何足名家。至晏元獻、歐陽永叔、蘇子瞻，學際天人，作爲小歌詞，直如酌蠡水於大海，然皆句讀不葺之詩爾。又往往不協音律者，何耶。蓋詩文分平側，而歌詞分五音，又分五聲，又分六律，又分清濁輕重。且如近世所謂聲聲慢、雨中花、喜遷鶯，既押平聲韻，又押入聲韻。玉樓春本押平聲韻，又押上去聲，又押入聲。本押仄聲韻，如押上聲則協，如押入聲則不可歌矣。王介甫、曾子固，文章似西漢，若作一小歌詞，則人必絶倒，不可讀也。乃知别是一家，知之者少。後晏叔原、賀方回、秦少游、黄魯直出，始能知之。又晏苦無鋪敍，賀苦少典重，秦卽專主情致，而少故實，譬如貧家美女，非不妍麗，而終乏富貴態。黄卽尚故實而多疵病，譬如良玉有瑕，價自減半矣。』苕溪漁隱曰：「易安歷評諸公歌詞，皆指摘其短，無一免者。此論未公，吾不憑也。其意蓋自謂能擅其長，以樂府名家者。退之詩云：『不知羣兒愚，那用故謗傷。蚍蜉撼大樹，可笑不自量。』正爲此輩發也。」

太白

鼎州滄水驛，有菩薩蠻云：「平林漠漠煙如織。寒山一帶傷心碧。暝色入高樓。有人樓上愁。玉梯空佇立。宿鳥歸飛急。何處是歸程。長亭更短亭。」曾子宣家有古風集，此詞乃太白作也。古今詩話

六一

歐陽永叔送劉貢父守維揚，作長短句云：「平山欄檻倚晴空。山色有無中。」平山堂望江左諸山甚近，或以爲永叔短視，故云。東坡笑之，因賦快哉亭道其事云：「長記平山堂上，欹枕江南煙雨，杳杳没孤鴻。認得醉翁語，山色有無中。」蓋山色有無，非煙雨不能然也。藝苑雌黄

東坡

後山詩話謂退之以文爲詩，子瞻以詩爲詞，如教坊雷大使之舞，雖極天下之工，要非本色。余謂後山之言過矣。子瞻佳詞最多，其間傑出者，如「大江東去，浪淘盡千古風流人物」赤壁詞，「明月幾時有，把酒問青天」中秋詞，「落日繡簾卷，亭（原作庭，據蘇詞改。）下水連空」快哉亭詞，「乳燕飛華屋，悄無人，桐陰轉午」初夏詞，「明月如霜，好風如水，清景無限」夜登燕子樓詞，「楚山修竹如雲，異材秀出千林表」詠笛詞，「玉骨那愁瘴霧，冰肌自有仙風」詠梅詞，「東武城南，新隄固，漣漪初溢」宴流杯亭詞，「冰肌玉骨，自清涼無汗」夏夜詞，「有情風、萬里卷潮來，無情送潮歸」别參寥詞，「缺月掛疎桐，漏斷人初静」秋夜詞，

「霜降水痕收，淺碧鱗鱗露遠洲」九日詞。凡此十餘詞，皆絕去筆墨畦逕間，直造古人不到處，真可使人一唱而三嘆。若謂以詩爲詞，是大不然。子瞻自言平生不善唱曲，故間有不入腔處，非盡如此。後山乃比之教坊雷大使舞，是何每況愈下，蓋其謬也。漁隱

東坡卜算子

東坡作卜算子云：「缺月掛疎桐，漏斷人初靜。時見幽人獨往來，縹緲孤鴻影。驚起却回頭，有恨憑誰省。揀盡寒枝不肯棲，寂寞沙汀冷。」魯直見之，稱其韻力高勝，不類食煙火人語。非胸中有萬卷書，下筆無一點塵俗氣，安能若是哉。詞話

東坡蝶戀花

東坡蝶戀花詞：「花褪殘紅青杏小。燕子來時，綠水人家遶。枝上柳綿吹又少。天涯何處無芳草。牆裏秋千牆外道。牆外行人，牆裏佳人笑。笑漸不聞聲漸杳。多情却被無情惱。」予得真本於友人處，綠水人家遶作綠水人家曉。多情卻被無情惱，蓋行人多情，佳人無情耳。此二字極有理趣，而遶與曉自霄壤也。詞話

山谷檃括醉翁亭記

歐陽公知滁日，自號醉翁，因以名亭作記。山谷檃括其詞，合以聲律，作瑞鶴仙云：「環滁皆山也。望蔚

然深秀，琅琊山也。山行六七里，有翼然泉上，醉翁亭也。翁之樂也，得之心，寓之酒也。更野芳佳木，風高日出，景無窮也。游也。山肴野蔌，酒洌泉香，沸觥籌也。太守醉也。諠譁衆賓歡也。況宴酣之樂，非絲非竹，太守樂其樂也。問當時、太守爲誰，醉翁是也。」一記凡數百言，此詞備之矣。山谷其善檃括如此。風雅遺音

荆公山谷

荆公小詞云：「平岸小橋千嶂抱。揉藍一水縈花草。茅屋數間窗窈窕。人不到。柴門自有清風掃。」略無塵土思。山谷小詞云：「春未透。花枝瘦。正是愁時候。」極爲學者所稱賞。秦湛（原作堪，據明刊本及苕溪漁隱叢話前集卷五十九引文改。）嘗有小詞云：「春透水波明，寒峭花枝瘦。」蓋法山谷也。雪浪齋日記

聶冠卿

聶冠卿作多麗詞，有「露洗華桐，煙霏絲柳」之句，此正是仲春天氣，下句乃云「緑陰摇曳，蕩春一色」，其時未有（原作可，據苕溪漁隱叢話後集卷三十九引文改。）緑陰，正語病也。復齋漫録

宇文元質

宇文元質，西蜀文人。一日開樽，有官妓歌于飛樂，末句云：「休休，得也，只消戴一朵荼蘼。」宇文爲改一字云：「休休，得也，只消更一朵荼蘼。」更字便自工妙不俗。文章一字之難與。前輩論詩云：「身輕一

鳥過，一鳥下，一鳥疾，疾與下，終不若過字之爲妙也。」樹萱録

賀方回

賀方回妙於小詞，吐語皆蟬蜕塵埃之表。晏叔原、王逐客俱當溟滓然第之。山谷嘗手寫所作青玉案者，置之几研間，時自玩味。曰：「凌波不過横塘路。但目送、飛鴻去。錦瑟華年誰與度。小橋幽徑，綺窗朱户。只有春知處。　碧雲冉冉衡臯暮。彩筆空題斷腸句。試問離愁都幾許。一川煙草，滿城風絮。梅子黄時雨。」山谷云：「此詞少游能道之。作小詩曰：『少游醉卧古藤下，無復愁眉唱一杯。解道江南斷腸句，而今唯有賀方回。』」冷齋夜話

秦少游

東坡初未識少游，少游知其將復過維揚，作坡筆語，題壁於一山寺中。東坡果不能辨，大驚。及見孫莘老，出少游詩詞數十篇讀之，乃歎曰，向書壁者，定此郎也。後與少游維揚别，作虞美人曰：「波聲拍枕長淮曉。隙月窺人小。無情汴水自東流。只載一船離恨向西洲。　竹陰花圃曾同醉。酒未多於淚。誰教風鑒在塵埃。醖造一場煩惱送人來。」世傳此是賀方回所作。雖山谷亦云：「大觀中，於金陵見其親筆，醉墨超放，氣壓王子敬，蓋東坡詞也。」冷齋夜話

少游到郴州作長短句云：「霧失樓臺，月迷津渡。桃源望斷無尋處。可堪孤館閉春寒，杜鵑聲裏斜陽暮。　驛寄梅花，魚傳尺素。砌成此恨無重數。郴江幸自遶郴山，爲誰流下瀟湘去。」東坡絶愛其尾兩

句，自書於扇曰：「少游已矣，雖萬人何贖。」冷齋夜話

少游小詞奇麗，詠歌之，想見其神情，在絳闕道山之間。詞曰：「柳邊沙外。城郭春寒退。花影亂，鶯聲碎。飄零疏酒盞，離別寬衣帶。人不見，碧雲暮合空相對。憶昔西池會。鵷鷺同飛蓋。攜手處，今誰在。日邊清夢斷，鏡裏朱顏改。春去也，落紅萬點愁如海。」

林和靖

林和靖工於詩文，善爲詞。嘗作點絳脣云：「金谷年年，亂生春色誰爲主。餘花落處。滿地和煙雨。又是離歌，一闋長亭暮。王孫去。萋萋無數。南北東西路。」乃草詞耳，但終篇無草字。（原注雲溪友議據明刊本删。）

晏叔原

晏叔原見蒲傳正，言先公平日小詞雖多，未嘗作婦人語也。傳正云：「綠楊芳草長亭路，年少拋人容易去，豈非婦人語乎。」晏曰：「公謂年少爲何語。」傳正曰：「豈不謂其所歡乎。」晏曰：「因公之言，遂曉樂天詩兩句云：『欲留所歡待富貴，富貴不來所歡去。』傳正笑而悟。然如此語意，自高雅耳。詩眼

晁无咎朱希真

凡作詩詞，要當如常山之蛇，救首救尾，不可偏也。如晁无咎作中秋洞仙歌詞，其首云：「青煙冪處，碧

海飛金鏡。永夜閒階卧桂影。」固已佳矣。其後云：「待都（案原無都字，據苕溪漁隱叢話後集卷三十九引文增補。）將許多明，付與金樽，投曉共流霞傾盡。更攜取胡床上南樓，看玉做人間，素秋千頃。」若此可謂善救首尾者也。至朱希真作中秋念奴嬌，則不知出此。其首云：「插天翠柳，（案原作𪢋，據苕溪漁隱叢話後集卷三十九引文改。）被何人、推上一輪明月。照我籐床涼似水，飛入瑤臺銀闕。」亦已佳矣。其後云：「洗盡凡心，滿身清露，冷浸蕭蕭髮。明朝塵世，記取休與人說。」此兩句全無意味，收拾得不佳，遂并全篇其氣索然矣。漁隱

柳耆卿

柳三變字景莊，一名永，字耆卿。喜作小詞，然薄於操行。當時有薦其才者，上曰：「得非填詞柳三變乎。」曰：「然。」上曰：「且去填詞。」由是不得志，日與獧子從遊娼館酒樓間，無復檢率。自稱云：「奉聖旨填詞柳三變。」嗚呼，小有才而無德以將之，亦士君子之所宜戒也。柳之樂章，人多稱之，然大概非羈旅窮愁之詞，則閨門淫媟之語，若以歐陽（案原無陽字，據苕溪漁隱叢話後集卷三十九引文增補。）永叔、晏叔原、蘇子瞻、黃魯直、張子野、秦少游輩較之，萬萬相遼。彼其所以傳名者，直以言多近俗，俗子易曉故也。皇祐中，老人星現，永應制撰詞，意望厚恩。無何，始用漸字，終篇有「太液波翻」之語，其間「宸游鳳輦何處」，與仁廟挽詞闇合，遂致忤旨，士大夫惜之。余謂柳作此詞，借使不忤旨，亦無佳處，如「嫩菊黃深，拒霜紅淺」，竹籬茅舍間，何處無此景物。方之李謫仙、夏英公等應制詞，殆不啻天冠地履也。世傳永嘗

作輪臺子早行詞，頗自以爲得意。其後張子野見之云：「既言匆匆策馬登途，滿目淡煙衰草，則已辨色矣，而後又言楚天闊，望中未曉，何也。柳何語意顛倒如此。」藝苑雌黄

王逐客

古樂府詩云：「今世褦襶子，觸熱過人家。」褦襶，集韻解之云不曉事。余素畏熱，乃知人觸熱來人家，其謂不曉事，宜矣。嘗愛王逐客作夏詞送將歸，不用浮瓜沈李等事，而天然有塵外涼思。其詞云：「百尺清泉聲陸續。瀟灑碧梧翠竹。面千步迴廊，重重簾幕，小枕欹寒玉。試展鮫綃看畫軸。見一片、瀟湘凝緑。待玉漏穿花，銀河垂地，月上欄干曲。」此語非觸熱者之所知也。苕溪漁隱曰：「予嘗愛李太白夏日山中詩『脱巾掛石壁，露頂洒松風』，其清涼可想也。」漫叟詩話

李景舒信道

李景有曲云：「手捲真珠上玉鈎。」或改爲珠簾。舒信道有曲云：「十年馬上春如夢。」或改云如春夢，非所謂遇知音。漫叟

章質夫

章質夫詠楊花詞，東坡和之。晁叔用以爲東坡如毛嬙西施，淨洗却面，與天下婦人鬬好，質夫豈可比，是則然矣。余以爲質夫詞中，所謂「傍珠簾散漫，垂垂欲下，依前被、風扶起」，亦可謂曲盡楊花妙處。

東坡所和雖高，恐未能及。詩人議論不公如此耳。

舊詞

舊詞高雅，非近世所及。如撲蝴蝶一詞，不知誰作，非惟藻麗可喜，其腔調亦自婉美。詞云：「煙條雨葉，綠遍江南岸。思歸倦客，尋芳來較晚。岫邊紅日初斜，陌上飛花正滿。淒涼數聲羌管。怨春短。玉人應在，明月樓中畫眉懶。鸞牋錦字，多時魚鴈斷。恨隨去水東流，事與行雲共遠。羅衾舊香猶暖。」漁隱

僧惠洪

予謫海外，上元，椰子林中漁火三四而已。中夜聞猿聲悽動，作詞曰：「凝祥宴罷聞歌吹。畫轂走，香塵起。冠壓花枝馳萬騎。馬行燈鬧，鳳樓簾卷，陸海鰲山對。當年曾看天顏醉。御盃舉，歡聲沸。時節雖同悲樂異。海風吹夢，嶺猿啼月，一枕思歸淚。」又有懷京師詩云：「十分春瘦緣何事，一掬歸心未到家。」冷齋夜話

苕溪漁隱曰：「『忘情絕愛，此瞿曇氏之所訓。惠洪身爲衲子，詞句有『一枕思歸淚』及『十分春瘦』之語，豈所當然。又自載之詩話，矜衒其言，何無識之甚耶。」

附錄

中興詞話 並係玉林黄昇叔暘中興詞話補遺

張仲宗

紹興戊午之秋，樞密院編修官胡銓邦衡上書乞斬秦檜，得罪，責昭州監當。後四年，慈寧歸養，秦諷臺臣，論其前言弗效，除名，送新州編管。三山張仲宗以詞送其行云：「夢遶神州路。悵秋風、連營畫角，故宫禾黍。底事崑崙傾砥柱。九陌黄流亂注。聚萬落千村狐兔。天意從來高難問，況人生易老悲如許。更南浦，送君去。涼生岸柳銷殘暑。耿斜河、疏星淡月，斷雲微度。萬里江山知何處。回首對床夜語。雁不到、書成誰與。目斷青天懷今古。肯兒曹恩怨相爾汝。舉大白，唱金縷。」又數年，秦始聞此詞，仲宗掛冠已久，以它事追赴大理削籍焉。事見揮塵後録。二公雖見抑於一時，而流芳百世，視秦檜猶蘇合香之於蜣蜋丸也。

葉石林

石林葉少藴「睡起流鶯語」詞，人人能道之，集中未有勝此者，蓋得意之作也。有湘靈鼓瑟一曲，尤高妙，而曾端伯所選雅詞不載。今録於此云：「銀濤無際卷蓬瀛。落霞明。暮雲平。曾見青鸞紫鳳，下層城。二十五絃彈不盡，空感慨，有餘情。　蒼梧雲水斷歸程。卷霓旌。爲誰迎。空有千行流淚，寄幽貞。舞罷魚龍雲海冷，千古恨，入江聲。」蓋奇作也，世必有識之者。

陸放翁

楊誠齋嘗稱陸放翁之詩敷腴，尤梁溪復稱其詩俊逸，余觀放翁之詞，尤其敷腴俊逸者也。如水龍吟云：「韶光妍媚，海棠如醉，桃花欲暖。挑菜初閑，禁烟將近，一城絲管。」如夜遊宮云：「璧月何妨夜夜滿。擁芳柔，恨今年、寒尚淺。」如臨江仙云：「鳩雨催成新緑，燕泥收盡殘紅。春光還與美人同。論心空眷眷，分袂卻匆匆。　只道真情易寫，奈何怨句難工。水流雲散各西東。半廊花院月，一帽柳橋風。」皆思致精妙，超出近世樂府。至於月照梨花一詞云：「霽景風軟。煙江春漲。小閣無人，繡簾半上。花外姊妹相呼。約摴蒲。　脩蛾忘了當時樣。尋思一晌，感事添惆悵。胸酥臂玉消減、擬覓雙魚。倩傳書。」此篇雜之唐人花間集中，雖具眼未知烏之雌雄也。

范石湖

范石湖過萍鄉，道中乍晴，卧輿中困甚，小憩柳塘側，嘗賦眼兒媚云：「酣酣日脚紫煙浮。妍暖破輕裘。困人天色，醉人花氣，午夢扶頭。　春慵恰似春塘水，一片縠紋愁。溶溶曳曳，東風無力，欲皺還休。」詞意清婉，詠味之如在畫圖中。然後段之意，蓋本於嚴維「柳塘春水慢」之句云。

辛稼軒

「寶釵分，桃葉渡。煙柳暗南浦。怕上層樓，十日九風雨。斷腸點點飛紅，都無人管，倩誰喚、流鶯且住。鬢邊覷，應把花卜心期，纔簪又重數。羅帳燈（原脱燈字據稼軒詞增補。）昏，哽咽夢中語。是他春帶愁來，春歸何處，却不解帶將愁去。」此辛稼軒詞也。風流嫵媚，富於才情，若不類其爲人矣。至於賀王宣子平寇則云：「白羽風生貔虎噪，青溪路斷猩鼯泣。」送鄭舜（原作舞，據稼軒詞改。）舉赴召則云：「此老自當兵十萬，長安正在天西北。」與夫「吴楚地、東南坼，（原作折，據稼軒詞改。）英雄事、曹劉敵。被西風吹盡，了無陳迹」等語，則鐵心石腸發於詞氣間，凛凛也。蓋其天才既高，如李白之聖於詩，無適而不宜，故能如此。

辛稼軒馬古洲

壽詞最難得佳者，太泛則疎，太著則拘。惟稼軒慶洪内翰七十云：「更十歲太公方出將。又十歲武公方入相。」馬古洲慶傅侍郎生日云：「天子方將申説命，雲孫又合爲霖雨。」上聯工夫在方字，下聯以雲孫對天子，自然中的，事意俱佳，未易及也。

馬古洲

閨詞牽於情，易至誨淫。馬古洲有一曲云：「睡鴨徘徊煙縷長。日長春困不成妝。步欺草色金蓮潤，撚斷花鬚玉筍香。輕洛浦，笑巫陽。錦紋親織寄檀郎。兒家門户藏春色，戲蝶遊蜂不敢狂。」前數語不過纖豔之詞耳，斷章凜然，有以禮自防之意。所謂發乎情，止乎禮義，近世樂府，未有能道此者。

楊誠齋

誠齋文集中有答周丞相小簡云：「辱相國有盡子詩寫來之教，春前偶醉餘夢語憶秦娥小詞云：『新春早。春前十日春歸了。春歸了。落梅如雪，野桃紅小。老夫不管春催老。只圖爛醉花間倒。花間倒。兒扶歸去，醒來窗曉。』仰供仲尼之莞爾，不勝主臣。」誠齋長短句殊少，此曲精絕，當爲拈出，以告世之未知者。

盧申之

彭傳師於吴江三高堂之前作釣雪亭，蒲江爲之賦詞云：「挽住風前柳。問鴟夷，當日扁舟，近曾來否。月落潮生無限事，零亂茶煙未久。謾留得，蓴鱸依舊。可是功名從來誤，撫荒祠，誰繼風流後。今古恨，一搔首。江涵雁影梅花瘦。四無塵，雪飛風起，夜窗如晝。萬里乾坤清絶處，付與漁翁釣叟。又恰是，題詩時候。猛拍闌干呼鷗鷺，道他年、我亦垂綸手。飛過我，共樽酒。」無一字不佳。每一詠之，所謂如行山陰道中，山水映發，使人應接不暇也。

朱希真

朱希真有西江月云：「世事短如春夢，人情薄似秋雲。不須計較苦勞心。萬事元來有命。幸遇三杯酒美，況逢一朵花新。片時歡笑且相親。明日陰晴未定。」辭雖淺近，意甚深遠，可以警世之役役於非望之福者，非止曠達而已。

劉伯寵

劉伯寵，武夷之文士，尤工於樂府，而鮮傳於世。余極愛其桂林元夕呈師座一闋云：「東風初縠池波，輕陰未放遊絲墮。新春歌筦，豐年笑語，六街燈火。綉轂雕鞍，飛塵卷霧，水流雲過。恍揚州十里，三生夢覺，卷珠箔，映青瑣。　金猊戲掣星橋鎖。博山香、煙濃百和。使君行示，絳紗萬炬，雪梅千朵。羯鼓轟空，鵾絃沸曉，櫻梢微破。看明年更好，傳柑侍宴，醉扶狨座。」蓋水龍吟也。又春詞云：「縹蒂緗枝，玉葉翡英，百梢争赴春忙。正雨後、蜂粘落絮，燕撲晴香。遺策誰家蕩子，唾花何處新妝。想流紅有恨，拾翠無心，往事淒涼。　春愁如海，客思翻空，帶圍只看東陽。更那堪，玉笙度怨，翠羽傳觴。紅淚不勝閨怨，白雲應老他鄉。夢迴羈枕，風驚遠樹，月在西廂。」蓋雨中花慢也。下字造語，精深華妙，惟識者能知之。

龍州道人

劉改之，豪爽之士。辛稼軒帥越，劉寓西湖，稼軒招之，值雨，答以沁園春詞，甚奇偉。云：「斗酒彘肩、風雨渡江，豈不快哉。被香山居士，約林和靖，與坡仙老，駕勒吾回。坡謂西湖，正如西子，濃抹淡妝臨照臺。二公者，皆掉頭不顧，只管傳杯。　白云天竺去來。圖畫裏、崢嶸樓閣開。愛縱横二澗，東西水遶，兩山南北，高下雲堆。逋曰不然，暗香疎影，不若孤山先訪梅。須晴去，訪稼軒未晚，且此徘徊。」柳溪

劉招山

蛾眉亭題詠甚多，惟霜天曉角一曲爲絶唱。云：「倚空絶壁。直下江千尺。天際兩蛾凝黛，愁與恨，幾時極。　暮潮風正急。酒醒聞塞笛。試問謫仙何處，青山外，遠煙碧。」詞意高絶，幾拍謫仙之肩。世傳其詞，不知爲劉招山所作。余舊抄其全集得之。招山之詞，佳者極多，近世廬陵刊本，余所有者，皆不載，莫知何也。

戴石屏

戴石屏赤壁懷古詞云：「赤壁磯頭，一番過、一番懷古。想當時，周郎年少，氣吞區宇。萬騎臨江貔虎噪，千艘列炬蛟龍怒。卷長波、一鼓困曹瞞，今如許。　江上渡，江邊路。形勝地，興亡處。覽遺蹤，勝讀史書言語。幾度東風吹世换，千年往事隨潮去。問道旁官柳爲誰春，摇金縷。」滄洲陳公嘗大書於廬山寺。王潛齋復爲賦詩云：「千古登臨赤壁磯。百年膾炙雪堂詞。滄洲醉墨石屏句，又作江山一段奇。」坡仙一詞，古今絶唱，今二公爲石屏拈出，其當與之並行於世耶。戴石屏送姚雪篷之貶所，作沁園春，其中有云：「訪衡山之頂，雪鴻渺渺。湘江之上，梅竹娟娟。寄語波神，傳言鷗鷺，穩護渠儂書畫船。」

亦可謂善著語者。今集中不載，蓋有所忌也。

游寒岩

寒岩游子明，送范制置成大入蜀，「雲接蒼梧，山莽莽，春浮澤國。江水漲，洞庭相近，漸驚空闊。江燕飄飄身似夢，江花草草春如客。望漁村樵市隔平林，寒煙色。方寸亂，成絲結。離別近，先愁絶。便滿篷風雨，櫓聲孤急。白髮論心湖海暮，清樽照影滄浪窄。看明年天際下歸舟，應先識。」其間詞語精絶。

游龍溪

龍溪游子西，赴江西漕試。登酒樓，逢諸少年聯座，不知其爲文人。酒酣，諸少年題詩於樓壁，旁若無人。子西起借韻，諸子笑之。既而落筆，詞意高妙，諸子恍然潛遁。「暑塵收盡，快晚來急雨，一番初過。是處涼飆回爽氣，直把殘雲吹破。星律飛流，銀河摇蕩，只恐冰輪墮。雲梯穩上，瓊樓今夜無鎖。　便覺浮世卑沈，回翔偃蹇，似蟻空旋磨。想得九天高絶處，不比人間更大。獨立乾坤，浩歌春雪，可惜無人和。廣寒宫裏，有誰瀟灑如我。」

浩然齋詞話

〔宋〕周　密撰

浩然齋詞話目録

浩然齋詞話

劉改之贈吴盼兒詞

樂天有感石上舊字詩云：「太湖石上鐫三字，十五年前陳結之。」蓋其妾桃葉也。自昔未有以家妓字鐫石者。劉過改之嘗遊富沙，與友人吴仲平飲於吴所歡吴盼兒家，嘗賦詞贈之。所謂「雲一窩。玉一梭。淡淡衫兒薄薄羅。輕顰雙黛蛾」，盼遂屬意改之。吴憤甚，挾刃刺之，誤傷其妓，遂悉繫有司。時吴居父爲帥，改之以啓上之云：『韓擒虎在門，顧麗華而難戀，陶朱公有意，與西子以偕來。』居父遂釋之，然自是不復合矣。改之有「春風重到憑闌處，腸斷粧樓不忍登」，蓋爲此耳。

楊纘除夕詞

楊纘（武英殿本原作韻，今據絶妙好詞改。）除夕詞一枝春云：「竹爆驚春，競喧闐、夜起千門簫鼓。流蘇帳掩，翠鼎暖騰香霧。停杯未舉。奈剛要、送年新句。應自有、歌字清圓，未誇上林鶯語。從他歲窮日暮。縱閒愁、怎減劉郎風度。屠蘇辦了，迤邐柳忺梅妬。宫壺未曉，早驕馬繡車盈路。還又把、月夕花朝，自今細數。」又，羅希聲孫花翁所書除夕一詞云：「小童教寫桃符，道人還了常年例。神前灶下，祓除清淨，獻花酌水。禱告些兒，也都不是，求名求利。但吟詩寫字，分數上面，略精進、儘足矣。飲量添教不醉。好時節、逢場作戲。驅儺爆竹，軟餳酥豆，通宵不睡。四海皆兄弟，阿鵲也、同添一歲。願家家户户，和和順順，樂昇平世。」此集中所無也。

張樞詞

雲牕張樞字斗南，又號寄閒，忠烈循王五世孫也。筆墨蕭爽，人物醞藉，善音律。嘗度依聲集百闋，音韻諧美，真承平佳公子也。予已選六闋于絕妙詞，今別見於此。戀繡衾云：「屏綃褭潤惹篆煙。小窗閒、人泥晝眠。正雪暖荼蘼架，奈愁春、塵鏁雁絃。楊花做了香雪夢，化池萍、猶汎翠鈿。自不怨東風老，怨東風、輕信杜鵑。」清平樂云：「鳳樓人獨。飛盡羅心燭。夢繞屏山三十六。依約水西雲北。曉奩嫩試脂鉛。一緺鸞髻微偏。留得宿粧眉在，要教知道孤眠。」又木蘭花慢云：案花慢二字原本脫，今據詞譜增入。「歌塵凝燕壘，又軟語，在雕梁。記剪燭調絃，翻香校譜，學品伊涼。屏山夢雲正暖，放東風，捲雨入巫陽。金冷紅絛孔雀，翠閑綵結鴛鴦。銀缸燄冷小蘭房。夜悄怯更長。待采葉題詩，含情贈遠，烟水茫茫。春妍尚如舊否，料啼痕、暗裏浥紅粧。須覓流鶯寄語，爲誰老卻劉郎。」

周容詞

「謝了梅花恨不禁。小樓羞獨倚，暮雲平。夕陽微放柳梢明。東風冷、眉岫翠寒生。無限遠山青。重重遮不斷，舊離情。傷春還上去年心。怎禁得，時節又燒燈。」此周容子寬小重山。子寬，四明人。

李萊老詞

李秋厓萊老，與其兄篔房競爽，號龜溪二隱。予已刊十二闋於絶妙選矣，今復別見倦尋芳云：「㙮牆粘蘚，糝徑飛梅，春緒無賴。繡壓垂簾骨，有許多寒在。寶幄香銷龍麝餅，鈿車塵冷鴛鴦帶。想西園，被□程風雨，羣芳都礙。逗曉色、鶯啼人起，倦倚銀屏，愁沁眉黛。待拚千金，卻恨好晴難買。翠苑歡游孤解珮，青門佳約妨挑菜。柳初黄，罩池塘，萬絲愁靄。」點絳唇云：「綠染春波，袖羅金縷雙鸂鶒。小桃匀碧。香襯蟬雲濕。舞帶歌鈿，閒傍秋千立。情何極。燕鶯塵迹。芳草斜陽笛。」西江月賦海棠云：「綠凝曉雲苒苒，紅酣晴霧冥冥。銀簪懸燭錦官城。困倚牆頭半影。雨後偏饒豔冶，燕來同作清明。更深猶喚玉靴笙。不管西池露冷。」案玉靴笙三字未詳其義，疑有誤。

李彭老詞

篔房李彭老詞筆妙一世，予已擇十二闋入絶妙詞矣，兹不重見。外可筆者甚多，今復摭數首於此。惜紅衣云：「水西雲北，記前回同載，高陽伴侣。一色荷花香十里，偷把秋期頻數。脆筦排雲，輕橈噴雪，不信催詩雨。碧筩呼酒，秀屧題偏新句。誰念病損文園，歲華摇落，事與孤鴻去。露井邀涼吹短髮，夢入蘋洲菱浦。暗草飛螢，喬枝翻鵲，看月山中住。一聲清唱、醉鄉知有仙路。」送客木蘭花慢云：「折秦淮露柳，帶明月、倚歸船。看佩玉紉蘭，囊詩貯錦，江滿吴天。吟邊。喚回夢蝶，想故山薇長已多年。草得梅花賦了，櫂歌遠和離舷。風絃，盡入吟篇。傷倦客，對秋蓮。過舊經行處，漁鄉水驛，一路聞蟬。留連。漫聽燕語，便江湖夜雨隔燈前。潮返潯陽暗水，鴈來好寄瑶牋。」祝英臺近云：案祝字原本脱，今據詞譜增入。「載輕寒，低鳴櫓。十里杏花雨。露草迷煙，縈緑過前浦。青青陌上垂楊，綰絲摇珮，漸遮斷、舊曾吟處。　聽鶯語。吹笙人遠天長，誰翻水西譜。淺黛凝愁，遠岫帶眉嫵。畫闌閒倚多時，不成春醉，趁幾點、白鷗歸去。」清平樂云：「合歡扇子。撲蝶花陰裏。半醉海棠扶半起。淡日秋千閑倚。　寶箏彈向誰聽。一春能幾番晴。帳底柳綿吹滿，不教好夢分明。」章臺月云：「露輕風細。中庭夜色涼如水。荷香柳影成秋意。螢冷無光，涼入樹聲碎。　玉簫金縷西樓醉。長吟短舞花陰地。素娥應笑人憔悴。漏歇簾空，低照半床睡。」又，青玉案云：「楚峯十二陽臺路。算只有，飛紅去。玉合香囊曾暗度。榴裙翻酒，杏簾吹粉，不識愁來處。　燕忙鶯懶青春暮。蕙帶空留斷腸句。草色天涯情幾許。荼蘼開盡，舊家池館，門掩風和雨。」又張直夫嘗爲詞叙云：「靡麗不失爲國風之正，閑雅不失爲騷雅之賦，摹擬玉臺，不失爲齊梁之工，則情爲性用，未聞爲道之累。」樓茂叔亦云：「裙裾之樂，何待晚悟，筆墨勸淫，咎將誰執。」或者假正大之説，而掩其不能，其罪我必焉。雖然，與知我等耳。

趙希邁詞

「三十年前，愛買劍、買書買畫。凡幾度、詩壇争敵，酒兵争霸。春色秋光如可買，錢慳也不曾論價。任粗豪、争肯放頭低，諸公下。　今老大，空嗟訝。思往事，還驚詫。是和非未説，此心先怕。萬事全將飛雪看，一閒且問蒼天借。樂餘齡、泉石在膏肓，吾非詐。」此西里趙希邁滿江紅也。

張湟詞

清源張湟所賦祝英臺近云：「一番風，連夜雨。收拾做春暮。豔冷香銷，鶯燕慘無語。曉來綠水橋邊，青門陌上，不忍見、落紅無數。　怎分付。獨倚紅藥闌邊，傷春甚情緒。若取留春，欲去去何處。也知春亦多情，依依欲住。子規道、不如歸去。」

楊纘被花惱

楊纘字繼翁，號守齋，又稱紫霞，本鄱陽洪氏恭聖太后姪楊石之子。麟孫早夭，遂祝爲嗣。時數歲，往謝史衞王，王戲命對云：「小官人當上小學。」卽答云：「大丞相已立大功。」衞王大驚喜，以爲遠器。公廉介自將，一時貴戚無不敬憚，氣習爲之一變。洞曉律呂，嘗自製琴曲二百操。又常云：「琴一絃，可以盡曲中諸調。」當廣樂合奏，一字之誤，公必顧之。故國工樂師，無不嘆服，以爲近世知音無出其右者。任至司農卿，浙東帥，以女選進淑妃，贈少師。所度曲多自製譜，後皆散失。今書一闋於此。被花惱云：「疎疎宿雨釀寒輕，簾幃靜垂清曉。寶鴨微温瑞煙少。簷聲不動，春禽對語，夢怯頻驚覺。欹珀枕、倚銀屏，半窗花影明東照。　惆悵夜來風生，怕飛香濕瑶草。被衣便起，小徑曲廊，處處都行到。正蜂癡蝶騃戀芳妍，怎奈向、平生被花惱。驀忽地省得，而今雙鬢老。」

徐愛山詞

徐愛山堪舉二闋亦佳。小重山云：「鼓報黄昏禽影歇。單衣猶未試，覺寒怯。塵生錦瑟可曾閲。人去也，閒過好時節。　對景復愁絶。東風吹不散，鬢邊雪。些兒心事對誰説。眠不得。一枕杏花月。」謁金門云：「休只坐。也去看花則箇。明日滿庭紅欲墮。花還愁似我。　索性癡眠一和。憑箇夢兒好做。杜宇不知春已過。枝頭聲越大。」亦不知爲何人作也。

趙聞禮詞

謁金門云：「人病酒。生怕日高催繡。昨夜新翻花樣瘦。旋描雙蝶湊。　慵凭繡床呵手。卻説新愁還又。門外東風吹綻柳。海棠花厮勾。」踏莎行云：「照眼菱花，剪情菰葉。夢雲吹散無蹤跡。聽郎言語識郎心，當時一點誰消得。　柳暗花明，螢飛月黑。臨窗滴淚研殘墨。合歡帶上舊題詩，如今化作相思碧。」此二詞並見趙聞禮釣月集。然集中大半皆樓君亮、施仲山所作，安知非他人者。

翁時可詞

翁元龍字時可，號處静，與吴君特爲親伯仲，作詞各有所長。世多知君特而知時可者甚少，予嘗得一編，類多佳語，已刊於集矣。今復摭數小闋於此。江城子云：「一年簫鼓又疎鐘。愛東風。恨東風。吹落燈花，移在杏梢紅。玉靨翠鈿無半點，空濕透，繡羅弓。　燕魂鶯夢漸惺鬆。月簾櫳。影迷濛。催趁年華，都在豔歌中。明日柳邊春意思，便不與，夜來同。」立春西江月云：「晝閣換粘春帖，寶筝抛學銀鉤。東風輕滑玉釵流。纖就燕紋鶯繡。隔帳燈花微笑，倚窗雲葉低收。雙鴛刺罷底尖頭。剔雪閒尋荳蔻」。賦茉莉朝中措云：「花情偏與夜相投。心事鬢邊羞。薰醒半床涼夢，能消幾箇開頭。風輪慢卷，冰壺低架，香霧飀飀。更著月華相惱，木犀淡了中秋」。巧夕鵲橋仙云：「天長地久，風流雲散。惟有離情無算。從分金鏡不曾圓，到此夜、年年一半。輕羅暗網，蛛絲得意，多似粧樓針線。曉看玉砌淡無痕，但吹落、梧桐幾片。」又如「拗蓮牽藕線。藕斷絲難斷。彈水没鴛鴦。教尋波底香。」真花閒語也。

王夫人詞

宋謝太后北覲，有王夫人題一詞於汴京夷山驛中云：「太液芙蓉，渾不似、舊時顔色。曾記得、春風雨露，玉樓金闕。名播蘭馨妃后裏，暈潮蓮臉君王側。忽一聲、鼙鼓揭天來，繁華歇。龍虎散，風雲滅。千古恨，憑誰說。對山河百二，淚盈襟血。客館夜驚塵土夢，宫車曉碾關山月。問姮娥、於我肯從容，同圓缺。」文宋瑞丞相和云：「燕子樓中，又捱過、幾番秋色。相思處、青春如夢，乘鸞仙闕。肌玉暗銷衣帶緩，淚珠斜透花鈿側。最無端、蕉影上窗紗，青燈歇。曲池合，高臺滅。人間事，何堪說。向南陽阡上，滿襟清血。世態便如翻覆手，妾身元是分明月。笑樂昌、一段好風流，菱花缺。」又代王夫人再用韻云：「試問琵琶，胡沙外、怎生風色。最苦是、姚黄一朵，移根丹闕。王母歡闌瑶宴罷，仙人淚滿金盤側。聽行宫、半夜雨淋鈴，聲聲歇。綵雲散，香塵滅。銅駝恨，那堪說。想男兒慷慨，嚼穿齦血。回首昭陽辭落日，傷心銅雀迎新月。算妾身、不願似天家，金甌缺。」鄧光薦和云：「王母仙桃，親曾醉、九重春色。誰信道、鹿銜花去，浪翻鼇闕。眉鎖姮娥山宛轉，髻梳墜馬雲欹側。恨風沙、吹透漢宮衣，餘香歇。霓裳散，庭花滅。昭陽燕，應難說。想春深銅雀，夢殘啼血，空有琵琶傳出塞，更無環佩鳴歸月。又争知、有客夜悲歌，壺敲缺。」

劉瀾詞

「御風來、翠鄉深處，連天雲錦平遠。卧遊已動蓬舟興，那在芙蓉城畔。巾嬾岸。任壓頂、嵯峨滿髩絲零亂。飛吟水殿。載十丈青青，隨波弄粉，菰雨淚如霰。　斜陽外，也有仙妝半面。無言應對花怨。西湖千頃腥塵暗，更憶鑑湖一片。何日見。試折藕、占絲絲與腸俱斷。遐征漸倦。當穎尾湖頭，綠波彩筆，相伴老坡健。」此劉瀾養原遊天台鴈蕩東湖所賦買陂塘詞絕筆也。哀哉。

薛梯飆詞

薛梯飆長短句，予嘗收數闋於絕妙詞。今復得其醉落魄云：「單衣乍著。滯寒更傍東風作。珠簾壓定銀鉤索。雨弄初晴，輕旋玉塵落。　花唇巧借妝梅約。嬌羞纔放三分萼。樽前不用多評泊。春淺春深，都向杏梢覺。」

章謙亨詞

竟牧之謙亨嘗爲浙東憲，風采爲一時所稱，然醖藉滑稽。嘗賦守歲小詞云：「團欒小酌醺醺醉。厮捱著、没人肯睡。呼盧直到五更頭，便鋪了、妝臺梳洗。　庭前鼓吹喧人耳。驀忽地、又添一歲。休嫌不足少年時，有幾多、少年如我底。」

鬼詞

金貞祐中，太原已受兵，人情洶洶，忽有書一詞於府治宣詔亭壁間云：「并州霜早。禾黍離離成腐草。馬困人疲。惟有郊原雀鼠肥。　分明有路。好逐衡陽征鴈去。鼓角聲中。全晉山河一半空。」蓋鬼詞也。

李演詞

淳祐間，丹陽太守重修多景樓。高宴落成，一時席上皆湖海名流。酒餘，主人命妓持紅牋，徵諸客詞。秋田李演廣翁詞先成，衆人驚賞，爲之閣筆。其詞云：「笛叫東風起。弄尊前、楊花小扇，燕毛初紫。萬點淮峯孤角外，驚下斜陽似綺。又婉娩、一番春意。歌舞相繆愁自猛，捲長波、一洗空人世。閒熱我，醉時耳。　緑蕪冷葉瓜洲市。最憐予、洞簫聲盡，闌干獨倚。落落東南牆一角，誰護山河萬里。問人在玉關歸未。老矣青山燈火客，撫佳期、漫灑新亭淚。歌哽咽，事如水。」

元夕古詞

古詞有元夕望遠行：「又還到元宵臺榭。記輕衫短帽，酒朋詩社。爛漫向、羅綺叢中馳騁，風流俊雅。轉頭是三十年話。量減才慳，自覺是、歡情衰謝。但一點難忘，酒痕香帕。如今雪鬢霜髭，嬉遊不忺深夜。怕相逢、風前月下。」翁賓暘謂是孫季蕃詞，然集中無之。

翁孟寅詞

翁孟寅賓暘嘗遊維揚，時賈師憲開帷閫，甚前席之。其歸，又置酒以餞，賓暘即席賦摸魚兒云：「捲西風，方肥塞草，帶鉤何事東去。月明萬里關河夢，吴楚幾番風雨。江上路。二十載、頭顱凋落今如許。涼生弄麈。歎江左夷吾，隆中諸葛，談笑已塵土。寒汀外，還見來時鷗鷺。重來應是春暮。輕裘峴首陪登眺，馬上落花飛絮。拚醉舞。誰解道、斷腸賀老江南句。沙津少駐。舉目送飛鴻，幅巾老子，樓上正凝佇。」師憲大喜，舉席間飲器凡數十萬，悉以贈之。

周邦彦詞

宣和中，李師師以能歌舞稱。時周邦彦爲太學生，每遊其家。一夕值祐陵臨幸，倉卒隱去。既而賦小詞，所謂「并刀如水、吴鹽勝雪」者，蓋紀此夕事也。未幾，李被宣唤，遂歌於上前。問誰所爲，則以邦彦對。於是遂與解褐，自此通顯。既而朝廷賜酺，師師又歌大酺、六醜二解，上顧教坊使袁綯問，綯曰：「此起居舍人新知潞州周邦彦作也。」問六醜之義，莫能對，急召邦彦問之。對曰：「此犯六調，皆聲之美者，然絶難歌。昔高陽氏有子六人，才而醜，故以比。」上喜，意將留行。且以近者祥瑞沓至，將使播之樂府，命蔡元長微叩之。邦彦云：「某老矣，頗悔少作。」會起居郎張果與之不咸，廉知邦彦嘗於親王席上作小詞贈舞鬟云：「歌席上，無賴是横波。寶髻玲瓏攲玉燕，繡巾柔膩掩香羅。何況會婆娑。無箇事，因甚斂雙蛾。淺淡梳妝疑是畫，惺鬆言語勝聞歌。好處是情多。」爲蔡道其事。上知之，由是得罪。師師後入中，封瀛國夫人。朱希真有詩云：「解唱陽關别調聲，前朝惟有李夫人。」即其人也。

何籀詞

何籀作宴清都，有「天遠山遠水遠人遠」之語，一時號爲何四遠。然前是宋景文出知壽春，過維揚，賦浪淘沙近，留别劉原父云：「少年不管。流光如箭。因循不覺韶光換。至如今，始惜月滿花滿酒滿。扁舟欲解垂楊岸。尚同歡宴。日斜歌闋將分散。倚闌遥望，天遠水遠人遠。」籀蓋用此也。

王澡詞

王澡（武英殿本原作藻，今據絶妙好詞改。）有别詞云：「玉東西，歌宛轉，未做苦離調。著上征衫，字字是愁抱。月寒髩影刁簫，柁樓開纜，記柳暗、乳鴉啼曉。短亭草。還是緑與春歸，羅屏夢空好。燕語難憑，憔悴未渠了。可能妬柳羞花，起來渾嬾，便瘦也、教春知道。」

魏子敬詞

嘗得題壁生查子云：「愁盈鏡裏山，心疊琴中恨。露濕玉欄秋，香伴銀屏冷。雲歸月正圓，鴈到人無信。孤損鳳凰釵，立盡梧桐影。」蓋魏子敬之詞也。

汪彥章詞

汪彥章舟行汴河，見傍岸畫舫，有映簾而窺者，止見其額。賦詞云：「小舟簾隙。佳人半露梅妝額。綠雲低映花如刻。恰似秋宵，一半銀蟾白。」蓋以月喻額也。辛幼安嘗有句云：「聞道綺陌東頭，行人曾見，簾底纖纖月。」則以月喻足，無乃太媟乎。

周賀詞用唐詩

周美成長短句，純用唐人詩句，如「低鬟蟬影動，私語口脂香」，此乃元白全句。賀方回嘗言，吾筆端驅使李商隱、溫庭筠常奔走不暇。則亦可謂能事矣。

詞源

〔宋〕張　炎撰

詞源目録

詞源卷上

五音相生

宮屬土，君之象，爲信，徵所生。其聲濁，生數五，成數十。宮，中也，居中央，暢四方，唱始施生，爲四聲之綱。

商屬金，臣之象，爲義，宮所生。其聲次濁，生數四，成數九。商，章也，物成就可章度也。

角屬木，民之象，爲仁，羽所生。其聲半清半濁，生數三，成數八。角，觸也，物觸地而戴芒角也。

徵屬火，事之象，爲禮，角所生。其聲次清，生數二，成數七。徵，祉也，物盛大而繁祉也。

羽屬水，物之象，爲智，商所生。其聲最清，生數一，成數六。羽，宇也，物聚藏宇覆之也。

陽律陰呂合聲圖

聲生於日，律生於辰。日爲十母，甲乙角也，丙丁徵也，戊己宮也，庚辛商也，壬癸羽也。辰爲十二子，六陽爲律，六陰爲呂。一曰黃鍾，元間大呂。二曰太簇，二間夾鍾。三曰姑洗，三間仲呂。四曰蕤賓，四間林鍾。五曰夷則，五間南呂。六曰無射，六間應鍾。此陰陽聲律之名也。

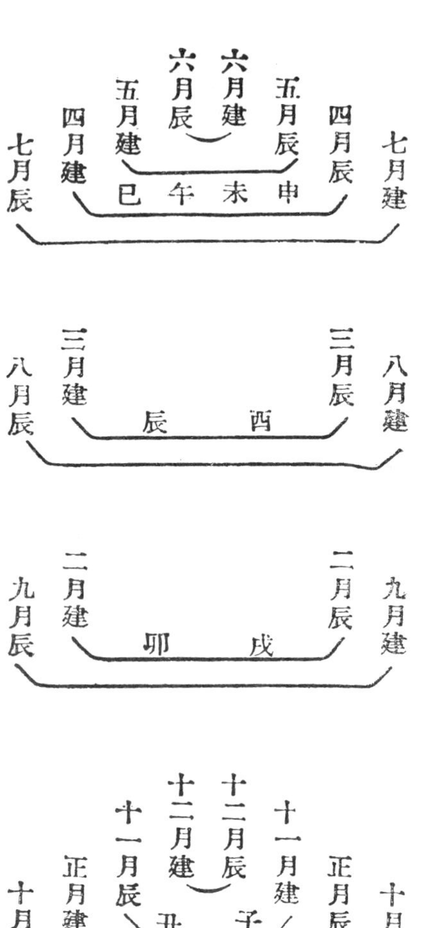

律呂隔八相生圖

自黄鍾律爲宮。從本律數八至林鍾爲徵。林鍾數八至太簇爲商。太簇數八至南呂爲羽。南呂數八至姑洗爲角。姑洗數八至應鍾爲閏宮。應鍾數八至蕤賓爲閏徵。謂之七調。

黄鍾，所以宣養六氣九德也。又曰：黄者，中之色也。鍾者，種也。又曰：黄者，中和之氣。

太簇，所以金奏贊揚出滯也。又曰：言萬物簇生也。又曰：陽氣既大，奏地而達出也。顏氏曰：奏，進也。又曰：萬物始大，湊地而出之也。

姑洗，所以修潔百物，考神納賓也。又曰：萬物洗生。又曰：姑，必也。洗，潔也。言陽氣洗物，必使之潔也。又曰：姑者故也，洗者鮮也，萬物去故就新，莫不鮮明也。

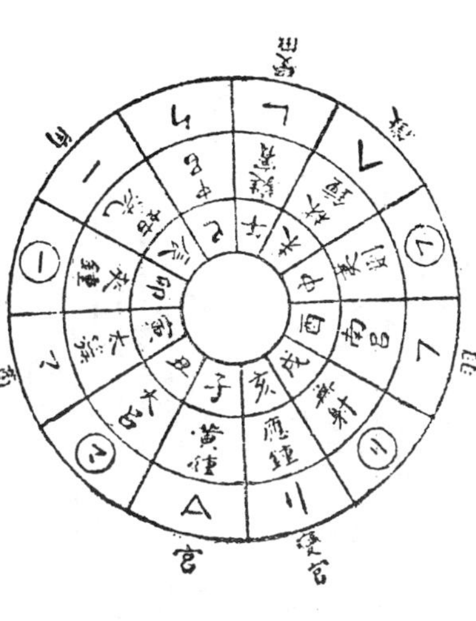

蕤賓，所以安靖神人，獻酬交酢也。又曰：陰氣幼少故曰蕤，萎陽不用事故曰賓。又曰：蕤，繼也。賓，導也。言陽始導陰氣，使繼萬物也。又曰：蕤者下也，賓者敬也，言陽氣上極，陰氣始起，故賓敬也。

夷則，所以詠歌九則，平安無貳也。又曰：言陰氣之賊萬物也。又曰：則，法也。言陽氣正法度，使陰氣夷當傷之物也。又曰：夷，傷也。則，法也。萬物始傷，被刑法也。

無射，所以宣布哲人之令德，示民軌儀也。又曰：陰氣盛用事，陽氣無餘也。又曰：射，厭也。言陽氣究物，而使陰氣畢剝落之，終而復始，無厭已也。又曰：射者終也，言萬物隨陽而終，當復隨陰而起，無有終已也。

大呂，助宣物也。又曰：呂，助也。言陰氣大旅助黃鍾，宣氣而牙物也。又曰：其於十二子爲丑，丑者紐也，言陽氣在上未降，萬物厄紐未敢出。又曰：大者大也，呂者拒也，言陽氣欲出，陰不許也。

夾鍾，出四隙之細也。又曰：言陰陽相夾廁也。又曰：言陰氣夾助太簇，宣四方之氣而出種物也。又曰：夾者孚甲也，言萬物孚甲，種類分也。

中呂，宣中氣也。又曰：言萬物盡旅而西行也。又曰：言微陰始起未成，著於其中，旅助姑洗，宣氣齊物也。又曰：言陽氣將極中充大也。

林鍾，和展百事，使莫不任肅純恪也。又曰：林，君也，言陰氣受任，助蕤賓君主種物，使長大茂盛也。又曰：言萬物就隕，氣林林然。又曰：林者衆也，言萬物成就，種類多也。

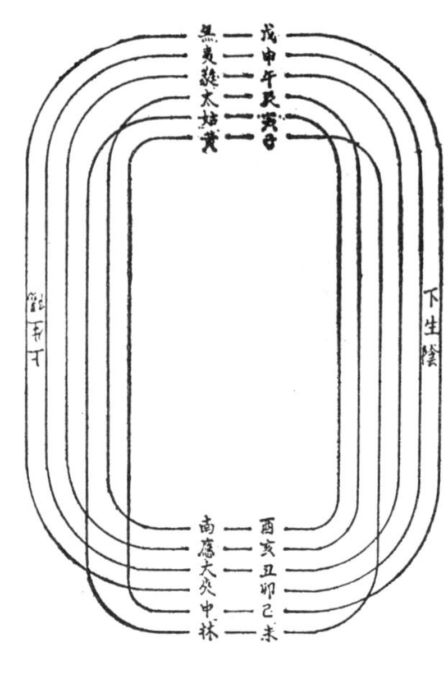

南呂，贊揚秀也。又曰：言萬物之旅入藏也。又曰：言陰氣旅助夷則，任成萬物也。又曰：南，任也，言陽氣尚任，包大生薺麥也。

應鍾，均利器用，俾應復也。又曰：陽氣之應不用事也。又曰：言陰氣應無射，該藏萬物，於十二子爲亥，亥者該也，言萬物應陽而動，下藏也。

氣始於冬至，律本於黃鍾，或損或益，以生商角徵羽。陽下生陰，陰上生陽。下生者，倍其實，三其法。上生者，四其實，三其法。故黃鍾長九寸，倍之爲十八，三之爲六，而生林鍾之長。林鍾長六寸，四之爲二十四，三之爲八，而生太簇之長。此律呂損益相生之說也。

律呂隔八相生

黃鍾爲父，陽律。三分損一，下生林鍾。　A∧

林鍾爲母，陰呂。三分益一，上生太簇。　∧マ

太簇爲子，陽律。三分損一，下生南呂。　マフ

南呂爲子妻，陰呂。三分益一，上生姑洗。　フ一

姑洗爲孫，陽律。三分損一，下生應鍾。　一川

應鍾爲孫妻，陰呂。三分益一，上生蕤賓。　川乚

蕤賓爲曾孫，陽律。三分損一，下生大呂。　乚㋮

大呂爲曾孫妻，陰呂。三分益一，上生夷則。　㋮(フ)

夷則爲元孫，陽律。三分損一，下生夾鍾。　(フ)㊀

夾鍾爲元孫妻，陰呂。三分益一，上生無射。　㊀(川)

無射爲來孫，陽律。三分損一，下生仲呂。　(川)ㄅ

仲呂爲來孫妻，陰呂。三分益一，上生黃鍾。　ㄅA

律生八十四調

宮	徵	商	羽	角	閏宮	閏徵
黃	林	太	南	姑	應	蕤
大	夷	夾	無	仲	黃	林
太	南	姑	應	蕤	大	夷
夾	無	仲	黃	林	太	南
姑	應	蕤	大	夷	夾	無
仲	黃	林	太	南	姑	應
蕤	大	夷	夾	無	仲	黃
林	太	南	姑	應	蕤	大
夷	夾	無	仲	黃	林	太
南	姑	應	蕤	大	夷	夾
無	仲	黃	林	太	南	姑
應	蕤	大	夷	夾	無	仲
土	火	金	水	木	太陰	太陽

古今譜字

黄	大	太	夾	姑	仲	蕤	林	夷	南	無	應	黄清	大清	太清	夾清
合	下四	四	下一	一	上	勾	尺	下工	工	下凡	凡	六	下五	五	一五
ᐱ	㋮	マ	㊀	一	ㄅ	ㄴ	∧	⑦	㇇	⑪	川	幺	⑤	丂	亏

四宫清聲今雅俗樂管色，並用寄四宫清聲煞，與古不同。

幺六字，黄鍾清聲。⑤下五字，大吕清聲。丂五字，太簇清聲。亏高五字，夾鍾清聲。

十二律吕

十二律吕，各有五音，演而爲宫爲調。律吕之名總八十四，分月律而屬之。今雅俗祇行七宫十二調，而角不預焉。

五音宫調配屬圖

黃大雪　中聲子之氣
鍾A幺二字同用
宮十一月陽律冬至　正聲
大小寒　中聲丑之氣
呂㋮㋙二字同用
宮十二月大寒　陰呂正聲
太立春　中聲寅之氣

黃鍾宮	俗名下宮同	正黃鍾宮	A本律合
黃鍾商		大石調	マ太簇四
黃鍾角		正黃鍾宮角	一姑洗一
黃鍾變		正黃鍾宮轉徵	L蕤賓勾
黃鍾徵		正黃鍾宮正徵	∧林鍾尺
黃鍾羽		般涉調	フ南呂工
黃鍾閏		大石角	川應鍾凡
大呂宮	俗名	高宮	㋮本律下四
大呂商		高大石調	㊀夾鍾下一
大呂角		高宮角	ㄣ中呂上
大呂變		高宮變徵	∧林鍾尺
大呂徵		高宮正徵	⑦夷則下工
大呂羽		高般涉調	⑾無射下凡
大呂閏		高大石角	A黃鍾合
太簇宮	俗名	中管高宮	マ本律四
太簇商		中管高大石調	一姑洗一

簇マㄎ二字同用
宮正月雨水　陽律正聲
夾驚蟄　中聲卯之氣
鍾㊀ㄎ二字同用
宮二月春分　陰呂正聲
姑清明　中聲辰之氣
洗一

太簇角	中管高宮角	L.蕤賓勾
太簇變	中管高宮變徵	⑦夷則下工
太簇徵	中管高宮正徵	7南呂工
太簇羽	中管高般涉調	川應鍾凡
太簇閏	中管高大石角	㋮大呂下四
夾鍾宮	俗名　中呂宮	㊀本律下一
夾鍾商	雙調	ㄣ中呂上
夾鍾角	中呂正角	八林鍾尺
夾鍾變	中呂變徵	7南呂工
夾鍾徵	中呂正徵	⑪無射下凡
夾鍾羽	中呂調	A黃鍾合
夾鍾閏	雙角	マ太簇四
姑洗宮	俗名　中管中呂宮	一本律一
姑洗商	中管雙調	L蕤賓勾
姑洗角	中管中呂角	⑦夷則下工
姑洗變	中管中呂變徵	⑪無射下凡

宮三月穀雨　陽律正聲

仲立夏　中聲巳之氣

呂ㄅ

宮四月小滿　陰呂正聲

蕤芒種　中聲午之氣

賓ㄴ

宮五月夏至　陽律正聲

姑洗徵	中管中呂正徵	川應鍾凡
姑洗羽	中管中呂調	㋮大呂下四
姑洗閏	中管雙角	㊀夾鍾下一
仲呂宮　俗名	道宮	ㄅ本律上
仲呂商	小石調	Λ林鍾尺
仲呂角	道宮角	ㄱ南呂工
仲呂變	道宮變徵	川應鍾凡
仲呂徵	道宮正徵	Α黃鍾合
仲呂羽	正平調	マ太簇四
仲呂閏	小石角	一姑洗一
蕤賓宮　俗名	中管道宮	L本律勾
蕤賓商	中管小石調	㋖夷則下工
蕤賓角	中管道宮角	⑪無射下凡
蕤賓變	中管道宮變徵	A黃鍾合
蕤賓徵	中管道宮正徵	㋮大呂下四
蕤賓羽	中管正平調	㊀夾鍾下一

林小暑　中聲未之氣

鍾八

宮六月大暑　陰呂正聲

夷立秋　中聲申之氣

則⑦

宮七月處暑　陽律正聲

蕤賓閏　中管小石角　ㄣ中呂上

林鍾宮　俗名　南呂宮　ʌ本律尺

林鍾商　歇指調　ㄱ南呂工

林鍾角　南呂角　川應鍾凡

林鍾變　南呂變徵　㋮大呂下四

林鍾徵　南呂正徵　マ太簇四

林鍾羽　高平調　一姑洗一

林鍾閏　歇指角　L蕤賓勾

夷則宮　俗名　仙呂宮　⑦本律下工

夷則商　商調　⑪無射下凡

夷則角　仙呂角　A黃鍾合

夷則變　仙呂變徵　マ太簇四

夷則徵　仙呂正徵　㊀夾鍾下一

夷則羽　仙呂調　ㄣ中呂上

夷則閏　商角　ʌ林鍾尺

南呂宮　俗名　中管仙呂宮　ㄱ本律工

南白露　中聲酉之氣
呂フ
宮八月秋分　陰呂正聲

無寒露　中聲戌之氣
射⑪
宮九月霜降　陽律正聲

應立冬　中聲亥之氣

南呂商		中管雙調	‖應鍾凡
南呂角		中管仙呂角	㋮大呂下四
南呂變		中管仙呂變徵	㊀夾鍾下一
南呂徵		中管中呂正徵	一姑洗一
南呂羽		中管仙呂調	L蕤賓勾
南呂閏		中管商角	(フ)夷則下工
無射宮	俗名	黃鍾宮	⑪本律下凡
無射商		越調	A黃鍾合
無射角		黃鍾角	マ太簇四
無射變		黃鍾變徵	一姑洗一
無射徵		黃鍾正徵	ㄣ中呂上
無射羽		羽調	Λ林鍾尺
無射閏		越角	フ南呂工
應鍾宮	俗名	中管黃鍾宮	‖本律凡
應鍾商		中管越調	㋮大呂下四
應鍾角		中管黃鍾角	㊀夾鍾下一

鍾‖

應鍾變　中管黃鍾變徵　ㄅ中呂上

應鍾徵　中管黃鍾正徵　ㄥ蕤賓勾

宮十月小雪　陰呂正聲　應鍾羽　中管羽調　⑦夷則下工

應鍾閏　中管越調　⑪無射下凡

管色應指字譜

么六　ㄌ凡　フ工　∧尺　ㄅ上　一一　マ四　ㄥ勾　A合　ɿ五　ɿ尖一　ɿ尖上　ɿ尖凡　ㄅ大住　ㄌ

小住　‖掣　ㄅ折　八大凡　ㄏ打

宮調應指譜

七宮

黃鍾宮⑪　仙呂宮⑦舊刻フ誤作ㄅ　正宮A　高宮㋮舊刻マ誤作ɿ　南呂宮∧　中呂宮㊀　道宮ㄅ

十二調

大石調マ　小石調∧　般涉調ㄥ舊刻フ誤作A　歇指調ㄥ　越調么A　仙呂調ㄅ舊刻ㄅ誤作A　中呂調A

舊刻A誤作ㄅ　正平調マ　高平調一　雙調ㄅ　黃鍾羽∧　商調⑪

律呂四犯

宮犯商	商犯羽	羽犯角	角歸本宮
黃鍾宮	無射商	夾鍾羽	無射閏
大呂宮	應鍾商	姑洗羽	應鍾閏
太簇宮	黃鍾商	仲呂羽	黃鍾閏
夾鍾宮	大呂商	蕤賓羽	大呂閏
姑洗宮	太簇商	林鍾羽	太簇閏
仲呂宮	夾鍾商	夷則羽	夾鍾閏
蕤賓宮	姑洗商	南呂羽	姑洗閏
林鍾宮	仲呂商	無射羽	仲呂閏
夷則宮	蕤賓商	應鍾羽	蕤賓閏
南呂宮	林鍾商	黃鍾羽	林鍾閏
無射宮	夷則商	大呂羽	夷則閏
應鍾宮	南呂商	大簇羽	南呂閏

以宮犯宮爲正犯，以宮犯商爲側犯，以宮犯羽爲偏犯，以宮犯角爲旁犯，以角犯宮爲歸宮，周而

復始。

姜白石云：凡曲言犯者，謂以宮犯商商犯宮之類。如道調宮上字住，雙調亦上字住，所住字同，故道調曲中犯雙調，或雙調曲中犯道調，其他準此。唐人樂書云：犯有正、旁、偏、側，宮犯宮爲正宮，犯商爲旁宮，犯角爲偏宮，犯羽爲側宮，此說非也。十二宮所住字各不同，不容相犯。十二宮特可以犯商角羽耳。

結聲正訛

商調是リ字結聲，用折而下。若聲直而高，不折或成幺字，即犯越調。

仙呂宮是⑦字結聲，用平直而微高。若微折而下，則成⑪字，即犯黃鍾宮。

正平調是マ字結聲，用平直而去。若微折而下，則成ㄅ字，即犯仙呂調。

道宮是ㄅ字結聲，要平下。若太下而折，則帶∧一雙聲，即犯中呂宮。

高宮是ㄎ字結聲，要清高。若平下，則成マ字，犯大石。微高則成幺字，犯正宮。

南呂宮是∧字結聲，用平而去。若折而下，則成一字，即犯高平調。

右數宮調，腔韻相近，若結聲轉入別宮調，謂之走腔。若高下不拘，乃是諸宮別調矣。

謳曲旨要

歌曲令曲四掯勻，破近六均慢八均。

官拍豔拍分輕重，七敲八掯靸中清。

大頓聲長小頓促，小頓才斷大頓續。

大頓小住當韻住，丁住無牽逢合六。

慢近曲子頓不疊，歌颯連珠疊頓聲。

反掣用時須急過，折拽悠悠帶漢音。

頓前頓後有敲掯，聲拖字拽疾爲勝。

抗聲特起直須高，抗與小頓皆一掯。

腔平字側莫參商，先須道字後還腔。

字少聲多難過去，助以餘音始遶梁。

忙中取氣急不亂，停聲待拍慢不斷。

好處大取氣流連，拗則少入氣轉換。

哩字引濁囉字清，住乃哩囉頓唛喻。

大頭花拍居第五，疊頭豔拍在前存。

舉本輕圓無磊磈，清濁高下縈縷比。

若無含韻强抑揚，即爲叫曲念曲矣。

詞源卷下

古之樂章、樂府、樂歌、樂曲，皆出於雅正。粤自隋、唐以來，聲詩間爲長短句。至唐人則有尊前、花間集。迄於崇寧，立大晟府，命周美成諸人討論古音，審定古調，淪落之後，少得存者。由此八十四調之聲稍傳。而美成諸人又復增演慢曲、引、近，或移宫换羽，爲三犯、四犯之曲，按月律爲之，其曲遂繁。美成負一代詞名，所作之詞，渾厚和雅，善於融化詞句，而於音譜，且間有未諧，可見其難矣。作詞者多效其體製，失之軟媚，而無所取。此惟美成爲然，不能學也。所可倣傚之詞，豈一美成而已。舊有刊本六十家詞，可歌可誦者，指不多屈。中間如秦少游、高竹屋、姜白石、史邦卿、吴夢窗，此數家格調不侔，句法挺異，俱能特立清新之意，删削靡曼之詞，自成一家，各名於世。作詞者能取諸人之所長，去諸人之所短，精加玩味，象而爲之，豈不能與美成輩争雄長哉。余疎陋謭才，昔在先人侍側，聞楊守齋、毛敏仲、徐南溪諸公商搉音律，嘗知緒餘，故生平好爲詞章，用功踰四十年，未見其進。今老矣，嗟古音之寥寥，慮雅詞之落落，僭述管見，類列於后，與同志者商略之。

音譜

詞以協音爲先，音者何，譜是也。古人按律製譜，以詞定聲，此正聲依永律和聲之遺意。有法曲，有五十四大曲，有慢曲。若曰法曲，則以倍四頭管品之，即篳篥也。其聲清越。大曲則以倍六頭管品之，其聲流美。即歌者所謂曲破，如望瀛，如獻仙音，乃法曲，其源自唐來。如六么，如降黄龍，乃大曲，唐時鮮有聞。法曲有散序、歌頭，音聲近古，大曲有所不及。若大曲亦有歌者，有譜而無曲，片數與法曲相上下。其説亦在歌者稱停緊慢，調停音節，方爲絶唱。惟慢曲引近則不同。名曰小唱，須得聲字清圓，以啞篳篥合之，其音甚正，簫則弗及也。慢曲不過百餘字，中間抑揚高下，丁、抗、掣、拽，有大頓、小頓、大住、小住、打、掯等字。真所謂上如抗，下如墜，曲如折，止如槁木，倨中矩，句中鉤，纍纍乎端如貫珠之語，斯爲難矣。

先人曉暢音律，有寄閒集，旁綴音譜，刊行於世。每作一詞，必使歌者按之，稍有不協，隨即改正。曾賦瑞鶴仙一詞云：「捲簾人睡起。放燕子歸來，商量春事。芳菲又無幾。減風光都在，賣花聲裏。吟邊眼底。被嫩緑、移紅換紫。甚等閑、半委東風，半委小橋流水。還是苔痕湔雨，竹影留雲，做晴猶未。繁華迤邐。西湖上、多少歌吹。粉蝶兒、撲定花心不去，閒了尋香兩翅。那知人一點新愁，寸心萬里。」此詞按之歌譜，聲字皆協，惟撲字稍不協，遂改爲守字，迺協。始知雅詞協音，雖一字亦不放過，信乎協音之不易也。又作惜花春起早云「鎖窗深」，深字音不協，改爲幽字，又不協，改爲明字，歌之始協。此三字皆平聲，胡爲如是。蓋五音有脣齒喉舌鼻，所以有輕清重濁之分，故平聲字可爲上入者此也。聽者不知宛轉遷就之聲，以爲合律，不詳一定不易之譜，則曰失律。矧歌者豈特忘其律，抑且忘其聲字矣。述詞之人，若只依舊本之不可歌者，一字填一字，而不知以訛傳訛，徒費思索。當以可歌者爲工，雖有小疵，亦庶幾耳。

拍眼

法曲大曲慢曲之次，引近輔之，皆定拍眼。蓋一曲有一曲之譜，一均有一均之拍，若停聲待拍，方合樂曲之節。所以衆部樂中用拍板，名曰齊樂，又曰樂句，卽此論也。南唐書云：「王感化善歌謳，聲振林木，繫之樂部爲歌板色。」後之樂棚前用歌板色二人，聲與樂聲相應，拍與樂拍相合。按拍二字，其來亦古。所以舞法曲大曲者，必須以指尖應節，俟拍然後轉步，欲合均數故也。法曲之拍，與大曲相類，每片不同，其聲字疾徐，拍以應之。如大曲降黃龍、花十六，當用十六拍。前衮、中衮，六字一拍。要停聲待拍，取氣輕巧。煞衮則三字一拍，蓋其曲將終也。至曲尾數句，使聲字悠揚，有不忍絕響之意，似餘音遶梁爲佳。惟法曲散序無拍，至歌頭始拍。若唱法曲大曲慢曲，當以手拍，纏令則用拍板。嘌唱諸宮調則用手調兒，亦舊工耳。此句似有誤字。慢曲有大頭曲、疊頭曲，有打前拍、打後拍，拍有前九後十一，內有四豔拍。引近則用六均拍，外有序子，與法曲散序中序不同。法曲之序一片，正合均拍。俗傳序子四片，其拍頗碎，故纏令多用之。繩以慢曲八均之拍不可。又非慢二急三拍與三台相類也。曲之大小，皆合均聲，豈得無拍。歌者或斂袖，或掩扇，殊亦可哂。唱曲苟不按拍，取氣決是不匀，必無節奏，是非習於音者，不知也。

製曲

作慢詞，看是甚題目，先擇曲名，然後命意。命意既了，思量頭如何起，尾如何結，方始選韻，而後述曲。最是過片，不要斷了曲意，須要承上接下。如姜白石詞云：「曲曲屏山，夜涼獨自甚情緒。」於過片則云：「西窗又吹暗雨。」此則曲之意脈不斷矣。詞既成，試思前後之意不相應，或有重疊句意，又恐字面粗疎，即爲修改。改畢，淨寫一本，展之几案間，或貼之壁。少頃再觀，必有未穩處，又須修改。至來日再觀，恐又有未盡善者，如此改之又改，方成無瑕之玉。倘急於脱稿，倦事修擇，豈能無病，不惟不能全美，抑且未協音聲。作詩者且猶旬鍛月鍊，況於詞乎。

句法

詞中句法，要平妥精粹。一曲之中，安能句句高妙，只要拍搭襯副得去，於好發揮筆力處，極要用功，不可輕易放過，讀之使人擊節可也。如東坡楊花詞云：「似花還似非花，也無人惜從教墜」。又云：「春色三分，二分塵土，一分流水。」如美成風流子云：「鳳閣繡幃深幾許，聽得理絲簧。」如史邦卿春雨云：「臨斷岸、新綠生時，是落紅、帶愁流處。」燈夜云：「自憐詩酒瘦，難應接許多春色。」如吴夢窗登靈巖云：「連呼酒，上琴台去，秋與雲平。」閏重九云：「簾半捲，帶黃花、人在小樓。」姜白石揚州慢云：「二十四橋仍在，波心蕩，冷月無聲。」此皆平易中有句法。

字面

句法中有字面，蓋詞中一個生硬字用不得。須是深加煆煉，字字敲打得響，歌誦妥溜，方爲本色語。如賀方回、吴夢窗，皆善於鍊字面，多於温庭筠、李長吉詩中來。字面亦詞中之起眼處，不可不留意也。

虚字

詞與詩不同，詞之句語，有二字、三字、四字，至六字、七、八字者，若堆疊實字，讀且不通，况付之雪兒乎。合用虚字呼喚，單字如正、但、任、甚之類，兩字如莫是、還又、那堪之類，三字如更能消、最無端、又卻是之類，此等虚字，却要用之得其所。若使盡用虚字，句語又俗，雖不質實，恐不無掩卷之誚。

清空

詞要清空，不要質實。清空則古雅峭拔，質實則凝澀晦昧。姜白石詞如野雲孤飛，去留無迹。吴夢窗詞如七寶樓台，眩人眼目，碎拆下來，不成片段。此清空質實之説。夢窗聲聲慢云：「檀欒金碧，婀娜蓬萊，游雲不蘸芳洲。」前八字恐亦太澀。如唐多令云：「何處合成愁。離人心上秋。縱芭蕉不雨也颼颼。都道晚涼天氣好，有明月、怕登樓。前事夢中休。花空烟水流。燕辭歸、客尚淹留。垂柳不縈裙帶住，謾長是，系行舟。」此詞疎快，却不質實。如是者集中尚有，惜不多耳。白石詞如疎影、暗香、揚州慢、一萼紅、琵琶仙、探春、八歸、淡黄柳等曲，不惟清空，又且騷雅，讀之使人神觀飛越。

意趣

詞以意趣爲主，要不蹈襲前人語意。如東坡中秋水調歌云：「明月幾時有，把酒問青天。不知天上宮闕，今夕是何年。我欲乘風歸去，又恐瓊樓玉宇，高處不勝寒。起舞弄清影，何似在人間。轉珠簾，開繡户，照無眠。不應有恨，何事長向别時圓。人有悲歡離合，月有陰晴圓缺，此事古難全。但願人長久，千里共嬋娟。」夏夜洞仙歌云：「冰肌玉骨，自清涼無汗。水殿風來暗香滿。繡簾開，一點明月窺人，人未寢，欹枕釵横鬢亂。起來攜素手，庭户無聲，時見疎星度河漢。試問夜如何，夜已三更，金波淡、玉繩低轉。但屈指西風幾時來，又不道流年，暗中偷换。」王荆公金陵懷古桂枝香云：「登臨送目。正故國晚秋，天氣初肅。千里澄江似練，翠峯如簇。征帆去棹斜陽裏，背西風、酒旗斜矗。綵舟雲淡，星河鷺起，畫圖難足。歎往昔豪華競逐。悵門外樓頭，悲恨相續。千古憑高，對此謾嗟榮辱。六朝舊事隨流水，但寒烟衰草凝緑。至今商女，時時猶唱，後庭遺曲。」姜白石暗香賦梅云：「舊時月色，算幾番照我，梅邊吹笛。喚起玉人，不管清寒與攀摘。何遜而今漸老，都忘却春風詞筆。但怪得竹外疎花，香冷入瑶席。江國。正寂寂。歎寄與路遥，夜雪初積。翠尊易泣。紅萼無言耿相憶。長記曾攜手處，千樹壓西湖寒碧。又片片吹盡也，幾時見得。」疎影云：「苔枝綴玉，有翠禽小小，枝上同宿。客裏相逢，籬角黄昏，無言自倚修竹。昭君不慣胡沙遠，但暗憶江南江北。想珮環月下歸來，化作此花幽獨。猶記深宮舊事，那人正睡裏，飛近蛾緑。莫似春風，不管盈盈，早與安排金屋。還教一片隨波去，又却怨玉龍哀曲。等恁時重覓幽香，已入小窗横幅。」此數詞皆清空中有意趣，無筆力者未易到。

用事

詞用事最難，要體認著題，融化不澀。如東坡永遇樂云：「燕子樓空，佳人何在，空鎖樓中燕。」用張建封事。白石疎影云：「猶記深宫舊事，那人正睡裏，飛近蛾緑。」用壽陽事。又云：「昭君不慣胡沙遠，但暗憶江南江北。想珮環月下歸來，化作此花幽獨。」用少陵詩。此皆用事，不爲事所使。

詠物

詩難於詠物，詞爲尤難。體認稍真，則拘而不暢，模寫差遠，則晦而不明。要須收縱聯密，用事合題。一段意思，全在結句，斯爲絶妙。如史邦卿東風第一枝詠春雪云：「巧翦蘭心，偷黏草甲，東風欲障新煖。謾疑碧瓦難留，信知暮寒較淺。行天入鏡，做弄出輕鬆纖軟。料故園不捲重簾，誤了乍來雙燕。青未了、柳回白眼。紅欲斷、杏開素面。舊遊憶著山陰，後盟遂妨上苑。熏鑪重熨，便放慢春衫針線。恐鳳韡挑菜歸來，萬一灞橋相見。」綺羅香詠春雨云：「做冷欺花，將烟困柳，千里偷催春暮。盡日冥迷，愁裏欲飛還住。驚粉重、蝶宿西園，喜泥潤、燕歸南蒲。最妨他、佳約風流，鈿車不到杜陵路。沈沈江上望極，還被春潮晚急，難尋官渡。隱約遥峯，和淚謝娘眉嫵。臨斷岸、新緑生時，是落紅、帶愁流處。記當日門掩梨花，翦燈深夜語。」雙雙燕詠燕云：「過春社了，度簾幕中間，去年塵冷。差池欲住，試入舊巢相並。還相雕梁藻井。又軟語商量不定。飄然快拂花梢，翠尾分開紅影。芳徑。芹泥雨潤。愛貼地争飛，競誇輕俊。紅樓歸晚，看足柳昏花暝。應自棲香正穩。便忘了天涯芳信。愁損玉人，日日畫欄獨凭。」白石暗香疎影詠梅云。見前意趣門。齊天樂賦促織云：「庾郎先自吟愁賦。凄凄更聞私語。露溼銅鋪，苔侵石井，都是曾聽伊處。哀音似訴。正思婦無眠，起尋機杼。曲曲屏山，夜涼獨自甚情緒。西窗又吹暗雨。爲誰頻斷續，相和砧杵。候館吟秋，離宫弔月，别有傷心無數。豳詩漫與。笑籬落呼燈，世間兒女。寫入琴絲，一聲聲最苦。」此皆全章精粹，所詠瞭然在目，且不留滯於物。至如劉改之沁園春詠指甲云：「銷薄春冰，碾輕寒玉，漸長漸彎。見鳳鞵泥污，偎人强剔，龍涎香斷，撥火輕翻。學撫瑶琴，時時欲翦，更掬水魚鱗波底寒。纖柔處，試摘花香滿，鏤棗成斑。時將粉淚偷彈。記切玉曾教柳傅看。算恩情相著，搔便玉體，歸期倦數，劃遍闌干。每到相思，沈吟静處，斜倚朱脣皓齒間。風流甚，把仙郎暗掐，不放春閑。」又詠小脚云：「洛浦凌波，爲誰微步，輕塵暗生。記踏花芳徑，亂紅不損，步苔幽砌，嫩緑無痕。襯玉羅慳，銷金樣窄，載不起盈盈一段春。嬉遊倦，笑教人款捻，微褪些跟。有時自度歌勻。悄不覺微尖點拍頻。憶金蓮移換，文鴛得侶，繡裀催衮，舞鳳輕分。懊恨深遮，牽情半露，出没風前烟縷裙。知何似，似一鉤新月，淺碧籠雲。」二詞亦自工麗，但不可與前作同日語耳。

節序

昔人詠節序，不惟不多，附之歌喉者，類是率俗，不過爲應時納祜之聲耳。所謂清明「拆桐花爛漫」、端午「梅霖初歇」、七夕「炎光謝」，若律以詞家調度，則皆未然。豈如美成解語花賦元夕云：「風銷焰蠟，露浥烘爐，花市光相射。桂華流瓦。纖雲散、耿耿素娥欲下。衣裳淡雅。看楚女纖腰一把。簫鼓喧，人影參差，滿路飄香麝。因念帝城放夜，望千門如晝，嬉笑游冶。鈿車羅帕，相逢處、自有暗塵隨馬。年光是也，惟只見舊情衰謝。清漏移，飛蓋歸來，從舞休歌罷。」史邦卿東風第一枝賦立春云：「草脚愁蘇，花心夢醒，鞭香拂散牛土。舊歌空憶珠簾，綵筆倦題繡户。黏雞貼燕，想占斷、東風來處。暗惹起、一掬相思，亂若翠盤紅縷。今夜覓、夢池秀句。明日動、探花芳緒。寄聲酤酒人家，預約俊游伴侶。憐他梅柳，怎忍潤，天街酥雨。待過了、一月燈期，日日醉扶歸去。」黄鍾喜遷鶯賦元夕云：「月波疑滴。望玉壺天近，了無塵隔。翠縷圈花，冰絲織練，黄道寶光相直。自憐詩酒瘦，難應接許多春色。最無賴、是隨香趁燭，曾伴狂客。蹤跡，謾記憶。老了杜郎，忍聽東風笛。柳苑燈疎，梅廳雪在，誰與細傾春碧。舊情未定，猶自學、當年游歷。怕萬一、誤玉人夜寒，窗際簾隙。」如此等妙詞頗多，不獨措辭精粹，又且見時序風物之盛，人家宴樂之同。則絶無歌者。五字別本删去。至如李易安永遇樂云：「不如向簾兒底下，聽人笑語。」此詞亦自不惡。而以俚詞歌於坐花醉月之際，似乎擊缶韶外，良可嘆也。

賦情

簸弄風月，陶寫性情，詞婉於詩。蓋聲出鶯吭燕舌間，稍近乎情可也。若鄰乎鄭衛，與纏令何異也。如陸雪溪瑞鶴仙云：「臉霞紅印枕。睡起來，冠兒還是不整。屏間麝煤冷。但眉山壓翠，淚珠彈粉。堂深晝永，燕交飛風簾露井。恨無人説與相思，近日帶圍寬盡。重省。殘燈朱幌，淡月紗窗，那時風景。

陽臺路遠，雲雨夢，便無準。待歸來、先指花梢教看，却把心期細問。問因循過了青春，怎生意穩。」辛稼軒祝英臺近云：「寶釵分，桃葉渡。烟柳闇南浦。怕上層樓，十日九風雨。斷腸片片飛紅，都無人管，憑誰勸、啼鶯聲住。　鬢邊覷。試把花卜歸期，纔簪又重數。羅帳燈昏，哽咽夢中語。是他春帶愁來。春歸何處。却不解帶將愁去。」皆景中帶情，而存騷雅。故其燕酣之樂，別離之愁，回文題葉之思，峴首西州之淚，一寓於詞。若能屏去浮豔，樂而不淫，是亦漢魏樂府之遺意。

離情

「春草碧色，春水綠波，送君南浦，傷如之何。」矧情至於離，則哀怨必至。苟能調感愴於融會中，斯爲得矣。白石琵琶仙云：「雙槳來時，有人似舊曲，桃根桃葉。歌扇輕約飛花，蛾眉正愁絕。春漸遠，汀洲自綠，更添了幾聲啼鴂。十里揚州，三生杜牧，前事休說。　又還是宮燭分烟，奈愁裏匆匆換時節。都把一襟芳思，與空階榆莢。千萬縷、藏鴉細柳，爲玉尊、起舞回雪。想見西出陽關，故人初別。」秦少游八六子云：「倚危亭，恨如芳草，萋萋剗盡還生。念柳外青驄別後，水邊紅袂分時，愴然暗驚。無端天與娉婷。夜月一簾幽夢，春風十里柔情。怎奈向、歡娛漸隨流水，素絃聲斷，翠綃香減，那堪片片飛花弄晚，濛濛殘雨籠晴。正銷凝。黃鸝又啼數聲。」離情當如此作，全在情景交鍊，得言外意。有如「勸君更盡一杯酒，西出陽關無故人」，乃爲絕唱。

令曲

詞之難於令曲，如詩之難於絶句，不過十數句，一句一字閒不得。末句最當留意，有有餘不盡之意始佳。當以唐花閒集中韋莊、温飛卿爲則。又如馮延巳、賀方回、吴夢窗亦有妙處。至若陳簡齋「杏花疏影裏，吹笛到天明」之句，真是自然而然。大抵前輩不留意於此，有一兩曲膾炙人口，餘多鄰乎率易。近代詞人，却有用力於此者。倘以爲專門之學，亦詞家射雕手。

雜論

詞之作必須合律，然律非易學，得之指授方可。若詞人方始作詞，必欲合律，恐無是理，所謂千里之程，起於足下，當漸而進可也。正如方得離俗爲僧，便要坐禪守律，未曾見道，而病已至，豈能進於道哉。音律所當參究，詞章先宜精思，俟語句妥溜，然後正之音譜，二者得兼，則可造極玄之域。今詞人纔説音律，便以爲難，正合前説，所以望望然而去之。苟以此論製曲，音亦易諧，將于于然而來矣。

詞之語句，太寬則容易，太工則苦澀。如起頭八字相對，中閒八字相對，卻須用功著一字眼，如詩眼亦同。若八字既工，下句便合稍寬，庶不窒塞。約莫寬易，又著一句工緻者，便覺精粹。此詞中之關鍵也。

詞不宜强和人韻，若倡者之曲韻寬平，庶可賡歌。倘韻險又爲人所先，則必牽强賡和，句意安能融貫，徒費苦思，未見有全章妥溜者。東坡次章質夫楊花水龍吟韻，機鋒相摩，起句便合讓東坡出一頭地，後片愈出愈奇，真是壓倒今古。我輩倘遇險韻，不若祖其元韻，隨意换易，或易韻答之，是亦古人三不和之說。

大詞之料，可以斂爲小詞，小詞之料，不可展爲大詞。若爲大詞，必是一句之意，引而爲兩三句，或引他意入來，捏合成章，必無一唱三嘆。如少游水龍吟云：「小樓連苑橫空，下窺繡轂雕鞍驟」，猶且不免爲東坡所誚。

近代詞人用功者多，如陽春白雪集，如絕妙詞選，亦自可觀，但所取不精一。豈若周草窗所選絕妙好詞之爲精粹。惜此板不存，恐墨本亦有好事者藏之。

難莫難於壽詞，倘盡言富貴則塵俗，盡言功名則諛佞，盡言神仙則迂闊虛誕，當總此三者而爲之，無俗忌之辭，不失其壽可也。松椿龜鶴，有所不免，却要融化字面，語意新奇。

近代陳西麓所作，本製平正，亦有佳者。

詞欲雅而正，志之所之，一爲情所役，則失其雅正之音。耆卿、伯可不必論，雖美成亦有所不免。如「爲伊淚落」，如「最苦夢魂，今宵不到伊行」，如「天便教人，霎時得見何妨」，如「又恐伊，尋消問息，瘦損容光」，如「許多煩惱，只爲當時，一晌留情」，所謂淳厚日變成澆風也。

詩之賦梅，惟和靖一聯而已。世非無詩，不能與之齊驅耳。詞之賦梅，惟姜白石暗香疏影二曲，前無古人，後無來者，自立新意，真爲絕唱。太白云：「眼前有景道不得，崔顥題詩在上頭。」誠哉是言也。

美成詞只當看他渾成處，於軟媚中有氣魄。採唐詩融化如自己者，乃其所長。惜乎意趣却不高遠。所以出奇之語，以白石騷雅句法潤色之，真天機雲錦也。

東坡詞如水龍吟詠楊花、詠聞笛，又如過秦樓、洞仙歌、卜算子等作，皆清麗舒徐，高出人表。哨遍一曲，檃括歸去來辭，更是精妙，周、秦諸人所不能到。

秦少游詞體製淡雅，氣骨不衰。清麗中不斷意脈，咀嚼無滓，久而知味。

晁無咎詞名冠柳，琢語平帖，此柳之所以易冠也。

近代楊守齋精於琴，故深知音律，有圈法周美成詞。與之游者，周草窗、施梅川、徐雪江、奚秋崖、李商隱，每一聚首，必分題賦曲。但守齋持律甚嚴，一字不苟作，遂有作詞五要。觀此，則詞欲協音，未易言也。

辛稼軒、劉改之作豪氣詞，非雅詞也。於文章餘暇，戲弄筆墨，爲長短句之詩耳。

元遺山極稱稼軒詞，及觀遺山詞，深於用事，精於鍊句，有風流蘊藉處，不減周、秦。如雙蓮、雁邱等作，妙在模寫情態，立意高遠，初無稼軒豪邁之氣。豈遺山欲表而出之，故云爾。

康、柳詞亦自批風抹月中來，風月二字，在我發揮，二公則爲風月所使耳。

附錄

楊守齋作詞五要

作詞之要有五：第一要擇腔。腔不韻則勿作。如塞翁吟之衰颯，帝臺春之不順，隔浦蓮之寄煞，鬬百花之無味是也。

第二要擇律。律不應月，則不美。如十一月調須用正宫，元宵詞必用仙吕宫爲宜也。

第三要填詞按譜。自古作詞，能依句者已少，依譜用字者，百無一二。詞若歌韻不協，奚取焉。或謂善歌者，融化其字，則無疵。殊不知詳製轉折，用或不當，卽失律，正旁偏側，凌犯他宫，非復本調矣。

第四要隨律押韻。如越調水龍吟、商調二郎神，皆合用平入聲韻。古詞俱押去聲，所以轉摺怪異，成不祥之音。昧律者反稱賞之，是真可解頤而啓齒也。

第五要立新意。若用前人詩詞意爲之，則蹈襲無足奇者。須自作不經人道語，或翻前人意，便覺出奇。或祇能錬字，誦纔數過，便無精神，不可不知也。更須忌三重四同，始爲具美。

附後跋

乙卯歲，余以公事留杭數月，而玉田張君來，寓錢塘縣之學舍。時主席方子仁始與余交，道玉田來所自，且憐其才，而不知余與玉田交且舊也，因相從歡甚。玉田爲況，落寞似余，其故友張伯雨方爲西湖福真費修主，聞之，遂挽去。子仁與余買小舟泛湖，同爲道客，伯雨爲設茗具饌，盤旋日入而歸。玉田嘗賦台城路詠歸杭一詞，録此卷後。其詞云：「當年不信江湖老，如今歲華驚晚。路改家迷，花空蔭落，誰識重來劉阮。殊鄉頓遠，甚猶帶羈懷，雁悽蛩怨。夢裏忘歸，亂浦烟浪片帆轉。閒門休歎故苑。杖藜遊冶處，蕭艾都遍。雨色雲西，晴光水北，一洗悠然心眼。行行漸嬾。快料理幽尋，酒瓢詩卷。賴有湖邊，時時鷗數點。丁巳正月，江村民錢良祐書。

詞與辭字通用，釋文云，意內而言外也。意生言，言生聲，聲生律，律生調，故曲生焉。花間以前無集譜，秦周以後無雅聲，源遠而派别也。西秦玉田張君，著詞源上下卷，推五音之數，演六律之譜，按月紀節，賦情詠物，自稱得聲律之學於守齋楊公、南溪徐公。淳祐、景定間，王邸侯館，歌舞昇平，居生處樂，不知老之將至。梨園白髮，濞宫蛾眉，餘情哀思，聽者淚落。君亦因是棄家，客遊無方，三十年矣。昔柳河東銘姜秘書，憫王孫之故態，銘馬淑婦，感謳者之新聲，言外之意，異世誰復知者。覽兹詞卷，撫几三嘆。牆東叟陸文圭跋。

詞源二卷，宋遺民張玉田撰。玉田生詞與白石齊名，詞之有姜張，如詩之有李杜也。姜張二君，皆能按譜製曲，是以詞源論五音均拍，最爲詳贍。竊謂樂府一變而爲詞，詞一變而爲令，令一變而爲北曲，北曲一變而爲南曲。今以北曲之宫譜，考詞之聲律，十得八九焉。詞源所論之樂色管色，即今笛色之六五上四合一凡也。管色應指字譜，七調之外若勾、尖一、小大、上小、大凡、大住、小住、掣折、大凡、打，乃吹頭管者换調之指法也。宫調應指譜者，七宫指法起字及指法十二調之起字也。論拍眼云，以指尖應節候拍，即今之三眼一板也。花十六前衮、中衮、打前拍、打後拍者，乃今之起板、收板、正板、贈板之類也。樂色拍眼，雖樂工之事，然填詞家亦當究心，若舍此不論，豈能合律哉。細繹是書，律之最嚴者結聲字，如商調結聲是凡字，若用六字，則犯越調。學者以此類推，可免走腔落調之病矣。蓋聲律之學，在南宋時知之者已尠。故仇山村曰，腐儒村叟，酒邊豪興，引紙揮筆，動以東坡、稼軒、龍洲自況。極其至，四字沁園春，五字水調，七字鷓鴣天、步蟾宫，拊几擊缶，同聲附和，如梵唄，如步虚，不知宫調爲何物。令老伶俊倡，面稱好而背竊笑，是豈足與言詞哉。近日大江南北，盲詞啞曲，塞破世界，人人以姜張自命者，幸無老伶俊倡竊笑之耳。竹西詞客江藩跋。

叔夏乃循王之裔。宋史循王傳，子五人，琦、厚、顔、正、仁，其後不可考。淳熙間最著者爲張鎡功甫。史浩廣壽慧雲寺記稱鎡爲循王曾孫。石刻碑文後，有鎡孫樫跋，蓋以五行相生爲世次之名者，始於功甫。功甫之子，賞心樂事，稱爲小庵主人，而佚其名。功甫之名從金，金生水，水生木，小庵主人之子所以名樫也。詞源下卷云，先人曉暢音律，有寄閒集，旁綴音譜，刊行於世。曾賦瑞鶴仙一詞「捲簾人睡起」云云，此詞乃張樞所作。樞字斗南，號雲窗，一號寄閒老人。樞與樫名皆從木，是爲弟兄行。木生火，故玉田生名炎也。以張氏世系計之，叔夏乃循王之六世孫。袁清容贈玉田詩，稱爲循王五世孫，誤矣。考當日清和坊賜第甚隘，功甫移居南湖，而循王之子有居南園者，有居新市者，見南湖集中，皆緣賜第近市湫隘，而徙居他所耳。斗南有壺中天一闋，自注月夕登繪幅樓，與篔房各賦一解。繪幅樓在南湖之北園，乃功甫所居，或者斗南爲功甫之孫，亦未可知也。江藩又記。

樂笑翁以故國王孫，遭時不偶，隱居落拓，遂自放於山水間。於是寓意歌詞，流連光景，噫嗚婉抑，備寫其身世盛衰之感。山中白雲詞八卷，實能冠絶流輩，足與白石競響，可謂詞家龍象矣。别有詞源二卷，上卷研究聲律，探本窮微。下卷自音譜至雜論十五篇，附以楊守齋作詞五要，計有六目。元明收藏家均未著録。陳眉公秘笈祇載半卷，誤以爲樂府指迷。又以陸輔之詞旨爲樂府指迷之下卷。至本朝雲間姚氏，又易名爲沈伯時，承訛襲謬，愈傳而愈失其真。此帙從元人舊鈔謄寫，誤者塗乙之，錯者刊正之，其不能臆改者，姑仍之，庶與山中白雲相輔而行。讀者當審字以協音，審音以定調，引伸觸類，各有會心，洵倚聲家之指南也。嘉慶庚午三月穀雨後五日，澹生居士秦恩復跋。

是書刻於嘉慶庚午，閱十餘年，而得戈子順卿所校本，勘訂譌謬，精嚴不苟。自哂前刻鹵莽，幾誤古人，以誤後學。爰取戈本重付梓人，公諸同好，庶免魚魯之訛。順卿名載，吳縣名諸生。博學無所不該，兼工詞，深於律呂之學，得諸庭訓居多。名父之子，具有淵源，顧丈澗蘋所誌戈孝子墓銘，可以得其大略矣。道光戊子八月，詞隱老人再記。

右詞源二卷，宋張炎撰。案炎字叔夏，玉田，又號樂笑翁，臨安人，張循王五世孫。宋亡後，縱游浙東西，落拓而卒。工長短句，鄧牧心伯牙琴，稱其以春水詞得名，人稱張春水。孔行素至正直記，稱其孤雁詞得名，人稱張孤雁。厲樊榭山中白雲詞跋並引之。其實玉田詞三百首，幾於無一不工，所長原不止此也。樊榭論詞絶句第七首自註云：玉田詞本其父寄閒翁。翁名樞，字斗南，有詞在周草窗絶妙好詞中。然玉田實有跨灶之興，前無古人，後無來者，惟白石老仙，足與抗衡耳。研究聲律，尤得神解，故所著書，類足爲詞家圭臬。是編爲秦澹生太史所刻，跋稱元明收藏家，均未著録，從元人舊鈔謄寫云。又絶妙好詞箋附録厲樊榭跋，有引張玉田樂府指迷語，則樊榭與查蓮坡所見，均非完本也。然錢遵王讀書敏求記實已著録，稱上卷詳攷律呂，下卷泛論樂章。凌廷堪燕樂攷原亦曾引是書，顧樊榭與蓮坡均未得見耶。惟彭甘亭小謨觴館集，徵刻宋人詞學四書啓，紀其原委最詳。稱究律吕之微，窮分寸之要，大晟樂府，遺規可稽，則白石道人歌曲，晦叔碧雞漫志而外，惟詞源一書爲之總統。原本上下分編，世傳樂府指迷卽其下卷。明陳仲醇續刊秘笈，妄析全書之半，刪改總序一篇，襲用沈伯時樂府指迷之稱，移甲就乙。由是詞源之名，訛爲子目，傎孰甚焉，則洞見癥矣，何勝國諸賢之輕於竄亂故籍也。咸豐癸丑竹醉日，南海伍崇曜跋。

儀徵阮氏揅經堂外集，載四庫未收古書提要云：詞源二卷，宋張炎撰。炎有山中白雲詞，四庫全書已著録。是編依元人舊鈔影寫，上卷詳論五音十二律，律呂相生，以及宮調管色諸事，釐析精允。間繫以圖，與姜白石歌詞九歌琴曲所記用字紀聲之法，大略相同。下卷歷論音譜、拍眼、製曲、句法、字面、虛字、清空、意趣、用事、詠物、節序、賦情、離情、令曲、雜論、五要十六篇，並足以見宋代樂府之製。自明陳繼儒改竄炎書，刊入續秘笈中，而又襲用沈伯時樂府之名，遂失其真。微此幾無以辨其非。蓋前明著録之家，自陶九成説郛廣録僞書，自後多踵其弊也。

許增榆園叢書云：叔夏所著詞源二卷，窮聲律之窅妙，啟來學之準範，爲塡詞家不可少之書。陳眉公續秘笈，僅載下卷，以樂府指迷標題。四庫存目仍其名。中間帝虎陶陰，指不勝屈。曹南巢附刻於白雲詞之後，復加刪乙，所存才什之二三。阮文達采進四庫未收古書，始著録焉。江都秦敦甫恩復，從元人舊鈔足本刊行，近亦僅有存者。茲照秦本重刊，以公同好，或庶幾焉。敦甫刻詞源，在嘉慶庚午。閲十九年，得吳縣戈順卿載校定本，知前刻謬譌尚多，復加釐刻。茲從敦甫道光戊子重刻本，益無遺憾矣。

樂府指迷

〔宋〕沈義父撰

樂府指迷目錄

附錄

樂府指迷

案蔡嵩雲曾有樂府指迷箋釋。

宋沈義父樂府指迷凡二十八則，附刻花草粹編卷首。四庫全書本、四印齋所刻詞本、百尺樓叢書本皆從此出。然誤字互見，無一完善之本。明萬曆刊本花草粹編閒誤作耷，采摘誤作深摘，直捷誤作直拔，不必更説書字，更誤作便，臉薄難藏淚，臉誤作賒，含有餘不盡之意，含誤作合。四印齋本並沿其誤，未能是正。百尺樓叢書用翁大年校本，翁本亦據庫本，於此類誤處皆已改正。然礙作硋，遊字作遊人，猶未盡當也。兹以金繩武活字本花草粹編爲主，而以他本彙校。諸家序跋，並附於後，以備省覽。圭璋記。

論作詞之法

余自幼好吟詩。壬寅秋，始識静翁於澤濱。癸卯，識夢窗。暇日相與倡酬，率多填詞，因講論作詞之法。然後知詞之作難於詩。蓋音律欲其協，不協則成長短之詩。下字欲其雅，不雅則近乎纏令之體。用字不可太露，露則直突而無深長之味。發意不可太高，高則狂怪而失柔婉之意。思此，則知所以爲難。子姪輩往往求其法於余，姑以得之所聞，條列下方。觀於此，則思過半矣。

作詞當以清真爲主

凡作詞，當以清真爲主。蓋清真最爲知音，且無一點市井氣。下字運意，皆有法度，往往自唐宋諸賢詩句中來，而不用經史中生硬字面，此所以爲冠絶也。學者看詞，當以周詞集解爲冠。

康柳詞得失

康伯可、柳耆卿音律甚協，句法亦多有好處。然未免有鄙俗語。

姜詞得失

姜白石清勁知音，亦未免有生硬處。

吴詞得失

夢窗深得清真之妙。其失在用事下語太晦處，人百尺樓叢書作令人。不可曉。

施詞得失

施梅川音律有源流，故其聲無舛誤。讀唐詩多，故語雅澹。間有些俗氣，蓋亦漸染教坊之習故也。亦有起句不緊切處。

孫詞得失

孫花翁有好詞，亦善運意。但雅正中忽有一兩句市井句，可惜。

論起句

大抵起句便見所詠之意，不可泛入閑事，方入主意。詠物尤不可泛。

論過處

過處多是自敘，若才高者方能發起別意。然不可太野，走了原意。

論結句

結句須要放開，含明萬曆本、四印齋本並作合。有餘不盡之意，以景結尾最好。如清真之「斷腸院落，一簾風絮」，又「掩重關，徧城鐘鼓」之類是也。或以情結尾亦好。往往輕而露，如清真之「天便教人，霎時厮見何妨」，又云：「夢魂凝想鴛侶」之類，便無意思，亦是詞家病，却不可學也。

論詠物用事

如詠物，須時時提調，覺不可曉，須用一兩件事印證方可。如清真詠梨花水龍吟，第三第四句，引各本並作須，百尺樓叢書本作引，引字較佳，今從之。用「樊川」、「靈關」事。又「深閉門」及「一枝帶雨」事。覺後段太寬，又用「玉容」事，方表得梨花。若全篇只說花之白，則是凡白花皆可用，如何見得是梨花。

要求字面當看唐詩

要求字面，當看温飛卿、李長吉、李商隱及唐人諸家詩句中字面好而不俗者，采明萬曆本、四印齋本並誤作探。摘用之。即如花間集小詞，亦多好句。

詠物不可直說

鍊句下語，最是緊要，如說桃，不可直說破桃，須用「紅雨」、「劉郎」等字。如詠柳，不可直說破柳，須用「章臺」、「灞岸」等字。萬曆本字作事。又詠書，（原作用事，據百尺樓叢書本改。）如曰「銀鉤空滿」，便是書字了，不必更明萬曆本、四印齋本並誤作便。說書字。「玉筯雙垂」，便是淚了，不必更說淚。如「綠雲繚繞」，隱然髻髮，「困便湘竹」，分明是簟。正不必分曉，如教初學小兒，說破這是甚物事，方見妙處。往往淺學俗流，多不曉此妙用，指爲不分曉，乃欲直捷明萬曆本、四印齋本並誤作拔。說破，卻是賺人與耍曲矣。如說情，不可太露。

論造句

遇兩句可作對，便須對。短句須翦裁齊整。遇長句須放婉曲，不可生硬。

論押韻

押韻不必盡有出處，但不可杜撰。若只用出處押韻，卻恐窒塞。

詞中去聲字最緊要

腔律豈必人人皆能按簫填譜，但看句中用去聲字最爲緊要。然後更將古知音人曲，一腔三兩隻參訂，如都用去聲，亦必用去聲。其次如平聲，卻用得入聲字替。上聲字最不可用去聲字替。不可以上去入，盡道是側聲，便用得，更須調停參訂用之。古曲亦有拗音，蓋被句法中字面所拘牽，今歌者亦以爲礙。明萬曆本、四印齋本、百尺樓叢書本並作硋。如尾犯之用「金玉珠珍博」，金字當用去聲字。如絳都各本俱作園。王鵬運云：「此夢窗絳都春句，或當時一名絳園春，他本未見。」余按他本既未見絳園春之名，則園爲都之誤明甚。春之用「遊人月下歸來」，遊字各本俱作人。合用去聲字之類是也。

坊間歌詞之病

前輩好詞甚多，往往不協律腔，所以無人唱。如秦樓楚館所歌之詞，多是教坊樂工及市井做賺人所作，只緣音律不差，故多唱之。求其下語用字，全不可讀。甚至詠月卻說雨，詠春卻說秋。如花心動一詞，人目之爲一年景。又一詞之中，顛倒重複，如曲遊春云：「臉明萬曆本、四印齋本並誤作賒。薄難藏淚。」過云：「哭得渾無氣力。」結又云：「滿袖啼紅。」如此甚多，乃大病也。

詠花卉及賦情

作詞與詩不同，縱是花卉之類，亦須略用情意，或要入閨房之意。然多流淫豔之語，當自斟酌。如只直詠花卉，而不着些豔語，又不似詞家體例，所以爲難。又有直爲情賦曲者，尤宜宛轉回互可也。如怎字、恁字、奈字、這字、你字之類，雖是詞家語，亦不可多用，亦宜斟酌，不得已而用之。

句上虚字

腔子多有句上合用虚字，如嗟字、奈字、况字、更字、又字、料字、想字、正字、甚字，用之不妨。如一詞中兩三次用之，便不好，謂之空頭字。不若徑用一靜字，頂上道下來，句法又健，然不可多用。

誤讀柳詞

近時詞人，多不詳看古曲下句命意處，但隨俗念過便了。如柳詞木蘭花慢云：「拆桐花爛漫。」此正是第一句，不用空頭字在上，故用拆字，言開了桐花爛漫也。有人不曉此意，乃云：此花名爲拆桐，于詞中云開到拆桐花，開了又拆，此何意也。

豪放與叶律

近世作詞者，不曉音律，乃故爲豪放不羈之語，遂借東坡、稼軒諸賢自諉。諸賢之詞，固豪放矣，不豪放處，未嘗不叶律也。如東坡之哨遍、楊花水龍吟，稼軒之摸魚兒之類，則知諸賢非不能也。

壽詞須打破舊曲規模

壽曲最難作，切宜戒壽酒、壽香、老人星、千春百歲之類。須打破舊曲規模，只形容當人事業才能，隱然有祝頌之意方好。

用事須不用人姓名

詞中用事使人姓名，須委曲得不用出最好。清真詞多要兩人名對使，亦不可學也。如宴清都云：「庾信愁多，江淹恨極。」西平樂云：「東陵晦迹，彭澤歸來。」大酺云：「蘭成憔悴，衛玠清羸。」過秦樓云：「才減江淹，情傷荀倩。」之類是也。

腔以古雅爲主

古曲譜多有異同，至一腔有兩三字多少者，或句法長短不等者，蓋被教師改換。亦有嘌唱一家，多添了字。吾輩只當以古雅爲主，如有嘌唱之腔不必作。且必以清真及諸家目前好腔爲先可也。

詞多句中韵

詞中多有句中韻，人多不曉。不惟讀之可聽，而歌時最要叶韻應拍，不可以爲閒字而不押。如木蘭花云：「傾城。盡尋勝去。」城字是韻。又如滿庭芳過處「年年，如社燕」，年字是韻。不可不察也。其他皆可類曉。又如西江月起頭押平聲韻，第二第四就平聲切去，押側聲韻。如平聲押東字，側聲須押董字、凍字韻方可。有人隨意押入他韻，尤可笑。

詞腔

詞腔謂之均，均卽韻也。

作大詞與作小詞法

作大詞，先須立間架，將事與意分定了。第一要起得好，中間只鋪敍，過處要清新。最緊是末句，須是有一好出場方妙。作小詞只要些新意，不可太高遠，卻易得古人句，同一要鍊句。

作詞須推敲吟嚼

初賦詞，且先將熟腔易唱者塡了，卻逐一點勘，替去生硬及平側不順之字。久久自熟，便覺拗者少，全在推敲吟嚼之功也。

詠物最忌說出題字

詠物詞，最忌說出題字。如清眞梨花及柳，何曾說出一個梨、柳字。梅川不免犯此戒，如月上海棠詠月出，兩個月字，便覺淺露。他如周草窗諸人，多有此病，宜戒之。

附錄

四庫全書提要

臣等謹案樂府指迷一卷，宋沈義父撰。義父字伯時，履貫未詳。前有自題，稱「壬寅秋始識靜翁于澤濱，癸卯識夢窗，暇日相與唱酬」。案壬寅癸卯爲淳祐二年三年，則理宗時人也。元人跋陸輔之詞旨，嘗引此書。然篇頁寥寥，不能成帙，故世無單行之本。此本附刻陳耀文花草粹編中，凡二十八條。其論詞以周邦彥爲宗，持論多爲中理。惟謂兩人名不可對使，如「庾信愁多，江淹恨極」之類，頗失之拘。又謂說桃須用「紅雨」、「劉郎」等字，說柳須用「章臺」、「灞岸」等字，說書須用「銀鉤」等字，說淚須用「玉筯」

等字，説髮須用「綠雲」等字，説簟須用「湘竹」等字，不可直説破，其意欲避鄙俗，而不知轉成塗飾，亦非確論。至所謂去聲字最要緊，及平聲字可用入聲字替，上聲字不可用去聲字替一條，則剖析微芒，最爲精核。萬樹詞律實祖其説。又謂「古曲譜多有異同，至一腔有兩三字多少者，或句法長短不等，蓋被教師改換，亦有嘌唱一家，多添了字」云云。乃知宋詞亦不盡協律，歌者不免增減。萬樹詞律所謂曲有襯字，詞無襯字之説，尚爲未究其變也。乾隆五十二年正月恭校上。總纂官臣紀昀、臣陸錫熊、臣陸費墀、詳校官主事臣錢豫章。

翁校本舊跋

沈時齋先生，我邑震澤人。嘉熙元年，以賦領鄉薦，爲南康軍白鹿洞書院山長，舉行朱子學規。致仕歸，建義塾，立明教堂講學，學者稱爲時齋先生。著時齋集、遺世頌、樂府指迷，見江南通志及蘇州府志、吴江縣志。其時齋集、遺世頌皆失傳。是書著録四庫全書，提要稱其論詞多爲中理，而傳本甚尠，倚聲家率多未見。頃至杭州，得瞻閲文瀾閣全書，因傳寫是本，校正付梓，并著其梗概於後。俾讀是書者，知先生學有根柢，非獨工塡詞也。咸豐四年八月，吴江翁大年謹識。

先君生平勤于述著，尤喜搜羅郡邑中文獻。曾裒前哲未傳稿本，擬次第授梓，爲晚翠樓叢書。彙刊未竟，旋遭兵亂，凡已刊未刊者，俱付刼灰。此樂府指迷一卷，實楹書之碩果矣。久思重刊，今王夢薇大令，又欣然力勸任襄其役，爰付手民，重事剞劂。異日得覓舊藏各本，絡續刊行，冀得勉竟先君之志，則此刻其始基之也。光緒八年壬午陬月，翁棨謹志。

百尺樓叢書後序

吾鄉沈伯時先生義甫，有宋趙氏遺民之一也。生平篤學好古，以程朱爲歸。又嘗造三賢祠以祀王先生蘋、陳先生長方、楊先生邦弼，爲鄉後學矜式。故邑志列之儒林，洵無愧焉。惟宋代好詞，風靡閭巷，雖雄豪魁傑，亦類以詞著，則詞曲誠當時所不廢哉。伯時先生雖號儒者，而孰知又以詞學名家，讀樂府指迷，可以信矣。自敍謂幼好吟詩，厥後識静翁、夢窗，乃更好爲詞。而指迷之作，夫固應子姪之求者也。然則據是，而先生之詩之詞，其必積有成帙可知矣。顧去病鄉人也，搜羅鄉先生之詩文詞殆遍，而獨不得先生之作，寧無憾歟。惟此書累承朋好見遺，爰重爲校理，付之梓人。其有可佐證者，并附列云。乙卯春日，邑人陳去病。

四印齋所刻詞跋

右宋沈義父樂府指迷一卷，按明人刻本乃合玉田生詞源下卷與陸友仁詞旨爲一書，非沈氏原本也。此卷附刻花草粹編，凡二十有八則，明代刻書，往往意爲删節，其爲足本與否，非所敢知。以世罕流傳，校刻以貽同志。至卷中得失，四庫提要論之詳矣。光緒己丑夏日，半塘老人運識。

吴禮部詞話

〔元〕吴师道撰

吴禮部詞話目録

吴禮部詞話

柳耆卿木蘭花慢

木蘭花慢，柳耆卿清明詞，得音調之正。蓋傾城、盈盈、歡情，於第二字中有韻。近見吴彦高中秋詞，亦不失此體，餘人皆不能。然元遺山集中凡九首，内五首兩處用韻，亦未爲全知者。今載二詞于後。柳詞云：「拆桐花爛熳，乍疎雨，洗清明。正豔杏燒林，緗桃繡野，芳景如屏。傾城。盡尋勝去。驟雕鞍，紺幰出郊坰。風暖繁絃脆管，萬家競奏新聲。盈盈。鬭草踏青。人豔冶、遞逢迎。向路旁，往往遺簪墮珥，珠翠縱横。歡情。對佳麗地，任金罍罄竭玉山傾。拚却明朝永日，畫堂一枕春酲。」吴詞云：「敞千門萬户，瞰蒼海，爛銀盤。對沆瀣樓高，儲胥鴈過，墜露生寒。闌干。眺河漢外，送浮雲、盡出衆星乾。丹桂霓裳縹緲，似聞雜佩珊珊。長安。底處高寬。人不見、路漫漫。歎舊日心情，如今容鬢，瘦沈愁潘。幽歡。縱容易得，數佳期動是隔年看。歸去江湖一葉，浩然對影垂竿。」然吴詞後段起句又異，當依柳爲正。

東坡賀新郎詞

東坡賀新郎詞「乳燕飛華屋」云云，後段「石榴半吐紅巾蹙」以下，皆咏榴。卜算子「缺月掛疎桐」云云，

「縹緲孤鴻影」以下，皆説鴻。別一格也。

韓南澗題采石蛾眉亭詞

韓南澗題采石蛾眉亭詞云：「倚天絶壁。直下江千尺。天際兩蛾横黛，愁與恨、幾時極。暮潮風正急。酒闌聞塞笛。試問謫仙何處，青山外、遠烟碧。」此霜天曉角調也，未有能繼之者。

張安國題玩鞭亭詞

于湖玩鞭亭，晉明帝覘王敦營壘處。自温庭筠賦詩後，張文潛又賦于湖曲，以正湖陰之誤。詞皆奇麗警拔，膾炙人口。徐寶之、韓南澗亦發新意。張安國賦滿江紅云：「千古凄涼，興亡事、但悲陳迹。凝望眼、吴波不動，楚山叢碧。巴滇緑駿追風遠，武昌雲旆連天赤。笑老姦，遺臭到如今，留空壁。邊書静，烽烟息。通軺傳，銷鋒鏑。仰太平天子，聖明無敵。蹙踏揚州開帝里，渡江天馬龍爲匹。看東南佳氣鬱葱葱，傳千億。」雖間采温張語，而詞氣亦不在其下。嘗見安國大書此詞，後題云：乾道元年正月十日。筆勢奇偉可愛。

歐詞有僞

歐公小詞間見諸詞集，陳氏書録云一卷。其間多有與陽春、花間相雜者，亦有鄙褻之語一二厠其中，當是仇人無名子所爲。近有醉翁琴趣外篇凡六卷二百餘首，所謂鄙褻之語，往往而是，不止一二也。前題東坡居士序，近八九語，所云散落尊酒閒，盛爲人所愛，尚猶小技，其上有取焉者，詞氣卑陋，不類坡作。益可以證詞之僞。

姚子敬選古今樂府

姚子敬嘗手選古今樂府一帙，以夏英公竦喜遷鶯宮詞爲冠。其詞云：「霞散綺，月沉鈎。簾捲未央樓。夜涼河漢截天流。宮闕鎖清秋。瑶階樹。金莖露。玉輦香盤雲霧。三千珠翠擁宸遊。水殿按涼州。」富豔精工，誠爲絶唱。

辛幼安壽韓侂胄詞辨

「新來塞北。傳到真消息。赤地居民無一粒。更五單于爭立。誰師尚父鷹揚。熊羆百萬堂堂。看取黄金假鉞，歸來異姓真王。」又云：「堂上謀臣尊俎，邊頭將士干戈。天時地利與人和，燕可伐歟曰可。今日樓臺鼎鼐，明年帶礪山河。大家齊唱大風歌，不日四方來賀。」世傳辛幼安壽韓侂胄詞也。又有小詞一首，尤多俚談，不録。近讀謝疊山文，論李氏繫年録、朝野雜記之非。謂乾道間，幼安以金有必亡之勢，願詔大臣，預修邊備，爲倉卒應變之計，此憂國遠猷也。今摘數語，而曰贊開邊，借江西劉過京師人小詞，曰：此幼安作也。忠魂得無寃乎。故今特爲拈出。

詞旨

〔元〕陸輔之撰

詞旨敍

鄉賢陸輔之所撰詞旨一卷，闇晦久矣。光緒時，有長沙人胡元儀者，始爲之疏證，析爲二卷，名曰詞旨暢，言暢其旨也。書甚博雅，余讀而善之。惜其序援引，猶多謬誤，是不可以不辨。考朱存理鐵網珊瑚、汪砢玉珊瑚網多載輔之翰墨，而陸家譜所稱尤詳。大要輔之名行直，字季道，號壺天，亦號壺中天，或書壺中，或稱湖天居士，分湖第一世家子也。祖元龍，號怡庵，嘉禾人。有五子，曰大聲、大同、大猷、大用、大章。猷字雅叔，號翠巖，行直父也。覃精經史，明春秋大義，能文章。仕宋爲江浙儒學提舉，值賈似道當政，遂拂衣去，居吳中。咸淳間，始營別墅分湖濱，構桃園，植棠梨，自號武陵主人。有四子，曰：行中、行坦、行簡、行直。而行直承家學，工詩文詞，善書畫，故名尤顯著。然其生以德祐元年乙亥，則南宋將不國矣。故所交皆當日遺民節士，若鄭所南、張叔夏、錢德鈞、趙彝齋兄弟其尤也。年二十，得鍾繇薦季直表真跡，甚珍視之。又有家妓名卿卿者善歌，叔夏爲撰清平樂贈之，所謂「多情應爲卿卿」是也。至大德中，始由人才任湖北十學士，遷翰林典籍。皇慶間致仕歸，年才四十耳。會卿卿、叔夏皆下世，因作碧梧蒼石圖，填詞其上寄意。又賦致仕還分湖問訊海棠詩云：「湖濱春水似桃源。楊柳青青燕子喧。晴日暖雲歌別樹，錦天繡地醉金門。流光冉冉常爲客，清夢時時繞故園。借問當年花下影，紫簫吹斷幾黃昏。」亦爲卿卿作也。明年爲延祐元年甲寅，君四十一歲，見松雪爲德鈞所繪水村圖，因築水村居之，其風流好事如此。季直表中道散失，經二十六年無可蹤跡。及至正九年己丑六月一日，忽重得之，遂喜極，親作跋以誌慶幸，時年已七十五矣。而嗜古好學，猶復不衰，洵乎其爲賢者已。惜其淪逝歲月，渺不可考，而或者乃稱其於明洪武元年戊申舉任典籍，得毋悞歟。詞旨之作，蓋少年時事。其序所稱命韶暫作詞旨，韶暫二字，殊不可解。胡氏以爲韶卽輔之舊名，恐未能信。其稱明刻本作陸友仁，又引東維子集謂行直卽友仁子敬者，皆非也。友仁作硯北雜志，自別一人。子敬則其第六子祖恭字也。元季喪亂，子敬嘗舉其家田宅財賄，悉以畀萬三秀沈富，而已獨更號采芝翁，與其婦雲游而去，終身不返，蓋知幾士也。至引珊瑚網及元詩癸集，則殊信然。季衡爲行直第九子，祖廣別字，卽癸集所稱天游生陸季宏者。今顧氏既失于攷訂，而胡氏仍之，夫又奚足怪耶。要之書經胡氏一發明，曉然如覩白日，不可謂非陸氏之功臣，而詞林之韻事也。因爲刊而傳之。民國二年四月國會成立後一日，去病記於上海。

詞旨目録

詞旨上

夫詞亦難言矣，正取近雅，而又不遠俗。詞格卑於詩，以其不遠俗也。然雅正爲尚，仍詩之支流。不雅正不足言詞矣。予從樂笑翁遊，深得一作達。奧旨製度之法，因從其言，命韶暫作詞旨，語近而明，法簡而要，俾初學易於入室云。陸輔之識。

詞説七則

命意貴遠。曲則遠也。詞源云：詞以意爲主，不要蹈襲前人。用字貴便。生則不便也。詞源云：詞中用一生硬字不得。造語貴新。纖巧非新，能清而新，方近雅也。詞源云：詞中句法要平妥精粹，一曲之中，安能句句高妙，只要拍搭襯副得法耳。鍊字貴響。詞源云：字字敲打得響，歌詞妥溜，方爲本色。如賀方回、吴夢窗皆善於鍊字，字面多於温庭筠、李長吉詩中來。字面亦詞中之起眼處，不可不留意也。

古人詩有翻案法，詞亦然。詞不用雕刻，刻則傷氣，務在自然。周清真之典麗，周邦彦，字美成，錢塘人，自號清真居士。元豐中，上汴都賦，召爲太學正。徽宗朝仕至徽猷閣待制，提舉大晟府，出知順昌府。晚居明州卒。詞名震一時，有片玉詞，又有美成長短句。姜白石之騷雅，姜夔，字堯章，鄱陽人，自號石帚，又曰白石道人。精通音律，慶元中，上樂書，請定雅樂。有阻之者，僅免解，以布衣終老江湖。文章詩歌，盛稱於時，詞尤卓絶。詞五卷，曰白石歌曲。史梅溪之句法，史達祖，字邦卿，汴人，自號梅溪。韓太師爲平章，史爲省吏，甚見倚重，奉行文字擬帖擬旨，下及柬札申呈皆出其手。韓敗，遂黥焉。有梅溪詞一卷。姜白石序其詞云：奇秀清逸，有李長吉之韻，蓋能融情景於一家，會句意於兩得。張功甫亦稱梅溪詞可分鑣清真，平睨方回。吴夢窗之字面，吴文英，字君特，號夢窗，四明人，有夢窗甲乙丙丁詞稿四卷。取四家之所長，去四家之所短，此翁之要訣。張炎，字叔夏，號玉田，又號樂笑翁，循王六世孫，西秦人，居杭州。有山中白雲詞八卷、詞源二卷。詞源云：美成詞只當看他渾成處，於軟媚之中有氣魄。采唐詩融化如自己出者，乃其所長。惜乎意趣不高遠，所以出奇之語，以白石騷雅句法潤色之，真天機雲錦也。又云：詞要清空，不要質實，清空則古雅峭拔，質實則凝澀晦昧。白石詞如野雲孤飛，去留無迹。夢窗詞如七寶樓臺，炫人眼目，碎折下來，不成片段。此清空質實之説也。夢窗聲聲慢云：「檀欒金碧，婀娜蓬萊，遊雲不蘸芳洲。」前八字恐亦太澀。如唐多令云：「何處合成愁。離人心上秋。縱芭蕉不雨也颼颼。都道晚涼天氣好，有明月、怕登樓。前事夢中休。花空烟水流。燕辭歸、客尚淹留。垂柳不縈裙帶住，漫長是、繫行舟。」此詞疏快，卻不質實。如是者集中尚有，惜不多耳。白石如疏影、暗香、揚州慢、一萼紅、琵琶仙、探春、八歸、淡黄柳等曲，不惟清空，亦且雅潔，讀之令人神觀飛越。又云：美成負一代詞名，所作之詞，渾厚和雅，善於融化詩句，而於音律，且間有不諧，可知其難也。作詞者多效其體製，失之軟媚，而無所取，此惟美成爲然，他人不能學也。如秦少游、高竹屋、姜白石、史梅溪、吴夢窗，此數家格調不侔，句法挺異，俱能特立清新之意，删除靡曼之辭，自成一家，各名於世。能取諸家之所長，去諸人之所短，精加玩味，象而爲之，豈不能與美成争雄長哉。案以上三則是樂笑翁論詞之旨。輔之本之立説也。學者所謂刻鵠不成尚類鶩者也，不可與俗人言，可與知者道。

對句好可得，鍊句易爲工。起句好難得。謀篇雖湊巧。收拾全藉出場。謀篇之妙，必起結相成，意遠句雋，乃十全之品。前人集中，不能首首皆然，而製法必至此乃貴。不易也。凡觀詞須先識古今體製雅俗。脱出宿生塵腐氣，然後知此語，咀嚼有味。今生塵腐氣固宜脱，必並宿生塵腐氣脱盡，乃可至雅正清新之域也。

蘄王孫韓鑄，字亦顏，雅有才思，嘗學詞於樂笑翁。一日，與周公謹父買舟西湖，泊荷花而飲酒杯半。去病案：一無杯字。公謹父舉似亦顏學詞之意，翁指花云：「蓮子結成花自落。」極形自然之妙。詞源云：舊本皆脱源字，按詞源云：詞要清空，輔之述以立説耳。清空二字，亦一生受用不盡，指迷之妙，盡在是矣。學者必在心傳耳傳，以心會意，當有悟入處。然須跳出窠臼外，時出新意，自成一家。若屋下架屋，則爲人之賤僕矣。

製詞須布置停勻，血脈貫穿。過片不可斷曲意，如常山之蛇，救首救尾。過片謂詞上下分段處也。詞源云：作慢詞看是甚題目，先擇曲名，然後命意。命意既了，思量頭如何起，尾如何結，方始選韻，而後述曲。最是過片不要斷了曲意，須要承上接下。如姜白石詞云：「曲曲屏山，夜涼獨自甚情緒。」於過片則云：「西窗又吹暗雨。」則曲意脈不斷矣。又云：詞用事最難，要體認著題，融化不澀。如東坡永遇樂云：「燕子樓空，佳人何在，空鎖樓中燕。」用張建封事。白石疏影云：「猶記深宮舊事，那人正睡裏，飛近蛾綠。」用壽陽事。又「昭君不慣胡沙遠，但暗憶江南江北。想環珮月夜歸來，化作此花幽獨」，用少陵詩。此皆用事不爲事所使。案用事亦鍊意命辭之要，故特附詞源此則於此。

沈伯時樂府指迷，多有好處，中間一兩段，亦非詞家之語。沈伯時名義父，著樂府指迷，亦論詞之法，則其書今無完本。明人割詞源下卷，合詞旨混雜刊之，題曰樂府指迷，非沈氏之書也。惟花草粹編刻沈伯時樂府指迷凡二十八則，似亦非全本。明人愛割裂古書，隨意刻之，不足據也。輔之所謂非詞家語者，究不知其審也。

屬對凡三十八則

小雨分山，斷雲籠日。田不伐，探春。

小雨分山，斷雲籠日，丹青難狀清曉。柳眼窺晴，梅妝迎暖，林外幽禽啼早。烟徑潤如酥，正濃淡遥看堤草。望中新景無窮，最是一年春好。　驕馬黄金絡腦。争探得東風，何處先到。萬錢飛觴，千金倚玉，不肯輕辜年少。桃李怯殘寒，半吐芳心猶小。謾教蜂蝶多情，未應知道。　趙聞禮陽春白雪詞選作斷雲縷日。

詞未見。吴叔未詳。

煙横山腹，雁點秋容。吴叔，聲聲慢。

詞未見。　去病案：吴履齋詞有與吴叔永、季永兄弟唱和之作，官至尚書，當即其人。

問竹平安，點花番次。徐淵□□□□

詞未見。　南宋時有徐似道，字淵子，黄巖人，以詞名世，著有竹隱集，蓋即此人。淵下疑脱子字。

穲柳蘇晴，故溪歇雨。周美成西平樂。元豐初，予以布衣西上，過天長道中。後四十餘年，辛丑正月二十六日，避賊復遊故地，感歎歲月，偶成此詞。

穲柳蘇晴，故溪歇雨，川迥未覺春賒。駝褐寒侵，正憐初日，輕陰抵死須遮。歎事逐孤鴻去盡，身與塘蒲共晚，争知向此征途，區區佇立塵沙。追念朱顔翠髮，曾到處，故地使人嗟。道連三楚，天低四野，喬木依前，臨路欹斜。重慕想東陵晦迹，彭澤歸來，左右琴書自樂，松菊相依，何況風流鬢未華。多謝故人，親馳鄭驛，時倒融尊，勸此淹留，共過芳時，翻令倦客思家。

虚閣籠雲，小簾通月。姜白石，法曲獻仙音，張彦功官舍。

虚閣籠雲，小簾通月，暮色偏憐高處。樹隔離宫，水平馳道，湖山盡入樽俎。奈楚客淹留久。砧聲帶愁去。　屢回顧。過秋風未成歸計。誰念我，重見冷楓紅舞。唤起淡妝人，問逋仙、今在何許。象筆鸞牋，甚如今、不道秀句。怕平生幽恨，化作沙邊烟雨。

蟬碧勾花，雁紅攢月。 丁宏庵，前調。

詞未見。

落葉霞飄，敗窗風咽。 吳夢窗，前調，和丁宏庵韻。

落葉霞飄，敗窗風咽，暮色淒涼深院。瘦不關秋，淚緣生別，情銷鬢霜千點。悵翠冷搔頭燕，那能語恩怨。 紫簫遠。記桃枝、尚隨春渡，愁未洗、鉛水又將恨染。紛縞澀離箱，忍重拈燈夜裁剪。望極藍橋，彩雲飛、羅扇歌斷。料鶯籠玉鎖，夢裏隔花時見。 花庵詞選作落葉霞翻。

風拍波驚，露零秋冷。 前人，前調，賦秋晚紅白蓮。

風拍波驚，露零秋冷，斷綠衰紅江上。豔拂潮妝，澹凝冰靨，別翻翠池花浪。過數點斜陽雨，啼綃粉痕冷。 宛相向。指汀洲素雲飛過，清麝洗、玉井曉霞佩響。寸藕折長絲，笑何郎、心似春蕩。半掬微涼，聽嬌蟬、聲度菱唱。伴鴛鴦秋夢，酒醒月斜輕幌。 去病案：本集秋冷作秋覺。

花匣么弦，象奩雙陸。 樓君亮，法曲獻仙音。

花匣么弦，象奩雙陸，舊日懽留情意。夢到銀屏，恨裁蘭燭，香篝夜闌鴛被。料燕子重來地。桐陰鎖窗翠。 倦梳洗。暈芳鈿、自羞鸞鏡，羅袖冷，烟柳畫闌半倚。淺雨壓荼蘼，指東風芳事餘幾。院落黃昏，怕春鶯驚笑憔悴。倩柔紅約定，喚取玉簫同醉。

珠蹙花輿，翠翻蓮額。 前人，〇〇〇，紫丁香。

詞未見。

汗粉難融，袖香新竊。前人，○○○

詞未見。

種石生雲，移花帶月。翁處靜，齊天樂，遊胡園書感。

曲廊連苑吹笙道，重來暗塵都滿。種石生雲，移花帶月，猶欠藏春庭院。年年過眼。便梅謝蘭銷，舞沉歌斷。露井寒蛩。爲誰清夜訴幽怨。人生樂事最少，有時得意處，光陰偏短。樹色凝紅，山眉弄碧，不與朱顏相戀。臨風念遠。歎蝶夢難追，鷺盟重換。一片斜陽，送人歸騎晚。

斷浦沉雲，空山掛雨。史邦卿，前調。

闌干只在鷗飛處，年年怕吟秋興。斷浦沉雲，空山挂雨，中有詩愁千頃。波聲未定。望舟尾拖涼，渡頭籠暝。正好登臨，有人歌罷翠簾冷。悠然魂斷故里，奈閒情未了，還被吹醒。拜月虛簷，聽蛩壞砌，誰復能憐嬌俊。憂心耿耿。寄桐葉芳題，冷楓新詠。莫遣秋聲，樹頭喧夜永。

畫裏移舟，詩邊就夢。前人，前調，西湖卽席分韻得羽字。

鴛鴦拂破蘋花影，低低趁夜涼去。畫裏移舟，詩邊就夢，葉葉碧雲分雨。芳遊自許。過柳影閒波，水花平渚。見說西風，爲人吹恨上瑶樹。闌干斜照未滿，杏牆應望斷，春翠偷聚。淺約挼香，深盟擣月，誰是閒窗青羽。孤筝幾柱。問因甚參差，暫成離阻。夜色空庭，待歸聽俊語。

硯凍凝花，香寒散霧。周草窗，前調。

曲屏遮斷行雲路。西樓怕聽疏雨。硯凍凝花，香寒散霧。呵筆慵題新句。長安倦旅。歎衣染愁痕，鏡添秋縷。過盡飛鴻，錦牋誰與寄愁去。簫臺應是恨別，曉寒梳洗嬾，依舊眉嫵。酒滴爐香，花圍坐暖，閒卻珠韉鈿柱。芳心謾語。

恨柳外遊韉，繫情何許。暗卜歸期，細將梅蕊數。

繫馬橋空，移舟岸易。黃雙溪，前調。

十年漢上東風夢，依然淡煙鶯曉。繫馬橋空，移舟岸易，誰識當年蘇小。籌花鬥草。任波浴斜陽，絮迷芳島。笑底歌邊，黛娥嬌聚怕歸早。京塵衣袂易染，舊遊隨霧散，新恨難表。燕子朱扉，梨花翠箔，留得春光多少。情絲慢繞。料帶角香銷，扇陰詩杳。細倚秋千，片雲天共渺。

疏綺籠寒，淺雲棲月。丁宏庵，○○○，寒梅。去病案：四印齋本有此二字，從之。」

詞未見。

竹深水遠，臺高石出。施梅川○○○

詞未見。

香茸沾袖，粉甲留痕。前人，○○○，去姬復來。」

詞未見。

就船換酒，隨地攀花。前人，○○○

詞未見。

調雨爲酥，催冰作水。王通叟，慶清朝，踏青。

調雨爲酥，催冰作水，東風分付春還。何人便將輕暖，點破殘寒。結伴踏青去好，平頭鞋子小雙鸞。烟郊外，望中秀色，如有無間。晴則箇，陰則箇，飣餖得天氣，有許多般。須教撩花撥柳，爭要先看。不道吴綾繡韤，香泥斜沁幾行斑。東風巧，盡收翠綠，吹上眉山。

做冷欺花，將煙困柳。史邦卿，綺羅香，春雨。

做冷欺花，將烟困柳，千里偷催春暮。盡日冥迷，愁裏欲飛還住。驚粉重、蝶宿西園，喜泥潤、燕歸南浦。最妨他、佳約風流，鈿車不到杜陵路。沈沈江上望極，還被春潮晚急，難尋官渡。隱約遥峯，和淚謝娘眉嫵。臨斷岸、新綠生時，是落紅、帶愁流去。記當日、門掩梨花，翦燈深夜語。

巧翦蘭心，偷黏草甲。前人，東風第一枝，春雪。

巧翦蘭心，偷黏草甲，東風欲障新暖。漫疑碧瓦難留，信知暮寒猶淺。行天入鏡，做弄出、輕鬆纖軟。料故園、不卷重簾，誤了乍來飛燕。青未了、柳回白眼。紅欲斷、杏開素面。舊遊憶著山陰，厚盟遂妨上苑。寒爐重暖。且漫放春衫鍼線。恐鳳鞋挑菜歸來，萬一灞橋相見。陽春白雪詞選作巧沁蘭心。

羅袖分香，翠綃封淚。陳同甫，水龍吟。

鬧花深處層樓，畫簾半卷東風軟。春歸翠陌，平莎茸嫩，垂楊金淺。遲日催花，淡雲閣雨，輕寒輕暖。恨芳菲世界，遊人未賞，都付與鶯和燕。寂寞憑高念遠，向南樓一聲歸雁。金釵鬥草，青絲勒馬，風流雲散。羅袖分香，翠綃封淚，幾多幽怨。正銷魂，又是疏烟淡月，子規聲斷。絶妙好詞選作羅綬分香。

池面冰膠，牆腰雪老。姜白石，一萼紅，人日登定王臺。

古城陰，有官梅幾許，紅萼未宜簪。池面冰膠，牆腰雪老，雲意還又沈沈。翠藤共、閒穿竹徑，漸笑語驚起卧沙禽。野老林泉，故王臺榭，呼喚登臨。南去北來何事，蕩湘雲楚水，極目傷心。朱户黏雞，金盤簇燕，空歎時序侵尋。記曾共西樓雅集，想垂楊，還裊萬絲金。待得歸鞍，到時只怕春深。

枕簟邀涼，琴書換日。前人 惜紅衣 吳興荷花。

枕簟邀涼，琴書換日。睡餘無力。細灑冰泉，并刀破甘碧。牆頭喚酒，誰問訊、城南詩客。岑寂。高柳晚蟬 說西風消息。 虹梁水陌。魚浪吹香，紅衣半狼藉。維舟試望故國。渺天北。可惜柳邊沙外，不共美人遊歷。問甚時同賦，三十六陂秋色。

薄袖禁寒，輕妝媚晚。孫花翁，晝錦堂。

薄袖禁寒，輕妝媚晚，落梅庭院春妍。映户盈盈，回倩笑、整花鈿。柳裁雲剪腰支小，鳳盤鴉聳髻鬟偏。東風裹、香步翠摇，藍橋那日因緣。 嬋娟。流慧眄，渾當了忽忽，密愛深憐。夢過闌干，猶認冷月秋千。杏梢空鬧相思眼，燕翎難繫斷腸牋。銀屏下，争信有人，真個病也天天。

倒葦沙閒，枯蘭溆冷。高竹屋，齊天樂。

碧雲缺處無多雨，愁與去帆俱遠。倒葦沙閒，枯蘭溆冷，寥落寒江秋晚。樓陰縱覽。正魂怯清冷，病多依黯。怕挹西風，袖羅香自去年減。 風流江左久客，舊遊得意處，珠簾曾卷。載酒春情，吹簫夜約，猶憶玉嬌香怨。塵棲故院。歎璧月空簷，夢雲飛觀。送絕征鴻，楚峯烟數點。

綠芰擎霜，黄花招雨。前人，〇〇〇 去病案擎原作經。

詞佚。今所傳竹屋癡語一卷，計詞一百單八闋，無此詞也。

紫曲送香，綠窗夢月。李賓房，踏莎行，題周草窗十擬。 去病案：送一作迷。

紫曲送香，綠窗夢月。芳心如對春風說。蠻牋象管寫新聲，幾番曾試瓊壺缺。 庾信書愁，江淹賦別。桃花紅雨梨花雪。周郎先自足風流，何須更擬秦箏咽。

暗雨敲花，柔風過柳。前人，□□□

詞未見。

霜杵敲寒，風燈搖夢。吳夢窗

詞佚。今所傳夢窗甲乙丙丁稿四卷，計詞三百四十餘首，無此一詞也。

盤絲繫腕，巧篆垂簪。前人，澡蘭香，淮安重午。

盤絲繫腕，巧篆垂簪，玉隱紺紗睡覺。銀瓶露井，彩箑雲窗，往事少年依約。曾寫榴裙，傷心紅綃褪萼。黍夢光陰，漸老汀洲煙蒻。　莫唱江南古調，怨抑難招，楚江沈魄。薰風燕乳，暗雨黄梅，午鏡澡蘭簾幕。念秦樓也儗人歸，應剪菖蒲自酌。但悵望一縷新蟾，隨人天角。

翠葉垂香，玉容消酒。姜白石，念奴嬌，吳興荷花。

鬧紅一舸，記來時、長與鴛鴦爲侶。三十六陂人未到，水佩風裳無數。翠葉垂香，玉容消酒，更灑菰蒲雨。嫣然搖動，冷香飛上詩句。　日暮。翠蓋亭亭，情人不見，爭忍凌波去。只恐舞衣寒易落，愁入西風南浦。高柳垂陰，老魚吹浪，留我花閒住。田田多少，幾回沙際歸路。　集本作翠葉招涼。

金谷移春，玉壺貯暖。張寄閒□□□茶花。　去病案：他刻有此二字，從之。

擁石池臺，約花闌檻。前人，□□□

詞未見。

問月賖晴，憑春買夜。丁湖南齊天樂，庚戌元夕，都下遇趙立之。

倦雲休雨風還作，交相醒花蘇柳。字滿吟灰、痕添坐席、贏得新愁癡守。歸期未有。負小院移蘭，故園嘗韭。謾道春來，沈腰惟覺似秋瘦。燒燈時候是也，楚津留野艇，曾趁芳友。問月賖晴，憑春買夜，明月添香解酒。□知別久。悵帝陌論心，客塵侵首。戲鼓聲中，舊情猶在否。知別久上缺一字。

醉墨題香，閒簫弄玉。周草窗，長亭怨慢。

記千竹萬荷深處。綠淨池臺，翠涼亭宇。醉墨題香，閒簫弄玉，盡吟趣。勝流星聚。知幾許燕臺句。零落碧雲空歎，轉眼歲華如許。凝竚。望涓涓一水，夢到隔華窗，十年舊事，儘消得庚郎愁賦。燕樓鶴表半漂零，算惟有盟鷗堪語。漫倚偏河橋，一片涼雲吹雨。

樂笑翁奇對凡二十三則

隨花甃石，就泉通沼。掃花遊，高疏寮東墅園。去病案：墅原作野，非。

煙霞萬壑，記曲徑幽尋，霽痕初曉。綠窗窈窕。看隨花甃石，就泉通沼。幾日一片，蒼雲未掃。自長嘯、悵喬木荒涼，都是殘照。　碧天秋浩渺。聽虛籟泠泠，飛下孤峭。山空翠老。步仙風、怕有采芝人到。野色閒門，芳草不除更好。境深悄。比斜川又清多少。

斷碧分山，空簾剩月。瑣窗寒，悼王碧山。去病案：龔刊本云：「王碧山又號中仙，越人也。能文工詞，琢語峭拔，有白石意度，今絕響矣。余悼玉笥山，所謂長歌之哀，過於痛哭。」

斷碧分山，空簾剩月，故人天外。香留酒殢，蝴蝶一生花裏。想如今醉魂未醒，夜臺夢語秋聲碎。自中仙去後，詞牋賦筆，便無清致。都是淒涼意。悵玉筍埋雲，錦袍歸水。形容憔悴。料應也孤吟山鬼。那知人彈折素絃，黃金鑄出相思淚。但柳枝，門掩枯陰，候蟲愁暗葦。山鬼句多一字，疑應字衍文。去病案：歷代詩餘無也字。

沙淨草枯，水平天遠。解連環，孤雁。

楚江空晚。悵離羣萬里，怳然驚散。自顧影，欲下寒塘，正沙淨草枯，水平天遠。寫不成書，只寄得相思一點。料因循誤了，殘氈擁雪，故人心眼。誰憐旅愁荏苒。謾長門夜悄，錦箏彈怨。想伴侶猶宿蘆花，也曾念春前，去程應轉。暮雨相呼，怕驀地玉關重見。未羞他雙燕歸來，畫簾半卷。

接葉巢鶯，平波捲絮。高陽臺，西湖春感。

接葉巢鶯，平波卷絮，斷橋斜日歸船。能幾番遊，看花又是明年。東風且伴薔薇住，到薔薇、春已堪憐。更淒然，萬緑西泠，一抹荒煙。當年燕子知何處，但苔深韋曲，草暗斜川。見說新愁，如今也到鷗邊。無心再續笙歌夢，掩重門淺醉閒眠。莫開簾。怕見飛花，怕聽啼鵑。

晴光轉樹，曉氣分嵐。聲聲慢，西湖。去病案：曉一本作晚。又四印本序云：「余與王碧山泛舟鑑曲，王載隱吹簫，余倚歌而和。天闊秋高，光景奇絶，與姜白石垂虹夜游，同一清致也。」

晴光轉樹，曉氣分嵐，何人野渡橫舟。斷柳枯蟬，涼意正滿西州。匆匆載花載酒，便無情也自風流。芳晝短，奈不堪深夜，秉燭來遊。誰識山中朝暮，向白雲一笑，今古無愁。散髮吟商，此興萬里悠悠。清狂未應似我，倚高寒，隔水呼鷗。須待月，許多清、都付與秋。高寒四印本作南牕。

鶴響天高，水流花淨。壺中天，養拙園夜飲。去病案：絶妙好詞作養拙夜飲，客有彈箜篌者，即事以賦。

瘦筇訪隱，正繁陰、閒鎖一壺幽緑。喬木蒼寒圖畫古，窈窕行人韋曲。鶴響天高，水流花淨，笑語通華屋。虛堂松外，夜深涼氣吹燭。樂事楊柳樓心，瑤臺月下，有生香可掬。誰理商聲簾外悄，蕭瑟懸璫明玉。一笑難逢，四愁休賦，任我雲邊宿。倚闌歌罷，露螢飛上秋竹。

料理琴書，夷猶今古。 真珠簾，近雅軒即事。

雲深别有深庭宇。小簾櫳、占取芳菲多處。花暗水房，春潤幾番酥雨。見説蘇堤晴未穩，便嬾趁踏青人去。休去。且料理琴書，夷猶今古。誰見靜裏閒心，縱荷衣未葺，雪巢堪賦。醉醒一乾坤，任此情何許。茂樹石牀同坐久，又卻被清風留住。欲住。奈簾影妝樓，翦燈人語。

款竹門深，移花檻小。 一萼紅，周草窗新居。 去病案：龔本題弁陽翁新居堂名志雅，詞名蘋洲漁笛譜。

掃苔尋徑，撥葉通池。 同上 去病案：苔一本作花。

製荷衣，傍山窗卜隱，雅志可閒時。款竹門深，移花檻小，動人芳意菲菲。怕冷落蘋洲夜月，想時將、漁笛靜中吹。塵外柴桑，燈前兒女，笑語忘歸。 分得煙霞數畝，乍掃苔尋徑，撥葉通池。放鶴幽情，吟鶯歡事，老去卻願春遲。愛吾廬、琴書自樂，好襟懷、初不要人知。長日一簾芳草，一卷新詩。

亂雨敲春，深煙帶晚。 瑣窗寒，旅窗孤寂，雨意垂垂，買舟西渡未能也，賦此爲錢塘故人韓竹閒問。

亂雨敲春，深烟帶晚，水窗慵凭。空簾謾卷，數日更無花影。怕依然舊時歸燕，定應未識江南冷。最憐他樹底嫣紅，不語背人吹盡。 清潤，通幽徑。待移燈翦韭，試香溫鼎。分明醉裏，過了幾番風信。想竹間高閣半閒，小車未來猶自等。傍新晴、隔柳呼船，待教潮信穩。

開簾過雨，隔水呼燈。 憶舊遊，吳山醉飲寄沈道克諸公。 去病案：龔本題新朋故侶，詩酒遲留，吳山蒼蒼，渺渺兮余懷也，寄沈堯道諸公。

記閒簾過雨，隔水呼燈，款語梅邊。未了清遊興，又飄然獨去，何處山川。淡風暗收榆莢，吹下沈郎錢。歎客裏光陰，消磨豔冶，都在尊前。留連殢人處，是鏡曲鶯窺，蘭皋圍泉。醉拂珊瑚樹，寫百年幽恨，分付吟牋。故鄉幾回飛夢，江雨夜涼船。縱忘卻歸期，千山未必無杜鵑。集本作開簾過酒，隔水懸燈。詞綜又作開簾送酒。

浪卷天浮，山邀雲去。壺中天、渡黄河。去病案：龔本題夜渡古黄河，與沈堯道曾子敬同賦。

揚舲萬里，笑當年、底事中分南北。須信平生無夢到，卻向而今游歷。老柳官河，斜陽古道，風定波猶直。野人驚問，泛槎何處狂客。迎面落葉蕭蕭，水流沙遠，極目無行迹。衰草淒迷秋更綠，惟有閒鷗獨立。浪卷天浮，山邀雲去，銀浦橫空碧。扣舷歌斷，海蟾飛上孤白。集本作浪挾天浮。

岸角銜波，籬根聚葉。湘月、戊子冬晚遊山陰。去病案：聚一作受。又龔本題，余載書往來山陰道中，每以事奪，不能盡興。戊子冬晚，與徐平野、王中仙曳舟溪上，天空水寒，古意蕭颯。中仙有詞雅麗，平野作晉雪圖，亦清逸可觀。余述此調，蓋白石念奴嬌鬲指聲也。

行行且止。把乾坤收入，篷窗深裏。星散白鷗三四點，數筆橫塘秋意。岸角銜波，籬根聚葉，野徑通村市。疏風迎面，濕衣原是空翠。堪歎敲雪門荒，爭棋墅冷，苦竹鳴山鬼。縱使如今猶有晉，無復清遊如此。落日沙黄，遠天雲淡，弄影蘆花外。幾時歸去，剪取一雲烟水。集本作岸嘴銜波，籬根受葉。

波蕩蘭觴，鄰分杏酪。慶宮春。都下寒食，游人甚盛，水邊花外，多麗環集，各以柳圈祓禊而去，亦京洛舊事也。

波蕩蘭觴，鄰分杏酪，晝輝冉冉烘晴。罥索飛仙，戲船移影，薄游也自忺人。短橋虛市，聽隔柳、誰家賣餳。月題爭繫，油壁相連，笑語相迎。池亭小隊秦箏。就地圍香，臨水湔裙。冶態飄雲，醉妝扶玉，未應閒了芳情。旅懷無限，忍不住、低低問春。梨花落盡，一點新愁，曾到西泠。

雲映山輝，柳分溪影。　法曲獻仙音，聽琵琶有感昔遊。

雲映山輝，柳分溪影，未放妝臺簾卷。篝密籠香，鏡圓窺粉，花深自然寒淺。正人在銀屏底，琵琶半遮面。　語聲軟。且休彈玉關愁怨。怕喚起西湖，那時春感。楊柳古灣頭，見小憐，隔水曾見。聽到無聲，謾贏得、情緒難剪。把一襟心事，散入落梅千點。　集作雲隱山輝。

荷衣消翠，蕙帶餘香。　聲聲慢，送友還杭州。　去病案：龔本題送琴友季靜軒還杭。

荷衣消翠，蕙帶餘香，燈前共語生平。苦竹黃蘆，都是夢裏游情。西湖幾番夜雨，怕如今、冷卻鷗盟。倩寄遠，見故人説道，杜老飄零。　難挽清風飛佩，有相思、都在斷柳長汀。此別何如一笑，寫入瑶琴。天空水雲變色，任愔愔、山鬼愁聽。興未已，更何妨、彈到廣陵。

淺草猶霜，融泥未燕。　慶清朝，韓亦顔隱居。　去病案：龔本題，韓亦顔歸隱兩水之濱，殆未遜王右丞茱萸沜。予從之游，盤花旋竹，散懷吟眺，一任所適，太白去後三百年無此樂也。

淺草猶霜，融泥未燕，晴梢潤葉初乾。閒扶短策，隣家小聚清歡。錯認籬根是雪，梅花過了一番寒。風還峭，較遲花信，卻是春殘。　此境此時此意，待攜琴獨去，石冷慵彈。飄飄爽氣，飛鳥相與俱還。醉裏不知何處，好詩盡在夕陽山。山深杳，更無人到，流水花間。

香尋古字，譜掐新聲。　甘州，杭州晤趙文叔。　去病案：新一作歌。又龔本題，趙文叔與余賦別十年餘，余方東游，文叔北歸，況味俱寥落。更十年觀此曲，又當如何耶。

記當年紫曲戲分花，簾影最深深。慳忪語笑，香尋古字，譜掐新聲。散盡黃金歌舞，那處著春情。夢醒方知夢，夢豈無憑。　幾點別餘清淚，盡化作妝樓，斷雨殘雲。指梢頭舊恨，荳蔻結愁心。都休問、北來南去，但依依、同是可憐人。

還飄泊，何時尊酒，卻說如今。

行歌趁月，喚酒延秋。解語花，吳子雲家妓愛菊，有朝雲之感。

行歌趁月，喚酒延秋，多買鶯鶯笑。蕊枝嬌小。渾無奈、一掬醉鄉懷抱。籌花鬥草。幾曾放好春閒了。芳意闌，可惜香心，一夜酸風掃。海上仙山縹渺。問玉環何事，苦無分曉。舊愁空杳。藍橋路、深掩半庭斜照。餘情暗惱。都緣是那時年少。驚夢回，嬾說相思，畢竟如今老。

穿花省路，傍柳尋隣。聲聲慢，己亥歲自台回杭，雁旅數月，忽起遠興。余冉冉老矣，誰能重寫舊游編否。去病案：省一作覓。

穿花省路，傍柳尋隣，如何舊隱都荒。問取隄邊，因甚減卻垂楊。消磨縱然未盡，滿烟波、添了斜陽。空歎息，又翻成無限，杜老淒涼。一舸清風何處，把秦山晉水，分貯詩囊。髮已飄飄，休問歲晚空江。松陵試招舊隱，怕白鷗猶識清狂。漸遡遠，望并州，卻是故鄉。去病案：龔本作傍竹尋鄰。

門當竹徑，鷺管臺磯。前調，賦漁隱。

門當竹徑，鷺管臺磯，烟波自有閒人。棹入孤村，落照正滿寒汀。桃花遠送洞口，想如今、方信無秦。醉夢醒，向滄浪容與，淨濯蘭纓。欸乃一聲歸去，對筆牀茶竈，寄傲幽情。雨笠風簑，古意謾說玄真。知魚淡然自樂，釣清名、空在絲綸。笑未已，笑嚴陵還笑渭濱。

鬢絲溼霧，扇錦翻桃。前調，和韓竹閒韻，贈歌者關關在兩水居。

鬢絲濕霧，扇錦翻桃，尊前乍識歐蘇。賦筆吟牋，光動萬顆驪珠。英英歲華未老，怨歌長、空擊銅壺。細看取、有飄然清氣，自與塵疏。兩水猶存三徑，歎綠窗窈窕，謾長新蒲。茂苑扁舟，底事夜雨江湖。當年柳枝放卻，又不知樊素何如。向醉裏暗暗傳香，還記也無。

因花整帽，借柳維舟。前調，吳中感舊。　去病案：舟別本作船，又龔本作中吳感舊。

因花整帽，借柳維舟，休登故苑荒臺。去歲，何年游處半入蒼苔。白鷗舊盟未冷，但寒沙空與愁堆。謾歎息，問西門灑淚，不忍徘徊。　眼底江山猶在，把冰絃彈斷，苦憶顏回。一點歸心，分付布韈青鞋。相尋已期到老，那知人、如此情懷。悵望久，海棠開、依舊燕來。　集本作因風整帽，借柳維船。去病案：龔本船正作舟。

詞旨下

警句凡九十二則

悶來彈鵲，又攪碎、一簾花影。徐幹臣，二郎神，春詞。

雁足不來，馬蹄難駐，門掩一庭芳景。同上。

悶來彈鵲，又攪碎、一簾花影。漫試著春衫，還思纖手，熏徹金猊燼冷。動是愁端如何向，但怪得、新來多病。嗟舊日沈腰，如今潘鬢，怎堪臨鏡。　重省。別時淚濕，羅衣猶凝。料爲我厭厭，日高慵起，長託春酲未醒。雁足不來，馬蹄難駐，門掩一庭芳景。空竚立，盡日闌干倚偏，晝長人靜。花庵詞選駐作去。

盡吸西江，細斟北斗，萬象爲賓客。扣舷獨嘯，不知今夕何夕。張于湖，念奴嬌，過洞庭。

洞庭青草，近中秋、更無一點風色。玉界瓊田三萬頃，著我扁舟一葉。素月分輝，明河共影，表裏俱澄澈。悠然心會，妙處難與君說。　應念嶺表經年，孤光自照，肝膽皆冰雪。短鬢蕭疏襟袖冷，穩泛滄溟空闊。盡吸西江，細斟北斗，萬象爲賓客。叩舷獨嘯，不知今夕何夕。

寒光亭下水連天。飛起沙鷗一片。前人，西江月，丹陽湖。

問訊湖邊春色，重來又是三年。春風吹我過湖船。楊柳絲絲拂面。　世路如今已慣，此心到處悠然。寒光亭下水連天。飛起沙鷗一片。

花影吹笙，滿地淡黃月。石湖，醉落魄。

涼滿北窗，休共軟紅說。同上。

棲烏飛絶。絳河緑霧星明滅。燒香曳簟眠清樾。花影吹笙，滿地淡黃月。好風碎竹聲如雪。昭華三弄臨風咽。鬢絲撩亂綸巾折。涼滿北窗，休共軟紅說。

燈花結。片時春夢，江南天闊。前人，憶秦娥。

樓陰缺。闌干影卧東廂月。東廂月。一天風露，杏花如雪。隔煙催漏金虬咽。羅幃暗淡燈花結。燈花結。片時春夢，江南天闊。

惟有兩行低雁，知人倚、畫樓月。前人，霜天曉角。

晚晴風歇。一夜春威折。脈脈花疏天淡，雲來去、數枝雪。勝絶愁亦絶。此情誰共說。惟有兩行低雁，知人倚、畫樓月。

人在煖紅温翠。趙解林，傳言玉女，上元。

璧月珠星，暉映小桃穠李。化工容易，與人閒富貴。東風巷陌，人在煖紅温翠。人來人去，笑歌聲裏。油壁青驄，第一番共宴喜。擧頭天上，有月如人意。歌傳樂府，猶是昇平風味。明朝須判醉花底。

波底夕陽紅濕。趙彦端，謁金門。

休相憶。明日遠如今日。樓外緑煙村冪冪。花飛如許急。柳外晚來船集。波底夕陽紅濕。送盡去雲成獨立。酒醒愁又入。

應把花卜歸期，纔簪又重數。辛稼軒，祝英臺近。

是他春帶愁來，春歸何處。卻不解、帶將愁去。同上。

寶釵分，桃葉渡。煙柳暗南浦。怕上層樓，十日九風雨。斷腸點點飛紅，都無人管，倩誰勸、啼鶯聲住。鬢邊覷。應把花卜歸期，纔簪又重數。羅帳燈昏，哽咽夢中語。是他春帶愁來，春歸何處。卻不解、帶將愁去。

翠銷香煖雲屏，更那堪酒醒。劉龍洲，四字令。去病案：此則胡刻脫去，今並詞補。

情高意真。眉長鬢青。小樓明月調箏。寫春風數聲。思君憶君。魂牽夢縈。翠銷香煖雲屏。更那堪酒醒。

燕子不歸花有恨，小院春寒。謝靜寄，浪淘沙。

黃道雨初乾。霽靄空蟠。東風楊柳碧毿毿。燕子不歸花有恨，小院春寒。倦客亦何堪。塵滿征衫。明朝野水幾重山。歸夢已隨芳草綠，先到江南。

海棠影下，子規聲裏，立盡黃昏。洪平齋，眼兒媚。

平沙芳草渡頭村。綠遍去年痕。遊絲上下，流鶯來往，無限消魂。綺窗深靜人歸晚，金鴨水沉溫。海棠花下，子規聲裏，立盡黃昏。

相思無處說相思。笑把畫羅小扇覓春詞。徐山民，南歌子。

簾影篩金線，爐煙裊翠絲。菰牙新出滿盆池。喚取玉瓶，添水養魚兒。意取釵重碧，慵梳髻翅垂。相思無處說相思。笑把畫羅，小扇覓春詞。

妾心移得在君心。方知人恨深。前人，阮郎歸。

綠楊庭戶靜沈沈。楊花吹滿襟。晚來閒向水邊尋。驚飛雙浴禽。分別後，重登臨。暮寒天氣陰。妾心移得在君心。方知人恨深。

驚起半簾幽夢，小窗淡月啼鴉。劉小山，清平樂。去病案：簾一作屏。

淒淒芳草。怨得王孫老。瘦損腰圍羅帶小。長是錦書來少。玉簫吹落梅花。曉煙猶透輕紗。驚起半簾幽夢，小窗淡月啼鴉。

波心蕩、冷月無聲。白石，揚州慢。一本與下對調。

淮左名都，竹西佳處，解鞍少住初程。過春風十里，盡薺麥青青。自胡馬窺江去後，廢池喬木，猶厭言兵。漸黃昏、清角吹寒，都在空城。杜郎俊賞，算而今重到須驚。縱荳蔻詞工，青樓夢好，難賦深情。二十四橋仍在，波心蕩，冷月無聲。念橋邊紅藥，年年知爲誰生。

千樹壓西湖寒碧。前人，暗香，賦梅。

舊時月色。算幾番、照我梅邊吹笛。喚取玉人，不管清寒與攀摘。何遜而今漸老，都忘卻春風詞筆。但怪得竹外疏花，香冷入瑤席。江國。正寂寂。歎寄與路遥，夜雪初積。翠尊易泣。紅萼無言耿相憶。長記曾攜手處，千樹壓西湖寒碧。又片片吹盡也，幾時見得。

昭君不慣胡沙遠，但暗憶江南江北。前人，疏影，賦梅。

苔枝綴玉。有翠禽小小，枝上同宿。客裏相逢，籬角黃昏，無言自倚修竹。昭君不慣胡沙遠，但暗憶江南江北。想佩環月夜歸來，化作此花幽獨。猶記深宮舊事，那人正睡裏，飛近蛾綠。莫似春風，不管盈盈，早與安排金屋。還教一片隨波去，又卻怨玉龍哀曲。等恁時、重覓幽香，已入小窗橫幅。

牆頭換酒，誰問訊、城南詩客。岑寂。高樹晚蟬，說西風消息。前人，惜紅衣，吳興荷花。

問甚時同賦，三十六陂秋色。同上。

詞見屬對。

冷香飛上詩句。前人，念奴嬌，吳興荷花。

詞見屬對。

一般離緒兩消魂。馬上黄昏。樓上黄昏。劉招山，一剪梅。

唱到陽關第四聲。香帶輕分。羅帶輕分。杏花時節雨紛紛。山繞孤村。水繞孤村。更没心情共酒尊。春衫香滿，空有啼痕。一般離緒兩消魂。馬上黄昏。樓上黄昏。

絮飛春盡，天遠書沉，日長人瘦。孫花翁，燭影摇紅，詠牡丹。

一朶紅酲，寶釵壓髻東風溜。年時也是牡丹時，相見花邊酒。初試夾紗半袖。與花枝盈盈鬥秀。對花臨景，爲景牽情，因花感舊。題葉無憑，曲溝流水空回首。夢雲不到小山屏，真箇歡難偶，别後知他安否。軟紅街、清明還又。絮飛春盡，天遠書沈，日長人瘦。

臨斷岸、新緑生時，是落紅帶愁流去。記當日門掩梨花，剪燈深夜語。史邦卿，綺羅香，春雨。

詞見屬對。

愁損玉人，日日畫闌獨凭。前人，雙雙燕。

過春社了，度簾幕中間，去年塵冷。差參欲住，試入舊巢相並。還相雕梁藻井。又軟語商量不定。飄然快拂花梢，翠尾分開紅影。　芳徑。芹泥雨潤。愛貼地争飛，競誇輕俊。紅樓歸晚，看足柳昏花暝。應自棲香正穩。便忘了、天涯芳信。愁損玉人，日日畫闌獨凭。

恐鳳鞋挑菜歸來，萬一灞橋相見。前人，東風第一枝，春雪。

詞見屬對。

自憐詩酒瘦，難應接許多春色。前人，喜遷鶯，元宵。

月波凝滴。望玉壺天近，了無塵隔。翠眼圍花，冰絲織練，黃道寶光相直。自憐詩酒瘦，難應接許多春色。最無賴，是隨香趁燭，曾伴狂客。蹤跡。謾記憶。老了杜郎，忍聽東風笛。柳院燈疏，梅廳雪在，誰與細傾春碧。舊情拘未定，猶自學當年遊歷。怕萬一誤玉人，夜寒窗際簾隙。

新愁萬斛爲春瘦，卻怕春知。高竹屋，金人捧露盤，詠梅。

念瑤姬。翻瑤佩，下瑤池。冷香夢、吹上南枝。羅浮路杳，憶曾清晚見仙姿。天寒翠袖，可憐是倚竹依依。溪痕淺，雲痕凍，月痕淡，粉痕微。江樓怨、一笛休吹。芳香待寄玉堂，煙驛雨凄迷，新愁萬斛爲春瘦，卻怕春知。

驚愁攪夢，更不管庾郎心碎。前人，祝英臺近。

一窗寒，孤燼冷，獨自箇春睡。繡被熏香，不是舊風味。靜聽滴滴簷聲，驚愁攪夢，不管庾郎心碎。念芳意。一併十日春風，梅花殺憔悴。嬾做新詞，春在可憐裏。幾時挑菜踏青，雲沈雨斷，盡分付、楚天之外。

悠悠歲月天涯醉。一分秋、一分憔悴。張東澤，疏簾淡月。

落葉西風，吹老幾番塵世。同上。去病案：塵世一作醒醉。

露侵宿酒，疏簾淡月，照人無寐。同上。

梧桐雨細。漸滴作秋聲，被風驚碎。潤逼衣篝，線裊蕙爐沈水。悠悠歲月天涯醉。一分秋、一分憔悴。紫簫吹斷，素牋恨切，夜寒鴻起。又何苦淒涼客裏。負草堂春緑，竹溪空翠。落葉西風，吹老幾番塵世。從前諳盡江湖味。聽商歌，歸與千里。露侵宿酒，疏簾淡月，照人無寐。

算只藕花知我意，猶把紅芳留客。前人，念奴嬌。

嫩涼生曉，怪得今朝湖上，秋風無迹。古寺桂香山色外，腸斷幽叢金碧。驟雨俄來，蒼煙不見，苔徑孤吟屐。繫船高柳，晚蟬嘶破愁寂。且約。攜酒高歌，與鷗相好，分坐漁磯石。算只藕花知我意，猶把紅芳留客。樓閣空濛，管絃清潤，一水盈盈隔。不如休去，月懸良夜千尺。

春在賣花聲裏。王貴英，夜行船。

曲水濺裙三月二。馬如龍、鈿車如水。風颺游絲，日烘晴晝，人共海棠俱醉。客裏光陰難可意。掃芳塵舊遊誰記。午夢醒來、不覺曉窗人靜，春在賣花聲裏。

試花霏雨溼春晴。韓蕭閒，浪淘沙，豐樂樓。

裙色草初青。鴨緑波輕。試花霏雨濕春晴。三十六梯人不到，獨換瑶箏。艇子憶逢迎。依舊多情。朱門只合鎖娉婷。卻逐彩鸞歸去路，香陌春城。

貪與蕭郎眉語，不知錯舞伊州。劉後村，清平樂，賦舞妓。

宮腰束素。只怕能輕舉。好築避風臺護取。莫遣驚鴻飛去。一團香玉温柔。笑顰俱有風流。貪與蕭郎眉語，不知錯舞伊州。

何處消魂。初三夜月，第四橋春。羅澗谷，柳梢青。

蕚綠華身。小桃花扇，安石榴裙。子夜聞歌，周郎顧曲，曾惱夫君。　悠悠羈旅愁人。似零落、青天斷雲。何處消魂。初三夜月，第四橋春。

一硯梨花雨。　周蕭齋，點絳脣，訪牟存叟南漪釣隱。

午夢初回，卷簾盡放春愁去。晝長無語。自對黃鸝語。　絮影蘋香，春在無人處。移舟去。未成新句。一硯梨花雨。

薄倖東風，薄情遊子，薄命佳人。　前人，柳梢青，楊花。

似霧中花，似風前雪，似雨餘雲。本自無情，點萍成綠，卻又多情。　西湖南陌東城。甚管定、年年送春。薄倖東風，薄情遊子，薄命佳人。

怪別來胭脂慵傅，被春風偷在杏梢。　趙霞山，戀繡衾。

柳絲空有萬千條。繫不住溪頭畫橈。想今宵也對新月過，輕寒何處小橋。　玉簫臺榭春多少，溜啼痕盈臉未消。怪別來胭脂慵傅，被春風偷在杏梢。

對菱花與說相思，看誰瘦損。　陸雲西，瑞鶴仙。

濕雲黏鴈影。望征路愁迷，離緒難整。千金買光景。但疏鐘催曉，亂鴉啼暝。花悰暗省。許多情相逢夢境。便行雲都不歸來，也合寄將音信。　孤迥。盟鸞心在，跨鶴程高，後期無準。情絲待剪，翻惹得舊時恨。怕天教何處，參差雙燕，還染殘朱剩粉。對菱花說與相思，看誰瘦損。

清絕。影也別。知心惟有月。　蕭小山，霜天曉角，詠梅。

千山萬雪。受盡寒磨折。賴是生來瘦硬，渾不怕、角吹徹。　清絕。影也別。知心惟有月。元没春風情性，如何共、海棠說。

花開猶似十年前，人不似十年前俊。鍾梅心，步蟾宮。東風又送酴醾信。早吹得愁成潘鬢。花開猶似十年前，人不似十年前俊。水邊珠翠香成陣。也消得燕窺鶯認。歸來沈醉月朦朧，覺花氣滿襟猶潤。

丁寧記取兒家。碧雲隱約紅霞。直下小橋流水，門前一樹桃花。李肩吾，清平樂。美人嬌小。鏡裏容顏好。秀色侵人春帳曉。郎去幾時重到。丁寧記取兒家。碧雲隱約紅霞。直下小橋流水，門前一樹桃花。

又是羊車過也，月明花落黃昏。黃玉林，清平樂，宮詞。珠簾寂寂。愁背銀釭泣。記得少年初選入。三十六宮第一。當時掌上承恩。而今冷落長門。又是羊車過也，月明花落黃昏。

連呼酒，上琴臺去。秋與雲平。吳夢窗，八聲甘州，陪庾幕諸公秋登靈巖。渺空煙四遠，是何年、青天墜長星。幻蒼巖雲樹，名娃金屋，殘霸宮城。箭徑酸風射眼，膩水染花腥。時靸雙鴛響，廊葉秋聲。宮裏吳王沈醉，倩五湖倦客，獨釣醒醒。問蒼波無語，華髮奈山青。水涵空闌凭高處，送亂鴉、斜日落漁汀。連呼酒，上琴臺去，秋與雲平。

簾半卷，帶黃花、人在小樓。前人，聲聲慢，閏重九飲郭園。檀欒金碧，婀娜蓬萊，遊雲不蘸芳洲。露柳霜蓮，十分點綴殘秋。新彎畫眉未穩，似含羞低渡牆頭。愁送遠，駐西臺車馬，共惜臨流。知道池亭多宴，掩庭花長是，驚落秦謳。膩粉闌干，猶聞凭袖香留。輸他翠漣拍甃，瞰新妝、時浸明眸。簾半卷，帶黃花、人在小樓。

南樓不恨吹橫笛，恨曉風、千里關山。前人，高陽臺，落梅。

宮粉彫痕，仙雲墮影，無人野水荒灣。古石埋香，金沙鎖骨連環。南樓不恨吹橫笛，恨曉風、千里關山。半飄零，庭院黃昏，月冷闌干。壽陽宮裏愁鸞鏡，問誰調玉髓，暗補香瘢。細雨歸鴻，孤山無限春寒。離魂難倩招清些，夢縞衣、解佩谿邊。最愁人，啼鳥晴明，葉底青圓。去病案：此則胡本脱去，今據他刻補。

玉奴最晚嫁東風，來結梨花幽夢。前人，西江月，梅枝上晚花。

綠陰青子滿溪橋。羞見東鄰嬌小。同上。去病案：滿一作老。

枝裊一痕雪在，葉藏幾豆春濃。玉奴最晚嫁東風。來結梨花幽夢。香力添熏羅被，瘦枝猶怯冰綃。綠陰青子滿溪橋。羞見東鄰嬌小。

月落杯空無影。前人，齊天樂，飲白醪感少年事。

芙蓉心上三更露，茸香漱泉玉井。自洗銀舟，徐開素酌，月落杯空無影。庭陰未暝。度一曲新蟬，韻秋堪聽。瘦骨侵冰，怕驚紋簟夜深冷。當時湖上載酒，翠雲開處共，雪面波鏡。萬感瓊漿，千莖鬢雪，煙鎖藍橋花徑。留連暮景。但問覓孤歡，強寬秋興。醉倚修篁，晚風吹半醒。

不約舟移楊柳繫，有緣人映桃花見。前人，倦尋芳，花翁遇舊妓李憐，分韻同賦。

漸老芙蓉，猶自帶霜看。同上。

墜瓶恨井，塵鏡迷樓，雲閉孤燕。寄別崔徽，清瘦畫圖春面。不約舟移楊柳繫，有緣人映桃花見。敍分攜、悔香瘢漫爇，綠鬢輕剪。聽細雨琵琶幽怨。客鬢蒼華，衫袖溼遍。漸老芙蓉，猶自帶霜看，一縷情深朱户掩。兩痕愁起青山遠。被西風，又驚吹，夢雲分散。

不成又是教人恨。待倩楊花去問。江月湖，杏花天。秋千下，佳期又近。算畢竟沈吟未穩。謝娘庭院通芳徑。四無人、花梢轉影。幾番心事無憑準。等得青春過盡。不成又是教人恨。待倩楊花去問。

珠簾卷起還重下，怕東風吹散歌聲。趙釣月，風入松。去病案：起一作上。

麴塵風雨亂春晴。花重寒輕。珠簾卷起還重下，怕春風吹散歌聲。棋倦杯頻晝永，粉香花豔清明。十分無處著閒情。來覓娉婷。薔薇誤掛尋春袖，倩柔荑爲補香痕。苦恨啼鵑驚夢，何時剪燭重盟。

燕子未來，東風無語又黃昏。琴心不度春雲遠，斷腸難託啼鵑。夜深猶倚，垂楊二十四闌。陳西麓絳都春。

秋千倦倚，正海棠半拆，不奈春寒。殢雨弄晴，飛梭庭院繡簾閒。梅妝欲試芳情嬾，翠顰愁入眉彎。霧蟬香冷，霞綃淚揾，恨襲湘蘭。悄悄池塘步晚，任紅醺杏靨，碧沁苔痕。燕子未來，東風無語又黃昏。琴心不度春雲遠，斷腸難託啼鵑。夜深猶倚，垂楊二十四闌。

寄相思，偏仗柳枝。待折向尊前唱，奈東風吹作絮飛。前人，戀繡衾。

多情無語斂黛眉。寄相思、偏仗柳枝。待折向尊前唱，奈東風吹作絮飛。歸來醉抱琵琶睡，正酒醒香盡漏移。無奈是梨花夢，被明月偏照翠帷。

甚等閒，半委東風，半委小溪流水。張寄閒，瑞鶴仙。去病案：溪一作橋。

待晴猶未。同上。

粉蝶兒，守住落花不去，溼重尋香兩翅。怎知人一點新愁，寸心萬里。同上。 去病案：住一作定。

卷簾人睡起。放燕子歸來，商量春事。風光又能幾。減芳菲、都在賣花聲裏。吟邊眼底。披嫩緑、移紅換紫。甚等閒，半委東風，半委小溪流水。 還是苔痕湔雨，竹影留雲，待晴猶未。蘭舟靜艤。西湖上、多少歌吹。粉蝶兒，守住落花不去，溼重尋香兩翅。怎知人一點新愁，寸心萬里。

雲引吟情閒遠。前人，壺中天，月夕登繪幅堂與篔房同賦。

雁横迴碧，漸煙收極浦，漁唱催晚。臨水樓臺乘醉倚，雲引吟情閒遠。露脚飛涼，山眉鎖暝，玉宇冰奩滿。平波不動，桂華低印清淺。 應是瓊斧修成，鉛霜擣就，舞霓裳曲遍。窈窕西窗誰弄影，紅冷芙蓉深苑。賦雪詞工，留雲歌斷，偏惹文簫怨。人歸鶴唳，翠簾十二空卷。 去病案：胡本低誤底，苑誤怨，又脱去曲字，今並據原集改正。

斷雲過雨，花前歌扇，梅邊酒琖。莫子山，水龍吟。

但良宵，空有亭亭霜月，作相思伴。同上。

鏡寒香歇江城路，今度見春全嬾。斷雲過雨，花前歌扇，梅邊酒琖。離思相欺，萬絲縈繞，一襟銷黯。但年光暗換，人生易感，西歸水、南飛雁。 也擬與愁排遣。奈江山、遮攔不斷。嬌諝夢語，溼熒啼袖迷心眼。繡轂華裀，錦屏羅韉，何時拘管。但良宵、空有亭亭霜月，作相思伴。

燕子銜來相思字，道玉瘦不禁春病。楊西村，二郎神，用徐幹臣韻。

瑣窗睡起，閒竚立、海棠花影。記翠檝銀塘，紅牙金縷，杯泛梨花冷。燕子銜來相思字，道玉瘦不禁春病。應蝶粉半消，鴉雲斜墜，暗塵侵鏡。 還省。香痕唾碧，春衫都凝。悄一似荼蘼，玉肌翠帔，消得東風喚醒。青杏單衣。楊花小扇，閒卻晚春風景。最苦是、蝴蝶盈盈弄晚，一簾風靜。

宿粉殘香隨夢冷，落花流水和天遠。前人，倦尋芳。

餳簫吹暖，蠟燭分煙，春思無限。風到楝花，二十四番吹徧。煙濕濃堆楊柳色，晝長閒墜梨花片。悄簾櫳，聽幽禽對語，分明如剪。記舊日西湖行樂，載酒尋春，十里塵軟。背後腰肢，仿佛畫圖曾見。宿粉殘香隨夢冷，落花流水和天遠。但如今病厭厭，海棠池館。

都將千里芳心，十年幽夢，分付與一聲啼鴂。前人，祝英臺近。

宿醒蘇，春夢醒，沈水冷金鴨。落盡桃花，無人掃紅雪。漸催煮酒園林，單衣庭院，春又到、斷腸時節。恨離別。長憶人立荼蘼，珠簾卷香月。幾度黃昏，瓊枝爲誰折。都將千里芳心，十年幽夢，分付與一聲啼鴂。

不防彩筆吟牋，翠尊冰醞，自管領一庭秋色。前人，前調中秋。

月如冰，天似水，冷浸畫闌濕。桂樹風前，醲香半狼藉。此翁對此良宵，別無可恨，恨只恨古人頭白。洞庭窄。誰道臨水樓臺，清光最先得。萬里乾坤，元無片雲隔。不妨彩筆吟牋，翠尊冰醞，自管領一庭秋色。

春在闌干咫尺。李賀房，謁金門。去病案：胡本作只咫非。

吟望直。春在闌干咫尺。山插玉壺花倒立。雪明天混碧。曉露絲絲瓊滴。虛揭一簾雲濕。猶有殘梅黃半壁。香隨流水急。

明年今夜，玉尊知在何處。前人，壺中天，登寄閒吟臺。

青飇蕩碧，喜雲飛寥廓，清透涼宇。倦鵲驚翻臺榭迥，葉葉秋聲歸樹。珠斗斜河，冰輪輾霧。萬里青冥路。香深屏翠，桂邊滿袖風露。煙外冷逼玻璃，漁郎歌杳，擊空明歸去。怨鶴知更蓮漏悄，竹裏篩金簾户。短髮吹寒，閒情吟遠，弄影花前舞。明年今夜，玉尊知在何處。去病案：擊胡誤作繫。

閒簾深掩梨花雨，誰問東陽瘦。前人，探芳信，湖上春繼周草窗韻。

對芳晝。甚怕冷添衣，傷春疏酒。正緋桃如火，相看自依舊。閒簾深掩梨花雨，誰問東陽瘦。幾多時、漲綠鶯枝，墮紅鴛甃。堤上寶鞍驟。記草色薰晴，波光搖岫。蘇小門前，題字尚存否。繁華短夢隨流水，空有詩千首。更休言，張緒風流似柳。

幾番鶯外斜陽，闌干倚徧。恨楊柳遮愁不斷。前人，祝英臺近。

杏花初，梅花過，時節又春半。簾影飛梭，輕陰小庭院。舊時月底秋千，吟香醉玉，曾細聽歌珠一串。忍重見。描金小字，題情生綃合歡扇。老了劉郎，天遠玉簫伴。幾番鶯外斜陽，闌干倚徧。恨楊柳遮愁不斷。

歸醉夜堂歌舞月，拚卻春眠。李萊老，浪淘沙。去病案：卻一作廢。

榆火換新煙。翠柳朱簷。東風吹得落花顛。簾影翠梭懸繡帶，人倚秋千。猶憶十年前。西子湖邊。斜陽催入畫樓船。歸醉夜堂歌舞月，拚卻春眠。

參差護晴窗户。王可竹，齊天樂，客長安。

心期暗數。總寂寞當年，酒籌花譜。付與春愁，小樓今夜雨。同上。

宮煙曉散春如霧。參差護晴窗户。柳色初分，餳香未冷，正是清明百五。臨流笑語。映十二闌干，翠嚬紅妒。短帽輕鞍，倦遊曾遍斷橋路。東風爲誰媚嫵。歲華頻感慨，雙環何許。前度劉郎，三生杜牧，贏得征衫塵土。心期暗數。總寂寞當年，酒籌花譜。付與春愁，小樓今夜雨。

暗粉疏紅，依舊爲誰勻注。都負了燕約鶯期，更閒卻柳煙花雨。張梅崖，綺羅香，漁浦有感。

浦月窺簷，松泉漱枕，屏裏吳山何處。暗粉疏紅，依舊爲誰勻注。都負了燕約鶯期，更閒卻柳煙花雨。縱十分、春到郵亭，賦懷應是斷腸句。　青青原上薺麥，還被東風無賴，翻成離阻。望極天西，惟有隴雲江樹。斜照帶一縷新愁，盡分付暮潮歸去。步閒階，待卜心期，落花空細數。

夢魂欲渡蒼茫去，怕夢輕還被愁遮。周草窗，高陽臺，寄越中諸友。　去病案：輕一作驚。

小雨分江，殘寒迷浦，春容淺入蒹葭。雪霽空城，燕歸何處人家。夢魂欲渡蒼茫去，怕夢輕還被愁遮。感年華。夜汐東還，冷照西斜。　淒淒望極王孫草，認雲中楓樹，鷗外春沙。白髮青山，可憐相對蒼華。歸鴻自趁潮回去，笑倦遊猶是天涯。問東風，先到垂楊，後到梅花。

休綴潘郎鬢影，怕緑窗、年少人驚。前人，聲聲慢，柳花。

燕泥沾粉，魚浪吹香，芳堤十里新晴。靜惹遊絲，花邊裊裊扶春。多憐飄泊，記章臺、曾挽青青。堪愛處，是撲簾嬌嫩，墮馬輕盈。　長是河橋三月，做一番晴雪，惱亂詩魂。帶雨沾衣，羅襟點點離痕。休綴潘郎鬢影，怕緑窗、年少人驚。卷春去，剪東風，千縷翠雲。

花深深處，柳陰陰處，一片笙歌。前人，少年游，宮詞。

簾銷寳篆卷宮羅。蜂蝶撲飛梭。一樣東風，燕梁鶯院，那處春多。　曉妝日日隨香輦，多在牡丹坡。花深深處，柳陰陰處，一片笙歌。

一掬春情，斜月杏花屋。王碧山，醉落魄。

小窗銀燭。輕鬟半擁釵橫玉。數聲春調清真曲。拂拂珠簾，殘影亂紅撲。　垂楊學畫娥眉緑。年年芳草迷金谷。如今休把佳期卜。一掬春情，斜月杏花屋。

揉碎花心，吟碎淡黄雪。前人，醉落魄。

翠篁一池秋水，半牀露、半牀月。前人，霜天曉角。

恰似斷魂江上柳。越春深越瘦。前人謁金門。

三詞俱佚。今所傳花外集僅詞六十五首，此三則佚詞之僅存者。

一室秋燈，一庭秋雨，更一聲秋雁。前人，醉蓬萊，歸故山。

掃西風門徑，黃葉凋零，白雲蕭散。柳換枯陰，賦歸來何晚。爽氣霏霏，翠娥眉嫵，聊慰登臨眼。故國如塵，故人如夢，登高還嬾。數點寒英，爲誰零落，楚魄難招，暮寒堪攬。步屧荒籬，誰念幽芳遠。一室秋燈，一庭秋雨，更一聲秋雁。試引芳尊，不知消得，幾多依黯。

昨宵風雨，涼到木樨屏。趙元甫，相思引。

水陌紗簾小院清。晴塵不動地花平。昨宵風雨，涼到木樨屏。香月照妝秋粉薄，水雲飛佩藕絲輕。好天良夜，閒理玉鞾笙。

重見冷楓紅舞。白石，法曲獻仙音。

黃簾綠幕蕭蕭夢，燈前幾換秋風。吴夢窗，塞翁吟，贈丁宏庵。

草色新宮綬，還跨紫陌青驄。好花是、晚開紅。冷菊最香濃。黃簾綠幕蕭蕭夢，燈前幾換秋風。敍往約、桂花宮。爲別翦珍叢。雕櫳。行人去，秦腰褪玉，心事稱、吴女暈濃。向春夜、閨情賦就，想初寄、上國書時，唱入眉峯。歸來共酒窈窕，紋窗蓮卸新蓬。

雁風吹裂雲痕，小樓一縷斜陽影。丁基仲，水龍吟。

雁風吹裂雲痕，小樓一縷斜陽影。殘蟬抱柳，寒蛩入户，淒音忍聽。愁不禁秋，夢還驚客，青燈孤枕。未更深，半是梧桐泣露，那更度、蘭宵永。　空歎銀屏金井。醉鄉醒、温柔鄉冷。征塵捲撲，閒花謾舞，何心管領。葱指冰弦，蕙懷春錦，楚梅風韻。悵芙蓉城杳，藍雲依黯，鎖巫峯暝。

清陰一架，顆顆蒲萄醉花碧。前人，六么令。

詞未見

畫船盡入西泠，閒卻半湖春色。周草窗，曲遊春，西湖。　去病案：胡本作前人，而逸其調，並云詞未見，非也。考蘋洲漁笛譜有此作，雖字句微異，而實係一詞，特録如下：

禁苑東風外，颺暖絲晴絮，春思如織。燕約鶯期，惱芳情偏在，翠深紅隙。漠漠香塵隔。沸十里亂絲叢笛。看畫船，盡入西泠，閒卻半湖春色。　柳陌。新煙凝碧。映簾底宮眉，隄上遊勒。輕暝籠寒，怕梨雲夢冷，杏香愁冪。歌管愁寒食。奈蝶怨良宵岑寂。正滿湖碎月摇花，怎生去得。

樂笑翁警句凡十三則

和雲流出空山，甚年年淨洗，花香不了。南浦，春水。

波暖緑粼粼，燕飛來，好是蘇隄纔曉。魚没浪痕圓，流紅去，翻笑東風難掃。荒橋斷浦，柳陰撑出扁舟小。回首池塘青欲遍，絶似夢中芳草。　和雲流出空山，甚年年淨洗，花香不了。新緑乍生時，孤村路、猶憶那回曾到。餘情渺渺。茂林觴詠如今悄。前度劉郎歸去後，溪上碧桃多少。

寫不成書，只寄得相思一點。解連環，孤雁。

詞見樂笑翁奇對。

纔放些晴意，早瘦了梅花一半。也知不做花看，東風何事吹散。探春慢，雪霽。去病案：事一作處。

銀浦留雲，綠房迎曉，一抹牆腰月淡。暖玉生煙，懸冰解凍，碎滴瑶階如霰。纔放些晴意，早瘦了梅花一半。也知不做花看，東風何事吹散。搖落似成秋苑。甚釀得春來，怕教春見。野渡舟回，前村門掩，應是不勝清怨。次第尋芳去，灞橋外，蕙香波暖。猶妬簷聲，看燈人在深苑。

見説新愁，如今也到鷗邊。高陽臺，西湖感春。

莫開簾。怕見飛花，怕聽啼鵑。同上。

詞見樂笑翁奇對。

醒醉一乾坤。真珠簾，近雅軒即事。

茂樹石牀同坐久，又却被、清風留住。同上。去病案：胡本脱却字，今據本集補。

詞見樂笑翁奇對。

須待月，許多清、都付與秋。聲聲慢，西湖。去病案：胡本脱附注五字。

詞見樂笑翁奇對。

幾日不來，一片蒼雲未掃。掃花遊，高疏寮東墅園。

詞見樂笑翁奇對。

春風不奈垂楊柳，吹卻絮雲多少。臺城路，杭友抵越，適鑑湖漁舍會飲。

春風不奈垂楊柳，吹卻絮雲多少。燕子人家，夕陽巷陌，行人野畦深窈。籌花鬬草。記小舫尋芳，斷橋初曉。那日心情，幾人同向近來老。銷憂何處最好。夜遊秉燭，猶是遲了。南浦歌闌，東林社冷，贏得如今懷抱。吟悰暗惱。待醉也慵聽，勸歸啼鳥。怕攪離愁，亂紅休去埽。集本作春風不暖垂楊樹。

帶天香，吹動一身秋。甘州，趙文升索賦散樂妓桂卿。

隔花窺半面，帶天香、吹動一身秋。歎行雲流水，寒枝夜鵲，楊柳灣頭。浪打石城風急，難繫木蘭舟。未了笙歌夢，倚櫂西州。　重省尋春樂事，奈如今老去，鬢改花羞。指斜陽巷陌，都是舊曾遊。憑寄與采芳儔侶，且不須、容易說風流。爭得似，桃根桃葉，明月妝樓。

忍不住低低問春。慶宮春，都下寒食。

詞見樂笑翁奇對。

不知能聚愁多少。霜葉飛，毗陵宅中聞老妓歌。

繡屏開了，驚詩夢、嬌鶯啼破春悄。穩將譜字轉清圓，正杏梁聲繞。看帖帖、蛾眉淡掃。不知能聚愁多少。歎客裏淒涼，尚記得他年，雅音低唱還好。　同是流落殊鄉，相逢何晚，坐對真被花惱。貞元朝士已無多，但暮煙芳草。未忘得春風窈窕。卻憐張緒如今老。且慰我留連意，莫說西湖，那時蘇小。

詞眼凡二十六則

燕嬌鶯姹。潘元質，倦尋芳。

獸環半掩，鴛甃無塵，庭院瀟灑。樹色沈沈春盡，燕嬌鶯姹。夢草池塘青漸滿，海棠軒檻紅相亞。聽簫聲，記秦樓夜約，彩鸞齊跨。　漸迤邐，更催銀箭，何處貪歡，猶繫驄馬。　旋剪燈花，兩點翠眉誰畫。　香滅羞回空帳裏，月高猶在重簾下。　恨疏狂，待歸來，碎揉花打。

绿肥紅瘦。　李易安，如夢令。

昨夜雨疏風驟。　濃睡不消殘酒。　試問卷簾人，卻道海棠依舊。　知否。　知否。　應是绿肥紅瘦。

寵柳嬌花。　前人，壺中天。

蕭條庭院，又斜風細雨，重門須閉。　寵柳嬌花寒食近，種種惱人天氣。　險韻詩成，扶頭酒醒，別是閒滋味。　征鴻過盡，萬千心事難寄。　樓上幾日春寒，簾垂四面，玉闌干慵倚。　被冷香消新夢覺，不許愁人不起。　清露晨流，新桐初引，多少遊春意。　日高煙斂，更看今日晴未。　去病案：黃叔暘云，前輩稱易安绿肥紅瘦爲佳句，予謂寵柳嬌花語亦甚奇俊，前此未有能道之者。

籠燈燃月。　周美成，意難忘，美人。

衣染鵝黃。　愛停歌駐拍，勸酒行觴。　低鬟蟬影動，私語口脂香。　荷露滴、竹風涼。　拚劇飲淋浪。　夜漸深，籠燈燃月，細與端相。　知音見說無雙。　解移宮換羽，未怕周郎。　長顰知有恨，貪耍不成妝。　些箇事、惱人腸。　待與說何妨。又恐伊尋消問息，瘦減容光。

醉雲醒雨。　吳夢窗，解蹀躞，別情。

醉雲又兼醒雨，楚夢時來往。　倦蜂剛著梨花，惹遊蕩。　還做一段相思，冷波葉舞愁紅，送人雙槳。　暗凝想。　情共天涯秋黯，朱橋鎖深巷。　會稽投得輕分，頓惆悵。　此去幽曲誰來，可憐殘照西風，半妝樓上。　夢窗甲稿作醉雲又兼醒雨。　詞旨原本皆作醉雲醒月，因上籠燈燃月而誤作雨是也。　下句云楚夢時來往，則上句自以雲雨言矣。

挑雲研雪。王碧山

詞佚。

柳昏花暝。史梅溪，雙雙燕。

詞見警句。

翠陰香遠。方千里，過秦樓，春思。

柳洒鵝黄，草揉螺黛，院落雨痕才斷。蜂鬚霧濕，燕嘴泥融，陌上細風頻扇。多少豔景關心，長苦春光，疾如飛箭。對東風、忍負西園清賞，翠深香遠。　空暗憶、醉走銅駝，閒敲金鐙，倦迹素衣塵染。因花瘦覺，爲酒情鍾，綠鬢幾番催變。何況向人，眉黛供愁，嬌波回倩。料相思此際，濃似飛紅萬點。

玉嬌春怨。高竹屋，齊天樂。竹屋詞及各選本皆作玉嬌香怨。　去病案：别本正作香怨。

詞見屬對。

蝶凄蜂慘。楊守齋，八六子，牡丹，次白雲韻。

怨殘紅，夜來無賴，雨催春去忽忽。但暗水新流芳恨，蝶凄蜂慘，千秋嫩綠迷空。那知國色還逢。柔弱華清扶倦，輕盈洛浦臨風。　細認得凝妝，點脂勻粉，露蟬聳翠，藥金團玉成叢。幾許愁隨笑解，一聲歌轉春融。眼朦朧。凭闌干、半醒醉中。

柳腴花瘦。楊西村，甘州。

摘青梅薦酒，甚殘寒猶怯苧蘿衣。正柳腴花瘦，綠雲冉冉，紅雪霏霏。隔屋秦箏依約，誰品春詞。回首繁華夢，流水斜暉。寄隱孤山山下，但一瓢飲水，深掩苔扉。羨青山有思，白鶴忘機。悵年華不禁搔首，又天涯彈淚送春歸。銷魂遠，千山啼鴂，十里荼蘼。

綰燕吟鶯。前人，□□□。

詞未見。

漁煙鷗雨。李秋崖，青玉案，題草窗詞卷。

燕昏鶯曉。同上。　去病案：晚一作曉。

吟情老盡江南句。幾千萬、垂絲縷。花冷絮飛寒食路。漁煙鷗雨。燕昏鶯曉，總入昭華譜。　紅衣妝倩涼生渚。環碧斜陽舊時樹。拈葉分題觴詠處。荀香猶在，庾愁何許，雲冷西湖賦。

翠顰紅妬。王可竹，齊天樂，長安客賦。

詞見警句。

愁煙恨粉。□□□□□　去病案：煙一作咽。

詞未見。

月約星期。樓君亮，玉漏遲。　去病案：陽春白雪爲趙聞禮作。

絮花寒食路。晴絲掛日，綠陰吹霧。客帽欺風，愁滿畫船煙浦。綵柱秋千散後，悵塵鎖、鶯簾燕户。從間阻。夢雲無準，鬢霜如許。　夜永繡閣藏嬌，記掩扇傳歌，剪燈留語。月約星期，細把花枝頻數。彈指一襟幽恨，謾空趁、啼鴂聲訴。深苑宇。黄昏杏花微雨。　此詞亦見吴夢窗稿。然周草窗絶妙好詞選及詞旨皆以爲樓君亮作。周陸二公與君亮同時，不應有誤。蓋收夢窗藁者，失檢點耳。

雨今雲古。玉田，長亭怨，别陳行之。

跨匹馬、東瀛煙樹。轉首十年，旅愁無數。此日重逢，故人猶記舊遊否。雨今雲古。更秉燭渾疑夢語。衮衮登臺，歎野老、白頭如許。歸去。問當初鷗鷺。幾度西湖霜露。漂流最苦。便一似、斷蓬飛絮。情可恨，獨棹扁舟，浩歌向、清風來處。有多少相思，都在一聲南浦。

恨煙顰雨。張東澤，祝英臺近。

竹間棋，池上字。風日共清美。誰道春深，湘緑漲沙嘴。更添楊柳無情，恨煙顰雨，卻不把扁舟偷繫。　去千里。明日知幾重山，後朝幾重水。對酒相思，争似且留醉。奈何琴劍怱怱，而今心事，在月夜杜鵑聲裏。

燕窺鶯認。鐘梅心，步蟾宫。

詞見警句。

愁羅恨綺。翁處静，水龍吟，雪霽登吴山。

畫樓紅濕斜陽，素妝褪出山眉翠。街聲暮起，塵侵鐙户，月來舞地。官柳招鶯，水荭飄雁，隔年春意。黯梨雲，散作人間好夢，瓊簫在、錦屏底。　樂事輕隨流水。暗蘭消作花心計。情絲萬軸，因春織就，愁羅恨綺。昵枕迷香，占簾看夜，舊遊經醉。任孤山剩雪，殘梅漸嬾，跨東風騎。

移紅換紫。張寄閒，瑞鶴仙。

詞見警句。

聯詩換酒。周草窗，三犯渡江雲。去病案：換集作喚。

冰溪空歲晚，蒼茫雁影，淺水落寒沙。那回乘夜興，雲雪孤舟，曾訪故人家。千林未綠芳信，暖玉照霜華。共憑高，聯詩換酒，暝色奪昏鴉。堪嗟。澌鳴玉佩，山護雲衣，又扁舟東下。想故園、天寒倚竹，袖薄籠紗。詩筒已是經年別，早暖律、春動香葭。愁寄遠，溪邊自折梅花。

選歌試舞。前人，露華。

暖消蕙雪，漸水紋漾錦，雲淡波溶。岸香弄蕊，新枝輕嫋條風。次第燕歸將近，愛柳眉桃靨煙濃。鴛徑小，芳屏聚蝶，翠渚飄鴻。六橋舊情如夢，記扇底宮眉，花下遊驄。選歌試舞，連宵戀醉珍叢。怕裏早鶯啼醒，問杏鈿誰點愁紅。心事悄，春嬌又入翠峯。

舞句歌引。前人，月邊嬌。

酥雨烘晴，早柳盼顰嬌，蘭芽愁醒。九街月淡，千門夜暖，十里寶光花影。塵凝步襪，送豔笑、争誇輕俊。笙簫迎曉，翠幕捲、天香宮粉。少年紫曲疏狂，絮花蹤迹，夜蛾心性。戲叢圍錦，鐙簾轉玉，拚卻舞句歌引。前歡漫省。又輦路東風吹鬢。醺醺倚醉，任夜深春冷。

三生春夢。□□□□□

詞未見。去病案：上四則胡氏均稱詞未見。今除三生春夢不可考，餘均從草窗詞補入。

單字集虛凡三十三字

任 看 正 待 乍 怕 總 問 愛 奈 似 但 料 想 更 算 況 悵 快 早 儘 嗟

憑歎方將未已應若莫念甚

兩字集虛

文缺。

三字集虛

文缺。

詞源云：詞與詩不同，詞之語句有二字三字四字至八字者。堆疊實字，讀且不通，況付之雪兒乎。合用虛字呼喚，單字如正、但、甚、任之類，兩字如莫是、還又、那堪之類，三字如更能消、最無端、又却是之類。此等虛字，却要用之得其所。若能盡用虛字，語句自活，必不質實，觀者無掩卷之誚。案陸輔之本詞源之說，列虛字近雅者，以示人也。明刻單行本，尚存兩字集虛、三字集虛之目，其文全缺。說郛本並目缺之矣。今依明本存其目，缺其文焉，不復補之，以意逆志，自能得之矣。詞用虛字貴得所，雅則得所耳。當時俳體頗俗，屯田最甚，清真不免時見。白石、玉田，無不雅者也。

詞旨暢舊序

詞旨一卷，元陸輔之撰。序云：「余從樂笑翁遊，命韶暫作詞旨。」是輔之名韶也。汪砢玉珊瑚網云：「汾湖居士陸行直輔之，有家妓名卿卿者，友人張叔夏賦清平樂贈之。後二十一年，行直官翰林典籍歸，叔夏、卿卿俱下世，作碧梧蒼石圖，書叔夏詞於卷端，且和其韻。」則是輔之名行直矣。明刻本詞旨又題陸友仁撰，是輔之又名友仁也。楊廉夫東維子集云：「元松陵陸子敬，居汾湖北，壘石爲山，樹梅成林，取姜白石詞語，名其軒曰舊時月色。」則輔之又字子敬。顧嗣立元詩選癸集云：「陸行直，字季道，一字德恭，一作季衡，吴人，居於甫里，自號湖天居士。翰林典籍，致政歸，善畫。有別墅在淞江之南，分湖之東。」所謂韶以友仁二名，與夫子敬輔之二字皆不及稱，所書三字，又自殊異。今詳核之，蓋本名韶，故字德恭。改名友仁，故字輔之。後名行直，故字子敬。其名屢更，字因名立，諸書記載，隨舉不備，不足怪也。輔之生平，足見涯略矣。詞旨爲書，皆述叔夏論詞之旨，與叔夏詞源同條共貫。計論詞七則，言簡意明，能撮其要。采時流詞中偶句工鍊者，名曰屬對，凡三十八則。而樂笑翁奇對二十三則次之。名詞之意遠辭雋者，名曰警句，凡九十二則。而樂笑翁警句十三則次之，以著受學之源也。又詞眼二十六則，示人鍊字之法。單字集虚三十三字，教人用虚字，須擇近雅者，不可太俗也。詞肇於唐，盛於五代，時皆小令。北宋之時，慢曲乃作，字句較多，行氣通脈，全仗虚字。時人又雜以俳體，虚字流入鄙俗。玉田言之於前，輔之所由力爲防閑也。共凡七類，篇帙無多，詞之矩範，不出此也。流覽是編，取詞源注之，所列詞句，取原詞綴於下，俾前人精神，輔之微意，軒豁呈露，閲者事半工倍矣。所列詞有已佚者，卷中詳之。刊訛補脱寫定字增，分爲二卷，題曰暢者，言暢其旨也。楊雄有言，雕蟲小技，壯夫不爲，言賦也。賦且然，況詞乎。然小道可觀，必先利器，雄不長辭賦，必不能作是言。舍法以求，雖耄耋不能雕一蟲，又烏可輕其技耶。輔之具苦心於前，不可任其没滅，爲此以益方來。孟子曰：「大匠誨人，必以規矩。」斯亦良工之苦心也夫。光緒二十二年丙申三月，胡元儀序。

渚山堂詞話

〔明〕陳霆撰

序

始余著詞話，謂南詞起於唐，蓋本諸玉林之説。至其以李白菩薩蠻爲百代詞曲祖，以今考之，殆非也。隋煬帝築西苑，鑿五湖，上環十六院。帝嘗泛舟湖中，作望江南等闋，令宫人倚聲爲棹歌。望江南列今樂府。以是又疑南詞起於隋。然亦非也。北齊蘭陵王長恭及周戰而勝，於軍中作蘭陵王曲歌之。今樂府蘭陵王是也。然則南詞始於南北朝，轉入隋而著，至唐宋昉製耳。在昔花庵詞客、古今詞話等，要皆論詞之成書，今全本亡矣。至見於草堂之箋者，緒餘一二，觀者無得焉。是道也，某少而習授，老而未置。其倚腔成調者，既登集矣。至於咀英吸華，品宫量徵，閲習久而話言頻，則是編之繼來，花庵之有嗣也。嗟乎，詞曲於道末矣。纖言麗語，大雅是病。然以東坡、六一之賢，累篇有作。晦庵朱子，世大儒也，江水浸雲，晚朝飛畫等調，曾不諱言。用是而觀，大賢君子，類亦不淺矣。抑古有言，渥五色之靈芝，香生九竅，嚥三危之薇露，美動七情。世有同嗜必至，必知誦此。不然，則閼絃罷奏，齊聲妙歎，寄意於山水者故在也。於商琴者非病云。嘉靖庚寅秋七月吉日，陳霆序。

渚山堂詞話目録

卷一

卷二

卷三

渚山堂詞話卷一

陳大聲襲歐詞

歐公有句云：「平蕪盡處是春山，行人更在春山外。」陳大聲體之，作蝶戀花。落句云：「千里青山勞望眼，行人更比青山遠。」雖面目稍更，而意句仍昔。然則偷句之鈍，何可避也。予向作踏莎行，末云：「欲將歸信問行人，青山盡處行人少。」或者謂其襲歐公。要之字語雖近，而用意則別。此原作比，疑誤，從鈔本。與大聲之鈍，自謂不侔。

瞿山陽襲後村詞

劉後村作摸魚兒，以咏海棠。後闋云：「君試論。花共酒、古來二字天猶吝。年光更迅。謾綠葉成陰，青苔滿地，做取異時恨。」舊見瞿山陽摸魚兒尾云：「怕綠葉成陰，紅花結子，留作異時恨。」殆全用後村句格。或者宗吉誦劉詞久熟，不覺用爲己語耶。不然，則連盜數言，恐渠亦自知避。

張安國賦六州歌頭

張安國在沿鈔本作治。江帥幕。一日預宴，賦六州歌頭云：「長淮望斷，關塞莽然平。煙塵暗，朔風動，悄邊聲。黯愁凝。追想當年事，殆天數，非人力，洙泗上，絃歌地，亦羶腥。鈔本作争衡。隔水旃鄉，落日牛羊下，區脱縱横。報名王宵獵，騎火一川明。笳鼓悲鳴。遣人驚。　念腰間箭，匣中劍，空埃蠹，竟何成。時易失，心徒壯，歲將零。渺神京。干羽方懷遠，靖烽燧，且休兵。冠蓋使，紛馳騖，若爲情。聞道中原遺老，長南望、翠葆霓旌。遣行人到此，忠憤（原作終憤憤，據于湖詞改作忠憤。）氣填膺。有淚如傾。」歌罷，魏公流涕而起，掩袂而入。

張商英南鄉子

張商英於徽宗朝罷相，其去國南鄉子云：「向晚出京關。細雨微風拂面寒。楊柳隄邊青草岸，堪觀。只在人心咫尺間。　酒飲盞鈔本作盞飲。須乾。莫道浮鈔本作人。生是等閒。用則斡旋天下事，何難。不用雲中別有山。」鈔本作天。按商英爲小官時，嘗作嘉禾篇以美司馬君實。既而媚事紹聖，共倡紹述。崇寧間，遂執政。會與蔡京異論，言者劾之，遂冒入黨籍。大觀間作相，本以其能與蔡京立異而用之。然不久罷。迹其爲人，議論反復，復冒求榮進，去元祐諸人遠甚。或者乃惜其去，而嘆其賢，蓋流俗不考耳。

劉伯温謁金門

秋晚曲寄謁金門，劉伯温作也。首云：「風嫋嫋。吹緑一庭秋草。」爲語亦佳。然即「風乍起，吹皺一池春水」格耳。以二言細較，劉公當退避一舍。

唐莊宗如夢令

唐莊宗早年甚英果，晚乃溺於情慾，不勝其宴昵之私。嘗見其如夢令云：「曾宴桃源深洞。一曲舞鸞歌鳳。酒散別離時，殘月落花煙重。如夢。如夢。和淚出門相送。」詳味詞旨，所謂亡國之音哀以思者也。奄忽喪敗，實讖於此。

山谷青玉案

山谷在涪州，嘗送人歸鄉，作青玉案云：「憂能損性休朝暮。憶我當年醉時句。渡水穿雲心已許。暮年光景，小軒南浦，簾捲西山雨。」蓋此老舊有句云：「我自只如常日醉，滿窗風雨替人愁。」即此闋所謂醉時句者也。西山南浦，相期暮年，而卒死南服，竟不如志。鈔本作願。嗚呼，「歸去誠可憐，天涯住亦得。」豈非終身讖耶。

少游八六子

少游八六子尾闋云：「正銷凝，黃鸝又啼數聲。」唐杜牧之一詞，其末云：「正銷魂，梧桐又移翠陰。」秦詞全用杜格。然秦首句云：「倚危亭，恨如芳草萋萋，剗盡還生。」二語妙甚，故非杜可及也。

瞿山陽巫山一段雲

昔人謂：凡詩言富貴者，不必規規然語夫金玉錦綺。惟言氣象，而富貴自見，乃爲真知富貴者。予謂瞿山陽一曲有之。巫山一段雲云：「扇上乘鸞女，屏間跨鶴仙。博山香裊水沈煙。飛燕蹴箏絃。水簟波痕細，風車月暈圓。銀瓶引綆汲新泉。培養並頭蓮。」

貝清江八六子

貝清江嘗有秋日海棠詞，其腔則八六子也。後闋云：「清明時節曾看。院落早鶯猶困，樓臺乳燕初還。悵過了韶華，一枝偷綻。拒霜爭豔，斷霞分綵。空贏得、人自先驚老去，天應不放春閒。倚闌干。西風別愁幾番。」予謂「人自先驚老去，天應不放春閒」二一鈔本作一。句意思警妙，古作中不多見也。舊嘗有秋日牡丹句云：「傾國尚堪迷晚蝶，返魂何必藉東風。」自謂得意，然不免涉於形色，視清江所搆，知落第二。

楊孟載清平樂

楊孟載新柳清平樂云：「猶寒未煖時光。將昏漸曉池塘。記取春來楊柳，風流全在輕黃。」狀新柳妙處，數句盡之，古今人未曾道著。歌此闋者，想見芳春媚景，瞑色入簾，殘月戒曙，身在芳塘之上，徘徊容與也。唐人所謂「最是一年春好處，絕勝煙柳滿皇都」，「詩家清景在新春，綠柳纔黃半未勻」，雖諳此風致，然特概言耳。

胡平仲用坡句作詞

東坡咏梅成三十篇，其紅梅云：「詩老不知標格在，更看緑葉與青枝。」謂石曼卿有「認桃無緑葉，辨杏有青枝」之句也。胡平仲因用坡句作減字木蘭花令云：「天然標格。不問青枝和緑葉。彷彿吴姬。酒暈無端上玉肌。怕愁貪睡。誰謂傷春無限意。乞與徐熙。畫出横斜竹外枝。」夫紅梅與桃杏迥異，不待觀枝葉而辨已明矣。予甚愛坡語，用特録胡詞，貽之好事者。

楊眉庵落花詞

楊眉庵落花詞云：「當時開拆賴東風，飄零還是東風妬。」意甚悽婉。又云：「緑陰深樹覓啼鶯，鶯聲更在深深處。」語意藴藉，殆不減宋人也。

釣臺水調歌頭

嚴瀨釣臺，有書水調歌頭一闋，或謂朱晦翁所賦，然無可考證。予輯草堂遺音，寘此詞其中，姑依舊本，定爲胡明仲之作。後有知者，或能是正也。

傅按察詞

至元間有傅按察者，嘗作錢塘懷古一長闋，蓋咏宋氏之亡也。中云：「下襄樊，指揮湘漢，鞭雲騎，圍繞江干。勢不成三，時當混一，過唐之數不爲難。陳橋驛、孤兒寡婦，久假當還。」其語大率吠堯之意。中國帝王所自立，久假當還，固也。然正統所在，豈夷狄可得預耶。鈔本脱以上三十三字。王猛以正朔相承在江左，臨歿，尚阻苻堅南伐之謀。豈謂三百年遺黎而有此語也。「東魯遺黎老子孫，南方心事北方身。」若按察者，有愧於信雲父多矣。「遺老猶應愧蜂蟻，故人久矣化豺狼。」其斯人之謂歟。

元遺山雁邱詞

元遺山嘗赴鈔本作歲。試并州，道逢捕生者，旦獲一雁，殺之。其一脱網，然悲鳴不能去，竟自投於地而死。元因買得之，葬之汾水之上，累石爲識。復作詞弔之云：「問人間情是何物，直教生死相許。天南地北雙飛客，老翅幾回寒暑。歡樂趣。離別苦。是中更有癡兒女。君應有語。渺萬里層雲，千山暮景，隻影爲誰去。　横汾路。寂寞當年簫鼓。荒煙依舊平楚。招魂楚些何嗟及，山鬼自啼風雨。天也妬。未信與、鶯兒燕子俱黄土。千秋萬古。爲留待騷人，狂歌痛飲，來訪雁邱處。」其腔蓋摸魚兒也。是篇既出，其地遂名雁邱云。

吴履齋滿江紅

吴履齋潛，字毅夫，宋狀元及第。初其父柔勝仕行朝，晚寓予里，履齋實生焉。曩予作仙潭誌，求其制作，不可見。近偶獲其滿江紅一詞，爲拈出於此。全篇云：「柳帶榆錢，又還過、清明寒食。天一笑，滿園羅綺，滿城簫笛。花樹得晴紅欲染，遠山過雨青如滴。問江南池館有誰來，江南客。　烏衣巷，今猶昔。烏衣事，今難覓。但年年燕子，晚煙斜日。抖擻一春塵土債，悲涼萬古英雄迹。且芳樽隨分趁芳時，休虛擲。」史稱履齋爲人豪邁，不肯附權要，然則固剛腸者。而抖擻悲涼等句，似亦類其爲人。

文山和王昭儀詞

文文山云：「王昭儀題滿江紅於驛壁，爲中原士夫傳誦，惜其末句少商量耳。拘囚之餘，漫和一闋，庶幾妾薄命之義。詞云：「燕子樓中，又捱原作睚，疑誤，從鈔本。過幾番秋色。相思處，青年如夢，乘鸞仙闕。肌玉暗銷衣帶緩，淚珠斜透花鈿側。最無端、蕉影上窗紗，青燈歇。曲池合，高臺滅。人世事，何堪說。向南陽阡上，滿襟清血。舉世便如翻覆手，孤身原是分明月。嘆樂昌一段好風流，菱花缺。」然予又按佩楚軒客語，以原詞爲張瓊瑛所作，題之夷山驛中。瓊瑛，本昭儀位下也。若然，則後世可以移責矣，第未審信否耳。

劉伯温寫情集

劉伯温有寫情集，皆詞曲也。惟其大闋頗窒滯，惟小令數首，覺有風味。故予所選小令獨多，然視宋人亦遠矣。劉未遇時，嘗避難江湖間。往見有水龍吟一闋云：「雞鳴風雨蕭蕭，側身天地無劉表。啼鵑迸淚，落紅飄恨，斷魂飛繞。月暗雲霄，星沉煙水，角聲哀裊。問登樓王粲，鏡中華髮，今宵又、添多少。極目鄉關何處，渺青山、雙螺低小。幾回好夢，隨風歸去，被他遮了。寶瑟絃僵，玉笙簧冷，冥鴻天杪。但浸階莎草，滿庭緑樹，不知昏曉。」此詞當是無聊中作。風雨瀟瀟，不知昏曉，則有感於時代之昏濁。

而世無劉表，登樓王粲，則自傷於身世之羈孤。然孰知其不得志於前元者，乃天特老其材，將以貽諸皇明也哉。是則適爲大幸也。

邵公序贈岳武穆詞

岳武穆駐師鄂州，紀律嚴明。路不拾遺，秋毫無犯，軍民胥樂，古名將莫能加也。有邵公序者，薄遊江湘，道其管内，因作滿庭芳贈之云：「落日旌旗，清霜劍戟，塞角聲喚嚴更。論兵慷慨，齒頰帶風生。坐擁貔貅十萬，啣枚勇、雲槊交横。笑談頃，匈奴授首，千里静欃槍。　荆襄，人按堵。提壺勸酒，布穀催耕。芝夫蕘子，歌舞威名。好是輕裘緩帶，驅營陣、絶漠横行。功誰紀，風神宛轉，麟閣畫丹青。」鄂王遺事云：此詞句句緣實，非尋常諛詞也。

渚山堂詞話卷二

朱淑真詞

聞之前輩，朱淑真才色冠一時，然所適非偶。故形之篇章，往往多怨恨之句。世因題其稿曰斷腸集。大抵佳人命薄，自古而然，斷腸獨斯人哉。古婦人之能詞章者，如李易安、孫夫人輩，皆有集行世。淑真繼其後，所謂代不乏賢。其詞曲頗多，予精選之，得四五首。咏雪念奴嬌云：「斜倚東風，渾漫漫，原作慢慢，從鈔本。頃刻也須盈尺。」已盡雪之態度。繼云：「擔閣梁吟，寂寥楚舞，空有獅兒隻。」復道盡雪字，又覺醖藉也。咏梅云：「濕雲不渡溪橋冷。嫩寒初破霜風影。溪下水聲長。一枝和月香。」別闋云：「拂拂風前度暗香，月色侵花冷。」梨花云：「粉淚共宿雨闌珊，清夢與寒雲寂寞。」凡皆清楚流麗，有才士所不到。而彼顧優然道之，是安可易其爲婦人語也。

王敬叔菩薩蠻

項斯咏雲鈔本誤作雪。有「平鋪水不流」之句，王敬叔以入之菩薩蠻調中。全闋云：「小樓拄鈔本誤作挂。煩凝遥睇。朝來證得唐人句。半嶺白雲浮。平鋪水不流。明朝還欲雨。又向何山去。且可宿簷間。勞君鈔本誤作吾。護夜寒。」敬叔云：「向者讀項斯『平鋪水不流』之句，意不謂佳。偶雨後望諸峯雲氣，方悟其寫景之妙。大抵古人語言不可輕詆，因作小詞識之。」

白太素天籟集

垂楊與玉耳墜金環二曲，唐宋以前，無聞有作，近於天籟集中見之。然則其所始，豈金元之際乎。垂楊云：「闕山杜宇。任年年喚得，韶光歸去。怕上高城望遠，煙水迷南浦。賣花聲動天街曉，總吹入、東風庭户。正紗窗濃睡，覺來驚、翠蛾愁聚。一夜狂風横雨。恨西園媚景，匆匆難駐。試把芳菲點檢，鶯燕渾無語。玉纖空折梨花撚，對寒食、懨懨情緒。問東君，此別經年，落花誰是鈔本作似。主。」玉耳墜金環云：「搖落初冬。愛南枝迥絕，煖氣潛通。含章睡起宫黄褪，新妝淡淡豐容。冰葩瘦，蠟蒂融。便自有倚然林下風。肯羡狂蜂殢蝶，豔紫妖紅。何處對花興濃。向藏春池館，透月簾櫳。一枝鄭重天涯信，腸斷驛使相逢。關山路，幾萬重。記昨夜鈔本作日。筠筒和淚封。料馬首幽香，先到夢中。」白太素云：「壬子冬，薄遊順天。張侯之兄正卿邀予往別拜夫人。既而留飲，命撰詞。一咏梅，以玉耳墜金環歌之。一送春，以垂楊歌之。詞成，惠以羅綺四端。夫人，大名人，能道古今，雅好賓客。自言幼時有老尼，年幾八十，嘗教以舊曲垂楊，音調至今了然。事與東坡補洞仙歌詞相類。中統建元，壽春榷場中得南方詞一編，有垂楊三首，其一乃向所傳者。然後知夫人乃承平家世之舊也。

文山齊天樂

文文山詞，在南宋諸人中，特爲富麗。其書燈屏齊天樂云：「夜來早得東風信，瀟湘一川新緑。柳色含晴，梅心沁煖，春淺於花如束。銀蟾乍浴。正沙雁將還，海鰲初矗。雲擁旌旗，笑聲人在畫闌曲。星虹瑶樹縹緲，珮環鳴碧落，瑞籠華屋。露耿銅虬，冰翻鐵馬，簾幕光摇金粟。遲遲倚竹。更爲把瑶罇，滿斟醽醁。回首宫蓮，夜深歸院燭。」染指一臠，則餘可知矣。史稱文山性豪侈，每食方丈，聲妓滿前。晚節乃散家資，募義勤王，九死不奪。蓋子房所謂韓亡不愛萬金之資者鈔本脱此字。也，真人豪哉。

瞿山陽望西湖

瞿宗吉，號山陽道人，有餘清及樂府遺音等集，皆南詞也。往見其望西湖十闋，其自敍云：「丁巳歲夏，寄居富氏鈔本誤作民。餘清樓，頫視西湖，如開一鏡。凡陰晴風雨，寒暑晝夜，未嘗不與水光山色相接也。技癢不能忍，因製望西湖十闋。其腔卽晁无咎買陂塘舊譜也。」宗吉工詩詞，其所作甚富。然予所取者止十餘闋，惜其視宋人風致尚遠。

辛稼軒賀新郎

辛稼軒詞，或議其多用事，而欠流便。予覽其琵琶一詞，則此論未足憑也。賀新郎云：「鳳尾龍香撥，自開元霓裳曲罷，幾番風月。最苦潯陽江上路，畫舸亭亭催別。記出塞黄雲堆雪。馬上離愁三萬里，認孤鴻没處分胡越。絃解語，鈔本誤作説。恨難説。遼陽驛使音塵絶。瑣窗寒，輕挑謾撚，淚珠盈睫。推手含情還却手，一抹梁州哀徹。千古事、雲飛煙滅。賀老定場無消息，悄沈香亭北繁華歇。彈到此，爲嗚咽。」此篇用事最多，然圓轉流麗，不爲事所使，稱是妙手。

陳大聲冬雪詞

「金猊瑞腦噴香霧。向曉鈔本作晚。寒多深閉户。窗明殘雪積飛瓊，風起亂雲飄散絮。錦幃細看霓裳舞。小玉銀箏學鶯語。梅香滿座襲人衣，誰道江橋無覓處。」此陳大聲冬雪詞也。寄木蘭花令。論者謂其有宋人風致。使雜之草堂集中，未必可辨也。雖然，大聲和草堂，自予所選數首外，求其近似者蓋少。

章文莊小重山

章文莊春日小重山云：「柳暗花明春事深。小闌紅芍藥，已抽簪。雨餘風軟碎鳴禽。遲遲日、猶帶一分陰。」語意甚婉約。但鳴禽曰碎，於理不通，殊爲語病。唐人句云：「風暖鳥聲碎。」然則何不曰：「煖風嬌鳥鈔本作語。碎鳴音」也。

山谷南鄉子詞

崇寧間，山谷謫宜州。乙酉歲九日登城樓眺望，聽邊人相語云，今歲當鏖戰取封侯。因作南鄉子云：「諸將說封侯。短笛長吟原作吹從鈔本。獨倚樓。萬事總成風雨去，休休。戲馬臺南金絡頭。　催酒莫遲留。飲量今秋勝去秋。花向老人頭上笑，羞羞。人不羞花花自羞。」詞成，倚闌高歌，若不能堪。是月三十日，遂不起。

楊孟載雪詞

楊孟載作禁體雪詞，後闋云：「正簌簌，還颼颼，復纖纖。」則於古無所出，雖移之别咏，未爲不可。予謂雪詞既禁體，於法宜取古人成語，勻之句中，使人一覽見雪，乃爲本色。嘗記鈔本作見。山谷咏雪，有「卧聽疎疎還密密，曉看整整復斜斜」之句。因輒易之云：「正疎疎，還密密，復纖纖。」知者以爲何如。

陳大聲和草堂詩餘

江東陳鐸大聲，嘗和草堂詩餘，幾及其半，輒復刊布江湖間。論者謂其以一人心力，而欲追襲羣賢之華妙，徒負不自量之譏。蓋前輩和唐音者，胥以此，故爲大力所不許。大聲復冒此禁，何也。然以其酷擬前人，故其篇中亦時有佳句。四言如「嬌雲送馬，高林回鳥，遠波低雁」，五言如「飛夢去江干，又添驢背寒」，「饑鳥啄瓊樹，寒波淨銀塘」，「香浮殘雪動，影弄寒蟾小」，六言如「長日餘花鈔本誤作光。自落，無風弱柳還摇」，「楊柳依原作倚，從鈔本。風清瘦，花枝照水分明」，「明月爲誰圓缺，浮雲隨意陰晴」，七言如「花蕊暗隨蜂作蜜，溪雲還伴鶴歸巢」，「欲將離恨付春江，春江又恐東流去」，「千里青山勞望眼，行人更比青山遠」，「秋水無痕涵上下，浮雲有意遮西北」。散句如「東風路，多少小燕閒庭，亂鶯芳樹」，「緑雲盡逐東風散，惟有花陰層疊」，「九十韶光自不容，何必憎風雨」，「暮山高下暮雲平，行人不渡，只有斷橋横」，「清溪流水，斜橋淡月，不減山陰好」，「春城晚，霏霏滿湖煙雨」，「斷腸無奈，落花飛絮」。凡此頗婉約清麗，使其用爲己調，當必擅聲一時。而以之追步古作，遂蹈村婦顰美手施之失。蓋不善用其長者也。

仲殊豔詞

僧仲殊好作豔詞，其同袍孚草堂者，嘗寓詩箴之，迄不爲止。殊嘗咏婦人，有「鳳鞋濕透立多時，不言不語厭厭地」之句。後殊經於枇杷樹下，輕薄子更其句以弔云：「枇杷樹下立多時，不言不語厭厭地。」聞者捧腹。大率淫言媟語，故非衲子所宜也。然殊諸曲，類能脱絶寒儉之態。如南歌子云：「白露收殘月，清風散曉霞。」訴衷情云：「紅船滿湖歌吹，花外有高樓。」念奴嬌云：「竹影篩金泉漱玉，紅映薇花簾幕。」又別闋云：「絳綵嬌春，鉛華掩畫，鈔本誤作畫。占斷鴛鴦浦。」此等句，何害其爲富冶也。殊有寶月集行於世。

徐一初登高詞

徐一初者，不知何許人。其九日登高一詞，殊亦可念。初云：「參軍莫道無勳業，消得從容罇俎。君看取。便破帽飄零，也得名千古。」復云：「登臨莫上高層望，怕見故宮禾黍。觴緑醑。澆萬斛牢愁，淚閣新亭雨。黄花無語。畢竟仗西風，朝來披拂，猶識舊時主。」詞意甚感慨不平，參軍自況之意。豈非德祐時忠賢，位不滿其才者耶。鈔本作也。「故宮禾黍」「無語黄花」，則又有感於天翻地覆之事，蓋谷音之同悲者也。

瞿宗吉木蘭花慢

聚景園有故宋宫人殯宫，瞿宗吉嘗作木蘭花慢云：「記前朝舊事，曾此地，會神仙。向月地雲階，閒攜翠袖，來拾花鈿。繁華總隨流水，嘆一場、春夢杳難圓。廢港芙蕖滴露，斷堤楊柳摇煙。兩峯南北只依然。輦路草芊芊。悵波冷山空，翠銷鳳蓋，紅没龍船。平生銀屏金屋，黯漆燈、無焰夜如年。落日牛羊隴上，西風燕雀林邊。」瞿詞雖多，予所賞愛者此闋爲最。然瞿有咏金故宫白蓮詞，卽用此腔，而語意亦仍之。首云：「問前朝舊事，曾此地會神仙。」卽此起句也。是知此詞爲瞿得意者，故疊用如此。

文山别友人詞

文丞相既敗，元人獲置舟中，既而挾之蹈海。厓山既平，復踰嶺而北。道江右，作酹江月二篇，以别友人，皆用東坡赤壁韻。其曰「還障天東半壁」，曰「地靈尚有人傑」，曰「恨東風不借世間英物」，曰「只有丹心難滅」，其於興復，未嘗不耿耿也。

李好義詞

宋理宗朝，有武人李好義者，頗善詞章。嘗見其春暮作謁金門云：「花著雨。又是一番紅素。燕子歸來愁不語。故巢無覓處。誰在玉樓歌鈔本作鼓。舞。誰在玉關辛苦。若使胡塵吹得去。東風侯萬户。」玉樓歌舞數句，語意不平，豈非當時擅國者宴樂湖山，而不恤邊功故耶。然則宋之淪亡，非一日之故矣。

高季迪木蘭花慢

張士誠據姑蘇，凡高門大宅，悉爲其權倖所占，計鈔本作許。其一時歌鐘甲第之富，輿馬姬妾之盛，自謂安享樂成，永永無慮。孰知不五六年，煙滅雲散，如高季迪之木蘭花慢所慨是也。高詞云：「笑匆匆夢短，人間事，幾黃粱。早月墜箏樓，塵生戟户，草滿毬場。美人盡爲黃土，甚温柔、難把作仙鄉。桃李一番狼藉，燕鶯幾許淒涼。　虚言地久與天長。滄海變耕桑。記花月當年，儘多歡樂，却少思量。門前久無繫馬，但棲鴉、臨晚占垂楊。試問今來過客，有誰感嘆斜陽。」蓋盛衰不常，物理反復，雖貴侯鈔本作族。世戚，且不能保其盈滿，况於一時草竊者哉。此足爲陸梁者鈔本無。之戒。

李世英蝶戀花

李世英蝶戀花句云：「朦朧淡月雲來去。」歐公蝶戀花句云：「珠簾夜夜朦朧月。」二語一律，不知者疑歐出李下。予細較之，狀夜景則李爲高妙，道幽怨則歐爲醖藉。蓋各適其趣，各擅其極，殆未易優劣也。

歐詞用出字

歐公舊有春日詞云：「緑楊樓外出秋千。」前輩嘆賞，謂止一出字，是人著力道不到處。他日咏秋千，作浣溪沙云：「雲曳香綿綵柱鈔本作挂。高。絳旗風颭出花梢。」予謂雖同用出字，然視前句，其風致大段不侔。

懷歸詞

予性樂閒退，平生宦鈔本作官。歷，遇林壑美處，輒飄然起掛冠之興。憶曩鈔本無此字。昔董學太原，或日鈔本原闕二字。秋仲，西風颯然，木葉飄脱，而目送飛鴻，原作雁，從鈔本。聲墮層漢間。不覺感陶令、張翰事，作滿江紅云：「歸去來兮，懷歸意、幾人知得。尋思起，前年江海，去年京國。奔走隙駒春夢路，飄零海燕秋風客。念家山、松徑久荒蕪，疎三益。風流散，音塵没。身世在，江山隔。遣何人、杏花影裏，月明吹笛。紅雨等閒花事盡，青銅容易霜華入。被雁聲報到塞門秋，聽嘹嚦。」既後督視至徐溝縣，夜坐鈔本作出。有感，復次前韻，書院壁云：「歸去來兮，青山好、欲歸便得。人世事、風前燈焰，夢中槐國。驛馬出門塵土路，舫齋聽雨江湖客。把十年忙冗換清閒，嗟何益。太行嶺，孤雲没。江南夢，重山隔。有何人，五湖煙棹，洞庭霜笛。寶劍醉看豪氣在，銀屏晚怯秋風入。向中宵、無意更聞雞，空咿嚦。」是歲冬，予以心疾，移疾卧齋中，既踰月，朝旨竟下，許還籍致仕。蓋事兆之應，去作詞之月日鈔本作日月。無幾，咄咄真怪事哉。

楊孟載花朝曲

花朝曲古作者多矣，予見楊孟載一闋云：「鸞股先尋鬭草釵。鳳頭新繡踏青鞋。衣裳宮樣不須裁。雕玉壘成鸚鵡架，泥金鐫就牡丹牌。明朝相約看花來。」此詞造語雖富麗，然正宋人所謂看人富貴者耳，未必知富貴也。如温飛卿「籠中嬌鳥煖猶睡，門外落花閑不掃」，王隨「一聲啼鳥禁門寂，滿地落花春晝長」，則真富貴氣象。

完顔亮雪詞

金完顔亮，頗有詞章，嘗作昭君怨雪詞云：「昨日樵村漁浦。今日瓊林玉渚。山色捲簾看。老峯巒。錦帳美人貪睡。不覺天花剪水。驚問是楊花。是蘆花。」亮之他作，例倔强怪誕，殊有桀驁不在人下之氣。此詞稍和平奇俊，特爲録之。

劉伯温摸魚兒

劉伯温寓金陵，嘗秋夜作摸魚兒云：「正凄涼、月明孤館，那堪征雁嘹唳。不知衰鬢能多少，還共柳絲同悴。朱户閉。有瑟瑟蕭蕭，落葉鳴莎砌。斷魂不繫。又何必殷勤，啼螿絡緯，相伴夜迢遞。漁樵事，天也和人較計。虚名枉誤身世。流年滚滚長江逝。回首碧雲無際。空引睇。但滿眼、芙蓉黄菊傷心麗。風吹露洗。寂寞舊南朝，憑闌懷古，零淚在衣袂。」公在金陵，正得君行志之秋，而詞意傷感如此，殆不可曉。豈所謂謝安雖受朝寄，而東山之志，雅意不忘者耶。然詳觀首尾，又似未嘗得遇者。竟不知或在未徵召之前否也。

如晦與瞿宗吉卜算子

僧如晦作春歸云：「有意送春歸，無意留春住。畢竟年年用著來，何似休歸去。目斷楚天遥，不見春歸路。風急桃花也似愁，點點飛紅雨。」瞿宗吉一曲云：「雙蝶送春來，雙燕啣春去。春去春來原脱春去二字，從鈔本補。總屬人，誰與春爲主。一陣雨催花，一陣風吹絮。惟有啼鵑更廹春，不放從容住。」二詞皆咏春歸，皆寄卜算子。然比而觀之，如晦則意高妙，宗吉則語清峭，殆不相伯仲也。

劉伯温秋晚曲

「煙草萋萋小樓西。雲壓雁聲低。春山碧樹秋重緑，人在武陵溪。」劉伯温秋晚曲也。「雲壓雁聲低」與「春山碧樹秋重緑」二語動人。或謂未經前人道破，以予所見，亦轉换「雲開雁路長」與「春草秋更緑」耳。

白衣婦人詞

南唐書云：「盧絳少夢一白衣婦人，姿甚美，勸絳巵酒，而歌菩薩蠻云：『玉京人去秋蕭索。畫簷鵲起梧桐落。欹枕悄無言。月和清夢圓。背燈惟暗泣。甚處砧聲急。眉黛小山攢。芭蕉生暮寒。』歌畢，謂絳曰，他日相見於固子陂下。絳後仕南唐，國亡起義，乃殺歙守龔慎儀。（原作龔儀，王幼安據馬令南唐書改作龔慎儀。）既後歸宋，會儀猶子穎求復季父之讎，乃命斬於固子陂下。同時白衣婦人，以淫亂被斬，儼然夢中人也。姓耿，名玉真，前夢中已嘗通名矣。事雖怪，而詞則佳，乃録之。

渚山堂詞話卷二

卓津與呂洞賓詞

卓津登徐仙亭云：「流水小灣西，晚坐孤亭靜。不見高人跨鶴歸，風水搖清影。古往與今來，休用鈔本作要。重重省。十里梅花雪正晴，月浸遥山冷。」全篇殊有仙氣。曩見呂洞賓題一闋於鳳亭橋云：「落日數聲啼鳥，香風滿路飛花。道人留我煑新茶。洗盪胸中瀟灑。世事不堪回首，夢魂猶遶天涯。鳳亭橋畔即吾家。管甚月明今夜。」蓋西江月腔也。味其中，無一點烟火氣，卓詞近之。

高季迪寒夜曲

高季迪寒夜曲云：「蕙火紅銷金鼎。鵶樹不驚風靜。多事月明來，照出小窗孤影。宵永。宵永。人與梅花俱冷。」誠亦可誦。季迪號稱姑蘇才子，與楊孟載輩齊名。他詩文未論。獨於詞曲，楊所賦類清便綺麗，頗近唐宋風致。而高於此，殊爲不及。豈非人之才情，各有獨得之妙耶。高詞予所選數首外，遺珠剩玉，蓋不多見。乃知詞令雖小道，至論高處，正未易易耳。

半山集古詞

詩有集古句者矣，而南詞則少見用此格者。偶於半山集得一闋焉，菩薩蠻云：「數間茅屋閒臨水。窄衫短帽垂楊裏。花是去年紅。吹開一夜風。梢梢新月偃。午醉醒來晚。何許最關情。黃鸝三兩聲。」荆公退居金陵，作草堂於半山之麓，引八功德水，濬小港於其上，壘石作橋。暇則幅巾藜杖，往來其間。因集古句爲此，俾侍者歌之。

弔三忠詞

京師崇文門外，有祠曰三忠，都人建以祀漢諸葛忠武、宋岳武穆、文文山。士大夫南行者，多餞別於此，所以作勤痒而勵忠節，於夫世教，不謂無補。憶予曩歲試政刑部，一日在廣坐，吏以册葉鈔本誤作負。置案上，予取閱之，乃三忠詩也。凡若干首，獨喜范主事淵一絕云：「萬古綱常惟一事，兩朝人物屬三公。誰修古廟燕山道，樹色江聲落照中。」詞簡而意盡，且有關係，有感慨，他詩莫能及也。予亦有詞，寄酹鈔本作酬。江月。全篇云：「乾坤易老，嘆風塵飄蕩，河山分裂。名分綱常都掃地，曾有何人提挈。身翊飛龍，氣吞胡馬，鈔本作勁敵。赤手扶天闕。精忠照耀，一時名並日月。須信天理人心，自來不泯，千載思遺烈。廟貌燕山崇祀典，華表三忠新揭。西北中原，東南王氣，回首驚風雪。傷心行路，不堪日暮時節。」

清真渡江雲

周清真渡江雲首云：「晴嵐低楚甸，煖回雁翅，陣勢起平沙。」繼云：「千萬絲、陌頭楊柳，漸漸可藏鴉。」今以景物而觀，煖初回雁，柳漸藏鴉，則仲春候也。後乃云：「今朝正對初弦月，傍水驛、深艤蒹葭。」又似夏秋之際，容非語病乎。謂若稍更句中云：「今宵正對江心月，憶年時、水宿蒹葭。」庶映帶過無礙也。

劉改之沁園春

劉改之沁園春云：「綠鬢朱顏，玉帶金魚，神仙畫圖。把擎天柱石，空留綠野，濟川舟楫，閒艤西湖。天欲安劉，公歸重趙，許大功勳誰得如。平章看，道人如孔孟，世似唐虞。不須別作規模。但收拾人才多用儒。況自昔軍中，膽能寒虜，鈔本作敵。如今胸次，氣欲吞胡。鈔本作吳。紫府真人，黑頭元宰，收斂神功寂若無。歸來好，正芝香棗熟，鶴瘦松癯。」此詞題云：「代壽韓平原。」然在當時，不知竟代誰作。改之與康伯可俱渡江後詩人，康以詞受知秦檜，致位通顯。而改之竟流落布衣以死。人之幸不幸又何也。改然改之詞意雖媚，其「收拾用儒」、「收斂若無」，與「芝香棗熟」等句，猶有勸侂胄謙沖鈔本誤作仲。下賢，及功成身退之意。若康之壽檜云：「願歲歲，見柳梢青淺，梅英紅小。」則迎導其怙寵固位，志則陋矣。

劉伯温春怨詞

劉伯温春怨，蓋感嘆鈔本作慨。時事也。末云：「無計網斜暉，謾遮得、愁人望眼。登高凝睇，欲寄一封書。鴻路阻，豹關深，日暮空腸斷。」觀豹關深之句，知元季兵起，賢者感時傷事，非不欲獻言於上，以銷禍亂。而九重阻深，無路自達，徒登高悵望而已。「回首叫虞舜，蒼梧雲正愁。」所謂日暮腸斷之意類如此。

徽宗眼兒媚

宋二帝北狩，金人徙之雲州。一日，夜宿林下，時磧月微明，有胡雛鈔本作邊人。吹笛，其聲嗚咽。太上因口占眼兒媚云：「玉京曾記舊繁華。萬里帝王家。瓊林玉殿，朝喧簫管，暮列琵琶。花城人去今蕭索，春夢繞龍沙。家山何處，忍聽羌笛，吹徹梅花。」此詞鈔本誤作詩。少帝有和篇，意更悽愴，不欲並載。吾謂其父子至此，雖噬臍無及矣。每一披閱，爲酸鼻焉。

鄧中齋摸魚兒

元人楊某之齊安教，鄧中齋作摸魚兒送之。後闋有云：「臨皋一枕三生夢，還認岷峨鄉語。」蓋及東坡謫居黃州，其遊赤壁之夜所遇道士化鶴也。予謂「岷峨鄉語」雖暗用天寶中青城道士化鶴於沙苑故事，但謂岷峨，則語意頗晦。不若直云「青城鄉語」，庶一覽可見也。因特更云：「臨皋一枕三生夢，還認青城鄉語。」知者以爲何如。

司馬温公錦堂春

錦堂春長闋，乃司馬温公感舊之作。全篇云：「紅日遲遲，虛廊轉影，槐陰迤邐西斜。綵筆工夫，難狀晚景烟霞。蝶尚不知春去，漫遶幽砌尋花。奈猛風過後，縱有殘紅，飛落誰家。始知青萍無價，嘆飄零宦路，荏苒年華。今日笙歌叢裏，特地咨嗟。席上青衫濕透，算感舊鈔本作懷。何止琵琶。怎不教人易老，多少離愁，散在天涯。」公端勁有守，所賦嫵媚悽惋，殆不能忘情，豈其少年所作耶。古賢者未能免俗，正謂此耳。

潤高季迪詞

往歲於士人家，獲觀錢舜舉畫芙蓉折枝，上題行香子一詞。予記其首尾，而忘其全，且失其名氏。後錢畫燬於火，詞句常往來於懷，惜無從攷鈔本考下多一訂字。也。近閱鳧藻集，乃知爲高太史季迪所作。然予猶妄意其未盡美。蓋其前闋有云：「雁來時節，寒沁羅裳。」頗覺少切。而後闋云「暮柳成行」，與「吳苑池荒」等句疑稍牽强也。因略爲更潤之，録似知者。「如此紅妝。不見春光。向菊前、蓮後纔芳。秋波向淺，寂寞横塘。正一番風，一番雨，一番霜。　楚江又遠，鈔本作達。吳江又冷，强相依、暮柳斜陽。蘭舟人去，歌韻悠揚。但月朧朧，雲杳杳，水茫茫。」

弔白太素詞

天籟詞集，爲白樸太素所作。太素號蘭谷，趙之真定人，故金世家也。生長兵間，流落竄逸，原本誤作遷，從鈔本。父子相失，遂鞠於父執元遺山所。元公教之讀書，既長，問學宏博，後以詩詞顯。金鈔本作宋。亡，悒鬱鬱不樂，遂不復求仕，以詩酒自放於山水間。予謫倅六安，於其裔孫庠生白永盛家，獲瞻其遺像。酒邊爲賦酹鈔本作酬。江月一詞弔之。永盛因出詞集，囑予爲登梓。宦跡蓬轉，未及諾所諾。今屏退林下，無力復辦此矣。感今追昔，是不惟辜原本作孤，從鈔本。永盛之託，且不肖於此，夙昔不淺，當復負此老於地下也。弔詞云：「滑稽玩世，知胸藏多少，春花秋月。天籟有詞人有像，還是遺山風格。松下巢由，竹間逸少，氣韻真高潔。坐談拊掌，溪山等是詩訣。見説多景樓前，鳳凰臺上，醉帽風吹裂。千古英豪消歇盡，江水至今悲咽。九死投荒，三年坐困，一樣成愁絶。寄聲知否，酒盃當酹鈔本作酬。松雪。」凡白之大略，詞頗該之。

天籟集

閲天籟集，得其數篇，録以備詞話之一二。奪錦標云：「霜水明秋，霞天送晚，畫出江南江北。滿目山圍故國。三閣餘香，六朝陳迹。有庭花遺譜，慘哀音、令人嗟昔。想當時，天子無愁，自古佳人難得。惆悵龍沈宮井，石上啼痕，猶點胭脂紅濕。去去天荒地老，流水無情，落花狼藉。恨青溪猶在，渺重城，煙波空碧。對西風，誰與招魂，夢裏行雲消息。」太素序云：「奪錦標曲，不知始何時。世所傳者，僧仲殊一篇而已。予每浩歌，尋繹音節，因欲效顰，恨未得佳趣耳。庚辰，卜居建康。暇日訪古，采陳後主、張貴妃事，以成素志。按後主既脱景陽井之厄，隋長史高熲竟戮麗華於青溪。後人哀之，即其地立小祠。祠中塑二女郎，次即孔貴嬪也。今遺構荒涼，廟貌亦不存矣。感嘆之餘，爲作此闋。」沁園春云：「獨上遺臺，目斷清秋，鳳兮不還。恨吴宮幽徑，埋深花草，晉時高塚，銷盡衣冠。横吹聲沈，騎鯨人去，月滿空江雁影寒。登臨處，且摩挲石刻，徙倚闌干。青天。半落三山。更白鷺洲横二原闕二字，從鈔本補。水間。問誰能心比，秋來水淨，漸教身似，嶺上雲閒。擾擾人生，紛紛世事，就裏何嘗不强顔。重回首，怕浮雲蔽日，不見長安。」敍云：「保甯寺卽鳳凰臺，太白留題在焉。宋高宗南渡，嘗駐鈔本作跓。蹕原作驆，從鈔本。寺中，有石刻書王荆公贈僧詩云：『紛紛擾擾十年間。世事何嘗不强顏。亦欲心如秋水鈔本誤作心。淨，應須身似嶺雲閒。』意者當時南北擾攘，國家蕩析，磨盾鞍馬間，鈔本間下多一有字。經營之志，百未一遂。此詩必有深契於心者，故書以自況。予暇日來遊，因演太白、荆公詩意，亦猶稼軒水龍吟，用李延年、淳于髡語也。」滿庭芳云：「雅燕飛觴，清談揮麈，主人終日留歡。密雲雙鳳，碾破縷金盤。鬭品香泉味好，須臾看，蟹眼湯翻。銀瓶注，花浮免椀，雪點鷓鴣斑。雙鬟。微步穩。春纖擎露，翠袖生寒。覺清風扶我，醉玉頹山。照眼紅紗畫燭，吟鞭送。月滿銀鞍。歸來晚，芸窗未寢，相對小妝殘。」序云：「屢欲作茶詞，未暇也。近還宋名公樂府，黄、賀、陳三集中，凡載滿庭芳四首，大概相類，亦有得失。復雜用寒、删、先韻，而語意若不倫。僕不揆原作愧，從鈔本。狂斐，合三家奇句，試爲一首，必有辨之者。」

張靖之念奴嬌

張靖之有方洲集，中載南詞踰二十篇。予細選之，得其西湖會飲一首。然復語意不倫，乃爲之稍加更原作更加，從鈔本。潤，始若可歌。然不謂大佳也。念奴嬌云：「清明天氣，嘆三分春色，二分僝僽。蝶意鶯情留戀處，還在餘花剩柳。風雨相催，陰晴不定，落得人憔瘦。淡妝濃抹，西湖却道如舊。誰把山色空濛，水光瀲灩，收拾歸庭牖。一笑償他花鳥債，又是幾番開口。前輩文章，諸公賦咏，借問誰曾有。浮雲春夢，此情都付盃酒。」予嘗妄謂我朝文人才士，鮮工南詞。間有作者，病其賦情遣思、殊乏圓妙。甚則音律失諧，又甚則語句塵俗。求所謂清楚流麗，綺靡醞藉，不多見也。靖之在國朝，亦東南文士冠冕。予選其所作止如此。乃知作者之難，此道之未易耳。鈔本作爾。

瞿宗吉八聲甘州

瞿宗吉寓姑蘇，作八聲甘州以自遣。首闋云：「荷危樓、翹首問天公，何時故鄉歸。對碧雲千里，綠波一道，山色周圍。風景不殊疇昔，城郭是耶非。滿目新亭淚，獨自沾衣。」其自敍云：「丙午秋，重到姑蘇，登樓有作。」按丙午乃至正二十六年，時張士誠尚據姑蘇。明年丁未滅亡，則是時張之國勢蓋蹙矣。初，士誠稱吳王，不惜美官豐祿，以招徠天下之士。凡前元不得志者，悉投之。宗吉薄遊姑蘇，豈亦謀祿仕之計耶。然宗吉以至正丁亥生，屈指至丙午，年纔弱冠。即鈔本作則。其再遊姑蘇，非必汲汲於營進也。特以采采故耳。繼此則返棹。丁未燕巢之禍，脫不預焉。其視張思廉等有間矣。

附錄

吳興叢書跋語

渚山堂詞話三卷，明陳霆水南撰。水南一字聲伯，德清人。弘治十五年進士。爲刑科給事中，抗直敢言。以忤逆瑾，逮獄、廷杖。目爲朋黨，謫判六安州。瑾誅，復起。歷遷山西提學僉事。以師道自任，士習丕變。致政歸。嘉靖中，屢薦不出，隱居渚山四十年。著述百餘卷。有詩話、詞話。水南工於詞，論詞校詩爲確。宋元明逸事佚句，采取甚博。如王昭儀滿江紅詞，爲其位下宮人張瓊瑛作。垂楊、玉耳墜金環二曲，爲唐宋舊譜所無，殊足以資考證。中載楊眉庵落花詞云：「當時開拆賴東風，飄零仍是東風妒。」意在言外。又載徐一初九日登高一詞，有云：「登臨莫上高層望，怕見故宮禾黍。觴綠醑。澆萬斛牢愁，淚濕新亭雨。黃花無語。畢竟仗西風，朝來披拂，猶識舊時主。」閲之惘惘。明人舊帙，急宜存之。此本鈔自江南圖書館而無詩話。他日搜得，當彙刻入叢書，以志景卬。歲在丙辰浣花節，吳興劉承幹跋。

藝苑巵言

〔明〕王世貞撰

藝苑卮言目錄

藝苑卮言

隋煬帝望江南爲詞祖

詞者，樂府之變也。昔人謂李太白菩薩蠻、憶秦娥，楊用修又傳其清平樂二首，以爲詞祖。不知隋煬帝已有望江南詞。蓋六朝諸君臣，頌酒賡色，務裁豔語，默啓詞端，實爲濫觴之始。故詞須宛轉緜麗，淺至儇俏，挾春月烟花於閨幨内奏之，一語之豔，令人魂絶，一字之工，令人色飛，乃爲貴耳。至於慷慨磊落，縱横豪爽，抑亦其次，不作可耳。作則寧爲大雅罪人，勿儒冠而胡服也。

詞之正宗與變體

花間以小語致巧，世説靡也。草堂以麗字取妍，六朝隃也。即詞號稱詩餘，然而詩人不爲也。何者，其婉孌而近情也，足以移情而奪嗜。其柔靡而近俗也，詩嘽緩而就之，而不知其下也。之詩而詞，非詞也。之詞而詩，非詩也。言其業，李氏、晏氏父子、耆卿、子野、美成、少游、易安至矣，詞之正宗也。温韋豔而促，黄九精而險，長公麗而壯，幼安辨而奇，又其次也，詞之變體也。詞興而樂府亡矣，曲興而詞亡矣，非樂府與詞之亡，其調亡也。

何元朗論樂府與詩餘

何元朗云：「樂府以皦逕揚厲爲工，詩餘以婉麗流暢爲美。」

詞調之起

昔昔鹽、阿鵲鹽、阿濫堆、突厥鹽、疏勒鹽、阿那朋之類，調名之所由起也。其名不類中國者，歌曲變態，起自羌胡故耳。然自昔昔鹽排律外，餘多七言絶，有其名而無其調。隋煬、李白調始生矣。然望江南、憶秦娥則以辭起調者也，菩薩蠻則以詞按調者也。

金荃蘭畹之取義

温飛卿所作詞曰金荃集，唐人詞有集曰蘭畹，蓋皆取其香而弱也。然則雄壯者，固次之矣。

太白清平樂及樂天絶句

楊用修所載有太白清平樂二闋，識者以爲非太白作，謂其卑淺也。按太白清平樂本三絶句而已，不應復有詞。第所謂「女伴莫話孤眠。六宫羅綺三千。一笑皆生百媚，宸遊教在誰邊」。亦有情語，余每誦之。及樂天絶句云：「雨露由來一點恩。争能遍卻及千門。三千宫女如花面，幾箇春來無淚痕。」輒低回歎息，古之怨女棄才，何限也。

花間及李王父子詞

花間猶傷促碎，至南唐李王父子而妙矣。「風乍起。吹皺一池春水。關卿何事。」與「未若陛下小樓吹徹玉笙寒」，此語不可聞鄰國」，然是詞林本色佳話。雲破月來花弄影郎中，紅杏枝頭春意鬧尚書，意似祖述之，而句小不逮，然亦佳。

秦柳詞同一景事

「今宵酒醒何處，楊柳外，曉風殘月。」與秦少游「酒醒處，殘陽亂鴉」，同一景事，而柳尤勝。

少游詞襲隋煬帝詩

「寒鴉千萬點，流水遶孤村」，隋煬詩也。「寒鴉數點，流水遶孤村」，少游詞也。語雖蹈襲，然入詞尤是當家。

東坡詠楊花詞

昔人謂銅將軍鐵綽板，唱蘇學士大江東去，十八九歲好女子唱柳屯田楊柳外曉風殘月，爲詞家三昧。然學士此詞，亦自雄壯，感慨千古。果令銅將軍於大江奏之，必能使江波鼎沸。至詠楊花水龍吟慢，又進柳妙處一塵矣。

快語壯語爽語

子瞻「與誰同坐，明月清風我」，「明月幾時有，把酒問青天」，快語也。「大江東去，浪淘盡、千古風流人物」，壯語也。「杏花疎影裏，吹笛到天明」，又「高情已逐曉雲空，不與梨花同夢」，爽語也。其詞濃與淡之間也。

致語情語

「歸來休放燭花紅，待踏馬蹄清夜月」，致語也。「問君能有幾多愁，卻似一江春水向東流」，情語也。後主直是詞手。

淡語恆語淺語

「油壁車輕金犢肥，流蘇帳暖春鷄報」，非歌行麗對乎。「細雨夢回鷄塞遠，小樓吹徹玉笙寒」，「青鳥不傳雲外信，丁香空結雨中愁」，「無可奈何花落去，似曾相識燕歸來」，非律詩俊語乎。然是天成一段詞也，著詩不得。「斜陽只送平波遠」，又「春來依舊生芳草」，淡語之有致者也。「角聲吹落梅花月」，又「滿院落花春寂寂」，又「一鈎淡月天如水」，又「鞦韆外、綠水橋平」，又「地卑山近，衣潤費爐煙」，淡語之有景者也。景在費字。「平蕪盡處是青山，行人更在青山外」，又「郴江幸自遶郴山，爲誰流下瀟湘去」，此淡語之有情者也。「拚則而今已拚了，忘則怎生便忘得」，又「斷送一生憔悴，能消幾箇黄昏」，此恆語之有情者也。詠雨「點點不離楊柳外，聲聲只在芭蕉裏」，此淺語之有情者也。淡語、恆語、淺語，極不易工，因爲拈出。

評周柳詞

美成能作景語，不能作情語，能入麗字，不能入雅字，以故價微劣於柳。然至「枕痕一線紅生玉」，又「喚起兩眸清炯炯。淚花落枕紅綿冷」，其形容睡起之妙，真能動人。

孫李秦詞

孫夫人「閒把繡絲撏。認得金針又倒拈」，可謂看朱成碧矣。李易安「此情無計可消除，方下眉頭，又上心頭」，可謂憔悴支離矣。秦少游「安排腸斷到黄昏。甫能炙得燈兒了，雨打梨花深閉門」，則一二時無間矣。此非深於閨恨者不能也。易安又有「寵柳嬌花寒食近，種種惱人天氣」，寵柳嬌花，新麗之甚。

范希文詞

范希文「都來此事，眉間心上，無計相迴避」，類易安而小遜之。其「天淡銀河垂地」語卻自佳。

彈琴箏俊語

温庭筠「雁柱十三絃，一一春鶯語」，陳無己「彈到斷腸時，春山眉黛低」，皆彈琴箏俊語也。

三瘦字

張子野青門引、万俟雅言江城梅花引、青玉案，句字皆佳。詞內「人瘦也，比梅花，瘦幾分」，又「天還知道，和天也瘦」，又「莫道不消魂，簾捲西風，人比黃花瘦」，三瘦字俱妙。

史邦卿詠燕

「隙月窺人小」，又「天涯一點青山小」，又「一夜青山老」，俱妙在押字。「乍雨乍晴花易老」，卻不在押而在乍字。史邦卿題燕曰：「差池欲住，試入舊巢相並。還相雕梁藻井，又軟語商量不定。」可謂極形容之妙。相字星相之相，從俗字。

永叔麗語

永叔極不能作麗語，乃亦有之。曰「隔花暗鳥喚行人」，又「海棠經雨胭脂透」。

諸家險麗語

王元澤「恨被榆錢，買斷兩眉長鬬」，可謂巧而費力矣。史邦卿「作冷欺花，將烟困柳」，殆尤甚焉。然與李漢老「叫雲吹斷橫玉」，謝勉仲「染雲爲幌」，美成「暈酥砌玉」，魯直「鶯嘴啄花紅溜，燕尾點波綠皺」，俱爲險麗。

司馬才仲詞

吾愛司馬才仲「燕子啣將春色去，紗窗幾陣黄梅雨」，有天然之美，令鬭字者退舍。

宋人用休文詩

休文「夢中不識路，何以慰相思」，宋人反其指而用之，「重門不鎖相思夢，隨意遶天涯」，各自佳。

歐蘇黄秦王詞

永叔、介甫俱文勝詞，詞勝詩，詩勝書。子瞻書勝詞，詞勝畫，畫勝文，文勝詩。然文等耳，餘俱非子瞻敵也。魯直書勝詞，詞勝詩，詩勝文。少游詞勝書，書勝文，文勝詩。

詞至辛稼軒而變

詞至辛稼軒而變，其源實自蘇長公，至劉改之諸公極矣。南宋如曾覿、張掄輩應制之作，志在鋪張，故多雄麗。稼軒輩撫時之作，意存感慨，故饒明爽。然而穠情致語，幾於盡矣。

陶穀風光好

陶穀尚書使説江南，通秦弱蘭，作風光好詞，見宋人小説。或有以爲曹翰者。翰能作老將詩，其才固有之，終非武人本色。沈叡達雲巢編語，陶使吴越，惑倡女任社娘，因作此詞。任大得陶貲，後用以創仁王院，落髮爲尼。李唐吴越，未審孰是，要之近陶所爲耳。

詞之遇與不遇

宋仁宗時，老人星見，柳耆卿託内侍以醉蓬萊詞進。仁宗閲首句「漸亭臯葉下」，漸字意不懌。至「宸遊鳳輦何處」，與真宗挽歌暗同，慘然久之。讀至「太液波翻」，忿然曰：「何不言太液波澄耶。」擲之地，罷不用。此詞之不遇者也。高宗在德壽宫遊樂景園，偶步入一酒肆，見素屏有俞國寶書風入松一詞，嗟賞之。誦至「明日重攜殘酒，來尋陌上花鈿」，曰：「未免酸氣。」改「明日重扶殘醉」，乃即日予釋褐。此詞之遇者也。耆卿詞論觸諱，中間不能一語形容老人星，自是不佳。重扶殘醉勝初語數倍，乃見二主具眼。

邢俊臣滑稽詞

宣政間，戚里子邢俊臣性滑稽，喜嘲咏，常出入禁中，喜作臨江仙詞，末章必用唐律兩句爲謔，以寓調笑。徽皇置花石綱之大者，曰神運石，大舟排聯數十尾，僅能勝載。即至，上大喜，置艮嶽萬歲山，命俊臣爲臨江仙詞，以高字爲韻。末句云：「巍峨萬丈與天高。物輕人意重，千里送鵝毛。」又令賦陳朝檜，以陳字爲韻。檜亦高五六丈，圍九尺餘，枝覆地幾百步。詞末云：「遠來猶自憶梁陳。江南無好物，聊贈一枝春。」上容之，不怒也。内侍梁師成，位兩府，甚尊顯用事，以文學自尚。尤自矜爲詩。因進詩，上稱善。顧語俊臣曰：汝可爲好詞，以詠師成詩句之美。且命押詩字韻。俊臣口占，末云：「欲知勤苦爲新詩。吟安一箇字，撚斷數莖髭。」上大笑。師成恨之。譖其漏泄禁中語，責爲越州鈐轄。太守王嶷聞其名，置酒待之，醉歸，燈火蕭疎。明日，攜詞見師，敍其寥落之狀。末云：「捫窗摸户入房來，笙歌歸院落，燈火下樓臺。」席間有妓秀美而肌白如玉雪，頗有腋氣，豈甫令乞酒。末云：「酥胸露出白皚皚，遥知不是雪，爲有暗香來。」又有善歌舞而體肥者，末云：「只愁歌舞罷，化作彩雲飛。」俊臣才亦是滑稽之雄，子瞻如在，當爲絶倒。

評明人詞

元有曲而無詞，如虞、趙諸公輩，不免以才情屬曲，而以氣概屬詞，詞所以亡也。我明以詞名家者，劉誠意伯温，穠纖有致，去宋尚隔一塵。楊狀元用修，好入六朝麗事，近似而遠。夏文愍公謹最號雄爽，比之辛稼軒，覺少精思。

爰園詞話

〔明〕俞彦撰

爰園詞話目錄

爰園詞話

詞所以名樂府之故

詩詞，末技也，而名樂府。古人凡歌，必比之鐘鼓管絃，詩詞皆所以歌，故曰樂府。不獨古人然，今人但解絲竹，率能譯一切聲爲譜，甚至隨聲應和，如素習然。故盈天地間，無非聲，無非音，則無非樂。

詞得與詩並存之故

詞於不朽之業，最爲小乘。然溯其源流，咸自鴻濛上古而來。如億兆黔首，固皆神聖裔矣。惟閭巷歌謡，即古歌謡。古可入樂府，而今不可入詩餘者，古拙而今佻，古朴而今俚，古渾涵而今率露也。然今世之便俗耳者，止於南北曲。即以詩餘，比之管絃，聽者端冕卧矣。其得與詩並存天壤，則文人學士賞識欣豔之力也。

詞所以名詩餘之故

詞何以名詩餘，詩亡然後詞作，故曰餘也，非詩亡，所以歌詠詩者亡也。詞亡然後南北曲作，非詞亡，所以歌詠詞者亡也。謂詩餘興而樂府亡，南北曲興而詩餘亡者，否也。

歷代詩歌之變遷

周東遷以後，世競新聲，三百之音節始廢。至漢而樂府出。樂府不能行之民間，而雜歌出。六朝至唐，樂府又不勝詰曲，而近體出。五代至宋，詩又不勝方板而詩餘出。唐之詩，宋之詞，甫脱穎，已遍傳歌工之口。元世猶然，至今則絶響矣。即詩餘中，有可采入南劇者，亦僅引子。中調以上，通不知何物，此詞之所以亡也。今世歌者，惟南北曲寧如宋猶近古。

詞須注意音調

詞全以調爲主，調全以字之音爲主。音有平仄，多必不可移者，間有可移者。仄有上去入，多可移者，間有必不可移者。儻必不可移者，任意出入，則歌時有棘喉澀舌之病。故宋時一調，作者多至數十人，如出一吻。今人既不解歌，而詞家染指，不過小令中調，尚多以律詩手爲之，不知孰爲音，孰爲調，何怪乎詞之亡已。

立意命句之忌

遇事命意，意忌庸、忌陋、忌襲。立意命句，句忌腐、忌澀、忌晦。意卓矣，而束之以音。屈意以就音，而意能自達者，鮮矣。句奇矣，而攝之以調，屈句以就調，而句能自振者，鮮矣。此詞之所以難也。

小令與長調之難

小令佳者，最爲警策，令人動褰裳涉足之想。第好語往往前人説盡，當從何處生活。長調尤爲亹亹，染指較難。蓋意窘於侈，字貧於複，氣竭於鼓，鮮不納敗。比於兵法，知難可焉。

宋詞非愈變愈下

唐詩三變愈下，宋詞殊不然。歐、蘇、秦、黄，足當高、岑、王、李。南渡以後，矯矯陡健，即不得稱中宋、晚宋也。惟辛稼軒自度粱肉不勝前哲，特出奇險爲珍錯供，與劉後村輩俱曹洞旁出。學者正可欽佩，不必反脣並捧心也。

選詞之難

周長卿元曰：「選草堂詞，亦如昭明文選，但入選面目都相似，不入者非無佳詞，便覺有倀氣。」此語良然。選草堂者，小令中調，吾無間然。長調亦微有出入，非惟作者難，選者亦難耳。

好詞不易改

古人好詞，即一字未易彈，亦未易改。子瞻「緑水人家遶」，别本遶作曉，爲古今詞話所賞。愚謂遶字雖平，然是實境。曉字無皈著，試通詠全章便見。少游「斜陽暮」，後人妄肆譏評，託名山谷，淮海集辨之詳矣。又有人親在郴州，見石刻是斜陽樹，樹字甚佳，猶未若暮字。至苕溪漁隱記耆卿「鰲山彩結」，結改作締益佳，不知何以佳也。若子瞻「低繡户」，低改窺，則善矣。温飛卿「衰桃一樹近前池，似惜容顔鏡中老」，予欲改近爲俯，或映，似更覺透露。請質之知言者。

莊宗歌頭爲長調之祖

晚唐五代小令，填詞用韻，多詭譎不成文者，聊爲之可耳，不足多法。尊前集載唐莊宗歌頭一首，爲字一百三十六，此長調之祖，然不能佳。

柳詞之所本

子瞻詞無一語著人間烟火，此自大羅天上一種，不必與少游、易安輩較量體裁也。其豪放亦止大江東去一詞。何物袁綯，妄加品隲，後代奉爲美談，似欲以槩子瞻生平。不知萬頃波濤，來自萬里，吞天浴日，古豪傑英爽都在，使屯田此際操觚，果可以「楊柳外曉風殘月」命句否。且柳詞亦只此佳句，餘皆未稱。而亦有本，祖魏承班漁歌子「窗外曉鶯殘月」，第改二字增一字耳。

詞人遭遇

唐宣宗愛唱菩薩蠻，令狐相公託温飛卿譔進。又舊詞「碎挼花打人」，有婦支解夫者，上以此戲語宰相，君臣和洽至此。宋真宗召王岐公賞月，令宮嬪解金珠乞詩，帝王此等舉動殊不俗。子瞻生平備歷危險，而神宗讀其「瓊樓玉宇高處不勝寒」之句，曰：「蘇軾終是愛君。」遭際亦略相當，俱能令千古豔羨。

綺語小過不致墮地獄

佛有十戒，口業居四，綺語、誑語與焉。詩詞皆綺語，詞較甚。山谷喜作小詞，後爲泥犂獄所懾，罷作，可笑也。綺語小過，此下尚有無數等級罪惡，不知泥犂下那得無數等級地獄，髡何據作此誑語，不自思當墮何等獄耶。文人多不達，見忌真宰，理或有之。不達已足蔽辜，何至深文重比，令千古文士短氣。

論對句

詞中對句，須是難處，莫認爲襯句。正唯五言對句、七言對句，使讀者不作對疑，尤妙，此即重疊對也。

詞品

〔明〕楊　慎撰

刻詞品序

聲音之道，愚未之有考也。近得升庵翁所著詞品，三月讀未嘗釋手。微求其端。大較詞人之體，多屬揣摩不置，思致神遇。然率于人情之所必不免者以敷言，又必有妙才巧思以將之，然後足以盡屬辭之蘊。故夫詞成而讀之，使人恍若身遇其事，怵然興感者，神品也。意思流通無所乖逆者，妙品也。能品不與焉。宛麗成章，非辭也。是故山林之詞清以激，感遇之詞淒以哀，閨閣之詞悅以解，登覽之詞悲以壯，諷諭之詞宛以切。之數者，人之情也。屬辭者，皆當有以體之。夫然後足以得人之性情，而起人之詠歎。不然則補織牽合，以求倫其辭，成其數，風斯乎下矣。然何以知之。詩之有風，猶今之有詞也。語曰，動物謂之風。由是以知不動物非風也，不感人非詞也。翁爲當代詞宗，平日游藝之作，若長短句，若填詞選格，若詞林萬選，若百琲明珠，與今詞品，可謂妙絶古今矣。愚雖未能悉讀諸集，山林之詞，大率清以激也，不然則舒以適也。閨閣之詞，大率悅以解也，不然則和以節也。他可類見矣。然猶未承面命。姑記于此，以俟取正于他日。

嘉靖甲寅仲秋朔日，成都後學周遜序。

詞品序

詩詞同工而異曲，共源而分派。在六朝，若陶弘景之寒夜怨，梁武帝之江南弄，陸瓊之飲酒樂，隋煬帝之望江南，填詞之體已具矣。若唐人之七言律，即填詞之瑞鷓鴣也。七言律之仄韻，即填詞之玉樓春也。若韋應物之三臺曲、調笑令，劉禹錫之竹枝詞、浪淘沙，新聲迭出。孟蜀之花間，南唐之蘭畹，則其體大備矣。豈非共源同工乎。然詩聖如杜子美，而填詞若太白之憶秦娥、菩薩鬘者，集中絕無。宋人如秦少游、辛稼軒，詞極工矣，而詩殊不強人意。疑若獨蓺然者，豈非異曲分派之說乎。昔宋人選填詞曰草堂詩餘。其曰草堂者，太白詩名草堂集，見鄭樵書目。太白本蜀人，而草堂在蜀，懷故國之意也。曰詩餘者，憶秦娥、菩薩鬘二首爲詩之餘，而百代詞曲之祖也。今士林多傳其書，而昧其名。故於余所著詞品首著之云。嘉靖辛亥仲春，花朝洞天真逸楊慎序。

詞品目録

卷之一

卷之二

卷之三

卷之五

卷之六

拾遺

詞品補

詞品卷之一

陶弘景寒夜怨

陶弘景寒夜怨云：「夜雲生。夜鴻驚。悽切嘹唳傷夜情。」後世填詞，梅花引格韻似之，後換頭微異。

陸瓊飲酒樂

陳陸瓊飲酒樂云：「蒲桃四時芳醇。琉璃千鍾舊賓。夜飲舞遲銷燭，朝醒弦促催人。春風秋月長好，歡醉日月言新。」唐人之破陣樂，何滿子皆祖之。

梁武帝江南弄

梁武帝江南弄云：「衆花雜色滿上林。舒芳耀彩垂輕陰。連手躞蹀舞春心。舞春心。臨歲腴。中人望，獨踟躕。」此詞絶妙。填詞起於唐人，而六朝已濫觴矣。其餘若美人聯錦、江南稚女諸篇皆是。樂府具載，不盡録也。

徐勉迎客送客曲

古者宴客有迎客送客曲，亦猶祭祀有迎神送神也。梁徐勉迎客曲云：「絲管列，舞曲陳。含聲未奏待嘉賓。羅絲管，陳舞席。斂袖嘿唇迎上客。」送客曲云：「袖繽紛，聲委咽。餘曲未終高駕別。爵無算，景已流。空紆長袖客不留。」徐勉在梁爲賢臣。其爲吏部日，宴客。酒酣，有求詹事者。勉曰：「今宵且可談風月。」其嚴正而又蘊藉如此。江左風流宰相，豈獨謝安、王儉邪。

僧法雲三洲歌

梁僧法雲三洲歌云：「三洲。斷江口。水從窈窕河傍流。啼將別共來，長相思。」又云：「三洲。斷江口。水從窈窕河傍流。歡將樂共來，長相思。」江左詞人多風致，而僧亦如此，不獨惠休之碧雲也。

隋煬帝詞

隋煬帝夜飲朝眠曲云：「憶睡時，待來剛不來。卸妝仍索伴，解珮更相催。博山思結夢，沉水未成灰。」其二云：「憶起時，投籤初報曉。被惹香黛殘，枕隱金釵裊。笑動林中烏，除卻司晨鳥。」二詞風致婉麗。其餘如春江花月夜、江都樂、紀遼東，並載樂府。其金釵兩股垂、龍舟五更轉，名存而辭亡。鐵圍山叢談云：「寒鴉飛數點，流水繞孤村。」乃煬帝辭，而全篇不傳。又傳奇有煬帝望江南數首，不類六朝人語，傳疑可也。

煬帝曲名

玉女行觴、神仙留客，皆煬帝曲名。

王褒高句麗曲

王褒高句麗曲云：「蕭蕭易水生波。燕趙佳人自多。傾盃覆盌漼漼，垂手奮袖娑娑。不惜黃金散盡，惟畏白日蹉跎。」與陳陸瓊飲酒樂同調。蓋疆場限隔，而聲調元通也。王褒，宇文周時人，字子深，非漢王褒也。是時亦有蘇子卿，有梅花落一首。方回遂以爲漢之蘇武，何不考之過乎。

穆護砂

樂府有穆護砂，隋朝曲也。與水調、河傳同時，皆隋開汴河時，詞人所製勞歌也。其聲犯角。其後至今訛砂爲煞云。予嘗有詩云：「桃根桃葉最夭斜。水調河傳穆護砂。無限江南新樂府，陳朝獨賞後庭花。」

回紇

回紇，商調曲也。其辭云：「陰山瀚海信難通。幽閨少婦罷裁縫。緬想邊庭征戰苦，誰能對鏡冶愁容。久戍人將老，須臾變作白頭翁。」其辭纏綿含蓄，有長歌之哀過於痛哭之意。惜不見作者名氏，必陳隋初唐之作也。又有石州辭云：「自從君去遠巡邊。終日羅帷獨自眠。看花情轉切，攬涕淚如泉。一自離君後，啼多雙眼穿。何時狂虜滅，免得更留連。」併附於此。

沈約六憶辭

沈約六憶辭，其一云：「憶來時，灼灼上堦墀。勤勤敍離別，慊慊道相思。相看常不足，相見乃忘饑。」其二云：「憶坐時，黯黯羅帳前。或歌四五曲，或弄兩三弦。笑時應莫比，嗔時更可憐。」其三云：「憶眠時，人眠强未眠。解羅不待勸，就枕更須牽。復恐傍人見，嬌羞在燭前。」逸其三首。

梁簡文春情曲

梁簡文帝春情曲云：「蝶黄花紫燕相追。楊低柳合路塵飛。已見垂鈎掛緑樹，誠知淇水霑羅衣。兩童夾車問不已，五馬城頭猶未歸。鶯啼春欲駛，無爲空掩扉。」此詩似七言律，而末句又用五言。王無功亦有此體，又唐律之祖。而唐詞瑞鷓鴣格韻似之。

長相思

徐陵長相思云：「長相思，好春節。夢裏恆啼悲不洩。帳中起，窗前咽。柳絮飛還聚，遊絲斷復結。欲見洛陽花，如君隴頭雪。」蕭淳和之云：「長相思，久離別。新燕參差條可結。狐關遠，鴈書絶。對雲恆憶陣，看花復愁雪。猶有望歸心，流黄未剪截。」二辭可謂勁敵。

王筠楚妃吟

王筠楚妃吟，句法極異。其詞云：「窗中曙，花早飛。林中明，鳥早歸。庭中日，暖春閨。香氣亦霏霏。

香氣飄。當軒清唱調。獨顧慕，含怨復含嬌。蝶飛蘭復熏。裊裊輕風入翠裙。春可遊。歌聲梁上浮。春遊方有樂。沉沉下羅幕。」大率六朝人詩，風華情致，若作長短句，卽是詞也。宋人長短句雖盛，而其下者，有曲詩、曲論之弊，終非詞之本色。予論塡詞必泝六朝，亦昔人窮探黃河源之意也。

宋武帝丁都護歌

宋武帝丁都護歌云：「都護北征時，儂亦惡聞許。願作石尤風，四面斷行旅。」又云：「都護北征去，相送落星墟。帆檣如芒檉，都護今何渠。」唐人用丁都護及石尤風事，皆本此。二辭絶妙。宋武帝征伐武略，一代英雄，而復風致如此。其殆全才乎。

白團扇歌

晉中書令王珉，與嫂婢謝芳姿有情愛，捉白團扇與之。樂府遂有白團扇歌云：「白團扇，憔悴無復理，羞與郎相見。」其本辭云：「犢車薄不乘，步行耀玉顏。逢儂都共語，起欲著夜半。」其二云：「團扇薄不搖，窈窕搖蒲葵。相憐中道罷，定是阿誰非。」其三云：「御路薄不行，窈窕穿迴塘。團扇障白日，面作芙蓉光。」其四云：「白錦薄不著，趣行著練衣。異色都言好，清白爲誰施。」薄，如唐書薄天子不爲之薄。芳姿之才如此，而屈爲人婢，信乎佳人薄命矣。元關漢卿嘗見一從嫁媵婢，作一小令云：「鬢鴉。臉霞。屈殺了、將陪嫁。規摹全似大人家。不在紅娘下。巧笑迎人，文談回話。真如解語花。若咱得他。倒了蒲桃架。」事亦相類而可笑，併附此。

五更轉

陳伏知道從軍五更轉云：「一更刁斗鳴。校尉逴連城。懸聞射雕騎，遥憚將軍名。二更愁未央。高城寒夜長。試將弓學月，聊持劍比霜。三更夜警新。横吹獨吟春。强聽梅花落，誤憶柳園人。四更星漢低。落月與山齊。依稀北風裏，胡笳雜馬嘶。五更催送籌。曉色映山頭。城烏初起堞，更人悄下樓。」其後隋煬帝效之，作龍舟五更轉，見文中子。

長孫無忌新曲

長孫無忌新曲云：「家住朝歌下，早傳名。結伴來遊淇水上，舊時情。玉珮金鈿隨步動，雲羅霧縠逐風輕。轉目機心懸自許，何須更待聽琴聲。」又一曲云：「迴雪凌波遊洛浦，遇陳王。婉約娉婷工語笑，侍蘭房。芙蓉綺帳開還掩，翡翠珠被爛齊光。長願今宵奉顏色，不愛聞簫逐鳳凰。」

崔液踏歌行

唐崔液踏歌辭二首，體製藻思俱新。其辭云：「綵女迎金屋，仙姬出畫堂。鴛鴦裁錦袖，翡翠帖花黄。歌響舞分行。（原作行分，據樂府詩集改。）豔色動流光。」其二云：「庭際花微落，樓前漢已横。金壺催夜盡，羅綉舞寒輕。調笑暢歡情。未半著天明。」近刻唐詩不得其句讀，而妄改，特爲分注之。

太白清平樂辭

李太白應制清平樂詞云：「禁庭春晝。鶯羽披新繡。百草巧求花下鬬。只賭珠璣滿斗。日晚卻理殘粧。御前閒舞霓裳。誰道腰肢窈窕，折旋消得君王。」其二云：「禁幃秋夜。明月探窗罅。玉帳鴛鴦噴蘭麝。時落銀燈香灺。女伴莫話孤眠。六宮羅綺三千。一笑皆生百媚，宸遊教在誰邊。」此詞見呂鵬遏雲集，載四首。黄玉林以其二首無清逸氣韻，止選二首。愼嘗補作二首，其一云：「君王未起。玉漏穿花底。永巷脱簪妝黛洗。衣濕露華似水。六宮鸞鳳鴛鴦。九重羅綺笙簧。但願君恩似日，從教妾鬢如霜。」其二云：「傾城豔質。本自神仙匹。二八承恩初選入，身是三千第一。月明花落黄昏。人間天上消魂。且共題詩團扇，笑他買賦長門。」永昌張愈光見而深愛之，以爲遠不忘諫，歸命不怨，塡詞中有風雅也。荒淺敢望前人，然亦不孤愈光之賞爾。

白樂天花非花辭

白樂天之詞，望江南三首在樂府，長相思二首見花庵詞選。予獨愛其花非花一首云：「花非花，霧非霧。夜半來，天明去。來如春夢不多時，去似朝雲無覓處。」蓋其自度之曲，因情生文者也。花非花，霧非霧。雖高唐、洛神，奇麗不及也。張子野衍之爲御街行，亦有出藍之色。今附於此：「天非花豔輕非霧。夜半來，天明去。來如春夢不多時，去似朝雲無覓處。乳雞新燕，落月沉星，紞紞城頭鼓。參差漸辨西池樹。朱閣斜欹户。綠苔深徑少人行，苔上屐痕無數。殘香餘粉，閑衾剩枕，天把多情付。」

詞名多取詩句

詞名多取詩句，如蝶戀花則取梁元帝「翻階蛺蝶戀花情」。滿庭芳則取吴融「滿庭芳草易黄昏」。點絳脣則取江淹「白雪凝瓊貌，明珠點絳脣」。鷓鴣天則取鄭嵎「春遊雞鹿塞，家在鷓鴣天」。惜餘春則取太白賦語。浣溪沙則取少陵詩意。青玉案則取四愁詩語。菩薩蠻，西域婦髻也。蘇幕遮，西域婦帽也。尉遲盃，尉遲敬德飲酒必用大盃，故以名曲。蘭陵王每入陣必先，故歌其勇。生查子，查，古槎字，張騫乘槎事也。西江月，衞萬詩「只今惟有西江月，曾照吴王宫裏人」之句也。「瀟湘逢故人」，柳渾詩句也。粉蝶兒，毛澤民詞「粉蝶兒共花同活」句也。餘可類推，不能悉載。

踏莎行

韓翃詩：「踏莎行草過春谿。」詞名踏莎行本此。

上江虹紅窗影

唐人小説冥音録，載曲名有上江虹，卽滿江紅。紅牕影，卽紅牕迥也。

菩薩鬘蘇幕遮

西域諸國婦人，編髮垂髻，飾以雜華，如中國塑佛像瓔珞之飾，曰菩薩鬘，曲名取此。唐書吕元濟上書，比見方邑，相率爲渾脱隊，駿馬胡服，名曰蘇幕遮，曲名亦取此。李太白詩「公孫大娘渾脱舞」，卽此際之事也。

夜夜昔昔

梁樂府夜夜曲，或名昔昔鹽。昔卽夜也。列子「昔昔夢爲君」，鹽亦曲之别名。

阿䡾迴

太白詩「羌笛横吹阿䡾迴」，番曲名。張祜集有阿濫堆，卽此也。番人無字，止以聲傳，故隨中國所書，人各不同爾，難以意求也。

阿濫堆

張祜詩：「紅樹蕭蕭閣半開。玉皇曾幸此宫來。至今風俗驪山下，村笛猶吹阿濫堆。」宋賀方回長短句云：「待月上潮平波灔，塞管孤吹新阿濫。」中朝故事云：驪山多飛鳥，名阿濫堆，明皇採其聲爲曲子。又作鷃爛堆。酉陽雜俎云：「鷃爛堆黄，一變之鴘，色如鶖鷺。鴘轉之後，乃至累變。横理轉（此字王幼安據酉陽雜俎補。）細，臆前漸漸微白。」

烏鹽角

曲名有烏鹽角，江鄰幾雜志云：「始教坊家人市鹽，得一曲譜於角子中。翻之，遂以名焉。」戴石屏有烏鹽角行。元人月泉吟社詩：「山歌聒耳烏鹽角，村酒柔情玉練搥。」

小梁州

賈逵曰：「梁米出於蜀漢，香美逾于諸梁，號曰竹根黃。梁州得名以此。秦地之西，燉煌之間，亦産梁米。土沃類蜀，故號小梁州，爲西音也。

六州歌頭

六州歌頭，本鼓吹曲也，音調悲壯。又以古興亡事實之，聞之使人慷慨，良不與豔詞同科，誠可喜也。六州得名，蓋唐人西邊之州，伊州、梁州、甘州、石州、渭州、氐州也。此詞宋人大祀大卹，皆用此調。國朝大卹，則用應天長云。伊、梁、甘、石，唐人樂府多有之。胡渭州見張祐詩。氐州第一見周美成詞。

法曲獻仙音

望江南，卽唐法曲獻仙音也。但法曲凡三疊，望江南止兩疊爾。白樂天改法曲爲憶江南。其詞曰：「江南好，風景舊曾諳。」二疊云：「江南憶，最憶是杭州。」三疊云：「江南憶，其次憶吴宫。」見樂府。南宋紹興中，杭都酒肆中，有道人攜烏衣椎髻女子，買斗酒獨飲，女子歌以侑之。歌詞非人世語。或記之，以問一道士。道士曰：「此赤城韓夫人作法駕導引也。烏衣女子蓋龍云。」其詞曰：「朝元路，朝元路，同駕玉華君。千乘載花紅一色，人間遥指是祥雲。迴望海光新。」二疊云：「東風起，東風起，海上百花摇。十八風鬟雲半動，飛花和雨著輕綃。歸路碧迢迢。」三疊云：「簾漠漠，簾漠漠，天淡一簾秋。自洗玉舟斟白酒，月華微映是空舟。歌罷海西流。」此辭卽法曲之腔。文士好奇，故神其事以傳爾。豈有天仙而反取開元人間之腔乎。

小秦王

唐人絶句多作樂府歌，而七言絶句隨名變腔。如水調歌頭、春鶯囀、胡渭州、小秦王、三臺、清平調、陽關、雨淋鈴，皆是七言絶句而異其名，其腔調不可考矣。予愛小秦王三首，其一云：「鴈門山上鴈初飛。馬邑闌中馬正肥。陌上朝來逢驛騎，殷勤南北送征衣。」其二云：「柳條金嫩不勝鴉。青粉牆頭道韞家。燕子不來春寂寞，小窗和雨夢梨花。」其三云：「十指纖纖玉筍紅。雁行輕度翠弦中。分明自說長城苦，水闊雲寒一夜風。」第一首妓女盛小叢作，後二首無名氏。

仄韻絶句

仄韻絶句，唐人以入樂府。唐人謂之阿那曲，宋人謂之雞叫子。唐詩「春草萋萋春水緑。野棠開盡飄香玉。繡嶺宮前鶴髮翁，猶唱開元太平曲」。乃無名氏聞鬼仙之遥，非李洞作也。李洞詩集具在，詩體大與此不同，可驗。女郎姚月華二首：「春草萋萋春水緑。對此思君淚相續。羞將離恨附東風，理盡秦筝不成曲。」又云：「與君形影分胡越。玉枕經年對離別。登臺北望煙雨深，回身泣向寥天月。」宋張仲宗詞云：「西樓月落雞聲急。夜浸疎香寒淅瀝。玉人醉渴嚼春冰，曉色入簾横寶瑟。」張文潛荷花一首云：「平池碧玉秋波瑩。緑雲擁扇青摇柄。水宮仙子鬬紅妝，輕步凌波踏明鏡。」杜祁公詠雨中荷花一首云：「翠蓋佳人臨水立。檀粉不勻香汗濕。一陣風來碧浪翻，真珠零落難收拾。」三首皆佳。宋人作詩與唐遠，而作詞不愧唐人，亦不可曉。太平廣記載妖女一詞云：「五原分袂真胡越。燕折鶯離芳草歇。年少煙花處處春，北邙空恨清秋月。」其詞亦佳。坡詞「春事闌珊芳草歇」亦用其語。或疑歇字似趁韻，非也。唐劉瑤詩「瑤草歇芳心耿耿」，皆有出處，一字不苟如此。

阿那紇那曲名

李郢上元日寄湖杭二從事詩曰：「戀別山登憶水登。山光水焰百千層。謝公留賞山公喚，知入笙歌阿那朋。」劉禹錫夔州竹枝詞云：「楚水巴山小雨多。巴人能唱本鄉歌。今朝北客思歸去，回入紇那披綠蘿。」阿那、紇那，皆當時曲名。李郢詩言變梵唄爲豔歌，劉禹錫詩言翻南調爲北曲也。阿那皆叶上聲，紇那皆叶平聲，此又隨方音而轉也。

醉公子

唐人醉公子詞云：「門外猧兒吠。知是蕭郎至。剗襪下香階，冤家今夜醉。扶得入羅幃。不肯脫羅衣。醉則從他醉，還勝獨睡時。」唐詞多緣題所賦，臨江仙則言水仙，女冠子則述道情，河瀆神則詠祠廟，巫山一段雲則狀巫峽。如此詞題曰醉公子，卽詠公子醉也。爾後漸變，與題遠矣。此詞又名四換頭，因其詞意四換也。前輩謂此可以悟詩法。或以問韓子蒼，子蒼曰：「只是轉折多。且如剗襪下階是一轉矣。而苦其今夜醉又是一轉。喜其入羅帷又是一轉。不肯脫衣又是一轉。後兩句自開釋，又是一轉。其後製四換韵一調，亦名醉公子云。」今附録之，蓋孟蜀顧敻辭也。「河漢秋雲澹。紅藕香侵檻。枕倚小山屏，金鋪向晚扃。睡起横波慢。獨坐情何限。衰柳數聲蟬。魂銷似去年。」

如夢令

唐莊宗詞云：「曾宴桃源深洞。一曲舞鸞歌鳳。長記別伊時，和淚出門相送。如夢。如夢。殘月落花烟重。」此莊宗自度曲也。樂府取詞中如夢二字名曲，今誤傳爲吕洞賓，非也。

搗練子

李後主搗練子云：「深院静，小庭空。斷續寒砧斷續風。無奈夜長人不寐，數聲和月到簾櫳。」詞名搗練子，卽詠搗練，乃唐詞本體也。

人月圓

宋駙馬王晉卿元宵詞云：「小桃枝上春來早，初試薄（原缺，王幼安從花庵詞選補。）羅衣。年年此夜，華燈盛照，人月圓時。禁街簫鼓，寒輕夜永，纖手同攜。更闌人静，千門笑語，聲在簾幃。」此曲晉卿自製，名人月圓，卽詠元宵，猶是唐人之意。

後庭宴

宋宣和中，掘地得石刻一詞，唐人作也。本無題，後人名之曰後庭宴。其詞云：「千里故鄉，十年華屋。

亂魂飛過屏山簇。眼重眉褪不勝春，菱花知我銷香玉。雙雙燕子歸來，應解笑人幽獨。斷歌零舞，遺恨清江曲。萬樹緑低迷，一庭紅撲簌。」

朝天紫

朝天紫，本蜀牡丹花名，其色正紫，如金紫大夫之服色，故名。後人以爲曲名。今以紫作子，非也，見陸游牡丹譜。

乾荷葉

元太保劉秉忠乾荷葉曲云：「乾荷葉，色蒼蒼。老柄風摇蕩。減了清香越添黄。都因昨夜一場霜。寂寞秋江上。」此秉忠自度曲，曲名乾荷葉，即詠乾荷葉，猶是唐詞之意也。又一首弔宋云：「南高峯。北高峯。慘淡烟霞洞。宋高宗，一場空。吴山依舊酒旗風。兩度江南夢。」此借腔别詠，後世詞例也。然其曲悽惻感慨，千古之寡和也。或云非秉忠作。秉忠助元凶宋，惟恐不早，而復爲弔惜之辭，其俗所謂斧子斫了手摩挲之類也。

樂曲名解

古今樂録云：「傖歌以一句爲一解，中國以一章爲一解。」王僧虔啓曰：「古曰章，今曰解。解有多少，當是先詩而後聲。詩敍事，聲成文，必使志盡於詩，音盡於曲。是以作詩有豐約，制解有多少。」又「諸曲調皆有詞，有聲。而大曲又有豔、有趨、有亂。詞者，其歌詩也。聲者，若羊吾、夷伊、那何之類也。豔在曲之前，趨與亂在曲之後，亦猶吴聲西曲，前有和，後有送也。」愼按：豔在曲之前，與吴聲之和，若今之引子。趨與亂在曲之後，與吴聲之送，若今之尾聲。羊吾夷、伊那何，皆聲之餘音嫋嫋，有聲無字。雖借字作譜而無義。若今之哩囉、嗹嗹、嗹吽也。知此，可以讀古樂府矣。

鼓吹騎吹雲吹

樂府有鼓吹曲，其昉於黄帝記里鼓之制乎。後世有鼓吹、騎吹、雲吹之名。建初録云：「列於殿廷者名鼓吹，列於行駕者名騎吹。」又曰：「鼓吹，陸則樓車，水則樓船。其在廷則以簨簴爲樓也。水行則謂之雲吹。朱鷺、臨高臺諸篇，則鼓吹曲也。務成、黄雀，則騎吹曲也。水調、河傳，則雲吹曲也。」宋之問詩：「稍看朱鷺轉，尚識紫騮驕。」此言鼓吹也。謝脁詩：「鳴笳翼高蓋，疊鼓送華輈。」此言騎吹也。梁簡文詩：「廣水浮雲吹，江風引夜衣。」此言雲吹也。

唐詞多無换頭

張泌，南唐人，有江城子二闋。其一云：「碧闌干外小中庭。雨初晴。曉鶯聲。飛絮落花，時節近清明。睡起捲簾無一事，勻面了，没心情。」其二云：「浣花溪上見卿卿。眼波明。黛眉輕。高綰緑雲，低簇小蜻蜓。好是問他得來麽，和笑道，莫多情。」黄叔暘云：「唐詞多無换頭，如此詞自是兩首，故重押兩情字，兩明字。今人不知，合爲一首，則誤矣。」

填詞句參差不同

填詞平仄及斷句皆定數，而詞人語意所到，時有參差。如秦少游水龍吟前段歇拍句云：「紅成陣、飛鴛甃。」換頭落句云：「念多情但有，當時皓月，照人依舊。」以詞意言，「當時皓月」作一句，「照人依舊」作一句。以詞調拍眼，「但有當時」作一拍，「皓月照」作一拍，「人依舊」作一拍，爲是也。維揚張世文云：陸放翁水龍吟，首句本是六字，第二句本是七字。若「摩訶池上追遊客」則七字。下云「紅綠參差春晚」，卻是六字。又如後篇瑞鶴仙，「冰輪桂花滿溢」爲句，以滿字叶，而以溢字帶在下句。別如二句分作三句，三句合作二句者尤多。然句法雖不同，而字數不少。妙在歌者上下縱橫取協爾。古詩亦有此法，如王介甫「一讀亦使我，慨然想遺風」是也。

填詞用韻宜諧俗

沈約之韻，未必悉合聲律，而今詩人守之，如金科玉條。此無他，今之詩學李杜，李杜學六朝，往往用沈韻，故相襲不能革也。若作填詞，自可通變。如朋字與蒸同押，打字與等同押。卦字、畫字，與怪壞同押，乃是鴃舌之病，豈可以爲法耶。元人周德清著中原音韻，一以中原之音爲正，偉矣。然予觀宋人填詞，亦已有開先者。蓋真見在人心目，有不約而同者。俗見之膠固，豈能眯豪傑之目哉。試舉數詞於右。東坡一斛珠云：「洛城春晚。垂楊亂掩紅樓半。小池輕浪紋如篆。燭下花前，曾醉離歌宴。自惜風流雲雨散。關山有限情無限。待君重見尋芳伴。爲説相思，目斷西樓燕。」篆字沈韻在上韻，本屬鴂舌，坡特正之也。蔣捷元夕女冠子云：「蕙花香也。雪晴池館如畫。春風飛到，寶釵樓上，一片笙簫，琉璃光射。而今燈謾挂。不是暗塵明月，那時元夜。況年來心嬾意怯，羞與鬧蛾兒争耍。江城人悄初更打。問繁華誰解，再向天公借。剔殘紅灺，但夢裏隱隱，鈿車羅帕。吴牋銀粉研。（研字原缺，王幼安從竹山詞補。）待把舊家風景，寫成閑話。笑緑鬟鄰女，倚窗猶唱，夕陽西下。」是駁正沈韻畫及挂話及打字之謬也。吕聖求惜分釵云：「重簾下。微燈挂。背闌同説春風話。」用韻亦與蔣捷同意。晁叔用感皇恩云：「寒食不多時，牡丹初賣。小院重簾燕飛礙。昨宵風雨，尚有一分春在。今朝猶自得，陰晴快。熟睡起來，宿醒微帶。不惜羅襟揾眉黛。日長梳洗，看看花影移改。笑拈雙杏子，連枝帶。」此詞連用數韻，酌古斟今尤妙。國初高季迪石州慢云：「落了辛夷，風雨頓催，庭院瀟灑。春來長恁，樂章嬾按，酒籌慵把。辭鶯謝燕，十年夢斷青樓，情隨柳絮猶縈惹。難覓舊知音，把琴心重寫。夭冶。憶曾攜手，鬬草闌邊，買花簾下。看轆轤低轉，秋千高打。如今何處，總有團扇輕衫，與誰共走章臺馬。回首暮山青，又離愁來也。」諸公數詞可爲用韻之式，不獨綺語之工而已。

燕昕鶯轉

禽經：「燕以狂昕，鶯以喜轉。」昕，視也。夏小正：「來降燕乃睇。」轉，曲名，鶯聲似歌曲，故曰轉。

哀曼

晉鈕滔母孫氏箜篌賦曰：「樂操則寒條反榮，哀曼則晨華朝滅。」曼與慢通，亦曲名，如石州慢、聲聲慢之類。

北曲

南史蔡仲熊曰：「五音本在中土，故氣韻調平。東南土氣偏詖，故不能感動木石。」斯誠公言也。近世北曲，雖皆鄭衞之音，然猶古者總章北里之韻，梨園教坊之調，是可證也。近日多尚海鹽南曲，士夫稟心房之精，從婉孌之習者，風靡如一。甚者北土亦移而躭之。更數十年，北曲亦失傳矣。白樂天詩：「吳越聲邪無法用，莫教偷入管弦中。」東坡詩：「好把鶯黃記宫樣，莫教弦管作蠻聲。」

歐蘇詞用選語

歐陽公詞「草薰風暖摇征轡」，乃用江淹别賦「閨中風暖，陌上草薰」之語也。蘇公詞「照野瀰瀰淺浪，横空曖曖微霄」，乃用陶淵明「山滌餘靄，宇曖微霄」之語也。填詞雖於文爲末，而非自選詩樂府來，亦不能入妙。李易安詞「清露晨流，新桐初引」，乃全用世説語。女流有此，在男子亦秦周之流也。

草薰

佛經云：「奇草芳花能逆風聞薰。」江淹别賦「閨中風暖，陌上草薰」，正用佛經語。六一詞云「草薰風暖摇征轡」，又用江淹語。今草堂詞改薰作芳，蓋未見文選者也。弘明集：「地芝候月，天華逆風。」

南雲

晏元獻公清商怨云：「關河愁思望處滿。漸素秋向晚。鴈過南雲，行人回淚眼。雙鸞衾裯悔展。夜又永，枕孤人遠。夢未成歸，梅花聞塞管。」此詞誤入歐公集中。按詩話，或問晏同叔詞「鴈過南雲」何所本，庚溪以江淹詩「心逐南雲去，身隨北鴈來」答之。不知陸機思親賦有「指南雲以寄欽」之句。陸雲九愍云：「眷南雲以興悲。」南雲字，當是用陸公語也。（案此詞乃歐陽修作，見歐公近體樂府，庚溪詩話亦謂歐公作。）

詞用晉帖語

「天氣殊未佳，汝定成行否。寒食近，且住爲佳爾。」此晉無名氏帖中語也。辛稼軒融化作霜天曉角詞云：「吴頭楚尾。一棹人千里。休説舊愁新恨，長亭樹，今如此。宦遊吾倦矣，玉人留我醉。明日落花寒食，得且住，爲佳爾。」晉人語本入妙，而詞又融化之如此，可謂珠璧相照矣。

屯雲

中山王文木賦：「奔雷屯雲，薄霧濃雰。」皆形容木之文理也。杜詩「屯雲對古城」，實用其字。李易安九日詞「薄霧濃雰愁永晝」，今俗本改雰作雲。

樂府用取月字

子夜歌「開窗取月光」，又「籠窗取涼風」，妙在取字。

齊己詩

僧齊己詩：「重城不鎖夢，每夜自歸山。」宋人小詞：「金門不鎖夢，隨意繞天涯。」

歐詞石詩

歐陽公詞：「平蕪盡處是春山，行人更在春山外。」石曼卿詩：「水盡天不盡，人在天盡頭。」歐與石同時，且爲文字友，其偶同乎，抑相取乎。

側寒

吕聖求望海潮詞云：「側寒斜雨，微燈薄霧，匆匆過了元宵。簾影護風，盆池見日，青青柳葉柔條。碧草皺裙腰。正晝長煙暖，蜂困鶯嬌。望處凄迷，半篙緑水浸（「浸」字原缺，王幼安從聖求詞補。）斜橋。孫郎病酒無聊。記烏絲醉語，碧玉風標。新燕又雙，蘭心漸吐，佳期趁取花朝。心事轉迢迢。但夢隨人遠，心與山遥。誤了芳音，小窗斜日到芭蕉。」其用側寒字甚新。唐詩「春寒側側掩重門」，韓偓詩「側側輕寒剪剪風」，又無名氏詞「玉樓十二春寒側」，與此「側寒斜雨」相襲用之，不知所出。大意，側，不正也，猶云峭寒爾。聖求在宋人不甚著名，而詞甚工。如醉蓬萊、撲胡蝶近、惜分釵、薄倖、選冠子、百宜嬌、荳葉黃、鼓笛慢，佳處不減秦少游。見予所集詞林萬選及填詞選格。

聞笛詞

南渡後，有題聞笛玉樓春詞于杭京者。其詞云：「玉樓十二春寒側。樓角暮寒吹玉笛。天津橋上舊曾聽，三十六宮秋草碧。昭華人去無消息。江上青山空晚色。一聲落盡短亭花，無數行人歸未得。」其詞悲感悽惻，在陳去非憶昔午橋之上，而不知名。或以爲張子野，非也。子野卒于南渡之前，何得云「三十六宮秋草碧」乎。

等身金

宋賈黄中，幼日聰悟過人。父取書與其身相等，令誦之，謂之等身書。張子野歸朝懽詞云：「聲轉轆轤聞露井。曉汲銀瓶牽素綆。西園人語夜來風，叢英飄墜紅成逕。寶猊煙未冷。蓮臺香燭殘痕凝。音佞。等身金，誰能得意，買此好光景。粉落輕粧紅玉瑩。月枕横釵雲墜領。有情無物不雙棲，文禽只合長交頸。晝長懽豈定。争如飜做春宵永。日曈曨，嬌柔嬾起，簾押捲花影。」此詞極工，全録之。不覩賈黄中傳，知等身金爲何語乎。

闗山一點

杜詩「闗山同一點」，點字絶妙。東坡亦極愛之，作洞仙歌云：「一點明月窺人。」用其語也。赤壁賦云「山高月小」，用其意也。今書坊本改點作照，語意索然。且闗山同一照，小兒亦能之，何必杜公也。幸草堂詩餘可證。

楊柳索春饒

張小山小桃紅詞云：「一汀煙柳索春饒。添得楊花鬧。盼殺歸舟木蘭棹。水迢迢。畫樓明月空相照。今番瘦了。多情知道。寬褪了翠裙腰。」「蔞蒿穿雪動，楊柳索春饒」，山谷詩也。此詞用之。今刻本不知，改饒爲愁，不惟無韻，且無味矣。

秋盡江南葉未凋

賀方回作太平時一詞，衍杜牧之詩也。其詞云：「秋盡江南葉未凋。晚雲高。青山隱隱水迢迢。接亭皋。二十四橋明月夜，弭蘭橈。玉人何處教吹簫。可憐宵。」按此則牧之本作「葉未凋」。今妄改作「草木凋」，與上下意不相接矣。幸有此可正其誤。

玉船風動酒鱗紅

何晉之小重山詞云：「綠樹啼鶯春正濃。枝頭青杏小，綠成叢。玉船風動酒鱗紅。歌聲咽，相見幾時重。車馬去匆匆。路遥芳草遠，恨無窮。相思只在夢魂中。今宵月，偏照小樓東。」臨邛高恥庵云：「玉船風動酒鱗紅」之句，譬如雲錦月鈎，造化之巧，非人琢也。此等句在天地間有限。

泥人嬌

俗謂柔言索物曰泥，乃計切，諺所謂軟纏也。杜子美詩：「忽忽窮愁泥殺人。」元微之憶内詩：「顧我無衣搜畫匣（當作「盡篋」），泥他沽酒拔金釵。」杜牧之登九華樓詩：「爲郡異鄉徒泥酒。」皇甫非煙傳詩曰：「郎心應似琴心怨，脉脉春情更泥誰。」楊乘詩：「畫泥琴聲夜泥書。」元鄧文原贈妓詩：「銀燈影裏泥人嬌。」柳耆卿辭：「泥懽邀寵最難禁。」字又作昵，花間集顧夐詞：「黄鶯嬌轉昵芳妍。」又「記得昵人微斂黛」。字又作妮。王通叟詞：「十三妮子緑窗中。」今山東人目婢曰小妮子，其語亦古矣。

凝音佞

詩：「膚如凝脂。」凝音佞唐詩：「日照凝紅香。」白樂天詩：「落絮無風凝不飛。」又：「舞繁紅袖凝，歌切翠眉愁。」又：「舞急紅腰凝，歌遲翠黛低。」徐幹臣詞：「重省，別時淚漬，羅巾猶凝。」張子野詞：「蓮臺香燭殘痕凝。」高賓王詞：「想蕁汀，水雲愁凝，閒蕙帳，猿鶴悲吟。」柳耆卿詞：「愛把歌喉當筵逞，遏天邊，亂雲愁凝。」今多作平音，失之。音律亦不協也。

詞人用黦字

黦，黑而有文也，字一作[illegible]，於勿、於月二切。周處風土記：「梅雨霑衣服，皆敗黦。」此字文人罕用，惟花間集韋莊及毛熙震詞中見之。韋莊應天長詞云：「別來半歲音書絕。一寸離腸千萬結。難相見，易相別。又見玉樓花似雪。暗相思，無處說。惆悵夜來烟月。想得此時情更切。淚霑紅袖黦。」毛熙震後庭花詞曰：「鶯啼燕語芳菲節。後庭花發。昔時懽宴歌聲揭。管弦清越。自從陵谷追遊歇。畫梁塵黦。傷心一片如珪月。閑鎖宮闕。」此二詞皆工，全録之。

詞品卷之二

真丹

王半山和俞秀老禪思詞曰：「茫然不肯住林間。有處即追攀。將他死語圖度，怎得離真丹。漿水價，匹如閑。也須還。何如直截，踢倒軍持，贏取溈山。」此詞意勸秀老純歸於禪，住山不出遊也。真丹，即震旦也。軍持，取水瓶也，行脚之具。踢倒軍持，勸其勿事行脚也。溈山和尚欲謀住山，曰：「此山名骨山，和尚是肉人，骨肉不相離。」言人不當離山也。皆用佛書語。「漿水價」，「也須還」，則用列子五漿先饋事。

金荃

元好問詩：「金荃怨曲蘭畹辭。」金荃，温飛卿詞名金荃集。荃即蘭蓀也，音筌。蘭畹，唐人詞曲集名，與花間集出入，而中有杜牧之詞。

鞋襪稱兩

高文惠妻與夫書曰：「今奉織成襪一量，願着之，動與福并。」量當作兩，詩「葛屨五兩」是也。無名氏踏莎行詞末云：「夜深着輛小鞋兒，靠着屏風立地。」輛兩蓋古今字也。小詞用毛詩字亦奇。

麝月

蔡松年小詞：「銀屏小語，私分麝月，春心一點。」麝月，茶名，麝言香，月言圓也。或説麝月是畫眉香煤，亦通。但下不得「分」字。又党懷英茶詞：「紅莎緑蒻春風餅。趁梅驛，來雲嶺。」金國明昌、大定時，文物已埒中國，而製茶之精如此。胡雛亦風味也。非見元宵燈以爲妖星下地之日比也。

檀色

畫家七十二色，有檀色，淺赭所合，詞所謂「檀畫荔枝紅」也。而婦女暈眉色似之。唐人詩詞多用，試舉其略。徐凝宫中曲云：「檀妝惟約數條霞。」花間詞云：「背人匀檀注。」又「鈿昏檀粉淚縱横」，又「臂留檀印齒痕香」，又「斜分八字淺檀蛾」是也。又云：「卓女燒春濃美，小檀霞。」則言酒色似檀色。又云：「檀畫荔枝紅，金蔓蜻蜓軟。」又「香檀細畫侵桃臉」，又「淺眉微斂注檀輕」，又「何處惱佳人，檀痕衣上新」，又「脩蛾慢臉。不語檀心一點。歌聲慢發開檀點，笑拈金靨」，又「錦檀偏，翹鬌重，翠雲欹」，又「翠鈿檀注助容光」，又「粉檀珠淚和」。伊孟昌黄蜀葵詩：「檀點佳人噴異香。」杜衍雨中荷花詩：「檀粉不匀香汗濕。」則又指花色似檀色也。東坡梅詩：「鮫綃剪碎玉簪輕。檀暈粧成雪月明。肯伴老人春一醉，懸知欲落更多情。」唐宋婦女閨妝，面注檀痕，猶漢魏婦女之注玄的也。嵇含南方草木狀：「蒟緣子，漬以蜂蜜，點以燕檀。」

黄額

後周天元帝令宫人黄眉黑粧，其風流於後世。虞世基詠袁寶兒云：「學畫鴉黃半未成。」此煬帝時事也，至唐猶然。駱賓王詩：「寫月圖黄罷，淩波拾翠通。」又盧照鄰詩：「纖纖初月上鴉黄。」「鴉黄粉白車中出。」王翰詩：「中有一人金作面。」裴慶餘詩：「滿額鵝黄金縷衣。」温庭筠詞：「小山重疊金明滅。」又「蕊黄無限當山額」，又「撲蕊添黄子，呵花滿翠鬟」，又「臉上金霞細，眉間翠鈿深」，牛嶠詞：「額黄侵膩髮，臂釧透紅紗。」張泌詞：「蕊黄香畫帖金蟬。」宋陳去非臘梅詩：「智瓊額黄且勿誇。眼明見此風前葩。」智瓊，晉代魚山神女也。額黄事，不見所出，當時必有傳記。而黄粧實自智瓊始乎。今黄粧久廢，汴蜀妓女以金箔飛額上，亦其遺意也。

靨飾

説文：「靨，頰輔也。」洛神賦：「明眸善睞，靨輔承權。」自吴宫有獺髓補痕之事，唐韋固妻少時爲盜刃所刺，以翠掩之，女粧遂有靨飾。其字二音，一音琰，一音葉。温飛卿詞：「繡衫遮笑靨。煙草粘飛蝶。」此音葉。又云：「粉心黄蕊花靨。黛眉山兩點。」此音琰。花間詞：「淺笑含雙靨。」又云：「翠靨眉心小。」又「膩粉半粘金靨子，殘香猶暖綉(原作奮，王幼安據花間集改。)熏籠」，又「一雙笑靨嚬香蕊」，又「濃蛾淡靨不勝情」，又「笑靨嫩疑花拆，愁眉翠斂山横」。宋詞：「杏靨夭斜，梅鈿輕薄。」又「小唇秀靨。團鳳眉心倩郎貼」，則知此飾，五代宋初爲盛。

花翹

韋莊訴衷情詞云:「碧沼紅芳煙雨靜,倚蘭橈。重玉佩,交帶裊纖腰。鴛夢隔星橋。迢迢。越羅香暗銷。墜花翹。」按此詞在成都作也。蜀之妓女,至今有花翹之飾,名曰翹兒花云。

眼重眉褪

唐詞:「眼重眉褪不勝春。」李後主詞:「多少淚,斷臉復橫頤。」元樂府:「眼餘眉剩。」皆祖唐詞之語。

角妓垂螺

張子野減字木蘭花云:「垂螺近額。走上紅裀初趁拍。只恐驚飛。擬倩遊絲惹住伊。文鴛繡履。去似風流塵不起。舞徹梁州。頭上宮花顫未休。」又晏小山詞云:「垂螺拂黛青樓女。」又云:「雙螺未學同心綰,已占歌名。月白風清。長倚昭華笛裏聲。」又云:「紅窗碧玉新名舊,猶綰雙螺。一寸秋波。千斛明珠覺未多。」垂螺、雙螺,蓋當時角妓未破瓜時髮飾之名。今秦中妓及搬演旦色,猶有此制。

銀蒜

歐陽六一做玉臺體詩:「銀蒜鉤簾宛地垂。」東坡哨遍詞:「睡起畫堂,銀蒜押簾,(此二字原缺,王幼安據東坡詞補。)珠幕雲垂地。」蔣捷白紵詞:「早是東風作惡。旋安排,一雙銀蒜鎮羅幕。」銀蒜,蓋鑄銀爲蒜形,以押簾也。宋元親王納妃,公主下降,皆有銀蒜簾押幾百雙。

鬧裝

京師有鬧裝帶，其名始於唐。白樂天詩：「貴主冠浮動，親王帶鬧裝。」薛田詩：「九苞綰就佳人髻，三鬪裝成子弟韉。」詞曲有「角帶鬧黃鞓」，今作「傲黃鞓」，非也。

椒圖

元人樂府：「户列八椒圖。」又貝瓊未央瓦硯歌：「長楊昨夜西風早。錦縵椒圖跡如掃。」竟不知椒圖爲何物。近閲陸文量菽園雜記云：「博物志逸篇曰，龍生九子，不成龍，各有所好，鴟吻虯蜡之類也。椒圖，其形似螺，性好閉，故立于門上，即詩人所謂金鋪也。」司馬温公明妃曲云：「宫門金環雙獸面。回首何時復來見。」梁簡文烏栖曲云：「織成屏風金屈戌。」李賀詩：「屈戌銅鋪鎖阿甄。」皆指此也。又按尸子云：「法螺蚌而閉户。」後漢書禮儀志：「殷人以水德王，故以螺著門户。」則椒圖之似螺形，其説信矣。

靺鞨

靺鞨，國名，古肅慎地也。其地産寶石，大如巨栗，中國謂之靺鞨。文與可朱櫻歌云：「金衣珍禽弄深樾。禁籞朱櫻斑若纈。上幸離宫促薦新，藤籃寶籠貂璫發。凝霜作丸珠尚軟，油露成津蜜初割。君王午坐鼓猗蘭，翡翠一盤紅靺鞨。」葛魯卿西江月詞云：「靺鞨斜紅帶柳，琉璃漲緑平橋。人間花月正新妖。不數江南蘇小。恨寄飛花皺皺，情隨流水迢迢。鯉魚風送木蘭橈。迴棹荒雞報曉。」二公詩詞皆用鞦韆事，人罕知者，故詳疏之。

秋千旗

陸放翁詩云：「秋千旗下一春忙。」歐陽公漁家傲云：「隔牆遥見秋千侶。緑索紅旗雙綵柱。」李元膺鷓鴣天云：「寂寞秋千兩繡旗。」予嘗命畫工作寒食士女圖，秋千架作兩繡旗，人多駭之。蓋未見三公之詩詞也。

三絃所始

今之三絃，始於元時。小山詞云：「三絃玉指，雙鈎草字，題贈玉娥兒。」

十二樓十三樓十四樓

漢書：「五城十二樓，仙人居也。」詩家多用之。東坡詞：「遊人都上十三樓。不羨竹西歌吹古揚州。」用杜牧詩「婷婷嫋嫋十三餘」之句也。永樂中，晏振之金陵春夕詞：「花月春江十四樓。」人多不知其事。蓋洪武中，建來賓、重譯、清江、石城、鶴鳴、醉仙、樂民、集賢、謳歌、鼓腹、輕煙、淡粉、梅妍、柳翠十四樓于南京，以處官妓。蓋時未禁縉紳用妓也。

五代僭主能詞

五代僭僞十國之主，蜀之王衍、孟昶，南唐之李景、李煜，吴越之錢俶，皆能文，而小詞尤工。如王衍之

「月明如水浸宫殿」，元人用之爲傳奇曲子。孟昶之洞仙歌，東坡極稱之。錢俶「金鳳欲飛遭掣搦。情脉脉。行郎玉樓雲雨隔」。爲宋藝祖所賞，惜不見其全篇。

花蕊夫人

花蕊夫人，宫詞之外，尤工樂府。蜀亡入汴，書葭萌驛壁云：「初離蜀道心將碎，離恨綿綿。春日如年。馬上時時聞杜鵑。」書未畢，爲軍騎催行。後人續之云：「三千宫女皆花貌，妾最嬋娟。此去朝天。只恐君王寵愛偏。」花蕊見宋祖，猶作「更無一箇是男兒」之詩，焉有隨昶行而書此敗節之語乎。續之者不惟虚空架橋，而詞之鄙，亦狗尾續貂矣。

女郎王麗真

女郎王麗真，有詞名字字雙：「牀頭錦衾斑復斑。架上朱衣殷復殷。空庭明月閒復閒。夜長路遠山復山。」

李易安詞

宋人中填詞，李易安亦稱冠絶。使在衣冠，當與秦七、黄九争雄，不獨雄於閨閣也。其詞名漱玉集，尋之未得。聲聲慢一詞，最爲婉妙。其詞云：「尋尋覓覓，冷冷清清，悽悽慘慘戚戚。乍暖還寒時候，最難將息。三杯兩盞淡酒，怎敵他、晚來風急。鴈過也，正傷心，卻是舊時相識。滿地黄花堆積。憔悴損，如今有誰堪摘。守着窗兒，獨自怎生得黑。梧桐更兼細雨，到黄昏，點點滴滴。這次第，怎一箇愁字了得。」荃翁張端義貴耳集云：此詞首下十四箇疊字，乃公孫大娘舞劍手。本朝非無能詞之士，未曾有下十四箇疊字者。乃用文選諸賦格。「守着窗兒，獨自怎生得黑。」此黑字不許第二人押。又「梧桐更兼細雨，到黄昏點點滴滴」，四疊字又無斧痕，婦人中有此，殆間氣也。晚年自南渡後，懷京洛舊事，賦元宵永遇樂詞云：「落日（原作月，王幼安據貴耳集改。）鎔金，暮雲合璧。」已自工緻。至於「染柳煙輕，吹梅笛怨，春意知幾許」，氣象更好。後疊云：「於今憔悴，風鬟霜鬢，怕見夜間出去。」皆以尋常言語，度入音律。鍊句精巧則易，平淡入妙者難。山谷所謂以故爲新，以俗爲雅者，易安先得之矣。

辛稼軒用李易安詞語

辛稼軒詞「泛菊杯深，吹梅角暖」，蓋用易安「染柳煙輕，吹梅笛怨」也。然稼軒改數字更工，不妨襲用。不然豈盗狐白裘手邪。

朱淑真元夕詞

朱淑真元夕生查子云：「去年元夜時，花市燈如晝。月上柳梢頭，人約黄昏後。今年元夜時，月與燈依舊。不見去年人，淚濕春衫袖。」詞則佳矣，豈良人家婦所宜邪。又其元夕詩云：「火樹銀花觸目紅。極天歌吹暖春風。新懽入手愁忙裏，舊事經心憶夢中。但願暫成人繾綣，不妨長任月朦朧。賞燈那得工夫醉，未必明年此會同。」與其詞意相合，則其行可知矣。（案元夕詞乃歐陽修作，見廬陵集卷一百三十一。）

鍾離權

仙家稱鍾離先生者，唐人鍾離權也，與呂喦同時。韓澗泉選唐詩絶句，卷末有鍾離一首，可證也。近世俗人稱漢鍾離，蓋因杜子美元日詩，有「近聞韋氏妹，遠在漢鍾離」。流傳之誤，遂傅會以鍾離權爲漢將鍾離昧矣。可發一笑也。說神仙者，大率多欺世誑愚，如世傳沁園春及解紅二詞爲呂洞賓作。按沁園春詞，宋駙馬王晉卿初製此腔。解紅兒，則五代和凝歌童，凝爲製解紅一曲。初止五句，見陳氏樂書。後乃衍爲解紅兒慢。豈有呂洞賓在唐，預知其腔，而填爲此曲乎。元俞琰又注沁園春。琰雖博學，亦惑於長生之說，而隨俗爾。琰子仲温序其父陰符經云，先君七十而逝。由此言之，琰之篤意養生，壽止于此。世有村夫，目不識參同契一字，而年踰百歲，又何必勞心於不可知之術哉。達人君子，可以意悟。

解紅

曲名有解紅者，今俗傳爲呂洞賓作，見物外清音，其名未曉。近閱和凝集，有解紅歌云：「百戲罷，五音清。解紅一曲新教成。兩個瑶池小仙子，此時奪却柘枝名。」樂書云：「優童解紅舞，衣紫緋繡襦，銀帶花鳳冠。」蓋五代時人也。焉有呂洞賓在唐世預填此腔邪。

白玉蟾武昌懷古

白玉蟾武昌懷古詞云：「漢江北瀉，下長淮，洗盡胸中今古。樓櫓橫波征鴈遠，誰見魚龍夜舞。鸚鵡洲雲，鳳皇池月，付與沙頭鷺。功名何處。年年惟見春絮。非不豪似周瑜，壯如黃祖，亦隨秋風度。野草閒花無限數。渺在西山南浦。黃鶴樓人，赤烏年事，江漢庭前路。浮萍無據。水天幾度朝暮。」此調雄壯，有意效坡仙乎。詞名念奴嬌，因坡公詞尾三字，遂名酹江月。又恰百字，又名百字令。玉蟾詞，他如「一葉飛何處，天地起西風。鱗鱗波上煙寒，水冷剪丹楓」，皆佳句。詠燕子有「秋千節後初相見，祓禊人歸有所思」，亦有思致，不愧詞人云。

邱長春梨花詞

邱長春詠梨花無俗念云：「春遊浩蕩，是年年寒食，梨花時節。白錦無紋香爛熳，玉樹瓊苞堆雪。靜夜沈沈，浮光靄靄，冷浸溶溶月。人間天上，爛銀霞照通徹。渾似姑射真人，天姿靈秀，意氣殊高潔。萬蕊參差，誰信道，不與羣芳同列。浩氣清英，仙材卓犖，下土難分別。瑶臺歸去，洞天方看清絕。」長春，世之所謂仙人也，而詞之清拔如此。予嘗問好事者曰：「神仙惜氣養真，何故讀書史作詩詞。」答曰：「天上無不識字神仙。」予因語吾黨曰：「天上無不識字神仙，世間甯有不讀書道學耶。今之講道者，束書不看，號曰忘言觀妙，豈不反爲異端所笑耶。」

鬼仙詞

「曉星明滅。白露點，秋風落葉。故址頹垣，冷烟衰草，前朝宮闕。長安道上行客。依舊名深利切。

改變容顏，銷磨今古，隴頭殘月。」此五代新説載鬼仙詞也。非太白、長吉之流，豈能及此。

郝仙女廟詞

博陵縣有郝仙女廟。仙女，魏青龍中人。年及笄，姿色姝麗。採蘋水中，蒼烟白霧，俄失所在。其母哀求水濱，願言一見。良久，異香襲人，隱約于波渚間。曰：「兒以靈契，託蹟綃宮，陰主是水府。世緣已斷，毋用悲悒。而今而後，使鄉社田蠶歲宜。」有感而通，乃爲吾驗。」後人立廟焉。後有題喜遷鶯詞於壁云：「汀洲蘋滿。記翠籠采采，相將隣媛。蒼渚煙生，金支光爛，人在霧綃鮫館。小鬟頓成雲散。羅襪淩波，不見翠鸞遠。但清溪如鏡，野花留靨。情睠。驚變現。身後神功，緣就吴蠶繭。漢女菱歌，湘妃瑶瑟，春動倚雲層殿。彤車載花一色，醉盡碧桃清宴。故山晚。嘆流年一笑，人間飛電。」

鵲橋仙三詞

齊東野語載鸞箕鵲橋仙詞詠七夕，以八煞爲韻。其詞曰：「鸞輿初駕，牛車齊發。聽隱隱、鵲橋伊軋。尤雲殢雨正懽濃，但只怕、來朝初八。　霞垂彩幔，月明銀蠟。更馥郁、香焚金鴨。年年此際一相逢，未審是、甚時結煞。」方秋崖除夜小盡生日詞曰：「今朝二十九，明朝初一。怎欠箇秋崖生日。客中情緒老天知，道這月不消三十。　春盤縷翠，春缸摇碧。便泥做、梅花消息。雪邊試問是耶非，笑（此字原脱，王幼安據秋崖詞補。）今夕不知何夕。」近時東莞方彦卿俊正月六日於俞君玉席上，擘糟蟹薦酒，壽其友人黄瑜，亦依此調。其詞云：「草頭八足。一團大腹。持螯笑向俞君玉。花燈預賞爲先生，生日是新正初六。今宵過了，七人八穀。又七日天官賜福。福如東海壽如山，願歲歲春盤盈綠。」瑜字廷美，香山人。其孫才伯佐，與予同官，嘗爲予誦之。

衲子塡詞

唐宋衲子詩，儘有佳句，而塡詞可傳者僅數首。其一報恩和尚漁家傲云：「此事楞嚴嘗布露。梅花雪月交光處。一笑寥寥空萬古。風甌語。迥然銀漢橫天宇。蝶夢南華方栩栩。斑斑誰跨豐干虎。而今忘却來時路。**江山暮**。天涯目送飛鴻去。」其二壽涯禪師詠魚籃觀音云：「深願宏慈無縫罅。乘時走入衆生界。窈窕丰姿都沒賽。提魚賣。堪笑馬郎來納敗。清冷露濕金襴壞。茜裙不把珠瓔蓋。特地掀來呈捏怪。牽人愛。還盡許多菩薩債。」

菩薩蠻

「牡丹帶露眞珠顆。佳人折向庭前過。含笑問檀郎。花强妾貌强。檀郎故相惱。只道花枝好。一向發嬌嗔。碎挼花打人。」此詞無名氏，唐宣宗嘗稱之，蓋又在花間之先也。

徐昌圖

徐昌圖，唐人。冬景木蘭花一詞，縟麗可愛。今入草堂之選，然莫知其爲唐人也。

小重山

韋莊小重山前段，今本「羅衣濕」下，遺「新揾舊啼痕」五字。

牛嶠

牛嶠，蜀之成都人，爲孟蜀學士。其酒泉子云：「紫陌青門，三十六宮春色。御溝輦路暗相通。杏園風。咸陽沽酒寶釵空。笑指未央歸去。插花走馬落殘紅。月明中。」楊柳枝詞數首尤工，見樂府詩集。

日蕩

南史王晞詩：「日蕩當歸去，魚鳥見留連。」俗本改蕩爲暮，淺矣。孟蜀牛嶠詞：「日蕩天空波浪急」，正用晞語。

孫光憲

孫光憲，蜀之資州人。事荆南高氏，爲從事，有文學名，著北夢瑣言。其詞見花間集，「一庭疏雨濕春愁」，秀句也。

李珣

李珣，蜀之梓州人。事王宗衍。浣溪沙詞有「早爲不逢巫峽夜，那堪虛度錦江春」之句。詞名瓊瑶集。

其妹事王衍，爲昭儀，亦有詞藻。有「鴛鴦瓦上忽然聲」詞一首，誤入花蕊夫人集。蓋一百一首本羨此首也。

毛文錫

毛文錫、鹿虔扆、歐陽炯、韓琮、閻選，皆蜀人。事孟後主，有五鬼之號。俱工小詞，並見花間集。此集久不傳。正德初，予得之於昭覺僧寺，乃孟氏宣華宮故址也。後傳刻於南方云。

潘祐

潘祐，南唐人。事後主，與徐鉉、湯悦、張泌，俱有文名。而祐好直諫。嘗應後主令作小詞，有「樓上春寒山四面。桃李不須誇爛熳。已失了東風一半」。蓋諷其地漸侵削也。可謂得諷諭之旨。

盧絳

盧絳，南唐人。夢一人歌菩薩蠻云：「玉京人去秋蕭索。畫簷鵲起梧桐落。欹枕悄無言。月和清夢圓。背燈惟暗泣。甚處砧聲急。眉黛小山攢。芭蕉生暮寒。」其名不著，詞頗清潤，特録之。

花深深

草堂詞「花深深」，按玉林詞選，乃李嬰之作。今以爲孫夫人，非也。

坊曲

唐制妓女所居曰坊曲，北里志有南曲北曲，如今之南院北院也。宋陳敬叟詞：「窈窕青門紫曲。」周美成詞：「小曲幽坊月暗。」又「愔愔坊曲人家」。近刻草堂詩餘，改作坊陌，非也。謝皐羽天地間集載孟鯁南京詩云：「愔愔坊曲傍深春。活活河流過雨渾。花鳥幾時充貢賦，牛羊今日上邱原。猶傳柳七工詞翰，不見朱三有子孫。我亦前生梁楚士，獨持心事過夷門。」

簷花

杜詩「燈前細雨簷花落」，注謂簷下之花，恐非。蓋謂簷前雨映燈花如花爾。後人不知，或改作「簷前細雨燈花落」，則直致無味矣。宋人小詞多用簷花字，周美成云：「浮萍破處，簷花簷影顛倒。」又云：「簷花紅雨照方塘。」多不悉記。

十六字令

周美成十六字令云：「眠。月影穿窗白玉錢。無人弄，移過枕函邊。」詞簡思深，佳詞也。其片玉集中不載，見天機餘錦。（案此周晴川詞，見花草粹編卷一，詞品誤作周邦彥詞。詞統、毛刻片玉詞補遺並承其誤。）

應天長

周美成寒食應天長詞：「條風布暖，霏霧弄晴，池塘徧滿春色。正是夜堂無月，沈沈暗寒食。」今本遺條風至正是二十字。

過秦樓

周美成過秦樓首句是「水浴清蟾」，今刻本誤作「涼浴」。

李冠詞

草堂詩餘「朦朧澹月雲來去」，齊人李冠之詞。今傳其詞，而隱其名矣。冠又有六州歌頭，道劉項事，慷慨悲壯，今亦不傳。

魚遊春水

尾句：「雲山萬重，寸心千里。」今刻誤作「雲山萬里」，以前段「鶯轉上林」，林字平聲例之可知。又注引李詩「雲山萬重隔」，爲重字無疑。

春霽秋霽

草堂詞選春霽、秋霽二首相連，皆胡浩然作也。格韻如一，尾句皆是「有誰知得」，而不知何等妄人，于秋霽下添入陳後主名。不知六朝焉知此等慢調。況其中有孤鶩落霞語，乃襲用王勃之序。陳後主豈能預知勃文而倒用之邪。

岸草平沙

草堂詞，柳梢青岸草平沙一首，僧仲殊作也。今刻本往往失其名，故特著之。宋人小詞，僧徒惟二人最佳，覺範之作類山谷，仲殊之作似花間。祖可、如晦俱不及也。

周晉仙浪淘沙

周晉仙，名文璞，宋淳熙間人。其字曰晉仙者，因名璞，義取郭璞，故曰晉仙也。能詩詞，好奇怪。有灌口二郎歌，爲時所稱，以爲不減李賀。又題鍾山云：「往在秦淮問六朝。江頭只有女吹簫。昭陽太極無行路，幾歲鵝黃上柳條。」嘗云：花間集只有五字佳，「絲雨濕流光」，語意俱微妙。又有題酒家壁浪淘沙一詞云：「還了酒家錢。便好安眠。大槐宫裏着貂蟬。行到江南知是夢，雪壓漁船。　磐薄古梅邊。也是前緣。鵝黄雪白又醒然。一事最奇君記取，明日新年。」其詞飄逸似方外塵表。又因字晉仙，相傳以爲仙也，誤矣。晉有徐仙民，唐有牛仙客、王仙芝，豈皆仙乎。甚矣，人之好奇而不察也。然觀此則世之所傳仙跡，不幾類是哉。

閑適之詞

宋傅公謀水調歌頭曰：「草草三間屋，愛竹旋添栽。碧紗窗户，眼前都是翠雲堆。一月山翁高卧，踏雪水村清冷，木落遠山開。惟有平安竹，留得伴寒梅。　喚家童，開門看，有誰來。客來一笑清話，煮茗更傳杯。有酒只愁無客，有客又愁無月，月下且徘徊。明日人間事，天自有安排。」黃玉林酹江月云：「吾廬何有，有一灣蓮蕩，數間茅宇。斷塹疎籬聊補葺，那得粉牆朱户。禾黍西風，雞豚曉日，活脱田家趣。客來茶罷，自挑野菜同煑。　多少甲第連雲，十眉環座，人醉黃金塢。回首邯鄲春夢破，零落珠歌翠舞。得似衰翁，蕭然陋巷，長作溪山主。紫芝可採，更尋巖谷深處。」又劉靜修風中柳云：「我本漁樵，不是白駒過谷。對西山、悠然自足。北窗疎竹。南窗叢菊。愛村居、數間茅屋。　風煙草屨，滿意一川平綠。問前溪、今朝酒熟。幽泉歌曲。清泉琴筑。欲歸來、故人留宿。」並呂居仁「東里先生家何在」四詞，每獨行吟歌之，不惟有隱士出塵之想，兼如仙客御風之遊矣。昔人謂「詩情不似曲情多」，信然。

驪山詞

昔於臨潼驪山之温湯，見石刻元人一詞曰：「三郎年少客，風流夢、繡嶺蠱瑤環。漸浴酒發春，海棠睡暖，笑波生媚，荔子漿寒。況此際、曲江人不見，偃月事無端。羯鼓三聲，打開蜀道，霓裳一曲，舞破潼關。　馬嵬西去路，愁來無會處，但淚滿關山。空有香囊遺恨，錦襪傳看。玉笛聲沈，樓頭月下，金釵信杳，天上人間。幾度秋風渭水，落葉長安。」再過之，石已磨爲別刻矣。（案此詞乃石刻金人詞，非元人詞。）

石次仲西湖詞

石次仲西湖多麗一曲云：「晚山青。一川雲樹冥冥。正參差烟凝紫翠，斜陽畫出南屏。館娃歸、吴臺遊鹿，銅仙去、漢苑飛螢。懷古情多，憑高望極，且將樽酒慰漂零。自湖上愛梅仙遠，鶴夢幾時醒。空留在、六橋疎柳，孤嶼危亭。待蘇堤、歌聲散盡，更須攜妓西泠。藕花深、雨凉翡翠，菰浦軟、風弄蜻蜓。澄碧生秋，鬧紅駐景，采菱新唱最堪聽。一片水天無際，漁火兩三星。多情月，爲人留照，未過前汀。」次仲詞在宋未著名，而清奇宕麗如此。宋之塡詞爲一代獨藝，亦猶晉之字、唐之詩，不必名家而皆奇也。然奇而不傳者何限，而傳者未必皆奇。如唐之胡曾，宋之杜默，識者知笑之，而不能斬其傳。蓋亦有幸不幸乎。（案此詞乃張翥作，見蛻巖詞。）

梅詞

吕聖求東風第一枝詞云：「老樹渾苔，橫枝未葉，青春肯誤芳約。背陰未返冰魂，陽梢已含紅萼。佳人寒怯，誰驚起，曉來梳掠。是月斜窗外棲禽，霜冷竹間幽鶴。雲淡濘，粉痕漸薄。風細細、凍香又落。叩門喜伴金樽，倚闌怕聽畫角。依稀夢裏，半面淺窺珠箔。甚時重寫鸞箋，去訪舊遊東閣。」古今梅詞，以坡仙綠毛幺鳳爲第一，此亦在魁選矣。（案此詞乃張翥作，見蛻巖詞。）

折紅梅

宋人折紅梅詞云：「喜輕澌初綻，微和漸入，郊原時節。春消息、夜來陡覺，紅梅數枝爭發。玉溪珍館，不似個、尋常標格。化工別與，一種風情，似勻點胭脂，染成香雪。重吟細閱。比繁杏夭桃，品流終別。可惜彩雲易散，冷落謝池風月。憑誰向說，三弄處、龍吟休咽。大家留取倚闌干，聞有花堪折，勸君須折。」此詞見杜安世集。中吴記聞又作吴應之，未知孰是。

洪覺範梅詞

洪覺範詠梅點絳唇詞云：「流水泠泠，斷橋斜路梅枝亞。雪花飛下。渾似江南畫。白壁青錢，欲買春無價。春歸也。風吹平野。一點香隨馬。」梅詞如此清俊，亦僅有者，惜（原作借，據函海本改。）未入草堂之選。

曹元寵梅詞

曹元寵梅詞：「竹外一枝斜，想佳人天寒日暮。」用東坡「竹外一枝斜更好」之句也。徽宗時禁蘇學，元寵又近幸之臣，而暗用蘇句，其所謂掩耳盜鈴者。噫，姦臣醜正惡直，徒爲勞爾。

李漢老

李漢老名邴，號雲龕居士。父昭玘，元祐名士，東坡門生。漢老才學，世其家者也。其漢宮春梅詞入選最佳。曹元寵梅詞：「竹外一枝斜，想佳人天寒日暮。黄昏院落，無處著清香，風細細，雪融融，何況江頭路。」甚工，而結句落韻殊不强人意，曹蓋富於才而貧于學也。漢老詠美人寫字云：「雲情散亂未成篇，花骨欹斜終帶軟。」亦新美可喜。

蔣捷一剪梅

蔣捷一剪梅詞云：「一片春愁帶酒澆。江上舟搖。樓上簾招。秋娘容與泰娘嬌。風又飄飄。雨又瀟瀟。何日雲帆卸浦橋。銀字筝調。心字香燒。流光容易把人拋。紅了櫻桃。緑了芭蕉。」(案容一作渡，嬌一作橋，何日雨帆卸浦橋，一作何日歸家洗客袍。)

心字香

詞家多用心字香，蔣捷詞云：「銀字筝調。心字香燒。」張于湖詞：「心字夜香清。」晏小山詞：「記得年時初見，兩重心字羅衣。」范石湖驂鸞録云：「番禺人作心字香，用素馨茉莉半開者，著淨器中。以沉香薄劈，層層相間，密封之。日一易，不待花蔫。花過香成。」所謂心字香者，以香末縈篆成心字也。心字羅衣，則謂心字香熏之爾。或謂女人衣曲領如心字，又與此別。

招落梅魂

蔣捷有效稼軒體招落梅魂水龍吟一首云：「醉兮瓊瀣浮觴些。招兮遣巫陽些。君勿去此，颶風將起，天微黄些。野馬塵埃，污君楚楚，白霓裳些。駕空兮雲浪，茫洋東下，流君往他方些。月滿兮方塘些。叫雲兮笛凄涼些。歸來兮爲我，重倚蛟背，寒鱗蒼些。俯視春紅(紅字原缺，王幼安據竹山詞補。)浩然一笑，吐出香些。翠禽兮弄晚，招君未至，我心傷些。」其詞幽秀古豔，迥出纖冶穠華之外，可愛也。稼軒之詞曰醉翁操，併録于此。「長松。之風。如公。肯予從。山中。人心與吾兮誰同。湛湛(原一湛字，據稼軒詞補。)千里之江，上有楓。噫，送子于東。(原作送子東望君，據稼軒詞補。)望君之門兮九重。女無悦己，誰適爲容。不龜手藥，或一朝兮(兮字原缺，王幼安據稼軒詞補。)取封。昔與遊兮皆童。我獨窮兮今翁。一魚兮一龍。勞心兮忡忡。噫，命與時逢。子取之食兮萬鍾。」小詞中離騷，僅見此二首也。（案蔣捷詞乃效稼軒水龍吟押些字，並非效稼軒之醉翁操。）

柳枝詞

唐人柳枝詞，劉禹錫、白樂天而下，凡數十首。予獨愛無名氏云：「萬里長江一帶開。岸邊楊柳是誰栽。錦帆落盡西風起，惆悵龍舟更不回。」此詞詠史詠物，兩極其妙。首句見隋開汴通江。次句「是誰栽」三字作問詞，尤含蓄。不言煬帝，而譏弔之意在其中。末二句俯仰今古，悲感溢于言外。若情致則「清江一曲柳千條。十五年前舊板橋。曾與情人橋上別，更無消息到今朝」。此詞小說以爲劉采春女周德華之作。又云劉禹錫，然劉集中不載也。柳詞當以二首爲冠。

竹枝詞

元楊廉夫竹枝詞，一時和者五十餘人，詩百十餘首。予獨愛徐延徽一首云：「盡說盧家好莫愁。不知天上有牽牛。賸抛萬斛燕脂水，瀉向銀河一色秋。」

蓮詞第一

歐陽公詠蓮花漁家傲云：「葉重如將青玉亞。花輕疑是紅綃掛。顏色清新香脫灑。堪長價。牡丹怎得稱王者。　雨筆露牋吟彩畫。日爐風炭熏蘭麝。天與多情絲一把。誰廝惹。千條萬縷縈心下。」又云：

「楚國纖腰元自瘦。文君膩臉誰描就。日夜鼓聲催箭漏。昏復晝。紅顏豈得長如舊。　醉折嫩房紅蕊嗅。天絲不斷清香透。卻倚小闌凝望久。風滿袖。西池月上人歸後。」前首工緻，後首情思兩極，古今蓮詞第一也。

詞品卷之三

蘇易簡

蘇易簡，梓州人，宋太宗朝狀元。所著有文集及文房四譜行于世。宋世蜀之大魁，自蘇始。其後閬州三人，簡州四人，夔州一人，終宋三百年得十六人，而陳氏、許氏皆兄弟，可謂盛矣。蘇之詞，惟越江吟應制一首，見予所選百琲明珠。

韓范二公詞

韓魏公點絳唇詞云：「病起懨懨，庭前花樹添憔悴。亂紅飄砌。滴盡真珠淚。惆悵前春，誰向花前醉。愁無際。武陵凝睇。人遠波空翠。」范文正公御街行云：「紛紛墜葉飄香砌。夜寂靜，寒聲碎。珍珠簾捲玉樓空，天澹銀河垂地。年年今夜，月華如練，長是人千里。愁腸已斷無由醉。酒未到，先成淚。殘燈明滅枕頭欹，諳盡孤眠滋味。都來此事，眉間心上，無計相迴避。」二公一時勳德重望，而詞亦情致如此。大抵人自情中生，焉能無情，但不過甚而已。宋儒云：「禪家有爲絶欲之説者，欲之所以益熾也。道家有爲忘情之説者，情之所以益蕩也。聖賢但云寡欲養心，約情合中而已。」予友朱良矩嘗云：「天之風月，地之花柳，與人之歌舞，無此不成三才。」雖戲語亦有理也。

滿江紅

范文正公謫睦州，過嚴陵釣臺。會吴俗歲祀里巫迎神，但歌滿江紅，有「湘江好，洲漠漠。波似染，山如削。遶嚴陵灘畔，鷺飛魚躍」之句。公云：「吾不善音律。」撰一絶送神曰：「漢包六合網英豪。一箇冥鴻惜羽毛。世祖功臣三十六，雲臺争似釣臺高。」吴俗至今歌之。湘山野録

温公詞

世傳司馬温公有席上所賦西江月詞云：「寶髻鬆鬆綰就，鉛華澹淡妝成。紅顔翠霧罩輕盈。飛絮遊絲無定。　相見争如不見，有情還似無情。笙歌散後酒微醒。深院月明人静。」仁和姜明叔云：「此詞决非温公作。宣和間，恥温公獨爲君子，作此誣之，不待識者而後能辨也。」

夏英公詞

姚子敬嘗手選古今樂府一帙，以夏英公竦喜遷鶯宫詞爲冠。其詞云：「霞散綺，月沉鉤。簾捲未央樓。夜涼河漢接天流。宫闕鎖清秋。　瑶堦樹。金莖露。玉輦香和雲霧。三千珠翠擁宸遊。水殿按涼州。」富豔精工，誠爲絶唱。

林和靖

林君復惜别長相思詞云：「吴山青。越山青。兩岸青山相送迎。誰知離别情。　君淚盈。妾淚盈。羅

帶同心結未成。江頭潮已平。」甚有情致。宋史謂其不娶，非也。林洪著山家清供，其中言先人和靖先生云，即先生之子也。蓋喪偶後，遂不娶爾。

康伯可詞

康伯可西湖長相思詞云：「南高峯。北高峯。一片湖光煙靄中。春來愁殺儂。郎意濃。妾意濃。油壁車輕郎馬驄。相逢九里松。」蓋效和靖吴山青之調也。二詞可謂敵手。

東坡賀新郎詞

東坡賀新郎詞「乳燕飛華屋」云云，後段「石榴半吐紅巾蹙」以下，皆詠榴。卜算子「缺月挂疎桐」云云，「縹緲孤鴻影」以下，皆説鴻。别一格也。

東坡詠吹笛

嶺南太守閭邱公顯致仕，居姑蘇，東坡每過必留連。坡嘗言，過姑蘇不遊虎邱，不謁閭邱，乃二欠事。其重之如此。一日，出其後房佐酒，有懿卿者，善吹笛，坡作水龍吟贈之，「楚山修竹如雲」是也。詞見草堂詩餘，而不知其事，故著之。

密雲龍

密雲龍，茶名，極爲甘馨。宋廖正一，字明略，晚登蘇東坡之門，公大奇之。時黄、秦、晁、張號蘇門四學士，東坡待之厚。每來必令侍妾朝雲取密雲龍，家人以此知之。一日，又命取密雲龍，家人謂是四學士，窺之，乃廖明略也。東坡詠茶行香子云：「綺席才終，懽意猶濃。酒闌時、高興無窮。共捧君賜，初拆臣封。看分月餅，黄金縷，密雲龍。　鬬贏一水，功敵千鍾。覺涼生、兩腋清風。暫留紅袖，少卻紗籠。放笙歌散，庭館静，略從容。」

瑞鷓鴣

苕溪漁隱曰：「唐初歌詞，多是五言詩，或七言詩，初無長短句。中葉以後至五代，漸變成長短句，及本朝則盡爲此體。今所存者，止瑞鷓鴣、小秦王二闋，是七言八句詩，並七言絶句詩而已。瑞鷓鴣猶依字易歌，若小秦王必須雜以虚聲，乃可歌爾。」其詞云：「碧山影裏小紅旗。儂是江南踏浪兒。拍手又嘲山簡醉，齊聲争唱浪婆詞。　西興渡口帆初落，漁浦山頭日未欹。儂送潮回歌底曲，樽前還唱使君詩。」此瑞鷓鴣也。「濟南春好雪初晴。行到龍山馬足輕。使君莫忘霅溪女，時作陽關腸斷聲。」此小秦王也，皆東坡所作。

陳季常

苕溪漁隱曰：「東坡云：龍邱子自洛之蜀，載二侍女，戎裝駿馬，至溪山佳處，輒留數日，見者以爲異人。後十年，築室黄岡之北，號静庵居士。作臨江仙贈之云：『細馬遠馱雙侍女，青巾玉帶紅靴。溪山好處便爲家。誰知巴峽路，卻見洛城花。　面旋落英飛玉蕊，人間春日初斜。十年不見紫雲車。龍邱新洞府，鉛鼎養丹砂。』」龍邱子卽陳季常也。秦太虛寄之以詩，亦云：「侍童雙擢玉，鬌髮光可照。駿馬錦障泥，相隨窮海嶠。暮年更折節，學佛得心要。鬻馬放阿樊，幅巾對沉燎。」故東坡作詩戲之，有「忽聞河東獅子吼，拄杖落手心茫然」之句。觀此，則知季常載侍女以遠遊，及暮年甘于枯寂，蓋有所制而然，亦可憫笑也哉。

六客詞

東坡云：「吾昔自杭移高密，與楊元素同舟，而陳令舉、張子野皆從予過李公擇于湖，遂與劉孝叔俱至松江。夜半月出，置酒垂虹亭上。子野年八十五，以歌詞聞于天下，作定風波令。其略云：『見說賢人聚吴分。試問。也應傍有老人星。』坐客懽甚，有醉倒者，此樂未嘗忘也。今七年爾，子野、孝叔、令舉，皆爲異物。而松江橋亭，今歲七月九日，海風駕潮，平地丈餘，蕩盡無復孑遺矣。追思曩時，真一夢爾。」苕溪漁隱曰：「吴興郡圃，今有六客亭，卽公擇、子瞻、元素、子野、令舉、孝叔，時公擇守吴興也。」東坡又云：「余昔與張子野、劉孝叔、李公擇、陳令舉、楊元素會於吴興，時子野作六客詞，其卒章：「盡道賢人聚吴分。試問。也應傍有老人星。」凡十五年，再過吴興，而五人皆已亡矣。時張仲謀與曹子方、劉景文、蘇伯固、張秉道爲坐客。仲謀請作後六客詞云：「月滿苕溪照野堂。五星一老鬬光芒。十五年間真夢裏。何事。長庚對月獨凄涼。　綠鬢蒼顔同一醉。還是。六人吟笑水雲鄉。賓主談鋒誰得似。看取。曹劉今對兩蘇張。」

東坡中秋詞

古今詞話云：「東坡在黄州，中秋夜，對月獨酌，作西江月詞云：『世事一場大夢，人生幾度新涼。夜來風葉已鳴廊。看取眉間(原作尖，據函海本改。)鬢上。　酒賤常愁客少，月明多被雲妨。中秋誰與共孤光。把盞悽然北望。』坡以讒言謫居黄州，鬱鬱不得志，凡賦詩綴詞，必寫其所懷。然一日不負朝廷，其懷君之心，末句可見矣。」苕溪漁隱曰：「聚蘭集載此詞，注云寄子由。故後句云：『中秋誰與共孤光，把酒悽然北望。』則兄弟之情見于句意之間矣。疑是倅錢塘時作。子由時爲濉陽幕客。」若詞話所云，則非也。

晁次膺中秋詞

苕溪漁隱曰：「中秋詞自東坡水調歌頭一出，餘詞盡廢。然其後亦豈無佳詞，如晁次膺綠頭鴨一詞，殊清婉。但樽俎間歌喉，以其篇長憚唱，故湮没無聞焉。其詞云：『晚雲收，淡天一片琉璃。爛銀盤來從海底，皓色千里澄暉。瑩無塵、素娥淡佇，淨可數、丹桂參差。玉露初零，金風未凜，一年無似此佳時。露坐久、疎螢時度，烏鵲正南飛。瑶臺冷，欄干凭煖，欲下遲遲。　念佳人，音塵隔後，對此應解相思。最關情、漏聲正永，暗斷腸、花影潛移。料得來宵，清光未減，陰晴天氣又争知。共凝戀，如今別後，還是隔年期，人縱健，清樽素月，長願相隨。』」

蘇養直

蘇養直名伯固，與東坡爲同族，坡集中有送伯固兄詩是也。詩有清江曲，「屬玉雙飛水滿塘」，當時盛傳。詞亦佳，「醉眠小塢黄茅店，夢倚高城赤葉樓」，鷓鴣天之佳句也。

蘇叔黨詞

叔黨名過，東坡少子。草堂詞所載點絳唇二首，「高柳蟬嘶」及「新月娟娟」，皆叔黨作也。是時方禁坡文，故隱其名。相傳之久，遂或以爲汪彦章，非也。

程正伯

程正伯，號書舟，眉山人，東坡之中表也。其酷相思詞云：「月掛霜林寒欲墜。正門外，催人起。奈別離、如今真個是。欲住也，留無計。欲去也，來無計。馬上離情衣上淚，各自供憔悴。問江路梅花開也未。春到也，須頻寄。人到也，須頻寄。」其四代好、折紅英，皆佳，見本集。（案程正伯非東坡之中表。正伯蓋與王季平同時，季平有書舟詞序作於紹熙五年甲寅。）

李邦直

李邦直與東坡同時人，小詞有：「楊花落。燕子横穿朱閣。苦恨春醪如水薄。閒愁無處着。緑野帶紅山落角。桃杏參差殘蕚。歷歷危檣沙外泊。東風晚來惡。」爲坡所稱。

柳詞爲東坡所賞

東坡云：「人皆言柳耆卿詞俗，如『霜風凄緊，關河冷落，殘照當樓』，唐人佳處不過如此。」按其全篇云：「對瀟瀟暮雨灑江天，一番洗清秋。漸霜風凄緊，關河冷落，殘照當樓。是處紅衰緑減，冉冉物華休。惟有長江水，無語東流。不忍登高臨遠，望故鄉渺渺，歸思悠悠。歎年來蹤跡，何事苦淹留。想佳人粧樓凝望，誤幾回、天際識歸舟。爭知我、倚闌干處，正恁凝眸。」蓋八聲甘州也。草堂詩餘不選此，而選其如「願奶奶蘭心蕙性」之鄙俗，及「以文會友」、「寡信輕諾」之酸文，不知何見也。

木蘭花慢

木蘭花慢，柳耆卿清明詞，得音調之正。蓋傾城、盈盈、懽情，於第二字中有韻。近見吴彥高中秋詞，亦不失此體，餘人皆不能。然元遺山集中凡九首，内五首兩處用韻，亦未爲全知者。今載二詞於後。柳詞云：「拆（原作折，王幼安據吴禮部詩話改。）桐花爛熳，乍疎雨，洗清明。正豔杏燒林，湘桃繡野，芳景如屏。傾城。盡尋勝去，驟雕鞍、紺幰出郊坰。風暖繁絃脆管，萬家齊奏新聲。盈盈。鬭草踏青。人豔冶，遞逢迎。向路傍，往往遺簪墮珥，珠翠縱横。懽情。對佳麗地，任金罍罄（此字原脱，王幼安據吴禮部詩話補。）竭玉山傾。拚卻明朝永日，畫堂一枕春酲。」吴詞云：「敞千門萬户，瞰蒼海，爛銀盤。對沆瀣樓高，儲胥鴈過，墜露生寒。闌干。眺河漢外，送浮雲、盡出衆星乾。丹桂霓裳縹緲，似聞雜珮珊珊。長安。底處高城，人不見，路漫漫。歎舊日心情，如今容鬢，瘦沈愁潘。幽懽。縱容易得，數佳期，（此三字原缺，王幼安據吳禮部詩話補。）動是隔年看。歸去江湖一葉，浩然對景垂竿。」然吳詞後段起句，又異常體，柳爲正。

潘逍遥

潘閬，字逍遥，其人狂逸不檢，而詩句往往有出塵之語。詞曲亦佳，有憶西湖虞美人一闋云：「長憶西湖湖水上。（案逍遥詞無湖水上三字。）盡日凭欄樓上望。三三兩兩釣魚舟。島嶼正清秋。笛聲依約蘆花裏。白鳥成行忽飛起。別來閒想整綸竿。思入水雲寒。」此詞一時盛傳。東坡公愛之，書於玉堂屏風。（案此乃酒泉子，楊慎誤此爲虞美人。）

斜陽暮

秦少游踏莎行「杜鵑聲裏斜陽暮」，極爲東坡所賞。而後人病其斜陽暮，似重複，非也。見斜陽而知日暮，非複也。猶韋應物詩「須臾風暖朝日暾」，既曰朝日，又曰暾，當亦爲宋人所譏矣。此非知詩者。古詩「明月皎夜光」，明，皎，光，非複乎。李商隱詩：「日向花間留返照。」皆然。又唐詩「青山萬里一孤舟」，又「滄溟千萬里，日夜一孤舟」，宋人亦言「一孤舟」爲複，而唐人累用之，不以爲複也。

秦少游贈樓東玉

秦少游水龍吟，贈營妓樓東玉者，其中「小樓連苑」及換頭「玉佩丁東」隱樓東玉三字。又贈陶心兒，「一鈎殘月帶三星」，亦隱心字。山谷贈妓詞「你共人女邊著子，爭知我門裏添心」，亦隱「好悶」二字云。

鶯花亭

秦少游謫處州日，作千秋歲詞，有「花影亂，鶯聲碎」之句，後人慕之，建鶯花亭。陸放翁有詩云：「沙上春風柳十圍。綠陰依舊語黃鸝。故應留與行人恨，不見秦郎半醉時。」

少游嶺南詞

少游謫藤州，一日醉野人家。有詞云：「喚起一聲人悄。衾冷夢寒窗曉。瘴雨過，海棠開，春色又添多少。社甕釀成微笑。半缺椰瓢共舀。覺傾倒，急投牀，醉鄉廣大人間小。」此詞本集不收，見於地志。而修一統志者不識舀字，妄改可笑，聊著之。

滿庭芳

秦少游滿庭芳「晚色雲開」，今本誤作「晚兔雲開」，不通。維揚張綖刻詩餘圖譜，以意改「兔」作「見」，亦非。按花庵詞選作「晚色雲開」，當從之。

明珠濺雨

秦淮海望海潮詞云：「紋錦製帆，明珠濺雨，寧論爵馬魚龍。」按隋遺錄，煬帝命宮女灑明珠于龍舟上，以擬雨雹之聲，此詞所謂「明珠濺雨」也。

天粘衰草

秦少游滿庭芳「山抹微雲，天粘衰草」，今本改粘作連，非也。韓文「洞庭汗漫，粘天無壁」。張祜詩「草色粘天鶗鴂恨」。山谷詩「遠水粘天吞釣舟」。邵博詩「老灘聲殷地，平浪勢粘天」。趙文昇詞「玉關芳草粘天碧」。嚴次山詞「粘雲江影傷千古」。葉夢得詞「浪粘天、蒲桃漲綠」。劉行簡詞「山翠欲粘天」。劉叔安詞「暮煙細草粘天遠」。粘字極工，且有出處。又見避暑録話可證。若作連天，是小兒之語也。

山抹微雲女壻

范元實，范祖禹之子，秦少游壻也。學詩於山谷，作詩眼一書。爲人凝重，嘗在歌舞之席，終日不言。妓有問之曰：「公亦解詞曲否。」笑答曰：「吾乃山抹微雲女壻也。」可見當時盛唱此詞，草堂詩餘亦有范元實詞。

晴鴿試鈴

張子野滿江紅「晴鴿試鈴風力軟，雛鶯弄舌春寒薄」，清新自來無人道。

初寮詞

王初寮，字安中，名履道，初爲東坡門下士，詩文頗得膏腴。其詞有「椽燭垂珠清漏長，遲留春筍緩催觴」之句。又「天與麟符行樂分。緩帶輕裘，雅宴催雲鬢。翠霧縈紆銷篆印。箏聲恰度秋鴻陣」。爲時所稱。其後附蔡京，遂叛東坡，其人不足道也。

王元澤

王雱，字元澤，半山之子。或議其不能作小詞，乃援筆作倦尋芳詞一首，草堂詞所載「露晞向曉」是也。自此絶不作。

宋子京

宋子京小詞，有「春睡騰騰，困入嬌波慢。隱隱枕痕留一線。膩雲斜溜釵頭燕」。分明寫出春睡美人也。

韓子蒼

韓駒，字子蒼，蜀之仙井人，今井研縣也。其中秋念奴嬌「海天向晚」一首亞于東坡之作，草堂已選。雪詞昭君怨云：「昨日樵村漁浦。今日瓊川銀渚。山色捲簾看。老峯巒。錦帳美人貪睡。不覺天花剪水。驚問是楊花。是蘆花。」案：雪詞昭君怨爲完顔亮作。

俞秀老弄水亭詞

俞紫芝秀老，弟澹清老，名字見王介甫、黄魯直集中。詩詞傳世雖少，亦間見文鑑等篇。葉石林詩話誤以爲揚州人。魯直答清老寒夜三詩，其一引牧羊金華山黄初平事言之，蓋黄上世亦出金華也。近覽清溪圖，有秀老手題臨江仙詞一闋，後書俞紫芝。此詞世少知之，録于後。「弄水亭前千萬景，登臨不忍空迴。水輕墨澹寫蓬萊。莫教世眼，容易洗塵埃。收去雨昏都不見，展時還似雲開。先生高趣更多才。人人盡道，小杜卻重來。」

孫巨源

孫洙字巨源，嘗注杜詩。注中洙曰是也。元豐間，爲翰林學士，與李端愿（原作原，王幼安據宋史改。）太尉往來尤數。會一日鎖院，宣召者至其家，則出。十餘輩蹤跡得之於李氏。時李新納妾，能琵琶，公飲不肯去，而迫于宣命。入院幾二鼓矣，草三制罷，作此詞。遲明遣示李。其詞云：「樓頭尚有三通鼓。何須抵死催人去。上馬苦匆匆。琵琶曲未終。回頭凝望處。那更廉纖雨。漫道玉爲堂。玉堂今夜長。」或傳以爲孫覿，非也。

陳后山

陳后山爲人極清苦，詩文皆高古，而詞特纖豔。如一落索換頭云：「一顧教人微俏，那堪親見。不辭紫袖拂清塵，也要識春風面。」又有席上贈妓詞云：「不愁歌裏斷人腸，只怕有腸無處斷。」所謂彼亦直寄焉，以爲不知己者詬厲也。

雙魚洗

張仲宗夜游宮詞云：「半吐寒梅未拆。雙魚洗、冰澌初結。户外明簾風任揭。擁紅爐，灑窗間，惟(此字原脱，王幼安據蘆川詞補。)稷雪。　此日去年時節。這心事有人歡悦。斗帳重熏鴛被疊。酒微醺，管燈花，今夜别。」雙魚洗，盥手之器，見博古圖。稷雪，霰也，形如米粒，能穿瓦透窗，見毛詩疏。

石州慢

張仲宗石州慢：「寒水依痕，春意漸回，沙際煙闊。」爲一句。今刻本於沙際之下截爲一句，非也。下文「煙闊溪柳」，成何語乎。

張仲宗詞用唐詩語

張仲宗，號蘆川，塡詞最工。其踏莎行云：「芳草平沙，斜陽遠樹。無情桃葉江頭渡。醉來扶上木蘭舟，將愁不去將人去。　薄劣東風，夭斜落絮。明朝重覓吹笙路。碧雲香雨小樓空，春光已到銷魂處。」唐李端詩：「江上晴樓翠靄間。滿闌春水滿窗山。青楓緑草將愁去，遠入吴雲暝不還。」此詞「將愁不去將人去」二句，反用之。夭斜音歪斜，白樂天詩：「錢塘蘇小小，人道最夭斜。」自注：夭音歪。若不知其出處，不見其工。詞雖一小技，然非胸中有萬卷，下筆無一塵，亦不能臻其妙也。(案此詞乃張翥作，見蜕巖詞。)

張仲宗送胡澹庵詞

張仲宗送胡澹庵赴貶所賀新郎一闋云：「夢繞神州路。悵西風，連營畫角，故宮禾黍。底事崑崙傾砥柱。九地黃流亂注。聚萬落千村狐兔。天意從來高難問，況人情易老悲難訴。更南浦，送君去。涼生岸柳催殘暑。耿斜河、疎星澹月，淡雲微度。萬里江山知何處。回首對牀夜雨。雁不到、書成誰與。目盡青天懷今古。肯兒曹恩怨相爾汝。舉太白，聽金縷。」秦檜知之，亦與作詩王庭珪同貶責。此詞雖不工，亦當傳，況工緻悲憤如此，宜表出之。

張仲宗

張仲宗，三山人，以送胡澹庵及寄李綱詞得罪，忠義流也。其詞最工，草堂詩餘選其春水連天及卷珠箔二首，膾炙人口。他如「簾旌翠波颭，窗影殘紅一線」及「溪邊雪霽藏雲樹，小艇風斜沙嘴路」，皆秀句也。詞中多以否呼爲府，與主舞字同押，蓋閩音也。如林外以鎖爲掃，俞克成以我爲襖，與好同押，皆鴂舌之音，可刪不可取也。曹元寵亦以否呼爲府。

林外

林外字豈塵，有洞仙歌，書于垂虹橋。作道裝，不告姓名，飲醉而去。人疑爲呂洞賓，傳入宮中。孝宗笑曰：「雲屋洞天無鎖。」鎖與老叶韻，則鎖音掃，乃閩音也。偵問之，果閩人林外也。此詞亦不工，不當入選。

韓世忠詞

韓世忠以元樞就第，絶口不言兵。杜門謝卻酬酢，時乘小騾放浪西湖泉石間。一日至香林園，蘇仲虎尚書方宴客，王徑造之。賓主懽甚，盡醉而歸。明日王餉以羊羔，且手書二詞以遺之。臨江仙云：「冬日青山瀟灑静，春來山暖花濃。少年衰老與花同。世間名利客，富貴與貧窮。　榮華不是長生藥，清閒不是死門風。勸君識取主人翁。單方只一味，盡在不言中。」南鄉子云：「人有幾多般。富貴榮華總是閒。自古英雄都是夢，爲官。寶玉妻兒宿業纏。　年事已衰殘。須鬢蒼蒼骨髓乾。不道山林多好處，貪懽。只恐癡迷誤了賢。」王生長兵間，未嘗知書，晚歲忽若有悟，能作字及小詞，皆有意趣。信乎非常之才也。

詞品卷之四

趙元鎮

趙鼎，字元鎮，宋中興名相。小詞婉媚，不減花間、蘭畹。「慘結秋陰」一首，世皆傳誦之矣。點絳唇一首云：「香冷金猊，夢回鴛帳餘香嫩。更無人問。一枕江南恨。消瘦休文，頓覺春衫褪。清明近。杏花吹盡。薄暮寒成陣。」

賀方回

賀方回浣溪沙云：「鶩外紅銷一縷霞。淡黃楊柳帶棲鴉。玉人和月折梅花。笑撚粉香歸繡户，半垂羅幙護窗紗。東風寒似夜來些。」此詞句句綺麗，字字清新，當時賞之，以爲花間、蘭畹不及，信然。近見玉林詞選，首句二字作樓角，非也。樓角與鶩外，相去何啻天壤。

孫浩然

「一帶江山如畫。風物向秋瀟灑。水浸碧天何處斷，霽色冷光相射。蓼嶼荻花洲，掩映竹籬茅舍。雲際客帆高掛。煙外酒旗底亞。多少六朝興廢事，盡入漁樵閒話。悵望倚層樓，寒日無言西下。」此孫浩然離亭宴詞也，悲壯可傳。

查荎透碧霄

「艤蘭舟。十分端是載離愁。練波送遠，屏山遮斷，此去難留。相從争奈，心期久要，屢變霜秋。歎人生、杳似萍浮。又翻成輕別，都將深恨，付與東流。想斜陽影裏，寒煙明處，雙槳去悠悠。愛渚梅幽香動，須採掇，倩纖柔。豔歌粲發，誰傳餘韻，來説仙遊。念故人留此遐州。但春風老去，秋月圓時，獨倚江樓。」此查荎透碧霄詞也，所謂一不爲少。

陳子高

陳子高，名克，天台人。有赤城詞一卷，甚工緻流麗。草堂詞「愁脉脉」一篇，子高詞也，今刻失其名。

陳去非

陳去非，蜀之青神人，陳季常之孫也，徙居河南。宋南渡後，又居建業。詩爲高宗所眷注，而詞亦佳。語意超絶，筆力排奡，識者謂其可摩坡仙之壘，非溢美云。草堂詞惟載憶昔午橋一首。其閩中漁家傲云：「今日山頭雲欲舉。青蛟翠鳳移時舞。行到石橋聞細雨。聽還住。風吹卻過溪西去。我欲尋詩寬久旅。桃花落盡春無數。渺渺籃輿穿翠楚。悠然處。高林忽送黄鸝語。」又虞美人云：「吟詩日日待春風。及至桃花開後卻匆匆。」又點絳脣云：「愁無那。短歌誰和。風動梨花朶。」又南柯子云：「闌干三面看晴空。背插浮圖，千尺冷煙中。」皆絶似坡仙語。

陳去非桂花詞

苕溪漁隱曰：木犀，閩中最多，路傍往往有參天合抱者，土人以其多而不貴之。漕宇門前兩徑，自有一二百株，至秋花盛開，籃輿行清香中，殊可愛也。古人賦詠，惟東坡倅錢塘，八月十七日天竺送桂花分贈元素詩云：「月缺霜濃細蕊乾。此花元屬桂堂仙。鷲峯子落驚前夜，蟾窟枝空記昔年。破衲山僧憐耿介，練裙溪女鬬清妍。願公採擷紉幽佩，莫遣孤芳老澗邊。」陳去非有詞云：「黄衫相倚。翠葆層層底。八月江南風日美。弄影山腰水尾。　楚人未識孤妍。離騷遺恨千年。無住庵中新夢，一枝喚起幽禪。」万俟雅言有詞云：「芳菲葉底。誰會秋工意。深緑護輕黄，怕青女霜侵憔悴。開分早晚，都占九秋天，花四出，香七里。獨步珠宮裏。　佳名巖桂、卻因是遺子。不自月中來，又那得蕭蕭風味。霓裳舊曲，休問廣寒人，飛太白，酹仙蘂，香外無香比。」文昌雜録云：京師貴家，多以酴醾漬酒，獨有芬香而已。近年方以榠樝花懸酒中，不惟馥郁可愛，又能使酒味辛冽。始于戚里，外人蓋所未知也。

葉少藴

葉少藴名夢得，號石林居士。妙齡秀發，有文章盛名。石林詞一卷，傳于世。賀新郎「睡起流鶯語」，虞美人「落花已作風前舞」，皆其詞之入選者也。中秋宴客念奴嬌末句云：「廣寒宮殿，爲余聊借瓊林。」英英獨照者。

曾空青

曾紆，字公袞，號空青先生，子宣之子。清樾軒二詩名世，詞亦佳。其臨江仙云：「後院短牆臨緑水，春風急管繁絃。問（原作向，王幼安據花庵詞選改。）誰親按小嬋娟。玉堂天上客，琳館地行仙。安得此身長是健，徘徊夜飲朝眠。江南刺史漫垂涎。安排腸已斷，何況到樽前。」又菩薩蠻：「山光冷浸清江底。江光只到柴門裏。卧對白蘋洲。欹眠數釣舟。」亦佳。惜全篇未稱。

曾純甫

曾覿，字純甫，號海野。東都故老，見汴都之盛，故詞多感慨，金人捧露盤是也。採桑子云：「花裏遊蜂。宿粉棲香錦繡中。」爲當時傳歌。

張材甫

張材甫，名掄，南渡故老。詞多應制。元夕「雙闕中天」一首，繁華感慨，已入選矣。詠瑞香花西江月：「翦就碧雲團葉，刻成紫玉芳心。淺春不怕嫩寒侵。暖徹薰籠瑞錦。　花裏清芬獨步，樽前勝韻難禁。飛香直到玉盃深。消得厭厭夜飲。」又柳梢青前段云：「柳色初匀，輕寒如水，纖雨如塵。一陣東風，縠紋微皺，碧沼鱗鱗。」亦佳。足稱詞人。

曾覿張掄進詞

曾覿進詞賦，遂進阮郎歸云：「柳陰庭院占風光。呢喃春晝長。碧波新漲小池塘。雙雙蹴水忙。萍散漫，絮飛揚。輕盈體態狂。爲憐流水落花香。銜將歸畫梁。」既登舟，知閤張掄進柳梢青云：「柳色初濃，餘寒似水，纖雨如塵。一陣東風，縠紋微皺，碧沼鱗鱗。仙娥花月精神。奏鳳管、鸞絃鬭新。萬歲聲中，九霞杯內，長醉芳春。」曾覿和進云：「桃靨紅勻，梨腮粉薄，鴛徑無塵。鳳閣凌虛，龍池澄碧，芳意鱗鱗。清時酒聖花神。看內苑、風光又新。一部仙韶，九重鸞仗，天上長春。」

雪詞

「紫皇高宴僊臺，雙成戲擊瓊苞碎。何人爲把，銀河水剪，甲兵都洗。玉樣乾坤，八荒同色，了無塵翳。喜冰消太液，煖融鳷鵲，端門曉，班初退。聖主憂民深意。轉鴻鈞、滿天和氣。太平有象，三宮二聖，萬年千歲。雙玉盃深，五雲樓迥，不妨頻醉。看來不是飛花，片片是、豐年瑞。」太上大喜，賜鍍金酒器三百兩。

月詞

曾覿壺中天詞云：「素飆漾碧，看天衢穩送，一輪明月。翠水瀛壺人不到，比似世間秋別。玉手瑶笙，一時同色，小按霓裳疊。天津橋上，有人偷記新闋。當日誰幻銀橋，阿瞞兒戲，一笑成癡絶。肯信羣仙高宴處，移下水晶宮闕。雲海塵清，山河影滿，桂冷吹香雪。何勞玉斧，金甌千古無缺。」上皇大喜，曰：「從來月詞，不曾用金甌事，可謂新奇。」賜金束帶紫番羅水晶盌。上亦賜寶醆。至一更五點還宮。是夜，西興亦聞天樂焉。

潮詞

江潮亦天下所獨，宣諭侍官各賦酹江月一曲，至晚呈上，以吴琚爲第一。其詞曰：「玉虹遥挂，望青山隱隱，恍（此字原脱，王幼安據武林舊事補。）如一抹。忽覺天風吹海立，好似春霆初發。白馬凌空，瓊鰲駕水，日夜朝天闕。飛龍舞鳳，鬱葱環拱吴越。此景天下應無，東南形勝，偉觀真奇絶。好是吴兒飛彩幟，蹴起一江秋雪。黄屋天臨，水犀雲擁，看擊中流楫。晚來波静，海門飛上明月。」兩宫賞賜無限，至月上始還。

朱希真

朱希真，名敦儒，博物洽聞，東都名士也。天資曠遠，有神仙風致。其西江月二首，詞淺意深，可以警世之役役于非望之福者。草堂入選矣。其相見歡云：「東風吹盡江梅。橘（原誤作採，王幼安據樵歌改。）花開。舊日吴王宫殿長青苔。　今古事，英雄淚，老相催。常恨夕陽西下晚潮回。」鷓鴣天云：「檢盡曆頭冬又殘。愛他風雪耐他寒。拖條竹杖家家酒，上箇籃輿處處山。　添老大，轉癡頑。謝天教我老年閒。道人還了鴛鴦債，紙帳梅花醉夢閒。」其水龍吟末云：「奇謀報國，可憐無用，塵昏白羽。鐵鎖横江，錦帆衝浪，孫郎良苦。」亦可知其爲人矣。

李似之

李似之，名彌遜，仙井監人，自號筠翁，宋南渡名士。不附秦檜坐貶。有别友菩薩蠻一首云：「江城烽火連三月。不堪對酒長亭别。休作斷腸聲。老來無淚傾。　風高帆影疾。目送舟痕碧。錦字幾時來。薰風無鴈回。」

張安國

張孝祥，字安國，蜀之簡州人，四狀元之一也。後卜居歷陽。平昔爲詞，未嘗著稿，筆酣興健，頃刻即成，無一字無來處。如歌頭、凱歌諸曲，駿發蹈厲，寓以詩人句法者也。有于湖紫微雅詞一卷，湯衡爲序云云。其詠物之工，如「羅帕分柑霜落齒，冰盤剥芡珠盈掬」。寫景之妙，如「秋淨明霞乍吐，曙涼宿靄初消」。麗情之句，如「佩解湘腰，釵孤楚鬢」，不可勝載。（案張孝祥爲唐詩人張籍七世孫，蓋和州烏江人。詞品誤作蜀之簡州人。）

于湖詞

于湖玩鞭亭，晉明帝覘王敦營壘處。自温庭筠賦詩後，張文潛又賦于湖曲，以正湖陰之誤。詞皆奇麗警拔，膾炙人口。徐寶之、韓南澗亦發新意，張安國賦滿江紅云：「千古凄涼，興亡事，但悲陳迹。凝望眼，吴波不動，楚山空碧。巴滇緑駿追風遠，武昌雲旆連天赤。笑老姦遺臭到如今，留空壁。　邊書靜，烽烟息。通軺傳，銷鋒鏑。仰太平天子，聖明無敵。蹙踏揚州開帝里，渡江天馬龍爲匹。看東南佳氣鬱葱葱，傳千憶。」雖問采温、張語，而詞氣亦不在其下。嘗見安國大書此詞，後題云：「乾道元年正月十日。」筆勢奇偉可愛。建康實録，唐許嵩所著者，亦稱湖陰云云。庭筠之誤，有自來矣。

醉落魄

張于湖醉落魄詞云：「輕寒澹緑。可人風韻閒梳束。多情早是眉峯蹙。一點秋波，閒裏覷人毒。桃花庭院光陰速。（原作閒妝束，與上重，王幼安據宋本于湖集改。）銅鞮誰唱大堤曲。歸來想是櫻桃熟。不道秋千，誰伴那人蹴。」此詞毒蹴二字難下。醉落魄，元曲訛爲醉羅歌。

史邦卿

史邦卿，名達祖，號梅溪。今録其萬年懽一首，亦鼎之一臠也。「兩袖梅風，謝橋邊岸痕（二字原無，王幼安據梅溪詞補。）猶帶陰雪。過了匆匆燈市，草根青發。燕子春愁未醒，誤幾處芳音遼絶。煙谿上，採緑人歸，定應愁沁花骨。非干厚情易歇。奈燕臺句老，難道離别。小徑吹衣，曾記故里風物。多少驚心舊事，第一是、侵階羅韈。如今但柳髮晞春，夜來和露梳月。」春雪詞云：「行天入鏡，都做出、輕鬆纖軟。寒爐重暖，便放慢春衫針線。恐鳳鞋挑菜歸來，萬一灞橋相見。」此句尤爲姜堯章拈出。輕鬆纖軟，元人小令借以詠美人足云。又元夕詞：「羞醉玉，少年丰度。懷豔雪，舊家伴侶。」醉玉生春出蘭畹詞，豔雪出韋詩，語精字鍊，豈易及耶。

杏花天

史邦卿杏花天詞云：「軟波拖碧蒲芽短。畫樓外，花晴柳暖。今年自是清明晚。便覺芳情較嬾。春衫瘦，東風剪剪。逼花塢，香吹醉面。歸來立馬斜陽岸。隔水歌聲一片。」姜堯章云：「史邦卿之詞，奇秀清逸，有李長吉之韻，蓋能融情景于一家，會句意于兩得。」姜亦當時詞手，而服之如此。

姜堯章

姜夔，字堯章，號白石道人，南渡詩家名流。詞極精妙，不減清真樂府。其間高處有周美成不能及者。善吹簫，自製曲，初則率意爲長短句，然後協以音律云。其詠蟋蟀齊天樂一詞最勝，其詞曰：「庾郎先自吟愁賦。凄凄更聞私語。露濕銅鋪，苔侵石井，都是曾聽伊處。哀音似訴。正思婦無眠，起尋機杼。曲曲屏山，夜涼獨自甚情緒。　西窗又吹暗雨。爲誰頻斷續，相和砧杵。候館吟秋，離宮弔月，別有傷心無數。豳詩漫與。笑籬落呼燈，世間兒女。寫入琴絲，一聲聲更苦。」其過苕霅云：「拂雪金鞭，欺寒茸帽，不記章臺走馬。鴈磧沙平，漁汀人散，老去不堪遊冶。」人日詞云：「池面冰膠，牆頭雪老，雲意還又沉沉。　朱户粘雞，金盤簇燕，空嘆時序侵尋。」湘月詞云：「歸禽時度，月上汀洲冷。中流容與，畫橈不點清鏡。」從柳子厚「綠淨不可唾」之語翻出。戲張平甫納妾云：「別母情懷，隨郎滋味，桃葉渡江時。」翠樓吟云：「檻曲縈紅，簷牙飛翠，酒祓(原作破，據白石詞改。)清愁，花消英氣。」法曲獻仙音云：「過秋風未成歸計。　重見冷楓紅舞。」玲瓏四犯云：「輕盈喚馬，端正窺户。酒醒明月下，夢逐潮聲去。」其腔皆自度者。

傳至今，不得其調，難入管絃，秖愛其句之奇麗耳。

高賓王

高觀國，字賓王，號竹屋。詞名竹屋癡語，陳造爲序。稱其與史邦卿皆秦周之詞，所作要是不經人道語，其妙處，少游、美成亦未及也。舊本草堂詩餘選其玉蝴蝶一首，書坊翻刻，欲省費，潛去之。予家藏有舊本，今録于此，以補遺略焉。「喚起一襟涼思，未成晚雨，先做秋陰。楚客悲殘，誰解此意登臨。古臺荒，斷霞斜照，新夢黯，微月疎砧。總難禁，盡將幽恨，分付孤斟。從今。倦看青鏡，既遲勳業，可負煙林。斷梗無憑，歲華摇落又驚心。想蓴汀，水雲愁凝。閒蕙帳，猨鶴悲吟。信沉沉，故園歸計，休更侵尋。」又詠轎御街行云：「藤筠巧織花紋細。稱穩步，如流水。踏青陌上雨初晴，嫌怕濕文鴛雙履。要人送上，逢花須住。纔過處，香風起。裙兒挂在簾兒底。更不把窗兒閉。紅紅白白簇花枝，卻稱得、尋春芳意。歸來時晚，紗籠引道，扶下人微醉。」他如秋懷喜遷鶯，弔青樓永遇樂，佳作也。

盧申之

盧申之，名祖臯，邛州人。有蒲江詞一卷，樂章甚工，字字可入律呂。彭傳師（此二字原誤作帥，王幼安據蒲江詞改。）於吴江作釣雪亭，擅漁人之窟宅，以供詩境也，約趙子野、翁靈舒諸人賦之，惟申之擅場。「江寒鴈影梅花瘦。四無塵，雪飛風起，夜窗如畫。」其警句也。水龍吟咏荼蘼云：「蕩紅流水無聲，暮烟細草粘天遠。低回倦蝶，往來忙燕，芳期頓嬾。緑霧迷牆，翠虬騰架，雪明香暖。笑依依欲挽，春風教住，還疑是、相逢晚。不似梅妝瘦減。占人間、丰神蕭散。攀條弄蕊，天涯猶記，曲闌小院。老去情懷，酒邊風味，有時重見。對枕幃空想，東窗舊夢，帶將離怨。」洞仙歌詠茉莉云：「玉肌翠袖，較似酴醾瘦。幾度熏醒夜窗酒。問炎州何許清涼，塵不到、一段（此二字原脱，王幼安據蒲江詞補。）冰壺剪就。晚來庭户悄，暗數流光，細拾芳英黯回首。念日暮江東，偏爲魂銷人易老，幽韻清標似舊。正簟紋如水帳如煙，更奈向，月明露濃時候。」

劉改之詞

「新來塞北。傳到真消息。赤地居民無一粒。更五單于争立。維師尚父鷹揚。熊羆百萬堂堂。看取黄金假鉞，歸來異姓真王。」又云：「堂上謀臣樽俎，邊頭將士干戈。天時地利與人和。燕可伐與曰可。今日樓臺鼎鼐，明年帶礪山河。大家齊唱大風歌。同日四方來賀。」世傳辛幼安壽韓侂胄詞也。又有小詞一首，尤多俚談，不録。近讀謝疊山文，論李氏繫年録、朝野雜記之非。謂乾道間，幼安以金有必亡之勢，願召大臣預修邊備，爲倉卒應變之計，此憂國遠猷也。今摘數語，而曰贊開邊，借劉過小詞，曰，此幼安作也。忠魂得無寃乎。故今特爲拈出。

天仙子

劉改之赴試別妾天仙子云：「別酒醺醺渾易醉。回過頭來三十里。馬兒不住去如飛，行一憩，牽一憇，（原作「來牽一憩」，衍「來」字，王幼安據調删。）斷送殺人山共水。是則是功名終可喜。不道恩情拋得未。梅村雪店酒旗斜，去也是，住也是，煩惱自家煩惱你。」詞俗意佳，世多傳之。又小説載曹東畝赴試步行，戲作紅窗迴慰其足云：「春闈期近也，望帝鄉迢迢，猶在天際。懊恨這一雙脚底，一日厮趕上、五六十里。争氣。扶持我去，轉得官歸，恁時賞你。穿對朝靴，安排你在轎兒裏。更選對宫樣鞋兒，夜間伴你。」其詞雖相似，而不及改之遠甚。曹東畝名豳，字西士。

嚴次山

嚴仁，字次山，詞名清江欸乃。其佳處有「粘雲江影傷千古，流不去斷魂處」之句。又長于慶壽、贈行，灑然脱俗。如壽蕭禹平云：「雲表金莖珠璀璨。當日投懷驚玉燕。文章議論壓西崐，風流姓字翔東觀。」贈歐太守云：「坐歗清香畫戟。聽丁丁，滴花晴漏，棠陰晝寂。」賡賓客竹枝楊柳送别云：「相逢斜柳絆輕舟，渚香不斷蘋花老。」又「窗兒上，幾條殘月，斜玉（此字原脱，王幼安據花庵詞選補。）界羅幃」，皆爲當時膾炙。

吴大年

吴億，字大年，南渡初人。元夕「樓雪初消」一首入選。予愛其南鄉子一首云：「江上雪初消。暖日晴煙弄柳條。認得裙腰芳草緑，魂銷。曾折梅花過斷橋。　蟬鬢爲誰凋。長恨含嬌鄣處嬌。遥想晚妝呵手罷，無聊。更傍朱脣暖玉簫。」

張功甫

張功甫，名鎡，有玉照堂詞一卷。玉照堂以種梅得名，其詞多賞梅之作。其佳處如「光搖動，一川銀浪，九霄珂月」，又「宿雨初乾，舞梢煙瘦金絲裊。粉圍香陣擁詩仙，戰退春寒峭」，皆詠梅之作。雖不驚人，而風味殊可喜。

賀新郎

張功甫，名鎡，善塡詞。嘗即席作賀新郎送陳退翁分教衡湘云：「桂隱傳杯處。有風流千巖勝韻，太邱遺緒。（原作譜，王幼安據花庵詞選改。）玉季金昆霄漢侶。平步鸞坡揮麈。莫便駕、飛驂煙渚。雲動精神衡嶽去，问君山，帝野鏘韶濩。藝蘭畹，弔湘楚。　南湖老矣無襟度。但樽前，踉蹡醉飲，帽花顛仆。只恐清時專文教，猶貸陰山狂虜。卧玉帳、貔貅鉦鼓。忠烈前勳賫萬恨，望神都、魏闕奔狐兔。呼翠袖，爲君舞。」此詞首尾變化，送教官而及陰山狂虜，非善轉換不及此。末句「呼翠袖，爲君舞」六字又能換回結煞，非千鈞筆力未易到此。辛稼軒有「憑誰喚取，盈盈翠袖，揾英雄淚」，此末句似之。

吴子和

吴子和，名禮之，錢塘人。有閏元宵喜遷鶯一詞入選。

鄭中卿

鄭中卿，名域，三山人，號松窗。使虜回，有燕谷剽聞二卷，紀虜事甚詳。昭君怨詠梅一詞云：「道是花來春未。道是雪來香異。水外一枝斜。野人家。冷淡竹籬茅舍。富貴玉堂瓊榭。兩地不同栽。一般開。」與比甚佳。麗情云：「合是一釵雙燕，却成兩處孤鸞。」樂府多傳之。

謝勉仲

謝勉仲，名懋，號静寄居士。吴伯明稱其片言隻字，戛玉鏘金，醖籍風流，爲世所貴云。其七夕鵲橋仙一詞入選，「鈎簾借月」是也。若「餘酲未解扶頭嬾，屏裏瀟湘夢遠」，亦的的佳句。

趙文鼎

趙文鼎，名善扛，號解林居士。其春游重疊金云：「楚宫楊柳依依碧。遥山翠隱横波溢。絶豔照穠春。春光欲醉人。　纖纖芳草嫩。微步輕羅襯。花戴滿頭歸。游蜂花上飛。」其二：「玉關芳草粘天碧。春風萬里思行客。驕馬向風嘶。道歸猶未歸。　南雲新有鴈。望眼愁邊斷。膏沐爲誰容。日高花影重。」重疊金即菩薩蠻也。又十拍子一闋亦佳。

趙德莊

趙德莊，名彦端，有介庵詞一卷。清平樂一首云：「桃根桃葉。一樹芳相接。春到江南二三月。迷損東家蝴蝶。　殷勤踏取春陽。風前花正低昂。與我同心梔子，報君百結丁香。」爲集中之冠。

易彦祥

易祓，字彥祥，長沙人，寧宗朝解褐狀元。草堂詞藁山溪「海棠枝上，留取嬌鶯語」，其所作也。

李知幾

李石，字知幾，號方舟，蜀之井研人。文章盛傳，有續博物志。詞亦風致。草堂選「煙柳疏疏人悄悄」，其夏夜詞也。贈官妓詞，有「暖玉倚香愁黛翠。勸人須要人先醉。問道明朝行也未。猶自記。燈前背立偷垂淚」。好事者或改偷爲佯。

危逢吉

危逢吉，名稹，有巽齋詞一卷。其詠箜篌漁家傲云：「老去諸餘情味淺。詩情不上閑釵釧。寶幌有人紅兩靨。簾間見。紫雲元在深深院。　十四條弦音調遠。柳絲不隔芙蓉面。秋入西窗風露晚。歸去懶。酒酣一任烏巾岸。」按箜篌本二十三弦，十四弦蓋後世從省，非古制矣。

劉巨濟

劉涇，字巨濟，簡州人。文曰前溪集。其夏初臨詞「小橋飛蓋入橫塘」，今刻本飛下落一蓋字。

劉巨濟僧仲殊

張樞言龍圖守杭。一日，湖上開宴，劉涇巨濟、僧仲殊在焉。樞言命卽席作塡詞，巨濟先倡曰：「憑誰好筆。橫掃素縑三百尺。天下應無。此是錢塘湖上圖。」仲殊應聲曰：「一般奇絶。雲淡天高秋夜月。費盡丹青。只這些兒畫不成。」樞言又出梅花，邀二人同賦，仲殊曰：「江南二月。猶有枝頭千點雪。邀上芳樽。却占東君一半春。」巨濟曰：「樽前眼底。南國風光都在此。移過江來。從此江南不復開。」乃減字木蘭花調也。

劉叔擬

劉叔擬，名仙倫，廬陵人，號招山。樂章爲人所膾炙。其賞牡丹賀新郎：「誰把天香和晚露，倩東風、特地勻芳臉。隔花聽取提壺勸。道此花過了春歸，蝶愁鶯怨。」最佳，而結句意俗。秋日念奴嬌云：「西風何事，爲行人、掃蕩煩襟如洗。垂漲蒸瀾都捲盡，一片瀟湘清泚。酒病驚秋，詩愁入鬢，對影人千里。楚宮故事，一時分付流水。江上買取扁舟，排雲湧浪，直過金沙尾。歸去江南邱壑處，不用重尋月姊。風露杯深，芙蓉裳冷，笑傲煙霞裏。草廬如舊，卧龍知爲誰起。」此首絕佳。又有繫裙腰一詞云：「山兒矗矗水兒清。船兒似葉兒輕。風兒更没人情。月兒明。廝合湊送人行。眼兒簌簌淚兒傾。燈兒更冷清清。遭逢鴈兒，又没前程。一聲聲。怎生得夢兒成。」此（此下原衍一詩字，據文義刪。）詞穠薄而意優柔，亦柳永之流也。

洪叔璵

洪叔璵，名瑹，自號空同詞客。其瑞鶴仙云：「聽梅花吹動，涼夜何其，明星有爛。相看淚如霰。問而今去也，何時會面。匆匆聚散，恐（此字原脱，王幼安據花庵詞選補。）便作秋鴻社燕。最傷心，夜來枕上，斷雲零雨何限。因念，人生萬事，回首悲涼，都成夢幻。芳心繾綣。空惆悵，巫陽館。況船頭一轉，三千餘里，隱隱高城不見。恨無情，春水連天，片帆似箭。」詠新月南柯子云：「柳浪摇晴沼，荷風度晚簷。碧天如水印新蟾。一餺清光，斜露玉纖纖。寶鏡微開匣，金鉤未押簾。西樓今夜有人憺。應傍粧臺，低照畫眉尖。」水宿菩薩蠻云：「斷虹遠飲横江水。萬山紫翠斜陽裏。繫馬短亭西。丹楓明酒旗。浮生長客路。事逐孤鴻去。又是月黄昏。寒燈人閉門。」其餘如「笑捐瓊珮遺交甫。肯把文梭擲幼輿。花上蝶，水中鳧。芳心密意兩相於。」用事用韻皆妙。又「合數松兒，分香帕子，總是牽情處」，用唐詩「樓頭擊鼓轉花枝，席上藏鬮握松子」事也。全篇如月華清、水龍吟、驀山溪、齊天樂，皆不減周美成。不盡録也。

馮偉壽

馮偉壽，字艾子，號雲月，詞多自製腔。草堂詞選其「春風惡劣。把數枝香錦，和鶯吹折」一首。又「春風裊娜」，其自度曲也。「被梁間雙燕，話盡春愁。朝粉謝，午花柔。倚紅闌故與，蝶圍蜂繞，柳緜無數，飛上搔頭。鳳管聲圓，蠶房香暖，笑挽羅衫須少留。隔院蘭馨趁風遠，鄰牆桃影伴煙收。些子風情未減，眉頭眼尾，萬千事、欲説還休。薔薇刺，牡丹毬。殷勤記省，前度綢繆。夢裏飛紅，覺來無覓，望中新緑，别後空稠。相思難偶，歎無情明月，今年已見，三度如鈎。」殊有前宋秦、晁風豔，比之晚宋酸餡味、教督氣不侔矣。餘句如「笑呼銀漢入金醆」，臨邛高恥庵列爲麗句圖云。

吴夢窗

吴夢窗，名文英，字君特，四明人。尹君焕序其詞云：「求詞於吾宋，前有清真，後有夢窗，此非焕之言，四海之公言也。」有聲聲慢一詞云：「檀欒金碧，婀娜蓬萊，遊雲不蘸芳州。露柳霜蓮，十分點綴殘秋。新彎畫眉未穩，似含羞、低度牆頭。愁送遠，駐西臺車馬，共惜臨流。知道池亭多宴，掩庭花，長是驚落秦謳。膩粉闌干，猶聞凭袖香留。輸他翠漣拍甃，瞰新妝、終日凝眸。簾半捲，戴黄花，人在小樓。」蓋九日宴侯家園作也。

玉樓春

吴夢窗玉樓春云：「茸茸狸帽遮梅額。金蟬羅剪胡衫窄。肩輿争看小腰身，倦態强隨閒鼓笛。問稱家在城東陌。欲買千金應不惜。歸來困頓滯春眠，猶夢婆娑斜趁拍。」深具意態者也。

王實之

王邁，字實之，號臞庵，莆陽人，丁丑第四人及第。劉後村贈之詞云：「天壤王郎，數人物、方今第一。談笑裏，風霆驚坐，雲煙生筆。落落元龍湖海氣，琅琅董相天人策。」其重之如此。余又見翰苑新書，劉後村與王實之四六啓云：「聲名早著，不數黄香之無雙。科目小低，猶壓杜牧之第五。元化孕此五百年之間氣，同輩立于九萬里之下風。」又云：「朱雲折檻，諸公慚請劍之言。陽子哭庭，千載壯裂麻之語。一葉身輕，何去之勇。六丁力盡，而挽不回。有謫仙人駿馬名姬之風，無杜少陵冷炙殘杯之態。麗人歌陶秀實郵亭之曲，好事繪韓熙載夜宴之圖。擁通德而著書，命便了以沽酒」云云。觀此，實之蓋進則忠鯁，退則豪俠，元龍、太白一流人也。可以補史氏之遺。

馬莊父

馬莊父，字子嚴，號古洲，建安人。有經學，多論著，塡詞其餘事也。草堂詞選其春游歸朝懽一首。餘如月華淸云：「悵望月中仙桂。問竊藥佳人，與誰同歲。」賀聖朝云：「游人拾翠不知遠，被子規呼轉。」阮郎歸結句云：「三三兩兩叫船兒，人歸春也歸。」元夕詞云：「玉梅對妝雪柳，鬧蛾兒象生嬌顫。」可考見杭都節物。

万俟雅言

万俟雅言，精于音律，自號詞隱。崇寧中，充大晟府製撰，按月用律進詞，故多新聲。草堂選載其三詞及梅花引二首而已。其大聲集多佳者，山谷稱之爲一代詞人。黄玉林云：「雅言之詞，發妙音于律呂之中，運巧思于斧鑿之外，蓋詞之聖也。」今約載其二篇，昭君怨云：「春到南樓雪盡。驚動燈期花信。小雨一番寒。倚闌干。　莫把闌干倚。一望幾重煙水。何處是京華，暮雲遮。」卓牌兒云：「東風緑楊天，如畫出淸明院宇。玉豔淡泊，梨花帶月，燕支零落，海棠經雨。單衣怯黄昏，人正在、珠簾笑語。相並戲蹴秋千，共攜手，同倚闌干，暗香時度。　翠窗綉户。路繚繞、潛通幽處。斷魂凝佇。嗟不似飛絮。

閒悶閒愁，難消遣，此日年年意緒。無據。奈酒醒春去。」

黄玉林

黄玉林，名昇，字叔暘，有散花庵，人止稱花庵云。嘗選唐宋詞名曰絶妙詞選，與草堂詩餘相出入。今草堂詞刻本多誤字及失名字者，賴此可證。此本世亦罕傳，予得録于王吏部相山子名嘉賓。玉林之詞，附録卷尾凡四十首。草堂詞選其二，「南山未解松梢雪」及「枕鐵稜稜近五更」是也。然非其佳者。其月照梨花一首云：「晝景方永。重簾花影。好夢猶酣，鶯聲唤醒。門外風絮交飛。送春歸。（依律此句衍一斷字，花庵詞選無。）脩蛾畫了無人問。幾多別恨，淚洗殘妝（此字原脱，王幼安據花庵詞選補。）粉。不知郎馬何處嘶。煙草萋迷鷓鴣啼。」此首有花間遺意。又賀新郎梅詞云：「自掃梅花下。問梢頭、冷蘂疏疏，幾時開也。問者闃焉今久矣，多少幽懷欲寫。有誰是，孤山流亞。香月一聯真絶唱，與詩人千載爲嘉話。餘興味，付來者。　清癯不戀雕闌榭。待與君，白髮相懽，竹籬茅舍。幸甚今年無酒禁，溜溜小漕壓蔗。已準擬，霜天雪夜。自醉自吟人自笑，任解冠落珮從嘲駡。書此意，寄同社。」此詞用文句，入音律而不酸，宋詞之體也。其餘若九日詞「蘭珮秋風冷，茱囊晚露新」，秋懷詞「月印金樞曉未收」，夜涼詞「冰雪襟懷，琉璃世界，夜氣清如許」，暮春詞「戲臨小草書團扇，自揀殘花插淨瓶」，又「夜來能有幾多寒，已瘦了梨花一半」，贈丁南鄰云「待踞龜食蛤，相期汗漫，與烟霞會」，用盧敖事也，見淮南子。

評稼軒詞

廬陵陳子宏云：蔡光工于詞，靖康中陷虜庭。辛幼安嘗以詩詞謁之，蔡曰：「子之詩則未也，他日當以詞名家。」故稼軒歸宋，晚年詞筆尤高。嘗作賀新郎云：「綠樹聽鵜鴂。更那堪杜鵑聲住，鷓鴣聲切。啼到春歸無尋處，苦恨芳菲都歇。算未抵、人間離別。馬上琵琶關塞黑，更長門翠輦辭金闕。看燕燕，送歸妾。將軍百戰身名裂。向河梁回頭萬里，故人長絶。易水蕭蕭西風冷，滿座衣冠似雪。正壯士、悲歌未徹。啼鳥還知如許恨，料不啼清淚，長啼血。誰伴我，醉明月。」此詞盡集許多怨事，全與李太白擬恨賦手段相似。又止酒沁園春云：「杯、汝前來。老子今朝，點檢形骸。甚長年抱渴，咽如焦釜，于今喜溢，氣似奔雷。漫説劉伶，古今達者，醉後何妨死便埋。渾如許，歎汝於知己，真少恩哉。更憑歌舞爲媒。算合作、人間鴆毒猜。況怨無大小，生于所愛，物無美惡，過則爲災。與汝成言，勿留亟退，吾力猶能肆汝杯。杯再拜，道麾之即去，有召須來。」此又如賓戲、解嘲等作，乃是把做古文手段寓之于詞。賦築偃湖云：「疊嶂西馳，萬馬回旋，衆山欲東。正驚湍直下，跳珠倒濺，小橋横截，新月初弓。老合投閒，天教多事，檢校長身十萬松。吾廬小、在龍蛇影外，風雨聲中。争先見面重重。看爽氣，朝來三四峯。似謝家子弟，衣冠磊落，相如庭户，車騎雍容。我覺其間，雄深雅健，如對文章太史公。新堤路，問偃湖何日，烟水濛濛。」且説松，而及謝家、相如、太史公，自非脱落故常者，未易闖其堂奧。劉改之所作沁園春，雖頗似其豪，而未免于粗。近日作詞者，惟説周美成、姜堯章，而以東坡爲詞詩，稼軒爲詞論。此説固當，蓋曲者曲也，固當以委曲爲體。然徒狃于風情婉孌，則亦易厭。回視稼軒所作，豈非萬古一清風哉。或云周、姜曉音律，自能撰詞調，故人尤服之。

詞品卷之五

虞美人草

賈氏談録云：「褒斜谷中，有虞美人草，狀如雞冠，花葉相對。」益州草木記云：「雅州名山縣出虞美人草，唱虞美人曲，應拍而舞。」酉陽雜俎云：「舞草出雅州。」益州方物圖贊：「虞作娛。」唐人舊曲云：「帳中草草軍情變。月下旌旗亂。攬衣推枕愴離情。遠風吹下楚歌聲。正三更。烏騅欲上重相顧。豔態花無主。手中蓮鍔凜秋霜。九泉歸去是仙鄉。恨茫茫。」宋黄載萬和云：「世間離恨何時了。不爲英雄少。楚歌聲起霸圖休。玉帳佳人，血淚滿東流。（九字原缺，誤衍一野字，碧鷄漫志亦脱，王幼安從花草粹編補。）葛荒葵老燕（原作吳，王幼安據碧鷄漫志改。）城暮。玉貌知何處。至今芳草解婆娑。只有當時魂魄，未消磨。」

並蒂芙蓉詞

宋政和癸巳大晟樂成。嘉瑞既生，蔡元長以晁端禮次膺薦于徽宗。詔乘驛赴闕。次膺至都下，會禁中嘉蓮生，異苞合趺，夐出天造，人意有不能形容者。次膺效樂府體屬詞以進，名並蒂芙蓉。上覽之，稱善，除大晟樂府協律郎，不克受而卒。其詞云：「太液波澄，向鑑中照影，芙蓉同蒂。千柄緑荷深，並丹臉争媚。天心眷臨聖日，殿宇分明敞嘉瑞。弄香嗅蕊。願君王，壽與南山齊比。池邊屢回翠輦，擁羣仙醉賞，憑闌凝思。萼緑攬飛瓊，共波上游戲。西風又看露下，更結雙雙新蓮子。鬭妝競美。問鴛鴦，向誰留意。」不惟造語工緻，而曲名亦新，故録于此。然大臣諛，小臣佞，不亡何俟乎。

宋徽宗詞

宋徽宗北隨金虜，後見杏花，作燕山亭一詞云：「裁剪冰綃，輕疊數重，冷淡臙脂凝注。新樣靚妝，豔溢香融，羞殺蘂珠宫女。易得凋零，更多少無情風雨。愁苦。閒院落淒凉，幾番春暮。憑寄離恨重重，這雙燕何曾，會人言語。天遥地遠，萬水千山，知他故宫何處。怎不思量，除夢裏有時曾去。無據。和夢也，有時不做。」詞極淒惋，亦可憐矣。又在北遇清明日詩曰：「茸母初生認禁烟。草名。無家對景倍悽然。帝城春色誰爲主，遥指鄉關涕淚連。」又戲作小詞云：「孟婆，孟婆，你做些方便。吹個船兒倒轉。孟婆，宋京勾闌語，謂風也。（茸母孟婆，正是的對。）

孟婆

俗謂風曰孟婆，蔣捷詞云：「春雨如絲，繡出花枝紅裊。怎禁他孟婆合早。」宋徽宗詞云：「孟婆好做些方便。吹個船兒倒轉。」江南七月間有大風，甚于舶䑸，野人相傳以爲孟婆發怒。按北齊李騊駼聘陳，問陸士秀，江南有孟婆，是何神也。士秀曰：「山海經，帝之二女，游于江中，出入必以風雨自隨，以帝女，故曰孟婆。猶郊祀志以地神爲泰媪。」此言雖鄙俚，亦有自來矣。

憶君王

徽宗被虜北行，謝克家作憶君王詞云：「依依宮柳拂宮牆。宮殿無人春晝長。燕子歸來依舊忙。憶君王。月照黄昏人斷腸。」忠憤之氣，寓于聲律，宜表出之，其調卽憶王孫也。

陳敬叟

陳敬叟，名以莊，號月溪。有水龍吟一首，自注：記錢塘之恨。蓋謝太后隨北虜去事也。其詞曰：「晚來江闊潮平，越船吴榜催人去。稽山滴翠，胥濤濺恨，一襟離緒。訪柳章臺，問桃仙囿，物華如故。向秋娘渡口，泰娘橋畔，依稀是、相逢處。窈窕青門紫曲，舊羅衣、新番金縷。仙音恍記，輕攏慢撚，哀絃危柱。金屋難成，阿嬌已遠，不堪春暮。聽一聲杜宇，紅殷絲老，雨花風絮。」是時謝太后年七十餘，故有「金屋阿嬌，不堪春暮」之句。又以秋娘、泰娘比之，蓋惜其不能死也。有愧于苻登之毛氏、竇建德之曹氏多矣。同時孟鯁有折花怨云：「匆匆杯酒又天涯。晴日牆東叫賣花。可惜同生不同死，却隨春色去誰家。」鮑輗亦有詩云：「生死雙飛亦可憐。若爲白髮上征船。未應分手江南去，更有春光七十年。」噫，婦人不足責，誤國至此者，秦檜、賈似道，可勝誅哉。

陳剛中詞

天台陳剛中孚在燕，端陽日當母誕，作太常引二首云：「綵絲堂畝簇蘭翹。記生母、在今朝。無地捧金蕉。（原作焦，王幼安據山房隨筆改。）奈烟水、龍沙路遥。　碧天迢遞，白雲何處，急雨瀟瀟。萬里夢魂銷。待飛逐、錢塘夜潮。」其二：「短衣孤劍客乾坤。奈無策、報親恩。三載隔晨昏。更疎雨、寒燈斷魂。　赤城霞外，西風鶴髮，猶想倚柴門。蒲醑漫盈樽。倩誰寫、青衫淚痕。」時爲編修云。

惜分釵

吕聖求惜分釵一詞云：「春將半。鶯聲亂。柳絲拂馬花迎面。小堂風。暮樓鐘。草色連雲，暝色連空。重重。　秋千畔。何人見。寶釵斜照春妝淺。酒霞紅。與誰同。試問別來，近日情悰。忡忡。」此詞妙在足韻。

鄒志完陳瑩中詞

復齋漫録云：鄒志完徙昭，陳瑩中貶廉，間以長短句相諧樂。「有個胡兒模樣別。滿頷髭鬚，生得渾如漆。見説近來頭也白。髭鬚那得長長黑。（逸一句）籲子摘來，鬚有千莖雪。莫向細君容易説。恐他嫌你將伊摘。」此瑩中語，謂志完之長髭也。「有箇頭陀修苦行，頭上頭髮毿毿。身披一副黲裙衫。緊纏雙脚，苦苦要游南。　聞説度牒一朝到，并除頷下髭髯。鉢中無粥住無庵。摩登伽處，只恐卻重參。」此志完語，謂瑩中之多慾也。廣陵馬推官往來二公間，亦嘗以詩詞贈之。「有才何事老青山。十載低回北斗南。肯伴雪髯千日醉，此心真與古人參。」「不見故人今幾年。年來風物尚依然。遥知閒望登臨處，極目江湖萬里天。」志完語也。「一樽薄酒。滿酌勸君君舉手。不是朋親。誰肯相從寂寞濱。　人生似夢。

夢裏惺惺何處用。盞倒休辭。醉後全勝未醉時。」瑩中語也。初,志完自元符間貶新州。徽宗即位,以中書舍人召。未幾,謫零陵別駕,龍水安置。未幾,徙昭焉。

詞讖

復齋漫録云:鄧肅謂余曰:宣和五年,初復九州,天下共慶,而識者憂之也。都下盛唱小詞云:「喜則喜、得入手。愁則愁、不長久。歡則歡、我兩個廝守。怕則怕、人來破鬭。」雖三尺之童皆歌之,不知何謂也。七年,九州復陷,豈非不長久也。郭藥師,契丹之帥也,我用以守疆。啓敵國禍者郭爾,非破鬭之驗耶。

無名氏撲蝴蝶詞

苕溪漁隱曰:舊詞高雅,非近世所及。如撲蝴蝶一詞,不知誰作,非惟藻麗可喜,其腔調亦自婉美。詞云:「烟條雨葉,緑遍江南岸。思歸倦客,尋芳來較晚。岫邊紅日初斜,陌上花飛正滿。淒涼數聲羌管。怨春短。玉人應在,明月樓中畫眉嬾。鸞牋錦字,多少魚鴈斷。恨隨去水東流,事與行雲共遠。羅衾舊香猶暖。」

曹元寵詞

苕溪漁隱曰:曹元寵本善作詞,特以紅窗迥戲詞盛行于世,遂掩其名。如望月婆羅門一詞,亦豈不佳。

詞云：「漲雲暮卷，漏聲不到小簾櫳。銀河淡掃澄空。皓月當軒高挂，秋入廣寒宫。正金波不動，桂影朦朧。佳人未逢。歎此夕與誰同。望遠傷懷對影，霜滿秋紅。南樓何處，想人在長笛一聲中。凝淚眼、立盡西風。」此詞語病，在「霜滿秋紅」之句，時太早爾。曾端伯編雅詞，乃以此爲楊如晦作，非也。

王采漁家傲詞

復齋漫録云：王采輔道，觀文韶子也。徽宗朝，妄奏天神降于家，卒以此受禍。人以其父熙河妄殺之報爾。嘗爲漁家傲詞云：「日月無根天不老。浮生總被消磨了。陌上紅塵常擾擾。昏復曉。一場大夢誰先覺。洛水東流山四遶。路傍幾個新華表。見説在時官職好。争信道。冷煙寒雨埋荒草。」

洪覺範浪淘沙

冷齋夜話云：予留南昌，久而忘歸。獨行無侶，意緒蕭然。偶登秋屏閣望西山，於是浩然有歸志，作長短句寄意。其詞曰：「城裏久偷閒。塵涴雲衫。此身已是再眠蠶。隔岸有山歸去好，萬壑千巖。霜曉更凭闌。滅盡晴嵐。微雲生處是茅庵。試問此生誰作伴，彌勒同龕。」

洪覺範禪師贈女真詞

復齋漫録云：臨川距城南一里，有觀曰魏壇，蓋魏夫人經游之地，具諸顔魯公之碑。以故諸女真嗣續不絶，然而守戒者鮮矣。陳虚中崇寧間守臨川，爲詩曰：「夫人在兮若冰雪。夫人去兮仙跡滅。可惜如今學道人，羅裙帶上同心結。」洪覺範嘗以長短句贈一女真云：「十指嫩抽春筍，纖纖玉軟紅柔。人前欲展強嬌羞。微露雲衣霓袖。最好洞天春晚，黃庭卷罷清幽。凡心無計奈閑愁。試撚花枝頻嗅。」

錢思公詞

侍兒小名録云：錢思公謫漢東日，撰玉樓春詞曰：「城上風光鶯語亂。城下烟波春拍岸。綠楊芳草幾時休，淚眼愁腸先已斷。情懷漸變成衰晚。鸞鏡朱顏驚暗換。往年多病厭芳樽，今日芳樽惟恐淺。」每酒闌歌之，則泣下。後閣有白髮姬，乃鄧王歌鬟驚鴻也。遽言先王將薨，預戒挽鐸中歌木蘭花引紼爲送。今相公亦將亡乎。果薨于隨州。鄧王舊曲亦嘗有「帝鄉煙雨鎖春愁，故國山川空淚眼」之句。

劉後村

劉克莊，字潛夫，號後村。有後村別調一卷，大抵直致近俗，效稼軒而不及也。夢方孚若沁園春云：「何處相逢，登寶釵樓，訪銅雀臺。喚廚人斫就，東溟鯨鱠，圉人呈罷，西極龍媒。天下英雄，使君與操，餘子誰堪共酒杯。車千乘，載燕南代北，劍客奇材。飲酣畫鼓如雷。誰信被、晨雞催喚回。歎年光過盡，功名未立，書生老去，機會方來。使李將軍，遇高皇帝，萬户侯、何足道哉。推衣起，但凄涼感舊，慷慨生哀。」舉一以例，他詞類是。其詠菊念奴嬌後段云：「嘗試銓次羣芳，梅花差可，伯仲之間耳。佛説諸天金色界，未必莊嚴如此。尚友靈均，定交元亮，結好天隨子。籬邊坡下，一杯聊泛霜蕊。」亦奇甚。送陳子華帥真州云：「記得太行兵百萬，曾入宗爺駕御。今把做、握蛇騎虎。堪笑書生心膽怯，向(此字原脱，王幼安據後村長短句補。）車中閉置如新婦。空目送，孤鴻去。」莊語亦可起懦。旅中浪淘沙云：「紙帳素屏遮。全似僧家。無端霜月闖窗紗。驚起玉關征戍夢，幾疊寒笳。　歲晚客天涯。鬌髮蒼華。今年衰似去年些。詩酒近來都減價，孤負梅花。」見天機餘錦。

劉伯寵

劉伯寵，名褒，一字春卿，其詞多俊語。元夕云：「金猊戲掣星橋鎖。絳紗萬炬，玉梅千朵。羯鼓喧空，鵾弦沸曉，櫻梢微破。」春日旅況云：「遺策誰家，蕩子唾花，何處新妝。流紅有恨，拾翠無心，往事凄涼。」送別云：「紅枕臂香痕未落，舟橫岸、作計匆匆。愁如織，斷腸啼鴂，饒舌訴東風。」

劉叔安

劉叔安，名鎮，號隨如。元夕慶春澤一首，入草堂選。又有阮郎歸云：「寒陰漠漠夜來霜。階庭風葉黄。歸鴉數點帶斜陽。誰家砧杵忙。　燈弄幌，月侵廊。熏籠添寶香。小屏低枕怯更長。和雲入醉鄉。」亦清麗可誦。其詠茉莉云：「月浸闌干天似水，誰伴秋娘窗户。」評者以爲不言茉莉，而想像可得，他花不能承當也。又春宴云：（原誤作一，據文義改。）「庭花弄影，一簾香月娟娟。（原作涓涓，據函海本改。）」有富貴藴藉之味。錢元宵餞春二詞皆奇，南渡填詞鉅工也。

施乘之

施乘之，號楓溪。野外元夕云：「休言冷落山家。山翁本厭繁華。試問蓮燈千炬，何如月上梅花。」高情可想也。

戴石屏

戴石屏，名復古，字式之，能詩，江湖四靈之一也。詞一卷，惟赤壁懷古滿江紅一首，句有「萬炬臨江貔虎噪，千艘烈炬魚龍舞。幾度東風吹世換，千年往事隨潮去」，而全篇不稱。臨江仙一首差可。見予所選百琲明珠。餘無可取者。方虛谷議其胸中無百字成誦書故也。

張宗瑞

張宗瑞，鄱陽人，號東澤，詞一卷，名東澤綺語債。其詞皆倚舊腔，而別立新名，亦好奇之過也。草堂詞選其疎簾淡月一篇，即桂枝香也。予愛其垂楊碧一篇，卽謁金門。其詞云：「花半濕。睡起一窗晴色。千里江南空咫尺。醉中歸夢直。　前度蘭舟送客。雙鯉沉沉消息。樓外垂楊如此碧。問春來幾日。」

李公昂

李公昂，名昂英，號文溪，資州盤石人。送太守詞，「有脚豔陽難駐」一詞得名。然其佳處不在此。文溪全集，予家有之。其蘭陵王一首絶妙，可竝秦、周。其詞云：「燕穿幕。春在深深院落。單衣試、龍沫旋熏，又怕東風曉寒薄。别來情緒惡。瘦得腰圍柳弱。清明近，正似海棠怯雨，芳疎任飄泊。釵留去年約。恨易老嬌鶯，多誤靈鵲。碧雲杳杳天涯各。望不斷芳草，又迷香絮，迴文强寫字屢錯。淚欲注還閣。孤酌。住春脚。更彩局誰歡，寶軫慵學。階除拾取飛花嚼。是多少春恨，等閑呑却。猛拍闌干，嘆命薄。悔舊諾。」（案宋李昴英，字俊明，番禺人，有文溪存稿。詞品作李公昴誤，謂爲資州盤石人，亦誤。）

陸放翁

放翁詞纖麗處似淮海，雄慨處似東坡。其感舊鵲橋仙一首：「華燈縱博，雕鞍馳射，誰記當年豪舉。酒徒一半取封侯，獨去作、江邊漁父。輕舟八尺，低篷三扇，占斷蘋洲煙雨。鏡湖元自屬閒人，又何必、官家賜與。」英氣可掬，流落亦可惜矣。其「墜鞭京洛，解珮瀟湘。欲歸時，司空笑問，漸近處，丞相嗔狂」，真不减少游。

張東父

張震，字東父，號無隱居士，蜀之益寧人也。孝宗朝爲諫官，有直聲。孝宗稱其知無不言，言無不當。光宗朝以數直言去位。時稱「王十朋去，省爲之空。張震去，臺爲之空」。一代名臣也，而其詞婉媚風流，乃知賦梅花者，不獨宋廣平也。其驀山溪「青梅如豆」一首，草堂入選，而失其名字。

天風海濤

趙汝愚題鼓山寺云：「幾年奔走厭塵埃。此日登臨亦快哉。江月不隨流水去，天風常送海濤來。」朱晦翁摘詩中「天風海濤」字題扁，人不知其爲趙公詩也。嚴次山有水龍吟題于壁云：「飈車飛上蓬萊，不須更跨琴高鯉。砉然長嘯，天風澒洞，雲濤無際。我欲乘桴，從兹浮海，約任公起。辦虹竿千丈，犗鉤五十，親點對、連鼇餌。　誰榜佳名空翠。紫陽仙去騎箕尾。銀鉤鐵畫，龍拏鳳翥，留人間世。更憶東山，哀箏(此二字原脱，王幼安據花庵詞選補。)一曲，灑(原脱灑字，王幼安據花庵詞選補。)霑襟淚。到而今，幸有高亭遺愛，寓甘棠意。」此詞前段言江山景，後段「紫陽仙去」指朱文公，「東山」、「甘棠」指趙公也。趙詩、朱字、嚴詞，可謂三絶。特記于此。

劉篁㡡

劉圻父，字子寰，號篁㡡。早登朱文公之門，居麻沙，有文集行世。其玉樓春云：「今來古往長安道。歲歲榮枯原上草。行人幾度到江濱，不覺身隨楓樹老。　蒲花易晚蘆花早。客裏光陰如過鳥。一般垂柳短長亭，去路不如歸路好。」頗有警悟。觀泉二句云：「静坐時看松鼠飲，醉眠不礙山禽浴。」亦新。

劉德修

劉光祖，字德修，號後溪，蜀之簡州人。有鶴林文集，小詞附焉。其醉落魄云：「春風開者。一時還共春風謝。柳條送我今槐夏。不飲香醪，孤負人生也。　曲塘泉細幽琴寫。胡牀滑簟應無價。日遲睡起簾鉤挂。何不歸與，花竹秀而野。」

潘庭堅

潘牥，字庭堅，號紫巖，乙未何㮚榜及第第三人。美姿容，時有諺云：「狀元真何郎，榜眼真郭郎，探花真潘郎也。」庭堅以氣節聞于時，詞止南鄉子一首，草堂所選是也。首句「生怕倚闌干」，今本「生」誤作「我」。（案潘牥端平二年進士，此云何㮚榜，蓋升庵誤記。）

魏了翁

魏了翁，字華父，號鶴山，邛州人。慶元己未第二人及第，與真西山齊名。道學宗派，詞不作豔語。長短句一卷，皆壽詞也。菩薩蠻壽范靖倅云：「東窗五老峯前月。南窗九疊坡前雪。推出侍郎山。著君窗户間。　離騷鄉裏住。却記庚寅度。挹取芷蘭芳。酌君千歲觴。」又鷓鴣天壽范靖州云：「誰把璿璣運化工。參旗又挂玉梅東。三三律琯聲餘亥，九九元經卦起中。」又水調歌頭云：「玉圍腰，金繫肘，繡韉鞍。」宋代壽詞，無有過之者。

吴毅甫

吴毅甫，名潛，號履齋，嘉定丁丑狀元，爲賈似道所陷，南遷。有履齋詩餘行世。有送李御帶祺一詞，「報國無門空自怨，濟時有策從誰吐」，亦自道也。李祺號竹湖，亦當時名士。所著有春秋王霸列國分紀，予得之于市肆，故書中乃爲傳之，亦奇事也。并附見。

履齋贈妓詞

吴履齋有贈建寧妓女賀新郎詞，集中不載，見于小説，今録于此。「可意人如玉。小簾櫳，輕勻淡佇，道家裝束。長恨春歸無尋處，全在波明黛緑。看冶葉倡條非俗。比似江梅清有韻，更臨風對月斜依竹。看不足，詠不足。　曲屏半掩青山簇。正輕寒，夜永花睡，半欹殘燭。縹渺九霞光裏夢，香在衣裳賸馥。又只恐、銅壺聲促。試問送人歸去後，對一奩、花影垂金粟。腸易斷，恨難續。」

向豐之

向豐之，號樂齋，有如夢令一詞云：「誰伴明窗獨坐。我和影兒兩個。燈盡欲眠時，影也把人抛躲。無那。無那。好個悽惶的我。」詞似俚而意深，亦佳作也。

毛幵

毛幵小詞一卷，惟予家有之。其滿江紅云：「潑火初收，鞦韆外，輕煙漠漠。春漸遠，緑楊芳草，燕飛池閣。已著單衣寒食後，夜來還是東風惡。對空山寂寂杜鵑啼，梨花落。　傷别恨，閒情作。十載事，驚如昨。向花前月下，共誰行樂。飛蓋低迷南苑路，湔裙悵望東城約。但老來、憔悴惜春心，年年覺。」此作亦佳，聊記于此。

蓦山溪

葛魯卿有蓦山溪一曲，詠天穿節郊射也。宋以前，以正月二十三日爲天穿節。相傳云：女媧氏以是日補天，俗以煎餅置屋上，名曰補天穿。今其俗廢久矣。詞云：「春風野外，卯色天如水。魚戲舞綃紋，似出聽、新聲北里。追風駿足，千騎卷高門。一箭過，萬人呼，雁落寒空裏。天穿過了，此日名穿地。横石俯清波，競追隨、新年樂事。誰憐老子，使得縱遨遊，争捧手，共憑肩，夾路遊人醉。」詞不甚工，而事奇，故拈出之。「卯色天」用唐詩「殘霞蹙水魚鱗浪，薄日烘雲卯色天」之句。東坡詩亦云：「笑把鴟夷一杯酒，相逢卯色五湖天。」今刻蘇詩不知出處，改卯色爲柳色，非也。花間詞「一方卯色楚南天」，注以卯爲泖，亦非。

張卽之書莫崙詞

「聽春教燕欛鶯訴。朝朝花困風雨。六橋忘卻清明後，碧盡柳絲千縷。蜂蝶侶。正閒覓，閒花閒草閒歌舞。最憐西子，尚薄薄雲情，盈盈波淚，點點舊眉嫵。流紅記，空泛秋宫怨句。才色何處嬌妒。落紅無限隨風絮。詩恨有誰曾遇。堪恨處。恨二十四番（此四字原作前度，少二字，與譜不合，王幼安據詞綜改。）花信催花去。東君暗苦。更多囑多情，多愁杜宇，多訴斷腸語。」此宋人莫崙之詞，張卽之書，孫生顯祖家藏。墨跡如新，而字極怪。録其詞如此。卽之號樗寮。莫崙號若山。

寫詞述懷

扶風馬大夫作詞述懷，聲寄滿庭芳云：「雪點疏髯，霜侵衰鬢，去年猶勝今年。一迴老矣，堪歎又堪憐。思昔青春美景，無非是、月下花前。誰知道，金章紫綬，多少事憂煎。侵晨，騎馬出，風初暴横，雨又淒然。想山翁野叟，正爾高眠。更有紅塵赤日，也不到、松下林邊。如何好，吴淞江上，閑了釣魚船。」大夫名晉，字孟昭，嘗爲仕宦。

岳珂祝英臺近詞

岳珂北固亭祝英臺近填詞云：「澹烟横，層霧斂。勝概分雄占。月下鳴榔，風急怒濤颭。關河無限清愁，不堪臨檻。正雙鬢，秋風塵染。漫登覽。極目萬里沙場，事業頻看劍。古往今來，南北限天塹。倚樓誰弄新聲，重城門正掩。歷歷數、西州更點。」此詞感慨忠憤，與辛幼安「千古江山」一詞相伯仲。

蘇雪坡贈楊直夫詞

蘇雪坡贈楊直夫名棟，青神人。（此姚勉詞，勉號雪坡，楊慎誤作蘇雪坡。）詞云：「允文事業從容了。要岷峨人物，後先相照。見説君王曾有問，似此人才多少。況蜀珍、先已登廊廟。但側耳，聽新詔。」按小説，高宗曾問馬騏曰：「蜀中人才如虞允文者有幾。」騏對曰：「未試焉知，允文亦試而後知也。」蘇與楊、馬皆蜀人。楊在眉山爲甲族。直夫之妹通經學，比于曹大家。嫁虞氏，生虞集，爲鉅儒。其學無師，傳于母氏也。此事蜀人亦罕知，故著之。馬騏，南郡人，涓之孫。

慶樂園詞

慶樂園，韓侂胄之南園也。張叔夏著高陽臺詞云：「古木迷鴉，虛堂起燕，懽遊轉眼驚心。南圃東窗，酸風掃盡芳塵。鬢貂飛入平原草，最可憐、渾是秋陰。夜沉沉，不信歸魂，不到花深。吹簫踏葉幽尋去，任船依斷石，岫裹寒雲。老桂懸香，珊瑚碎擊無音。故園已是愁如許，撫殘碑、又却傷今。更關情，秋水人家，斜照西林。」

詠雲詞譏史彌遠

彌遠之比周于楊后也，出入宮禁，外議甚譁。有人作詠雲詞譏之云：「往來與月爲儔，舒卷和天也蔽。」宋人言其本朝家法最正，母后最賢，至楊后則蕩然矣。

趙從橐壽賈似道陂塘柳

趙從橐陂塘柳云：「指庭前翠雲含雨。霏霏香滿仙宇。一清透徹渾無底，秋水也無流處。君試數。此樣襟懷，頓得乾坤住。閑情半許。聽萬物氤氳，從來形色，每向靜中覷。琪花路。相接西池壽母。年年弦月時序。荷衣菊珮尋常事，分付兩山容與。天證取。此老平生，可向青天語。瑶卮緩舉。要見我何心，西湖萬頃，來去自鷗鷺。」

賈似道壁詞

似道遭貶，時人題壁云：「去年秋。今年秋。湖上人家樂復憂。西湖依舊流。　吴循州。賈循州。十五年間一轉頭。人生放下休。」此語視雷州寇司户之句尤警。吴循州謂履齋之貶，乃賈擠之也。

劉須溪

須溪劉辰翁元宵雨詞云：「角動寒譙。看雨中燈市，雪（原作寒，王幼安據元草堂詩餘改。）意蕭蕭。星毬明戲馬，歌管雜鳴刁。泥没膝，舞停腰。餤蠟任風飄。更可憐，紅啼桃臉，緑顇楊橋。　當年樂事朝朝。曾錦鞍呼妓，金屋藏嬌。圍香春醉酒，坐月夜吹簫。今老去，倦歌謡。嫌殺杜家喬。漫三杯、擁爐覓句，斷送春宵。」以意難忘按之，可歌也。

詹天游

詹天游以豔詞得名，見諸小説。其送童甕天兵後歸杭齊天樂云：「相逢唤醒京華夢，胡塵暗斑吟髮。倚擔評花，認旗沽酒，歷歷行歌奇跡。吹香弄碧。有坡柳風情，逋梅月色。畫鼓江船，滿湖春水斷橋客。　當時何限俊侣，甚花天月地，人被雲隔。却載蒼煙，更（此字原脱，王幼安據元草堂詩餘補。）招白鷺，一醉修江又别。今回記得。再折柳穿魚，賞梅催雪。如此湖山，忍教人更説。」此伯顔破杭州之後也。觀其詞全無黍離之感，桑梓之悲，而止以游樂言。宋末之習，上下如此，其亡不亦宜乎。童甕天失其名氏，有甕天胜語一卷傳于今云。天游又有清平調云：「醉紅宿翠。髻嚲烏雲墜。管甚夜來不得(此字原誤脱，王幼安據金谷遺音補。)睡。那更今朝早起。東風滿搦腰肢。階前小立多時。却恨一番新雨，想應濕透鞋兒。」蓋詠妓訴狀立廳下也。又見石次仲集。

鄧千江

金人樂府稱鄧千江望海潮爲第一。其詞云：「雲雷天塹，金湯地險，名藩自古皋蘭。營屯繡錯，山形米聚，喉襟百二秦關。鏖戰血猶殷。見陣雲冷落，時有鵰盤。静塞樓頭，曉月依舊玉弓彎。看看定遠西還。有元戎閫令，上將齋壇。區脱晝空，兜零夕舉，甘泉又報平安。吹笛虎牙間。且宴陪珠履，歌按雲鬟。來招英靈醉魄，長繞賀蘭山。」此詞全步驟沈公述上王君貺一首，今録于此：「山光凝翠，川容如畫，名都自古并州。簫鼓沸天，弓刀似水，連營百萬貔貅。金騎走長楸。少年人，一一錦帶吴鈎。路入榆關，鴈飛汾水正宜秋。近思昔日風流。有儒將醉吟，才子狂游。松偃舊亭，城高故國，空留舞榭歌樓。方面倚賢侯。便恐爲霖雨，(此字原脱，王幼安據花庵詞選補。)歸去難留。好向西溪，(此二字原脱，王幼安據花庵詞選補。)恣攜弦管宴蘭舟。」然千江之詞，繁縟雄壯，何啻十倍過之，不止出藍而已。

王予可

王予可，金明昌時人。或傳其仙去，事不可知。其生查子云：「夜色明河淨，好風來千里。水殿謫仙人，皓齒清歌起。前聲金壘中，後聲銀河底。一夜嶺頭雲，繞遍樓前水。」詞之飄逸高妙如此，固謫仙之流亞也。

滕玉霄

元人工於小令套數，而宋詞又微。惟滕玉霄集中，塡詞不減宋人之工。今略記其百字令一首云：「柳顰花困。把人間恩怨，樽前傾盡。何處飛來雙比翼，直是同聲相應。寒玉嘶風，香雲捲雪，一串驪珠引。阮郎去後，有誰著意題品。　誰料濁羽清商，繁弦急管，猶自餘風韻。莫是紫鸞天上曲，兩兩玉童相並。白髮梨園，青衫老傳，試與留連聽。可人何處，滿庭霜月清冷。」玉霄又有贈歌童阿珍瑞鷓鴣云：「分桃斷袖絕嫌猜。翠被紅裩興不乖。洛浦乍陽新燕爾，巫山行雨左風懷。手攜襄野便娟合，背抱齊宮婉孌懷。玉樹庭前千載曲，隔江唱罷月籠階。」蓋鄭櫻桃解紅兒之流也。用事甚工。予同年吳學士仁甫喜誦之。

牧庵詞

姚牧庵醉高歌詞云：「十年燕月歌聲。幾點吳霜鬢影。西風吹起鱸魚興。已在桑榆暮景。　榮枯枕上三更。傀儡場中四并。人生幻化如泡影。幾個臨危自省。」牧庵一代文章巨公，此詞高古，不減東坡、稼軒也。

元將塡詞

元將紇石烈子仁上平南詞云：「蠆鋒搖，螳臂振，舊盟寒。恃洞庭，彭蠡狂瀾。天兵小試，萬蹄一飲楚江乾。捷書飛上九重天。春滿長安。　舜山川。周禮樂，唐日月，漢衣冠。洗五州妖氣關山。已平全蜀，風行何用一泥丸。有人傳喜，日邊都護先還。」此亦黠虜也。天欲戕我中國人，乃生此種，反指中國爲妖氣也耶。非我皇明一汛掃之，天柱折而地維陷矣。

江西烈女詞

戴石屏薄游江西，有富翁以女妻之。留三年，一日思歸。詢其所以，告以曾娶。妻以白其父，父怒。妻宛曲解之，盡以嫁奩贈之，仍餞之以詞，自投江而死。其詞云：「惜多才，憐薄命，無計可留汝。揉碎花牋，仍寫斷腸句。道傍楊柳依依，千絲萬縷，抵不住、一分愁緒。　捉月盟言，不是夢中語。後回君若重來，不相忘處，把杯酒澆奴墳土。」嗚呼，石屏可謂不仁不義之甚矣。既誑良人女爲妻，三年與盡而棄之。又受其奩具而甘視其死。俗有謔詞云：「孫飛虎好色，柳盜跖貪財，這賊牛兩般都愛。」石屏之謂與。出桂苑叢談，馮翊子伏著。

詞品卷之六

八詠樓

沈休文八詠詩，語麗而思深，後人遂以名樓，照映千古。近時趙子昂、鮮于伯機詩詞頗勝。趙詩云：「山城秋色静朝暉。極目登臨未擬歸。羽士曾聞遼鶴語，征人又見塞鴻飛。西流二水玻瓈合，南去千峯紫翠圍。如此溪山良不惡，休文何事不勝衣。」鮮于百字令云：「長溪西注，似延平雙劍，千年初合。溪上千峯明紫翠，放出羣龍頭角。瀟灑雲林，微茫煙草，極目春洲闊。城高樓迥，恍然身在寥廓。我來陰雨兼旬，灘聲怒起，（此字原脱，王幼安據詞綜補。）日日東風惡。須待青天明月夜，一試嚴維佳作。風景不殊，溪山信美，處處堪行樂。休文何事，年年多病如削。（原作多病年年如削，據詞綜改。）」二作結句略同，稍含微意，不專爲詠景發。予故取而著之也。

杜伯高三詞

杜旟，字伯高，蘭亭詩爲世所傳，樂府亦佳。酹江月賦石頭城云：「江山如此，是天開萬古，東南王氣。一自髯孫横短策，坐使英雄鵲起。玉樹聲消，金蓮影散，多少傷心事。千年遼鶴，併疑城郭非是。當日萬騆雲屯，潮生潮落處，石頭孤峙。人笑褚淵今齒冷，只有袁公不死。斜日荒煙，神州何在，欲墮新亭淚。元龍老矣，世間何限餘子。」摸魚兒湖上賦云：「放扁舟，萬山環處，平鋪碧浪千頃。仙人憐我征塵久，借與夢游清枕。風乍靜，望兩岸羣峯，倒浸玻璨影。樓臺相映。更日薄煙輕，荷花似醉，飛鳥墮寒鏡。　中都內，羅綺千街萬井。天教此地幽勝。仇池仙伯今何在，隄柳幾眠還醒。君試問，問（此字原缺，與律不合，王幼安據詞綜補。）此意只今，更有何人領。功名未竟。待學取鴟夷，仍攜西子，來動五湖興。」驀山溪賦春云：「春風如客，可是繁華主。紅紫未全開，早綠遍江南千樹。一番新火，多少倦游人。纖腰柳，不知愁，猶作風前舞。　小闌干外，兩兩幽禽語。問我不歸家，有佳人天寒日暮。老來心事，唯只有春知。江頭路，帶春來，更帶春歸去。」

徐一初登高詞

徐一初登高摸魚兒詞：「對茱萸，一年一度。龍山今在何處。參軍莫道無勳業，消得從容樽俎。君看取。便破帽飄零，也傳名千古。當年幕府。知多少時流，等閒收拾，有個客如許。　追往事，滿目山河晉土。征鴻又過邊羽。登臨莫苦。高層望，怕見故宮禾黍。觴綠醑。澆萬斛牢愁，淚閣新亭雨。黃花無語。畢竟是西風，朝來（此出吳禮部詩話，朝來二字原缺，王幼安據渚山堂詞話補。）披拂，猶識舊時主。」亦感慨之詞也。

南澗詞

韓南澗題采石蛾眉亭詞云：「倚天絕壁。直下江千尺。天際兩蛾橫黛，愁與恨，幾時極。　暮潮風正急。酒闌聞塞笛。試問謫仙何處，青山外，遠煙碧。」此霜天曉角調也。未有能繼之者。

高竹屋蘇堤芙蓉詞

高竹屋詠蘇堤芙蓉菩薩蠻詞：「紅雲半壓秋波急。豔妝泣露啼嬌色。幽夢入仙城。風流石曼卿。宮袍呼醉醒。休捲西風錦。明月粉香殘。六橋煙水寒。」

念奴嬌祝英臺近

德祐乙亥，太學生作念奴嬌云：「半堤花雨。對芳辰消遣，無奈情緒。春色尚堪描畫在，萬紫千紅塵土。鵑促歸期，鶯收佞舌，燕作留人語。遶闌紅藥，韶華留此孤主。真個恨殺東風，幾番過了，不似今番苦。樂事賞心磨滅盡，忽見飛書傳羽。湖水湖煙，峯南峯北，總是堪傷處。新塘楊柳，小橋猶自歌舞。」又祝英臺近云：「倚危闌，斜日暮。驀驀甚情緒。稚柳嬌黃，全未禁風雨。春江萬里雲濤，扁舟飛渡。那更塞鴻無數。歎離阻。有恨落天涯，誰念孤旅。滿目風塵，冉冉如飛霧。是何人惹愁來，那人何處。怎知道、愁來又去。」

文山和王昭儀滿江紅詞

王昭儀之詞，傳播中原。文天祥讀至末句，嘆曰：「惜也，夫人於此少商量矣。」爲之代作一篇云：「試問琵琶，胡沙外、怎生風色。最苦是，姚黃一朵，移根仙闕。王母歡闌瓊宴罷，仙人淚滿金盤側。聽行宮、半夜雨淋鈴，聲聲歇。彩雲散，香塵滅。銅駝恨，那堪說。想男兒慷慨，嚼穿齦血。回首昭陽離落日，傷心銅雀迎新月。算妾身不願似天家，金甌缺。」又和云：「燕子樓中，又捱過、幾番秋色。相思處，青年如夢，乘鸞仙闕。肌玉暗消衣帶緩，淚珠斜透花鈿側。最無端、蕉影上窗紗，青燈歇。曲池合，高臺滅。人間事，何堪說。向南陽阡上，滿襟清血。世態便如翻覆雨，妾身元是分明月。吷樂昌一段好風流，菱花缺。」附王昭儀詞：「太液芙蓉，渾不是、舊時顏色。曾記得，恩承雨露，玉樓金闕。名播蘭簪妃后裏，暈潮蓮臉君王側。忽一朝鼙鼓揭天來，繁華歇。龍虎散，風雲滅。千古恨，憑誰說。對山河百二，淚霑襟血。驛館夜驚塵土夢，宮車晚碾關山月。願嫦娥、相顧肯相容，隨圓缺。」

徐君寶妻詞

岳州徐君寶妻某氏，被虜來杭，居韓蘄王府。自岳至杭，相從數千里。其主者數欲犯之，而終以巧計脫。蓋某氏有令姿，主者弗忍殺之也。一日，主者怒甚，將卽强焉。因告曰：俟妾祭謝先夫，然後乃爲君婦不遲也，君奚怒焉。主者喜諾。某氏乃焚香再拜默祝，南向飲泣，題滿庭芳一詞於壁上。書已，投大池中以死。詞云：「漢上繁華，江南人物，尚遺宣政風流。綠窗朱户，十里爛銀鉤。一旦刀兵齊舉，旌旗擁、百萬貔貅。長驅入、歌樓舞榭，風捲落花愁。清平三百載，典章人物，掃地都休。幸此身未北，猶客南州。破鑑徐郎何在，空惆悵、相見無由。從今後，斷魂千里，夜夜岳陽樓。」

傅按察鴨頭緑

元時有傅按察者，嘗作鴨頭緑一詞悼宋云：「静中看。記昔日淮山隱隱，宛若虎踞龍盤。下樊襄。指揮湘漢，鞭雲騎，圍繞江干。(原作三千，王幼安據輟耕録改。)勢不成三，時當混一，過唐之數不爲難。陳橋驛，孤兒寡婦，久假當還。挂征帆。龍舟催發，紫宸初卷朝班。禁庭空，土花暈碧，輦路悄，訶喝聲乾。縱餘得，西湖風景，花柳亦凋殘。去國三千，游仙一夢，依然天淡夕陽間。昨宵也，一輪明月，還照臨安。」

楊復初南山詞

楊復初築室南山，以郙居爲號。凌彦翀以漁家傲詞壽之云：「采芝步入南山道。山深宛似蓬萊島。聞説村居詩思好。還被惱。蒼苔滿地無人掃。　載酒亭前松合抱。客來便許同傾倒。玉兔已將靈藥擣。秋意早。月華長似人難老。」復初和詞云：「當時承望求仙道。那知薄命如郊島。留得殘生猶自好。多懊惱。塵緣俗慮何時掃。　子已成童無用抱。醉眠任使和衣倒。今歲砧聲秋未擣。涼風早。看來只恐中年老。」瞿宗吉和詞云：「喜來不涉邯鄲道。愁來不竄沙門島。惟有郙居閑最好。無事惱。苔階竹徑頻頻掃。　有酒可斟琴可抱。長年擬看三松倒。臼内靈砂親自擣。歸隱早。朝來未放玄真老。」宗吉既和此詞，而復序云：「舊譜皆以仄聲起，歐公呼范文正爲『窮塞主』，首句祈謂『塞上秋來』者，正此格也。他如王荆公之『平岸小橋千嶂抱』，周清真之『幾日春陰寒側側』，謝無逸之『秋水無痕清見底」，張仲宗之「釣笠披雲青嶂遶」，亦皆如是。今二公皆以平聲易之，特著此，以俟知音爾。

凌彥翀無俗念

凌彥翀作無俗念詞云：「等閑屈指，算今來古往，誰爲英傑。耳目聰明天賦予，怎肯虛生虛滅。去燕來鴻，飛鳥走兔，世事何時歇。風波境界，大川不用頻涉。空踏遍、萬户千門，五湖四海，一樣中秋月。正面相看君記取，全體本來無缺。空裏非空，夢中是夢，莫向癡人説。便（便字原脱，王幼安據柘軒詞補。）須騎鶴，夜深朝禮金闕。」又蝶戀花詞云：「一色杏花三百樹。茅屋無多，更在花深處。旋壓小槽留客住。舉杯忽聽黃鸝語。醉眼看花花亦舞。風妒殘紅，飛過鄰牆去。却似牧童遥指處。清明時節紛紛雨。」詞格清逸，一洗鉛華，非駢金儷玉者比也。

瞿宗吉西湖秋泛

宗吉西湖秋泛滿庭芳詞：「露葦催黃，煙蒲駐綠，水光山色相連。紅衣落盡，辜負採蓮船。點檢六橋楊柳，但幾個、抱葉殘蟬。秋容晚，雲寒鴈背，風冷鷺鷥肩。華筵。容易散。愁添酒量，病減詩顛。况情懷冲淡，漸入中年。掃退舞裙歌扇，盡付與、一枕高眠。清閒好，脱巾露髮，仰面看青天。」又西湖四時望江南詞：「西湖景，春日最宜晴。花底管絃公子宴，水邊羅綺麗人行。十里按歌聲。」「西湖景，夏日正堪游。金勒馬嘶垂柳岸，紅粧人泛採蓮舟。驚起水中鷗。」「西湖景，秋日更宜觀。桂子岡巒金粟富，芙蓉洲渚綵雲閒。爽氣滿山前。」「西湖景，冬日轉清奇。賞雪樓臺評酒價，觀梅園圃定春期。共醉太平時。」

瞿宗吉鞋杯詞

楊廉夫嘗訪瞿士衡，以鞋杯行酒，命其姪孫宗吉詠之。宗吉作沁園春以呈，廉夫大喜，卽命侍妓歌以侑觴。詞云：「一掬嬌春，弓樣新裁，蓮步未移。笑書生量窄，愛渠儘小，主人情重，酌我休遲。醞釀朝雲，斟量暮雨，能使麯生風味奇。何須去，向花塵留蹟，月地偷期。風流到處便宜。便豪吸雄吞不用辭。任凌波南浦，唯誇羅襪，賞花上苑，祇勸金巵。羅帕高擎，銀瓶低注，絶勝翠裙深掩時。華筵散，奈此心先醉，此恨誰知。」

馬浩瀾著花影集

馬浩瀾著花影集，自序云：「予始學爲南詞，漫不知其要領。偶閱吹劍録，中載東坡在玉堂日，有幕士善歌。坡問曰：『吾詞何如柳耆卿。』對曰：『柳郎中詞宜十七八女孩兒，按紅牙拍，歌楊柳岸曉風殘月。學士詞須關西大漢，執鐵板唱大江東去。』緣是求二公詞而讀之，下筆略知蹊徑。然四十餘年，僅得百篇，亦不可謂不難矣。法雲道人嘗勸山谷勿作小詞。山谷云：『空中語爾。』予欲以空中語名其集，或曰不文，改稱花影集。花影者，月下燈前，無中生有。以爲假則真，謂爲實猶涉虚也。」今漫摘數首，以便展玩云。其商調少年游云：「弄粉調脂，梳雲掠月，次第曉粧成。鸚鵡籠邊，鞦韆牆裏，半晌不聞聲。原來却在瑶堦下，獨自踏花行。笑摘朱櫻，微揎翠袖，枝上打流鶯。」行香子云：「紅遍櫻桃。緑暗芭蕉。

鎖窗深、春思無聊。雙飛燕嬾，百囀鶯嬌。正漏聲遲，簾影靜，篆香飄。惜月前宵。病酒今朝。有誰知、臂玉微銷。封題錦字，寄與蘭翹。恨樹重重，雲渺渺，水迢迢。」春夜生查子云：「燒罷夜香時，獨立簾兒下。真個可憐宵，一刻千金價。啼痕不記行，暗濕鮫綃帕。蝶宿牡丹叢，月轉鞦韆架。」春日海棠春云：「越羅衣薄輕寒透。正畫閣、風簾飄繡。無語小鶯慵，有恨垂楊瘦。桃花人面應依舊。憶那日、擊槳時候。添得暮愁牽，只爲秋波溜。」鳳凰臺上憶吹簫云：「淡淡秋容。澄澄夜影，娟娟月挂梧桐。愛簫聲縹緲，簾影玲瓏。彩鳳銜書未至，玉宇淨、香霧空濛。涼如水，翠苔凝露，琪樹吟風。匆匆。年華暗換，嗟舊歡成夢，芳鬢飛蓬。想清江泛鷁，紫陌遊驄。應念佳期虛負，瞻素彩、感慨相同。凝情久，誰家擣衣，砧杵丁東。」青玉案云：「平川渺渺花無數。明鏡裏，孤舟度。華下美，人和笑顧。問郎莫似，乞槳崔護，別久來何暮。盈盈羅襪凌波步。眉月連娟鬢如霧。人世光陰花上露。勸郎休去，再來恐誤，個是桃源路。」中秋鵲橋仙云：「不寒不暑，無風無雨，秋色平分佳節。桂花香散夜涼生，小樓上、簾兒高揭。多愁多病，閒憂閒悶，綠鬢紛紛成雪。平生不作負恩人，惟負了、今宵明月。」九日金菊對芙蓉云：「過鴈行低，鳴蛩韻急，紛紛葉下亭皋。向霜庭看菊，颷館題糕。依然賓主東南美，勝龍山，迢遞登高。繡屏孔雀，金盤螃蟹，銀甕葡萄。痛飲鯨卷波濤。笑百年春夢，萬事秋毫。問臺前戲馬，海上連鼇。當時二子今安在，乾坤大、容我粗豪。四絃裂帛，雙鬟舞雪，左手持螯。」梅花東風第一枝云：「餌玉餐香，夢雲情月，花中無此清瑩。儼然姑射仙人，華珮明璫新整。五銖衣薄，應怯瑤臺凄冷。自驂鸞來下人間，幾度雪深烟暝。孤絕處，江波流影。顛頓也，春風銷粉。相思千種閑愁，聲聲翠禽啼醒。

西湖東閣，休說當時風景。但留取、一點芳心，他日調羹金鼎。」落花滿庭芳云：「春老園林，雨餘庭院，偏惹蝶駭鶯猜。薦紅皺白，狼藉滿蒼苔。正是愁腸欲斷，珠箔外、點點飄來。分明似、身輕飛燕，扶下碧雲臺。　當初珍重意，金錢競買，玉砌新栽。正翠屏遮護，羯鼓催開。誰道天機繡錦，都化作、紫陌塵埃。紗窗裏，有人憐惜，無語托香腮。」

馬浩瀾詞

馬浩瀾洪，仁和人，號鶴窗。善詩詠而詞調尤工。皓首韋布，而含吐珠玉，錦繡胸腸，褎然若貴介王孫也。嘗題許應和松竹雙清扇景詞云：「剪蒿萊。曾將雙翠親裁。旋添成、園林佳勝，依稀嶰谷徂徠。鳳飛過，文章燦爛，蛟騰攫，鱗甲毰毸。剉節題詩，收花釀酒，鬢黏香粉袖黏苔。無人識，棟梁之具，管籥之才。　蔭亭臺。儘多風月，清無半點塵埃。竿期截，六鰲連舉，巢堪托，孤鶴時來。色瑩琅玕，脂凝琥珀，笑他門柳與庭槐。蕭郎去，畢宏已老，誰富寫生才。君看取，歲寒三友，只欠梅開。」蓋多麗詞也。許東溟以爲可追跡康伯可，可謂信然。又題梅花江城引云：「雪晴閑覽瘦笻扶。過西湖。訪林逋。湖上天寒，草樹盡凋枯。忽見瓊葩光照眼，仙格調，玉肌膚。　夜空雲靜月輪孤。巧相摹。海濤圖。時聽枝頭，啁晰翠禽呼。縱有明珠三百琲，知似得，此花無。」清氣逸發，瑩無塵想。又題許東溟小景昭君怨云：「路遠危峯斜照。瘦馬塵風衣帽。此去向蕭關。向長安。　便坐紫薇花底。只似黄粱夢裏。三徑易生苔。早歸來。」言有盡而意無窮，方是作者。徐伯齡言，鶴窗與陸清溪偕出菊莊之門，而清溪得詩律，鶴窗得詞調，異體齊名，可謂盛矣。

馬浩瀾念奴嬌

馬浩瀾念奴嬌詞云：「東風輕軟，把綠波吹作，縠紋微皺。彩舫亭亭寬似屋，載得玉壺芳酒。勝景天開，佳朋雲集，樂繼蘭亭後。珍禽兩兩，驚飛猶自回首。學士港口桃花，南屏松色，蘇小門前柳。冷翠柔金紅綺幔，掩映水明山秀。閑試評量，總宜圖畫，無此丹青手。歸時侵夜，香街華月如晝。」

聶大年詞附馬浩瀾和

聶大年嘗賦卜算子二首，蓋自況也。詞云：「楊柳小蠻腰，慣逐東風舞。學得琵琶出教坊，不是商人婦。忙整玉搔頭，春筍纖纖露。老却江南杜牧之，嬾爲秋娘賦。」「粉淚濕鮫綃，只恐郎情薄。夢到巫山第幾峯，酒醒燈花落。數日尚春寒，未把羅衣着。眉黛含顰爲阿誰，但悔從前錯。」馬浩瀾和云：「歌得雪兒歌，舞得霓裳舞。料想前身跨鳳仙，合作蕭郎婦。顏色雪中梅，淚點花梢露。雲雨巫山十二峯，未數高唐賦。」「花壓鬢雲低，風透羅衫薄。殘夢瞢騰下翠樓，不覺金釵落。幾許别離愁，獨自思量着。欲寄蕭郎一紙書，又怕歸鴻錯。」

一枝春守歲詞

守歲之詞雖多，極難其選，獨楊守齋一枝春最爲近世所稱。詞云：「竹爆驚春，競喧闐夜起，千門簫鼓。

流蘇帳暖，翠鼎緩騰香霧。停盃未舉。奈剛要、送年新句。應自賞、歌清字圓，未誇上林鶯語。從他歲窮日暮。縱閒愁，怎減劉郎風度。屠蘇辦了，迤邐柳忻梅妒。宫壼未晚，早驕馬繡車盈路。還又把，月夕花朝，自今細數。」

鬬草詞

春日，婦女喜爲鬬草之戲。黄子常綺羅香詞云：「綃帕藏春，羅裙點露，相約鶯花叢裏。翠袖拈芳，香沁筍芽纖指。偷摘遍、綠逕烟霏，悄攀下，畫闌紅紫。掃花堦，褥展芙蓉，瑶臺十二降仙子。芳園清晝午永，亭上吟吟笑語，妒穠誇麗。奪取籌多，贏得玉璫瑜珥。凝素靨，香粉添嬌，映黛眉，淡黄生喜。綰胸帶，空繫宜男，情郎歸也未。」

賣花聲

黄子常賣花聲詞云：「人過天街，曉色擔頭紅紫。滿筠筐、浮花浪蕊。畫樓睡醒，正眼横秋水。聽新腔，一回催起。吟紅叫白，報得蜂兒知未。隔東西，餘音軟美。迎門争買，早斜簪雲髻。助春嬌，粉香簾底。」喬夢符和詞云：「侵曉園丁，叫道嫩紅嬌紫。巧工夫、攢枝飣蕊。行歌佇立，洒洗妝新水。捲香風、看街簾起。深深巷陌，有個重門開未。忽驚他、尋春夢美。穿窗透閣，便憑伊喚取。惜花人、在誰根底。」

梁貢父木蘭花慢

梁貢父曾，燕京人。大德初，爲杭州路總管。政事文學，皆有可觀。嘗作西湖送春木蘭花慢詞云：「問花花不語，爲誰落，爲誰開。算春色三分，半隨流水，半入塵埃。人生能幾歡笑，但相逢、樽酒莫相推。千古幕天席地，一春翠繞珠圍。彩雲回首暗高臺。烟樹渺吟懷。拚一醉留春，留春不住，醉裏春歸。西樓半簾斜日，怪銜春、燕子却飛來。一枕青樓好夢，又教風雨驚回。」此詞格調俊雅，不讓宋人也。

花綸太史詞

杭州花綸，年十八，黄觀榜及第三人。初讀卷官進卷，以花綸第一，練子甯第二，黄觀第三。御筆改定以黄第一，練第二，花第三。南京諺有「花練黄、黄練花」之語。故後人猶以花狀元稱之。其題科名記及登科録，皆以黄練二公死革除之難剗毁，故相傳多誤。花有詞藻，其謫戍雲南，有題楊太真畫圖水仙子一闋云：「海棠風，梧桐月，荔枝塵。霓裳舞，翠盤嬌，繡嶺春。錦棚嬉，金釵信。香囊恨。癡三郎，泥太真。馬嵬坡，血污游魂。楊柳眉、侵顰黛損。芙蓉面、零脂落粉。牡丹芽、剪草除根。」其風致不減元人小山酸齋輩。滇人傳唱，多訛其字，余爲訂之云。

鎖懋堅詞

鎖懋堅，西域人，扈宋南渡，遂爲杭人。代有詩名，懋堅尤善吟寫。成化間，游苕城，朱文理座間，索賦其家假山，懋堅賦沉醉東風一闋云：「風過處。香生院宇。雨收時，翠濕琴書。移來小朵峯，幻出天然趣。倚闌干，盡日披圖。謾説蓬萊本是虛。只此是、神仙洞府。」爲一時所稱。

詞品拾遺

卓稼翁詞

三山卓田，字稼翁，能賦馳聲。嘗作詞云：「丈夫隻手把吴鈎。欲斷萬人頭。因何鐵石，打成心性，却爲花柔。　君看項籍并劉季，一怒使人愁。只因撞着虞姬、戚氏，豪傑都休。」其爲人溺志可想。

王昂催粧詞

探花王昂榜下擇壻時，作催粧詞云：「喜氣滿門闌，光動綺羅香陌。行到紫薇花下，悟身非凡客。　不須脂粉污天真，嫌怕太紅白。留取黛眉淺處，畫（畫字上原有一共字，王幼安據陶朱新録删。）章臺春色。」

蕭軫娶再婚

三山蕭軫登第，榜下娶再婚之婦。同舍張任國以柳梢青詞戲之曰：「挂起招牌。一聲喝采，舊店新開。熟事孩兒，家懷老子，畢竟招財。　當初合下安排。又不豪門買獃。自古道，正身替代，見任添差。」

平韻憶秦娥

太學服膺齋上舍鄭文，秀州人。其妻寄以憶秦娥云：「花深深。一鈎羅襪行花陰。行花陰。閒將羅帶，試結同心。　日邊消息空沉沉。畫眉樓上愁登臨。愁登臨。海棠開後，望到如今。」此詞爲同舍者傳播，酒樓妓館皆歌之，以爲歐陽永叔詞，非也。

劉鼎臣妻詞

婺州劉鼎臣赴省試，臨行，妻作詞名鷓鴣天云：「金屋無人夜翦繒。寶釵翻過齒痕輕。臨行執手殷勤送，襯取蕭郎兩鬢青。　聽囑付，好看成。千金不抵此時情。明年宴罷瓊林晚，酒面微紅相映明。」

易祓妻詞

易祓，字彥章，潭州人。以優校爲前廊，久不歸。其妻作一翦梅詞寄云：「染淚修書寄彥章。貪作前廊。忘卻回廊。功名成遂不還鄉。石做心腸。鐵做心腸。　紅日三竿嬾畫妝。虛度韶光。瘦損容光。相思何日得成雙。羞對鴛鴦。嬾對鴛鴦。」

柔奴

東皐雜録云：王定國嶺外歸，出歌者勸東坡酒。坡作定風波序云：「王定國歌兒曰柔奴，姓宇文氏。眉目娟麗，善應對。家世住京師。定國南遷歸，余問柔：『廣南風土，應是不好。』柔對曰：『此心安處，便是吾鄉。』因爲綴此詞云。」「常羨人間琢玉郎。天教分付點酥娘。自作清歌傳皓齒。風起。雪飛炎海變清涼。　萬里歸來年愈少。微笑。笑時猶帶嶺梅香。試問嶺南應不好。卻道。此心安處是吾鄉。」

美奴

苕溪漁隱曰："陸敦禮藻有侍兒名美奴，善綴詞。出侑樽俎，每乞韻于坐客，頃刻成章。卜算子云：「送我出東門，乍別長安道。兩岸垂楊鎖暮煙，正是秋光老。一曲古陽關，莫惜金樽倒。君向瀟湘我向秦，魚雁何時到。」如夢令云：「日暮馬嘶人去。船逐清波東注。後夜最高樓，還肯思量人否。無緒。無緒。生怕黄昏疎雨。」

李師師

李師師，汴京名妓。張子野爲製新詞，名師師令。略云：「蜀綵衣長勝未起。縱亂雲垂地。正值殘英和月墜。寄此情千里。」秦小游亦贈之詞云：「看遍潁川花，不似師師好。」後徽宗微行幸之，見宣和遺事。甕天脞語又載，宋江潛至李師師家，題一詞于壁云：「天南地北，問乾坤何處，可容狂客。借得山東煙水寨，來買鳳城春色。翠袖圍香，鮫綃籠玉，一笑千金值。神仙體態，薄倖如何銷得。想蘆葉灘頭，蓼花汀畔，皓月空凝碧。六六雁行連八九，只待金雞消息。義膽包天，忠肝蓋地，四海無人識。閑愁萬種，醉鄉一夜頭白。」小詞盛於宋，而劇賊亦工如此。

于湖南鄉子

張于湖送朱元晦行，與張欽夫、邢少連同集，作南鄉子一詞云：「江上送歸船。風雨排空浪拍天。賴有清樽澆別恨，悽然。寶燭燒花看吸川。楚舞對湘弦。暖響圍春錦帳氈。坐上定知無俗客，俱賢。便是朱張與少連。」此詞見蘭畹集。觀「楚舞湘弦」之句及朱文公雲谷寄友絶句云：「日暮天寒無酒飲，不須空喚莫愁來。」則晦翁于宴席，未嘗不用妓。廣平之賦梅花，又司馬公亦有豔辭，亦何傷于清介乎。

珠簾秀

姓朱氏，行第四，雜劇爲當今獨步。駕頭、花旦、軟末泥等，悉造其妙。胡紫山宣慰嘗以沉醉東風曲贈云：「錦織江邊翠竹，絨穿海上明珠。月淡時，風清處，都隔斷、落紅塵土。一片閒情任卷舒。挂盡朝雲暮雨。」馮海粟待制亦贈以鷓鴣天云：「憑倚東風遠映樓。流鶯窺面燕低頭。蝦鬚瘦影纖纖織，龜背香紋細細浮。紅霧斂，彩雲收。海霞爲帶月爲鈎。夜來卷盡西山雨，不著人間半點愁。」蓋朱背微僂，馮故以簾鈎寓意。至今後輩，以朱娘娘稱之者。

趙真真楊玉娥

趙真真、楊玉娥，善唱諸宮調。楊立齋見其謳張五牛、商正叔所編雙漸小卿怨，因作鷓鴣天、哨遍、耍孩兒煞以詠之。後曲多不録。今録前曲云：「煙柳風花錦作園。霜芽露葉玉裝船。誰知皓齒纖腰會，只在輕衫短帽邊。啼玉靨，咽冰絃。五牛身去更無傳。詞人老筆佳人口，再喚春風在眼前。」

劉燕歌

劉燕歌善歌舞，齊參議還山東，劉賦太常引以餞云：「故人別我出陽關。無計鎖雕鞍。今古別離難。況隔斷、蛾眉遠山。一樽別酒，一聲杜宇，寂寞又春殘。明月小樓閒。第一夜、相思淚彈。」至今膾炙人口。

杜妙隆

杜妙隆，金陵佳麗人也。盧疏齋欲見之，行李匆匆，不果所願。因題踏莎行于壁云：「雪暗山明，溪深花早。行人馬上詩成了。歸來聞說妙隆歌，金陵却比蓬萊渺。寶鏡慵窺，玉容空好。梁塵不動歌聲悄。無人知我此時情，春風一枕松窗曉。」

宋六嫂

宋六嫂，小字同壽。元遺山有贈觱栗工張嘴兒詞，卽其父也。宋與其夫合樂，妙入神品。蓋宋善謳，其夫能傳其父之藝。滕玉霄待制嘗賦念奴嬌以贈云：「柳顰花困」云云，詞見第五卷。念奴嬌一名百字令。

一分兒

一分兒，姓王氏，京師角妓也。歌舞絶倫，聰慧無比。一日，丁指揮會才人劉士昌、程繼善等于江鄉園小飲，王氏佐樽。時有小姬歌菊花會南吕曲云：「紅葉落，火龍褪甲。青松枯，怪蟒張牙。」丁曰：「此沉醉東風首句也，王氏可足成之。」王應聲曰：「紅葉落，火龍褪甲。青松枯，怪蟒張牙。可詠題，堪描畫。喜觥籌，席上交雜。答剌蘇頻斟入禮廝麻。不醉呵，休扶上馬。」一座歎賞，由是聲價愈重焉。

詞品補

轉應曲

轉應曲與宮中調笑，平仄相合，予常擬之。

鼓子詞

宋歐陽六一作十二月鼓子詞，即今之漁家傲也。元歐陽圭齋亦擬爲之，專詠元世燕風物。以上見函海本詞品卷一

劉會孟

劉須溪丁酉元夕寶鼎現詞云：「紅粧春騎，踏月花影，牙旗穿市。望不盡、歌樓舞榭，習習（二字原脱，王幼安從元草堂詩餘補。）香塵蓮步底。簫聲斷，約彩鸞歸去，未怕金吾呵醉。甚輦路、喧闐且止。聽得念奴歌起。父老猶記宣和事，（此字原脱，王幼安從元草堂詩餘補。）抱銅仙，清淚如水。還轉盼，沙河多麗。滉漾明光連邸第，簾影動，（原作凍，王幼安據元草堂詩餘改。）散紅光成綺。月浸蒲桃十里。看往來神仙才子。肯把菱花撲碎。腸斷竹馬兒童，空見說，三千樂指。等多時、春不歸來，到春時欲睡。又說向、燈前擁髻。暗滴鮫珠墜。便當日、親見霓裳，天上人間夢裏。」此詞題云「丁酉」，蓋元成宗大德元年，亦淵明書甲子之

意也。詞意凄婉，與麥秀歌何殊。尹濟翁壽須溪風入松詞云：「曾聞幾度説京華。愁壓帽簷斜。朝衣熨貼天香在，如今但、彈指蘭闍。不是柴桑心遠，等閒過了元嘉。長生休説棗如瓜。壺日自無涯。河傾南紀明奎壁，長教見、壽氣成霞。但得重攜溪上，年年人共梅花。」

鏡聽

李廓、王建，皆有鏡聽詞。鏡聽，今之響卜也。以上見函海本詞品卷六

明嘉靖本詞品六卷，世鮮傳本。清乾隆間，李調元刻函海亦收詞品，第作五卷。且兩本之次序亦大異。又嘉靖本較函海本多出十二則。而函海本亦有四則爲嘉靖本所無。茲以嘉靖本爲主，而以函海本增補之。至兩本字句互有訛脱，擇其是者而從之。其有均誤者，則以本集或選集訂正。甲戌冬月，江寧秋帆陳作楫跋。（案一九六〇年，人民文學出版社曾出版過王幼安詞品校點本，但仍有訛脱，茲復加以補正。一九七八年圭璋記。）

窺詞管見

〔清〕李　漁撰

窺詞管見目録

窺詞管見

第一則　詞立于詩曲二者之間

作詞之難，難於上不似詩，下不類曲，不淄不磷，立于二者之中。大約空疎者作詞，無意肖曲，而不覺彷彿乎曲。有學問人作詞，儘力避詩，而究竟不離於詩。一則苦於習久難變，一則迫於舍此實無也。欲爲天下詞人去此二弊，當令淺者深之，高者下之，一俛一仰，而處于才不才之間，詞之三昧得矣。

第二則　詞與詩有別

詞之關鍵，首在有別於詩固已。但有名則爲詞，而考其體段，按其聲律，則又儼然一詩，覓相去之垠而不得者。如生查子前後二段，與兩首五言絶句何異。竹枝第二體、柳枝第一體、小秦王、清平調、八拍蠻、阿那曲，與一首七言絶句何異。玉樓春、採蓮子，與兩首七言絶句何異。字字雙亦與七言絶同，只有每句疊一字之別。瑞鷓鴣卽七言律，鷓鴣天亦卽七言律，惟減第五句之一字。凡作此等詞，更難下筆，肖詩既不可，欲不肖詩又不能，則將何自而可。曰，不難，有摹腔鍊吻之法在。詩有詩之腔調，曲有曲之腔調，詩之腔調宜古雅，曲之腔調宜近俗，詞之腔調，則在雅俗相和之間。如畏摹腔鍊吻之法難，請從字句入手。取曲中常用之字，習見之句，去其甚俗，而存其稍雅，又不數見于詩者，入於諸調之中，則是儼然一詞，而非詩矣。是詞皆然，不獨以上諸調。人問以上諸調，明明是詩，必欲强命爲詞者，何故。予曰，此中根據，未嘗深考，然以意逆之，當有不出範圍者。昔日詩變爲詞，定由此數調始，取詩之協律便歌者，被諸管絃，得此數首，因其可詞而詞之，則今日之詞名，仍是昔日之詩題耳。

第三則　詞與曲有別

詞既求别于詩，又務肖曲中腔調，是曲不招我，而我自往就，求爲不類，其可得乎。曰，不然，當其摹腔鍊吻之時，原未嘗撇却詞字，求其相似，又防其太似，所謂存稍雅而去甚俗，正謂此也。有同一字義，而可詞可曲者。有止宜在曲，斷斷不可混用於詞者。試舉一二言之，如閨人口中之自呼爲妾，呼壻爲郎，此可詞可曲之稱也。若稍異其文，而自呼爲奴家，呼壻爲夫君，則止宜在曲，斷斷不可混用於詞矣。如稱彼此二處爲這廂、那廂，此可詞可曲之文也。若略換一字，爲這裏、那裏，亦止宜在曲，斷斷不可混用於詞矣。大率如爾我之稱者，奴字、你字，不宜多用。呼物之名者，猫兒、狗兒諸兒字，不宜多用。用作尾句者，罷了、來了，諸了字，不宜多用。諸如此類，實難枚舉，僅可舉一概百。近見名人詞刻中，犯此等微疵者不少，皆以未經提破耳。一字一句之微，即是詞曲分歧之界，此就淺者而言。至論神情氣度，則紙上之憂樂笑啼，與場上之悲歡離合，亦有似同而實别，可意會而不可言詮者。慧業之人，自能默探其祕。

第四則　古詞當取瑜擲瑕

詞當取法于古是已。然古人佳處宜法，常有瑕瑜並見處，則當取瑜擲瑕。若謂古人在在堪師，語語足法，吾不信也。試舉一二言之，唐人菩薩蠻云：「牡丹滴露真珠顆。佳人折向筵前過。含笑問檀郎。花强妾貌强。檀郎故相惱。只道花枝好。一面發嬌嗔。碎挼花打人。」此詞膾炙人口者素矣，予謂此戲場花面之態，非繡閣麗人之容。從來尤物，美不自知，知亦不肯自形於口，未有直誇其美，而謂我勝于花者。況揉碎花枝，是何等不韻之事，挼花打人，是何等暴戾之形，幽閒之義何居，温柔二字安在。李後主一斛珠之結句云：「繡牀斜倚嬌無那。爛嚼紅絨，笑向檀郎唾。」此詞亦爲人所競賞。予曰，此娼婦倚門腔，梨園獻醜態也。嚼紅絨以唾郎，與倚市門而大嚼，唾棗核瓜子以調路人者，其間不能以寸。優人演劇，每作此狀，以發笑端，是深知其醜，而故意爲之者也。不料填詞之家，竟以此事謗美人，而後之讀詞者，又止重情趣，不問妍媸，復相傳爲韻事，謬乎不謬乎。無論情節難堪，即就字句之淺者論之，爛嚼打人諸腔口，幾於俗殺，豈雅人詞内所宜。後人作春繡絶句云：「閒情正在停針處，笑嚼紅絨唾碧窗。」改爛嚼爲笑嚼，易唾郎爲唾窗，同一事也，辨在有意無意之間，不啻蘇合蜣蜋之别矣。古詞不盡可讀，後人亦能勝前跡，此可概見矣。

第五則　詞意貴新

文字莫不貴新，而詞爲尤甚。不新可以不作，意新爲上，語新次之，字句之新又次之。所謂意新者，非於尋常聞見之外，别有所聞所見，而後謂之新也。即在飲食居處之内，布帛菽粟之間，儘有事之極奇，情之極豔，詢諸耳目，則爲習見習聞，考諸詩詞，實爲罕聽罕覩，以此爲新，方是詞內之新，非齊諸志怪、南華志誕之所謂新也。人皆謂眼前事，口頭語，都被前人說盡，焉能復有遺漏者。予獨謂遺漏者多，說過者少。唐宋及明初諸賢，既是前人，吾不復道。只據眼前詞客論之，如董文友、王西樵、王阮亭、曹顧庵、丁藥園、尤悔庵、吴薗次、何醒齋、毛穉黄、陳其年、宋荔裳、彭羨門諸君集中，言人所未言，而又不出尋常見聞之外者，不知凡幾。由斯以譚，則前人常漏吞舟，造物儘留餘地，奈何泥于前人說盡四字，自設藩籬，而委道旁金玉于路人哉。詞語字句之新，亦復如是。同是一語，人人如此說，我之說法獨異。或人正我反，人直我曲，或隱約其詞以出之，或顛倒字句而出之，爲法不一。昔人點鐵成金之說，我能悟之。不必鐵果成金，但有惟鐵是用之時，人以金試而不效，我投以鐵即金矣。彼持不龜手之藥而往見封侯者，豈非神於點鐵者哉。所最忌者，不能於淺近處求新，而於一切古塚祕笈之中，搜其隱事僻句，及人所不經見之冷字，入於詞中，以示新豔，高則高，貴則貴矣，其如人之不欲見何。

第六則　詞語貴自然

意新語新，而又字句皆新，是謂諸美皆備，由武而進于韶矣。然具八斗才者，亦不能在在如是。以鄙見論之，意之極新，反不妨詞語稍舊，尤物衣敝衣，愈覺美好。且新奇未覩之語，務使一目瞭然，不煩思繹。若復追琢字句，而後出之，恐稍稍不近自然，反使玉宇瓊樓，墮入雲霧，非勝算也。如其意不能新，仍是本等情事，則全以琢句鍊字爲工。然又須琢得句成，鍊得字就。雖然極新極奇，却似詞中原有之句，讀來不覺生澀，有如數十年後，重遇古人，此詞中化境，卽詩賦古文之化境也。當吾世而幸有其人，那得不執鞭恐後。

第七則　琢句鍊字須合理

琢句鍊字，雖貴新奇，亦須新而妥，奇而確。妥與確，總不越一理字，欲望句之驚人，先求理之服衆。時賢勿論，吾論古人。古人多工於此技，有最服予心者，「雲破月來花弄影」郎中是也。有蜚聲千載上下，而不能服强項之笠翁者，「紅杏枝頭春意鬧」尚書是也。雲破月來句，詞極尖新，而實爲理之所有。若紅杏之在枝頭，忽然加一鬧字，此語殊難着解。争鬥有聲之謂鬧，桃李争春則有之，紅杏鬧春，予實未之見也。鬧字可用，則吵字、鬥字、打字，皆可用矣。宋子京當日以此噪名，人不呼其姓氏，意以此作尚書美號，豈由尚書二字起見耶。予謂鬧字極粗極俗，且聽不入耳，非但不可加于此句，併不當見之詩詞。近日詞中，争尚此字者，子京一人之流毒也。

第八則　詞忌有書本氣

詞之最忌者有道學氣，有書本氣，有禪和子氣。吾觀近日之詞，禪和子氣絶無，道學氣亦少，所不能盡除者，惟書本氣耳。每見有一首長調中，用古事以百紀，塡古人姓名以十紀者，卽中調小令，亦未嘗肯放過古事，饒過古人。豈算博士、點鬼簿之二說，獨非古人古事乎。何記諸書最熟，而獨忘此二事，忽此二人也。若謂讀書人作詞，自然不離本色，然則唐宋明初諸才人，亦嘗無書不讀，而求其所讀之書于詞內，則又一字全無也。文貴高潔，詩尚清真，況於詞乎。作詞之料，不過情景二字，非對眼前寫景，即據心上說情，說得情出，寫得景明，即是好詞。情景都是現在事，舍現在不求，而求諸千里之外，百世之上，是舍易求難，路頭先左，安得復有好詞。

第九則　情景須分主客

詞雖不出情景二字，然二字亦分主客。情爲主，景是客，說景即是說情，非借物遣懷，即將人喻物。有全篇不露秋毫情意，而實句句是情，字字關情者。切勿泥定即景詠物之說，爲題字所誤，認真做向外面去。

第十則　詞要可解

詩詞未論美惡，先要使人可解，白香山一言，破盡千古詞人魔障，爨嫗尚使能解，況稍稍知書識字者乎。嘗有意極精深，詞涉隱晦，翻繹數過，而不得其意之所在。此等詩詞，詢之作者，自有妙論，不能日叩玄亭，問此纍帙盈篇之奇字也。有束諸高閣，俟再讀數年，然後窺其涯涘而已。

第十一則　詞語貴直

意之曲者詞貴直，事之順者語宜逆，此詞家一定之理。不折不回，表裏如一之法，以之爲人不可無，以之作詩作詞，則斷斷不可有也。

第十二則　好詞當一氣如話

一氣如話四字，前輩以之贊詩，予謂各種之詞，無一不當如是。如是卽爲好文詞，不則好到絕頂處，亦是散金碎玉，此爲一氣而言也。如話之説，卽謂使人易解，是以白香山之妙論，約爲二字而出之者。千古好文章，總是説話，只多者也之乎數字耳。作詞之家，當以一氣如話一語，認爲四字金丹。一氣則少隔絕之痕，如話則無隱晦之弊。大約言情易得貫穿，説景難逃瑣碎，小令易於條達，長調難免湊補。予自總角時學填詞，於今老矣，頗得一二簡便之方，謂以公諸當世。總是認定開首一句爲主，爲二句之材料，不用别尋，卽在開首一句中想出。如此相因而下，直至結尾，則不求一氣，而自成一氣，且省却幾許淘摸工夫，此求一氣之方也。如話則勿作文字做，併勿作填詞做，竟作與人面談。又勿作與文人面談，而與妻孥臧獲輩面談。有一字難解者，卽爲易去，恐因此一字模糊，使説話之本意全失，此求如話之方也。前著閒情偶寄一書，曾以生平底裏，和盤托出，頗於此道有功。但恐海内詞人，有未盡寓目者。如謂斯言有當，請自坊間，索而讀之。

第十三則　詞須注重後篇

詩詞之內，好句原難，如不能字字皆工，語語盡善，須擇其菁華所萃處，留備後半幅之用。寧爲處女於前，勿作强弩之末。大約選詞之家，遇前工後拙者，欲收不能。有前不甚佳而能善其後者，卽釋手不得。闈中閱卷亦然。蓋主司之取舍，全定於終篇之一刻，臨去秋波那一轉，未有不令人消魂欲絕者也。

第十四則　詞要善於煞尾

詞要住得恰好，小令不能續之使長，長調不能縮之使短。調之單者，欲增之使雙而不得，調之雙者，欲去半調，而使單亦不能，如此方是好詞。其不可斷續增減處，全在善於煞尾。無論說盡之話，使人不能再贅一詞。即有有意蘊藉，不吐而吞，若爲歇後語者，亦不能爲蛇添足，纔是善於煞尾。蓋詞之段落，與詩不同。詩之結句有定體，如五七言律詩，中四句對，末二句收，讀到此處，誰不知其是尾。詞則長短無定格，單雙無定體，有望其歇而不歇，不知其歇而竟歇者，故較詩體爲難。

第十五則　結句述景最難

有以淡語收濃詞者，別是一法。内有一片深心，若草草看過，必視爲强弩之末。又恐人不得其解，謬謂前人煞尾，原不知盡用全力，亦不必盡顧上文，儘可隨拈隨得，任我張弛，效而爲之，必犯銳始懈終之病。亦爲饒舌數語。大約此種結法，用之憂怨處居多，如懷人、送客、寫憂、寄慨之詞，自首至終，皆訴凄怨。其結句獨不言情，而反述眼前所見者，皆自狀無可奈何之情，謂思之無益，留之不得，不若且顧目前。而目前無人，止有此物，如「心事竟誰知，月明花滿枝」、「曲中人不見，江上數峯青」之類是也。此等結法最難，非負雄才，具大力者不能，即前人亦偶一爲之，學填詞者愼勿輕效。

第十六則　前後段必須聯屬

雙調雖分二股，前後意思，必須聯屬，若判然兩截，則是兩首單調，非一首雙調矣。大約前段布景，後半說情者居多，卽毛詩之興比二體。若首尾皆述情事，則賦體也。卽使判然兩事，亦必於頭尾相續處，用一二語或一二字作過文，與作帖括中搭題文字，同是一法。

第十七則　詞中宜分清人我

詞內人我之分，切宜界得清楚。首尾一氣之調易作，或全述己意，或全代人言，此猶戲場上一人獨唱之曲，無煩顧此慮彼。常有前半幅言人，後半幅言我，或上數句皆述己意，而收煞一二語，忽作人言。甚至有數句之中，互相問答，彼此較籌，亦至數番者。此猶戲場上生旦淨丑數人迭唱之曲，抹去生旦淨丑字面，止以曲文示人，誰能辨其孰張孰李，詞有難于曲者，此類是也。必使眉清目楚，部位井然。大都每句以開手一二字作過文，過到彼人身上，然後說情說事，此其淺而可言者也。至有不作過文，直講情事，自然分出是人是我，此則所謂神而明之，存乎其人者矣。因見詞中常有人我難分之弊，故亦饒舌至此。

第十八則　詞不宜用也字

句用也字歇脚，在叶韻處則可，若泛作助語詞，用在不叶韻之上數句，亦非所宜。蓋曲中原有數調，一定用也字歇脚之體。旣有此體，卽宜避之，不避則犯其調矣。如詞曲內有用也囉二字歇脚者，製曲之人，卽奉爲金科玉律。有敢于此曲之外，再用也囉二字者乎，詞與曲接壤，不得不嚴其畛域。

第十九則　詞忌連用數去聲或入聲

填詞之難，難於拗句。拗句之難，祇爲一句之中，或仄多平少，平多仄少，或當平反仄，當仄反平，利於口者叛乎格，雖有警句，無所用之，此詞人之厄也。予向有一法，以濟其窮，已悉之閒情偶寄。恐有未盡閱者，不妨再見於此書。四聲之內，平止得一，而仄居其三。人但知上去入三聲，皆麗乎仄。而不知上之爲聲，雖與去入無異，而實可介乎平仄之間。以其另有一種聲音，雜之去入之中，大有涇渭，且若平聲未遠者。古人造字審音，使居平仄之介，明明是一過文，由平至仄，從此始也。譬之四方鄉音，隨地各別，吳有吳音，越有越語，相去不啻河漢。而一到接壤之處，則吳越之音相半，吳人聽之覺其同，越人聽之亦不覺其異。九州八極，無一不然，此即聲音之過文，猶上聲介乎平去入之間也。詞家當明是理，凡遇一句之中，當連用數仄者，須以上聲字間之，則似可以代平，拗而不覺其拗矣。若連用數平字，雖不可以之代平，亦於此句仄聲字內，用一上聲字間之，即與純用去入者有別，亦似可以代平。最忌連用數去聲，或入聲，併去入亦不相間，則是期期艾艾之文，讀其詞者，與聽口吃之人說話無異矣。

第二十則　用韻宜守律

不用韻之句，還其不用韻，切勿過於騁才，反得求全之毀。蓋不用韻爲放，用韻爲收，譬之養鷹縱犬，全於放處逞能。常有數句不用韻，却似散漫無歸，而忽以一韻收住者，此當日造詞人顯手段處。彼則以爲奇險莫測，在我視之，亦常技耳。不過以不用韻之數句，聯其意爲一句，一直趕下，趕到用韻處而止。

其爲氣也貴乎長，其爲勢也利于捷。若不知其意之所在，東奔西馳，直待臨崖勒馬，韻雖收而意不收，難乎其爲調矣。

第二十一則　詞忌二句合音

二句合音，詞家所忌。何謂合音，如上句之韻爲東，下句之韻爲冬之類是也。東冬二字，意義雖别，音韻則同，讀之既不發調，且有帶齒粘喉之病。近人多有犯此者。作詩之法，上二句合音猶曰不可，况下二句之叶韻者乎。何謂上二句合音，如律詩中之第三句與第五句，或第五句與第七句煞尾二字，皆用仄韻。若前後同出一音，如意義、氣契、斧撫、直質之類，詩中犯此，是猶無名之指，屈而不伸，謂之病夫不可，謂之無恙全人亦不可也。此爲相連相並之二句，而言中有隔句者，不在此列。

第二十二則　詞宜耐讀

曲宜耐唱，詞宜耐讀，耐唱與耐讀有相同處，有絶不相同處。蓋同一字也，讀是此音，而唱入曲中，全與此音不合者，故不得不爲歌兒體貼，寧使讀時礙口，以圖歌時利吻。詞則全爲吟誦而設，止求便讀而已。便讀之法，首忌韻雜，次忌音連，三忌字澀。用韻貴純，如東、江、真、庚、天、蕭、歌、麻、尤、侵等韻，本來原純，不慮其雜。惟支、魚二韻之字，尨雜不倫，詞家定宜選擇。支、微、齊、灰之四韻合而爲一，是已。以予觀之，齊、微、灰可合；而支與齊、微、灰究竟難合。魚虞二韻，合之誠是。但一韻中先有二韻，魚中有諸，虞中有夫是也。盍以二韻中各分一半，使互相配合，與魚虞二字同者爲一韻，與諸夫二字同音者爲一韻，如是則純之又純，無衆音嘈雜之患矣。予業有笠翁詩韻一書，刊以問世，當再續詞韻一種，了此一段公案。音連者何，一句之中連用音同之數字，如先烟、人文、呼胡、高豪之屬，使讀者粘牙帶齒，讀不分明，此二忌也。字澀之說，已見前後諸則中，無庸太絮。審韻之後，再能去此二患，則讀者如鼓瑟琴，鏘然有餘韻矣。

西河詞話

〔清〕毛奇齡撰

西河詞話目録

卷一

卷二

西河詞話卷一

呂弦績品花詞

山陰呂弦績作品花詞，取題之有花名者譜之。如早梅芳詠梅，蕙蘭芳引詠蘭，月照梨花詠梨，小桃紅詠桃，杏花天詠杏，碧牡丹詠牡丹，海棠春詠海棠，新荷葉詠荷，爪茉莉詠茉莉，桂枝香詠桂，金菊對芙蓉詠菊，詠芙蓉，木蘭花慢詠木蘭，碧桃春詠碧桃類，亦一新體。然唐詞用本題作賦，原是此意，至後，始題事兩不合耳。

相女配夫

宋孫明復髩白，李文定請以弟之女妻之。孫曰，相女不以嫁公侯，乃以嫁山谷衰老，古無有之。其曰相女者，相門之女，正以李復古曾爲相故也。西廂末劇有自古相女配夫，世多不解，烏知實本諸此。

音諧絃調

崇禎甲寅，（案崇禎無甲寅，或甲申之訛。）京師梨園有南遷者，自訴能絃舊詞。試其技，促彈而曼吟，極類搊箏家法，然調不類箏。坐客授蔣竹山長調令絃，輒辭曰，口俚礙吟嘆何也。時徐仲山貽九日倡和詞至，誦而授之，歌裁數過，指爪融暢。詢其故，云：吾所傳者，無調而有詞，無宮徵而有音聲，詞雅則音諧，音諧則絃調。由是推之，世之歈辛、蔣者可返已。菊莊者，吴江徐子電發也。」

吴博士念奴嬌

建平吴博士送予之江寧，有念奴嬌詞，嘗藏之袖間。曁十年後，重過其廬，出詞讀之，則字已漫滅不可認矣。其詞曰：「五更初起，裝成未、把酒送君燭下。揮手出門，正月落滿屋，光流如瀉。此去江南，他時江北，回首無多話。驅車行矣，可憐獨步歸舍。試看遶地荊榛，君今卜何處，能超罟擭。元節望門去路遠，天下朱家皆假。田舍粗安，壺漿堪掩，意氣長相藉。天涯何限，一時去此秋夜。」其詞甚悲愴有梗概。博士真愛我。予向在蔡州席上誦此詞，爭傳寫去。息縣夏少府有雪中送予念奴嬌詞，亦用此韻。

伍君定法駕導引

滇中抗清師時，有李安西、孫安南二人，皆獻賊假子孫，最跋扈。順治辛卯，師將逾嶺，李急守高涼，孫獨不行，遣人要封爵，始發兵。時已議加二字，大怒，對使罵曰：「既爲王，何吝一字，謂吾不能自加耶。」使者往復甚恐，凡四易命，必欲得秦王爲請，衆皆相視。惟主政者嚴君起恆流涕爭曰：「誠欲自加，則吾不敢聞。若猶不然，則祖制不可更，主國不可挾，名器不可紊，獨吾項可斷耳。」于是中沮。後君視師南梧，泊舟大黄江，忽傳安南使至，君迎之入舟。安南統纏頭兵數千，列幟兩岸，語訖起坐，君送之至馬門，將登岸。安南握君手笑曰：「吾不斷君項，但漱君腹何如。」揮健兒撲君墮水，兩岸列者譁而前，移時乃定，然已莫敢誰何。距浹旬，梁家渡口見虎來，踰水而出，負一冠帶尸登岸徐行。居民見者，譟隨之；虎不少動，但從容相高阜，卸所負，四顧周遭既定，復繞之兩匝，號而去。居民遠近競來觀。迨暮，有伍君定者後至，驚認之，曰：「此相國嚴君也。」君右目不瞑，額前網裂數寸，而額不少損，于是居民争易衣殮之，瘞虎負所，名曰虎冢。計大黄江至此逆流而上已百二十里矣。時伍君定製一詞名法駕導引，使居民歌之。詞曰：「梁家渡。梁家渡。野虎負來人海畔，一隅誰是主。天南萬里未招魂。此處且安身。」後安南竟封秦王歸命，而安西戰死。起恆字秋野，由進士起家，山陰人。

回施

西廂久爲人更竄，予求其原本正之，逐字覈實，其書頗行。第中尚有不能詳處，如第四折内有「和尚們回施些」，「幽期密約」句。予向所釋，但曰施僧曰布施，反乞僧施曰回施。以爲本文已明，不必更有引釋耳。後友人有論及者，堅謂回作曲解，是委曲周旋意，雜引回曲二字作證。曾記北史，北齊李庶無鬚，人謂天閹。崔諶嘗戲庶曰：「教弟種鬚法，取錐刺面爲竅，而插以馬尾，當效。」是時崔族多惡疾。庶因答曰：「請先以方，回施貴族藝眉有效，然後種鬚。」蓋惡疾是癩疾，以癩者無眉，故云也。然則回施，反施矣。蔡子伯曰：「施音賜，今俗稱回賜者，即回施之謂。」尤較直捷，但釋古須有據耳。

馮絃詞

馬州當壚者，馮二名絃，夜聞予歌，倩予同行者導意。予辭之曰：「吾不幸遭厄，吹篪渡江，彼傭不知音，豈誤以我爲少年遊耶。」次日遂行。後十年，見名媛詞緯中，有馮氏江城子二闋，是讀予新詞所作。其詞曰：「綠陰何處曉啼鶯。弄新聲。最關情。一夜寒花，吹落滿江城。讀得斷碑黄絹字，人已渡，暮潮横。」又曰：「蘭陵江上晚花飛。冷煙微。著人衣。無數新詞，最恨是桃枝。待得蘭陵新酒熟，桃葉好，送君遲。」誦之，亦殊自悽惋。聞其詞，倩桐鄉[illegible]王子代作者。然又有武陵春春晚，虞美人賦得落紅滿地二詞，亦甚佳，想皆不出其手，然其意則有不可已者。前人所傳子夜、莫愁諸詞，想皆似此也。

鵲橋仙斷詞

邑某聘某氏女，將就婚，有彊委禽者，明府姚公斷還之，令交拜于訟庭。其斷詞駢麗，傳誦人口。既而訟者争不徹，觀察下府讞，府使君何公復斷還之，一時傳爲盛事。時予在何使君坐，使君命予製鵲橋仙詞。詞云：「東牀先訂，西家願宿，何事穿墉穿瓦。縱教彊委後來禽，卻不道、子南夫也。明府風流，使君瀟灑。兩斷可妻公治。莫言河漢鵲橋乖，看合浦、在訟庭之下。」

沈去矜詞韻失古意

詞本無韻，故宋人不製韻，任意取押，雖與詩韻相通不遠，然要是無限度者。予友沈子去矜，創爲詞韻，而家稚黄取刻之，雖有功于詞甚明，然反失古意。假如三十韻中，惟尤是獨用，若東冬、江陽、魚虞、佳灰、支微齊、寒刪先、蕭肴豪、覃鹽咸，則皆是通用，此雖不知詞者亦曉之，何也。獨用之外無嫌韻，通韻之外更無犯韻，則雖不分爲獨爲通，而其爲獨爲通者自了也。然嘗記舊詞，尚有無名氏魚游春水一詞

「秦樓東風裏」「輕拂黃金縷」，通紙于語。張仲宗之漁家傲：「短夢今宵遠到否。荒村四望知何處。」通語于有者。若以平上去三聲通轉例之，則支通于魚，魚通于尤，必以支紙一韻、魚語一韻限之，未爲無漏也。至若真文元之相通，而不通于庚青蒸，庚青蒸之相通，而不通于侵，此在詩韻則然，若詞則無不通者。他不具論，祇據阮郎歸一調，有洪叔嶼、王山樵二作中云：「晴光開五雲。」「扶春來遠林。」「相呼試看燈。」「何曾一字真。」「今朝第幾程。」則已該真文元庚青蒸侵有之。其在上去，則祇據朱希真詞：「人情薄似秋雲。」「不須計較苦勞心。」「萬事元來有命。」「更逢一朵花新。」「片時歡笑且相親。」「明日陰晴未定。」其無不通轉可知。而謂真軫一韻，庚梗一韻，侵寢一韻，是各自爲說也。其他歌之與麻，未必不通。寒之與鹽，未必不轉。但爲發端，尚俟踵事。至如入韻，則信口揣合方音俚響，皆許入押。而限以屋沃一韻，覺藥一韻，質陌錫職緝一韻，物月曷黠屑葉一韻，合洽一韻，凡五韻。則試以舊詞考之，張安國滿江紅詞，有「高郵喬木。望京華、迷南北」句，則通屋于職。晏叔原春情有「飛絮遶香閣」，「意淺愁難答」，「韻險還慵押」，「月在庭花舊闌角」。則又通覺與藥與合與洽。孫光憲謁金門有云：「留不得。留得也應無益。揚州初去日。」又云：「却羨彩鴛三十六。孤鸞只一隻。」則又通質陌錫職于屋。若蘇長公赤壁懷古，是念奴嬌調，其云：「千古風流人物。」「人道是三國周郎赤壁。」「捲作千堆雪。」「雄姿俊發。」「一樽還酹江月。」鮮于伯機亦有是調云：「雙劍千年初合。」「放出羣龍頭角。」「極目春潮闊。」「年年多病如削。」張于湖是調有云：「更無一點風色。」「著我扁舟一葉。」「妙處難與君說。」「穩泛滄浪空闊。」「萬象爲賓客。」「不知今夕何夕。」則是既通物月與屑與錫，又通覺藥與曷與合，而又合通陌職與曷與屑與葉與緝，是一入聲而一十七韻展轉雜通，無有定紀。至于高賓王霜天曉角之通陌錫職緝，詹天游霓裳中序第一之通月曷職葉，王昭儀滿江紅之通月屑錫職，皆屬尋常，可無論已。且夫否之音俯，向僅見之陳琳賦中，凡廣韻、切韻、集韻諸書，俱無此音。若北之音卜，則不特從來韻書無是讀押，卽從來字書，亦並無是轉切。此吴越間鄉音誤呼，而竟以入韻，此何謂也。且昔有稱閩人林外，題垂虹橋詞，不知誰氏，後流傳入宫禁，孝宗讀之笑曰：「鎖與老押，則鎖當讀掃，此閩音也。」及訪之，果然。向使宋有定韻，則此詞不宜流傳人間。而孝宗以同文之主，韻例不遵，亦安得反爲曲釋。且未聞韻書無此押，字書無此音，自上古迄今，偶一見之鄉音之林外，而公然讀押，嬗爲故事，則是詞韻之了無依據，而不足推求，亦可驗已。況詞盛于宋，盛時不作，則毋論今不必作，萬一作之，而與古未同，則揣度之胸，多所兀臬，從之者不安，而刺之者有間，亦何必然。至若北曲有韻，南曲無韻，皆以意出入，而近亦遂以北曲之例限之。至好爲臆撰如西樓記者，公然以中原音韻明註曲下，且引曲至尾，皆限一韻。而附和之徒，反以古曲之出入爲謬，而引曲、過曲、前腔、尾聲之换韻，反謂非體。何今人之好自用，而不好按古，一至是也。

古樂府語近詞

白樂天花非花詩，唐人醉公子詞，長孫無忌新曲，楊太真阿那曲，自是詞格。他若回鶻、石州、阿䩉迴、迴波樂、烏鹽角、鸜瀫堆、水調歌頭諸名，俱是樂府。然其語有近詞者，則亦可以詞名之。如隋帝望江南，徐陵長相思，初亦何嘗是詞，而句調可填，卽爲填詞。由是推之，則梁武江南弄諸樂，以及鮑照梅花落，陶弘景寒夜怨，徐勉迎客送客，王筠楚妃吟，梁簡文春情，隋煬夜飲朝眠曲，皆謂之古詞，何不可哉。

顧錫疇降乩詞

崐山顧宗伯錫疇有江神子詞，此宗伯死後降乩作也。宗伯不得死所，相傳在温州時，尚思賣犢。與永嘉令鄉人吴君，夜飲江心寺，酒後慷慨，既別，其同行筦兵者賀均堯以宿憾縛沈之江，人不知也。踰年，公忽降乩于華亭令張調鼎許，乃作此詞。中略道大意，後以人累問，竟詳言之，始析其事。或云，公已先見夢居民，得掩其骸于某港傍矣。今詞句所傳有互異處，不敢妄正。

誤誦和韓蘄王詞

予四十以前，目力尚强，獨暝後稍晦，若雞售然。嘗隨老母遊天竺歸，夜次湖寺，寺壁書和韓蘄王詞，母令誦聽。予略視間，誤以爲蘄王詞也，信口誦所記蘄王本詞一過，實于壁間字，豪芒不見，蓋不敢自居老眼故然耳。次日，母視壁，大怒曰：「本和蘄王詞，而故誦本詞以謾我，不亦異乎。」

王繼朋滿江紅

清師下浙時，錢唐王繼朋奉母避兵，露宿于鳳凰山南。忽纓槍絡馬，擁十許婦至，詢之，則方馬軍相失者。是時潰軍南竄，東渡者半，而半不得渡，倉皇間恐追及，倪短後束槍投磵中，殺馬而食。少頃，望城中火起，各相向哭，繼朋乃爲詞和王昭儀滿江紅調哀歌之，次早散去。軍主急推一病婢與繼朋曰：「昨聞君歌哀，似非恆人，吾欲以孱婢累君之行。」言訖，遽別。後繼朋居富春，婢病愈，呼曰紅得，以其從滿江紅一詞得之故也。既而婢復病，嘔血而死，母哭之。繼朋曰：「紅得之而紅失之，謂嘔血。何哭之有。」

葉天樂詩詞

慈溪葉天樂于秋節過常熟，偕友倡和，名三秋詩。又爲詞分三名，一銀河詞，用柳耆卿二郎神七夕韻。一酹月詞，用東坡念奴嬌赤壁懷古韻。一采菊詞，用辛稼軒賀新郎三山雨中韻。各有所取也。予舊在真州度七夕，頗有邂逅，得詞十六首，亦名銀河詞，其稿失於章江捉船之兵。後在汝寧，七夕，復爲詞憶之曰：「記得年前，小轡山下，乾鵲夜來時。」然已不可再矣。天樂名吟其，大父四明先生，尊人此君先生，俱有集行世。第歷世清節，食廉吏貧。天樂詞賦多爲友人所刻，此三詩三詞皆已刻者，共六卷。

方士贈詞

乙巳夏，予欲登岱，及濟寧而病，客有挾少君之術于旅亭者，能召美人帷中臨鏡易衣，予喜而賂其術，甚弇鄙可笑。然亦有小異者，能擲果題詩，如葉天樂銀河詞中，有議周中翰宅，觀方士召美人隔帷賦詩是也。第其詩皆現成通行，每每重見。惟沈比部肯齋云，曾于王司農宅觀此，獨得贈詞，末云：「吟成未許續金卮。怕是沈郎病起瘦人時。」此是新作，且詞亦甚佳，頗屬怪事。

何令遠贈詞

予少不檢，曾以度曲知名，凡坊曲伎人，爭相請教，且嘗以己詞令唱。故雲間徐西崖贈詞有云：「最消魂，一曲新詞，雪兒爭唱神仙句。」禾中譚開子詞云：「想王孫歸路，正生芳草，舊人歌曲，爭換梅花。」龍眠何令遠詞云：「酒肆歌鬟，千秋樂府。」皆是實賦。獨令遠寄詞又有云：「記芳洲公讌，酒酣聽度曲，別奏清商。寫出雲樓雪樹，景倍瀟湘。」又「楊柳腰肢，雪兒分韻，櫻桃口頰，樊素生香。」則以予乙巳冬杪，曾于吉安白鷺洲公讌酒酣度曲，且戲作芳洲公讌圖，故又有雲樓句。至其云楊柳櫻桃，則似指予所攜者，今則都無此興矣。計乙巳冬杪至今寄詞時，適遇丁巳，恰一十二年，令遠爲詞，能不忘舊事如此。

因詞中句易詞名

詞名多取詩句之佳者，如夏雲峯則取「夏雲多奇峯」句。黄鶯兒則取「打起黄鶯兒」句是也。獨酹江月大江東去，則因東坡念奴嬌詞内有「大江東去，一樽還酹江月」二句，遂易是名。夫以詞中句而反易詞名，則詞亦偉矣。今人不知詞，動詆大江東去，彼亦知其詞如是偉耶。

詞之聲調不在語句

李于鱗以填詞法作樂府，謂樂府有聲調，倘語句稍異，則于聲調便不合爾。不知填詞原有語句，平仄正同，而聲調反異者，如玉樓春與木蘭花同，而以大石調歌之，則爲木蘭花類。然則聲調何嘗在語句耶。樂有調同而字句異者，清調、平調，殊于楚歌。有調異而字句同者，幽雅、幽風，只一七月。于鱗坐不解耳。其說頗詳予詩札卷。

記普明昇事

臨安阿迷州土官普明昇，在崇禎中，屢叛不伏。廣西府太守張繼孟初到任，盛稱明昇有才略，可屬大事，本不宜摧抑太甚，以致激變，遂布檄遠近，爲之表暴。舊凡檄過阿迷者，明昇必邀窺之，及窺是檄，喜甚。時新太守謁兵備臨安，必道阿迷，繼孟又聲言道阿迷時，當過普公。則益喜。及臨過，明昇方遣人伺候，而繼孟故醉輿中不醒，及醒詢之，則已踰界矣。繼孟大怒，立榜輿人訖，乃徬徨曰：「不期有大事，必不能待，而普公又不可不見。」急備快馬，從二人立還投刺。明昇聞其至，且聞其責輿從狀，大喜過望，遂踉蹌出見。交拜畢，即起辭去，彊挽以茶。繼孟一手接甌，一手以匙攪果云：「人言公善毒人，信否。」明昇大驚曰：「如明公者，臣方欲剖心與食，寧食以毒。」遂引手易甌立盡曰：「人言不足信，有如此甌。」因大笑慰勞告別。繼孟一別，即狂奔臨安，凡三易馬，明昇隨追之不及矣。是日，明昇暴死，以繼孟攪匙時，反入藥在內故也。後明昇妻萬氏，復統部衆思報仇，然不可得。會萬氏素與安南司土官沙源之子沙定洲年少相慕，至是謀贅定洲。而沙源不解其意，欲遣長子定海就婚萬氏，乃爲鬮，鬮得定洲，遂贅焉。時有南歌子詞曰：「貝帶邀紅定，鑾絲結綵樓。花裏暗藏鬮。鴛鴦何處宿，在沙洲。」後甲申之變，萬氏與定洲并吞諸酋滅黔國，即沐天波也。將盡有雲南地。至己丑，突爲李定國戰敗執之，夫婦並肆市中。

張采見神助

張采爲儀部歸，嫉其鄉太倉州豪猾肆横，民多受害，白州守錢肅樂窮治之。乙酉元旦，夢鼓吹送乾坤正氣四大字到家。詢其故，曰：「以君方正能除惡也。」醒而不悦，以爲吾不能殉國，而徒博區區以名正氣，何以自問。曁五月十三日，南都驟破，羣豪乘釁，悉集小教場關壯侯祠，聲言報怨，捉采蜂擊之，血胔狼藉，已而氣絶。乃下祠門乾坤正氣板額，舁還其家。時采見神助，且微聞壯侯屢叱救之，竟得不死。次年，羣豪皆受誅。又次年五月十三日，采過謁祠，仰見乾坤正氣額，歸而抑鬱，因書紙曰：「在昔死無名，此後生何益。不道乾坤正氣人，猶是偷生日。」越數日竟死。

張也倩集唐詞

姑蘇周五郎巷，貨郎貨紙團扇者，晨起有道士乞食過門。貨郎匄書扇，道士書數扇去。其一菩薩蠻詞，是集唐者。詞曰：「玉樓明月長相憶。温庭筠侍兒扶起嬌無力。白樂天不語欲魂銷。李珣雲鬟裊翠翹。魏承班抱琴時弄月。李白皓腕凝雙雪。韋莊何處最相知。牛嶠爇香私語時。毛熙震」觀者異之，但不得道士所在。或疑道士爲女冠賦此。觀詞中玉樓、翠翹、抱琴、爇香，俱類女冠可見。或曰，此非道士詞，考花間集，爇香本作竊香，女冠與竊香微不合。後有人從吴淞歸云，此詞係海上張也倩作也。倩號梅禪道人，有刻集，其未刻集中載此詞，未知是否。

神山會

雲間諸進士嗣郢，董孝廉俞，諸君曾于重陽後作神山之會，即彭仙人棲神處也。時婁東吴學士偉業在座，連遣覓女郎倩扶，扶下原有必字，疑衍文，删去。不得。夜分滬上張弘軒刺史錫懌來赴，投刺後，學士命以己車迎入。使者傳覆，需兩車，人頗訝之。及至，則挾一衣冠少年，光豔暗射，若薄雲籠月，人各却步，且不敢詢姓氏。及移燭燭之，則倩扶也。一座譁然。蓋是時倩扶已與弘軒定情久矣，弘軒有意難忘初晤、殢人嬌惜別、鳳棲梧寄憶再晤諸詞，流傳人間。其序曰：「時維秋月，節屆登高，思逸事於龍山，遇佳人於鶴浦。啣杯浹日，判袂經旬，兔箇頻濡，鴻箋數寄。堪笑粘泥之絮，翻憐逐水之萍。品其高韻，人更澹于黃花，感此微詞，意毋傷于緑葉。」後倩扶有寄弘軒主人詩，其落句云：「不道離愁深似許，輕教分手盼重過。」予和詩云：「但遇龍山高會後，向疑青雀夜來過。」正暗刺前事也。

吴留村作三摺屏

端州有時製雕漆屏風，功作精巧，貴重一時，然其概，不過兩邊綵飾，多鏤刻名人詩畫而已。吴制府獨創作三摺屏，每開一摺，則兩摺隱于其中，一摺垂簾觀劇，一摺山水人物。其左開一摺，凡筆墨楮研，書畫棋爐，以及提壺酒琖，陸博摴蒱之屬無不畢具。如應用某物，即開某格子探取而出，外俱以隔扇掩之。其款式悉仿博古圖製，一望燦然。時予郡諸名士如吕絃績、宋岸舫、吴伯憩、金雪岫輩，皆朝夕聚其處。有一客新至，怨公希見，且未經治具，作水調歌頭以嘲之。其詞曰：「與客每隔座，不過一幃褰。何用連環九疊，八面費雕鐫。不是湘山十二，中有洞天福地，一醉幾千年。銀船并螺盌，總貯石屏間。」公得詞，大慚，遽加禮謝過。公諱興祥，字伯成，卽當世稱留村先生者也。

西河詞話卷二

和梁尚書唐多令

梁尚書上元席上，出窩絲糖供客，其形如扁蛋，光面有二掐，若指掐者，嚼之粉碎，散落皆成細絲，座客無識者。尚書云：「此崇禎末宮中所製，今久無此矣。惟西山淨室有老宮人爲比邱尼，尚能製此糖。每歲上元節，必以銀花椀合子相餉，真罕物也。」乃出己所製唐多令詞，命座客和之。予和詞云：「擣盡箇頭泥。春蠶已蜕衣。片錫裹作彈丸兒。不破彌羅三寸繭，誰解道、一窩絲。粔粧漢宮遺。餦餭久未施。開元宮女尚能爲。今日尚書花燄會，銀椀合、使人思。」

羯鼓曲名

羯鼓與雞婁、答臘、桃皮諸鼓，同一名色，則但一革面，不過中邊二聲耳，何緣得有高下長短疾徐如絲竹之能宛轉者。乃有與詞曲同名，如蘇合香、春光好、五更轉、萬歲樂類。且有最奇名色，如菩薩縱、利陀地、婆拔羅伽、缺一字。霜風、百歲老壽、大鉢樂府、君王盛、神武赫赫、君之明、大勿、大通、蘇羅、堂堂等，凡一百二十餘曲。更有太簇宮、太簇商、太簇角及食曲、佛曲諸調，不知何所分別，且何所色記而有此。

提琴起於明

三絃起於秦，本三代鼗鼓之製，而改形易響，謂之絃鞉。故雖能倚歌曲折，而仍以節扣輻輳其間。唐時坐部多習之，故世遂以爲胡樂，實非也。若提琴則起于明。神廟間，有雲間馮行人，使周王府，賜以樂器，其一卽是物也。但當時攜歸，不知所用。其製用花梨爲幹，飾以象齒，而龍其首，有兩絃從龍口中出，腹綴以蛇皮，如三絃然而較小。其外則別有鬃絃絆曲木，有似張弓。衆昧其名，太倉樂師楊仲修能識古樂器，一見曰，此提琴也。然按之少音，于是易木以竹，易蛇皮以匏，而音生焉。時崐山魏良甫善爲新聲，賞之甚，遂攜之入洞庭，奏一月不輟，而提琴以傳。」然究不知爲何代樂器，仲修雖識古，亦不能按所始也。考唐宋舊樂器甚夥，然移時卽没，此亦不過唐宋間所造，而獨得盛行，亦屬異事。先教諭曰：當時傳其事者，多萬曆間詞客題咏，大抵皆新水令起，至清江引止，共八十六曲，名賞聲集，至今清曲家能歌之。

廊下内酒

京師老酒家有能造廊下内酒者，每倍其值。相傳明代大内，御酒房後牆有名長連者，閱三十一門，其前層短，連閱三門，共三十四門，並在玄武門東名廊下家。凡内宫答應長隨，皆於此造酒射利，其酒殷紅色，類上海琥珀光者。常熟馬丹谷，從上海教諭内遷翰林院待詔，嘗載上海酒飲客，詐以爲廊下内酒，實琥珀光也。予與同館汪舟次偶過飲，舟次醉後贈以詞，其後截云：「君今來上海。玉盌盛猶在。何必問紅泉。長連共短連。」同館相傳爲佳話云。

芭蕉書屋

山陰金雪岫，厭城市喧煩，别築一竹屋，蓋以茅，四面皆種草花。吴子伯憩屢過之，至必劇飲。且以女牆鮮遮掩，必勸種芭蕉，以環其屋。遂書踏莎行詞于壁曰：「未訪桃源，先成竹屋。浣花溪畔何須卜。隣家錯比子雲亭，主人自號愚公谷。書聚一㡘，酒藏十斛。相招長向藜牀宿。勸君四面種芭蕉，春風吹起陰陰緑。」後果種芭蕉數十本，遂名芭蕉書屋。

張鶴門詞

張鶴門詞以草堂爲歸，其長調絶近周、柳，雖不絶辛、蔣，然亦不習辛、蔣，此正宗也。大抵詞必有意有調有聲有色，人人知之。若别有氣味在聲色之外，則人罕知者。驟得張鶴門詞，適在久客初歸，心思迷煩之際，不辨其何意何調，其聲何等，其色何似。而徘徊纏綿，心縈意擾，一若醉裏思鄉，燭邊顧影，使人轇轕不可解。在昔莊皇帝入宫，宫人焚色目所貢鵲腦。時方簡文書，忽若醉夢間，迷殢頓生，憧憧然，既而漸甚，亟命撤其焚，而擯其貢。當是時，未嘗有所見有所聞也。鶴門詞猶是矣。鶴門介他客以其詞五卷，請予爲敍，予不能敍，而姑應以此。

王于一宿妓塔山

江西王于一宿妓于塔山之息柯亭。禾中朱錫鬯曉過，于一尚未起，錫鬯隔幔坐待之，于一不知也。向妓誇生平貴介任俠，且曰：「吾雖老，猶將買汝置行帘矣。」錫鬯啞然，遂驚起惭責，幾成大隙。次日，坐客有問予，于一作何語者。予誦張鶴門醉公子詞應之云：「佯醉許佳人。千金贖汝身。」一座大噱。

徐夫人菩薩蠻

徐仲山夫人係商太傅女，善文，與其女兄祁忠敏夫人，俱以閨秀爲越郡領袖。第質過脆弱，星相家每惜其不年。有天台萬年寺尼僧謁夫人，驚爲妙色身如來化身，但曼陀羅花，恐非人間所宜。有請手書法華經一部，入萬年藏，爲夫人懺悔。夫人乃手書三部，計工三年，約字十三萬有奇。書成，其一付萬年藏去，餘二藏于家。會雲門廣孝寺搆大殿成，三目尊者請盡施之，一供殿楹甍間，裹以繡函，而石甃其外。一藏于毗盧遮那世尊之腹，被瓔絡寶珠，以金繩懸之。尊者復搥鼓集大衆，宣揚其意。且爲偈曰：「惟此金經壽千載。佛身色身總不壞。」乃未幾，而香積失火，已及殿桷矣，尊者命登殿亟取經，且將移毗盧世尊于三門。忽焱風驟起于北，火頓熄，觀者異之。當夫人書經時，曾製菩薩蠻詞傳人間，有云：「篆煙吹過花深處。缺二字。葉底垂甘露。何處見如來。青蓮筆下開。　朝朝研黛盌。不畫春山遠。但寫妙蓮華。香風遍若耶。」

陳伽陵以文字被抑

禮部某郎中無子，適其妾有身，已產女矣，匄隣園尼僧，向城東育嬰堂懷一血胎內之，遂詐言生一男子。彌月宴客，座間各賦賀詞。予同官陳伽陵賦桂枝香曲二闋。其首闋前截云：「泛蒲未既。蘭湯重試。若非釋氏擕來，定是宣尼抱至。」郎中疑伽陵知其事故誚之。卽次闋前截云：「懸弧邸第。充閭佳氣。試聽户外啼聲，可是人間恆器。」凡人間户外，皆類誚詞，遂大恚恨。其後凡禮部于翰林院衙門有所差擇，必厚抑伽陵，竟至淹滯。始知文字之隙，原有檢點所不及者，然不可不愼也。

俞季瑮詞

予赴京師，路遇徐仲山，忻然同行。曾于良鄉北旅店，見題壁詞，迥出恆輩。其詞曰：「灑盡窮途淚。看少年一番行役，一番顦顇。雨雪霏霏泥滑滑，上馬屢愁顛躓。又況值、金輪西逝。屈指離家能幾日，早行來、已是三千里。嗟歲月，似流水。　蒙茸漸覺羊裘敝。怎當他、朔風淒緊，裂膚墮指。莽莽長途誰是主，燈火前村近矣。只無奈望門投止。沽得濁醪聊破冷，向燈前、獨飲難成醉。天未曉，又催起。」特不署姓氏，不知爲何人作。及到京，錢塘俞季瑮投以詞，名京師雜感，共九章，皆賀新郎調，其首章卽是詞也，但牢愁盈紙。仲山佛然曰：「甫來京，而得是詞，其能頃刻留此地耶。」後仲山應試失第，不瞉資斧，每依其同姓官京師者，仍不得歸去。嘗過予飲，曰：「予初賞季瑮詞，今恍自道，然予究薄季瑮去留怏然，何必爾爾耶。」予因詢之，仲山舉其第六首前截曰：「撫劍悲歌罷。望長天、驚風颼戾，横河傾瀉。有客訪予予已醉，且自坐、君牀下。有至語、語君休訝。餐菊紉蘭徒自潔，看夷光、末字無鹽嫁。非詭遇、賤工也。」第九首後截曰：「襟懷嶽嶽和誰語。笑卞和，楚庭泣玉，徒多悲苦。我有草堂東郭畔，管樂何妨自許。且抱膝、長吟梁甫。有志男兒非困頓，彼掃門、魏勃何須數。不似意，且歸去。」

詞曲轉變

古歌舞不相合，歌者不舞，舞者不歌，卽舞曲中詞，亦不必與舞者搬演照應。自唐人作柘枝詞，蓮花鏇歌，則舞者所執，與歌者所措詞，稍稍相應，然無事實也。宋末有安定郡王趙令畤者，始作商調鼓子詞，譜西廂傳奇，則純以事實譜詞曲間，然猶無演白也。至金章宗朝，董解元不知何人，實作西廂搊彈詞，則有白有曲，專以一人搊彈，并念唱之。嗣後金作清樂，仿遼時大樂之製，有所謂連廂詞者，則帶唱帶演。以司唱一人，琵琶一人，笙一人，笛一人，列坐唱詞。而復以男名末泥，女名旦兒者，并雜色人等入勾欄扮演，隨唱詞作舉止。如參了菩薩，則末泥祇揖。只將花笑撚，則旦兒撚花類。北人至今謂之連廂，曰打連廂、唱連廂。又曰連廂搬演。大抵連西廂舞人而演其曲，故云。然猶舞者不唱，唱者不舞，與古人舞法，無以異也。至元人造曲，則歌者舞者合作一人，使勾欄舞者自司歌唱，而第設笙笛琵琶以和其曲。每入場以四折爲度，謂之雜劇。其有連數雜劇而通譜一事，或一劇，或二劇，或三四五劇，名爲院本。西廂者，合五劇而譜一事者也。然其時司唱猶屬一人，仿連廂之法，不能遽變。往先司馬從甯庶人處，得連廂詞例，謂司唱一人，代勾欄舞人執唱。其曰代唱，卽已逗勾欄舞人自唱之意。但唱者衹二人，末泥主男唱，旦兒主女唱。他若雜色入場，第有白無唱，謂之賓白。賓與主對，以說白在賓，而唱者自有主也。至元末明初，改北曲爲南曲，則雜色人皆唱，不分賓主矣。少時觀西廂記，見每一劇末，必有絡絲娘煞尾一曲，于扮演人下場後復唱。且復念正名四句。此是誰唱誰念，至末劇扮演人唱清江引曲。齊下場後，復有隨煞一曲，正名四句，總目四句，俱不能解唱者念者之人。及得連廂詞例，則司唱者在坐間，不在場上。故雖變雜劇，猶存坐間代唱之意。此種移蹤換跡，以漸轉變，雖詞曲小數，然亦考古家所當識者。故先教諭曰：「世人不讀書，雖念詞曲亦不可，况其他也。」

和李夫子上元詞

康熙己未上元夜，予尚依内閣學士李夫子宅。夫子方出閣，招予至東華門舊宏文院夜飯，觀燈歸第。夫子當夕製上元觀燈曲，予依韻和之。次日，舍人汪蛟門録予詞，詣梁尚書請觀。值尚書作勝會，設席于猪市對門王光禄宅。有内務府供奉、太倉王生、無錫陸生、陳生，攜笙笛在座。其時薦舉來京者，惟施愚山大參，陳其年、高阮懷兩文學，赴召請到門。尚書立命具小輿招予，酒再巡，二生遞歌。王生把笛，演舊清曲畢，尚書命二生歌予詞，使王生以笛倚之，倜儻嘹喨，一坐皆竦聽，尚書大悦。因問笙笛必有譜，此無譜而能倚曲，何耶。王生曰：「善歌者以曲爲主，歌出而譜隨以成。不善歌而斆歌者，欲竊其歌聲，則以譜爲主，譜立而曲因以定。」尚書曰：「有是耶，然則今所歌者，其歌聲已歇矣，君尚能依其聲立一譜乎。」曰：「何不可。」次日，王生就昨所歌者，竟定一笛色譜。尚書命他僮就笛按聲，與昨歌無異，因嘆息謝去。尚書者，真定相公梁夫子也，時爲司農有年矣。後予臨入館，執贄門下。特是詞倉卒湊趁，極不愜意，不知夫子何以見賞如此。益信李白清平調詞，白樂天桂華曲，原不必佳也。今録其曲并笛色譜于後：

【錦纏道】剛五則五是五伬仩……五五一翦尺工六青五幡五六長工五仩安五×六工六早尺上工六春〇五一。又五仩恰六×五遇五仩上、五仩五六五元尺工工……尺辰上尺工尺上尺上四一。望工五×六……工天尺工……尺街尺工尺尺清五仩光五×六工……尺一工六五六道工五六……工尺一如尺工六五工工……尺銀上。只工見六那工啣尺工六珠工鳳五伬仩……五戴伬仩伬山五仩鰲六五六蓮、工五仩花五×六工工……繞尺上工六身〇五一。又五仩誰工知六蹋工五仩星五橋六五六轉工六五跨尺仩五仩……五冰、六五六工工……尺輪上尺。想尺工太六……工乙尺工六夜五仩五六……工祠尺工工……尺神上上尺工尺上尺上四一。散五六華尺工六燈工原尺工與尺上工六平工五仩門六五×六工尺……工相上尺工尺近上工六尺……上四。況尺歌仩伬鐘仩……尺列仩仜伬仩……五錦六工六茵五。酒六工闌工五仩時六五尚工六自工有尺金工六凫尺工×六尺…工暗工尺上四合引四上尺一。却六五六元尺來工月仜五仩明六五無、四上尺處六……工六不尺」尺……上四上隨上尺工尺上上……四人合四。

(普天樂)臨尺工六光工六宴五六珠尺」尺上屏四上瑩尺上四。傳工五柑六五六會工六琱尺工尺盤上四合進尺上四。宵尺工尺烟上尺……上裏四上尺蕙工五爐六工五六五蘭尺工六工……尺薰尺一。香上車上六度工繡五六工尺陌上尺一生工六工……尺塵上尺。忽六燈五仩翻六五……·工一錦四上六鱗上尺工尺一。近五六前尺看工是六當工年尺工尺……上韓四上國上尺上四一夫尺工尺上四人合四

(古輪臺)玉工五」六五河尺工六工……尺津尺工尺。碧工天工六工清尺。露工尺上灑工」尺車五上茵五六。馬尺上蹄上

工六工撲尺處工霜仩」伬仩花五潤五仩五六。任五香工泥尺工六工……尺留上尺甲工尺上，未上五卸工尺銀上尺工……尺魚上尺，何工六處仩五六金工吾尺工六工廝尺認工尺上一。安尺」工福尺門上尺工邊尺，長上工春工六工尺殿上尺上四裏合四，覓上工裳尺工六工方尺奏工第五伬」仩二三五……六巡工六五六。看五蹋上工歌工六工歸尺去工尺上，傍工宮尺工尺牆上尺曲五調五仩五六五增上六工……尺新尺。金工鑰尺工六工尺垂上尺工來上尺，朱工繩尺工六工尺轉上尺後工五，銅上壺上滴尺盡工五，花六五六犬工吠五仩」仩猜工五六猜工六五六。城上工南尺工六近工五喜尺，樓上頭上紅上尺工燭尺又五仩」仩迎工五六人工六。（尾聲）華工五」胥六有四夢上六應尺」工難上尺訊工嘆。工尺元上夜工六還上留尺漢五六工苑工六春五×五六工一。愁尺則工六工愁尺終工夜工六工尺工揩仩伬尺仩……五前六五看伬仩五月六五×六工六五人六五。

少作當樓詞

徐仲山薄人爲詞，嘗作青玉案起句云：「少年不幸稱才子，徒多作淫詞耳。」予避人時讀其句，憬然遂續云：「況復依人隨指使。西園載酒，東家聽伎，多少周旋處。」固知輕薄子，原自有非其意者。特予少時與姜公子作當樓詞，極知失温厚之意。既而自解，謂國風甚温厚，然朱子註作淫詩，則在六經中，亦儼然有此等，爲夫子所録，因任情爲之。要亦無學問不能自主，故有此。嘗與徐仲山道及。仲山曰：「君詞不然，靈均九歌，張衡四愁，苟非朱註，焉知非國風非懷君念友之作。」予曰如此，則小人文過，過益甚矣。不幸少年坎坷，失于檢飭，然處己皭然，或者如欄外觀場，可妄引程子心中無伎以自慰，抑庶幾耳曾在上海，有伎席酒明府令一事頗怪，張弘軒命予記之，今并録後。

張南士贈玉煙詞

康熙丁巳，上海多游客，馬丹谷廣文伎席，有小鬟後至，詢其名，曰未也。座客張弘軒以其遲來，取翩何來遲之句，贈名翩來，命予卽席爲詞記之。予詞曰：「夜堂聽伎。正絳帳花垂，玉罏香細。蓮炬光中，兩兩舞裙拖地。忽來金雀鵶鬟小，算纔堪、瑣兒年紀。欄邊歌緩，油車暗裏，翩然而至。便手把、金樽徐遞。似嫩葉裁衣，幽蘭吹氣。病起遲來，問取小名尚未。風流京兆偏憐惜，道延年、女弟如是。珊珊可念，何如竟喚，翩來爲字。」此桂枝香調也。時小鬟得詞，歡然謝去。惜後終以病廢，且性頗稚拙。獨其姊名玉煙者，慧甚，更善行酒。除入勾欄外，凡飲席必典觴，且能使意之所屬，曲爲照顧，令不苦飲。如是者多月。張弘軒嘗曰：「如玉煙者，可稱傾城悅名士矣。」第其人尤慕張南士名，嘗持束綾乞予書客所贈詞，口誦了了，顧獨愛南士作。時南士寄任明府署，不得頻見，玉煙每乞予招會予寓，每會必流戀，竟日不欲去。予嘗謂之曰：「南士長于予，其窮愁失志與予同，予遘難以後，全無歡情。亮南士此際，亦未必便與予遠，然且眷眷如是者，汝何所知于南士而得有此。」曰：「使必得歡情而後與之知，世之所以無知也。」時聞之者，皆善其言。後玉煙歸嘐城，南士與徐西崖各賦絕句贈行，屬予爲跋。臨歧，復爲作南浦詞曰：「申江初霽，送將歸、魂斷柳條青。南國佳人堪念，妙麗洵傾城。別我蕙心如結，惜臨歧、攜酒對紅亭。更牽衣細語，萬千珍重，一曲寄深情。記得碧桃開處，乍相逢、春夜按新聲。不似今朝幽怨，淒切思難勝。恨殺潮生南浦，也催人、畫檝度前汀。向亭皋搔首，踟躕愁逐水雲橫。」其云不似今朝者，以是時當筵，歌會真長亭數曲，較淒然也。其後予在湖舫伎席語其事，客有問予觴政何似，予不能記。但舉其一名積分者，甲三乙四，預爲定分。至臨飲時，又復請分于酒佐，如甲當請分，酒佐判曰，自分則甲受酒，如數請驗，驗訖，然後舉杯，曰三分。於是左坐唱面，曰第一盃。盃醻則右坐者唱底，曰第三分。但分合增減，惟其所判。浸假乙當繼請，而判以甲分之半，則乙受酒，請驗後，當報五分半。而左唱，第二盃右當唱，共計八分半矣。以是遞推，丙五丁六，展轉交錯，盃參分互，彼此牴牾，故酒佐有八難。分數不齊，客多難記，一，明府令下，觴行斷續。二，糾違舉犯，呼吸不待。三，罰煩籌磧，予奪無時。四，苛緩概施，醉醒難愜。五，紅裙緑髮，人易扳擾。六，瓜種榛核，不許私記。七，積久證疎，争端易起。八，負此八難，然且從容四應，操縱如意。嘗見欲縱飲者，輒報自分，欲縱左右，忽呼間報。謂隔一位。間報不足，或呼免報。卽其已掛籌聽罰者，猶有重分免籌之例。如一十有一二十有二類。使請分時，故判數犯重以蠲之。一日，戊飲請分，判易癸分。戊既不記癸分，而左右茫然，忘所積數，然又不預呼間免名目，戊與左右皆失色。及戊驗分時，始從容審視曰，本無若干分，今姑准此，遂舉盃受酒。朗言曰，若干盃後，當清分矣。言畢，遽自醻曰，共若干分，其慧如此。

近人妄作自度曲

古者以宮、商、角、徵、羽、變宮、變徵之七聲，乘十二律，得八十四調。後人以宮、商、羽、角之四聲，乘十二律，得四十八調。蓋去徵聲與二變不用焉。四十八調至宋人詩餘猶分隸之。其調不拘短長，有屬黃鍾宫者，有屬黄鍾商者，皆不相出入。非若今之譜詩餘者，僅以小令中調長調分班部也。其詳載樂府渾成一書。近人不解聲律，動造新曲，曰自度曲。試問其所自度者，曲隸何律，律隸何聲，聲隸何宫何調，而乃撊然妄作，有如是耶。方渭仁曰，四十八調亦非古律。但隋唐以來相次沿革，必有所受之者，聲律微眇，宜以跡求，正謂此也。

古今詞論

〔清〕王又華撰

古今詞論目録

古今詞論

楊守齋詞論

楊守齋曰：作詞有五要，第一要擇腔。腔不韻則勿作，如塞翁吟之衰颯，帝臺春之不順，隔浦蓮之寄煞，鬬百花之無味是也。第二要擇律。律不應月，則不美，如十一月須用正宮，元宵詞必用仙呂宮爲相宜也。第三要填詞按譜。自古作詞能依句者少，依譜用字者，百無一二，若歌韻不協，奚取哉。或謂善歌者，能融化其字則無疵。殊不知製作轉折，用或不當，則失律。正旁偏側，淩犯他宮，非復本調矣。第四要隨律押韻。如越調水龍吟，商調二郎神，皆用平入聲韻。古調俱押去聲，所以轉折乖異，苟或不詳，則乖音昧律者，反加稱賞，是真可解頤而啓齒也。第五要立新意。若用前人詩詞句爲之，此蹈襲無足奇也。須作不經人道語，或翻前人意，始能驚人。若祇煉字句，纔讀一過，便無精神，不可不知也。更須忌三重四同，始爲具美。

張玉田詞論

張玉田曰：填詞先審題，因題擇調名，次命意，次選韻，次措詞。其起結須先有成局，然後下筆。最是過變，勿斷了曲意，要結上起下爲妙。

詞中句法，貴平妥精粹。一曲之中，安能句句高妙，只要襯副得去，于好發揮處勿輕放過，自然使人讀之擊節。

句法中有字面，生硬字切勿用，必深加鍛鍊，字字推敲響亮，歌之妥溜，方爲本色語。方回、夢窗，精於鍊字者，多從李長吉、温庭筠詩中取法來。故字面亦詞中起眼處，不可不留意也。

詞要清空勿質實，清空則古雅峭拔，質實則凝澀晦昧。姜白石如野雲孤飛，去留無迹。吴夢窗如七寶樓臺，眩人眼目，拆碎下來，不成片段。此爲清空質實之説。

詞中用事，要融化不澁，如東坡永遇樂云：「燕子樓空，佳人何在，空鎖樓中燕。」用張建封事。白石疏影云：「猶記深宫舊事，那人正睡裏，飛近蛾緑。」用壽陽事。又云：「昭君不慣胡沙遠，但暗憶江南江北。想珮環月下歸來，化作此花幽獨。」用少陵詩。皆用事而不爲所使。

詩難詠物，詞爲尤難。體識稍真，則拘而不暢。摹寫差遠，則晦而不明。須收縱聯密，用事合題。如邦卿東風第一枝詠雪，雙雙燕詠燕，白石齊天樂賦促織，全章精粹，瞭然在目，而不留滯于物者也。

詞之難于小令，如詩之難于絶句，蓋十數句間，要無閒字句，要有閒意趣，末又要有有餘不盡之意。

語句太寬則容易，太工則苦澀。故對偶處，却須極工。字眼不得輕泛，正如詩眼一例。若八字既工，下句便須少寬，約莫太寬，又須工緻，方爲精粹。

王元美詞論

王元美曰：花間以小語致巧，世説靡也。草堂以麗字取姸，六朝隃也。即詞號稱詩餘，然而詩人不爲也。何者，其婉孌而近情也，足以移情而奪嗜。其柔靡而近俗也，詩嘽緩而就之。而不知其下也。之詩而詞非詞也，之詞而詩非詩也。言其業，李氏、晏氏父子、耆卿、子野、美成、少游、易安，至矣，詞之正宗也。温韋豔而促，黄九精而刻，長公麗而壯，幼安辨而奇，又其次也，詞之變體也。詞興而樂府亡，曲興而詞亡，非樂府與詞之亡，其調亡也。

楊升庵詞論

楊升庵曰：玉田清空二字，詞家三昧盡矣。學者必在心傳耳傳，以心會意，有悟入處。又須跳出窠臼，時標新意，自成一家。若屋下架屋，則爲人之臣僕。

填詞平仄及斷句，皆有定數。而詞人語意所到，時有參差。如秦少游水龍吟前段歇拍句云：「紅成陣，飛鴛甃」，換頭落句云：「念多情、但有當時皓月，照人依舊。」以詞意言，當時皓月作一句，照人依舊作一句。以詞調拍眼，但有當時作一拍，皓月照作一拍，人依舊作一拍，爲是也。又如水龍吟首句，本是六字，第二句本是七字，陸放翁此調首句云：「摩訶池上追遊路」，則七字。下云「紅緑參差春晚」，却是六字。又如瑞鶴仙「冰輪桂花滿溢」爲句，以滿字叶，而以溢字帶在下句。又如二句分作三句，三句合作二句者尤多。然句法雖不同，而字數不多出，妙在歌者上下縱横取協爾。

秦少游踏莎行，「杜鵑聲裏斜陽暮」，極爲東坡所賞。後人病其斜陽暮爲重複，非也。見斜陽而知日暮耳。

猶韋應物詩「須臾風暖朝日暾」，既曰朝日，又曰暾，當亦爲宋人所譏矣，此非知詩者也。古詩「明月皎夜光」，明皎光非複乎。李商隱詩「日向花間留返照」皆然。又唐詩「青山萬里一孤舟」，又「滄溟千萬里，日夜一孤舟」，宋人亦言一孤舟爲複，而唐人累用之，不以爲複也。東坡賀新郎詞，「乳燕飛華屋」云云，後段「石榴半吐紅巾蹙」以下皆詠榴。卜算子「缺月掛疏桐」云云，「縹緲孤鴻影」以下皆説鴻，别一格也。

徐天池詞論

徐天池曰：作詞對句好易得，起句好難得，收拾全藉出場。凡觀詞當先辨古今體製雅俗，脱盡宿生塵腐氣者，方取咀味。

陳眉公詞論

陳眉公曰：製詞貴于布置停勻，氣脉貫串。其過疊處，尤當如常山之蛇，顧首顧尾。

張世文詞論

張世文曰：詞體大略有二：一婉約，一豪放，蓋詞情蘊藉，氣象恢弘之謂耳。然亦在乎其人，如少游多婉約，東坡多豪放，東坡稱少游爲今之詞手，大抵以婉約爲正也。所以後山評東坡，如教坊雷大使舞，雖極天下之工，要非本色。

徐伯魯詞論

徐伯魯曰：自樂府亡而聲律乖，謫仙始作清平調、憶秦娥、菩薩蠻諸詞，時因效之。厥後行衞尉少卿趙崇祚輯爲花間集，凡五百闋，此近代倚聲塡詞之祖也。放翁云：「詩至晚唐五季，氣格卑陋，千人一律，而長短句獨精巧高麗，後世莫及，此事之不可曉者。」蓋傷之也。然詩餘謂之塡詞，則調有定格，字有定數，韻有定聲。至于句之長短，雖可損益，然亦不當率意爲之。譬諸醫家加減古方，不過因其大局而稍更之，一或太過，則失製方之本意矣。

沈天羽詞論

沈天羽曰：調有定名，卽有定格，其字數、音韻較然，中有參差不同者，一曰襯字。因文義偶不聯暢，用一二襯字。按其音節虛實間，正文自在，如南北劇這那正個却字之類，亦非增實落字面，藉口爲襯也。一曰宮調。所謂黃鐘、仙呂、正宮、歇指、高平諸調。詞有名從同，而所令宮調異，字數多寡，亦因之異者，如北劇黃鐘水仙子，與雙調水仙子異。南劇越調過曲小桃紅，與正宮過曲小桃紅異之類是也。一曰體製。唐人長短句皆小令耳，後演爲中調、長調。一名而有小令，復有中調、長調，或系之以犯近慢別之，如南北劇名犯賺破之類。又有字數多寡同，而所入之宮調異，名亦因之異者。如玉樓春與木蘭花，同以木蘭花歌之，卽入大石調之類。又有名異而字數多寡則同，如蝶戀花一名鳳棲梧、鵲踏枝，如念奴嬌一名百字令、酹江月、大江東去之類，不能殫述。

詞名多本樂府，然去樂府遠。南北劇名多本填詞，然去填詞亦遠。今按南北劇與填詞同者，如青杏兒即北劇小石調，憶王孫即北劇仙吕調。生查子、虞美人、一剪梅、滿江紅、意難忘、步蟾宫、滿路花、戀芳春、點絳唇、天仙子、傳言玉女、絳都春、卜算子、唐多令、鷓鴣天、鵲橋仙、憶秦娥、高陽臺、二郎神、謁金門、海棠春、秋蕊香、梅花引、風入松、浪淘沙、燕歸梁、破陣子、行香子、青玉案、齊天樂、尾犯、滿庭芳、燭影摇紅、念奴嬌、喜遷鶯、搗練子、剔銀鐙、祝英臺近、東風第一枝、真珠簾、花心動、寶鼎現、夜行船、霜天曉角，皆南劇引子。柳梢青、賀聖朝、醉春風、紅林檎近、驀山溪、桂枝香、沁園春、聲聲慢、八聲甘州、永遇樂、賀新郎、解連環、集賢賓、哨遍，皆南劇慢詞。外此鮮有相同者。

俞仲茅詞論

俞仲茅曰：詞全以調爲主，調全以字之音爲主。音有平仄，多必不可移者，間有可移者。仄有上去入，多可移者，間有必不可移者。倘必不可移者，任意出入，則歌時有棘喉澀舌之病。故宋時一調作者，多至數十人，如出一吻。今人既不解歌，而詞調染指，不過小令中調，尚多以律詩手爲之，不知孰爲音，孰爲調，何怪乎詞之亡已。

遇事命意，意忌庸、忌陋、忌襲。立意命句，句忌腐、忌澀、忌晦。意卓矣，而束之以音。屈意以就音，而意能自達者鮮。句奇矣，而攝之以調。屈句以就調，而句能自振者鮮。此詞之所以難也。

小令佳者，最爲警策，令人動褰裳涉足之想。第好語往往前人説盡，當何處生活。長調尤爲亹亹，染指較難。蓋意窘于侈，字貧于複，氣竭于鼓，鮮不納敗，比于兵法，知難可焉。

劉公勇詞論

劉公勇曰：詞亦有初盛中晚，不以代也。牛嶠、和凝、張泌、歐陽炯、韓偓、鹿虔扆輩，不離唐絶句，如唐之初，未脱隋調也，然皆小令耳。至宋則極盛，周、張、柳、康，蔚然大家。至姜白石、史邦卿，則如唐之中。而明初比晚唐。蓋非不欲勝前人，而中實枵然，取給而已，于神味處，全未夢見。

詞起結最難，而結尤難于起，蓋不欲轉入別調也。「呼翠袖，爲君舞」，「倩盈盈翠袖，揾英雄淚」，正是一法。然又須結得有「不愁明月盡，自有夜珠來」之妙，乃得。美成元宵云「任舞休歌罷」，則何以稱焉。

「夜闌更秉燭，相對如夢寐。」叔原則云：「今宵賸把銀釭照，猶恐相逢是夢中。」此詩與詞之分疆也。

重字良不易，如錯錯錯與忡忡忡之類，須另出，不是上句意乃妙。

詞有警句，則全首俱動。若賀方回非不楚楚，總拾人牙後慧，何足比數。

上脱香奩，下不落元曲，斯稱作手。

竹枝、柳枝，不可徑律作詞。然亦須不似七言絶句，又不似子夜歌，又不可盡脱本意。「盤江門外是儂家」及「曾與美人橋上別」，俱不可及。

長調蕪累與癡重同忌，襯字又不可少，然忌淺熟。

中有對句，正是難處，莫認作襯句。至五七言對句，使觀者不作對疑，尤妙。「紅杏枝頭春意鬧，」一鬧字卓絶千古。字極俗，用之得當，則極雅，未可與俗人道也。「溼紅嬌暮寒」，亦復移易不得。

古人多于過變，乃言情。然其意已全于上段，若另作頭緒，不成章矣。

賀黄公詞論

賀黄公曰：「詞家多翻詩意入詞，雖名流不免。李後主一斛珠末句云：「繡牀斜凭嬌無那。爛嚼紅絨，笑向檀郎唾。」楊孟載春繡絶句云：「閒情正在停針處，笑嚼紅絨唾碧窗。」此却翻詞入詩，彌子瑕竟效顰于南子。

寫景之工者，如尹鶚「盡日醉尋春，歸來月滿身」，李重光「酒惡時拈花蕊嗅」，李易安「獨抱濃愁無好夢，夜闌猶剪燈花弄」，劉潛夫「貪與蕭郎眉語，不知舞錯伊州」，皆入神之句。

詞雖宜豔冶，亦不可流于穢褻。吾極喜康與之滿庭芳寒夜一闋，兼詞令議論敍事三者之妙。首云：「霜幕風簾，閒齋小户，素蟾初上雕籠。」寫其節序景物也。「玉杯醽醁，還與可人同。古鼎沈烟篆細，玉筍破、橙橘香濃。梳妝懶，脂輕粉薄，約略淡眉峯。」則陳設濟楚，殽核精良，與夫手爪顔色，一一如見。換頭云：「清新歌幾許，低隨慢唱，語笑相供。道文書針線，今夜休攻。莫厭蘭膏更繼，明朝又、紛冗匆匆。」則不惟以色藝見長，宛然慧心女子，小窗中喁喁口角。末云：「酩酊也，冠兒未卸，先把被兒烘。」一段温存旖旎之致，咄咄逼人。觀此形容節次，必非狹斜曲里中人，又非望宋窺韓者之事，正希真所云真箇憐惜也。此等處，舉一以概其餘，在讀詞者自知之。

小詞以含蓄爲佳，亦有作決絶語而妙者，如韋莊「誰家年少足風流。妾擬將身嫁與，一生休。縱被無情棄，不能羞」之類是也。牛嶠「須作一生拚，盡君今日歡」，抑其次矣。柳耆卿「衣帶漸寬終不悔，爲伊消得人憔悴」，亦卽韋意而氣加婉。

詞家須使讀者如身履其地，親見其人，方爲蓬山頂上。

詞之最醜者爲酸腐，爲怪誕，爲粗莽。以險麗爲貴矣，又須泯其鏤刻痕乃佳。

作險韻者以妥爲貴，如史梅溪一斛珠，用愜躡疊接等韻，語甚生新，却無一字不妥。

韓幹畫馬而身作馬形，凝思之極，理或然也，作詩文亦必如此始工。如史邦卿咏燕，幾于形神俱似。姜白石咏蟋蟀，蟋蟀無可言，而言聽蟋蟀者。正姚鉉所謂賦水不當僅言水，當言水之前後左右。又如張功甫「月洗高梧」一闋，不惟曼聲勝其高調，形容處亦心細如髮，皆姜詞之所未發。嘗觀姜論史詞，不稱其「軟語商量」，而賞其「柳昏花暝」，固知不免項羽學兵法之恨。

長調最忌演湊，如蘇養直「獸鐶半掩」，前半皆景語，至「漸迤邐更催銀箭」以下，則觸景生情，緣情布景，節節轉換，穠麗周密。譬之織錦家，真竇氏回文梭矣。

詞有如張融危膝，不可無一，不可有二者。如劉改之天仙子別妾諸詞，再若效顰，寧非打油惡道乎。然篇中「雪迷村店酒旂斜」，固非雅流不能道。無名氏青玉案曰：「落日解鞍芳草岸。花無人戴，酒無人勸，醉也無人管。」語淡而情濃，事淺而言深，真得詞家三昧。蘇子瞻有銅琶鐵板之譏，然其浣溪沙春閨曰：「綵索身輕常趁燕，紅窗睡重不聞鶯。」如此風調，令十七八女郎歌之，豈在曉風殘月之下。

卓珂月詞論

卓珂月曰：「昔人論詞曲必以委曲爲體，雄肆其下乎。然晏同叔云：『先君生平不作婦人語。』（案此非晏同叔語乃晏幾道語。）夫委曲之弊，入於婦人，與雄肆之弊，入於村漢等耳。

顧宋梅詞論

顧宋梅曰：詞雖貴于情柔聲曼，然第宜于小令。若長調而亦喁喁細語，失之約矣。必慨慷淋漓，沈雄悲壯，乃爲合作。其不轉韻者，以調長，恐勢散而氣不貫也。

彭駿孫詞論

彭駿孫曰：詞以自然爲宗，但自然不從追琢中來，便率易無味，如所云絢爛之極，乃造平淡耳。若使語意淡遠者，稍加刻畫，鏤金錯繡者，漸近天然，則爲絕唱矣。

作詞必先選料，大約用古人之事，則取其新僻而去其陳因。用古人之語，則取其清雋而去其平實。用古人之字，則取其鮮麗而去其淺俗。

詞雖小道，然非多讀書不能工。方虛谷之譏戴石屏，楊用修之論曹元寵，古人且然，何況今日。

董文友詞論

董文友曰：「金粟謂近人詩餘能作景語，不能作情語。僕則謂情語多，景語少，同是一病。但言情至色飛魂動時，乃能于無景中着景，此理亦近人未解。艾庵乃謂僕自道，試以質之阮亭。」

鄒程村詞論

鄒程村曰：「俞少卿云：『郎仁寶謂填詞名同，而文有多寡，音有平仄各異者甚多。悉無書可證，三人占則從二人，取多者證之可矣。所引康伯可之應天長，葉少蘊之念奴嬌，俱有兩首，不獨文稍異，而多寡懸殊，則傳流抄錄之誤也。樂章集中尤多。其他往往平仄小異者亦多，吾向謂間亦有可移者，此類是也。』又云：『有二句合作一句，一句分作二句者，字數不差，妙在歌者上下縱橫所協，此自確論。但子瞻填長調多用此法，他人即不爾。至于花間集，同一調名，而人各一體，如荷葉盃、訴衷情之類。至河傳、酒泉子等尤甚。當時何不另創一名耶，殊不可解。』愚按此等處近譜俱無定例，作詞者既用某體，即註于本題下可也。」

朱承爵存餘堂詩話云：「詩詞雖同一機杼，而詞家意象與詩略有不同。句欲敏，字欲捷，長篇須曲折三致意，而氣自流貫乃得。」此語可爲作長調者法，蓋詞至長調，變已極矣。南宋諸家，凡偏師取勝者，莫不以此見長。而梅溪、白石、竹山、夢窗諸家，麗情密藻，盡態極妍。要其瑰琢處，無不有蛇灰蚓線之妙，則所謂一氣流貫也。

小調换韻，長調多不换韻。間如小梅花、江南春諸調，凡换韻者，多非正體，不足取法。

咏物固不可不似，尤忌刻意太似。取形不如取神，用事不若用意。

咏古非惟着不得宋詩腐論，並着不得晚唐人翻案法。反復流連，别有寄託。如楊文公讀義山「珠箔輕明」一絶句，能得其措辭寓意處，便令人感慨不已。

王阮亭詞論

王阮亭曰：「空得鬱金裙，酒痕和淚痕。」舒亶語也。鍾退谷評閭丘曉詩，謂具此手段，方能殺王龍標。此等語乃出渠輩手，豈不可惜。僕每讀嚴分宜鈐山堂詩，至佳處，輒作此嘆。

「平蕪盡處是春山，行人更在春山外」，升庵以擬石曼卿「水盡天不盡，人在天盡頭」，未免河漢。蓋意近而工拙懸殊，不啻霄壤。且此等入詞爲本色，入詩卽失古雅，可與知者道耳。

唐無詞，所歌皆詩也。宋無曲，所歌皆詞也。宋諸名家要皆妙解絲肉，精于抑揚抗墜之間，故能意在筆先，聲叶字表。今人不解音律，毋論不能創調，卽按譜徵詞，亦格格有心手不相赴之病。欲與古人較工拙于毫釐，難矣。或問詩詞詞曲分界，予曰：「無可奈何花落去，似曾相識燕歸來。」定非香奩詩。「良辰美景奈何天，賞心樂事誰家院」，定非草堂詞也。

沈去矜詞論

沈去矜曰：詞不在大小淺深，貴于移情。曉風殘月，大江東去，體製雖殊，讀之皆若身歷其境，惝怳迷離，不能自主，文之至也。

白描不可近俗，修飾不得太文，生香真色，在離即之間，不特難知，亦難言。僻詞作者少，宜渾脱，乃近自然。常調作者多，宜生新，斯能震動。

男中李後主，女中李易安，極是當行本色。前此太白，故稱詞家三李。

李後主拙於治國，在詞中猶不失爲南面王。覺張郎中、宋尚書，直衙官耳。

張祖望詞論

張祖望曰：詞雖小道，第一要辨雅俗，結構天成。而中有豔語、雋語、奇語、豪語、苦語、癡語、没要緊語，如巧匠運斤，毫無痕跡，方爲妙手。古詞中如「秦娥夢斷秦樓月」、「小樓吹徹玉笙寒」、「香老春蕪，償盡迷樓花債」，豔語也。「對桐陰滿庭清晝」、「任老却蘆花，秋風不管」、「只有夢來去，不怕江闌住」，雋語也。「試問琵琶，胡沙外、怎生風色」、「河星瀲灩春雲熱」、「月輪桂老，撑破珠胎，柳鎖鶯魂」，奇語也。「卷起千堆雪」、「任天河水瀉，流乾銀汁」、「易水蕭蕭西風冷，滿座衣冠如雪」，豪語也。「淚花落枕紅綿冷」、「黄昏却下瀟瀟雨」、「楊柳梢頭，能有春多少」、「斷送一生憔悴，能消幾箇黄昏」、「斷魂千里，夜夜岳陽樓」，苦語也。「海棠開後，望到如今」、「惟有樓前流水，應念我終日凝眸」、「蟋蟀哥哥，倘後夜暗風凄雨。再休來、小窗悲訴」，癡語也。「這次第怎一愁字了得」、「怕無人、料理黄花，等閒過了」、「一寸相思千萬結」、「人間没箇安排處」，没要緊語也。此類甚多，略拈出一二。至如「密約偷期，把燈撲滅，巫山雲雨，好夢驚散」等，字面惡俗，不特見者欲嘔，亦且傷風敗俗，大雅君子所不道也。節録掞天詞序。

李東琪詞論

李東琪曰：小令敍事須簡淨，再着一二景物語，便覺筆有餘閒。中調須骨肉停匀，語有盡而意無窮。長調切忌過於鋪敍，其對仗處，須十分警策，方能動人。設色既窮，忽轉出别境，方不窘於邊幅。詩莊詞媚，其體元别。然不得因媚輒寫入淫褻一路。媚中仍存莊意，風雅庶幾不墜。論古詞而由其腔，則音節柔緩，無馳驟之法，故體裁宜嫵媚，不宜莊激。論古詞而由其調，則諸調各有所屬。後人但以小令中長分之，不復問某調在九宫，某調在十三調，競製新犯名目，矜巧争奇。不知有可犯者，有必不可犯者。如黄鍾不可先商調，商調亦不可與仙吕相出入。苟不深知音律，莫若依樣葫蘆之爲得也。

張砥中詞論

張砥中曰：凡詞前後兩結，最爲緊要。前結如奔馬收韁，須勒得住，尚存後面地步，有住而不住之勢。後結如衆流歸海，要收得盡，迴環通首源流，有盡而不盡之意。

一調中通首皆拗者，遇順句必須精警。通首皆順者，遇拗句必須純熟。此爲句法之要。

李笠翁詞論

李笠翁曰：作詞之難，難于上不似詩，下不類曲，立于二者之中。致空疏者作詞，無意肖曲，而不覺彷彿乎曲。有學問人作詞，儘力避詩，而究竟不離于詩。一則苦于習久難變，一則迫于舍此實無也。欲去此二弊，其究心于淺深高下之間乎。

毛稚黄詞論

毛稚黄曰：詞家刻意俊語濃色，此三者皆作者神明，然須有淺深處，平處，忽着一二乃佳。如美成秋思，平敍景物已足，乃出醉頭扶起寒怯，便動人工妙。李易安春情「清露晨流，新桐初引」，用世說，全句渾妙。嘗論詞貴開宕，不欲沾滯，忽悲忽喜，乍遠乍近，斯爲妙耳。如遊樂詞，須微着愁思方不癡肥。李春情詞本閨怨，結云：「多少遊春意，更看今日晴未。」忽爾拓開，不但不爲題束，并不爲本意所苦，直如行雲舒卷自如，人不覺耳。

前半泛寫，後半專敍，蓋宋詞人多此法。如子瞻賀新涼，後段只説榴花，卜算子後段只説鳴雁。周清真寒食詞，後段只説邂逅，乃更覺意長。

北宋詞之盛也，其妙處不在豪快，而在高健。不在豔褻，而在幽咽。豪快可以氣取，豔褻可以意工。高健幽咽。則關乎神理骨性，難可强也。

藝苑巵言云：「填詞小技，尤爲嚴緊。」夫詞宜可自放，而元美乃云嚴緊，知詞固難，作詞亦不易也。

柴虎臣云：「指取温柔，詞歸蘊藉。暱而閨帷，勿浸而巷曲。浸而巷曲，勿墮而鄙鄙。」又云：「語境則咸陽古道，汴水長流。語事則赤壁周郎，江州司馬。語景則岸草平沙，曉風殘月。語情則紅雨飛愁，黄花比瘦。」可謂雅暢。

詞家意欲層深，語欲渾成。作詞者大抵意層深者，語便刻畫，語渾成者，意便膚淺，兩難兼也。或欲舉其似，偶拈永叔詞云：「淚眼問花花不語。亂紅飛過鞦韆去。」此可謂層深而渾成，何也，因花而有淚，此一層意也。因淚而問花，此一層意也。花竟不語，此一層意也。不但不語，且又亂落，飛過鞦韆，此一層意也。人愈傷心，花愈惱人，語愈淺，而意愈入，又絶無刻畫費力之迹，謂非層深而渾成耶。然作者初非措意，直如化工生物，筍未出而苞節已具，非寸寸爲之也。若先措意便刻畫，愈深愈墮惡境矣。此等一經拈出後，便當掃去。

東坡大江東去詞「故壘西邊，人道是三國周郎赤壁」，論調則當于是字讀斷，論意則當于邊字讀斷。「小喬初嫁了，雄姿英發」，論調則了字當屬下句，論意則了字當屬上句。「多情應笑我，早生華髮」，我字亦然。又水龍吟「細看來不是楊花，點點是離人淚」，調則當是點字斷句，意則當是花字斷句。文自爲文，歌自爲歌，然歌不礙文，文不礙歌，是坡公雄才自放處。他家間亦有之，亦詞家一法。

吳夢窗唐多令第三句，「縱芭蕉不雨也颼颼」。此句譜當七字，上三下四句法，則也字當爲襯字。觀後「燕辭歸、客尚淹留」。又劉過詞「二十年、重過南樓」，文天祥詞「葉聲寒、飛透窗紗」，可見詞統註縱字襯誤。

周清真少年遊，題云冬景，却似飲妓館之作。只起句「并刀似水」四字，若掩却下文，不知何爲陡着此語。吴鹽新橙，寫境清晰。錦幄數語，似爲上下太淡宕，故着濃耳。後闋絶不作了語，只以低聲問三字，貫徹到底。藴藉嫋娜，無限情景，都自纖手破橙人口中説出，更不必别着一語，意思幽微，篇章奇妙，真神品也。

清真衣染鶯黄詞，忽而歡笑，忽而悲泣，如同枕席，又在天畔，真所謂不可解不必解者。此等最是難作，作亦最難得佳。「夜漸深、籠燈就月，仔細端相」，義仍之「就月籠燈衫袖張」出此。

晚唐詩人好用疊字語，義山尤甚，殊不見佳。如「迴腸九疊後，猶有剩迴腸」，「地寬樓已迥，人更迴於樓」，「行到巴西覓譙秀，巴西唯是有寒蕪」。至於三疊者，「望喜樓中憶閬州，若到閬州還赴海，閬州應更有高樓」之類，又如菊詩「暗暗淡淡紫，融融冶冶黄」，亦不佳。李清照聲聲慢秋情詞起法，似本于此，乃有出藍之奇。蓋此等語，自宜于填詞家耳。

填詞長調，不下于詩之歌行。長篇歌行，猶可使氣，長調使氣，便非本色。高手當以情致見佳。蓋歌行如駿馬驀坡，可以一往稱快。長調如嬌女步春，旁去扶持，獨行芳徑，徙倚而前，一步一態，一態一變，雖有强力健足，無所用之。

宋人詞才，若天縱之，詩才若天絀之。宋人作詞多綿婉，作詩便硬。作詞多藴藉，作詩便露。作詞頗能用虚，作詩便實。作詞頗能盡變，作詩便板。

沈伯時樂府指迷，論填詞咏物，不宜説出題字，余謂此説雖是，然作啞謎亦可憎。須令在神情離即間，乃佳。如姜夔暗香詠梅云：「算幾番照我梅邊吹笛。」豈害其佳。

周美成詞家神品，如少年遊「馬滑霜濃，不如休去，直是少人行」，何等境味。若柳七郎，此處如何煞得住。

秦樓月，仄韻調也，孫夫人以平聲作之。聲聲慢，平韻調也，李易安以仄聲作之。豈二調原皆可平可仄，抑二婦故欲見別逞奇，實非法邪。然此二詞乃更俱稱絶唱者，又何也。

南曲將開，塡詞先之，花間、草堂是也。北曲將開，絃索調先之，董解元西廂記是也。此卽是北塡詞也。然塡詞盛于宋，至元末明初，始有南曲，其接續之際甚遥。絃索調生于金，而入元卽有北曲，其接續也相踵。斯又聲音氣運之微，殆有不可以臆測者。

詞句參差，本便旖旎，然雄放磊落，亦屬偉觀。成都、太倉稍臚上次，而足下持厥成言，又益增峻。遂使大江東去，竟爲逋客，三巡初成，沒齒長竄，揆之通方，酷未昭晰。借云詞本卑格，調宜冶唱，則等是以降，更有時曲。今南北九宮，猶多聾鐸之音。况古創兹體，原無定畫。何必抑彼南轅，同還北轍，抽兒女之狎衷，頓壯士之憤薄哉。節録與沈去矜論塡詞書

仲雪亭詞論

仲雪亭曰：作詞用意，須出人想外，用字如在人口頭。創語新，鍊字響，翻案不雕刻以傷氣，自然遠庸熟而求生。再以周清真之典麗，姜白石之秀雅，史梅溪之句法，吴君特之字面，用其所長，棄其所短，規模

研揣，豈不能與諸公爭雄長哉。

古人論和韻有不可者三，非必不可和，蓋爲才短者言耳。若果天才，正于盤錯以别利器，奚和韻之足云。

查香山詞論

查香山曰：古今詩餘，前輩評騭甚多。然好尚不同，取舍互異，未嘗確有定見。以余論之，其命名本意，貴乎骨格風雅，聲調卓越，非可以傳奇譜曲，一味靡曼，如妖童冶女抹粉塗脂，悦人觀聽而已。

七頌堂詞繹

〔清〕劉體仁撰

七頌堂詞繹目録

七頌堂詞繹

詞與古詩同義

詞有與古詩同義者，「瀟瀟雨歇」，易水之歌也。「同是天涯」，麥薪之詩也。「又是羊車過也」，團扇之辭也。「夜夜岳陽樓中」，日出當心之志也。「已失了春風一半」，鯢居之諷也。「瓊樓玉宇」，天問之遺也。

詞與古詩同妙

詞有與古詩同妙者，如「問甚時同賦，三十六陂秋色」，卽灞岸之興也。「關河冷落，殘照當樓」，卽敕勒之歌也。「危樓雲雨上，其下水扶天」，卽明月積雪之句也。「燕子樓空，佳人何在，空鎖樓中燕」，卽平生少年之篇也。

詞忌複

詞欲婉轉而忌複，不獨「不恨古人吾不見」與「我見青山多嫵媚」，爲岳亦齋所誚。卽白石之工，如「露溼銅鋪」與「候館吟秋」，總是一法。

詞字字有眼

詞字字有眼，一字輕下不得。如詠美人足，前云「微褪細跟」，下云「不覺微尖點拍頻」，二微字殊草草。

詞有初盛中晚

詞亦有初盛中晚，不以代也。牛嶠、和凝、張泌、歐陽炯、韓偓、鹿虔扆輩，不離唐絶句，如唐之初未脱隋調也，然皆小令耳。至宋則極盛，周、張、柳、康，蔚然大家。至姜白石、史邦卿，則如唐之中。而明初比唐晚，蓋非不欲勝前人，而中實枵然，取給而已，於神味處，全未夢見。

詞起結最難

詞起結最難，而結尤難于起，蓋不欲轉入别調也。「呼翠袖、爲君舞」、「倩盈盈翠袖、揾英雄淚」，正是一法。然又須結得有「不愁明月盡，自有夜珠來」之妙乃得。美成元宵云：「任舞休歌罷。」則何以稱焉。

詞忌直説

晏叔原熨帖悦人，如「爲少年溼了，鮫綃帕上，都是相思淚」，便一直説去，了無風味，此詞家最忌。

詞中戲語

詞中如「玉佩丁東」，如「一鉤殘月帶三星」，子瞻所謂恐它姬廝賴，以取娛一時可也。乃子瞻贈崔廿四，全首如離合詩，才人戲劇，興復不淺。

詞境詩不能至

詞中境界，有非詩之所能至者，體限之也。大約自古詩「開我東閣門，坐我西間牀」等句來。

杜詩具詞之神理

詩之不得不爲詞也，非獨寒夜怨之類，以句之長短擬也。老杜風雨見舟前落花一首，詞之神理備具，蓋氣運所至，杜老亦忍俊不禁耳。觀其標題曰新句，曰戲，爲其不敢偭背大雅如是。古人真自喜。

稼軒非本色詞

稼軒「盃汝前來」，毛穎傳也。「誰共我，醉明月」，恨賦也。皆非詞家本色。

詩詞分疆

「夜闌更秉燭，相對如夢寐」，叔原則云：「今宵賸把銀缸照，猶恐相逢是夢中。」此詩與詞之分疆也。

中調長調須一氣呵成

中調長調轉換處，不欲全脫，不欲明黏，如畫家開闔之法，須一氣而成，則神味自足。以有意求之，不得也。

重字不易

重字良不易，錯錯錯與忡忡忡之類也。然須另出，不是上句意，乃妙。

美成結語佳

美成春恨漁家傲，以「黄鸝久住如相識」，「簾前重露成涓滴」作結，有離鉤三寸之妙。

千里和周詞不動宕

千里徧和美成詞，非不甚工，總是堆鍊法，不動宕。唯「鴻影又被戰塵迷」一闋，差有氣。

詞不可參一死句

文字總要生動，鏤金錯采，所以爲笨伯也。詞尤不可參一死句，辛稼軒非不自立門户，但是散仙入聖，非正法眼藏。改之處處吹影，乃博刀圭之譏，宜矣。

詞宜有警句

惟片言而居要，乃一篇之警策，詞有警句，則全首俱動。若賀方回非不楚楚，總拾人牙慧，何足比數。

詞須不類詩與曲

詞須上脱香歛，下不落元曲，乃稱作手。

古詞聲律佳

古詞佳處，全在聲律見之。今止作文字觀，正所謂徐六擔板。

竹枝柳枝非詞

竹枝、柳枝，不可徑律作詞，然亦須不似七言絶句，又不似子夜歌，又不可盡脱本意。「盤江門外是儂家」及「曾與美人橋上别」，俱不可及。

長調最難工

長調最難工，蕪累與癡重同忌，襯字不可少，又忌淺熟。

詞中對句難

詞中對句，正是難處，莫認作襯句。至五言對句、七言對句，使觀者不作對疑，尤妙。

詞詠物比詩難

詠物至詞，更難於詩。即「昭君不慣風沙遠，但暗憶江南江北」，亦費解。放翁「一箇飄零身世，十分冷淡心腸」，全首比興，乃更遒逸。

詞人遭遇

酒壁釋褐，韓屋之特遇也。太液波翻，浩然之數奇也。

夏竦詞有勸無諷

「霞散綺、月沈鉤」，有勸而無諷。其人去賦清平調者，不知幾里。然是欽天廣樂氣象，較之文正公窮塞主不侔矣。

宋祁一鬧字卓絶千古

「紅杏枝頭春意鬧」，一鬧字卓絶千古。「溼紅嬌暮寒」，亦復移易不得。

周美成詞體雅正

周美成不止不能作情語，其體雅正，無旁見側出之妙。

易安詞本色當行

柳七最尖穎，時有俳狎，故子瞻以是呵少游。若山谷亦不免，如我不合太搊就類，下此則蒜酪體也。惟易安居士「最難將息，怎一箇愁字了得」，深妙穩雅，不落蒜酪，亦不落絶句，真此道本色當行第一人也。

陡然一驚爲詞中妙境

文長論詩曰：如冷水澆背，陡然一驚，便是興觀羣怨，應是爲傭言借貌一流人説法。温柔敦厚，詩教也。陡然一驚，正是詞中妙境。

福唐獨木橋體

山谷全首用聲字爲韻，注云「效福唐獨木橋體」，不知何體也，然猶上句不用韻。至元美道場山，則句句皆用山字，謂之戲作可也。詞中如效醉翁也字、效楚辭些字、兮字，皆不可無一，不可有二。

檃括體不可作

檃括體不可作也，不獨醉翁如嚼蠟，卽子瞻改琴詩，琵琶字不見，畢竟是全首説夢。

過變言情

古人多于過變乃言情。然其意已全于上段，若另作頭緒，不成章矣。

填詞雜説

〔清〕沈　謙撰

填詞雜說目録

填詞雜説

詞承詩啟曲

承詩啓曲者，詞也，上不可似詩，下不可似曲。然詩曲又俱可入詞，貴人自運。

各調作法

小調要言短意長，忌尖弱。中調要骨肉停勻，忌平板。長調要操縱自如，忌粗率。能于豪爽中，著一二精緻語，綿婉中著一二激厲語，尤見錯綜。

詞貴于移情

詞不在大小淺深，貴于移情。「曉風殘月」、「大江東去」，體製雖殊，讀之皆若身歷其境，惝怳迷離，不能自主，文之至也。

白描與修飾

白描不可近俗，修飾不得太文，生香真色，在離即之間，不特難知，亦難言。

僻詞與常調

僻詞作者少，宜渾脱，乃近自然。常調作者多，宜生新，斯能振動。

偷聲變律之妙

小令中調有排蕩之勢者，吴彦高之「南朝千古傷心事」、范希文之「塞下秋來風景異」是也。長調極狎昵之情者，周美成之「衣染鶯黄」、柳耆卿之「晚晴初」是也。于此足悟偷聲變律之妙。

稼軒寶釵分一曲

稼軒詞以激揚奮厲爲工，至「寶釵分，桃葉渡」一曲，昵狎温柔，魂銷意盡，才人伎倆，真不可測。昔人論畫云，能寸人豆馬，可作千丈松，知言哉。

范詞景中有情

范希文「珍珠簾卷玉樓空，天淡銀河垂地」及「芳草無情，又在斜陽外」，雖是賦景，情已躍然。

柳詞能移我情

柳屯田「每到秋來」一曲，極孤眠之苦。予嘗宿禦兒客舍，倚枕自歌，能移我情，不知文之工拙也。

柳詞翻舊爲新

「雲想衣裳花想容」，此是太白佳境。柳屯田「擬把名花比，恐旁人笑我，談何容易」大畏唐突，尤見温存，又可悟翻舊爲新之法。

東坡楊花詞直是言情

東坡「似花還似非花」一篇，幽怨纏綿，直是言情，非復賦物。徽宗亦然。

二李當行本色

男中李後主，女中李易安，極是當行本色。

秦詞直抒本色

秦少游「一向沈吟久」，大類山谷歸田樂引，鏟盡浮詞，直抒本色。而淺人常以雕繪傲之。此等詞極難作，然亦不可多作。

泥塗無逸詞

黄州驛卒苦于索筆，泥塗無逸之詞，此正奴隸事。知者遇之，如獲珍奇，無足怪也。然「望斷江南山色遠，人不見，草連空」，故是銷魂之語。

賀詞善于喻愁

賀方回青玉案：「試問閒愁知幾許，一川烟草，滿城風絮，梅子黄時雨。」不特善于喻愁，正以瑣碎爲妙。

康伯可女冠子

草堂静坐，林月漸高，忽憶伯可女冠子詞云：「去年今夜，扇兒扇我，情人何處。」心不能堪，但覺竹聲螢焰，俱助凄凉也。

周詞情意纏綿

「馬滑霜濃，不如休去，直自少人行。」言馬言他人，而纏綿偎倚之情自見。若稍涉牽裾，鄙矣。

古人語不相襲

徐師川「門外重重疊疊山，遮不斷、愁來路」，歐陽永叔「强將離恨倚江樓，江水不能流恨去」，古人語不相襲，又能各見所長。

李後主爲詞中南面王

「紅杏枝頭春意鬧」、「雲破月來花弄影」，俱不及「數點雨聲風約住，朦朧淡月雲來去」。予嘗謂李後主拙于治國，在詞中猶不失爲南面王，覺張郎中、宋尚書，直衙官耳。

填詞結句

填詞結句，或以動蕩見奇，或以迷離稱雋，著一實語，敗矣。康伯可「正是銷魂時候也，撩亂花飛」、晏叔原「紫騮認得舊遊蹤，嘶過畫橋東畔路」、秦少游「放花無語對斜暉，此恨誰知」，深得此法。

晏同叔詞神到

「夕陽如有意，偏傍小窗明」不若晏同叔「一場愁夢酒醒時，斜陽却照深深院」更自神到。

秦詞寫曉景佳

秦淮海「天外一鈎殘月照三星」，只作曉景佳。若指爲心兒謎語，不與「女邊着子，門裏挑心」，同墮惡道乎。

尋尋覓覓難和

予少時和唐宋詞三百闋，獨不敢次尋尋覓覓一篇，恐爲婦人所笑。

張世文詞警策

張世文新草池塘紫燕雙飛二首，風流醖藉，不減周秦。「雪貓戲撲風光影」，尤稱警策。

伊川歎賞晏詞

「又踏楊花過謝橋」，卽伊川亦爲歎賞，近于我見猶憐矣。

寫人傳神詞

「喚起兩眸清炯炯」、「閒裏覷人毒」、「眼波才動被人猜」、「更無言語空相覷」，傳神阿堵，已無剩美。彭金粟「小語怯聽聞，嬌波橫覷人」，王阮亭「目成難去且徐行」，又別開一生面。予之「定睛斜睨，寂寂簾垂地」，瞠乎後矣。

美成深于情

「天便教人，霎時廝見何妨」，「花前月下、見了不教歸去」，卞急迂妄，各極其妙。美成真深于情者。

程村俊語

「小雨三更歸夢濕，輕烟十里亂愁迷。」此是程村俊語、情語，予每誦之，凝思終日。

山谷喜爲豔曲

山谷喜爲豔曲，秀法師以泥犂嚇之，月痕花影，亦坐深文，吾不知以何罪待讒諂之輩。

作詞要訣

詞要不亢不卑，不觸不悖，驀然而來，悠然而逝。立意貴新，設色貴雅，搆局貴變，言情貴含蓄，如驕馬弄銜而欲行，粲女窺簾而未出，得之矣。

學周柳蘇辛當以離處爲合

學周、柳，不得見其用情處。學蘇、辛，不得見其用氣處。當以離處爲合。

彭金粟論詞

彭金粟在廣陵，見予小詞及董文友蓉渡集，笑謂鄒程村曰：泥犂中皆若人，故無俗物。夫韓偓、秦觀、黄庭堅及楊慎輩，皆有鄭聲，既不足以害諸公之品，悠悠冥報，有則共之。

遠志齋詞衷

〔清〕鄒祇謨撰

遠志齋詞衷目録

補遺

遠志齋詞衷

長調音節有出入

己丑庚寅間，常與文友取唐人尊前、花間集，宋人花庵詞選，及六十家詞，摹倣僻調將遍。因爲錯綜諸家，考合音節，見短調字數多協，而長調不無出入。以是知刻舟記柱，非善用趙卒者也。

張程二譜多舛誤

今人作詩餘，多據張南湖詩餘圖譜，及程明善嘯餘譜二書。南湖譜平仄差核，而用黑白及半黑半白圈，以分別之，不無魚豕之譌。且載調太略，如粉蝶兒與惜奴嬌，本係兩體，但字數稍同，及起句相似，遂誤爲一體，恐亦未安。至嘯餘譜則舛誤益甚，如念奴嬌之與無俗念、百字謠、大江乘，賀新郎之與金縷曲，金人捧露盤之與上西平，本一體也，而分載數體。燕春臺之卽燕臺春，大江乘之卽大江東，秋霽之卽春霽，棟影之卽疎影，本無異名也，而誤仍譌字。或列數體，或逸本名。甚至錯亂句讀，增減字數，而强綴標目，妄分韻脚。又如千年調、六州歌頭、陽關引、帝臺春之類，句數率皆淆亂。成譜如是，學者奉爲金科玉律，何以迄無駁正者耶。

詞中同調異體

俞少卿云：郎仁寶瑛，謂填詞名同而文有多寡，音有平仄各異者甚多，悉無書可證。然三人占則從二人，取多者證之可矣。所引康伯可之應天長、葉少蘊之念奴嬌，俱有兩首，不獨文稍異，而多寡懸殊，則傳流鈔録之誤也。樂章集中尤多。其他往往平仄小異者亦多。吾向謂間亦有可移者，此類是也。又云：有二句合作一句，一句分作二句者，字數不差，妙在歌者上下縱横所協，此自確論。但子瞻填長調，多用此法，他人卽不爾。至於花間集同一調名，而人各一體，如荷葉盃、訴衷情之類，至河傳、酒泉子等尤甚。當時何不另創一名耶，殊不可曉。愚按此等處，近譜俱無定例，作詞者既用某體，卽於本題注明亦可。

詞中一調多名

俞少卿云：花間集内三十二調，草堂諸本所無。尊前集僅當花間三之一，而草堂所無者二十八調。内八調與花間同，餘又皆花間所無。有喜遷鶯、應天長、三臺，名與草堂同，而詞調不同。又有調同而名異者，憶仙姿卽如夢令，羅敷豔歌卽醜奴兒令。又有調同而微不同者，瀟湘神、赤棗子之於搗練子，一斛珠之於醉落魄。餘亘殫述。大抵一調之始，隨人遣詞命名，初無定準，致有紛拏。至花草粹編異體怪目，渺不可極。或一調而名多至十數，殊厭披覽，後世有述，則吾不知。愚按，此類宋詞極多，張宗瑞詞一卷，悉易新名。近來名人，亦間效此。余選悉從舊名，而詳爲考注，庶使觀者披卷曉然耳。

詞選須從舊名

阮亭嘗云：詞選須從舊名，如本草誌藥，一種數名，必好稱新目，無裨方理，徒惑聽覩。愚謂好用舊譜之改稱者，如本草中之別名也。又有自立新名，按其詞則枵然無有者，如清異録中藥名，好奇妄撰者也。然間有古名無謂，而偶易佳名者，如用修易六醜爲箇儂，阮亭亦易秋思耗爲畫屏秋色，但就本詞稱之，亦不妨小作狡獪。

花間非全無定體

詞有一體而數名者，亦有數體而一名者。詮敍字數，不無次第參錯。其一二字之間，在於作者研詳綜變，譜中譜外，多取唐宋人本詞較合，便得指南。張世文、謝天瑞、徐伯魯、程明善等前後增損繁簡，俱未盡善。沈天羽謂花間無定體，不必派入體中。但就河傳、酒泉子諸調言之可耳，要之亦非定論。前人著令，後人爲律，如樂府鐃歌諸曲，歷晉宋六朝以迄三唐，名同實異，參稽互變。必謂花間無定體，草堂始有定體，則作小令者，何不短長任意耶。中郎虎賁，吾善乎俞光禄之言耳。

柳詞僻調最多

僻調之多，以柳屯田爲最。此外則周清真、史梅溪、姜白石、蔣竹山、吴夢窗、馮艾子集中，率多自製新調，餘家亦復不乏。至如晁次膺、万俟雅言之依月按律，進詞應制，調名尚數百種未傳。曾覿、張掄、吴琚輩亦然。今人好摹樂府，句櫛字比，行數墨尋，而詞律之學棄如秋蒂。間有染指，不過草堂遺調，率趨易厭難之故，豈欲盡理還之日耶。

後人製調創名

詞之歌調，既已失傳，而後人製調創名者，亦復不乏。此用修之落燈風、款殘紅，元美之小諸皋、怨朱絃，緯真之水慢聲、裂石青江，仲茅之美人歸，仲醇之闌干拍，以及支機集之琅天樂、天台宴等類，不識比之樂章、大聲諸集，輒叶律與否。文人偶一爲之可也。

詞體不可解

宋人諸體，亦有不可驟解者，如蘇長公之皁羅特髻，中調連用七采菱拾翠字。程書舟之四代好，長調連用八好字。劉龍洲之四犯剪梅花，長調中犯解連環、醉蓬萊、二段雪獅兒等體。又如柳屯田樂章集中，傾盃、塞孤、祭天神諸長調，俱不分換頭。凡此等類，未易縷析。龍洲之四犯，想卽如南北曲之有二犯三犯耶。或後人所增，如劉煇之嫁名歐陽，未可知也。

調名原起辨

調名原起之説，起於楊用修及都元敬，而沈天羽掩楊論爲已説。如蝶戀花取梁元帝「翻階蛺蝶戀花情」。滿庭芳取吴融「滿庭芳草易黄昏」。點絳唇取江淹「白雪凝瓊貌，明珠點絳唇」。鷓鴣天取鄭嵎

「春遊雞鹿塞，家在鷓鴣天」。惜餘春取太白賦語。浣溪沙取杜陵詩意。青玉案取四愁詩語。踏莎行取韓翃詩「踏莎行草過青溪」。西江月取衞萬詩「只今惟有西江月」。菩薩蠻，西域婦髻也。蘇幕遮，高昌女子所戴油帽。西域婦帽也。尉遲杯，尉遲敬德飲酒，必用大杯也。蘭陵王，每入陣必先歌其勇也。生查子，古槎字，張騫乘槎事也。瀟湘逢故人，柳惲詩句也。此升庵詞品也。即沈天羽所載疏名。又如滿庭芳取柳柳州「滿庭芳草積」。玉樓春取白樂天詩「玉樓宴罷醉和春」。丁香結取古詩「丁香結恨新」。霜葉飛取杜詩「清霜洞庭葉，故欲别時飛」。宴清都取沈隱侯「朝上閶闔宮，夜宴清都闕」。又云：風流子出文選，劉良文選注曰，風流言其風美之聲，流於天下，子者，男子之通稱也。荔枝香出唐書，貴妃生日，命小部奏新曲，未有名，適進荔枝至，因名荔枝香。解語花出天寶遺事，亦明皇稱貴妃語。解連環出莊子連環可解也。華胥引出列子，黄帝晝寢，夢遊華胥之國。塞垣春，塞垣二字出後漢書鮮卑傳。玉燭新，玉燭二字出爾雅。此元敬南濠詩話也。卓珂月又云：多麗，張均妓名，善琵琶者也。念奴嬌，唐明皇宮人念奴也。愚按宋人詞調不下千餘，新度者卽本詞取句命名，餘俱按譜填綴，若一一推鑿，何能盡符原指。安知昔人最始命名者，其原詞不已失傳乎。且僻調甚多，安能一一傅會載籍。自命稽古學者，寧失闕疑，毋使後人徒資彈射可耳。

辨詞名本詩説

胡元瑞筆叢，駁用修處最多。其辨詞調，尤極覼縷。如辨詞名之本詩者，點絳唇、青玉案等，楊説或協，餘俱偶合，未必盡自詩中。「滿庭芳草易黄昏」，唐人本形容淒寂，詞名滿庭芳，豈應出此。生查子，謂查卽古槎字，合之博望，意義不通。菩薩蠻，謂蠻國之人，危髻金冠，瓔絡被體，故名，非專指婦髻也。蘭陵王入陣曲，見北齊史。尉遲大杯，正史無考，乃誤認元人雜劇。鷓鴣天謂本鄭嵎詩，則雞鹿塞當入何調。曲中有黄鶯兒、水底魚、鬥鵪鶉、混江龍等，又本何調耶。元瑞此論，可謂詞品董狐矣。愚按用修、元敬，俱號綜博，而過於求新作好，遂多瑣漏。如一滿庭芳，而用修謂本吴融，元敬謂本柳州，果何所原起歟。風流子二字一解，尤爲可笑。詞中如贊浦子、竹馬子之類極多，亦男子通稱耶，則兒字又屬何解。荔枝香、解語花、與安公子等類相近，似乎可據。若連環、華胥本之莊、列，塞垣、玉燭本之後漢書、爾雅，遥遥華胄，探河星宿，毋乃太遠，此俱穿鑿傅會之過也。然元瑞考據精詳，而於詞理未盡研涉。毛馳黄詩辨坻駁胡元瑞云：詞人以所長入詩，其七言律，非平韻玉樓春，則襯字鷓鴣天，而玉樓春無平韻者，鷓鴣天無襯字者，是不知有瑞鷓鴣，而以臆説附會也。此數調，本在眉睫，而持論或誤，信乎博而且精之爲難矣。愚又按，詞品序中云：唐七言律，卽詞之瑞鷓鴣也。七言仄韻，卽詞之玉樓春也。胡豈不知，而臆辭若此，豈有意避楊語，或下筆之偶誤耶。

古詞調名多屬本意

詞品云：「唐詞多緣題所賦，臨江仙則言水仙，女冠子則述道情，河瀆神則緣祠廟，巫山一段雲則狀巫峽，醉公子則詠公子醉也。」胡元瑞藝林學山云：「諸詞所詠，固卽調名，然詞家亦間如此，不盡泥也。菩薩蠻稱唐世諸調之祖，昔人著作最衆，乃無一曲與調名相合。餘可類推。猶樂府然，題卽詞曲之名也，聲調卽詞曲音節也。宋人填詞絶唱，如流水孤村、曉風殘月等篇，皆與調名了不關涉。而王晉卿人月圓、謝無逸漁家傲，殊碌碌無聞。則樂府所重在調，不在題明矣。」愚按此論，楊固太泥，胡亦未盡通方也。大率古人由詞而製調，故命名多屬本意。後人因調而填詞，故賦寄率離原辭。曰填、曰寄，通用可知。宋人如黃鶯兒之詠鶯，迎新春之詠春，柳耆卿月下笛之詠笛，周美成暗香疏影之詠梅，姜夔粉蝶兒之詠蝶，毛滂如此之類，其傳者不勝屈指，然工拙之故，原不在是。近阮亭、金粟，與僕題余氏女子諸綉，如浣紗圖，則用浣溪紗、思越人、西施等名。高唐神女圖，則用巫山一段雲、高陽臺、陽臺路等名。洛神圖，則用解佩令、伊川令、南浦等名。柳毅傳書圖，則用望湘人、傳言玉女、瀟湘逢故人慢等名。其他集中所載，亦居什一。偶爾引用，巧不累雅。藉是名工，所謂竇中窺日，未見全照耳。

胡元瑞意見有偏

胡元瑞又云：「升庵論曲中黃鶯兒、素帶兒，亦詠鶯詠帶者，尤非。鶯以喻聲，帶以寓情耳。」愚按詞中亦有黃鶯兒，柳永樂章集第一首卽是詠鶯，何胡見之偏也。大約此等處刻於彈射，輸攻墨守，徒勞搖襞，與詞理正自逕庭。

詞曲同調名

沈天羽云：「詞名多本樂府，然去樂府遠矣。南北劇名，又本填詞來，去填詞更遠矣。按南北劇與填詞同者，青杏兒中調即北劇小石調。憶王孫小令即北劇仙呂調。小令之擣練子、生查子、點絳唇、霜天曉角、卜算子、謁金門、憶秦娥、海棠春、秋蘂香、燕歸梁、浪淘沙、鷓鴣天、虞美人、步蟾宫、鵲橋仙、夜行船、梅花引，中調之唐多令、一剪梅、破陣子、行香子、青玉案、天仙子、傳言玉女、風入松、剔銀燈、祝英臺近、滿路花、戀芳春、意難忘，長調之滿江紅、尾犯、滿庭芳、燭影摇紅、絳都春、念奴嬌、高陽臺、喜遷鶯、東風第一枝、真珠簾、齊天樂、二郎神、花心動、寶鼎現，皆南劇之引子。小令之柳梢青、賀聖朝，中調之醉春風、紅林檎近、驀山溪，長調之聲聲慢、八聲甘州、桂枝香、永遇樂、解連環、沁園春、賀新郎、集賢賓、哨遍，皆南劇慢詞。外此鮮有相同者。更有南北曲與詩餘同名，而調實不同者，又不能盡數。胡元瑞云：宋人黄鶯兒、桂枝香、二郎神、高陽臺、好事近、醉花陰、八聲甘州之類，與元人毫無相似。若菩薩蠻、西江月、鷓鴣天、一剪梅，元人雖用，悉不可按腔矣。愚按，此等九宫譜中悉載，然有全體俱似者，又有不用换頭者。至詞曲之界，本有畦畛，不得謂調同而詞意悉同，竟至儒墨無辨也。

長調須一氣流貫

朱承爵存餘堂詩話云：詩詞雖同一機杼，而詞家意象，與詩略有不同。句欲敏，字欲捷，長篇須曲折三致意，而氣自流貫，乃得。此語可爲作長調者法，蓋詞至長調而變已極。南宋諸家凡以偏師取勝者無不以此見長。而梅溪、白石、竹山、夢窗諸家，麗情密藻，盡態極妍。要其瑰琢處，無不有蛇灰蚓線之妙，則所云一氣流貫也。

董文友詞論

余常與文友論詞，謂小調不學花間，則當學歐、晏、秦、黄。花間綺琢處，於詩爲靡。而於詞則如古錦紋理，自有黯然異色。歐、晏蘊藉，秦、黄生動，一唱三嘆，總以不盡爲佳。清真、樂章，以短調行長調，故滔滔莽莽處，如唐初四傑，作七古嫌其不能盡變。至姜、史、高、吴，而融篇煉句琢字之法，無一不備。今惟合肥兼擅其勝，正不如用修好入六朝麗字，似近而實遠也。

小調换韻

小調换韻，長調多不换韻。間如小梅花、江南春諸調，凡换韻者，多非正體，不足取法。

雲間詞長篇不足

阮亭常爲予言，詞至雲間，幽蘭、湘真諸集，言内意外，已無遺議。柴虎臣所謂華亭腸斷，宋玉魂消，稱諸妙合，謂欲耑詣。斯言論詩未允，論詞神到。所微短者，長篇不足耳。北宋諸家，大率如是。正如嘉州、右丞，不能爲工部之五七排體，自足名家。

子山其年詞情景兼得

阮亭既極推雲間三子，而謂入室登堂，今惟子山、其年。子山江楓一集，力删透露。其年詠枕諸篇，更饒含蘊，情景兼得，吾何間然。

詞自選詩樂府來

詞品云：「填詞於文爲末，而非自選詩、樂府來，不能入妙。李易安詞「清露晨流，新桐初引」，乃全用世説語。愚按詞至稼軒，經子百家，行間筆下，驅斥如意。近則婁東善用南北史，江左風流，惟有安石，詞家妙境，重見桃源矣。

稼軒詞雄深雅健

稼軒雄深雅健，自是本色，俱從南華沖虛得來。然作詞之多，亦無如稼軒者。中調短令亦間作嫵媚語，觀其得意處，真有壓倒古人之意。爾來如展成反止酒，弈先偶然間，敦五焚筆硯，紫曜夢醒諸作，駸駸争先，無夏公謹宣武學司空之恨。至阮亭、金粟、艾庵唱和，偶興數闋，以筆墨牢騷，寫胸中塊壘，無意摹古，而提劉攀陸，予能無續貂之愧耶。

詞不宜和韻

張玉田謂詞不宜和韻，蓋詞語句參錯，復格以成韻，支分驅染，欲合得離。能如李長沙所謂善用韻者，雖和猶如自作，乃爲妙協。近則龔中丞綺識諸集，半用宋韻。阮亭稱其與和杜諸作，同爲天才，不可學。其餘名手，多喜爲此，如和坡公楊花諸闋，各出新意，篇篇可誦。但不可如方千里之和片玉，張杞之和花間，首首强叶。縱極意求肖，能如新豐雞犬，盡得故處乎。

詠物須神似

詠物固不可不似，尤忌刻意太似。取形不如取神，用事不若用意。宋詞至白石、梅溪，始得箇中妙諦。今則短調，必推雲間。長調則阮亭贈雁，金粟詠螢、詠蓮諸篇，可謂神似矣。僕於銷夏時，亦詠僻題數十闋，雖選料鍊句處，謬爲諸公所歎，然形神縹緲之間，固不無望三神山之恨。

詠古詞須有寄託

詞至詠古，非惟著不得宋詩腐論，并著不得晚唐人翻案法。反復流連，别有寄託，如楊文公讀義山「珠箔輕明」二絕句，能得其措辭寓意處，便令人感慨不已。

集句詞不必多作

賀黄公云：「生平不喜集句詩，以佳則僅一斑斕衣，不佳且百補破衲也。至詞則尤難神合。曩惟仲茅，今則文友、阮亭，稱爲老手並驅，然此體正不必多作。

詞有回文體

詞有隱括體，有迴文體。迴文之就句迴者，自東坡、晦庵始也。其通體迴者，自義仍始也。近來吾友公阮、文友，有一首迴作兩調者。文人慧筆，曲生狡獪，此中故有三昧，匪徒乞靈竇家餘巧也。

俞光禄論詞

阮亭極推俞光禄小調，爲近今第一手。方學士坦庵云：嘗與光禄論詞，其言專主音格，謂寧絀意以就字，不可軼字以伸意。余謂此卽光禄長調所以不能勝人處。

明人有佳詞

俞少卿云：萬曆以來，詩文制義，化爲四目蒙魌，九頭妖鳥。而詩餘以無人染指，故獨留本來面目。此言故是激論，如馮、董、二文敏、趙忠毅、吴文端、李太僕、范尚寶、焦修撰、王編修諸公，何嘗無一二佳調，但非專家，故不爲少卿所推藉耳。

詞不以多爲貴

草堂不選竹齋、黄機金谷、石孝友詞，花庵不選姑溪、李之儀友古、蔡伸詞，古來名作散軼，或其佳處而不傳，或傳者未必盡佳，正賀黄公所謂文之所在，不必名之所在也。然賈文元生平止作一詞，阮閎休、王元澤亦復止一二闋，琪花瑶草，正以不多爲貴。抑「楓落吴江冷」，便所見不如所聞耶。

詩詞有别

詞之紇那曲、長相思，五言絶句也。俱載尊前集中。柳枝、竹枝、清平調引、小秦王、陽關曲、八拍蠻、浪淘沙，七言絶句也。阿那曲、鷄叫子，仄韻七言絶句也。花間集中多收諸體。瑞鷓鴣，七言律詩也。載草堂集中」欸殘紅，五言古詩也。楊用修體。體裁易混，徵選實繁，故當稍別之，以存詩詞之辨。

卓徐詞浸淫元曲

卓珂月、徐野君詞統一書，搜奇葺僻，可謂詞苑功臣。而珂月蕊淵、野君雁樓二集，亦復風致淋漓，豔詄競響。但過於尖透處，未免浸淫元曲耳。其間野君持論更優，觀其序陸蓋思詞數語，可謂得詞理三昧。

詞有閒澹一派

詩家有王、孟、儲、韋一派，詞流惟務觀、仙倫、次山、少魯諸家近似，與辛、劉徒作壯語者有別。近惟顧庵學士情景相生，縱筆便合，酷似渭南老人。言遠方伯，洮洮清迴，與葛理問震父瑜亮。更如岸初、文夏、耕隝、昆侖諸公，俱以閒澹秀脱爲宗，不作濃情致語。求之近代，其文待詔、陳徵君之間乎。

賀黄公紅牙集

賀黄公詩話云：「元、白、温、李，皆稱豔手。而元之『頻頻聞動中門鎖，猶帶春酲懶相送』，李之『書被催成墨未濃，車走雷聲語未通』。始真是浪子宰相，清狂從事。詞筌云：詞至少游『無端銀燭殞秋風』之類而蔓草頓邱，不惟極意形容，兼亦直認無諱數語，可謂樂而不淫。然黄公紅牙一集，其刻畫迷離處，西陵松柏，北里菖蒲，履遺纓絶，宛然在目。所云生平悔習此技者，其黄才伯如花落梅之喻耶，抑弇洲所謂寧爲大雅罪人也。

詩人之詞與詞人之詞

阮亭嘗云：有詩人之詞，有詞人之詞。詩人之詞，自然勝引，託寄高曠，如虞山、曲周、吉水、蘭陽、新建、益都諸公是也。詞人之詞，纏綿蕩往，窮纖極隱，則凝父、遐周、蕁僧、去矜諸君而外，此理正難簡會。

沈天羽別集選

沈天羽別集一選，自謂有搥腸鏤腎之妙。吾最喜其意致相詭，言語妙天下數語，爲詩餘開卻生面。近如嵇叔子、尤展成、許有介、王山長諸集，類皆瓌姿逸穎，體裁别出。然亦有刻意纖僻，致離本旨，如燕陰張渌漁、雲間朱宗遠、楚中許漱石、趙友沂諸君，不無奇過得庸，深極反淺之病。岷源濫觴，不得不歸咎於别集二字。

雲間諸子詞

王次公云：詞曲家非當行本色，雖麗語博學無用。麗語而復當行，不得不以此事歸之雲間諸子。至婁東惟夏次谷二君，善能作本色語，揆之乃祖，可謂大小美復出。

詩詞各有格

李長文學士詞，清姿朗調，原本秦、黄。爲予言，少作極多，因在館署日，薛行屋侍郎勸弗多作，以崇詩格，乃遂擱筆。昔文太青少卿，亦持此論，先輩大率如此。楊用修云：詩聖如子美，而集内填詞無聞。少游、幼安，詞極工矣，而詩殊不强人意。揆之通論，夫豈盡然。

柳洲詞派

詞至柳洲諸子，幾二百餘家，可謂極盛。無論袁錢戈支諸先輩，吐納風流如爾斐、子顧、子更、子存、卜臣、古喤諸家，先後振藻。飈流符會，實有倡導之功。要之阮亭所云，不纖不詭，一往熨貼，則柳洲詞派盡矣。

文友詞

廣陵寓舍，一日，彭十金粟雨中過，集讀雲華、蓉渡諸詞曰，此非秀法師所訶耶。如此泥犂，安得有空日。又曰：自山谷來，泥犂盡如我輩，此中便無俗物敗人意，爲之絶倒。

雲華詞

雲華詞，其撫倣屯田處，窮纖極眇，纏綿儇俏。然毛馳黄云：柳七不足師，此言可爲獻替。蓋樂章集多在旗亭北里間，比片玉詞更宕而盡。鄭繁雅簡，便啓打棗掛枝伎倆。阮亭與僕於文友少作，多所删逸，亦是此意。

廣陵諸子詞

廣陵諸子，善百、園次，巧於言情。宗子梅岑，精於取境。然宗固是豔才，刻意避香奩語，豈畏北海無禮之呵耶。

夏貴溪詞

虞山詩選云：夏貴溪喜爲長短句，詩餘小令，草稿未削，已傳布都下，互相傳唱。歿未百年，而花間、草堂之集，無有及公謹名氏者。求如前代所謂曲子相公，亦不可得。大約花間、草堂，亦宋人選集之偶傳者耳，此外不傳者何限。況并不入選中，則佳詞滅没，又不知其幾矣。近嚴都諫顥亭亦云然。邇來詩餘無成選，故名作遂多散軼。目前如此，將來可知，安得呵爲剩技，遂云無關大雅哉。

南湖詩餘圖譜

張光州南湖詩餘圖譜，於詞學失傳之日，創爲譜系，有蓽路藍縷之功。虞山詩選云：南湖少從王西樓游，刻意塡詞，必求合某宮某調，某調第幾聲，其聲出入第幾犯，抗墜圓美，必求合作，則此言似屬溢論。大約南湖所載，俱係習見諸體，一按字數多寡韻脚平仄，而於音律之學，尚隔一塵。試觀柳永樂章集中，有同一體而分大石歇指諸調，按之平仄，亦復無別。此理近人原無見解，亦如公瓛所言徐六擔板耳。

彭金粟詞

長調惟南宋諸家，才情蹀躞，盡態極妍。阮亭嘗云：詞至姜、吳、蔣、史，有秦、李所未到者。正如晚唐絶句，以劉賓客、杜紫微爲神詣，時出供奉、龍標一頭地。彭十金粟所作數十闋長調，妙合斯恉。阮亭戲謂彭十是豔詞專家。余亦云：詞至金粟，一字之工，能生百媚，雖欲怫然不受，豈可得耶。

詩詞曲語襲而愈工

詩語入詞，詞語入曲，善用之卽是出處，襲而愈工。阮亭極持此論，嘗評金粟花心動秋思詞有云：白太傅「吳孃暮雨瀟瀟曲，自别江南久不聞」，錢宗伯「東風誰唱吳娘曲，暮雨瀟瀟閶禁城」及自作「年來慣聽吳娘曲，暮雨瀟瀟水閣頭」。金粟乃云：「驚秋客到傷心處，江南夢、一曲瀟瀟暮雨。」總由「暮雨瀟瀟郎不歸」生出如許心想。使拙筆爲之，便如芻狗再夢，數見不鮮矣。

倚聲非卑格

梁谿、雲門諸子，才華斐然。近對巖以蓀友、樂天、景行、華峯、青蓮及家黎眉詞見示，合之山來、沛玄諸子舊作，筆古藴藉，清豔兼長。惜全集欲成，採擷絶少，不無蛤帳將旦之恨。乃對巖以古文作手自命，諸子亦詩歌競爽，而詞悉當家。故知攬芳擷蕤，正不以倚聲爲卑格耳。

阮亭詞序

余向序阮亭詞云：「同里諸子，好工小詞，如文友之儇豔，其年之矯麗，雲孫之雅逸，初子之清揚，無不盡東南之瑰寶。今則陳、董愈加綿渺，二黄益屬深妍。更如庸庵之醇潔，風山之超爽，卓人之精腴，介眉之雋練，公阮之幽峭，紫曜之鮮圓，陶雲之雅潤，賡明之秀濯，含英咀華，彬彬可誦。詞雖小道，讀之亦覺風氣日上。」

衍波詞序

序衍波詞者，唐祖命云：「極哀豔之深情，窮倩盼之逸趣，其旖旎而穠麗者，則景、煜、清照之遺也。其芊綿而俊爽者，則淮海、屯田之匹也。」丁景呂云：「朦朧萌折，明雋清圓，卽令小山選句以爭妍，淮海含毫而競秀，諒無慚夫入室，或興歎於積薪。」徐東癡云：「綵筆豪人，事窮工於一字。瓊裾慧女，購善本以千金。」又云：「流商激楚之音，發皓揚清之技。芳澤雜糅，竹絲漸近。錦囊之句，兼善夫短長。團扇之篇，妙得諸參錯」。凡茲數則，不獨爲阮亭詩餘寫照，亦可以溯洄詞蘊矣。

袁籜庵序衍波詞

袁籜庵以樂府擅名，自謂醉心馬貫音學。其序衍波詞云：「詞律甚嚴，稍戾卽不叶，其關要處，正需此一字，阮亭剛剛填此一字。其行文如水之流坎，落韻如屨之稱足，音文雙妙，自然天成。卽口頭極平極淡之字，一經陶寫，便覺香豔鏗訇，壓紙欲飛。生居古人之後，而猶多創獲之詞，非才倍古人者弗能。」此論多主音律，微近曲理，然阮亭固當不愧此語。

金粟論衍波集

金粟云：阮亭衍波一集，體備唐宋，珍逾琳琅，美非一族，目不給賞。如春去秋來二闋，以及「射生歸晚，雪暗盤雕」，屈子離騷，史公貨殖」等語，非稼軒之託興乎。揚子江上之「風高雁斷」，蜀岡眺望之「亂柳棲鴉」，非坡公之弔古乎。詠鏡之「一泓春水碧如烟」，贈雁之「水碧沙明，參橫月落，遠向瀟江去」，非梅溪、白石之賦物乎。「楚簟涼生，孤睡何曾著。借錦水桃花箋色，合鮫淚和入隃麋，小字重封」，非清真、淮海之言情乎。約而言之，其工緻而綺靡者，花間之致語也。其婉孌而流動者，草堂之麗字也。洵乎排黃軼秦，淩周駕柳，盡態窮姿，色飛魂斷矣。凡此雅論，無非實録。昔空同、大復，苦相排難，瑯琊、歷下，過屬穪標，我輩正當祛斯二惑耳。

阮亭詞序略

余昔序阮亭詞，略云：嘗論前代諸家，文成之於元獻，猶蘭亭之似梓澤也。新都之於盧陵，猶宏治之似伯玉也。瑯琊之於眉山，猶小令之似大令也。公謹之於幼安，猶宣武之似司空也。逮黃門舍人之於屯田、待制，直如曹、劉之於蘇、李，遂覺後來益工，然未有如吾阮亭者也。世有解人，應不河漢余言。

香奩詩可不作

汪若文說鈴云：二王好香奩詩，每唱和至數十首。劉比部寓書輒問訊博士曰：王六西樵不致墮韓冬郎雲霧否。此雖慧業，併此不作可也。余戲謂阮亭云：公齠曾爲此論，何以又作詞繹一書。然茗文又云：彈棋賦詩，俱是惡業，但日誦楞嚴經一卷，便足了事。信如此言，盡當掃卻文字禪耳。

唐詞多有調無題

沈幽祈云：唐詞多述本意，故有調無題。以題綴調，深乖古則。此言亦詞理之末端耳。集中有做詞旃命題，卽本詞取名者，故不嫌偶增一二。

彭王齊名

金粟延露，阮亭衍波，高才閒擬，濡筆奇工，合之雙美，離之各擅，彭王齊名，良云不忝。然阮亭嘗云：每當彭十，輒復自慚傖父。金粟亦謂阮亭云：君詩文歌詞，悉踞峯頂，令我輩從何處生活。近有以僕麗農詞，列爲三家者，糠粃謬先，當有子魚龍尾之恧矣。

詞韻寬於詩韻

阮亭常與余論韻，謂周挺齋中原音韻爲曲韻，則范善溱中州全韻當爲詞韻。至洪武正韻，斟酌諸書而成。其於詩韻，有獨用併爲通用者，東冬清青之屬。有一韻析爲二韻者，虞模麻遮之屬。如冬鍾併入東韻，江併入陽韻，挑出元字等入先韻，翻字殘字等入删韻，俱於宋詞暗合。填詞者所當援據，議極簡核。但愚按中州之比中原，止省陰陽之别，及所收字微寬耳。其減入聲作三聲，及分車遮等韻，則一本中原，尚與詞韻有辨。郎阮亭舊作如南鄉子、卜算子、念奴嬌、賀新郎諸闋，所用魚模仄韻，有將入聲轉叶者，俱用中州韻故耳。揆諸宋人韻脚所拘，借用一二，亦轉本音，竟爾通叶，昔人少覯。至毛氏南曲韻十九則，乃全依正韻分部。而又云：沈氏詞韻，中原音韻，可以參用。大約詞韻寬於詩韻，合諸書參伍以盡變，則瞭如指掌矣。

去矜詞韻質疑

沈天羽云：曲韻近於詞韻，而支紙寘上下分作支思齊微兩韻，麻馬禡上下分作家麻車遮兩韻，及減去入聲，故曲韻不可爲詞韻。胡文焕詞韻，三聲用曲韻，而入聲用詩韻，居然大盲。將詞韻不亡於無，而亡於有，深可歎也。今有去矜詞韻，考據該洽，部分秩如，可爲塡詞家之指南。但内中如支紙佳蟹一部，與周韻齊微皆來近，元阮一部，與周韻寒山桓歡先天殊。周韻平上去聲十九部，而沈韻平上去聲止十四部，故通用處較寬。然四支竟全通十灰，半元寒删先全通用，雖宋詞蘇柳間然，畢竟稍濫，覺不如周韻之有别。且上去二聲，宋詞上如紙尾語御薺，去如寘未御遇霽，多有通用，近詞亦然。而平韻如支微魚虞齊，則斷無合理，似又未能概以平貫去入。蓋詞韻本無蕭畫，作者遽難曹隨。分合之間，辨極銖黍，苟能多引古籍，參以神明，源流自見。余於沈韻質疑一二，以當莛叩，不敢輕爲嗤點也。

用韻須遵成法

宋人詞韻有通用至數韻者，有忽然出一韻者，有數人如一轍者，有一首而僅見者。後人不察，利爲輕便，一韻偶侵，遂延他部，數字相引，竟及全文，此毛氏一人通譜，全族通譜之喻爲不易也。學者但遵成法，并舉習見者於繩尺，自鮮蹉跌。無遽以魯男子之不可，學柳下惠之可耳。

詞筌未留意詞韻

自詞韻無成書，而近來名手操觚者，隨意調叶，不按古法，如賀黄公詞筌一書，引斷典覈，而於詞韻未嘗留意。其所製紅牙集，長調多有出入，如一萼紅感舊之成温音吟通叶，風流子本意之陰温青裙及衣襦歛醫通叶，多麗本意之零薰裙屏通叶，則支齊魚虞四韻庚青蒸侵真文元七韻，均不辨矣。而柳洲諸家，有以魚虞歌三韻通用者，良由浙音使然。更甚者，寒山先天覃咸鹽七韻，遞相牽綴，龐然雜出。而入聲一韻，尤隨手填湊，淄澠無別。此等因習，佳詞不乏，所云一韻之駁，坐累全篇，亮音俊曲，終於廢棄，反不如胡氏詞韻之按部就班矣。

宋詞多上去通用

宋詞多上去通用，其來已久。攷樂府雜録云：平聲羽七調，上聲角七調，去聲宫七調，入聲商七調。又元和韻譜云：平聲者哀而安，上聲者厲而舉，去聲者清而遠，入聲者直而促。則昔人歌筵舞袖間，何以使紅牙畢協，其理固不可强解。

入聲最難分別

人聲最難分別，卽宋人亦錯綜不齊，沈氏詞韻當已。近柴虎臣古韻，則一屋二沃通，而三覺半通。三覺半，如嶽濁角數之類。四質五物通，而九屑半通。九屑半，如鼈拙譎結之類。六月七曷八黠九屑通。十藥十一陌通，而三覺半通。三覺半，如器濯邈朔之類。十二錫十三職通，而十一陌半通。十一陌半，如辟革易麥之類。十四緝獨用。十五合十六葉十七洽通。毛馳黃曲韻，則準洪武正韻，而一屋單用。二質七陌八緝通用。三曷六藥通用。四轄九合通用。五屑十葉通用。又，屑葉可單用，因南曲入聲單押而設也，與詞韻俱可參證。又毛氏唐韻四聲表，統以穿鼻、展輔、抵齶、斂脣、直喉、閉口諸部分爲經緯。其於入聲辨析益嚴。中間子母離合，嫡裔判承，證古之外，以按文尋聲得之。窮源別支，轉換反叶，兼及陰陽首尾之故，鉤貫探索，爲說甚辯。茲但取其關要詞譜者，薈撮一二耳。

詩詞曲韻不同

毛氏五韻目云：柴氏古韻，爲晉宋以前古體詩辭之韻。孫愐唐韻，爲齊梁以後古近體詩詞之韻。周德清中原音韻，爲北曲韻。沈氏詞韻，爲填詞韻。毛氏南曲正韻，爲南曲韻，畦畛劃然。陳其年敍有云：「自六季以迄金元，新聲代啓，韻亦因之。若使擬贈婦、述祖之篇，而必押家爲姑。作吳歈越豔之體，而乃激些成亂。染指花間，而預爲車遮勸進。耽情南曲，而仍爲關鄭殘客。實大雅之罪人，抑閏襘之別録也。」此數語可爲破的。

填詞當以近韻爲法

嘗觀方子謙韻會小補所載，有一字而數音者，有一字而古讀與古叶各殊者。古人用韻參錯，必有援據。今人孟浪引用，借以自文，惑已。如辛稼軒歌麻通用，鮮不疑之。毛馳黄云：古六麻一部，入魚虞歌三部，蓋車讀如居，邪讀如徐，花讀如敷，家瓜讀如姑，麻讀如磨，他讀如拖之類是也。填詞與騷賦異體，自當斷以近韻爲法。

韻有統系

沈休文四聲韻中，如朋與蒸，鞾與戈，車與麻，打與等，卦劃與怪壞之類，挺齋升庵，俱駁爲鴂舌。而宋詞中至張仲宗呼否爲府，以叶主舞。林外呼瑣爲掃，以叶老。俞克成呼我爲襖以叶好。詞品皆指爲閩音，其説甚當。而毛馳黄謂沈韻本屬同文，非江淮間偏音，挺齋詆之謬已。蓋自三百篇楚詞，以迄南曲，一系相承，俱屬爲韻統。而北曲偏音，四聲不備爲別統。故金元人作詩，亦用沈韻。作詞亦不專用周韻，從無以入聲分叶平上去者。又安得以曲韻廢詞韻，且上格詩韻乎。

補遺

吴魯于和稼軒詞

吳魯于孝廉，能詩善書，築墅南郭，盡泉池澗石亭臺花竹之勝。小詞瀟灑絶妙，自比稼軒。有和稼軒卜算子詞云：「性嬾不衣冠，地僻無車馬。誰與山翁作往還，五月披裘者。高枕石爲牀，劇飲盆爲瓦。不讓羲皇已上人，五柳先生也。」「倦放林逋鶴，懶策山公馬。千尺長廊水一方，猶羨舟居者。地僻蘚侵階，屋老松生瓦。門外人來問主人，山水之間也。」歷代詩餘卷一百二十

花草蒙拾

〔清〕王士禛撰

花草蒙拾目録

花草蒙拾

往讀花間、草堂，偶有所觸，輒以丹鉛書之，積數十條。程邨强刻此集卷首，僕不能禁，題曰花草蒙拾。蓋未及廣爲揚搉，且自媿童蒙云爾。

温韋非變體

弇州謂蘇、黄、稼軒爲詞之變體，是也。謂温、韋爲詞之變體，非也。夫温、韋視晏、李、秦、周，譬賦有高唐、神女，而後有長門、洛神。詩有古詩録別，而後有建安黄初三唐也。謂之正始則可，謂之變體則不可。

花間字法

花間字法，最著意設色，異紋細豔，非後人纂組所及。如「淚沾紅袖黦」、「猶結同心苣」、「荳蔻花間趖晚日」、「畫梁塵黦」、「洞庭波浪颭晴天」，山谷所謂古蕃錦者，其殆是耶。

飛卿妙語

「蟬鬢美人愁絶」，果是妙語。飛卿更漏子、河瀆神，凡兩見之。李空同所謂自家物終久還來耶。

竹枝泛詠風土

竹枝泛詠風土。詠本意者，止見田藝蘅「白玉闌干護竹枝」四首耳，卓珂月以爲正格，要亦不必。

徐山民襲顧太尉

顧太尉「換我心，爲你心，始知相憶深」，自是透骨情語。徐山民「妾心移得在君心，方知人恨深」，全襲此。然已爲柳七一派濫觴。

南唐詞襲牛給事

牛給事「須作一生拚，盡君今日歡」，狎昵已極。南唐「奴爲出來難，教君恣意憐」，本此。至「檀口微微，靠人緊把腰兒貼」，風斯下矣。

絶調不可强擬

絶調不可强擬，近張杞有和花間詞一卷，雖不無可采，要如妄男子擬徧十九首，與郊祀鐃歌耳。

同能不如獨勝

温、李齊名，然温實不及李。李不作詞，而温爲花間鼻祖，豈亦同能不如獨勝之意耶。古人學書不勝，去而學畫，學畫不勝，去而學塑，其善於用長如此。

宋祁本花間

「紅杏枝頭春意鬧」尚書，當時傳爲美譚。吾友公戢極歎之，以爲卓絶千古。然實本花間「暖覺杏梢紅」，特有青藍冰水之妙耳。

小宋奇遇

蓬山不遠，小宋何幸，得此奇遇。麗豎燃椽燭，遠山磨隃麋，此老一生享用，令人妒煞。

彦回不失名士

「假使當時俱不遇，老了英雄」，舒王自負語也。僕則謂彦回幸作中書郎而死，故當不失名士。

花間草堂之妙

或問花間之妙，曰：蹙金結繡而無痕跡。問草堂之妙，曰：采采流水，蓬蓬遠春。

子夜變體

「何處合成愁。離人心上秋。」滑稽之雋。與龍輔閨怨詩「得郎一人來，便可成仙去」，同是子夜變體。

詞語從詩出

詞中佳語，多從詩出。如顧太尉「蟬吟人静，斜日傍小窗明」，毛司徒「夕陽氐映小窗明」，皆本黄奴「夕陽如有意，偏傍小窗明」。若蘇東坡之「與客攜壺上翠微」定風波，賀東山之「秋盡江南草未凋」太平時，皆文人偶然遊戲，非向樊川集中作賊。二詩皆杜牧之。

詞本詩而劣於詩

詞本詩而劣於詩者，「笛聲人倚樓」，止去趙倚樓二字，何翅效顰捧心。苕溪漁隱載曹元寵望月詞「南樓何處，想人在長笛一聲中」，視此差演迤有致。曹郎以紅窗迥擅名者。

歐柳詞本韓句

「樓上晴天碧四垂」本韓侍郎「淚眼倚樓天四垂」，不妨并佳。歐文忠「拍堤春水四垂天」，柳員外「目斷四天垂」，皆本韓句，而意致少減。

孫詞本義山

孫巨源「樓頭尚有三通鼓」，偶然佳興。然亦本義山「嗟予聽鼓應官去，走馬蘭臺類轉蓬」。

詩文妙訣

「生香真色人難學」，爲「丹青女易描，真色人難學」所從出，千古詩文之訣，盡此七字。

趙詞勝岑詩

「重門不鎖相思夢，隨意遶天涯」與「枕上片時春夢中，行盡江南數千里」同一機杼。然趙詞勝岑詩。

詞語可互觀

「載不動許多愁」與「載取暮愁歸去，只載一船離恨向西州」，正可互觀。「雙槳別離船，駕起一天煩惱」，不免徑露矣。

東風無氣力

「東風無氣力」，五字妖甚。如「落花無可飛」，便不佳。

鍾隱入汴後詞

鍾隱入汴後，春花秋月諸詞，與「此中日夕，只以眼淚洗面」一帖，同是千古情種，較長城公煞是可憐。

張安國雪詞

張安國雪詞，前半刻畫不佳，結乃云：「楚溪山水，碧湘樓閣」，則寫照象外，故知頰上三毛之妙也。古今詞人詠雪，以柳絮因風爲佳話第一。自羊孚贊陶淵明詩後，僅見此八字，銀盃縞帶，傖父刻畫，與撒鹽何殊。

舒亶詞語

「空得鬱金裙，酒痕和淚痕」，舒亶語也。鍾退谷評閻邱曉詩，謂具此手段，方能殺王龍標。此等語乃出渠輩手，豈不可惜。僕每讀嚴分宜鈐山堂詩，至佳處，輒作此嘆。

蘇秦二公有子

「亂鴉啼後，歸興濃于酒」，蘇叔黨詞也。「擬倩東風浣此情，情更濃于酒」，秦處度詞也。二公可謂有子。李、晏家世，豈得獨擅。

鮦陽居士釋坡詞

坡孤鴻詞，山谷以爲不喫煙火食人語，良然。鮦陽居士云：「缺月，刺明微也。漏斷，暗時也。幽人，不得志也。獨往來，無助也。驚鴻，賢人不安也。此與考槃詩相似云云。」村夫子强作解事，令人欲嘔。韋蘇州滁州西澗詩，疊山亦以爲小人在朝，賢人在野之象。令韋郎有知，豈不叫屈。僕嘗戲謂坡公命宫磨蝎，湖州詩案，生前爲王珪、舒亶輩所苦，身後又硬受此差排耶。

涪翁歇後語

「斷送一生，破除萬事」，涪翁忽作歇後鄭五，何哉。

楊升庵辨雺字

「薄霧濃雲」，新都引中山王文木賦「薄霧濃雺」，以折雲字之非。楊博奥，每失穿鑿，如王右丞詩玉角𢧐與朱鬛馬之類，殊墮狐穴。此雺字辨證獨妙。

一浸字妙絶

「皎月」「梨花」本是平平，得一浸字妙絶千古。與「月明如水浸宫殿」同工。

坡公書扇詞

「郴江幸自遶郴山，爲誰流下瀟湘去。」千古絶唱。秦殁後，坡公嘗書此於扇云：少游已矣，雖萬人何贖。高山流水之悲，千載而下，令人腹痛。

歐石詞工拙懸殊

「平蕪盡處是春山，行人更在春山外。」升庵以擬石曼卿「水盡天不盡，人在天盡頭」，未免河漢。蓋意近而工拙懸殊，不啻霄壤。且此等入詞爲本色，入詩卽失古雅，可與知者道耳。

易安用范詞

俞仲茅小詞云：「輪到相思沒處辭。眉間露一絲。」視易安「纔下眉頭，卻上心頭」，可謂此兒善盜。然易安亦從范希文「都來此事，眉間心上，無計相迴避」語脱胎。李特工耳。

春曉亭子

「半衣古柳賣黄瓜」，非坡仙無此胸次。近惟曹顧庵學士時復有之。緑楊杜宇，酒後偶然語，亦是大羅天上人。吾友蘄水楊菊廬比部，因此詞于玉臺山作春曉亭子，一時名士，多爲賦之，亦佳話也。

坡公軼倫絶羣

枝上柳緜，恐屯田緣情綺靡，未必能過。孰謂坡但解作大江東去耶，髯直是軼倫絶羣。

坡詞驚心動魄

「春事闌珊芳草歇」一首，凡六十字，字字驚心動魄。「衹爲一聲河滿子，下泉須弔孟才人。」恐無此魂銷也。

范趙詞

「堂上簸錢堂下走」，小人以蠛歐陽。「有情争似無情」，忌者以誣司馬。至「諳盡孤眠滋味」及「落花流水别離多」，范、趙二鉅公作如許語，又非但廣平梅花之比矣。

山谷詠茶詞

草堂載山谷品令、阮郎歸二闋，皆詠茶之作。按黄集詠茶詩，最多最工，所謂「鷄蘇胡麻聽煑湯。煎成車聲遶羊腸」。坡云：「黄九恁地那得不窮。」又有云：「更烹雙井蒼鷹爪，始耐落花春日長。」此老直是筆有薑桂。僕嘗取黄詩「黄金灘頭鎖子骨，不妨隨俗暫嬋娟」，以爲涪翁殆自道其文品耳。

歐蘇平山堂詞

平山堂一坏土耳，亦無片石可語，然以歐、蘇詞，遂令地重。因念此地稚圭、永叔、原父、子瞻諸公，皆曾作守，令人惶汗。僕向與諸子游宴紅橋，酒間小有酬唱，江南北頗流傳之，過揚州者，多問紅橋矣。

坡詞豪放

名家當行，固有二派。蘇公自云：「吾醉後作草書，覺酒氣拂拂，從十指間出。」黄魯亦云：「東坡書挾海上風濤之氣。」讀坡詞當作如是觀。瑣瑣與柳七較錙銖，無乃爲髯公所笑。

辛詞磊落

石勒云：「大丈夫磊磊落落，終不學曹孟德、司馬仲達狐媚。」讀稼軒詞，當作如是觀。

學稼軒墮惡趣

「車如鷄棲馬如狗」，用古謡語，絶似稼軒手筆。至坡謂白曰逋逃兩段，幼安作問答，雖亦從烏有先生亡是公來，則學稼軒而墮惡趣矣。「雲中雞犬劉安過，月裏笙歌煬帝歸。」好事者以爲見鬼詩，此得不爾耶。

弔柳詩

柳七葬真州西仙人掌，僕嘗有詩云：「殘月曉風仙掌路，何人爲弔柳屯田。」

南渡諸子極妍盡態

宋南渡後，梅溪、白石、竹屋、夢窗諸子，極妍盡態，反有秦、李未到者。雖神韻天然處或減，要自令人有觀止之歎。正如唐絶句，至晚唐劉賓客、杜京兆，妙處反進青蓮、龍標一塵。

史姜詠物絶唱

張玉田謂詠物最難。體認稍真，則拘而不暢，摹寫差遠，則晦而不明。而以史梅溪之詠春雪、詠燕，姜白石之詠促織爲絶唱。近日名家，如程村詠蝶、詠草、詠美人蕉、白鸚鵡諸作，金粟詠螢、詠蓮諸作，可謂前無古人。程村尤多至數十首，僕常望洋而嘆。昔人謂八大家所以獨雄唐宋，爲其篇目衆多，波瀾老成也。僕于麗農詞亦云。

彭十詠螢詞

僕每讀史邦卿詠燕詞「又軟語商量不定，飄然快拂花梢，翠尾分開紅影」，又「紅樓歸晚，看足柳昏花暝」，以爲詠物至此，人巧極天工矣。近得彭十詠螢詞，至「輕霑葉露，暗棲花蕊，亂翻銀井。有時團扇驚迴，又巧坐人衣相映」，又「隨風欲墮，帶雨猶明」，不禁叫絶，即令梅溪復生，抽毫拂素，何以過之。

程村詠物詞

程村詠物詞甚富，略舉一二，如落花云：「五更風，三月雨，慣作傷心別。」蟋蟀云：「偏與愁人作楚，細思量，甚事恰關卿。」白鸚鵡云：「露冷水晶屏，煙暖藍田玉。料不夜珠邊，長傍冰壺浴。」詠草云：「閨中陌上，到處欲斷還勻。」金錢花云：「金風冷、留買一綫斜陽，怎看秋賤。」白鸚鵡云：「便花田珠網攜來，傍雕闌、向梨花閒睡。」諸如此例，不獨傳神寫照，殆欲追魂攝魄矣。於此道中，具有哪吒手段。

詠物須取神

疏影橫斜，月白風清等作，爲詩人詠物極致。若「認桃無緑葉，辨杏有青枝」，及李笏翁之「勝如茉莉，賽得荼蘼」，劉叔擬「看來畢竟此花强，祇是欠些香」，豈非詩詞一刼。程村嘗云：「詠物不取形而取神，不用事而用意。」二語可謂簡盡。

雕組須不失天然

前輩謂史梅溪之句法，吴夢窗之字面，固是確論。尤須雕組而不失天然如「緑肥紅瘦」、「寵柳嬌花」，人工天巧，可稱絶唱。若「柳腴花瘦，蝶悽蜂慘」，卽工，亦巧匠琢山骨矣。

明詞趣淺

僕嘗與茗文、伯璣、家兄西樵、子側，共論明震川、荆川、鹿門、遵巖諸公之文，於唐宋大家，可謂肖子，然不及前人者，其趣淺也。嘗試移以評伯温、公謹、升庵、元美諸公長短句，程村、金粟亦以爲然。

今人不能創調

唐無詞，所歌皆詩也。宋無曲，所歌皆詞也。宋諸名家，要皆妙解絲肉，精于抑揚抗墜之間，故能意在筆先，聲協字表。今人不解音律，勿論不能創調，卽按譜徵詞，亦格格有心手不相赴之病，欲與古人較工拙于毫釐，難矣。

詞與樂府同源

王渼陂初作北曲，自謂極工，徐召一老樂工問之，殊不見許。於是爽然自失，北面執弟子禮，以伶爲師。久遂以曲擅天下。詞曲雖不同，要亦不可盡作文字觀，此詞與樂府所以同源也。

陸氏詞旨論填詞

陸氏詞旨云：「對句好可得，起句好難得，收拾全藉出場。」三語盡填詞之概。

陳大樽詩詞温麗

陳大樽詩首尾温麗，湘真詞亦然。然不善學者，鏤金雕瓊，正如土木被文繡耳。又或者齗齗格律，不失尺寸，都無生趣。譬若安車駟馬，流連陌阡，殊令人思草頭一點之樂。

卓珂月輯詞統

卓珂月自負逸才，詞統一書，蒐采鑒别，大有廓清之力。乃其自運，去宋人門廡尚遠，神韻興象，都未夢見。

雲間數公詞不涉南宋

雲間數公論詩拘格律，崇神韻。然拘于方幅，泥于時代，不免爲識者所少。其于詞，亦不欲涉南宋一筆，佳處在此，短處亦坐此。合肥乃備極才情，變化不測。婁東驅使南北史，瀾翻泉湧，妥帖流麗，正是公歌行本色，要是獨絶。不似流輩撏撦稼軒，如宋初伶人謔館職也。友人中，陳其年工哀豔之辭，彭金粟擅清華之體，董文友善寫閨襜之致，鄒程村獨標廣大之稱，僕所云，近愧真長矣。

婉約與豪放二派

張南湖論詞派有二：一曰婉約，一曰豪放。僕謂婉約以易安爲宗，豪放惟幼安稱首，皆吾濟南人，難乎爲繼矣。

不可廢宋詞而宗唐

近日雲間作者論詞有云：「五季猶有唐風，入宋便開元曲，故專意小令，冀復古音，屏去宋調，庶防流失。」僕謂此論雖高，殊屬孟浪。廢宋詞而宗唐，廢唐詩而宗漢魏，廢唐宋大家之文而宗秦漢，然則古今文章，一畫足矣，不必三墳八索至六經三史，不幾幾贅疣乎。

詩詞曲分界

或問詩詞詞曲分界，予曰：「無可奈何花落去，似曾相識燕歸來」，定非香奩詩。「良辰美景奈何天，賞心樂事誰家院」，定非草堂詞也。

王秋澗詞

王秋澗湖上樂四首，純乎元曲，其佳句云：「新詞澹似鶯黃酒。」豆葉黃亦是曲意，卽元人一半兒也。

皺水軒詞筌

〔清〕賀　裳撰

皺水軒詞筌序

余之於詞數矣，顧詞旃止掇芳蕤，未商工拙也。詞椎止陳昭代，未及前朝也。因就尤所賞心，及當避忌者，漫列數端，謂之詞筌。誠知垦一漏萬，所冀達者三隅悟耳。夫詞小技也，程正叔至正色責少游，晦庵夫子乃不免涉筆，正如烹魚者或厭其腥，或賞其鮮，咸是定評，孰爲至論。要以苟懷溉釜之思，則斯篇實亦臨淵之助矣。

白鳳詞人裳題

皺水軒詞筌目録

補遺

皺水軒詞筌

賴古堂集本詞筌，共五十四則，非足本也。予復據倚聲集、詞苑叢談、昭代叢書三書，補得十有三則，合之共得六十七則，雖不敢謂爲已足，然以較原刊似差勝矣。惟序中所謂詞旃、詞榷二書，今並不傳，亦不見他書稱引，滋可惜耳。圭璋識。

詩詞無理而妙

唐李益詞曰：「嫁得瞿塘賈，朝朝誤妾期。早知潮有信，嫁與弄潮兒。」子野一叢花末句云：「沈恨細思，不如桃杏，猶解嫁春風。」此皆無理而妙，吾亦不敢定爲所見略同，然較之寒鴉數點，則略無痕跡矣。

詞用詩意

「無憑諳鵲語，猶得暫心寬。」韓偓語也。馮延巳去偓不多時，用其語曰：「終日望君君不至。舉頭聞鵲喜。」雖竊其意，而語加蘊藉。又賀方回用義山「無端嫁得金龜壻，辜負香衾事早朝。」爲「不待宿酲消，馬嘶催早朝」，亦稍有翻換。至無名氏「見客入來，韈剗金釵溜。和羞走。倚門回首，卻把青梅嗅」，直用「見客入來和笑走，手搓梅子映中門」二語演之耳。語雖工，終智出人後。

翻詞入詩

詞家多翻詩意入詞，雖名流不免。吾常愛李後主一斛珠末句云：「繡牀斜凭嬌無那。爛嚼紅絨，笑向檀郎唾。」楊孟載春繡絶句云：「閑情正在停針處，笑嚼紅絨唾碧窗。」此卻翻詞入詩，彌子瑕竟效顰于南子。

入神之句

寫景之工者，如尹鶚「盡日醉尋春，歸來月滿身」，李重光「酒惡時拈花蘂嗅」，李易安「獨抱濃愁無好夢，夜闌猶剪燈花弄」，劉潛夫「貪與蕭郎眉語，不知舞錯伊州」，皆入神之句。

秦黄詞評

少游能曼聲以合律，寫景極淒惋動人。然形容處，殊無刻肌入骨之言，去韋莊、歐陽炯諸家，尚隔一塵。黄九時出俚語，如口不能言，心下快活，可謂傖父之甚。然如「釵罥袖、雲堆臂。燈斜明媚眼，汗浹瞢騰醉」，前三語猶可入畫，第四語恐顧、陸不能著筆耳。黄又有「春未透，花枝瘦，正是愁時候」，新俏亦非秦所能作。

子瞻春閨詞

蘇子瞻有銅琵鐵板之譏，然其浣溪紗春閨曰：「綵索身輕常趁燕，紅窗睡重不聞鶯。」如此風調，令十七八女郎歌之，豈在「曉風殘月」之下。

小詞作決絶語

小詞以含蓄爲佳，亦有作决絶語而妙者。如韋莊「誰家年少足風流。妾擬將身嫁與，一生休。縱被無情棄，不能羞」之類是也。牛嶠「須作一生拚，盡君今日歡」，抑亦其次。柳耆卿「衣帶漸寬終不悔，爲伊消得人憔悴」，亦卽韋意，而氣加婉矣。

毛澤民詞

毛澤民「酒濃春入夢，窗破月尋人」，此晚唐五律佳境也。

周清真詞

周清真避道君匿李師師榻下，作少年游以詠其事，吾極喜其「錦幄初温，獸煙不斷，相對坐調笙。」情事如見。至「低聲問向誰行宿，城上已三更。馬滑霜濃，不如休去」等語，幾于魂揺目蕩矣。及被謫後，師師持酒餞别，復作蘭陵王贈之，中云：「愁一箭風快，半篙波暖，回首迢遞便數驛。」酷盡别離之慘。而題作詠柳，不書其事，則意趣索然，不見其妙矣。

朱希真風情詞

朱希真鷓鴣天云：「道人還了鴛鴦債，紙帳梅花醉夢間。」咸謂朱素心之士。然其念奴嬌末云：「料得文君，重簾不捲，且等閒消息。不如歸去，受他真箇憐惜。」如此風情，周、柳定當把臂。此亦子瞻所云鶡禪五通氣毬，臯陶所不能平反也，而語則妙矣。

康與之滿庭芳

詞雖宜於豔冶，亦不可流于穢褻。吾極喜康與之滿庭芳寒夜一闋，真所謂樂而不淫。且雖填辭小技，亦兼詞令議論敍事三者之妙。首云：「霜幕風簾，閒齋小户，素蟾初上雕籠。」寫其節序景物也。繼云：「玉杯醽醁，還與可人同。古鼎沈煙篆細，玉笋破，橙橘香濃。梳妝懶、脂輕粉薄，約略澹眉峯。」則陳設之濟楚，殽核之精良，與夫手爪顏色，一一如見矣。換頭云：「清新歌幾許，低隨慢唱，語笑相供。道文書鍼綫，今夜休攻。莫厭蘭膏更繼，明朝又、紛冗怱怱。」則不惟以色藝見長，宛然慧心女子，小窗中喁喁口角。末云：「酩酊也，冠兒未卸，先把被兒烘。」一段温存旖旎之致，咄咄逼人。觀此形容節次，必非狹斜曲里中人，又非望宋窺韓者之事，正希真所云真箇憐惜也。但受其憐惜者，亦難消受耳。放翁有句云：「璧月何妨夜夜滿。擁芳柔，恨今年寒尚淺。」此生差堪相匹。此等處舉一以概其餘，在讀詞者自知之。

稼軒有妍媚詞

吴履齋贈妓詞，不載于集，又與生平手筆不類。然如「錦字偷裁。立盡西風雁不來」，風致何妍媚也，乃出自稼軒之手，文人固不可測。

宋謙父詞

稼軒雖入粗豪，尚饒氣骨。其不堪者，如「以手推松曰去」、「一松一竹真朋友，山鳥山花好弟兄」及「檢點人間快活人，未有如翁者」等句耳。若宋謙父「客來隨分，家常茶飯。若肯小留連，更薄酒三杯兩盞。江湖上轉不如前日，步步危機。人到中年已後，雲雨夢可曾常有。被老天開眼看人忙，成今古。」鄙俚村俗，何異盤列五侯之鯖，忽加臭虀一碟也。

陸務觀點鐵

陸務觀王忠州席上作曰：「欲歸時司空笑問，微近處丞相嗔狂。」笑啼不敢之致，描勒殆盡。較東坡「司空見慣，應謂尋常。座中有狂客，惱亂柔腸」，豈惟出藍，幾于點鐵矣。升庵以爲不減少游，此幾于以樂令方伯仁也。

張孝祥壓卷詞

升庵極稱張孝祥詞，而佳者不載。如「醒時冉冉夢時休。擬把菱花一半，試尋高價皇州」，此則壓卷者也。

作險韻以妥爲貴

作險韻者，以妥爲貴，史達祖一斛珠曰：「鴛鴦意愜。空分付有情眉睫。齊家蓮子黄金葉。争比秋苔，韡鳳幾番蹸。牆陰月白花重疊。忽忽軟語頻驚怯。宮香錦字將盈篋。雨長新寒，今夜夢魂接。」語甚生新，卻無一字不妥也，末語尤有致。

廖瑩中箇儂

賈循州雖負乘，處非其據。然好集文士于館第，時推廖瑩中爲最。其詩文不傳，惟西湖遊覽志載數篇，皆諛佞語耳，不爲工也。偶見鈔本有箇儂一詞，頗富豔。「恨箇儂無賴，賣嬌眼、春心偷擲。蒼苔花落，先印下、一雙春跡。花不知名，香纔聞氣，似月下笠篠，蔣山傾國。半解羅襟，蕙薰微度，鎭宿粉、棲香雙蝶。語態眠情，感多情、輕憐細閱。休問望宋牆高，窺韓路隔。尋尋覓覓。又暮雨凝碧。花逕橫煙，竹扉映月。儘一刻千金堪値。卸襪薰籠，藏燈衣桁，任裏臂金斜，搔頭玉滑。更恨檀郎，惡憐深惜，儘顫裊周旋傾側。軟玉香鉤，怪無端、鳳珠微脫。多少怕聽曉鐘，瓊釵暗擘。」

詞家化工之筆

詞家須使讀者如身履其地，親見其人，方爲蓬山頂上。如和魯公「幾度試香纖手暖，一回嘗酒絳脣光」，賀方回「約略整鬟釵影動，遲回顧步佩聲微」，歐陽公「弄筆偎人久，描花試手初」，無名氏「照人無奈月華明，潛身卻恨花陰淺」，孫光憲「翠袂半將遮粉臆，寶釵長欲墜香房」，晏幾道「濺酒滴殘羅扇字，弄花薰得舞衣香」，眞覺儼然如在目前，疑于化工之筆。

用事須妥切

作詞不待用事，用之妥切，則語始有情。劉叔安水龍吟立春懷内曰：「雙燕無憑，尺書鄭表。甚時回首。想畫闌倚遍東風，閒負卻、桃花呪。」此用樊夫人劉綱事，妙在與己姓暗合。若他人用之，雖亦好語，終減量矣。

王通叟詞無斧跡

詞之最醜者爲酸腐，爲怪誕，爲粗莽。然險麗貴矣，須泯其鏤劃之痕乃佳。如蔣捷「燈摇縹暈茸窗冷」，可謂工矣，覺斧跡猶在。如王通叟春游曰：「晴則箇，陰則箇，飽飣得天氣有許多般。須教撩花撥柳，争要先看。不道吴綾繡韈，香泥斜沁幾行斑。東風巧，盡收翠緑，吹在眉山。」則痕跡都無，真猶石尉香塵，漢皇掌上也。兩箇字尤弄姿無限。

無名氏青玉案

詞有如張融危膝，不可無一，不可有二者，如劉改之天仙子別妾是也。中云：「馬兒不住去如飛，牽一憩，坐一憩。」又云：「去則是，住則是，煩惱自家煩惱你。」再若效顰，寧非打油惡道乎。然篇中「雪迷村店酒旗斜」，固非雅流不能作此語。至無名氏青玉案曰：「落日解鞍芳草岸。花無人戴，酒無人勸。醉也無人管。」語澹而情濃，事淺而言深，真得詞家三昧，非鄙俚朴陋者可冒。

詞愈翻愈妙

詞家用意極淺，然愈翻則愈妙。如周清真滿路花後半云：「愁如春後絮，來相接。知他那裏，争信人心切。除共天公說。不成也，還似伊無箇分别。」酷盡無聊賴之致。至陸放翁一叢花則云：「從今判了，十分憔悴，圖要箇人知。」其情加切矣。至孫夫人風中柳則更云：「别離情緒，待歸來都告。怕傷郎，又還休道。」則又進一層。然總此一意也，正如剥蕉者，轉入轉深耳。

鄧剡和王昭儀佳句

和王昭儀詞，不獨文信公，鄧剡作亦有佳句。如「眉鎖嬌蛾山宛轉，髻梳墮馬雲攲側。空有琵琶傳出塞，更無環佩鳴歸月」，甚有風致，但冰霜之氣不如。

平平無奇詞

詞有入説部則佳，登詞苑則平平無奇者。如舒氏鱉妖「緑淨湖光淺，寒先到芙蓉島」，荆州亭女鬼「淚眼不曾晴，家在吴頭楚尾」，衞芳華聚景園「落日牛羊冢上，西風燕雀林邊」，鄭氏「何計可同歸，雁趁江南春色」等闋是也。至去箭離弦諸作，更不足言矣。

後主與徽宗詞

南唐主浪淘沙曰：「夢裏不知身是客，一晌貪歡。」至宣和帝燕山亭則曰：「無據。和夢也有時不做。」其情更慘矣。嗚呼，此猶麥秀之後有黍離也。

少游詞與時間不合

少游「酒醒處、殘陽亂鴉」，情事可念。但細思此景，多在冬間，與梨花時不合，豈一時偶有所觸耶。

屯田俊句

柳屯田「今宵酒醒何處，楊柳岸，曉風殘月」，自是古今俊句。或譏爲梢公登溷詩，此輕薄兒語，不足聽也。

劉迎烏夜啼

元遺山集金人詞爲中州樂府，頗多深裘大馬之風，惟劉迎烏夜啼最佳。「離恨遠縈楊柳，夢魂長遶梨花。青衫記得章臺月，歸路玉鞭斜。翠鏡啼痕印袖，紅牆醉墨籠紗、相逢不盡平生事，春思入琵琶。」余觀謝無逸南柯子後半云：「金鴨香凝袖，銅荷燭影紗。鳳蟠宮錦小屏遮。夜静寒生春笋，理琵琶。」風調仿佛相同。才人之見，殆無分於南北也。

無名氏二詞

偶於友人處見念奴嬌一詞：「鴛幃睡起，正飛花薗徑，啼鶯瓊閣。對鏡梳妝，愁見那，怯怯容顏瘦弱。一自仙郎，眉梢眼尾，屢訂西廂約。牆花拂影，獨眠何事如昨。誰憐潘果空投，賈香難與，更紅箋誰託。

帶眼輕拴須看取，楊柳腰肢如削。珠履玲瓏，羅衫雅澹，件件無心著。何時厮見，得償今日蕭索。」又孤鸞一篇：「蝦鬚初揭。正寺日停鐘，霜風鳴鐵。懶自梳妝，亂挽鬟兒翠滑。追想昨宵瞥見，有多少動情難說。枉在屏風背後，立刻羅韈。聽玉人言去苦難泄。任樹上黃鶯，歌遣離別。强欲排餘恨，反寸腸悲裂。試使侍兒挽住，想未離、畫橋東折。傳道行蹤已遠，但垂楊煙結。」二詞俱工，不載作者姓名。後觀詩話類篇，乃玄之自敍，夢中美人所歌，而不自載其姓。後有跋亦以諸詞出於假託，而自稱弇丘道人。如此，兩人文藻雖優，一何曖昧。

姜張詠蟋蟀詞

稗史稱韓幹畫馬，人入其齋，見幹身作馬形，凝思之極，理或然也。作詩文亦必如此始工。如史邦卿詠燕，幾于形神俱似矣。次則姜白石詠蟋蟀：「露溼銅鋪，苔侵石井，都是曾聽伊處。哀音似訴。正思婦無眠，起尋機杼。」又云：「西窗又吹暗雨。爲誰頻斷續，相和砧杵。」數語刻劃亦工。蟋蟀無可言，而言聽蟋蟀者，正姚鉉所謂賦水不當僅言水，而言水之前後左右也。然尚不如張功甫「月洗高梧，露溥幽草，寶釵樓外秋深。土花沿翠，螢火墜牆陰。靜聽寒聲斷續，微韻轉、淒咽悲沈。爭求侶，慇懃勸織，促破曉機心。兒時曾記得，呼燈灌穴，斂步隨音。任滿身花影，猶自追尋。攜向華堂戲鬭，亭臺小、籠巧妝金。今休說，從渠牀下，涼夜聽孤吟」。不惟曼聲勝其高調，兼形容處心細如絲髮，皆姜詞之所未發。嘗觀姜論史詞，不稱其「軟語商量」，而賞其「柳昏花暝」，固知不免項羽學兵法之恨。

秦柳周康詞協律

長調推秦、柳、周、康爲勰律，然康惟滿庭芳冬景一詞，可稱禁臠，餘多應酬鋪敍，非芳旨也。周清眞雖未高出，大致勻淨，有柳欹花嚲之致，沁人肌骨處，視淮海不徒娣姒而已。弇州謂其能入麗字，不能入雅字，誠確。謂能作景語不能作情語，則不盡然。但生平景勝處爲多耳。要此數家，正是王石廚中物，若求王武子琉璃匕內豚味，吾謂必當求之陸放翁、史邦卿、方千里、洪叔璵諸家。

陸雪窗瑞鶴仙

從來文之所在，不必名之所在。如陸雪窗名不甚著，其瑞鶴仙春情末云：「待歸來，先指花梢教看，卻把心期細問。問因循，過了青春，怎生意穩。」迷離婉妮，幾在秦、周之上，今誤作歐公非是。

長詞忌演湊

作長詞最忌演湊，如蘇養直「獸鐶半掩」，前半皆景語也。至「漸迤邐，更催銀箭，何處貪歡，猶繫驕馬。旋翦燈花，兩點翠眉誰畫。香滅羞回空帳裏，月高猶在重簾下。恨疎狂，待歸來、碎揉花打」，則觸景生情，復緣情布景，節節轉換，穠麗周密，譬之織錦家，眞竇氏回文梭也。一云潘元質作。

詞見世風

南唐主語馮延巳曰：「風乍起，吹皺一池春水，何與卿事。」馮曰：「未若細雨夢回雞塞遠，小樓吹徹玉笙寒。不可使聞于隣國。」然細看詞意，含蓄尚多。至少游「無端銀燭殞秋風。靈犀得暗通。相看有似夢初回。只恐又抛人去，幾時來」，則竟爲蔓草之偕臧，頓丘之執別，一一自供矣。詞雖小技，亦見世風之升降，沿流則易，遡洄實難，一入其中，勢不自禁。卽余生平，亦悔習此技。

詞病淺直

詞莫病于淺直，如杜牧清明詩「借問酒家何處有，牧童遥指杏花村」。本無高警，正在遥指不言，稍具書意。宋子京演爲錦纏道詞，後半曰：「向郊原踏青，恣歌攜手。醉醺醺尚尋芳酒。問牧童，遥指孤村道，杏花深處，那裏人家有。」何傖父也。未審賦落花時，伎倆何在。然其蝶戀花云：「繡幕茫茫羅帳捲。春睡騰騰，困入嬌波慢。隱隱枕痕留玉臉。膩雲斜溜釵頭燕。遠夢無端懽又散。淚落臙脂，界破蜂黄淺。整了翠鬟勻了面。芳心一寸情何限。」此真是半臂忍寒人語。

朱國箕詞

閩人朱國箕，壽秦伯和侍郎曰：「櫻桃抄乳酪。正雨厭肥梅，風忺吹籜。咸瞻格天閣。見十眉環侍，争鳴弦索。茶甌試瀹。更良夜沈沈細酌。」數語頗善寫豪華之概。惜後皆夏畦之言，舉之汙齒。秦卽檜孫，按此時已失勢，所謂歲收租六十萬斛全不濟事也。暴殄尚猶若此，烜赫時，不知更當何如。

草堂未收清真佳詞

從來佳處不傳，不但隱鱗之士，名人猶抱此憾。周清真人所共稱，然如：「乳鴨池塘水暖。風緊柳花迎面。午妝粉指印窗眼。曲理長眉翠淺。聞知社日停鍼綫。探新燕。寶釵落枕夢魂遠。簾影參差滿院。」草堂所收周詞，不及此者多矣。

歐詞不如范詞

廬陵譏范希文漁家傲爲窮塞主詞，自矜「戰勝歸來飛捷奏，傾賀酒，玉階遥獻南山壽」，爲真元帥之事。按宋以小詞爲樂府，被之管弦，往往傳于宫掖。范詞如「長煙落日孤城閉，羌管悠悠霜滿地，將軍白髮征夫淚」，令「綠樹碧簾相掩映，無人知道外邊寒」者聽之，知邊庭之苦如是，庶有所警觸。此深得采薇出車、楊柳雨雪之意。若歐詞止于諛耳，何所感耶。

文人詞涉於淫

文人無賴，至馳思杳冥，蓋自高唐作俑而後，遂浸淫不可禁矣。毛文錫巫山一段雲曰：「遠風吹散又相連。十二晚峯前。暗溼啼猨樹，輕籠過客船。」摹寫雲氣，真覺氤氲蓊渤，滿于紙上。末云：「朝朝暮暮楚江邊。幾度降神仙。」雖用神女事，猶不失爲國風好色。若牛嶠「風流今古隔，虚作瞿塘客」，未免太涉于淫。至牛希濟黄陵廟曰：「風流皆道勝人間。須知狂客，拚死爲紅顏。」抑何狂惑也。然詞則妙矣。

傷離念遠詞

傷離念遠之詞，無如查荎「斜陽影裏，寒煙明處，雙槳去悠悠」，令人不能爲懷。然尚不如孫光憲「兩槳不知消息，遠汀時起鸂鶒」，尤爲黯然。洪叔璵「醉中扶上木蘭舟，醒來忘卻桃源路」，造語尤工，卻微著色矣。兩君專以澹語入情。

草堂選鷓鴣天不佳

鷓鴣天最多佳辭，草堂所載，無一善者。如陸放翁「東鄰鬬草歸來晚，忘卻新傳子夜歌」，趙德麟「須知月色撩人眼，數夜春寒不下階」，姜白石元夕不出「芙蓉影暗三更後，卧聽鄰娃笑語歸」，鬖鬖有詩人之致，選不之及，何也。向伯恭詠鞦韆曰：「霞衣輕舉疑奔月，寶髻傾攲若墜樓。」追琢工緻，絶似楊、劉詩體。宋詞多佳，而詩不逮者，亦其力有所分也。

劉雲閒佳句

劉雲閒「燒罷夜香愁萬疊，穿花暗避階前月」，佳句也。末句「柔情一點薔薇血」，終嫌傷雅。詞不嫌穠麗，須要雅潔耳。

景中含情

凡寫迷離之況者，止須述景，如「小窗斜日到芭蕉，半牀斜月疎鐘後」，不言愁而愁自見。因思韓致光「空樓雁一聲」，遠屏燈半滅」，已足色悲涼，何必又贅眉山正愁絶耶。覺首篇「時復見殘燈，和煙墜金穗」，如此結句，更自含情無限。

張玉田詞叶宫商

詞誠薄技，然實文事之緒餘，往往便于伶倫之口者，不能入文人之目。張玉田樂府指迷，其詞叶宫商，鋪張藻繪，抑以可矣。至於風流蘊藉之事，真屬茫茫，如啖官廚飯者，不知牲牢之外，別有甘鮮也。

陸輔之所摘多佳句

陸輔之所摘，雖斷璧碎璣，然多屬宋人佳句。如劉小山一翦梅「一般離思，兩銷魂，馬上黄昏，樓上黄昏」，王碧山醉蓬萊「一室秋燈，一庭秋雨，更一聲秋雁」，趙釣月風入松「珠簾捲上還重下，怕東風、吹散歌聲」，趙彥端謁金門「波底夕陽紅溼」，陳西麓絳都春「琴心不度春雲遠，斷腸難託啼鵑」，讀之不見其全，真令人忽忽如失，有蛤帳中將旦之惜，深恨藏書不廣。

温詞不載春曉曲

弇州曰：「油壁車輕金犢肥，流蘇帳曉春雞報。」非歌行麗對乎。然是天成一段詞也，著詩不得。按温集作春曉曲，不列之詩。花間采温詞至多，此亦不載，僅草堂收之耳。然細觀全闋，惟中聯濃媚，如「籠中嬌鳥暖猶睡」，亦不愧前語。至「簾外落花閑不掃」，已覺其勁。至「衰桃一樹近前池，似惜紅顏鏡中老」，尤不旖旎也。作歌行爲當。

蘇黄檃括體不佳

東坡檃括歸去來辭，山谷檃括醉翁亭，皆墮惡趣。天下事爲名人所壞者，正自不少。

陸卓釵頭鳳

宋陸務觀春游，遇故婦于禹跡寺南之沈園，婦與酒餚，陸悵然賦一詞曰：「紅酥手。黄藤酒。滿城春色宫牆柳。東風惡。懽情薄。一懷愁緒，幾年離索。錯錯錯。　春如舊。人空瘦。淚痕紅浥鮫綃透。桃花落。閒池閣。山盟雖在，錦書難託。莫莫莫。」每見後人喜用此調，率無佳者。蓋于三疊字，不牽湊耳。獨吾友卓珂月錯認一闋爲工。「濃于霧。堅于樹。春愁不比郎相負。風何惡。雲何薄。今朝相棄，昔年相約。諾諾諾。　人無緒。書無據。驀然一旦簾前遇。欣還愕。疑還度。容顏雖似，丰神難學。錯錯錯。」後半尖警，殆過于原詞，不惟無愧而已。

卓詞戲用宋子京韻

宋宋子京過繁臺，遇内家車子，有褰簾者曰，小宋也。宋作鷓鴣天曰：「畫轂琱鞍狹路逢。一聲腸斷繡簾中。身無彩鳳雙飛翼，心有靈犀一點通。　金作屋，玉爲籠。車如流水馬如龍。劉郎已恨蓬山遠，更隔蓬山幾萬重。」卓珂月曰：「天子聞而賜焉，事甚佳，而詞中捃摭唐句甚醜。余戲用其韻，代爲一章，誠以宮人之逸致，天子之高懷，不可埋没，要使小宋當之，無愧色耳。「疑與瑤姬宿世逢。姓名吹入耳輪中。幽情不用征袍遞，密意何煩墜葉通。聽翠鳥、换瑚籠。明珠誰敢探驪龍。直須遠覓茆山藥，賺取香魂出九重。」余意詞誠工麗，但末句竟欲作古洪伎倆，人主豈能堪耶。原詞僅作企慕之言，故大度者哂笑之而加憐耳。兩起句處，亦覺原詞渾成。

詞忌（詞有三忌）

小詞須風流蘊藉，作者當知三忌，一不可入漁鼓中語言，二不可涉演義家腔調，三不可像優伶開場時敍述。偶類一端，即成俗劣。顧時賢犯此極多，其作偭者，白石山樵也。

古詞別本（李重光鷓鴣天）

李重光深院静小令，升庵曰：詞名搗練子，即詠搗練也。復有雲鬟亂一篇，其調亦同，衆刻無異。常見一舊本，則俱係鷓鴣天，二詞之前各有半闋。「節候雖佳景漸闌。吳綾已暖越羅寒。朱扉日暮隨風掩，一樹藤花獨自看。雲鬟亂，晚妝殘。帶恨眉兒遠岫攢。斜托香腮春筍嫩，爲誰和淚倚闌干。」「塘水初澄似玉容。所思還在別離中。誰知九月初三夜，露似珍珠月似弓。深院静，小庭空。斷續寒砧斷續風。無奈夜長人不寐，數聲和月到簾櫳。」增前四語，覺神彩加倍。

增補古詞(劉延仲補李後主詞)

詞統注載李後主作長短句未就而城破。詞曰：「櫻桃落盡春歸去，蝶翻輕粉雙飛。子規啼月小樓西。曲闌珠箔，惆悵捲金泥。　門巷寂寥人散後，望殘煙草淒迷。」後缺三句，余偶讀宋稗，其詞乃臨江仙也，劉延仲已爲之補矣。「何時重聽玉驄嘶。撲簾飛絮，依約夢回時。」雖不能高勝于前，比補花蘂夫人詞者，相去懸矣。

古佚詞(寧宗看杏花詞)

小詞工于宋，雖禁掖中亦諧音闋。余偶見一古帖，蟲蝕已甚，皆宋高、孝、光、寧書也。寧宗有看杏花一詞，依稀尚全。「花似醺容上玉肌。方論時事卻嬪妃。芳陰人醉漏聲遲。　珠箔半鉤風乍暖，雕梁新語燕初飛。斜陽猶送水精巵。」雖未高出，亦自風致。

存疑(花庵載作者不同)

「枕障熏爐隔繡幃。二年終日兩相思。杏花明月始應知。　天上人間何處去，舊歡新夢覺來時。黃昏微雨畫簾垂。」花庵以爲張泌作。按小說，乃張曙代其叔傷妾之作。　「新月娟娟，夜寒江靜山銜斗。起來搔首。梅影横窗瘦。　好箇霜天，閑卻傳杯手。君知否。亂鴉啼後。歸興濃如酒。」花庵以爲蘇過叔黨作，注曰，此時方禁坡文，故隱其名，以傳于世。或以爲汪彥章所作，非也。按稗史，稱彥章在京師時賦此。紹興中，知徽州，仍令席間歌之。坐客有挾怨者，亟納檜相，指爲新製以譏檜。檜怒諷言者，遷之于永。觀此說，則又係汪作無疑。此亦事之聚訟而不能決者也。

補遺

王次回善改詞

王次回喜作小豔詩，最多而工，疑雨集二卷，見者沁入肝脾，里俗爲之一變，幾于小元白云。詞不多作，而善改昔人詞，殊有加豪頰上之致。如秋千改徐文長云：「多嬌最愛鞵兒淡。有時立在秋千板。板已窄稜稜。猶餘三四分。　一鉤渾玉削。紅繡幫兒雀。休去步香堤。游人量印泥。」倚聲初集卷四引詞筌。

賀詞脱胎子安

賀方回「鶩外紅綃一縷霞」，俊句也，實從子安脱胎，固是慧賊。同前。

山谷用温詩

温飛卿小詩云：「合歡桃核真堪恨，裏許元來别有人。」山谷演之曰：「你有我，我無你，分似合歡桃核，真堪人恨，心兒裏有兩個人人。」拙矣。同前。

李似之咏木犀

李似之咏木犀云：「勝如茉莉，賽得荼蘼。」豈不可笑。同前。

詞語不佳

曹西士西河首句「今日事，何人弄得如此」，王實之「首尾四年臺省，好官都做一回」，劉克莊「老師付受文章脉」，嗚呼，筆墨何辜，竟至此乎。同前。

蔣捷用騷體不妙

蔣捷用騷體作水龍吟招梅魂，奇耳，固未爲妙。同前。

王彥泓改洪叔璵詞

王彥泓改洪叔璵作云：「東風吹破藻池冰。雲穿天半晴。臘梅香老睡香清。粧成出畫屏。花豔豔，玉英英。羅衣金縷明。鬧蛾兒簇小蜻蜓。相呼看試燈。」次句舊作「晴光開五雲」，甚醜。下云：「緑情紅意兩逢迎，扶春來遠林。」甚妙。不妨並存。倚聲初集卷六引詞筌。

王彥泓改馮偉壽詞

王彥泓改馮偉壽作云：「自嚬雙黛能啼鴉。簾外翠烟斜。社前風雨重來，燕子未入人家。鞋兒試著無人問，莫是略寬些。想他樓上，悶拈簫管，憔悴菱花。」舊作已歸燕子，略作忒，菱花作鶯花。雖止易數字，精神若增。尤妙于以菱花易鶯花也。同上。

王彥泓春思詞

王彥泓春思云：「東風吹雨破花慳。客氈曉夢生寒。有人斜倚小屏山。蹙損眉彎。合是一釵雙燕，却成兩鏡孤鸞。翠綃封字問平安。寄與啼斑。」舊作「暮雲修竹淚留殘，翠袖凝斑」，雖是即景傷情，何如封字並淚痕寄之意爲緊切。同前。

王彥泓改洪作詞意俱換

王彥泓改洪叔璵詞云：「花霧漲冥冥。欲雨還晴。薄羅衫子着來輕。解道明朝寒食近，且莫成行。花下酒頻更。纖手重增。十三絃畔訴離情。又得一宵相伴也，無限丁寧。」比洪作止存三句，詞意俱換，幾於虞允文用王權之才，不止李太尉入河陽軍也。倚聲初集卷九引詞筌。

王彥泓改劉叔安詞

王彥泓咏茉莉，改劉叔安詞云：「簾櫳午寂，正陰陰窺見，後堂芳樹。綠遍長叢花事杳，忽見瓊葩丰度。豔雪肌膚，蕊珠標格，銷盡人間暑。還憂風日，曲屏羅幕遮護。長記歌酒闌珊，微聞暗麝，笑覓衣沾露。月沒闌干天似水，相伴謝娘窗户。浴後輕鬟，涼生滑簟，總是牽情處。惹人幽夢，枕邊零亂如許。」簾中堂後，綠陰掩靄，說花時已覺有情，豔雪蕊珠，狀花之色，暗麝狀花之香，鬟間、簟上、枕邊、舉護花者之張設，戴花者之神情，摹擬逼到，語復俊麗，可稱詞中聖手。然用劉語不過四句，此可竟稱次回作也。倚聲初集卷十七引詞筌。

詞宜本色語

詞雖以險麗爲工，實不及本色語之妙。如李易安「眼波纔動被人猜」，蕭淑蘭「去也不教知，怕人留戀伊」，魏夫人「爲報歸期須及早，休誤妾、一身閒」，孫光憲「留不得、留得也應無益」，嚴次山「一春不忍上高樓，爲怕見、分攜處」，觀此種句，覺紅杏枝頭春意鬧尚書，安排一個字，費許大氣力。詞苑叢談卷一。

王荆公詞平直板硬

王荆公論詞，雖知「細雨夢回鷄塞遠」之妙，然自作未免平直板硬，不及其兒之饒翠也。昭代叢書。

金粟詞話

〔清〕彭孫遹撰

金粟詞話目録

金粟詞話

詞以自然爲宗

詞以自然爲宗，但自然不從追琢中來，便率易無味。如所云絢爛之極，乃造平澹耳。若使語意澹遠者，稍加刻畫，鏤金錯繡者，漸近天然，則駸駸乎絶唱矣。

論吳周詞

宋人張玉田論詞，極推少游、竹屋、白石、梅谿、夢窗諸家，而稍詘美成。夢窗之詞雖琱繢滿眼，然情致纏綿，微爲不足。余獨愛其除夕立春一闋，兼有天人之巧。美成詞如十三女子，玉豔珠鮮，政未可以其軟媚而少之也。

李易安詞意並工

李易安「被冷香銷新夢覺，不許愁人不起」，「守著窗兒，獨自怎生得黑」，皆用淺俗之語，發清新之思，詞意並工，閨情絶調。

語助入豔詞絶少

詞人用語助入詞者甚多，入豔詞者絶少。惟秦少游「悶則和衣擁」新奇之甚。用則字亦僅見此詞。

柳辛詞與秦詞

柳耆卿「卻傍金籠教鸚鵡，念粉郎言語」，花間之麗句也。辛稼軒「驀然回首，那人卻在燈火闌珊處」，秦、周之佳境也。少游「怎得香香深處，作箇蜂兒抱」，亦近似柳七語矣。

山谷拆字鄙俚

山谷「女邊著子，門裏安心」，鄙俚不堪入誦。如齊梁樂府「霧露隱芙蓉，明燈照空局」，何蘊藉乃沿爲如此語乎。

南宋詞人以史邦卿爲第一

南宋詞人，如白石、梅谿、竹屋、夢窗、竹山諸家之中，當以史邦卿爲第一。昔人稱其分鑣清真，平睨方回，紛紛三變行輩，不足比數，非虛言也。

黄不及秦

詞家每以秦七黄九並稱，其實黄不及秦甚遠。猶高之視史，劉之視辛，雖齊名一時，而優劣自不可掩。

歐不如范

范希文蘇幕遮一調，前段多入麗語，後段純寫柔情，遂成絶唱。「將軍白髮征夫淚」，亦復蒼涼悲壯，慷慨生哀。永叔欲以「玉階遥獻南山壽」敵之，終覺讓一頭地。窮塞主故是雅言，非實録也。

詞體以豔麗爲本色

詞以豔麗爲本色，要是體製使然。如韓魏公、寇萊公、趙忠簡，非不冰心鐵骨，勳德才望，照映千古。而所作小詞，有「人遠波空翠」，「柔情不斷如春水」，「夢回鴛帳餘香嫩」等語，皆極有情致，盡態窮姸。乃知廣平梅花，政自無礙。豎儒輒以爲怪事耳。司馬温公亦有寶髻鬆一闋，姜明叔力辨其非，此豈足以誣温公，真贋要可不論也。

林處士惜别詞

林處士梅妻鶴子，可稱千古高風矣。乃其惜别詞，如「吴山青，越山青」一闋，何等風致，閒情一賦，詎必玉瑕珠纇耶。

學柳之過

牛嶠「須作一生拚，盡君今日歡」，是盡頭語。作豔語者，無以復加。柳七亦自有唐人妙境，今人但從淺俚處求之，遂使金荃、蘭畹之音，流入掛枝、黄鶯之調，此學柳之過也。

論辛詞

稼軒之詞，胸有萬卷，筆無點塵，激昂措宕，不可一世。今人未有稼軒一字，輒紛紛有異同之論，宋玉罪人，可勝三歎。

作詞必先選料

作詞必先選料，大約用古人之事，則取其新穎，而去其陳因。用古人之語，則取其清雋，而去其平實。用古人之字，則取其鮮麗，而去其淺俗。不可不知也。

詞宜多讀書

詞雖小道，然非多讀書則不能工。觀方虛谷之譏戴石屏，楊用修之論曹元寵，古人且然，何況今日。

雲間詞人不能作情語

近人詩餘，雲間獨盛。然能作景語，不能作情語。嘗從素箋，見宋丞長相思十六闋，仿沈約六憶詩體「刻畫無餘，令人色飛魂斷，言情之作，斯爲優矣。董蒼水、錢寶汾，善爲婉麗之詞，亦往往風美動人。宋丞新著及董錢二家，俱集中所未及載。

清初長調作者

長調之難於小調者，難於語氣貫串，不冗不複，徘徊宛轉，自然成文。今人作詞，中小調獨多，長調寥寥不概見，當由興寄所成，非專詣耳。唯龔中丞芊緜温麗，無美不臻，直奪宋人之席。熊侍郎之清綺，吳祭酒之高曠，曹學士之恬雅，皆卓然名家，照耀一代，長調之妙，斯歎觀止矣。此偶記酒間之語，餘容細爲揚榷耳。

詠物詞不易工

詠物詞，極不易工，要須字字刻畫，字字天然，方爲上乘。卽間一使事，亦必脱化無跡乃妙。近在廣陵，見程邨、阮亭諸作，便爲歎絶，始幾幾乎與白石、梅谿頡頏今古矣。

古今詞話

〔清〕沈　雄撰

詞話序

填詞於摛文最爲末藝，而染翰若有神工。蓋以偷聲減字，惟摭流景於目前，而換羽移宮，不留妙理於言外。雖極天分之殊優，加人工之雅縟，究非當行種草，本色真乘也。所貴旨取花明，語能蟬脱，議論便入鬼趣，淹博終成骨董。在儷玉駢金者，向稱笨伯。而矜蟲鬬鶴者，未免傖父。用寫曲衷，亟參活句。有若國色天香，生機欲躍。如彼山光潭影，深造匪艱。務令味之者一唱三嘆，聆之者動魄驚心。所云意致相詭，無理入妙者，代不數人，人不數句。其有造詞過壯，則與情相戾。辯言過理，又與景相違。剽儗者靡而短於思，臆創者俳而淺於法。剪採雜而顓古者卑之，操作易而深研者病之。即工力悉敵，意態紛陳，要皆糠粃，墮彼雲霧。不知文餘妙諦，解出旁觀。詞話一書，似復以莊註郭，以疏鈔經。然肇自李唐趙宋，迄於勝國熙朝。辨及九宫四聲，斷自連章隻字。所賴集諸家而爲大晟，規摹亦可盡變。綜前説而出新編，穿貫卽爲知音也。歲在乙丑，余來金閶，偶僧沈子出示詞話，丹崖江子，力爲贊成。惟覩事類，頓入精采，上不牽累唐詩，下不濫侵元曲者，詞之正位也。豪曠不冒蘇辛，穠褻不落周柳者，詞之大家也。間奉以玉律金科，識法者因之滋懼。卽過爲標新領異，宏材者抑而就裁。庶倚聲有托，會意靡涯矣。亦思捨筏固是良箴，效嚬未免私議。彼放筆頹唐伸紙敏給者，俱不足當黃絹幼婦之稱者也。況沈江二子人可模楷，書能薈蕞。今特質之同人，公之舉世。余以是爲古今填詞者慶。

鴛水年家弟曹溶撰

凡例

詞話者，舊有古今詞話一書，撰述名氏久矣失傳，又散見一二則於諸刻。茲仍舊名，而斷自六朝，分爲四種。據舊輯及新鈔者前後登之，一表製詞之原委，一見命調之異同，僭爲纂述，以鳴一時之盛。別列詞品，詞辨，詞評，收所未盡。間有迭見，亦因分類而申言之。稍爲輕重繁簡，勿以複出爲嫌也。

詞品者，楊用修先生曾有四卷。茲以向無分類，而略爲分類。以古今有詞話者實其中，必舉宮律以救通行之弊，更嚴韻説以正濫用之非。非敢好爲從違去取，以貽譏海內也。

詞辨者，徐魯庵先生先有明辨一書，但辨於名不辨於實。錢唐毛氏力整嘯餘之錯誤，陽羨萬子又詆圖譜之乖違。今輯詞話，分調列之，而考覈未盡也。

詞評向無是書，錯雜見於古今論列新舊刻本，因其表見者節取之，以昭歷代人文，以鼓後來學者。遠可追踪青蓮、香山，以迄五代、兩宋不磨之佳話。近得媲美棠村、芝麓，以至金粟、藝香絕妙之新詞。興朝作者如林，雄等艱於徵收，不無掛漏。容有詞話拾遺，如按律釋名等，以補所未逮。戊辰新秋吳江沈雄識於金閶之寶翰樓。

古今詞話總目

詞話目録

詞話上卷

唐詞話五代附

宋詞話

詞話下卷

金詞話

元詞話

明詞話

昭代詞話

古今詞話

詞話上卷

唐詞話五代附

詞濫觴於六代

曲洧舊聞曰：唐詞起於唐人，而六代已濫觴矣。梁武帝有江南弄，陳後主有玉樹後庭花，隋煬帝有夜飲朝眠曲。豈獨五代之主，蜀之王衍、孟昶，南唐之李景、李煜，吴越之錢俶，以工小詞爲能文哉。如王衍之「月明如水浸宮殿，有酒不醉真癡人」，李玉簫愛賞之，元人用爲傳奇。孟昶之「冰肌玉骨，自清涼無汗」，東坡復衍足其句。錢俶之「金鳳欲飛遭掣搦，情脈脈、行即玉樓雲雨隔」，爲藝祖所歎賞，惜無全篇，而亦流遞於後矣。

教坊記載舞曲

教坊記曰：開元十一年，初製聖壽樂以歌舞之。所司先進曲名，以墨點者舞，舞有曲，教坊惟得舞伊州、五天重來疊，不離此兩曲，餘悉讓内家也。内家舞曲有二，垂手羅、迴波樂、蘭陵王、春鶯囀、半社、渠借席、烏夜啼之屬，謂之軟舞。阿遼曲、柘枝、黃麞、拂林、大渭州、達摩之屬，謂之健舞。此崔令欽所編曲名三百餘調始此。

詞調始生於隋煬帝李白

藝苑卮言曰：昔昔鹽、阿濫堆、烏鹽角、阿那朋之類，皆歌曲名也，起自羌胡。自昔昔鹽排律外，餘多七言絶句，有其名而無其調，隋煬帝、李白，調始生矣。然望江南、憶秦娥，則以詞起調者也，菩薩蠻則以詞按調者也。

水調河傳所自始

古今樂録曰：樂府有鼓吹曲，後則有鼓吹、騎吹、雲吹之别。建初録曰：列於殿庭者名鼓吹。列於行駕者名騎吹，又名鼓吹。陸則樓車，水則樓船，是名雲吹。朱鷺、臨高臺諸篇，鼓吹曲也。務成、黄雀，騎吹曲也。水調、河傳，雲吹曲也。宋之問詩：「稍看朱鷺轉，尚識紫騮驕。」言鼓吹也。謝朓詩：「鳴笳翼高蓋，疊鼓送華輈。」言騎吹也。梁簡文帝詩：「廣水浮雲吹，江風引夜衣。」言雲吹也。此水調河傳所自始。

阿那回紇所自始

沈雄曰：詞品所舉昔昔鹽，梁樂府夜夜曲名也。張祜詩「村俗猶吹阿濫堆」、賀鑄詞「塞管孤吹新阿濫」，又載式之烏鹽角行「笙歌聒耳烏鹽角」，李郢詩「謝公留賞山公醉，知入笙歌阿那朋」，皆曲名也。劉禹錫詞「今朝北客思歸去，回入紇那披綠蘿」，阿那、回紇，亦當時曲名。李郢言變梵唄爲豔歌，劉禹錫言翻南謝爲北曲也，此阿那、回紇所自始。

皇甫松竹枝之所祖

玉臺新詠載烏夜啼，徐陵云：「繡帳羅幃燈影獨，一夜千年猶不足。惟憎無賴汝南雞，天河未落已爭啼。」王建云：「章華宮人夜上樓，君王望月西山頭。夜深宮殿門不鎖，白露滿山山葉墮。」一首轉韻平仄各叶，此商調曲也，皇甫松竹枝多祖之。

破陣樂何滿子之所祖

楊慎曰：「唐初風華情致，俱本六朝，長短句卽調也。其婉麗者，陶弘景之寒夜怨、王筠之楚妃吟、長孫無忌之新曲也。若陸瓊之飲酒樂、王褒之高句麗曲，皆六言六句，唐人之破陣樂、何滿子皆祖之。

六朝麗語爲詞家所本

沈雄曰：「楊用脩云，塡詞必泝六朝者，亦昔人探河窮源之意。長短句，如梁武帝江南弄云：「衆花雜色滿上林。舒芳耀彩垂輕陰。連手躧蹀舞春心。舞春心。臨歲腴。中人望，獨踟躕。」梁僧法雲三洲歌，一解云：「三洲。斷江口。水從窈窕河旁流。啼將別共來，長相思。」二解云：「三洲。斷江口。水從窈窕河旁流。歡將樂共來，長相思。」梁臣徐勉迎客曲云：「絲管列，舞曲陳。含羞未奏待嘉賓。羅絲管，陳舞席。斂袖嘿脣迎上客。」送客曲云：「袖繽紛，聲委咽。餘曲未終高駕別。爵無算，景已流。空紆長袖客不留。」隋煬帝夜飲朝眠曲云：「憶睡時，待來剛不來。卸妝仍索伴，解佩更相催。博山思結夢，沉水未成灰。」「憶起時，投籤初報曉。被惹香黛殘，枕隱金釵裊。笑動林中烏，除却司晨鳥。」王叡迎神歌云：「蓮草頭花柳葉裙。蒲葵樹下舞蠻雲。引領望江遥滴淚，白蘋風起水生紋。」送神歌云：「根根山響答琵琶。酒濕青莎肉飼鴉。樹葉無聲神去後，紙錢飛出木棉花。」此六朝風華靡麗之語，後來詞家之所本也，略輯於此。

唐曲三首

沈雄曰：唐詞紀爲郭茂倩所輯，楊璠、董御，多收僞詞以廣之，有以其名同而濫收之者。今取劉禹錫紇那曲云：「踏曲興無窮。調同詞不同。願郎千萬壽，長作主人翁。」按詞品阿那、紇那，皆當時曲名。劉禹錫言變南調爲北曲，蓋隨方音而轉也。劉采春羅嗊曲云：「莫作商人婦，金釵當卜錢。朝朝江口望，錯認幾人船。」按曲有三解，一名望夫歌，取其一以存調，且申說之也。無名氏一片子云：「柳色青山映，梨花雪鳥藏。綠窗桃李下，閒坐歎春芳。」按教坊記有此名，樂府解題所不詳者。更有琴曲名千金意，始分前後段，起俱三字一音，如音、音、音三字起句，後接心、心、心三字起句，而下俱指法未能格之也。

別見之五言詩

今以五言之別見者彙較之，如何滿子，已收六言六句矣。茲載薛逢之何滿子云：「繫馬宮槐老，持杯店菊黃。故交今不見，流恨滿山光。」按白詞有一曲四詞，歌八疊句，則此詞先有是名者，故張祜詩有「一聲何滿子，雙淚落君前」也。如三臺令，已收六言四句矣。茲載李後主之三臺令云：「不寐倦長更。披衣出户行。月寒秋竹冷，風切夜窗聲。」如楊柳枝，已收七言四句矣。茲載李商隱之楊柳枝云：「畫屏繡步障，物物自成雙。如何湖上望，只是見鴛鴦。」如醉公子，已收無名氏之五言八句矣。茲載無名氏之醉公子云：「昨日春園飲，今朝倒接羅。誰人扶上馬，不省下樓時。」如長命女，已收長短句矣。茲載無名氏之長命女云：「雲送關西雨，風傳渭北秋。孤燈然客夢，寒杵擣鄉愁。」如烏夜啼，已收長短句矣。茲載聶夷中之烏夜啼云：「衆鳥各歸枝。烏烏爾不棲。還應知妾恨，故向緑窗啼。」如長相思，已收琴調之長短句矣。茲載張繼之仄韻長相思云：「遼陽望河縣。白首無由見。海上珊瑚枝，年年寄春燕。」又令狐楚之平韻長相思云：「君行登隴上，妾夢在關中。玉筯千行落，銀牀一夕空。」諸如此類，恐後之集譜者，多以詩句而亂詞調也。

別見之七言詩

今以七言之別見者略舉之，如江南春，既列長短句之小令矣。茲載劉禹錫之平韻江南春云：「新妝宜面下朱樓。深鎖春光一院愁。行到中庭數花朵，蜻蜓飛上玉搔頭。」又後朝元之江南春云：「越王宮裏如花人。越水溪頭采白蘋，白蘋未盡秋風起，誰見江南春復春。」按劉夢得爲答王仲初之作，仲初與樂天俱賦仄韻，而茲以平韻正之。後朝元又是一種感慨所係矣。如步虛詞，已列長短句之雙調矣。茲載陳羽之步虛詞云：「樓閣層層阿母家。崐崙山頂駐紅霞。笙歌往見穆天子，相引笑看琪樹花。」如漁歌子，已列長短句之單調、雙調矣。茲載李夢符之漁父詞二首云：「村市鐘聲渡遠灘。半輪殘月落前山。徐徐撥棹却歸去，浪疊朝霞碎錦翻。」「漁弟漁兄喜到來。婆官賽却坐江隈。椰榆杓子瘤杯酒，爛煑鱸魚滿盎堆。」如鳳歸雲，已列林鍾商之長調矣。茲載滕潛之鳳歸雲二首云：「金井闌邊見羽儀。梧桐樹上宿寒枝。五陵公子憐文彩，晝與佳人刺繡衣。」「飲啄蓬山最上頭。和煙飛下禁城秋。曾將弄玉歸雲去，金翻斜翻十二樓。」他如離別難、金縷曲、水調歌、白苧、各有七絕，雜以虛聲，亦有可歌者，總不欲以詩句而亂詞調也。

有襯字之采蓮曲爲詞體

樂府解題曰：「清商曲有采蓮子，卽江南弄中采蓮曲。如李白「耶溪采蓮女，見客棹歌回。笑入荷花裏，佯羞不出來」。劉方平「落日晴江曲，荆歌豔楚腰。采蓮從小慣，十五卽乘潮」。又王昌齡「亂入池中看不見，聞歌始覺有人來」。張朝「賴逢鄰女曾相識，並著蓮舟不畏風」。殊有風致，俱不入選。惟收皇甫松、孫光憲之排調有襯字者爲詞體。

唐人詠六州歌

樂府衍義曰：「岑參六州歌頭云：「西去輪臺萬里餘。也知音信日應疏。隴山鸚鵡能言語，爲報家人數寄書。」註云：「六州，伊、渭、梁、氐、甘、涼也。一作伊、梁、甘、石、胡渭、氐州。王維伊州歌云：「秋風明月獨離居。蕩子從軍十載餘。征人去日殷勤囑，歸雁來時好寄書。」張仲素胡渭州云：「亭亭孤月照行舟。寂寂長江萬里流。鄉國不知何處是，雲山漫漫使人愁。」王之涣梁州歌云：「黄河遠上白雲間。一片孤城萬仞山。羌笛何須怨楊柳，春風不度玉門關。」張祜氐州第一云：「十指纖纖玉筍紅。雁行輕度翠絃中。分明自説長城苦，水闊雲寒一夜風。」苻載甘州歌云：「月裏嫦娥不畫眉。只將雲霧作羅衣。不知夢逐青鸞去，猶把花枝蓋面歸。」無名氏涼州歌云：「一去遼陽繫夢魂。忽傳征騎到中門。紗窗不肯施紅粉，圖遣蕭郎問淚痕。」此皆商調曲也。樂府所收六州歌頭，則一百四十三字長短句之三疊者。

江南春與阿那曲

錢謙益曰：白樂天江南春詞：「青門柳枝軟無力。東風吹作黄金色。街前酒薄醉易醒，滿眼春愁消不得。」王仲初江南春詞：「良人早朝夜半起。櫻桃如珠露如水。下堂把火送郎歸，移枕重眠曉窗裏。」未曾見有律作詞者。兩首畢竟是詞而非詩，阿那曲本此。今録臺城妓曲云：「宫前細草紅香濕。宫内纖腰碧窗泣。惟有虹梁春燕雛，猶傍珠簾玉鉤立。」崔公達女郎曲云：「晴天霜落寒風急。錦帳羅幃羞獨入。秦筝不復續斷絃，回身掩映挑燈立。」此阿那曲之入選體者。

無名氏回紇曲

詞品曰：無名氏回紇曲云：「陰山瀚海信難通。幽閨少婦罷裁縫。緬想邊庭征戰苦，誰能對鏡冶愁容。

久戍人將老，須臾變作白頭翁。」長歌之哀，過於痛哭，必陳隋初唐之作也。沈雄曰：「馮正中別名拋毬樂、莫思歸，其所製見陽春集。」

閒中好三首

沈雄曰：唐人閒中好三首，詞品不載。前人斥爲三首三體，難入詞調，殊不知梓人之誤。即古今詞譜、詞隱亦衹登其二，以爲二體。余於舊本按之，其鄭夢復云：「閒中好，此趣人不知。盡日松爲侶，輕風度僧扉。」覺前此倒置之者，反無旨趣。其段成式云：「閒中好，塵務不關心。坐對牀前木，看移三面陰。」其張善繼云：「閒中好，雲外度鐘遲。卷上論題肇，畫中僧姓支。」仍然三首一調矣，登之。

元稹櫻桃歌

才調集曰：元稹歌云：「櫻桃花，一枝兩枝千萬朵。花塼曾立采花人，窣破羅裙紅似火。」此亦長短句，比章臺柳少疊三字，然不可列於古風也，錄之爲櫻桃歌。

大合禪滴滴泉曲

太平樂府曰：唐時羯鼓錄無有能傳其法者，開元帝最爲絶妙，宋璟、李皐、裴冕，亦精其理。至宋元祐中，邠州一老猶能之，有大合禪、滴滴泉曲。

李白清平調

松窗錄曰：「李白供奉翰林，禁中木芍藥盛開。玄宗乘照夜白，貴妃以步輦從。選梨園子弟度曲，李龜年以歌擅名。玄宗曰：「賞名花，對妃子，焉用舊詞。」命李白立進清平調三章，玄宗調玉笛倚曲，每遍將換，則遲其聲以媚之。

杜秋娘金縷曲

客座贅語曰：「唐有杜秋娘歌行，相傳是金陵女子，爲浙西觀察使李錡妾。錡有陰謀，秋娘時解勉之。嘗爲錡製小詞云：「勸君莫惜金縷衣。勸君莫惜少年時。有花堪折君須折，莫待無花空折枝。」後錡叛，籍入宮。此蓋名金縷曲，以詞隱諫者，見於樊川集中，五十六韻長篇以賦之。唐詞選爲金縷曲，今尚存金縷巷名，則不獨桃葉、桃根，專美於秦淮也。

玄宗好時光

開元軼事曰：「唐玄宗諳音律，善度曲。嘗臨軒縱擊一曲，曰春光好，方奏時，桃李俱發。又製一曲，曰秋風高，奏之風雨颯然。玄宗曰，此事不喚我作天公可乎。詞俱失傳。惟好時光一闋云：「寶髻偏宜宮樣，蓮臉嫩體猶香。眉黛不須張敞畫，天教入鬢長。莫倚傾城貌，嫁取箇有情郎。彼此當年少，莫負好時光。」

楊太真阿那曲

詞統曰：楊太真亦有一曲，贈善舞張雲客者。「羅袖動香香不已。紅蕖裊裊秋煙裏。輕雲嶺上乍搖風，嫩柳池邊初拂水。」此阿那曲也。

大酺曲

太平樂府曰：開元中，大酺於勤政樓，觀者喧聚，莫得魚龍百戲之音。高力士請命永新出歌，可以止喧。永新出奏曼聲，至是廣場寂寂，若無一人。大酺之曲名自此始矣。

雨霖鈴曲

楊妃外傳曰：玄宗幸蜀，霖雨彌旬，棧道中聞鈴聲。玄宗悼念貴妃，爲製雨霖鈴曲。

白居易柳枝詞

唐詩紀事曰：白居易在洛，有妓樊素善歌，小蠻善舞。小蠻方豐豔，白已衰邁，乃作柳枝詞云：「一樹春風萬萬枝。嫩於金色軟於絲。永豐東角荒園裏，盡日無人屬阿誰。」有人歌之，聞於宣宗，命移二枝植內庭。白復作詞云：「一樹衰殘委泥土，雙枝移植在天庭。定知此後天文裏，柳宿光中添兩星。」用以識宣宗之知遇也。

温庭筠進菩薩蠻

樂府紀聞曰：唐宣宗愛唱菩薩蠻，令狐相公假温庭筠脩撰二十闋以進。令狐戒勿泄，而温言於人，由是疏之。

周德華唱柳枝

耆舊續聞曰：周德華嘗在崔芻言郎中席上唱柳枝，如劉禹錫之「春江一曲柳千條」，賀知章之「碧玉裁成一樹高」，楊巨源之「江邊楊柳鞠塵絲」，而不取温庭筠、裴諴所作，二人有愧色。

李義山贈韓冬郎詩

全芳備祖曰：韓冬郎以詩送李義山，義山喜，贈之，有「十歲裁詩走馬成，雛鳳清於老鳳聲」句，更留飲旬日。

昭宗菩薩蠻

中朝故事，載乾寧三年，昭宗登城樓作菩薩蠻云：「登樓遥望秦宫殿。茫茫只見雙飛燕。渭水一條流。千山與萬丘。　遠煙籠碧樹。陌上行人去。何處是英雄。迎儂歸故宫。」此李茂貞犯闕後迎歸時作也。

昭宗宮人作巫山一段雲

樽前集曰：唐昭宗宮人作巫山一段雲二首，非昭宗作也。其一云：「縹緲雲間質，輕盈掌上身。袖羅斜舉動埃塵。明豔不勝春。翠鬟晚妝煙重。寂寂陽臺一夢。冰眸蓮臉見誰新。巫峽更何人。」其二云：「蝶舞梨園雪，鶯啼柳岸煙。小池殘日豔陽天。苧蘿山又山。青鳥不來愁絕。忍看鴛鴦雙結。春風一等少年心。閒情恨不禁。」二首各一體，比舊調用六字句換頭，而第二調又換韻叶者。

莊宗作一葉落陽臺夢

北夢瑣言曰：唐莊宗自傅粉墨爲優人之戲。一葉落、陽臺夢，皆其所製詞也。同光末兵變，登道旁塚上，野人獻雉。詢其地，曰此愁臺也，乃罷飲。一葉落云：「一葉落。褰珠箔。此時景物正蕭索。畫樓月影寒，西風吹羅幕。吹羅幕。往事思量著。」陽臺夢云：「薄羅衫子金泥鳳。困纖腰怯銖衣重。笑迎移步小蘭叢，嚲金翹玉鳳。嬌多情脈脈，羞把同心撚弄。楚天雲雨却相和，又入陽臺夢。」舊本有改金泥鳳字爲縫字者。

元宗山花子

耆舊續聞曰：金陵妓王感化善詞翰。元宗手寫山花子二闋賜之云：「菡萏香消翠葉殘。西風愁起綠波間。還與韶光共憔悴，不堪看。細雨夢回雞塞遠，小樓吹徹玉笙寒。多少淚珠何限恨，倚闌干。」「手卷真珠上玉鉤。依前春恨鎖重樓。風裏落花誰是主，思悠悠。　青鳥不傳雲外信，丁香空結雨中愁。回首緑波三峽暮，接天流。」

元宗罷鼓吹

元宗一日乘醉，命奏水調。樂工惟歌「南朝天子愛風流」及「本爲戰争收拾得，却因歌舞破除休」，再四不易，因罷鼓吹。

後主菩薩蠻

南唐書曰：後主菩薩蠻云：「銅簧韻脆鏘寒竹。新聲慢奏移纖玉。眼色暗相勾。秋波横欲流。　雨雲深繡户。來便諧衷素。宴罷又成空。夢迷春睡中。」「花明月暗飛輕霧。今宵好向郎邊去。剗韈步香階。手提金縷鞋。　畫堂南畔見。一晌偎人顫。奴爲出來難。教君恣意憐。」按兩詞爲繼立周后作也。周后卽昭惠后之妹，昭惠感疾，周后常留禁中，故有「來便諧衷素，教君恣意憐」之語，聲傳外庭。至再納后，成禮而已。韓熙載皆爲詩諷焉。

潘佑以詞諫

鶴林玉露曰：南唐張泌、潘佑、徐鉉、湯悦，俱有才名。後主於宮中作紅羅亭，四面栽紅梅，欲以豔曲記之。佑應令云：「樓上春寒山四面。桃李不須誇爛熳。已失了東風一半。」時已失淮南，故佑以詞諫云。

昭惠后創新聲

填詞名解曰：邀醉舞破，南唐大周后，卽昭惠后，嘗雪夜酣讌舉杯，屬後主起舞。後主曰：「汝能創爲新聲則可。」后卽命箋綴譜，喉無滯音，筆無停思。譜成，名邀醉舞破。又恨來遲破，亦昭惠后作。二詞俱失，無有能傳其音節者。

後主作念家山破

填詞名解曰：念家山破，後主煜所作，蓋舊曲有念家山，後主親演爲破。昭惠后亦作邀醉舞破、恨來遲破，既久而忘之。後主追悼昭惠，詢問舊曲，無復曉者。宮人流珠，獨能記憶，故三曲復於名傳。

念家山之應

陳暘樂書曰：南唐後主樂曲有念家山破。我宋祖開寶八年，悉收其地，乃入朝，是念家山之應也。

後主圍城中賦詞

樂府紀聞曰：後主於圍城中，賦臨江仙未終而城破。其詞云：「櫻桃落盡春歸去，蝶翻金粉雙飛。子規啼月小樓西。玉鉤羅幕，惆悵卷金泥。　門掩寂寥人散後，望殘煙草淒迷。」後主於此停筆。後有劉延仲補之云：「何時重聽玉驄嘶。撲簾柳絮，依約夢回時。」花閒集本載有「爐香閒裊鳳皇兒。空持裙帶，回首故依依」，備記之。

後主附宋後賦詞

樂府紀聞曰：後主附宋，與故宮人云：「此中日夕以眼淚洗面。」每懷故國，詞調愈工。其賦浪淘沙有云：「夢裏不知身似客，一晌貪歡。流水落花春去也，天上人間。」其賦虞美人有云：「問君能有幾多愁。恰是一江春水向東流。」舊臣聞之有泣下者。七夕在賜第作樂，太宗聞之怒，更得其詞，故有賜牽機藥之事。

後主賜慶奴詞

客座贅語曰：南唐宮人慶奴，後主以詞賜之云：「風情漸老見春羞。到處芳魂感舊游。多見長條似相識，强垂煙穗拂人頭。」書於黃羅扇上，流落人閒，蓋柳枝也。

後主是一詞手

江尚質曰：後主歸宋，作樂，聲聞於外，已犯與王之忌，不應以詞召禍。如「故國不堪回首月明中」，「恰似一江春水向東流」，詞則佳矣，其如勢去何。曾記王弇州云：「歸來休照燭花紅。」「待踏馬蹄清夜月。」致語也。「小樓昨夜又東風」，「問君還有許多愁」，情語也。後主是一詞手。沈去矜曰：後主疏於治國，在詞中猶不失南面王，覺張郎中、宋尚書，直衙官耳。

王衍醉妝詞

北夢瑣言曰：蜀主衍裹小巾，其尖如錐。宮妓俱衣道衣，簪蓮花冠，施脂夾粉，名曰醉妝。自製醉妝詞云：「者邊走。那邊走。只是尋花柳。那邊走。者邊走。莫厭金杯酒。」又嘗宴於怡神亭，婦女雜坐，自執板歌後庭花、思越人曲。

李玉簫唱王衍宮詞

五代軼事曰：蜀宮人李玉簫者，愛唱王衍宮詞「月華如水浸宮殿，有酒不醉真癡人」，後有以詩紀之者。「雲散江城玉漏遥。月華浮動可憐宵。停歌不飲將何待，試問當年李玉簫。」沈雄曰：王衍詞惟甘州曲有「畫羅裙，能結束，稱腰身」三句爲最。

韓琮楊柳枝

梅墩詞話曰：韓琮舍人事蜀主衍，爲五鬼之一。楊柳枝二首，特見推於時，詞云：「梁苑隋隄事已空。萬條猶舞舊春風。那堪更想千年後，惟見楊花入漢宮。」「枝鬥纖腰葉鬥眉。春來無處不如絲。灞陵原上多離别，少有長條拂地垂。」實以此諷諫其君也。

樂工製曲祀康老子

檮杌記曰：「蜀王衍十四年，俳優有唱康老子者。教坊記，又名得寶子，衍以問李昊等所自出。徐光溥曰：『康老而無子，落拓不事生業，好與梨園樂工游。一旦家貲蕩盡而死。樂工哀之，爲製曲而祀之云：「逢場作劇，對酒當歌。冠裳意褻，傀儡情多。人生頭白，爲歡幾何。」

孟昶相見歡

曾氏雅編曰：「蜀主昶止有相見歡一首云：『無言獨上西樓。月如鉤。寂寞梧桐深院、鎖清秋。剪不斷。理還亂。是離愁。別是一般滋味在心頭。』此蜀主之絕妙詞也，落句人皆襲之，以爲美談。

孟昶洞仙歌

温叟詩話曰：「蜀主昶令羅城上盡種芙蓉，盛開四十里。語左右曰：『古以蜀爲錦城，今觀之，真錦城也。』嘗夜同花蕊夫人避暑摩訶池上，作洞仙歌。

花蕊夫人采桑子

太平清話曰：「花蕊夫人製采桑子，題葭萌驛壁，纔半闋而爲軍騎促行。後有續成之者云：『三千宮女如花貌，妾最嬋娟。此去朝天。只恐君王恩愛偏。』及至宋，尚有『十四萬人齊解甲，更無一箇是男兒』之句。豈有隨昶行而書此敗節之語。

兩花蕊

鐵圍山叢話曰：「孟蜀先後有兩花蕊，一隨衍歸唐，半途遇害者，小徐妃也。一能爲宫詞百首，隨昶歸宋者，青城費氏也。一日召花蕊入宫，而昶遂死。

嵇康曲舞詞

客座贅語曰：「薛九，江南富家子，得侍李後主宫中。善歌嵇康曲，曲爲後主所製。江南平，零落江北，嘗一歌之，坐人皆泣。後易爲嵇康曲舞詞云：「薛九三十侍中郎。蘭香花媚生春堂。龍蟠王氣變秋霧，淮聲泗水浮秋霜。宣城酒煙生霧服。與君試舞當時曲。玉樹遺詞悔重聽，黄塵染鬢無前緑。」

無名氏撲蝴蝶

詞統曰：「無名氏有撲蝴蝶詞云：「煙條雨葉，緑遍江南岸。思歸倦客，尋春來較晚。岫邊紅日初斜，陌上花飛正滿。淒涼數聲羌管。怨春短。玉人應在月明中，畫眉懶。鸞牋錦字，多少魚雁斷。恨隨去水東流，事與行雲共遠。羅衾舊香猶暖。」一篇情景周摯，换頭句逼真，爲周、秦之先聲也。

石刻後庭宴

宋宣和中，掘得石刻，詞本無名。後因名之曰後庭宴，詞云：「千里故鄉，十年華屋。亂魂飛過屏山簇。眼重眉褪不勝春，菱花知我銷香玉。雙雙燕子歸來，應解笑人幽獨。斷歌零舞，遺恨清江曲。萬樹緑淒迷，一庭紅撲簌。」唐人句也。

宋詞話

宋初宸翰無聞

沈雄曰：或問詞盛於宋，而宸翰無聞何也。余謂錢俶之「金鳳欲飛遭掣搦」，爲藝祖所賞。李煜之「一江春水向東流」，爲太宗所忌。開創之主，非不知詞，不以詞見耳。嗣則有金珠乞詩之宮嬪，有提舉大晟之官僚，按月律進詞，承宣命珥筆，寵諸詞人，良云盛事，而必宸翰之遠播哉。

徽宗高宗孝宗詞

東皋雜録曰：徽宗探春令：「杏花笑吐香猶淺。又還是、春將半。」「記去年、對著東風、曾許不負鶯花願。」高宗漁父詞：「水涵微雨湛虛明。小笠輕簑未要晴。」一深於情景，一善於意態，卽操觚專家不過如是。孝宗亦有「珠箔乍開風正暖，雕闌斜倚燕交飛」，蓋浣溪沙也。

宗室能詞者衆

沈雄曰：元祐時，宗室能詞者衆，如嗣濮王趙仲御，瑤臺第一層有云：「嶰管聲催。人報道，嫦娥步月來。鳳燈鸞炬，寒輕珠箔，光泛樓臺。歡陪。千官萬騎，九霄人在五雲堆。赭袍光裏，星毬宛轉，花影裴徊。」又安定郡王趙令畤，嘗夜過東坡家，飲梅花下，曾題會真記鳳棲梧云：「錦額重簾深幾許。只是低頭，怕受他人顧。强出嬌嗔無一語。絳綃頻掩酥胸素。」見聊復集。又淳熙間，趙彦端字德莊者賦西湖，有「波底夕陽紅濕」，爲阜陵欣賞，曰：「我家裏人，也會作此等語。」有介庵詞四卷，此環衛中之能詞表表者。

四宗室工於詞

沈雄曰：岳倦翁云：「趙師俠，燕王德昭七世孫，舉進士，有坦庵樂府。其爲文如泉出不擇地，詞之摹寫風景，體狀物情，俱極精巧，初不知其得之之易。」黄玉林云：趙善扛，字文鼎，自稱解林居士，詞甚富，蓋德莊之流也。汲古閣載南豐宗室趙長卿，一稱仙源居士，惜香樂府多至十卷。詞綜載餘干王孫趙汝愚，字子直，舉進士，累官右丞相，盛以詞章鳴世。此四宗室之工於詞者也。

蘇易簡王禹偁詞

沈雄曰：宋初以詞章早著名者，梓州蘇易簡作越江吟，載百琲明珠。蜀之大魁自此始。鉅野王禹偁作點絳脣，見小畜集。謂其文章重於當世。

不以人廢言

江尚質曰：賢如寇準、晏殊、范仲淹、趙鼎，勳名重臣，不少豔詞。即丁謂、賈昌朝、夏竦，亦有綺語流傳。

以及蔡京、蔡攸，各有賞識，累辟大晟府職，當不以人廢言也。

范韓詞

楊慎曰：范文正公、韓魏公，一時勳德震世。范詞御街行「天澹銀河垂地」，韓詞點絳脣「人遠波空翠」，皆佳。

窮塞主之詞

沈雄曰：仁宗朝，范希文守邊，作漁家傲，歐陽永叔呼爲窮塞主之詞，每以「塞上秋來風景異」爲起句，故云。余考無名氏水鼓子，後衍爲漁家傲者，詩云：「雕弓白羽獵初回。薄夜牛羊復下來。青塚路邊荒草合，黑山峯外陣雲開。」窮塞主詞自有來處。

林逋詠草詞

沈雄曰：大中祥符中，賜杭州隱士林逋粟帛，贈和靖先生。臨終，有「茂陵他日求遺稿，猶喜曾無封禪書」。和靖識見如是，司馬子長當作衙官也。若王旦不諫天書，爲臨終一事之失，卽削髮披緇，何以謝天下。和靖卒，張子野爲詩以弔之，「湖山隱後家空在，煙雨詞亡草自青」，其詞只點絳脣詠草一首。有子林洪，著家山清供，亦未見有別詞也。

謝克家豆葉黄

東京軼事曰：謝克家，東京故老，年七十，以忤權相蔡元長下獄。久之得釋。徽宗北狩，克家詞云：「依依宮柳拂宮牆。臺殿無人春晝長。燕子歸來依舊忙。憶君王。月破黄昏人斷腸。」即豆葉黄也。

陳參政木蘭花慢

宋詞有陳參政失名者，詞云：「北歸人未老，喜依舊，著南冠。正雪暗滹沱，雲迷芒碭，夢落邯鄲。鄉心促，日行萬里，幸此身生入玉門關。多少秦煙隴霧，西湖淨洗征衫。燕山。望不見吴山。回首一征鞍。慨故宮離黍，故家喬木，那忍重看。鈞天紫薇何處，問瑶池、八駿幾時還。誰在天津橋上，杜鵑聲裏闌干。」蓋木蘭花慢也。沈雄曰：此非宋季詞，乃南渡以前人，北歸時爲二帝北狩作也。

武穆作小重山

話腴曰：武穆收復河南罷兵表云：「莫守金石之約，難充谿壑之求。暫圖安而解倒懸，猶之可也。欲遠慮而尊中國，豈其然乎。」故作小重山云：「欲將心事付瑶琴。知音少，絃斷有誰聽。」指主和議者。又作滿江紅，忠憤可見，其不欲等閒白了少年頭，可以明其心事。

韓蘄王能書能詞

詞品曰：韓蘄王以元樞就第，絶口不言兵事，時策蹇放浪西湖林壑間。蘇仲虎尚書方宴客香林園，王徑造焉。醉歸之明日，王手書南鄉子、臨江仙二闋爲謝。王生長兵間，未曾讀書，至此亦能書能詞，必妙悟一流人也。

甘露圓禪師漁家傲

羅湖野録曰：甘露圓禪師，撰漁家傲二十闋，有云：「本是瀟湘一釣客。自東自西自南北。只把孤舟爲住宅。無寬窄。幕天席地人難測。頃聞四海停戈戟。金門懶去投書册。時向灘頭歌月白。高標格。浮名浮利誰禁得。」此仲殊一流人也。

開明光上座歌柳詞示寂

琪園隨録曰：開明光上座，得法於報本元。歸里嗜酒，歌柳詞以示寂曰：「今宵酒醒何處，楊柳岸曉風殘月。」

方外能詞

沈雄曰：詞選中有方外語，蕪累與空疎同病。要寓意言外，一如尋常，不別立門户，斯爲入情，仲殊、覺範、祖可尚矣。若世所稱白玉蟾、丘長春，皆仙家之有詞名者。卽羽衣連久道，十二歲亦能詞也。

向子諲詞

向子諲詞云：「脱落皮膚，故人南嶽峯前過。只知閒坐。千聖難窺我。明月澄潭，誰唱誰來和。還知麽。錦鱗無箇。莫觸清光破。」此點絳脣也。又詞云：「進步須於百尺竿。二邊休立莫中安。要知玄路没多般。　花豔鏡中拈不起，蟾光空裏撮應難。道人無事要參看。」此小庭花也。

陸放翁好事近

陸放翁詞云：「混迹人間，夜夜畫樓銀燭。誰見五雲丹竈，養黄芽初熟。　罡風歸從紫皇游，東海宴暘谷。進罷碧桃花賦，賜玉塵千斛。」此好事近也。

無名氏巫山一段雲

無名氏詞云：「清旦朝金母，斜陽醉玉龜。天風摇曳六銖衣。鶴背覺孤危。　蕭氏賢夫婦，茅家好弟兄。羽輪飆駕赴層城。高會集仙卿。」此巫山一段雲也。

歐蘇麗語

弇州詞評曰：永叔、長公，極不能作麗語，而亦有之。永叔如「當路游絲縈醉客，隔花啼鳥唤行人」，長公如「綵索身輕常趁燕，紅窗睡重不聞鶯」，勝人百倍。

秦柳微以氣格爲病

蘇東坡曰：山抹微雲秦學士，露花倒影柳屯田，微以氣格爲病。

歐蘇詞同一意致

柳塘詞話曰：歐陽公云：「把酒祝東風，且共從容。」與東坡虞美人云：「持杯邀勸天邊月，願月圓無缺。」同一意致。

秦黄優劣

陳後山曰：今代詞手，惟秦七、黄九耳，餘人不逮也。詞家以秦黄並稱。然秦能爲曼聲以合律，形容處，殊無刻肌入骨語。黄時出俚淺，可謂傖父。然黄有「春未透，花枝瘦，正是愁時候」，峭健亦非秦所能作。

賀秦詞麗句入妙

胡仲任曰：全篇好極難，如賀方回「澹黄楊柳帶棲鴉」，秦處度「藕葉清香勝花氣」，麗句入妙，而全篇不逮也。

辛楊詞意相同

卓珂月曰：辛稼軒有「而今何事最相宜，宜醉，宜游，宜睡。乃翁依舊管些兒，管竹，管山，管水」。楊誠齋有「一道官銜清徹骨，別有監臨主守。主守清風，監臨明月，兼管栽花柳」。辛楊相值時，當爲傾倒。

宋人作詞不愧唐人

楊慎曰：宋人作詩與唐遠，作詞不愧唐人。嘗書寇準、杜衍、張耒、劉才邵數詞，試諸人，人不能辨，皆阿那曲也。

子野耆卿齊名

晁無咎曰：子野、耆卿齊名，而時以子野不及耆卿者。子野韻高，是耆卿所乏處。

少游情詞相稱

蔡伯世曰：子野詞勝乎情，耆卿情勝乎詞。情詞相稱者，少游一人而已。

少游多婉約子瞻多豪放

張世文曰：少游多婉約，子瞻多豪放，當以婉約爲主。

宣政間忌蘇黄之學

藝苑雌黄曰：宣政間，忌蘇黄之學，而又暗用之。王初寮陰用東坡，韓子蒼陰學山谷。

范陸唱酬

劉漫塘曰：范致能、陸務觀，以東南文墨之彦，至爲蜀帥。在幕府日，賓主唱酬，每一篇出，人以先覩爲快。

詞至稼軒而變

藝苑巵言曰：詞至稼軒而變，其源實自長公，至改之極矣。南宋如曾覿、張掄輩，應制之作，志在鋪張，故多雄麗。稼軒撫時之作，故饒明爽，然於濃情致語，幾於盡矣。

東坡爲詞詩稼軒爲詞論

陳子宏曰：近日詞，惟周美成、姜堯章，而以東坡爲詞詩，稼軒爲詞論，此說固當。然詞曲以委曲爲體，徒狃於風情婉戀，則亦易厭。回視蘇、辛所作，豈非萬古一清風哉。

陸辛時時掉書袋

劉潛夫曰：放翁、稼軒，一掃纖豔，不事斧鑿。詞則高矣，但時時掉書袋，固是一病。

李易安魏夫人能詞

朱晦庵曰：本朝婦人能詞者，惟李易安、魏夫人二人而已。

李魏與秦黄争雄

黄玉林曰：李易安、魏夫人，使在衣冠之列，當與秦七、黄九争雄，不徒擅名於閨閣也。

梅聖俞禽言四章

輟耕録曰：梅聖俞禽言四章云：「泥滑滑，苦竹岡。雨瀟瀟，馬上郎。馬蹄凌兢雨又急，此鳥爲君應斷腸。」「婆餅焦，兒不食。爾父向何之，爾母山頭化爲石。」山頭化石可奈何，遂作微禽啼不息。」「提壺盧，沽美酒。風爲賓，樹爲友。山花撩亂目前開，勸爾今朝千萬壽。」「不如歸去，春山云暮。萬木兮參天，蜀道兮何處。人言有翼可高飛，安用空啼向春樹。」沈雄曰：此與文與可題竹十字令，俱長短句，金元人皆有和詞。而不可以被管絃者也，非詞也。

梅聖俞莫打鴨

温叟詩話曰：吕士隆知宣州，好笞妓，適杭妓到，喜之。一日欲笞宣妓，妓曰不敢辭，恐杭妓不安。士隆宥之。梅聖俞爲詞云：「莫打鴨，打鴨驚鴛鴦。鴛鴦新向池中落，不比孤洲老鵁鶄。」此亦長短句，若足一句，即謝秋娘也。

王通叟莫惱翁

江尚質曰：冠柳集載王逋叟所製莫惱翁一曲云：「穀垂乾穗荳垂角。雨足年登不勝樂。烏巾紫領銀鬚長。白酒滿盆翁自酌。翁醉不知秋色涼。兒捋翁鬚孫撼牀。莫惱翁。翁年已高百事慵。」雖三轉韻曲，僅可列於古風也。

柳富醉高樓

毛甡詞譜，載有醉高樓一闋，傳是宋東都柳富別王幼玉詞云：「人間最苦，最苦是分離。伊愛我，我憐伊。青草岸頭人獨立，畫船歸去櫓聲遲。楚天低。回望處，兩依依。後會也知。也知俱有願，未知何日是佳期。心下事，亂如絲。好天良夜還虛過，辜負我，兩心知。願伊家，衷腸在，一雙飛。」柳自歌勸酒，殊有盛宋風味。

温公歐公遭謗

柳塘詞話曰：姜明叔云，宣和間恥温公獨爲君子，誣之以西江月云：「相見争如不見，有情還似無情。笙歌散後酒微醒，深夜月明人靜。」蔣一葵曰：歐陽公試士時，錢穆父恨之，誣之以望江南云：「十四五，閒處見知音。堂上簸錢堂下走，恁時相見已留心，何況到而今。」愚按兩公遭謗，盡人知之。所謂高明之家，鬼瞰其室也。

譏魏壇女真詞

柳塘詞話曰：詞品云，臨川守陳虛中，因魏壇女真鮮守戒者，爲詩以譏之。有作西江月詞，嫁名於覺範云：「最好洞天春晚，黄庭卷罷清幽。凡心無計耐閒愁。試撚花枝頻嗅。」余以洪禪師爲佛祖兒孫，豈得有此，而載於復齋漫録也。

兩張先

胡應麟曰：天聖間，一時有兩張先者，皆字子野，俱進士，其能詩壽考悉同。一博山人，號三影者。一吳興人，爲都官郎中。見齊東野語。愚按紅杏枝頭春意鬧尚書，欲見雲破月來花弄影郎中，將命之語，人或疑之，子野自謂，何不謂之張三影。如「嬌柔嬾起，簾壓卷花影」，「柳徑無人，墜飛絮無影」，并前句爲三影，豈博山人爲之乎。且吳興近杭，子野至，多爲官妓作詞。常與東坡作六客詞，而年最耄，載在癸辛雜識。不聞有兩人同號張三影者也。

兩蘇養直

樂府紀聞曰：蘇養直字伯固，詞品訛爲名伯固，字養直。東坡有送伯固兄還吳詩。其「屬玉雙飛水滿塘」句，東坡見而喜曰，吾家蘇養直。如「醉眠小塢黄茅店，夢倚高城赤葉樓」，便有黄冠氣象。傳其入羅浮羽化。詞綜曰：丹陽人，蘇庠，字養直，别號後湖，日放浪江湖間。後湖集見推於世。紹聖中，與徐俯同召。徐俯赴，蘇庠辭，且與康伯可有溪堂之約。作采桑子云：「山陰此夜明如晝，月滿前村。莫掩溪門。恐有扁舟乘興人。」東坡既没，不聞羽化，世數遥遥，恐是兩人也。

兩朱希真

沈雄曰：朱希真名敦儒，天資曠達，有神仙風致。居東都日，作鷓鴣天自述云：「曾批給雨支風券，屢上留雲借月章。」有朋儕詣之，聞笛聲自煙波起，頃之，棹小舟與客俱歸。室中懸琴筑阮咸之屬，籃缶貯果實脯醢，皆平日所留意者。南渡後，作鷓鴣天遣與云：「道人還了鴛鴦債，紙帳梅花醉夢間。」是真素心之士。若名媛集之朱希真，適徐必用，徐商久不歸，亦作警悟風情自解。別是一人，豈得同日而語。

晏殊小詞未嘗作婦人語

詩眼曰：晏叔原見蒲傳正曰，先君小詞，未嘗作婦人語。傳正云：「綠楊芳草長亭路，年少拋人容易去。」豈非婦人語。叔原曰：公謂年少爲所歡乎。因公言，遂曉樂天詩兩句，「欲留所歡待富貴，富貴不來所歡去」。傳正笑而悟其言之失。

幕士論柳蘇詞

吹劍録曰：東坡在玉堂日，有幕士善歌，因問我詞何如耆卿。對曰，郎中詞，只好十七八女子，執紅牙按歌楊柳岸曉風殘月。學士詞，須關西大漢鐵綽板，唱大江東去。爲之絶倒。

柳詞有來處

江尚質曰：東坡酹江月，爲千古絶唱。耆卿雨霖鈴，惟是「今宵酒醒何處，楊柳岸曉風殘月」，東坡喜而嘲之。沈天羽曰：求其來處，魏承班「簾外曉鶯殘月」，秦少游「酒醒處，殘陽亂鴉」，豈盡是登溷語。余則爲耆卿反脣曰，「大江東去，浪淘盡千古風流人物」，死尸狼藉，臭穢何堪，不更甚於袁綯之一哂乎。

東坡與少游論詞

高齋詩話曰：少游自會稽入都，見東坡。東坡曰：「不意別後，却學柳七作詞。」少游曰：「某雖無學，亦不至是。」東坡曰：「『銷魂當此際』，非柳七詞乎。」少游慚服。東坡又問別作何詞。少游舉「小樓連苑橫空，下窺繡轂雕鞍驟」。東坡曰：「十三箇字，只說得一箇人騎馬樓前過。」少游問公近著，東坡乃舉「燕子樓空，佳人何在，空鎖樓中燕」。晁无咎曰：三句便說盡張建封事。

少游踏莎行不必改

詞品曰：少游踏莎行，爲郴州旅舍作也。黃山谷曰：「此詞高絕，但斜陽暮爲重出。」欲改斜陽爲簾櫳。范元實曰：「只看『孤館閉春寒』，似無簾櫳。」山谷曰：「亭傳雖未必有，有亦無礙。」范曰：「詞本摹寫牢落之狀，若曰簾櫳，恐損初意。」今郴州志，竟改作斜陽度。余以斜屬日，暮屬時，不爲累，何必改也。東坡「回首斜陽暮」、美成「雁背斜陽紅欲暮」，可法也。

叔原獨以詞名

太平樂府曰：程正伯以詞名，尤尚書謂正伯之文過於詞，此乃識正伯之大者。昔晏叔原以大臣子爲靡麗之詞，其政事堂中舊客，尚欲其捐有餘之才，以勉未至之德。蓋叔原獨以詞名，他文不及也。少游、魯直，則已兼之。故陳無己之作，自云不減秦七、黃九。夫亦推重其詞耳，謂正伯爲秦黃則可，爲叔原則不可。

林外洞仙歌

古今詞話載有一詞云：「飛梁歆水，虹影澄清曉。橘里漁鄉半煙草。歎來今古往，物是人非，天地裏，惟有江山不老。　雨巾風帽。四海誰知道。一劍横空幾番到。按玉龍，嘶未斷，月冷波寒，歸去也，琳宇洞天無鎖。認雲屏煙壁是吾廬，任滿地蒼苔，年年不掃。」相傳林外作洞仙歌，書於垂虹橋上，道裝飲酒而去，人以爲仙也，傳入禁中，孝宗笑曰：「琳宇洞天無鎖，鎖與老押，鎖音掃，乃閩人也。」訪之果然。

岳珂改辛詞

詞鈔曰：「幼安每開宴，必命侍姬歌所作詞。特好歌賀新郎，自誦其中警句：『我見青山多嫵媚，料青山見我應如是。』『不恨古人吾不見，恨古人不見我狂耳。』顧問坐客何如。既而作永遇樂『千古江山，英雄無覓孫仲謀處』，特置酒召客，使妓送歌，自擊節，徧問客，必使摘其疵。客遜謝不可，或措一二語不契，又弗答。相臺岳珂年少，率然對曰：『童子何知而敢議，必欲如范希文以千金求嚴陵祠記一字之易，則晚進竊有議也。』幼安促膝，使畢其説。珂曰：『前篇豪視一世，獨前後二警語差相似，新作微覺用事多耳。』於是大喜，謂坐客曰：『夫夫實中予痼。』乃味改其語，日數十易，累月未竟。

文及翁賀新郎

堯山堂外紀曰：綿州文及翁，登第後游西湖。或戲之曰：「西蜀有此景否。」及翁卽席賦賀新郎以解之，有云：「借問孤山林處士，但掉頭笑指梅花蕊。天下事，可知矣。」時賈相行推田之令，及翁作百字令詠雪以譏之。

德祐太學生百字令

湖海新聞曰：德祐太學生百字令云：「半堤花雨。對芳辰，消遣無奈情緒。春色尚堪描畫在，萬紫千紅塵土。鵑促歸期，鶯收佞舌，燕作留人語。繞闌紅藥，韶華留此孤主。真箇恨殺東風，幾番過了，不似今番苦。樂事賞心磨滅盡，忽見飛書傳羽。湖水湖煙，峯南峯北，總是堪傷處。新塘楊柳，小蠻猶自歌舞。」三四謂衆宮女行也，五謂朝士去，六謂臺官默也，七指太學生上書；八九謂只陳宜中在，東風謂賈相，飛書傳羽，北軍至也，新塘楊柳謂賈妾。

陳以莊水龍吟

堯山堂外紀曰：至正丙子，正月十八，元師至杭，謝、全兩太后北行。陳以莊製水龍吟記錢唐之恨。時謝太后年已七十餘矣。故以莊有「金屋難成，阿嬌已遠，不堪春暮」之句。惜其不能死也。又以秋娘、泰娘比之，有愧於苻登之毛氏，竇建德之曹氏多矣。時有王昭儀清蕙者，題滿江紅於驛壁，傳播中原。文文山讀至卒章，「願嫦娥相顧肯從容，隨圓缺」，乃曰：「惜哉，夫人於此少商量矣。」爲之代作一首，有云：「算妾身不願似天家，金甌缺。」

宋季高節

松筠録曰：宋季高節，蓋推廬陵、吉水、涂川，亦同一派，如鄧剡字光薦，劉會孟號須溪，蔣捷號竹山，俱以詞鳴一時者。更如危復之於至元中，累徵不仕，隱紫霞山，卒謚貞白。趙文自號青山，連辟不起，與劉將孫爲友，結青山社。王學文號竹澗，與汪水雲爲友，不知所之。至若彭巽吾名元遜，羅壺秋名志仁，顏吟竹名子俞，吳山庭名元可，蕭竹屋名允之，曾鷗江名允元，王山樵名從叔，蕭吟所名漢傑，尹磵民名濟翁，劉雲閒名天迪，周晴川名玉晨，皆忠節自苦，没齒無怨者。必欲屈抑之爲元人，不過以詞章闡揚之，則亦不幸甚矣。

宋祁鷓鴣天

詞林海錯曰：宋祁爲學士，一日遇内家車子數輛於繁臺街，不及避。中有搴簾呼小宋者，祁驚訝不已，爲作鷓鴣天云：「畫轂雕輪狹路逢。一聲腸斷繡簾中。身無彩鳳雙飛翼，心有靈犀一點通。金作屋，玉爲籠。車如流水馬猶龍。劉郎已恨蓬山遠，更隔蓬山一萬重。」傳唱達禁中，仁宗聞之，問第幾車子，内人自陳。頃宣學士侍宴，召祁從容語之，祁惶懼。仁宗曰：「蓬山不遠。」因以内家賜之。

蔡挺喜遷鶯

曹元寵曰：熙寧中，蔡挺帥平涼，作喜遷鶯、霜天清曉云云。示子曚，偶遺，爲廳門卒得之，特令筆吏辨之。適郡之娼魁素習之。會賜衣襖中使至，挺開讌，娼尊前執板歌此。挺怒，送獄根治。娼祈哀於中使爲援，中使得其本以歸。宮女輩争相傳授，歌聲徹於宸聽，迺知挺所製。裕陵卽索紙批云：「玉關人老，朕甚念之，樞筦有缺，留以待汝。」卽内召。

韓縝凰簫吟

樂府紀聞曰：元豐中，韓縝出使契丹，分割地界。韓有姬與別，姬作蝶戀花云：「香作風光濃着露。正恁雙棲，又遣分飛去。密訴東君應不許。淚波一灑奴衷素。」神宗知之，遣使送行。劉貢父贈以詩：「卷耳幸容留婉戀，皇華何啻有光輝。」莫測中旨何自而出，後知姬人別曲傳入内庭也。韓作芳草詞別云：「鎖離愁，連綿無際，來時陌上初薰。繡幃人念遠，暗垂珠露，泣送征輪。長行長在眼，更重重、流水孤雲。但望極樓高，盡日目斷王孫。　消魂。池塘別後，曾行處、緑妬輕裙。恁時攜素手，亂花飛絮裏，緩步香茵。朱顏空自改，向年年、芳草長新，徧緑野，嬉游醉眼，莫負青春。」此鳳簫吟咏芳草以留別，與蘭陵王咏柳以敍别同意。後人竟以芳草爲調名，則失鳳簫吟原唱意矣。

柳永以詞遭貶

太平樂府曰：「柳永曲調傳播四方，嘗候榜作鶴冲天詞云：『忍把浮名，換了淺斟低唱。』仁宗聞之曰：『此人風前月下，淺斟低唱，好填詞去。』柳永下第，自此詞名益振。後以登第冀進用，適奏老人星現。左右令永作醉蓬萊以獻云：『漸亭皐葉下，隴首雲飛，素秋新霽。華闕中天，鎖葱葱佳氣。嫩菊黄深，拒霜紅淺，近寶階香砌。玉宇無塵，金風有露，碧天如水。正值昇平，萬機多暇，夜色澄鮮，漏聲迢遞。南極星中，有老人呈瑞。此際宸游，鳳輦何處，度管絃聲脆。太液波翻，披香簾捲，月明風細。』仁宗一看漸字便不懌，至『此際宸游鳳輦何處』，却與挽真宗詞意相合，爲之悵然。再讀『太液波翻』字，仁宗欲以澄字換翻字，投之於地。

坡公爲超超作卜算子

梅墩詞話曰：「惠州温氏女超超，年及笄，不肯字人。東坡至，喜曰：『吾壻也。』日徘徊窗外，聽公吟咏，覺則亟去。東坡曰：『吾呼王郎與子爲姻。』未幾，坡公度海歸。超超已卒，葬於沙際。因作卜算子。乃有銅陽居士錯爲之解曰：『東坡殊多寓意，缺月刺微明也。漏斷暗時也。幽人不得志也。獨往來無同類也，驚鴻賢人不安也，回頭愛君不忘也，無人省君不察也，揀盡寒枝不肯棲，不偷安於高位也，寂寞沙洲冷，非所安也。』坡公豈爲是哉。超超既鍾情於公，余哀其能具隻眼，知公之爲舉世無雙，知公之堪爲吾壻，是以不得親近，寧死不願居人間世也。即呼王郎爲姻，彼且必死，彼知有坡公也。

賀方回柳色黃

能改齋漫録曰：賀方回眷一麗姝，久不相見。姝寄以詩云：「獨倚危欄淚滿襟。小園春色懶追尋。深恩縱似丁香結，難展芭蕉一片心。」方回卽用其語爲柳色黃云：「薄雨催寒，斜照弄晴，春意空闊。長亭柳色纔黃，遠客一枝先折。煙橫水際，映帶幾點歸鴉，東風消盡龍沙雪。還記出門時，恰而今時節。將發。畫樓芳酒，紅淚清歌，頓成輕別。已是經年，杳杳音塵都絶。欲知方寸，共有幾許清愁，芭蕉不展丁香結。枉望斷天涯，兩厭厭風月。」

魯直贈盼盼詞

藝苑雌黃曰：黃魯直過瀘，瀘帥命寵妓盼盼侑觴。魯直贈以浣溪沙云：「奴料有心憐宋玉，祗因無奈楚襄何。」而帥不知也。盼盼唱惜春容一曲云：「少日看花雙鬢緑。走馬章臺絃管逐。而今老更惜花深，終日看花看不足。坐中美女顏如玉。爲我一歌金縷曲。歸時壓倒帽簷欹，頭上春風紅簌簌。」或謂此詞卽涪翁舊作。

晁无咎下水船

能改齋漫録曰：廖明略與晁无咎同爲祕書正字，无咎向與麗姝田氏善，約明日早過之。及至，田氏遽起梳掠，匆匆以與客對。无咎以明略故，有意而未達也。爲賦下水船云：「上客驪駒繫。驚喚銀瓶睡起。困倚粧臺，盈盈正解羅髻。鳳釵墜。繚繞金盤玉指。巫山一段雲委。半窺鏡、向我橫秋水，斜領花枝交鏡裏。淡拂鉛華，匆匆自整羅綺。斂眉翠。雖有愔愔密意。空作江邊解珮。」

何㮚贈惠柔詞

樂府紀聞曰：何㮚字文縝，政和間第一人，靖康中死難名臣也。會飲於貴戚家，侍兒惠柔，慕公丰標，密解手帕爲贈，約牡丹時再集。何賦虞美人云：「分香帕子揉藍膩。欲去殷勤惠。重來約在牡丹時。只恐花枝相妬，故開遲。　別來看盡閒桃李。日日闌干倚。催花無計問東風。夢作一雙蝴蝶，遶芳叢。」

周美成贈李師師詞

耆舊續聞曰　周美成至汴京，主角妓李師師家，爲作洛陽春，師師欲委身而未能也，與同起止。美成復作鳳來朝云：「逗曉看嬌面。小窗深，弄明未辨。愛殘粧宿粉雲鬟亂，暢好是，帳中見。　說夢雙娥微斂。錦衾温、獸香未斷。待起難拋捨，任日炙，畫樓暖。」一夕，徽宗幸師師家，美成倉卒不能出，匿複壁間，遂製少年游以紀其事。徽宗知而譴發之，師師餞送，美成作蘭陵王云：「應折柔條過千尺。」至「斜陽冉冉春無極」，人盡以爲咏柳，淡宕有情，不知爲別師師而作，便覺離愁在目。徽宗又至，師師歸遲，更誦蘭陵王別曲，含淚以告，乃留爲大晟府待制。

美成瑞鶴仙

揮麈録曰：周美成晚歸錢唐鄉里，夢中得瑞鶴仙一闋：「悄郊原帶郭。行路永，客去車塵漠漠。斜陽映山落。斂餘紅，猶戀孤城欄角。凌波步弱。過短亭、何用素約。有流鶯勸我，重解繡鞍，緩引春酌。不記歸時蚤暮，上馬誰扶，醒眠朱閣。驚飇動幕。扶殘醉，遶紅藥。嘆西園，已自花深無地，東風何事又惡。任流光過却，猶喜洞天自樂。」未幾，方臘盜起，自桐廬入境。美成方會客，聞之，倉惶出奔，趨西湖之墳庵，次郊外。落日在山，忽見故人之妾徒步，亦爲逃避計，約小飲於道旁旗亭，聞鶯聲於木杪。少焉，抵庵中，尚有餘醺，困卧小閣之上，恍如詞中。踰月入城，則故居皆遭蹂踐，繼得提舉洞霄宫以處焉，悉符前作，美成因自記之。

美成風流子

揮麈録曰：周美成爲溧水令，主簿之妾有色而慧，美成每款洽於樽俎間。世所傳風流子蓋寓意云。「新緑小池塘。風簾動，碎影舞斜陽。羨金屋去來，舊時巢燕，土花繚繞，前度莓牆。繡閣鳳幃深幾許，聽得理絲簧。欲説又休，慮乖芳信，未歌先咽，愁近清觴。遥知新粧了，開朱户、應自待月西廂。最苦夢魂，今宵不到伊行。問甚時説與，佳音密耗，寄將秦鏡，偷换韓香。天便教人，霎時相見何妨。」新緑、待月，主簿廳軒名。

徐幹臣二郎神

揮麈録曰：徐幹臣，政和中以知音律爲太常典樂，後出知常州。自製轉調二郎神云：「悶來彈鵲，又攪碎，一簾花影。謾試着春衫，還思纖手，熏徹金虬燼冷。動是愁端知何向，更怪得，新來多病。嗟舊日沈腰，而今潘鬢，怎堪臨鏡。　重省。別時淚漬，羅襟猶凝。料爲我懨懨，日高慵起，長托春酲未醒。雁足不來，馬蹄難駐，門掩一庭芳景。空竚立，盡日畫圖倚徧，晝長人靜。」詞成，會李孝壽來牧吴門。李以嚴治京兆，皆聞風股栗。道出郡下，幹臣大合樂燕勞之。喻羣娼令謳此詞，必待其問乃止。娼如戒，歌至再四。李果詢之，幹臣蹙額云：「某頃有一侍婢，色藝冠絶，前歲以亡室不容逐去。今聞在蘇州一兵官處，屢遣信欲復來，而主者靳之，感慨賦此。詞中所敍多其書中語也。今幸公擁麾於彼，不審能爲之地否。」李至蘇受謁次，怒斥都監不守封疆，取其供牘待奏。待哀懇，李曰：「且還徐典樂之妾來理會。」兵官解其指，舍之。

美奴小詞

苕溪漁隱曰：陸敦禮侍兒美奴，善口占小詞。每丐韻於座客，頃刻成章。按敦禮名藻，北宋人，令美奴掌文翰。作卜算子云：「送我出東門，乍別長安道。兩岸垂楊鎖暮煙，正是秋光老。　一曲古陽關，莫惜金樽倒。君向瀟湘我向秦，魚雁終須到。」如夢令云：「日暮馬嘶人去。船逐清波東注。後夜最高樓，還肯思量人否。無緒。無緒。生怕黄昏疎雨。」別有虞美人、玉樓春，皆自賦閨情，曾聞之關子東云。

飛紅留春令

嬌紅傳曰：王嬌娘與申純詞章往來，私締婚。父納帥子之聘，兩俱憂死。且王有妾飛紅亦能詞，「花底鶯踏紅英亂。春心重、頓成慵懶。楊花夢斷楚雲平，更惹起，情何限。傷心漸覺添縈絆。奈愁緒、寸心難綰。深誠無計寄天涯，幾欲問梁間燕。」乃留春令也，婉媚勝人多矣。

戴石屏妻詞

桂苑叢談曰：天台詩人戴式之，爲江湖四靈之一，有石屏詞。薄游江西，有翁妻以女。三年後留之不得，自言有婦。翁怒，女曲解之，併以奩貲贈行，而自投於江。仍有詞餞行云：「揉碎花牋，忍寫斷腸句。道旁楊柳依依，千絲萬縷。抵不住一分愁緒。」乃祝英臺近也。

左譽贈張穠詞

王仲言曰：天台左譽字與言，成進士，與妙妓張穠善。如「盈盈秋水，淡淡春山」與「一段離愁堪畫處，横風斜雨拖衰柳」，皆爲穠作也。當時有「曉風殘月柳三變，滴粉搓酥左與言」之稱。穠後委身於大將家，適相遇於西湖。一人褰簾低語曰：「如君若把菱花照，猶恐相逢似夢中。」左忽領悟爲僧，有筠翁長短句。

姜堯章作暗香疎影

姜堯章自敍曰：淳熙辛亥之冬，予載雪詣石湖上，匝月，授簡索句，且徵新聲。作仙呂宮二曲。石湖把玩不已，使工妓隸習之，音節諧婉。乃命之曰，暗香、疎影。小紅者，青衣也，色藝俱妙。姜歸，以小紅贈焉。

堯章百宜嬌

耆舊續聞曰：堯章久寓吴興張仲遠家，仲遠屢出外，堯章作百宜嬌云：「看垂楊迷苑。杜若吹沙，愁損未歸眼。信馬青樓去，重簾下，娉婷人妙飛燕。翠樽共款。聽豔歌郎意先感。便攜手，月地雲階裏，愛良夜微暖。」相傳張室人知書，必先窺來札，堯章以此遺之。仲遠歸時，竟莫能辨，則受其指爪數損其面，致不能出外云。

張淑芳詞

西湖志曰：宋元遺事，載張淑芳者，理宗選妃日，賈似道匿爲己妾。即德祐太學生百字令內所指新塘楊柳也。有題壁云：「山上樓臺湖上船。平章高卧懶朝天。羽書莫報樊城急，新得蛾眉正少年。」淑芳亦知必敗，營別業以遯跡焉。木棉之役，自度爲尼，鮮有知者。詞數闋，今録其浣溪沙云：「散步山前春草香。朱欄緑水遶吟廊。花枝驚墮繡衣裳。或定或搖塘上柳，爲鸞爲鳳月中篁。爲誰掩抑鎖芸窗。」更漏子云：「墨痕香，紅蠟淚。點點愁人離思。桐葉落，蓼花殘。雁聲天外寒。五雲嶺，九溪塢。待到秋來更苦。風淅淅，水淙淙。不教蓬徑通。」至今五雲山下九溪塢尚有尼庵。

古今詞話

詞話下卷

金詞話

海陵閱柳詞圖南侵

鶴林玉露曰：「海陵閱柳永望海潮詞，有『三秋桂子，十里荷花』句。遂起立馬吳山之志。淳熙中，謝處厚詩云：『誰把杭州曲子謳。荷花十里桂三秋。那知卉木無情物，牽動長江萬里愁。』羅景倫曰：『此不足以咎柳永也。惟一時士大夫粧點湖山，流連歌舞，致亡中夏，爲恨事耳。』」

金主亮詠雪詞

藝苑雌黃曰：「金主亮待月鵲橋仙『停杯不舉』一闋，俚而實豪。其詠雪昭君怨云：『昨日樵村漁浦。今日瓊川銀渚。山色捲簾看。老峯巒。　錦帳美人貪睡。不覺天孫剪水。驚問是楊花。是蘆花。』是則詭而有致。」

金世宗與玄悟唱和

法苑春秋曰：金世宗賜玄悟玉禪師長短句云：「但能了淨。萬法因緣何足問。日月無爲。十二時中更勿疑。常須自在。識取從來無罣礙。佛佛心心。佛若休心也是塵。」玄悟答云：「無爲無作。認著無爲還是縛。照用同時。電捲星流已太遲。非心非佛。喚作非心猶是佛。人境俱空。萬象森羅一境中。」此減字木蘭花也。世宗嘗以手心，書非心非佛字示禪師，故及之。

李妃梳妝臺

如庵小集曰：章宗喜翰墨，與李妃登梳粧臺，得句卽自書之。李妃亦有粧梳臺樂府，不傳於世，亦閨幨中間氣所鍾也。

伯堅父子詞

竹坡叢話曰：按金九主，凡百有一十八年，始宋政和五年丁酉，改元天輔，終宋端平元年。伯堅丞相樂府多入選者，卽名吴蔡體者是也。獨推其「銀屏小語，私分麝月，春心一點」，乃尉遲杯也。其子珪，字正甫，卽蕭真卿所謂金源文派，斷以蔡正甫爲宗者，畫眉曲盛傳於世。其樂府僅見一江城子，附蕭閒公集後，何文人之詞闕如也。

吴蔡體

金源文派曰：樂府推吴彦高、蔡伯堅爲吴蔡體。蕭真卿曰：「皆宋儒也，不當於金源文派列之。當斷自蔡正甫爲宗黨，竹谿次之，趙閑閑又次之。余倡此論，一時無異議云。」

明昌詞人

元儒考略曰：金源文派，不過詩詞家耳，趙周臣嘗集黨承旨，路司諫、趙黄山、劉之昂、尹無忌、王逸賓、周德卿七人，目爲明昌詞人雅製，刻本以傳。

金人樂府不出蘇黄之外

中州樂府曰：宇文太學虚中、蔡丞相伯堅、蔡太常珪、党承旨懷英、趙尚書秉文、王内翰廷筠，其所製樂府，大旨不出蘇、黄之外。要之直於宋而傷淺，質於元而少情也。

小劉之昂作上平南詞

柳塘詞話曰：宋開禧中，金將紇石烈子仁，駐兵濠梁，命小劉之昂賦上平南書壁，見齊東野語，怪其僭而不録。按子仁破宋兵，史書之矣。何以楊慎詞品曰，元將紇石烈子仁也。胡應麟筆叢曰，當在張浚用兵符離時，楊何以指爲元將也。又曰，紇石烈姓，金、元人無此姓。胡之説爲有據乎否。蔣一葵外紀所載，韓侂胄欲伐金，金將駐兵濠梁，命小劉之昂作上平南詞，非金將作也。且紇石烈卽姓也。王世貞宛委餘編曰：金人姓氏，有紇石烈曰高。胡之不詳於稗史，亦等之楊耳。

鄧千江望海潮

詞品曰：金人樂府，推鄧千江爲第一。其望海潮凱歌一曲，全步驟沈公述上王君貺一詞，而繁縟雄麗又過之。

王庭筠好賦梅花引

詞統曰：王庭筠字子端，讀書黄華山寺，好賦梅花引。高憲字仲常，庭筠之甥，有舅氏風。泰和三年舉進士。亦好賦梅花引，後改名貧也樂。

馮子駿詞

中州樂府曰：正大末，馮子駿奉命北使，見留不屈，割鬚髯，羈管豐州二年乃還。天興初，京城陷，投井死。有臨江仙、玉樓春詞入選。

吴彦高春從天上來

燕谷剽聞曰：吴彦高在會寧府，遇老姬善琵琶者，自言故宋梨園舊籍。有感而賦春從天上來云：「海角飄零。嘆漢苑秦宫，墜露飛螢。夢回天上，金屋銀屏。歌吹競舉青冥。問當時遺譜，有絶藝鼓瑟湘靈。促哀彈，似林鶯嚦嚦，山溜泠泠。　梨園太平樂府，醉幾度春風，鬢髮星星。舞徹中原，塵飛滄海，風雪萬里龍庭。寫胡笳幽怨，人憔悴，不似丹青。酒微醒。一軒涼月，燈火青熒。」寧宗慶元間，三山鄭中卿，從張貴謨出使北地，有歌之者，歸而述之。元遺山聞之曰：曾見王防禦公玉述之，句句用琵琶故實，引據甚明，惜不能記憶焉。

李治雙蕖怨

樂府紀聞曰：大名民家，有男女以私情不遂赴水死。後三日，二屍相抱出水濱。是年此陂荷花，無不並蒂。李治賦雙蕖怨云：「爲多情和天也老，不應情遽如許。請君試聽雙蕖怨，方知此情真處。誰點注。香瀲灩，銀塘對抹胭脂露。藕絲幾許。伴玉骨春心，金沙晚淚，漠漠瑞紅吐。連理樹。一樣驪山懷古。古今朝暮雲雨。六郎夫婦三生夢，幽恨從來艱阻。須念取。共鴛鴦翡翠，照影長相聚。秋風不住。悵寂寞芳魂，輕烟北渚，涼月又南浦。」此卽摸魚兒，與雁丘詞並膾炙人口。

元詞話

元宮老嫗製詞

蘭雪軒序曰：元起沙漠，宮掖事無足採者。永樂元年，賜周憲王一穿宮老嫗。嫗爲元后乳母之女，久居內庭，通書翰。王訪之，具陳所以，有史氏不載，外人不得聞者，因製詞百首。別有張昱輦下曲，來復燕京雜詠各百首，得補其闕略。昔人謂紀勝國之事蹟者，遷、固最號博洽，後葛洪輩三輔皇圖等書，又遷固之所未及，何也。

清平樂宮詞

沈雄曰：余讀憲王蘭雪軒詞，張昱輦下曲，來復燕京雜詠各百首，皆有註。余因節取一二故實，彙成清平樂宮詞十首。今録其六闋，聊爲述事云耳。詞云：「部前争幸。手捧黄鵝進。象背駝峯幄殿近。納鉢歸來交慶。　迎鑾曲奏南宮。賢王諫獵從容。雙手來鬆腰帶，黄韁共掛烏弓。」「合香殿下。優諫傳聲罷。驀把明妃真又掛。學抱琵琶調馬。　静瓜約鬧新年。和茶和乳張筵。重進闕卿院本，男兒跪拜當前。」「文殊曲會。參佛聲歌脆。昨進女真千户妹。可可十三入隊。　雷壇教舞天魔。背翻蓮掌婆娑。國老傳教抛紙，女官親自提鑪。」「毬場身凑。又促鵓鴿鬬。打馬呼盧步輦後。旁賭牙籌兩袖。　就中喝采争窺。一聲聖口無違。狼藉珠璣滿地，紅竿雉帚輕揮。」「盤龍衣敞。乍尚高麗樣。一口鐘衣争想像。好使身陪貂帳。　粉脂分例嘗匀。恩教暫假探親。罟罟高冠新樣，嫂嫂小姐聲聲。」「端門鎖掣。唵叭名香爇。自打練椎光辮髮。與只孫衣並列。　宮名各派鮮花。何來教習巫家。會唱阿喇喇好，摳衣笑倒哈嘛。」

馬祖常宮詞

柳塘詞話曰：元有浚儀可温氏，名馬雍古祖常者，製詞云：「金鑪寶熏流篆雲。花間百舌啼早春。五方戲馬賽争道，傳宣催賜十流銀。」又，「日邊寶書開紫泥。内人珠帽步輦齊。君王視朝天未旦，銅龍漏轉金鷄啼。」詞統列於竹枝，而余辯爲宮詞也。元人小説中，稱其樂府纖豔勝人，惜乎未見。

元人竹枝

柳塘詞話曰：有阿魯温掌機沙者，竹枝云：「南北峯頭春色多。湖山堂下來棹歌。美人盪槳過湖去，小雨細生寒緑波。」其張掖人燕不花者，竹枝云：「湖頭水滿藕花香。夜深何處有鳴榔。郎來打魚三更裏，零亂波光與月光。」其回回别里沙者，竹枝云：「鳳凰嶺下月色凉。無數竹枝官道旁。東家爲愛青青竹，截作參差吹鳳凰。」雖云中原文教之遠，又皆象胥之所不載也。

石刻風流子

詞品曰：昔於臨潼驪山之温湯，見石刻無名氏一詞云：「三郎年少客，風流夢，繡嶺蠱瑶環。漸嬌汗發香，海棠睡暖，笑波生媚，荔子漿寒。況此際，曲江人不見，偃月事無端，羯鼓三聲，打開蜀道，霓裳一曲，舞破潼關。　馬嵬西去路，愁來無會處，淚滿關山，空有羅囊遺恨，錦襪傳看。歎玉笛聲沉，樓頭月下，金釵信杳，天上人間。幾度秋風渭水，落葉長安。」語語爲太真紀恨，按之爲大石調風流子也。再過之，石已磨爲别刻矣。

古壁休洗紅

藝林學山曰：於古壁無名氏號沼者，書樂府休洗紅一首云：「休洗紅，洗多紅在水。新紅裁作衣，舊紅翻作裏。回黄轉緑無定期。世事反覆君所知。」今在蜀棧間，紀年則至正年號也。

九張機

樂府雅詞曰：「元女子有詠九張機者，其詞云：『四張機，鴛鴦織就欲雙飛。可憐未老頭先白，春波碧草，曉寒深處，相對浴紅衣。』此與王秋澗之平湖樂，邵清溪之凭欄人，不便與詞並傳者也。而女子之黠慧可惜矣。（案樂府雅詞不可能收元人詞。）

無名氏天净沙

老學叢談曰：無名氏有作天淨沙者，其一云：「枯藤老樹昏鴉。小橋流水平沙。古道西風瘦馬。夕陽西下。斷腸人在天涯。」其二云：「平沙細草斑斑。曲溪流水潺潺。塞上清秋早寒。一聲新雁。黃雲紅葉青山。」每見元人作金字經、迎仙客、乾荷葉、天淨沙等曲，因其無一定之律，欲删去之。殊不知馬字亦叶平聲者，則何所不通也。

吳中棹歌

藝苑巵言曰：宋之詞、元之南北曲，凡幾變而失其旨趣矣。唯吳中棹歌，雖俚語不能離俗，而得古風人遺意。如陸文量所記：「約郎約到月上時。只見月上東方不見渠。不知奴處山低月上早，又不知郎處山高月上遲。」卽使子建、太白降格爲之，恐不能過。然是田畯女紅作勞之歌，長年樵青，山澤相和，一入城市間，愧汗塞吻矣。

周德清著中原音韻

柳塘詞話曰：「周德清，字挺齋，著中原音韻。元人詞曲勢必本此，使作者通方，歌者協律，亦一代詞曲功臣也。況德清有曰：『關馬鄭白，一新制作，韻共守自然之音，字能通天下之語。』又曰：『諸公已矣，後學莫及，蓋不悟聲分平仄，字別陰陽故也。』此數言者，迺作詞之膏肓，用字之骨髓，皆不傳之妙也。

南北曲之異

藝苑卮言曰：「詞之變者曰曲，金元入主中國，所用音樂，嘈雜凄緊，詞不能按，更爲新聲以媚之，則有南北曲。北字多而調促，促處見筋。南字少而調緩，緩處見眼。北則詞情多而聲情少，南則詞情少而聲情多。北力在絃，南力在板。北宜和歌，南宜獨奏。北氣易粗，南氣易弱。此吾論曲三昧語。然元人有曲而鮮詞，虞、趙諸公不免以才情屬曲，而以氣概屬詞，詞所以亡也。

元曲情致不減於詞

柳塘詞話曰：「余閱元曲，關漢卿商調集賢賓云：『裙染榴花，睡損胭脂皺。鈕結丁香，掩過芙蓉扣。綫原誤作淺脫珍珠，淚濕香羅袖。楊柳眉顰，人比黄花瘦。』鄭德輝越調聖藥王云：『近蘆花。攬釣槎。有折柳衰蒲綠蒹葭。遥望見、煙籠寒水月籠沙，我只見茅舍兩三家。』白仁甫題情陽春曲云：『笑將紅袖遮銀燭。不放才郎夜讀書。秖不過迭應舉。及第待何如。』王和甫別情堯民歌云：『自別後遥山隱隱。更那堪遠水粼粼。見楊柳飛綿滾滾。對桃花醉眼醺醺。」其情致不減於詞也。徐士俊曾敍余詞曰：「上不類詩，下不類曲者，詞之正位也。」余欲力崇詞格，特究心於曲調如此。

趙孟頫詞得騷人之遺

堯山堂外紀曰：趙孟頫，字子昂，宋宗室秦王德芳之後。以程鉅夫薦，仕元爲翰林承旨。元主以其儀觀非常，恐爲衆望所歸，至館閣，相其背曰，秀才官耳。後有虞堪題其所畫苕溪圖曰：「吴興公子玉堂仙。寫出苕溪似輞川。回首青山紅樹下，那無十畝種瓜田。」邵復齋曰：「公以承平王孫，而遭世變，黍離之悲，有不能忘情者，故長短句得騷人之遺。」

詹天游贈粉兒詞

樂府紀聞曰：故宋都尉楊震，招詹天游宴，出諸姬侑觴。天游屬意名粉兒者，口占浣溪沙「不曾真個也消魂」，楊遂贈之，曰：「請天游真個消魂也。」時傳天游以豔詞得名，所游俱狹邪一徑，有送童甕天齊天樂一闋，正伯顏下江南之日。兵後歸杭，全無黍離之感。元時士習，一至於此。

張弘範詞

梅墩詞話曰：元史載張弘範，字仲疇，後封王。其圍襄陽也，賦鷓鴣天，俱屬誇語逸之。錄其臨江仙、點絳唇二闋，以見元之武臣有能詞者。

劉秉忠乾荷葉

柳塘詞話曰：胡應麟筆叢，駁辨楊慎詞品極多，但不嫻於詞而言詞，當必有誤。如劉秉忠之乾荷葉，楊謂其自度曲，胡則不能悉其非詞也。兩首亦非一體，如第二首弔高宗詞，楊固疑其助元兇宋，而肯弔之乎。秉忠爲南渡後人，少爲僧，隨其師海雲入見世祖留之耳，時人稱爲聰書記。其三莫子之俚淺不及遺山，而蔣一葵過譽之也。

拜住詞

樂府紀聞曰：元人小說，孛羅有杏園，春時諸女鞦韆爲戲，拜住立馬牆頭見之，求婚焉。令賦鞦韆寄菩薩蠻，咏鶯寄滿江紅，詞意可喜，許之。按安童孫曰，拜住，延祐中少年平章也。

鮮于伯機自書三辱

詞統曰：鮮于伯機中年刻意讀書，號困學翁。翁自書一幅以警策曰，登公卿之門，不見公卿之面，一辱也。見公卿之面，不知公卿之心，二辱也。知公卿之心，而公卿不知我之心，三辱也。丈夫寧受萬死，不可三辱。有選其八詠樓一闋者。

楊鐵崖作老婦吟

柳塘詞話曰：元時完顏澤領修史事，詔修遼金元三史。楊維楨作正統辨，司徒歐陽玄義之。年未七十休官，駕春水宅，往來九峯三泖間。明興，復辟修元史，楊鐵崖作老婦吟以見意。竹枝盛于元季，鐵崖集之，自製亦至五十餘首。作客日多，時又有一鐵崖者，假其名折柬至止。相見次，飲酒賦詩，才思不減，絶無赧容，不受津餽而去，鐵崖爲嘆息久之。

王穉登題倪瓚墓

柳塘詞話曰：倪瓚人稱倪迂。錢唐黄冠張伯雨與之游。倪盡棄家貲與之，兩人俱得名，後終茅山。明王穉登題其墓云：「一抔蟬蛻葬寒雲。天上神仙地上墳。香骨化爲遼海鶴，華陽洞口侍茅君。」其詞有與班彦功、仇山村次答者。

明本行香子

柳塘詞話曰：余經鶯脰湖殊勝寺，掛壁有中峯明本國師題詞，後書至正年號，乃行香子也。「短短横牆。矮矮疎窗。一方兒、小小池塘。高低疊嶂，曲水邊旁。也有些風，有些月，有些香。日用家常。竹几藤牀。儘眼前、水色山光。客來無酒，清話何妨。但細烘茶，淨洗盞，滚燒湯。」「閬苑瀛洲。金谷瓊樓。算不如、茅舍清幽。野花繡地，莫也風流。却也宜春，也宜夏，也宜秋。酒熟堪酬。客至須留。更無榮無辱無憂。退閒是好，著甚來由。但倦時眠，渴時飲，醉時謳。」若不經意出之者，所謂一一天真，一一明妙也。

趙管唱和

堯山堂外紀曰：管夫人道昇，常和外趙子昂詞。一日趙欲納姬，以一曲調管夫人云：「我爲學士，你做夫人。豈不聞，陶學士有桃葉桃根。蘇學士有朝雲暮雲。我便多娶幾個吴姬越女何過分。你年紀也過四旬，只管占住玉堂春。」管亦以一曲答趙學士云：「你儂我儂，忒煞情多。情多處熱似火。把一塊泥，揑一個你，塑一個我。將咱兩個。一齊打破。用水調和。再揑一個你，再塑一個我。我泥中有你，你泥中有我。與你生同一個衾，死同一個槨。」調笑甚工。

滕玉霄百字令

詞品曰：滕玉霄贈宋六嫂百字令云：「柳顰花困。把人間恩愛，樽前傾盡。何處飛來雙比翼，直是同聲相應。寒玉嘶風，香雲捲雪，一串驪珠引。元郎去後，有誰著意題品。誰料濁羽清商，繁絃急管，猶是餘風韻。莫是紫鸞天上曲，兩兩玉童肩並。白髮梨園，青山老傅，試與流連聽。可人何處，滿庭霜月清冷。」六嫂小字同壽，元遺山有贈觱篥工張嘴兒詞，卽其父也。宋與其夫合樂，妙入神品。蓋宋善謳，其夫能傳其父之藝云。

金德淑望江南

樂府紀聞曰：章丘李生至元都，對月歌曰：「萬里倦行役，秋來瘦幾分。因看河北月，忽憶海東雲。」夜静聞鄰婦有倚樓而泣者，明日訪之，則宋宮人金德淑也。詢李曰：「得非昨暮悲歌人乎。」李曰：「歌非己作，有同舟人自杭來吟此，故記之耳。」金泣曰：「此亡宋昭儀王清惠（原誤作惠清）所寄汪水雲詩。」因自舉其望江南云：「春睡起，積雪滿燕山。萬里長城橫縞帶，玉街燈火已闌珊。人立玉樓間。」後遂委身於生。

衞芳華木蘭花慢

樂府紀聞曰：延祐初，永嘉滕穆寓臨安聚景園，月夜遇一麗人，自言宋理宗宮人衞芳華也。命侍女翹翹設茵席，陳酒菓，製木蘭花慢，有云：「繁華總隨流水，歎一場春夢杳難圓。廢港芙蓉滴露，斷堤楊柳垂烟。」又「平生玉屏金屋，對漆燈無焰夜如年。落日牛羊塚上，西風燕雀林邊」。留翹翹守宅而隨生焉，三年告别。

柳含春與竺月華

留青日札云：元季明州女子柳含春年十六，禱於神祠。一少年僧竺月華窺其姿而悦之，戲以其姓作咒誦云：「江南柳，嫩緑未成陰。攀折尚憐枝葉小，黄鸝飛上力難禁，留取待春深。」女怒，歸告其父，訟於方國珍，捕僧至，欲投之江。竺月華訴曰，死分也，乞申一詞。復吟云：「江南月，如鏡亦如鈎。如鏡未臨紅粉面，如鈎不展翠幃羞。空自照東流。」國珍知其以名爲答，一笑釋之。

元詞忌堆砌

范荀鶴曰：「元詞忌堆砌，亦不僅以纖豔爲工。元人之妙，在於冷中藏諧，所以老優能製，少婦善謳。卽當日院本，昔人以被之絲肉者，何等清新流麗。噫，音律一道，無關理學，何苦復驅之爲學究。」

明詞話

明仁宗與周憲王詞

蘭皐集曰：「盛明兩祖列宗，好學不倦，染翰俱工，如仁宗鳳棲梧賦九月海棠云：『烟抹霜林秋欲褪。吹破胭脂，猶覺西風嫩。翠袖怯寒愁一寸。誰傳庭院黄昏信。明月羞容生遠恨。旋摘餘嬌，簪滿宮人鬢。醉倚小闌花影近。不應先有春風分。』如周憲王鷓鴣天賦繡鞋云：『花簇香鈎淺涴塵。輕風微露石榴裙。金蓮自是慳三寸，難載盈盈一段春。　仙已去，事猶存。陽臺何處更爲雲。相思攜手游春日，尚帶年時草露痕。』」

宋金華竹枝

沈雄曰：宋金華文集，以大手筆開風氣而猶有麗語。如「戀郎思郎非一朝。好似并州花剪刀。一股在南一股北，幾時裁得合懽袍」，「有郎金鳳飾花容。無郎秋鬢若飛蓬。儂身要令千年白，不必來塗紅守宮」，此鑑湖竹枝也，其小詞不及見耳。

劉文成與石末贈答詞

沈雄曰：劉文成未遇時，便與石末元帥填詞贈答。時石末方鎮江浙，而文成每以滿庭芳、滿江紅調寄之。若其次和石末沁園春一闋，感憤情詞，有足述者。「萬里封侯，八珍鼎食，何如故鄉。奈狐狸夜嘯，腥風滿地，蛟螭晝舞，平陸沉江。中澤哀鴻，苞荊隼鴇，軟盡平生鐵石腸。凭闌看，但雲霓明滅，烟草蒼茫。　不須踽踽涼涼。蓋世功名百戰場。笑揚雄寂寞，劉伶沉湎，嵇生縱誕，賀老清狂。江左夷吾，隆中諸葛，濟弱扶危計甚長。桑榆外，有輕陰乍起，未是斜陽。」石末亦有次文成者，不及載也。文成集二百三十三首，堪採者多。

青田詞妙麗

江尚質曰：青田生查子云：「蜘蛛網畫檐，一日絲千轉。紅爐落寒缸，心死無由見。」謁金門云：「風嫋嫋。吹綠一庭春草。」轉應曲云：「秋雨秋雨。窗外白楊自語。」青門引云：「相憐自有明月，照人肺腑清於水。」漁家傲云：「亂鴉啼破樓頭鼓。」花犯云：「餘香怨繡被。」踏莎行云：「愁如溪水暫時平，雨聲一夜依然滿。」渡江雲云：「定巢新燕子，睡起雕梁，對立整烏衣。」山鬼謠云：「離魂常在郊樹，月深星暗蒼梧遠，化作杜鵑歸去。」皆妙麗入神句。

瞿宗吉鞋杯詞

樂府紀聞曰：「瞿宗吉父士衡與楊鐵崖爲友。鐵崖至，父命宗吉以鞋盃行酒，鐵崖遂以沁園春調賦鞋盃屬其塡詞。宗吉詞云：『一掬嬌春，弓樣新裁，蓮步未移。笑書生量窄，愛渠儘小。主人情重，酌我休遲。醽醁朝雲，斟量暮雨，能使麯生風味奇。何須去，向花塵留跡，月地偷期。風流到手偏宜。便豪吸雄吞不用辭。任凌波南浦，惟誇羅襪，賞花上苑，秪勸金卮。羅帕高擎，銀屏低注，絶勝翠裙深掩時。華筵散，奈此心先醉，此恨誰知。』鐵崖大喜，爲之延譽。

朝鮮蘇世讓與西域鎖懋堅詞

梅墩詞話曰：朝鮮蘇世讓與華使君倡和集，其憶王孫賦殘春云：「無端花絮曉隨風。送盡春歸我又東。雨後嵐光翠欲濃。寄征鴻。家在千山萬柳中。」又西域鎖懋堅於成弘間作樂府有聲，其菩薩蠻賦殘春云：「曉鐘若到春偏過。一番日永傷遲暮。誰送斷腸聲。黃鸝知客情。　山光嬌靨濕。仍帶傷春泣。綠酒瀉盃心。捲簾空抱琴。」卽此可以見盛明文教之遠。

明人自度曲

曹秋嶽曰：「乙丑夏日集澄暉堂，江子丹崖問，明詞去取以何爲則。余曰，自花間至元季調已盈千，安得再收自度。如王世貞之怨朱絃、小諸皐。楊愼之落燈風、灼灼花。屠隆之青江裂石、水漫聲。丹崖平日留心古調，詢及明詞如此。至若滕克恭有謙齋稿，陳謨有海桑集，俱元人而入明者。小詞僅一二見，故亦不收也。

楊慎詞富贍

樂府紀聞曰：成都楊慎所著書百餘種，號爲博洽。金華胡應麟嫌其熟于稗史，不嫺於正史，作筆叢以駁之。然楊所輯百琲明珠，詞林萬選，王弇州亦謂之詞家功臣也。因辨禮謫戍永昌，暇時紅粉傅面，作雙丫髻插花，諸妓捧觴以行，了不爲怍。有以書規之者，答云：「文有仗景生情，詩或托物起興。如崔廷相臨陣，則召田僧拓爲壯士歌。宋子京脩史，使麗豎耗椽燭。吴元中起草，令遠山磨隃糜，是或一道也。走豈能執鞭古人，聊以耗壯心，遣餘年耳。知我者不可以不聞此言，不知我者不可以不聞此言。」詩有「羅衣香未歇，猶是漢宫恩」句，故詞亦富贍。

夏桂洲嚴介溪陸儼山詞

錢允治曰：詞至夏桂洲、嚴介溪，俱以百字令、木蘭花慢爲贈答之什。如陸儼山、周白川，亦無不效之。但悉遵舊人之韻，千篇一律，了無旨趣。若桂洲閨豔小令膾炙人口，則又嫁名於無名氏。集中三百九十闋，應酬居多。介溪往來詞調，紛紛於扇面畫幅，相見輒用以媚之。其留心於和大僚以飾己過也如此。至與陸儼山百字令半闋云：「秖今遥指江雲，重吟海樹，高興依然發。四十年來同宦海，不覺颷馳星滅。槐省垂魚，鳳池鳴玉，相對俱華髮。君恩報了，五湖重訪烟月。」此正奸雄之語也，余豈以人廢言耶。

夏公謹工於長短句

柳塘詞話曰：余師錢宗伯云：「夏公謹工於長短句，草稿未削，已傳播都下。歿未百年，花間、草堂而後，無有及公謹名氏者。求如前代號爲曲子相公而不可得。」余對曰：「少曾讀書於大姓家，曾見其書踏莎行四闋，後題桂洲字。舊刻又嫁名於無名氏，及檢桂洲集有之。」

伯温用修公謹詞

藝苑卮言曰：我明以詞起家者，伯温穠纖有致，去宋尚隔一塵。用修好入六朝麗字，似近而遠。公謹最號雄爽，比之稼軒，覺少精思。

衡山水龍吟

沈雄曰：衡山待詔性本方正，不與妓接。吳門六月廿四，荷花洲渚，畫舫絃歌咸集。祝枝山、唐子畏，匿二妓人於舟尾邀之，衡山又面訂不與妓席。唐祝私約酒闌，歌聲相接，出以侑觴。衡山憤極欲投水，唐祝急呼小艇送之。其水龍吟題情亦甚婉麗，但其聲調錯落，句讀參差，稍爲正之。詞云：「依依落日從西下，池上晚凉初足。太湖石畔，絲絲疎雨，芭蕉簇簇。院落深沉，簾櫳静悄，闌干幽曲。猛然間，何處玉簫聲起，滿地月明人獨。風約輕紗透肉。掩酥胸，盈盈新浴。一段風情，滿身嬌怯，恍然寒玉。青團扇子，欲舉還垂，幾番虚撲。向夜闌獨笑，紅襠自解，滅銀屏燭。」

衡山端方亦詠閨情

曹爾堪曰：余性不喜豔詞，亦惟筆性之所近而已。曾聞衡山先輩端方之至，不受污褻。而水龍吟、風入松、南鄉子諸調，復詠吴閶麗人及閨情之作，想亦詞用情景有必然者。迺知歐、晏雖有綺靡之語，而亦無關正色立朝之大節也。

唐祝詞不甚精警

柳塘詞話曰：唐子畏素性不羈，及坐廢，益游于酒人以自娱。宸濠禮聘之，子畏見有異志，裸形箕踞以處，得遣歸。又傳其鬻身梁谿學士家以求美婢，見諸劇戲。祝枝山嘗傅粉墨，從優伶入市度新聲，多向挾邪游。所著有擲果、窺簾、醉紅、金縷諸曲，皆言情之作。好負逋債，出則羣萃而呼責之者踵相接也。兩人同濫筆墨，每多諧謔，而人争重之。唐有踏莎行、千秋歲引，祝有鳳棲梧、浪淘沙。不甚精警，故逸其詞而敍其人。

王世貞以詩文詞名世

柳塘詞話曰：王世貞自稱弇州山人。於帖括盛行之日，而獨以詩古文鳴世。詞家亦皆不痛不癢篇什，而能以生動見長。以故汪道昆、李攀龍輩俱遜之。即弇州自謂意在筆先，筆隨意往，法不累氣，才不累法，有境必窮，有證必切。匪獨詩文爲然，填詞末藝，敢於數子云有微長。晚年學道，王穉登以書諷之，弇州答曰：「僕晏坐澹然無營，子嘲我未焚筆硯，筆硯固當焚，但世無士衡，以此二物少延耳。」

李邊詞不足存

梅墩詞話曰：李于鱗懷宗子相詩云：「卧病山中生桂樹，懷人江上落梅花。」邊庭實懷李獻吉詩云：「四海酒盃形影外，十年詩草夢魂餘。」時推作者。而李有八聲甘州，邊有踏莎行，俱不足存，何也。

一泉公三臺令

柳塘沈雄曰：王父一泉公過姚山訪白陽山人，白陽贈以詩云：「重重煙樹鏁招提。野客來尋路不迷。纔過石橋塵又隔，落花無數鳥争啼。」作擘窠書，併得咏松浣溪沙以爲壽。一時好賦六言，王父作客至三臺令以答之云：「酒在孤斟不醉，客來共憩無譁。薄業垂楊江岸，一聲横竹漁家。」今閱喪亂後，而得手蹟於大覺僧家，幸也。

何元朗小鬟唱時曲

錢牧齋曰：教坊李節箏歌，何元朗品爲第一。金陵全盛時，顧東橋必用箏琶侑觴。相傳武宗南巡，樂工頓仁隨駕，學得金元雜劇，何元朗小鬟盡得其曲而用之。比時詞調猶作引子過曲，今供筵所唱類其時曲，並無人問及詞調。則倚聲之被管絃者，殆未百年而竟成廣陵散矣。

詞體明辨舛訛特甚

柳塘詞話曰：徐師曾魯庵著詞體明辨一書，悉從程明善嘯餘譜，舛訛特甚。如南湖圖譜，僅分黑白。魯庵明辨亦別平仄，但襯字未曾分析，句法未曾拈出。小令之隔韻換韻，中調之暗藏別韻，長調之有不用韻，亦未分明。較字數多寡，或以襯字爲實字。分令慢短長，或以別名爲一調。甚則上二字三字，可以聯下句。下五字七字，可以作對句。過變竟無聯絡，結束更無照應，成譜豈可以如是。此我邑先輩著書最富，諒必爲人所悞也。

沈天羽別集有流弊

詞衷曰：沈天羽四集中有別集，自謂有搥腸鏤腎之妙。吾最喜其意致相詭，言語妙天下數語，爲詩餘開却生面。然亦有刻念纖巧，致離本旨，不無奇過得庸，深極反淺之病。岷源濫觴，不得不歸咎別集二字。

錢牧齋竹枝詞

沈雄曰：「花信樓頭風暗吹。紅欄橋外雨如絲。一枝憔悴無人見，肯與人間綰別離。」「離別經春又隔年。摇青漾碧有誰憐。春來羞共東風語，背却桃花獨自眠。」此錢牧齋宗伯竹枝詞也。宗伯以大手筆，不趨佻儉而饒蘊藉，以崇詩古文之格。其永遇樂三四闋，偶一游戲爲之。

沈雄曰：虞山牧齋師語余曰：沈中翰詞數闋，最工香奩。其昆仲如君服善詩，君庸善曲，聞之周安期素矣。若其貞性勁節，固不可以柔情豔語測之耳。余應之曰：清平調起自太白，後遂絕響，至家聞華而始爲抗衡。如「鳳樓百尺遶垂楊。暗送鶯聲促曉粧。太液胭脂流不盡，人間來作杏花光」，「春日溶溶春夜闌。風流帝子惜春殘。三千歌舞猶不足，令抱琵琶馬上彈」，低徊無限，此非僅以宮詞傳之者。

湘真集妙麗

梅墩詞話曰：明季詞家競起，妙麗惟湘真一集。江蘺檻諸什，如詠斜陽，則云：「弄晴催薄暮。」詠黃昏則云：「青燈冷碧紗煙盡。半晌愁難定。」詠五更則云：「愁時如夢夢時愁。角聲吹到小紅樓。」詠杏花則云：「微寒着處不勝嬌。一番弄雨花梢。」詠落花則云：「玉輪碾平芳草，半面惱紅粧。」詠春閨則云：「幾度東風人意惱。深深院落芳心小。」詠豔情則云：「難去。難去。門外尺深花雨。」皆黃門意到之句。

徐石麒與吴惕庵詞

沈雄曰：蘭皐集載徐石麒拂霓裳云：「望中原。故宮錦樹障烽煙。驚坐起，凉宵夢斷蔣陵前。金人傾寶篆，玉女繡苔錢。問當筵。誰能醉鼓漸離絃。西臺哭罷，三户裏、識遺賢。欹皂帽，吹簫乞食總堪憐。英雄身未死，屠釣技常兼。又何顏。許青門瓜種故侯田。」東湖集載吴惕庵滿江紅云：「斗大江山，經幾度、興亡事業。瞥眼處，英雄成敗，底須重説。香水錦帆歌舞罷，虎丘鶴市精靈歇。尚翻來、吴越舊春秋，傷心切。伍胥恥，荆城雪。申胥恨，秦庭咽。羞比肩種蠡，一時人傑。花月煙横西子黛，魚龍沫噴鵶夷血。到而今、薪膽向誰論，衝冠髮。」乙丑季春，予帶有選稿，與曹秋嶽司農登琴臺默坐，同下湖山之淚。見此二闋，爲亟登之，以留作正氣歌也。

魏學濂虞美人

柳塘詞話曰：柳洲諸公寄情於虞美人曲者，不下百家。而魏學濂爲最，詞云：「君王羞見江東死。何事儂來此。最悲亭長古人風。載得一船紅淚過江東。　江東父老深憐我。栽我千千朵。至今留取好容顏。爲問重瞳却復向誰看。」其詞悲，其心苦矣。

存古燭影摇紅

玉樊堂稿載一詞云：「辜負天公，九重自有春如海。佳期一夢斷人腸，静倚銀釭待。隔浦紅蓮堪採。上扁舟傷心欸乃。梨花帶雨，柳絮迎風，一番愁債。　回首當年，綺樓畫閣生光彩。朝彈瑶瑟夜銀箏，歌舞人常在。一自變遷陵谷，黯銷魂難再。金釵十二，珠履三千，凄凉千載。」是存古燭影摇紅也。遺珠零璧，諸選不收，偶列於此，愛其佳也。

黄山詞客行香子

詩餘五集者，顧庵學士所輯。貽我行香子一闋云：「俊翮無聲。饑掠寒庭。滿樛枝，鳥雀皆驚。惜哉不中，徂擊嬴秦。恨筑參差，椎孟浪，劍縱横。　汝鶻來聽。休恥無能。問何如、韝臂金鈴。空拳未往，氣已峥嶸。任破長空，没孤影，攬青冥。」云見一鶻擊烏不中，而旁爲之嘆惜者。係黄山詞客所作，惜逸其名也。

徐小淑霜天曉角

董遐周曰：「徐小淑絡緯吟，其爲絶句也，蓋賢乎其爲近體也。其爲樂府也，蓋賢乎其爲近體絶句也。乃其爲長句也，蓋賢乎其爲開元諸家也。如中調霜天曉角，爲歸舟之作，有云：『露浥芙蓉茜。翠溜枯棠瓣。傍疎柳，西風幾點。行行尚緩。家在緑雲天半。念歸舟游子，一片鄉心撩亂。對旅雁沙汀，盼殺白蘋秋苑。』小淑善繪事，此爲畫中詞，詞中畫，吾不能辨。

王脩微如夢令

竹窗詞選曰：王脩微初爲青樓，後爲黄冠。詞集甚富，皆言情之作，多有俳調。今秪選其懷譚友夏如夢令云：「月到閒庭如畫。脩竹長廊依舊。對影黯無言，欲道别來清瘦。春驟。春驟。風底落紅僝僽。」

張璧娘舞春風

伊人思曰：神宗時，閩中孀女有張璧娘所作云：「黄銷鵝子翠銷鴉。簟拂層冰帳九華。裙縷褪來腰束素，釧金鬆盡臂纏紗。牀前弱帶迷新柳，枕上迴鬟壓落花。不信登牆人似玉，斷腸空盼宋東家。」舞春風詞。

張嫺倩子夜歌

伊人思曰：廬州少婦張嫺倩作子夜歌云：「落花風捲愁難歇。枝頭燕剪裁桃葉。花氣沁蘭香。游絲掛綠窗。　蕉青鸞翅影。草碧龍鬚冷。無語倚瑶琴。閑花在胆瓶。」雖綠窗自怨，不失貞静。

昭代詞話

尤侗蘇幕遮

北游集曰：世祖語弘覺忞國師曰：「場屋中士子多有學寡而成名，才高而掩抑者。如狀元徐元文業師尤侗善作文字，僅以鄉貢選推官，又爲按臣參黜，豈非時命大謬之故與。」弘覺云：「聞之君相造命，何難擢之高位。」世祖隨讀其文，有臨去秋波那一轉之作，重嘆賞之。因思尤侗爲司李於永平，曾製蘇幕遮二闋云：「朔雲寒，邊塞苦。觱篥西風，吹散黄沙舞。夜半雪深三尺許。氈帳駝峯，倒載琵琶女。　打圍來，圈地去。銀管吹煙，茶煑烏羊乳。蠻府參軍窮塞主。匹馬隨他，看射南山虎。」「塞垣長，寒信早。畫角嗚嗚，吹破霜天曉。一陣哀鴻殘月小。夢遶南雲，淚濕征衫老。　拄青山，吟白草。燕雀排衙，公事彈琴了。又報黄旗前隊到。手板匆匆，走馬遼西道。」今以纂修簡擢詞垣，已免窮塞主之稱，信乎其爲君相造命之語也。

吴棨酒金縷曲

柳塘詞話曰：「聞吴祭酒於臨終日，殊多悔恨。作金縷曲有云：『我病難將醫藥治，耿耿心中熱血。待灑向西風殘月。剖却心肝令置地，要華陀，解我腸千結。』又『故人慷慨多奇節。爲當年沉吟不斷，草間偷活。脱屣妻孥非易事，竟一錢不值何須説。』囑後人勿乞墓誌，爲自題詩人吴偉業之墓，猶夫許衡卒於至元時，語其子曰：『爲生平虚名所累，死後勿請謚，勿立碑，但書許衡之墓，使子孫識其處足矣。』此二祭酒者，死不自諱，朝野哀之。

龔尚書蓦山溪

王阮亭曰：「龔尚書蓦山溪詞『重來門巷，盡日飛紅雨』，不知其何以佳，但覺神馳心醉。

偶僧歌頭

錢光繡曰：「芝麓尚書，自受弘覺記莂，僕與偶僧俱忝爲法門兄弟。尚書退食之暇，閉户坐香，不復作綺語。有以柳塘詞進者，尚書曰：『豔才如是，可稱綺語一障。我可以謝過於山翁，并可以謝過於秀老矣。』因馳翰相訊，偶僧答以歌頭有云：『不入泥犂獄底。便主芙蓉城裏。抱槧也風流。莫借空中語，大雅定無尤。』尚書重爲之首肯。

陳素庵與李坦園詞

曹秋嶽曰：「興朝相國海昌陳素庵，有上陽詞，其南樓令諸作，俱出塞之曲。高陽李坦園有心遠堂詞，小令三字令，曼詞綠頭鴨，爲清綺之句，人所不及也。

丁郎中詞

柳塘詞話曰：朱近修稱丁藥園，雄視藝林。余見其虞美人曲云：「與郎一處誓同生。除是郎爲柳絮妾爲萍。儂拚水面作楊花。只恐郎爲飛絮又天涯。」與周勒山所定吴歈云：「約郎約在夜合開。夜合花開不見來。只道夜合花開夜夜合，那道夜合花開夜夜開。」更爲真摯而稍覺透露。且丁郎中絶不似柳郎中，有穢褻語。若尤悔庵詞云：「漫將薄倖比楊花，楊花猶解穿簾幕。」恐又成始極情深一種矣。

容齋學士賀新郎

聶先詞鈔曰：容齋學士見有優人新婚者，因作賀新郎贈之云：「夫子門楣異，却贏來，嬌羞事業，風流經濟。一向喬粧身作妾，此舉差强人意。指山海，香盟粉誓。笑殺逢場花燭假，喜今嘗花燭真滋味。誰顛倒，恣尤殢。　個儂休作男兒戲。料無非，鉛華伴侶，裙釵班輩。正自難分姑與嫂，漫道燕如兄弟。恐還是，趙家姊妹。兒女温存原自慣，願卿卿，憐婦如憐壻。今何夕，三生會。」

園次太守明月斜

蔣景祁曰：園次太守，爲明月斜詞，有「乳燕尋香未肯歸，玉奴背面秋千下」語。較古山樂府之「女子開簾放燕飛，無多許、又是想他歸」者，同一香倩。

其年雪詞

沈雄曰：其年詞如潛夫别調，一開生面。不能多載，因檢其一二録之，不嫌偏鋒取勝也。今上宣凱値雪，其年爲作金縷曲云：「紫陌春如綺。正巴陵征南，昨夜捷書飛至。頃刻鳳樓抛鈿屑，算今朝，玉做人間世。洗兵氣，豐年瑞。　臨軒彌覺天顔喜。喜今朝九衢花滿，千宫珠綴。更向銀刀都裏望，小襯粉侯殊麗。想入蔡軍容如是。讌罷不須宣翠燭，水晶毬，萬盞天邊墜。長似晝，晃歸騎。」

其年拂水山莊感舊

陳其年詞，如虞山拂水山莊感舊云：「悄壁哀湍瀉。枕春山，此間原是裴家緑野。金粉樓臺還冪歷，已被苔侵繡瓦。蒼鼠竄，鄴侯籤架。今日西州何限感，踏花枝，翻惹流鶯駡。誰認是，羊曇也。　西園疇昔高聲價。劇相憐、香閨博士，彩毫題帕。人説尚書身後好，紅粉夜臺同嫁。省多少，望陵閒話。公定還能賞此否，裊東風、蠻柳腰身亞。煙萬縷，匹堪把。」

其年煙雨樓感舊

陳其年鴛湖煙雨樓感舊云：「水宿楓根罅。儘沾來、鵝黄老釀，銀絲鮮鮓。記得筝堂和伎館，盡是儀同僕射。園都在、水邊林下。不閉春城因夜宴。望滿湖、燈火金吾怕。十萬盞，紅毬掛。　重遊陂澤偏瀟灑。剩空潭，半樓煙雨，瓏瓏如畫。人世繁華原易了，快比風檣陣馬。消幾度、城頭鐘打。惟有鴛鴦湖畔月，是曾經、照過傾城者。波織簟，船堪藉。」余讀感舊二詞，與其年同一山丘華屋之感，「詞若爲余作也，故述於此。

羨門詞家獨步

今世説曰：羨門驚才絶豔，詞家獨步。阮亭稱其吹氣如蘭，每當十郎，輒自愧傖父。故其詞綽然有生趣，又誕甚，耐人長想。如「舊社酒徒零亂。添得紅襟燕。落花一夜嫁東風，無情蜂蝶輕相許」，無理而入妙，非深於情者不辦。

去矜填詞稱最

沈雄曰：家去矜列名於西泠十子，填詞稱最。大意以薄倖一篇，語真摯，情幽折以勝人。宋歇浦特以書規之。及貽我東江别業有云：「野橋南去不逢人，濛濛一片楊花雪。」此即小山「夢魂慣得無拘鎖，又逐楊花過野橋」也。誰謂其僅僅言情者乎。

吴龔梁三公詞

汪蛟門曰：錢唐令君梁冶湄，欲合吴祭酒梅村稿、龔司馬香嚴詞，與其家司農棠村集，彙梓行世。夫祭酒駘宕，司馬驚挺，司農起恆朔問，而有柳欹花亸之致。彼河北、河南，代爲雄視，未若三公之旨之一也。

廣陵詞家

吳園次曰：詞家舊推雲間，次數蘭陵，今則廣陵亦稱極盛。聞之程村曰，陳善百半豹吟，巧于言情。宗定九芙蓉集，精於取境，乃刻意避香奩語，豈畏北海無禮之誚耶。近如錦瑟、溉堂，亦足旗鼓中原也。

蓉渡諸詞

王阮亭曰：羨門於廣陵旅舍，讀蓉渡諸詞，曰：「得不爲秀老所呵耶，若此泥犂，安得有空日。」余應之曰：「山谷迄今泥犂，盡如我輩，便無俗物敗人意。」

鄒董頗濫筆墨

董文友曰：人稱鄒、董頗濫筆墨，意欲焚之，恐如王考功言，於兩廡無分耳。程村應之曰，待歐公罷祀日，再作理會，六一詞定是無傳也。

諸家豔詞

黄九煙曰：蘭陵鄒祇謨、董以寧輩，分賦十六豔等詞。雲間宋徵輿、李雯，共拈春閨風雨諸什。遯浦沈雄亦合殳丹生、汪枚、張赤共仿玉臺雜體。余數往來吳淞間過之，欲作一法曲弁言而未竟，殊爲欠事。

詞家以兄弟五人名者

柳塘詞話曰：詞家以兄弟五人名者，南渡後，李氏花萼集，洪、漳、泳、淦、洌。他如杜伯高早登東萊之門，而仲高、叔高、季高、幼高，才名不肯相下。葉正則有杜子五兄弟之稱。若今新城士禄、士禛、士禧、士祜，亦世所僅見者矣。

二王好香奩

金粟詞話曰：汪琬説鈴云，二王好香奩，倡和每至數十首。劉比部寓書問訊之，曰，王六西樵，不致墮冬郎雲霧否，是雖慧業不作可也。余戲語之，不解填詞，日誦楞嚴，豈足了事。

西樵阮亭詩詞同工

丁景侶曰：盡謂填詞能損詩骨，近代何、李諸大家，亦不肯降格爲之。往日薛行屋侍郎曾語李昌垣學士，勸勿多作，以崇詩格，以今觀西樵、阮亭異曲同工若此，詞之與詩，一耶二耶。

董田之争

張硯銘曰：董蒼水與田鬊淵，爲義樽義墨之會。酒國興師，互相聲討，余最後賦一闋爲排解之，江都相，孟嘗君，從此相和睦。可想見高陽狂態。

詞人不拘

柳塘詞話曰：錢葆芬年方總角，卽好倚聲。酒肆粉牆，倡家團扇，每因興會，輒有斜行。丁藥園自徙靖安，躬自飯牛。行游紫塞，而吟誦自若。詞人所至，不可拘攝如此。

雲門一僧巫山一段雲

柳塘詞話曰：選本多以衲子女郎爲殿後，然女郎易見，衲子罕聞。康熙初，雲門一大僧枉過柳塘，留巫山一段雲詞云：「竹杖穿花徑，蘭橈渡柳村。欹斜古寺白雲屯。相對坐黃昏。香篆消殘印，霜花凍曉痕。十年情事若爲論。一笑月臨軒。」則又韶秀絕倫之語。他如雲漢、澹歸，各有專刻，月函亦有禪樂府，皆石門文字一流人也。

徐湘蘋風流子

曹秋嶽曰：故相國陳素庵徐夫人名燦者，有湘蘋詞百首。今得記其風流子云：「只如昨日事，回頭想，早已十經秋。向洗墨池邊，裝成書屋，蠻牋象琯，別樣風流。殘紅院，幾番春欲去，却爲個人留。宿雨低花，輕風側蝶，水晶簾捲，恰好梳頭。西山依然在，知何意憑檻，怕舉雙眸（原誤作侔）。便把紅萱釀酒，只勸人愁。謝前度桃花，休開碧沼，舊時燕子，莫過朱樓。悔殺雙飛綵翼，悞到瀛洲。」

隨草詩餘

沈雄曰：往日讀文江倡和，余師牧齋敍之，雪堂跋之，所謂司馬梅公，斂經濟之業，養晦名園，遠山夫人，以林下之風，聯吟一室者是也。今得讀其隨草詩餘，登其一二唱和者，以備佳話。遠山元日試筆云：「清煙正吐。玉漏頻催五。數點梅花香繡户。猶帶冬殘嫩雨。相看醉飲屠蘇。歸來更盡歡娛。却喜新添綵勝，爐煙漫進金凫。」此清平樂也。梅公賡韻云：「銀缸焰吐。照徹梅粧五。夜半忽驚天欲語。做出風風雨雨。朝來品彙扶蘇。韶光漸漸堪娛。乍溢平湖新水，相看待浴鶺凫。」遠山復次康小范内君木蘭花云：「杏園春暮。豔奪朝霞新彩露。翠黛痕收。笑對桃花小檻幽。雕梁燕語。草長蘼蕪知幾處。彤管蕭蕭。和罷陽春柳絮飄。」詞皆雋永有致，得一唱三嘆之妙，而不爲妍媚之筆。

午夢堂集

午夢堂集，沈宜修字宛君，一女名紈紈，字昭齊，有愁言集。一女名小鸞，字瓊章，有返生香詞。其宛君浣溪沙云：「淡薄輕陰拾翠天。細腰柔似柳飛綿。吹簫閒向畫屏前。詩句半緣芳草斷，鳥啼多爲杏花殘。夜寒紅露濕秋千。」其紈紈浣溪沙云：「幾日輕寒懶上樓。重簾低控小銀鈎。東風深鏁一窗幽。晝永半消春寂寂，夢殘獨語思悠悠。近來長自只知愁。」其小鸞南柯子秋思云：「門掩瑶琴静，窗消畫卷閒。半庭香霧遶闌干。一帶淡煙江樹，隔樓看。雲散青天瘦，風來翠袖寛。嫦娥眉又小檀彎。照得滿階花影，只難攀。」虞美人殘燈云：「深深一點紅光小。薄縷微煙裊。錦屏斜背漢宮中。曾照阿嬌金屋，淚痕濃。　朦朧穗落輕煙散。顧影渾無伴。愴然午夜漫凝思。恰似去年秋夜，雨窗時。」填詞俱富，盡稱令暉、道藴，萃於一門，惜乎天靳之以年也。

龔静照醉花陰

吴園茨曰：梁溪龔静照有醉花陰云：「粉窨眠香紅串淚。兩眼凝秋水。被冷疊鴛鴦，有夢何曾，熨貼心頭去。　碧雲冉冉黄花地。半晌披帷起。擔受峭寒生，不奈蟲吟，況續廉纖雨。」餘詞如是，余於鵑紅草爲弁言其首。

吴文青如夢令

柳塘詞話曰：梁溪吴文青者，善繪牡丹鸚鵡，日以易米爲舉案之供。久客寄吴門，有題鸚鵡如夢令云：「本是烏衣伴侶。不學文鷺沙渚。偶爾寄寒廡，消受酸風苦雨。無語。無語。猶自解憐毛羽。」其咏紅豆壺天曉云：「豔比鮫人淚顆，光交帝網珠絲。根苗何處種相思。不道相思是此。　鸚鵡啄殘何有，珊瑚碾就無疑。隨人抛擲本如斯。但少記歌娘子。」

沈樹榮與龐蕙纕詞

周銘詞選曰：沈樹榮素嘉者，同邑葉氏蕙稠之女，葉子舒穎之室也。其爲臨江仙病起云：「草草粧臺梳裹了，曲闌干外凝眸。年光荏苒又深秋。一番風似剪，兩度月如鈎。　病起高堂頻囑道，而今莫更多愁。愁時檢點也應休。青山來眼底，新柳上眉頭。」淡雅勝人百倍。龐蕙纕者，同里吴鏘室人也。其賦惜花春起早寄畫堂春云：「九十春光一瞬間。惜花早向花看。昨宵絲雨淡雲邊。紅紫嫣然。領取曉風殘月，莫教鶯燕争先。困人無奈晚春天。不忍貪眠。」翩翩林下之選，其金閨賦贈，彤管分題，所謂清麗相須者也。

無名氏菩薩蠻

柳塘詞話曰：往年余參軍幕，不省幕庭景象，有郵寄菩薩蠻兩闋者。今爲記之云：「畫弓横掩纖腰底。盤鵰捧鶻嬌何許。雪作落梅粧。蟬紗罩眼忙。馬馱空小膽。毳帳和天晚。纔倚壻爲懽。歸牽百寶鞍。」「衿長袖窄盤金領。一圍膩玉搓圓頸。銀管早分煙。含情逗舌尖。左賢驕作伴。斜墮烏絲辮。不羡漢紅裙。琵琶馬上聞」。此無名氏無題，不忍遺之也。

詞品目録

詞品上卷

詞品下卷

古今詞話

詞品上卷

原起

張炎曰：粤自隋唐以來，聲詩間出爲長短句。至於尊前、花間，迄於崇寧，立大晟府，命周邦彦諸人，討論古昔，由此八十四調之聲始傳。其後万俟雅言輩增衍慢、曲、引、近，或移宫换羽，爲三犯、四犯，按月令爲之，其曲遂繁。

黄昇曰：長短句始於唐，盛於宋。唐詞具載花間集，宋詞多見於曾端伯所編復雅一集，兼採唐宋，迄於宣和之季，凡四千三百餘首，吁，亦備矣。況中興以來，作者繼出，及乎近世，人各有詞，詞各有體。知之而未見，見之而未盡者，不勝算也。

俞彦曰：詞何以名詩餘，詩亡然後詞作，故曰餘。非詩亡，所以歌詠詩者亡也。周東遷，三百篇音節始廢。至漢而樂府出，樂府不能以代民風而歌謡出。六朝至唐，樂府又不勝詰曲而近體出。五代至宋，近體又不勝方板而詩餘出。唐之詩、宋之詞，甫脱穎而已傳遍歌工之口，元世猶然，今則絶響。卽詩餘中有採入南戲引子，率皆小令，其慢詞不知爲何物。此詩餘之亡，所以歌詠詩餘者亡也。

王岱曰：詩至於餘而詩亡，餘至於極妙而詩復存。是薄詩之氣者餘也，救詩之腐者亦餘也。詩以温厚含蓄，怨不怒，哀不傷，樂不淫爲旨。詞則欲其極怒、極傷、極淫而後已，元氣於此盡矣。觀唐以後詩之蕪澀，反不如詞之清新，使人怡然適性，不惟不欲少留元氣，若以不留元氣爲妙者。是時代升降，學力短長各殊，氣運至此，不容不變動，人心之巧，不容不剖露，卽作者當亦不自知其何故。是詩之不至於盡亡，則實餘有以存之也。

徐師曾曰：自樂府亡而聲律乖，李白始作清平調、憶秦娥、菩薩蠻，時因效之。厥後行衛尉少卿趙崇祚，輯花間詞五百闋，爲近代填詞之祖。陸放翁云：詩至晚唐五季，氣格卑陋，千家一律，而長短句獨精巧高麗，後世莫及。此事之不可曉，蓋傷之也。然謂之填詞，則調有定格，字有定數，韻有定聲，間有長短句，或可損益，亦必凜遵於所自昉也。

陳大樽曰：宋人不知詩而强作詩，其爲詩也，言理而不言情，終宋之世無詩。然宋人權愉愁怨之致，動於中而不能抑者，類發於詩餘，故其所造獨工。蓋以沉摯之思而出之必淺近，使讀之者驟遇之，如在耳目之表，久誦之，而得雋永之趣，則用意難也。以儇利之詞而製之實工鍊，使篇無累句，句無累字，圓潤明密，言如貫珠，則鑄詞難也。其爲體也纖弱，明珠翠羽，尚嫌其重。何況龍鸞，必有鮮妍之姿，而不藉粉澤，則設色難也。其爲境也婉媚，雖以驚露取妍，實貴含蘊不盡，時在低徊唱歎之際，則命篇難也。宋人專事之，篇什既富，觸景皆會，雖高談大雅，而亦覺其不可廢也。

疏名

都穆曰：滿庭芳，取柳柳州「滿庭芳草積」。玉樓春，取白香山「玉樓宴罷醉餘春」。霜葉飛，取杜子美「清霜洞庭葉，故欲别時飛」。宴清都，取沈隱侯「朝上閶闔宫，夜宴清都闕」。又云：風流子，出劉良文選註，言其風美之聲，流於天下，子者，男子通稱。荔枝香，出唐書，貴妃生日，命小部奏新曲未有名，適進荔枝，故以名曲。解語花，出天寶遺事，亦明皇稱貴妃語。解連環，出莊子，連環可解。華胥引，出列子，夢游華胥之國。塞垣春，出後漢鮮卑傳。玉燭新，出爾雅。此載南濠詩話者。

楊愼曰：詞名多取詩句，如蝶戀花，取梁元帝「翻堦蛺蝶戀花情」。滿庭芳，取吴融「滿庭芳草易黄昏」。點絳唇，取江淹詩「白雪凝瓊貌，明珠點絳唇」。鷓鴣天，取鄭嵎詩「春游鷄鹿塞，家在鷓鴣天」。惜餘春，取太白賦語。浣溪沙，取杜少陵詩。青玉案，取四愁詩語。西江月，取衞萬詩「只今惟有西江月，曾照吴王宫裏人」。踏莎行，取韓翃「踏莎行草過春溪」。瀟湘逢故人，柳惲詩也。粉蝶兒，毛滂詞與花同活句也。菩薩蠻，西域婦人髻也。蘇幕遮，高昌女子所戴油帽。尉遲杯，尉遲敬德飲酒必用大杯也。蘭陵王，王入陣必先，言其勇也。生查子，查卽古槎字，張騫事也。多麗，張均妓名，善琵琶者也。念奴嬌，玄宗宫人念奴也。見詞品。

胡應麟曰：點絳唇、青玉案等名，楊説或協。餘皆偶合，未必出自詩中。「滿庭芳草易黄昏」，形容凄寂，詞名僅滿庭芳三字，豈應出此。生查子，謂古槎字，合之博望意亦不貫。菩薩蠻，謂南國人危髻金冠故名，非專指婦人髻也。尉遲大杯，正史無攷，乃引南劇爲據。鷓鴣天，謂鄭嵎詩，則春游雞鹿塞，雞鹿塞當入何調。愚按用脩、元敬，俱號博綜，過於求新，遂多瑣漏。如一滿庭芳也，元敬謂本柳州，用脩謂本吴融，果何自歟，説載筆叢。

沈際飛曰：按南北劇與調同名者頗多，小令之搗練子、點絳唇、卜算子、謁金門、憶秦娥、浪淘沙、鷓鴣天、步蟾宫、鵲橋仙、夜行船、梅花引等。中調之一剪梅、唐多令、十拍子、青玉案、行香子、天仙子、風入松、剔銀燈、祝英臺近、滿路花、意難忘等。長調之滿江紅、尾犯、滿庭芳、燭影摇紅、念奴嬌、絳都春、高陽臺、喜遷鶯、東風第一枝、二郎神、花心動等，皆南劇引子。小令之柳梢青、賀聖朝，中調之醉春風、驀山溪，長調之聲聲慢，八聲甘州、桂枝香、永遇樂、沁園春、賀新郎，皆南劇慢詞。

柳塘詞話曰：唐宋諸詞，花間、草堂，習久傳多，僻調異名，每置不問。近來異體怪目，渺不可極，故詞選須用舊名。如本草誌藥，一種數名。必好稱新目，徒惑視聽，無裨方理，猶必辨以宫律，溯之原起，迺爲有當。若後人自度，或前後湊合，更立新名，則吾豈敢定哉。

按律

楊萬里曰：作詞有五要，第一按律，其次擇腔。如十一月須用正宫，元宵詞須用仙吕宫。當遇事以別之，月令以準之。宋之大祀、大卹，則用六州歌頭。可以例定，而不可以名拘者也。（案此楊纘説，非楊萬里。）

黄昇曰：按周美成瑞龍吟，自章臺路至歸來舊處，是第一段。自黯凝竚至盈盈笑語，是第二段。謂之雙拽頭，屬正平調。自前度劉郎以下，卽犯大石調，是第三段。至歸騎晚以下，再歸正平調。諸本於吟箋賦筆下分段者，非體也。（案：作詞五要乃楊守齋說，非楊萬里說。）

古今樂録曰：姜堯章詞，花庵備載無遺。若湘月、翠樓吟、惜紅衣諸腔，不得其調，難入管絃也。

楊萬里曰：作詞能依句者少，詞若歌韻不協，奚取哉。或謂善歌者能融化其字，殊不詳制作轉摺，用或不當，正旁偏側，凌犯他宮，非復本調，所以宮律之重也。如塞翁吟之衰颯，帝臺春之不順，隔浦蓮之奇煞，鬭百花之無味，是擇腔又在按律之後，不可不較量耳。（案此亦楊守齋語。）

錢謙益曰：張南湖少從王西樓刻意填詞，必求合某宮，合某調，某調第幾聲，其聲出入第幾犯，抗墜圓美，以期合作，謂之當行。余對之曰，南湖圖譜，俱係習見諸體，一按字數多寡，句讀平仄，至宮律之學，尚隔一塵。試覽樂章集中，有同一體而分載大石、歇指，較之多寡平仄，更大有別，此理亦近人未解。

沈際飛曰：所謂宮調者，黃鐘宮、南呂宮、無射宮、中呂宮、正宮、仙呂宮、歇指調、高平調、大石調、小石調、正平調、越調、商調，此十三條曲律也。以南北劇引用詩餘較之，尚有林鐘宮、雙調、般涉調、道宮、散水調、琴調，共一十九條。然詩餘有名同而所入之宮調則異，字數多寡亦因之異者。亦有字數多寡則異，而所入之宮調則同者。

雍熙樂府曰：黃鐘宮，宜富貴纏綿。正宮，宜惆悵雄壯。大石調，宜風流蘊藉。小石調，宜旖旎嫵媚。仙呂宮，宜清新綿遠。中呂宮，宜高下閃賺。南呂宮，宜感歎傷惋。雙調，宜健捷激裊。越調，宜陶寫冷笑。商調，宜悽愴怨慕。林鐘商調，宜悲傷宛轉。般涉羽調，宜拾綴坑塹。歇指調，宜急併虛揭。高平調，宜滌蕩滉漾。道宮，宜飄逸清幽。角調，宜典雅沉重。此以詩餘之約法，而爲歌曲之元聲也。

沈雄曰：前人既用宮律，豈古者可被管絃，今則不詳譜例哉。家詞隱先生，作古今詞譜，分十九調，一黄鐘、二正宮、三大石、四小石、五仙呂、六中呂、七南呂、八雙調、九越調、十商調、十一林鐘、十二般涉、十三高平、十四歇指、十五道宮、十六散水、十七正平、十八平調、十九琴調，一按舊律所輯，倶唐宋元音。然有以黄鐘之喜遷鶯而爲正官之喜遷鶯、南呂之喜遷鶯者，别宮參互亦可也。即以小令夏竦之喜遷鶯，與長調吴禮之之喜遷鶯同一黄鐘者，字數多寡無論也。又以皇甫松之平韻天仙子，與張先之仄韻雙調天仙子，同一黄鐘者，聲韻平仄無論也。有以徐昌圖之臨江仙爲仙呂，而牛希濟之臨江仙爲南呂者，其宮調自别亦可也。此卽沈天羽云，南劇越調過曲小桃紅，與正宮過曲小桃紅異者。蓋以一二證之，世有解人，幸以教我。

陳暘樂書曰：五行之聲，所司爲正，所敧爲旁，所斜爲偏，所下爲側。正宮之調，正犯黄鐘宮，旁犯越調，偏犯中呂宮，側犯越角之類。樂府諸曲，自昔不用犯聲。唐自天后末年，劍器入渾脱，始爲犯聲。以劍器宮調，渾脱角調，以臣犯君也。明皇時樂人孫處秀善吹笛，好作犯聲，亦鄭衛之變也。

柴紹炳曰：論古詞而由其腔，則音節柔緩，無馳驟之法。論古詞而由其調，則諸調各有所屬。後人但以長短分之，不復問某調在九宮，某調在十三調。競製新犯名目，不知有可犯者，有必不可犯者。如黄鐘不可先商調，商調不可與仙呂相出入，是必須審音律也。

沈雄曰：宣政間諸公，自製樂章，有側犯，若尾犯一名碧芙蓉，張子野所製詞也。淒涼犯、花犯念奴，姜堯章所製詞也。别有史邦卿玲瓏四犯，仇山村八犯玉交枝，又有花犯詠梅。倒犯一名吉了犯，南方鳥有秦吉了。按嘯餘、萃編、明辨諸書，謂倒犯之卽花犯。殊不知花犯爲小石調，倒犯爲仙呂宮，同於一百二十字，是又不可不按律也。

詳韻

宛委餘編曰：沈休文始爲四聲，梁高祖雅不好之，問於周捨，捨對天子聖哲四字。於今聲調既自有别，諸家取捨，亦復不同。吴楚則時傷輕淺，燕趙則多爲重濁，秦隴則去聲爲入，梁益則平聲似去，又支、脂、魚、虞、共爲一韻，先、仙、尤、侯俱論是切。因取韻略、音譜等書參伍之。當時遂有法言撰本，長孫訥言箋註，各各增加焉。卽唐人小令，務遵爲金科玉律，不少寬假，至宋成廣韻，共二萬六千一百九十四字，始有頒韻應制諸詞。

宛委餘編曰：沈韻之興也，元周德清以中土台音勝之，又以三聲而奪四聲。其所舉平聲，如靴在戈韻。車、邪、遮、嗟却在麻韻。靴不押車，車却協麻。元、暄、鴛、言、褰、焉俱不協先。煩、翻、不協寒、山，却與魂、痕同押。其音何以相着。灰不協揮，杯不協裨，梅不協糜，雷不協羸。必押梅爲埋，雷爲來，方與台協。如此呼轉，亦非鴂舌而何。然據宋詞應制體，則德清之所持未必是，而其所攻未必非也。

雅韻序曰：卓氏中州之韻，中州者，中山趙地。北音惟中山爲正，南不過定遠，北不過彭城，東不過江浦，西不過睢陽，四境千里，過其境則土音生矣。惟北方無鄉談，其音謂之台，台從上聲言也。其言無入聲，以入聲爲三聲之用。謂北人有台輔之像，其聲出乎丹田，發乎胸臆，黄鐘、宫商之音也，故重厚而沈雄。其中山之音，重之清者也，故爲音律之用。若南方之音多入聲，出乎唇齒舌腭之間，角徵羽之音也，故輕浮而雌淺。謂之南音曰蠻，其吴、越、閩、廣、荆、湖、溪、洞之地，皆有鄉談，謂之彝語，謂之鴂舌，非譯不通，故不入五音之内。今以三聲内收入聲爲北音之用，而無音切者何。以入聲之變爲三聲，故無切。宋應制詞賦，類遵頒韻，如此者，庶使有所持循後不漸失之通韻耳。明正統辛酉臞僊敍。陶宗儀韻記曰：本朝應制頒韻，僅十之二三，而人争習之。户録一編以粘壁，故無定本。後見東都朱希真，復爲擬韻，亦僅十有六條。其閉口侵尋、監咸、廉纖三韻，不便混入，未遑校讎也。鄱陽張輯，始爲衍義以釋之。洎馮取洽重爲繕録增補，而韻學稍爲明備通行矣。值流離日，載於掌大薄蹄，藏於樹根盎中，溼朽蟲蝕，字無全行，筆無明畫，又以雜葉細書如半菽許。顧一有心斯道者詳而補之。然見所書十六條與周德清所輯，小異大同，要以中原之音，而列以入聲四韻爲準，南村老人記。詞品曰：沈韻不合聲律，今人守之如金科玉律。無他，今詩學李、杜，李、杜本六朝，相襲而不敢革也。填詞自可通變，如朋字與蒸字同押，打字與等字同押，挂字、畫字與怪字、壞字同押，是鴂舌之病。周德清著中原音韻偉矣，乃宋填詞已有開先者，蓋真見在人心目，不約而同耳。試舉蘇東坡一斛珠云：「洛城春晚。垂楊亂掩紅樓半。小池輕浪紋如篆。燭下花前，曾醉離歌宴。自昔風流雲雨散。關山有限情無限。待君重見尋芳伴。爲説相思，目斷西樓燕。」篆字據沈韻在上韻，本屬鴂舌，蘇特正之也。蔣竹山女冠子云：「蕙花香也。雪晴池館如畫。春風飛到，寶釵樓上，一片笙歌，琉璃光射。而今燈謾挂。不是暗塵明月，那時元夜。況年來、心懶意怯，羞與鬧蛾爭耍。江城人悄初更打。問繁華誰解，再向天公借。剔殘燈炧，但夢裏隱隱，鈿車羅帕。吳箋銀粉砑。待把舊家風景，寫成閒話。笑綠鬟鄰女，倚窗猶唱，夕陽西下。」是駁正沈韻畫及挂話及打字之謬也。呂聖求感皇恩云：「寒食不多時，牡丹初賣。小院重簾燕飛礙。昨宵風雨，尚有一分春在。今朝猶自得，陰晴快。熟睡起來，宿酲微帶。不惜羅襟揾眉黛。日長梳洗，看花陰移改。笑拈雙杏子，連枝戴。」此連拈數韻以見酌古斟今之妙。

詞統曰：從來有韻無書，自五七言近體出而有詩韻，至元人樂府出而有曲韻。唐小令原遵沈韻，宋慢詞類因頒韻。沈際飛所謂詩韻嚴而瑣，在詞當併其獨用爲通用者綦多，曲韻近矣。然以上支、紙、寘分作支、思韻，下支、紙、寘分作齊、微韻，上麻、馬、禡分作家、麻韻，下麻、馬、禡分作車、遮韻，而入聲隸之平上去三聲，則曲韻不可以爲詞韻明矣。近代不審，詞韻迭出，將詞韻不亡於無而亡於有，可深歎也。

鄒程村曰：詞韻本無蕭畫，作者遽難曹隨，分合之間，辨極銖黍。宋詞有通用至數韻者，有忽然出一韻者。有數人如一轍者，有一首而僅見者。後人不察，利爲輕便，一韻偶侵，遂及他部，數字相引，竟及全文。此毛氏一人通譜全族通譜之喻爲相類也。學者切戒夫通病恪遵爲成式，并舉習見者爲繩尺，自免駁議於後人，然無遽以魯男子之不可，學柳下惠之可也。

趙千門曰：詩韻中平聲十灰、十三元，上聲十賄、十三阮，去聲十卦、十一隊、十四願，皆令人之割半分用者也。今考宋詞，凡此等類，一概不分，悉依詩韻原本。如稼軒沁園春用灰韻，少游千秋歲用隊韻，俱全用不分。將以宋人爲全遵沈韻耶，其不遵者乃十之八九。考白樂天長相思詞用支、微韻，已與灰半通用。唐人守沈韻如山，而作詞已透宋人之韻。況各韻分半，洪武正韻亦然。作者當遵有宋辛、秦諸公多仍唐韻，然亦不必相沿也。

趙千門曰：入聲最難牽合，須韻分爲四韻，今人亦別立五韻，亦就宋詞中較其大略以爲區別耳。今檢昔詞如去矜者十之七，彼此牽混者亦什之三，即如物、部等字押於昔詞絕少，其偓見者，東坡念奴嬌，物與雪、滅、髮、杰等同押。介甫雨淋鈴，物與矻、窟、没、渤同押，似物部當通用月、曷等部矣。而念奴嬌不免雜用壁字，雨淋鈴不免雜用出字，何爲兩俱入於質、陌韻乎。至於稼軒滿江紅，物部全與質、陌部同押，是又與質、陌通矣。再考洪武正韻，物部亦併入質、陌部者，及歷攷唐宋物部有時單通用月、曷，有時與質、陌、月、曷等共通者。前輩既以游移，今日仍無畛域，此道將流於漫漶無極矣。故守韻宜嚴也，今當以去矜所分者分之。

毛馳黄曰：詞韻大約平聲獨押，上去聲通押。然間有三聲通押者，如西江月、少年心、換巢鸞鳳之類。故去矜於每部韻俱總統三聲，如東、董、江、講，以平聲貫上去，而弁之名曰三聲，而止列二聲，而中又分平仄凡十四部。至於入聲無與平上去三聲通押之法，故後又列爲五部。

毛馳黄曰：沈譜取證古詞，惟以名手雅篇，灼然無弊者爲準。迺有秦觀秋闈，慢、暗累押。仲淹懷舊，外、淚莫辨。邦彦美人，心、雲並陳。少隱禁煙，南、天雜叶。稼軒諸作，歌、麻通用。李景春恨，本支、紙韻，而中闌入來字。其他固未易細數。當時便已從逸。世鮮通人，傳訛至今，莫能彈射。而翦才劣手，苦於按譜，似更利其疎漏，難矣。至於稼軒南柯子新開河詞，本佳、蟹韻，而起韻則用時字。歐陽修踏莎行離別詞，本支、紙韻，而末用外字。姜夔疎影咏梅詞，本屋、沃韻，而中用北字。柳永送征衣詞，本江、講韻，而末用遥字。當是古人誤處，未宜因以爲例，所以不能概責之後來也。

陸藎思曰：今以古詞參之音律，以正當世詞用曲韻之病者。曲韻宗中原音韻，四聲通用，而入聲不列。考之唐宋詞家，概無是例。至於肱、轟、崩、烹、盲、弘、鵬等字，詞韻收入庚、梗韻者，而曲韻收入東、鐘韻。浮字收入尤、有韻者，而曲韻收入魚、模韻。則曲韻之不通於詞韻昭然矣。或曰，德清曲韻不可遵，洪武正韻所必遵也。夫正韻作詞，不無扞格，且晚近爲詞韻者，利於易押，苟且傅會所致，將古詩風雅而亦以詞韻例之乎。

本意

胡應麟曰：菩薩蠻、憶秦娥，爲諸調之祖，後無與調名相符者，猶樂府然。題卽詞曲之名也，調卽詞曲之聲也。宋人填詞絶唱，如流水孤村，曉風殘月等編，皆與調名了不相合，而王晉卿人月圓，謝無逸漁家傲，殊碌碌無聞，則樂府所重在調不在題明矣。

沈際飛曰：唐詞多述本意，有調無題，如臨江仙賦水媛江妃也。天仙子，賦天台仙子也。河瀆神，賦祠廟也。小重山，賦宫詞也。思越人，賦西子也。有謂此亦詞之末端者。唐人因調而製詞，命名多屬本意，後人填詞以從調，故賦詠可離原唱也。

虚聲

胡仔曰：七言八句，與七言四句，見諸歌曲者，今止瑞鷓鴣、小秦王耳。瑞鷓鴣猶依字易歌，若小秦王必雜以虚聲，乃可歌也。

楊慎曰：唐人曲調，皆有詞有聲，而大曲又有豔，有趨，有亂。詞者其歌詩也。聲者若羊吾夷、伊那何之類。豔在曲之前，趨與亂在曲之後，亦猶吴聲西曲前有和，後有送也。

沈雄曰：詞品以豔在曲之前，與吴聲之和，若今之引子，趨與亂在曲之後，與吴聲之送，若今之尾聲，則是羊吾夷、伊那何，皆聲之餘音聯貫者。且有聲而無字，即借字而無義。然則虚聲者，字即有而難泥以方音，義本無而安得有定譜哉。夫唐詞以一章爲一解，傖歌以一句爲一解，古今樂録曾述之矣。余以近代吴歌猶有樂府遺意，腔調如是，而詞義之變輕重流遞，反復聯合，且有遲其聲以媚之，如那何二字之類，俱化作數字，亦大有方音在焉。

小令

張炎曰：詞難於小令，如詩難於絶句。一闋不過十數句，一句着閒字不得，更末句最當留意，惟有有餘不盡乃佳。

倚聲集曰：小令不學花間，當效歐、晏、秦、黄。夫花間之綺琢處，於詩爲靡，於詞如古錦，闇然異色。若歐、晏，則饒蘊藉，秦、黄，則最生動，更有一唱三歎之致。

王士禛曰：南宋長調，如姜、史、蔣、吳，有秦、柳所不能及者。北宋小令，如晚唐絶句，以劉賓客、杜紫薇爲絶詣，時出供奉、龍標一頭地。

中調

沈際飛曰：唐人長短句，小令耳，後衍爲中調、長調，其故以换頭雙調聯合之者，中調也。復系之以近，以犯，以慢分别之，如院本之名犯、名賺、名破之類。且顧從敬編輯草堂，以臆見分之，後遂相沿耳。

沈雄曰：唐宋作者，止有小令曼詞。至宋中葉而有中調、長調之分，字句原無定數，大致比小令爲舒徐，而長調比中調尤爲婉轉也。今小令以五十九字止，中調以六十字起，八十九字止，遵舊本也。

長調

張炎曰：作慢詞須看題目，先擇曲名，然後命意。思其頭何如起，尾何如結，然後選韻，然後述曲，最要過變，不可斷了曲意。

柳塘詞話曰：唐人率多小令，尊前集載唐莊宗歌頭一闋，不分過變，計一百三十六字，爲長調之祖，苦不甚佳。按歌頭係大石調，别有六州歌頭，水調歌頭，皆宜音節悲壯，以古興亡事實之，良不與豔詞同科者。

梅墩詞話曰：詞貴柔情曼聲，第宜於小令。若長調而亦喁喁細語，失之約矣，惟沉雄悲壯，情致亹亹，方爲合作。其多有不轉韻者，以調長勢散，恐其氣不貫也。如俞彦所云，意窘於侈，字貧於複，氣竭於鼓，鮮不納敗。

换頭

張炎曰：要知换頭不可斷了曲意，如白石云：「曲曲屏山，夜深獨自甚情緒。」於過變則云：「西窗又吹暗雨。」此則曲意不斷矣。

劉體仁曰：换頭處不欲全脱，不欲明粘。能如畫家開闔之法，一氣而成，則神味自足，有意求之不得也。宋人多於過變處言情，然其氣已全於上段矣。另作頭緒，便不成章。至如東坡賀新郎「乳燕飛華屋」，其换頭「石榴半吐」，皆咏石榴。卜算子「缺月挂疎桐」，其换頭「縹緲孤鴻影」，皆詠鴻，又一變也。

沈雄曰：法曲之起，多用絶句，或皆單調，教坊記所載是也。樂府所製，有用疊者。今按詞則云换頭，或云過變，猶夫曲調之爲過宫也。宋人三换頭者，美成之西河、瑞龍吟，耆卿之十二時，戚氏、稼軒之六州歌頭、醜奴兒近，伯可之寶鼎現也。四换頭者，夢窗之鶯啼序也。

起句

張炎曰：詞之語句，太寬則率易，太工則苦澀。如起頭八字相對，須着一字眼，如詩眼同。若八字既工，下句便可少寬，庶不窒塞，約莫太寬易，又着一句工緻者，便精粹，此詞之關鍵也。

沈雄曰：起句言景者多，言情者少，敍事者更少。大約質實則苦生澀，清空則流寬易。换頭起句更難，又斷斷不可犯此。所以從頭起句，照管全章及下文，换頭起句，聯合上文及下段也。

結句

劉體仁曰：詞之起最難，而結更難於起，不欲轉入別調也。「呼翠袖爲君舞」，「倩盈盈翠袖揾英雄淚」，便是一法。須結得「不愁明月盡，自有夜珠來」之妙。若美成「任舞休歌罷」，則何以稱焉。

沈雄曰：結句如水龍吟之「作霜天曉」，「繫斜陽纜」，亦是一法。如憶少年之「況桃花顏色」，好事近之「放真珠簾隔」，緊要處前結，如奔馬收韁，須勒得住，又似住而未住。後結如衆流歸海，要收得盡，又似盡而不盡者。

辨句

詞衷曰：近人多據圖譜，嘯餘譜二書，平仄差覈，而又半黑半白以分別之。其中虛實句讀，每置不論，且載詞太略。如字數稍有起結相類，遂譌爲一調矣。明辨一書，多遵嘯餘譜，舛錯更甚，或逸本名，或列數調，或分譌字，甚則以襯字爲實字，則有增添字數之譌。以上二字可聯在下句，以下三字可截在上句，則又錯亂句讀之譌。成譜豈可如是，是不可不辨句也。

柳塘詞話曰：俞彥云，詞全以調爲主，調全以字之音爲主。音有平仄，大有必不可移者，間有可移者。仄有上去入，大有可移者，間有必不可移者。任意出入，失其由來，有棘喉澀舌之病。余則先整其詞句平仄之粘，務遵彼宮調陰陽之律。縱奇才博洽，僻字尖新，有不得稱爲當行者。此余從音律家學之傳。雖曲更嚴於詞，詞或寬於詩，有不能任意爲之者。

柳塘詞話曰：五字句起結自有定法，如木蘭花慢首句，「拆桐花爛熳」，三莫子首句，「悵韶華流轉」，第一字必用虛字，一如襯字，謂之空頭句，不是一句五言詩可填也。如醉太平結句，「寫春風數聲」，好事近結句，「悟身非凡客」，可類推矣。如七字句在中句，亦有定法。如風中柳中句，「怕傷郎，又還休道」，春從天上來中句，「人憔悴，不似丹青」。句中上三字須用讀斷，謂之折腰句，不是一句七言詩可填也。若據圖譜，僅以黑白分之，嘯餘譜以平仄協之，而不辨句法，愈見舛錯矣。

疊句

沈雄曰：兩句一樣爲疊句，一促拍，一曼聲。瀟湘神、法駕導引，一氣流注者，促拍也。東坡引，「雄心消一半，雄心消一半」，不爲申明上意，而兩意全該者，曼聲也。體如是也。若呂居仁之「恨君不似江樓月，南北東西。南北東西。只有相隨無別離」，是承上接下，偶然戲爲之耳。

對句

周德清曰：作詞十法，始卽對耦，有扇面對，重疊對，救尾對。趙元鎭滿江紅云：「欲往鄉關何處是，正水雲浩蕩連南北。」又，「欲待忘憂須是酒，奈酒行欲盡愁無極」，此卽扇面對也。

俞彥曰：詞中對句，須是難處，莫認爲襯句。正惟五言對句、七言對句，使讀者不作對疑尤妙，此卽重疊對也。

沈雄曰：對句易於言景，難於言情。且開放則中多迂濫，收整則結無意緒，對句要非死句也。牛嶠之望江南，「不是烏中偏愛爾，爲緣交頸睡南塘」，其下可直接「全勝薄情郎」，此卽敓尾對也。

周雪客曰：稼軒對句，如「對鄭子眞巖石卧，赴陶元亮菊花期」，生硬不可按歌。固不若丁飛濤之「懶對𧰼嫌嵇叔拙，貧來鬼笑伯龍癡」，用事用意爲有情致。

複字

卓人月曰：詩中一句連三字者，「夜夜夜深聞子規」，「日日日斜空醉歸」，此非疊字也。如醉春風、釵頭鳳、摘紅英、惜分釵等曲，方有複字，尤更難於落句者，以全在氣足韻足耳。

劉體仁曰：複字亦良不易，錯錯與忡忡之類，須是另出，不是上文又不離上段句意乃善。

襯字

張炎曰：詞之語句，若惟疊以實字，讀之且不貫通，況付雪兒乎，合用虛字呼喚。一字如正、但、任、況之類，兩字如莫是、又還之類，三字如更能消、最無端之類，要用之得其所。

沈雄曰：調卽有數名，詞則有定格，其字數多寡，句讀平仄，韻脚叶否較然，少有參差，委之襯字，緣文義偶不聯綴，或不諧暢，始用一二字襯之。究其音節之虛實，尋其正文自在，如沈天羽所引南北劇中，這字、那字、正字、箇字、却字，不得認爲别宮别調。

轉韻

沈雄曰：轉韻須有水窮雲起之勢，若重疊金、虞美人、醉公子、減字木蘭花，謂之四換頭，以其四轉韻也。他如荷葉杯、酒泉子、河傳等曲，如不轉韻，豈不謂之好語零碎也乎。

藏韻

周篔谷曰：換頭二字用韻者，長調頗多，中間更有藏韻，木蘭花慢，惟屯田得音調之正。蓋傾城、盈盈、歡情，於第二字中有韻。且如定風波、南鄉子、隔浦蓮，豈可冒昧爲之。

沈雄曰：水調歌頭，間有藏韻者。東坡明月詞，「我欲乘風歸去，惟恐瓊樓玉宇」，後段「人有悲歡離合，月有陰晴圓缺」，謂之偶然暗合則可，若以多者證之，則問之箋體家，未曾立法於嚴也。

排調

沈雄曰：唐人歌詞，皆七言而異其名。渭城曲爲陽關三疊，楊柳枝復爲添聲，若采蓮、竹枝，當日遂有排調。如竹枝女兒，年少舉棹，同聲附和，用韻接拍之類，不僅雜以虛聲也。

衍詞

沈雄曰：衍詞有三種，賀方回衍「秋盡江南葉未凋」，陳子高衍「李夫人病已經秋」，全用舊詩而爲添聲也。花非花，張子野衍之爲御街行。水鼓子，范希文衍之爲漁家傲，此以短句而衍爲長言也。至溫飛卿詩云：「合歡桃核真堪恨，裏許原來別有人。」山谷衍爲詞云：「似合歡桃核，真堪人恨，心兒裏有兩箇人人。」古詩云：「夜闌如秉燭，相對如夢寐。」叔原衍爲詞云：「今宵剩把銀釭照，猶恐相逢是夢中。」以此見爲詩之餘也。

集句

柳塘詞話曰：徐士俊謂集句有六難，屬對一也，協韻二也，不失粘三也，切題意四也，情思聯續五也，句句精美六也。賀裳曰：集之佳者亦僅一斑斕衣也，否則百補破衲矣。介甫雖工，亦未生動。沈雄曰：余更增其一難，曰打成一片，稼軒俱集經語，尤爲不易。

沈雄曰：蘇長公南鄉子云：「悵望送金杯。杜牧 漸老逢春能幾回。杜甫 花滿楚城愁遠別。許渾 情懷。何況青絲急管催。劉禹錫 吟斷望鄉臺。李商隱 萬里歸心獨上來。許渾 景物登三閒始見。杜牧 徘徊。一寸相思一寸灰。李商隱」近代蕃錦集中，朱竹垞點絳唇詠風云：「灑露飄煙。包佶 無情有恨何人見。皮日休 羅幃舒卷。李白 算待花如霰。王維 聽不聞聲。韓愈 紫陌傳香遠。陳羽 陽春半。崔湜 柳長如線。李賀 舞態愁將斷。鄭愔」詞則佳矣，但取其義之脗合，不求其句之割切也。律陶集杜，自昔已然，止用七言五言也。即調中對句、結句之工巧，或出人意表，若內用二字、三字、四字，當割切之於何人，而註爲某某句乎。

迴文

鄒祗謨曰：迴文之就句迴者，自東坡、晦庵始也。其通體迴者，自義仍始也。近代張綖以一首律詩，而迴作一首填詞。董以甯、毛重倬，有一首而迴作兩調者。文人慧業，曲生狡獪。張綖律詩一首，向作舞春風，昔有此體，近復迴作虞美人調者：「隄邊柳色春將半。枝上鶯聲喚。客游曉日綺羅稠。紫陌東風絃管，咽朱樓。少年撫景慚虛過。終日看花坐。獨愁不見玉人留。洞府空教燕子，占風流。」

沈雄曰：東坡菩薩蠻四時詞，是名倒句。卽晦庵之春恨，詞義亦隱，如「晚紅飛盡春寒淺，淺寒春盡飛紅晚」，卒章云：「長恨送年芳。芳年送恨長。」猶不失體，若丘瓊山之秋思，卒章云：「寒光月影斜。横透碧窗紗。」平粘已失，句意又倒，此只可用倒句，而不可作迴文者也。

隱字

詞綜曰：踏青游一詞爲贈妓崔念四之作，政和間士人所製，隱念四字。詞云：「識箇人人，恰止二年歡會。似賭賽、六隻渾四。向巫山重重去，如魚水。兩情美。同倚畫樓十二。倚了又還重倚。兩日不來，時時在人心裏。擬問卜、嘗占歸計。拚三八清齋，望永同鴛被。到夢裏。驀然被人驚覺，夢也有頭無尾。」

沈雄曰：秦少游水龍吟「小樓連苑横空」，隱婁東玉字。南柯子「一鈎斜月掛三星」，隱陶心兒字。何文縝虞美人「分香帕子柔藍膩，欲去殷勤惠」，隱惠柔字。興會所至，自不能已，大雅之作，政不必然。若黄山谷兩同心云：「你共人女邊着子，争知我門裏擔心。」隱好悶兩字。總因「黄絹幼婦，外孫虀臼」八字作俑，而下流於「秋在人心上，心在門兒裏」，便開俚淺蹊徑。

櫽括詞

賀裳曰：東坡櫽括歸去來詞，山谷櫽括醉翁亭記，兩人固是好手，終墮惡趣。

沈雄曰：東京士人櫽括東坡洞仙歌爲玉樓春，以記摩訶池上之事，見張仲素本事記。魯直櫽括子同漁父詞爲鷓鴣天，以記西塞山前之勝，見山谷詞。是真簡而文矣。

福唐體

藝苑卮言曰：陶淵明止酒用二十止字，梁元帝春日用二十二春字，一時游戲不足多尚。然如宋詞，東坡之皂羅特髻，連用七採菱拾翠字，書舟之四代好，連用八好字，亦有不可解者，何獨福唐體而疑之。

蓉城集曰：歐陽炯清平樂，通首十春字。初在句首，既入句中，始則單行，旋而雙見。安頓變化，究不若高賓王卜算子，全用春字，亦復警切，復生動。

沈雄曰：山谷阮郎歸，全用山字爲韻。稼軒柳梢青，全用難字爲韻。註云，福唐體，卽獨木橋體也。竹山如效醉翁也字，楚辭些字、兮字，一云騷體卽福唐也，究同嚼蠟。

和韻

張炎曰：詞不可强和人韻，若曲韻寬平，庶可賡和。倘險韻爲人所先，牽强塞責，句意何以融貫乎。和詞如東坡楊花起句，質夫合讓一頭地，後段愈出愈奇，壓倒今古。

沈際飛曰：張杞和花閒集，凡四百八十七首。篇篇押韻，未免拘牽，字字求新，亦饒生鑿。惟甘州遍「鴻影又被戰塵迷」一句差勝。

沈雄曰：「古者歌必有和，所以繼聲也。倡予和汝，詩詠籊兮。調高和寡，曲推白雪。至一韻而爲之數回往復，長慶之元、白，松陵之皮、陸，實濫觴焉。屬和工而格愈降矣。蘇、黄間一爲之，辛、劉復爲迭出，顧其才力優爲之，此猶夫絶塵遠馭之才技，不馳逐於康莊大堤，而躪驟於巉崖峭壁，若不藉此無以擅長者。余作周勒山閒情集序云然。

江尚質曰：「乩仙鵲橋仙七夕詞，以八煞字爲韻，「尤雲殢雨正歡濃，但只怕來朝初八。年年此際一相逢，未審是甚時結煞。」張于湖醉羅歌閨情詞，以毒蹴字爲韻，「多情早是眉峯蹙。一點秋波，閒裏覷人毒。歸來想見櫻桃熟。不道秋千，誰伴那人蹴。」此限韻之險者。張樞言席上，劉巨濟、（原誤作源，據苕溪漁隱叢話改。下同。）僧仲殊在焉。命作西湖詞，巨濟口占云：「憑誰好筆。横掃素縑三百尺。天下應無。此是錢塘湖上圖。」仲殊應聲云：「一般奇絶。雲澹天高秋夜月。費盡丹青。只這些兒畫不成。」又命賦梅花詞，仲殊先吟云：「江南二月。猶有枝頭千點雪。邀上芳樽。却占東君一半春。」巨濟續和云：「尊前眼底。南國風光都在此。移過江來。從此江南不復開。」蓋減字木蘭花也，和句又是一法耳。

節序

張炎曰：「昔人詠節序，付之歌喉者，不過爲應時納祜之作。所謂清明「拆桐花爛漫」，端午「梅霖乍歇」，七夕「炎光謝」，若律以詞家風度，則俱未然。豈如周美成解語花咏元夕，史邦卿東風第一枝咏立春，不獨措語精粹，且見時序風物之感。若易安永遇樂咏元夕云：「不如向簾兒下，聽人笑語。」亦自不惡，如以俚詞，歌於坐花醉月之下，爲真可惜。

楊慎曰：馮雙溪之評胡浩然詞，立春喜遷鶯，先紀節序，次述宴會，末歸應時納祐，要有感慨思致。

咏物

賀裳曰：曾見姜堯章論雙雙燕咏燕詞，不稱其「軟語商量」，而賞其「柳昏花暝」。正姚鉉所謂賦水不當言水，而言水之左右前後也。尚未若張功父滿庭芳，月洗梧桐一闋，不惟曼聲勝其高調，而形容細如毫髮，又皆姜詞所未發者。

沈雄曰：咏物入妙之句，如杜衍咏荷，「真珠零落難收拾」。劉才邵咏夜度娘，「一抹微雲淡秋月」。若賀方回「淡黃楊柳帶棲鴉」，秦處度，「藕葉清香勝花氣」，王阮亭、程村輩所云，取形不如取神也。

沈雄曰：紫薇詞，「羅帕分柑霜落齒，冰盤剥芡珠盈掬」。安陸詞「晴鴿試翎風力軟，鶵鶯弄舌春寒薄」，楊慎特舉之爲咏物之工倩。今彈指詞中，有「清脆鈴聲簷鴿夜，悠揚燈影紙鳶風」，清新亦未有人道。

沈雄曰：卽賀黄公咏燕詞，「斜日拖花，微風撲絮」，如讀柳塘花塢詩，便覺春光駘宕。王阮亭贈雁詞，「水碧沙明，參横月落，還向瀟湘去」，又絕似箏聲玉指，俱在行間也。

張炎曰：詞之賦梅，惟白石暗香、疎影二曲，自立新意，誠爲絕唱。李白云：「眼前有景道不得，崔顥題詩在上頭。」今作梅詞者，不能爲懷。

張炎曰：詩固難於咏物，詞爲尤難。體認稍真，則拘而不暢。摹情差遠，則晦而不明。要須收縱聯密，用事切合，一段意思，全在結尾。如史邦卿雙雙燕咏燕，姜堯章齊天樂咏促織，全章精粹，瞭然在目，且不留滯於物。

曲調

沈雄曰：前人有以詞而作曲者，斷不可以曲而作詞。如念奴嬌、百字令，同體也，俱隸北曲大石調。起句云：「驚飛幽鳥蕩殘紅，撲蔌脂胭零落。門掩蒼苔書院悄，潤破紙窗偷瞧。一操瑶琴，一番相見，曾道閑期約。多情多緒，等閒肌骨如削。」又起句云：「太平時節，正山河一統，皇家全盛。宫殿風微儀鳳舞，翠靄紅雲相映。四海文明，八方刑措，田畯傳歌咏。風淳俗美，庶民咸仰仁政。」此等調則詞，而語則曲也，不可以不辨。竟有詞名而曲調者，如竹枝亦有北曲，詞云：「胸背裁絨宫錦袍。續斷絲麻雜綵絛。紅梅風韻海棠嬌。櫻桃樊素口，楊柳小蠻腰。清高。蘭蕙性，不蓬蒿。」如浣溪沙亦有南吕過曲，詞云：「才貌撑衣不整。對良宵轉覺凄清。似王維雪裏芭蕉景。擲菓車邊粉黛情。燈月彩，少甚麽鬧蛾兒，引神仙，隘香車，墜瑟遺瓊。」如減字木蘭花亦有北曲，詞云：「愁懷百倍傷。那更怯秋光。逐朝倚定門兒望。怯昏黄，塞角韻悠揚。」如醉太平亦有北曲，詞云：「黄庭小楷。白苧新裁。一篇閒賦寫秋懷。上越王古臺。半天虹雨殘雲載。幾家漁網斜陽晒。孤村酒市野花開。長吟去來。」畢竟是曲而非詞，恐後之集譜者，或以曲調而亂詞體也。

古今詞話

詞品下卷

品詞

宋徵璧曰：情景者，文章之輔車也。故情以景幽，單情則露。景以情妍，獨景則滯。今人景少情多，當是寫及月露，慮鮮真意。然善述情者，多寓諸景，梨花榆火，金井玉鉤，一經染翰，使人百思。哀樂移神，不在歌慟也。

沈雄曰：詞有寫景入神者。尹鶚云：「盡日醉尋春，歸來月滿身。」後主云：「酒惡時拈花蕊嗅。」亦有言情得妙者，韋莊云：「妾擬將身嫁與，一生休。縱被無情棄，不能羞。」牛嶠云：「朝暮幾般心。爲他情謾真。」抑亦其次，盡人謂言情不如言景，然趙秋官妻所作武林春則云：「人道有情還有夢，無夢豈無情。夜夜思量直到明。有夢怎教成。」純乎情矣，亦甚脫化而不落俳調。

張炎曰：詞要清空，不宜質實。清空則古雅峭拔，質實則凝滯晦澀。看白石如野雲孤飛，去留無跡。夢窗如七寶樓臺，眩人眼目，拆碎下來，不成片段。此清空質實之論。聲聲慢云：「檀欒金碧，婀娜蓬萊，浮雲不蘸芳洲。」前八字恐太澀滯。唐多令云：「何處合成愁，離人心上秋，縱芭蕉不雨也颼颼。」此三句恐亦空疎。

宋徵璧曰：詞家之旨，妙在離合，語不離則調不變宕。情不合則緒不聯貫。每晁柳永，句句聯合，意過久許，筆猶未休，此是其病。

毛騤曰：詞家惟刻意，俊語，濃色，俱賴作者神明。然雖有淺淡處，尋常處，忽着一二乃佳。所以詞貴離合。如行樂詞，微着愁思，方不癡肥。怨别詞，忽爾展拓，不爲本調所縛，方不爲一意所苦，始有生動。

沈雄曰：詞至離合處，有不爲淺人索解者。「時復見殘燈，和煙墜金穗」，「人不見，春在緑蕪中」，「夢斷綵雲無覓處，夜涼明月生南浦」，諸語耐人遐想，又豈獨開宕者所能參耶。

沈雄曰：山谷謂好詞，惟取陡健圓轉。屯田意過久許，筆猶未休。待制滔滔漭漭，不能盡變。如趙德麟云：「新酒又添殘酒病，今春不減前春恨。」陸放翁云：「只有夢魂能再遇，堪嗟夢不由人做。」又黄山谷云：「春未透。花枝瘦。正是愁時候。」梁貢父云：「拚一醉留春，留春不住，『醉裏春歸』。此則陡健圓轉之榜樣也。

楊萬里曰：填詞要立新意，須作不經人道語，或翻前人意，便覺出奇。若秪能錬字，纔誦數過，便無精神。（按此乃楊守齋語，非楊萬里語。）

張炎曰：詞須要出新意，能如東坡清麗舒徐，出人意表，不求新而自新，爲周、秦諸人所不能到。辛、劉徒作壯語，於文章政事之暇，游戲筆墨爲之。實爲長短句詩，以語於新意，則亦勉强云爾也。

毛騤曰：詞家意欲層深，語欲渾成。大抵意層深者，語便刻畫，語渾成者，意便膚淺，兩難兼也。永叔詞云：「淚眼問花花不語。亂紅飛過秋千去。」此可謂層深而渾成者，又絶無費力之跡。

賀裳曰：詞家用意極淺淡，然愈翻則愈妙。周清真滿路花云：「愁如春後絮，來相接。知他那裏，争信人心切。」甚無聊賴。至陸放翁一叢花云：「從今拚了十分憔悴，圖遣箇人知。」情滋戚矣。至孫夫人風中柳云：「怕傷郎又還休道。」正如剥蕉，轉入轉深也。

王阮亭曰：有詞翻來極淺，反爲入情者。孫葆光云：「雙槳不知消息，遠汀時起鸂鶒。」洪叔璵云：「醉來扶上木蘭舟，醒來忘却桃源路。」無如查荎云：「斜陽影裏，寒煙明處，雙槳去悠悠。」翻令人不能爲懷。

賀裳曰：詞雖以險麗爲宗，實不及本色語之妙。如李清照云：「眼波纔動被人猜。」蕭淑蘭云：「去也不教知，怕人留戀伊。」魏夫人云：「爲報歸期須及早，休誤妾，一春閒。」吴淑姬云：「一春不忍上高樓，爲怕見分攜處。」覺紅杏枝頭，費許大氣力，安排得一鬧字。

王世貞曰：謝勉仲「染雲爲幌」，周美成「暈酥砌玉」，秦少游「鶯嘴啄花紅溜」，蔣竹山「燈摇縹暈茸窗冷」，的是險麗矣，覺斧痕猶在。未若王通叟踏青游諸什，真猶石尉香塵，漢皇掌上也。

沈雄曰：李易安「被冷香消清夢覺，不許愁人不起」，又「於今憔悴，風鬟霜鬢，怕見夜間出去」，楊用脩以其尋常言語，度入音律，殊爲自然。但「守著窗兒，獨自怎生得黑」，又「梧桐更兼細雨，到黄昏點點滴滴」，正詞家所謂以易爲險，以故爲新者，易安先得之矣。

彭孫遹曰：詞以自然爲宗，但自然不從追琢中來，則亦率易無味。如所云絢爛極致，仍歸平淡。若使語意淡遠者，稍加刻劃，鏤金錯綵者，漸近天然，則騷騷乎絶唱矣。若無住詞之「杏花疎影裏，吹笛到天明」，石林詞之「美人不用斂蛾眉，我亦多情無奈酒闌時」，自然而然者也。

楊慎曰：吳夢窗玉樓春云：「茸茸狸帽遮梅額。金蟬羅剪胡衫窄。肩輿争看小腰身，倦態强隨閒鼓笛。問稱家在城東陌。欲買千金應不惜。歸來困頓殢春眠，猶夢婆娑斜趁拍。」此則深於意態者也。

江尚質曰：花間詞狀物描情，每多意態，直如身履其地，眼見其人。和凝之「幾度試香纖手暖，幾回嘗酒絳唇光」，孫光憲之「翠袂半將遮粉臆，寶釵長欲墜香肩」是也。

孫琮曰：「感郎不羞赧，回身向郎抱」，六朝樂府便有此等豔情，莫訶詞人輕薄。按牛嶠詞「須作一生拚，盡君今日歡」。李後主詞「奴爲出來難，教君恣意憐」。正見詞家本色，但嫌意態之不文矣。

張炎曰：詞貴雅正，爲物所役，則失雅正之音。耆卿、伯可不必論，美成有所不免。如「最苦今宵，夢魂不到伊行」，如「天便教人，霎時相見何妨」，如「許多煩惱，只爲當時一晌留情」，所謂變淳樸爲澆漓矣。

宋徵璧曰：詞稱綺語，必清麗相須，但避癡肥，無妨金粉。譬則肌理之與衣裳，鈿翹之與環髻，互相映發，百媚斯生。何必裸露，翻稱獨立。且閨襜好語，吐屬易盡，率露之多，穢褻隨之矣。

張淵懿曰：劉雲閒云：「燒罷夜香愁萬疊，穿花暗避階前月。」猶自含蘊。如無名氏云：「照人無奈月華明，潛身却恨花陰淺。」則又漸爲率露矣。

金粟詞話曰：柳耆卿「却傍金籠教鸚鵡，念粉郎言語」，花間之麗句也。辛稼軒「驀然回首，那人却在，燈火闌珊處」，周、秦之妙境也。兩公生平無此等詞，直是竿頭進步，若近似俳體，則流爲穢褻矣。

用語

鐵圍山叢話云：「寒鴉飛數點，流水遶孤村」，隋煬帝語也。少游滿庭芳引用之，「斜陽外，寒鴉數點，流水遶孤村」。

潘子真云：「杜鵑啼處血成花，梅子黄時雨如霧」，此寇萊公詩也。人但知「梅子黄時雨」爲賀方回句。

苕溪漁隱曰：漢老念奴嬌詠月有「滿天霜曉，叫雲吹斷横玉」，用崔魯華清宮詩「横玉叫雲清似水，滿空霜逐一聲飛」是也。

徐士俊曰：張仲宗踏莎行云：「醉來扶上木蘭舟，將愁不去將人去。」引用李端詩「青楓緑草將愁去，遠入吴雲暝不還」，此反用之爲勝。

沈雄曰：後村清平樂云：「除是無身方了，有身定有閒愁。」特用楞嚴「因我有身，所以有患」句也。疑是妙悟一流人語。稼軒踏莎行云：「長沮桀溺耦而耕，某何爲是棲棲者。」龍洲西江月云：「天時地利與人和，燕可伐與曰可。」用經書語入詞，畢竟非第一義。

楊慎曰：詞於文章爲末藝，非自選詩樂府來，必不能入妙。東坡之「照野瀰瀰淺浪，横空曖曖微霄」，用陶潛「山滌餘靄，宇曖微霄」語也。易安之「清露晨流，新桐初引」，全用世説。若在稼軒，諸子百家，行間筆下，驅斥如意矣。如「天氣殊未佳，汝定成行否，得且住爲佳耳」，此晉帖中無名氏語也。語本入妙，而稼軒引用之。

胡應麟曰：辛詞「泛菊杯深，吹梅笛怨」，蓋用易安「染柳煙輕，吹梅笛怨」也。兩人南渡名流，豈得謂之辛剽李竊乎。

沈雄曰：「斷送一生惟有酒，破除萬事無過酒」，韓昌黎句。山谷僅去其一字，爲西江月云：「斷送一生惟有，破除萬事無過。」此併用之，襲而愈工也。「拂水雙飛來去燕，曲檻小屏山六扇」，和魯公語也。陳子高衍爲謁金門長短句云：「花滿院。飛去飛來雙燕。紅雨入簾寒不捲。曉屏山六扇。」此以詞填詞，長短而有致也。

用事

張炎曰：詞中用事最難，要緊着題，融化不澀。如姜堯章疎影云：「猶記深宮舊事，那人正睡裏，飛近蛾綠。」用壽陽事。又云：「昭君不慣風沙遠，但暗憶江南江北。想環珮月下歸來，化作此花幽獨。」此皆用事不爲所使。

倚聲集曰：劉叔安立春懷內水龍吟云：「畫欄倚徧東風，閑負却桃花咒。」此用樊夫人事，與已姓相合也。

藝苑雌黃曰：稼軒永遇樂云：「千古江山，英雄無覓、孫仲謀處。尋常巷陌，人道寄奴曾住。可堪回首，佛狸祠下，一片神鴉社鼓。憑誰問，廉頗老矣，尚能飯否。」稼軒以示座客，客無對者。岳珂曰新篇微覺用事多耳。

徐士俊曰：稼軒六么令，送玉山令陸德隆還吴中，第四句陸雲飲羊酪語，第六句陸龜蒙居甫里事，第八句陸績，第十句陸賈，第十二句陸遜，末句陸羽。先輩特以捃拾見長，而情致則短矣。

沈雄曰：稼軒賀新郎，綠樹聽啼鴂一首，盡集許怨事，却與太白擬恨賦相似。吴彦高春從天上來一首，全用琵琶故實。卽如沈伯時評夢窗詞，用事下語，太晦處人不易知，亦是一病。

用字

張炎曰：詞中有生硬字面，用不得，須是深加煅煉，敲打得響，方得誦歌妥溜，始稱本色語。如方回、夢窗，皆善於用字者，多於李長吉、温飛卿詩中來。然則字面亦詞中之起眼處也。

𧌒，關中謂好爲𧌒。隋曲有踈勒𧌒，唐曲有突厥𧌒，庾肩吾「嫵媚吴娘笑是𧌒」，楊慎「懶唱新翻阿鵲𧌒」，正韻收在去聲，與豔字通。古今樂録曰，大曲有豔、有趨、有亂，𧌒在曲前，趨與亂在曲後。

那，音怒。後漢書曰：「公是韓伯休那。」杜甫「杖藜不睡誰能那」，陳與義「愁世那」。

忺，心所欲也。山谷「心事幾曾忺」，孫夫人「斗帳春寒起未忺」，李玉「雲亂未忺鼇」。

管，作虚字。劉夢得「惟有垂楊管別離」，宋謙父「自有天公管」，王月小「任老却蘆花，西風不管」，張蛻菴「惱人春不管」。

耍，嬉也。周美成「貪耍不成妝」，蔣竹山「羞與鬧蛾爭耍」。

縈，牽繫也。張南湖「一線碧烟縈藻井」，王阮亭「殘篆初縈斗帳垂」。

惹，王摩詰「楊花惹暮春」，孫葆光「六宮眉黛惹春愁」。

噓，古詩「願言則噓」，蕭東父「緑窗還噓否」。

頮，與靧同，音潰，洗面也。劉辰翁「緑靧楊梢」。

舀，音拗。秦觀「半缺椰瓢共舀」，元詞「輕紈舀斷風」。

翠，陸放翁謂高似孫曰：彩帛鋪有翠色真紅，殊不曉所謂紅而曰翠。高曰，嵇康琴賦「新衣翠粲」，班婕妤賦「紛翠粲兮紈素聲」，言鮮明也。蘇東坡牡丹詩，「一朵妖紅翠欲流」。

鎖，音所，不與老字同押。齊己「重城不鎖夢，每夜自歸山」，通叟「重門不鎖相思夢，隨意遶天涯」。

否，宋詞多以否字爲府，與主字，舞字同叶。張仲宗「短夢今宵還到否」。曹元寵謂閩音而通用者。

個，宋詞「我共影兒兩個」，「竹外錦鳩啼一個」，用珂和韻。

可，宋詞「煮笋園林，嘗梅臺榭，有何不可」，「最憐人可可」，「夢依依，可意湖山留我住」，亦是珂和，非嘉華韻。

蘸，毛文錫「倒影蘸輕羅，鞠塵波」，黄山谷「遠山横黛蘸秋波」，吴夢窗「游雲不蘸芳洲」，可類推也。

費，周美成「衣潤費鑪烟」，謝勉仲「心情費消遣」，晏小山「莫向花箋費淚行」，本於學書費紙之費。

欠，希真「四望煙波無盡，欠青山」，龍洲「只欠雲帆，欠沙鳥，欠漁船」。

做，秦少游「神仙須是閒人做」，劉青田「添黄入柳，點紅歸杏，都是東風做」。

弄，曹組「風弄一庭花影」，俞克成「花裏鶯聲時一弄」，王士禛「銀箏斷續連珠弄」。

碾，謝無逸「攏鬢步摇青玉碾」，葉少藴「雕車南陌碾芳塵」，陳湘真「玉輪碾平芳草，半面惱紅粧」。

凝，樂天「落絮無風凝不飛」，幹臣「淚漬羅衫猶凝」，賓王「想蓴汀水雲愁凝」。

粘，山谷「遠水粘天吞釣舟」，次山「粘雲江影傷千古」，太虛「天粘衰草」，白石「朱户粘鷄」，俱本避暑録。

側，唐詩「春寒側側掩重門」，宋詞「玉樓十二春寒側」，大意峭寒也。

尖，永叔「曲終新恨到眉尖」，叔璵「應嚮妝臺，低照畫眉尖」。

泥，與殢一音。柳永「泥懽邀寵最難禁」，鄧文原「銀燈影裏泥人嬌」，俱本元微之「泥他沽酒拔金釵」來，非止云柔情不斷也。

殢，與泥小別。「漫道愁須殢酒，酒未醒愁已先回」，「夢魂擬逐楊花去，殢人休下簾櫳」，似有牽帶意。

靨，靨飾，起自韋固妻，爲盗刃刺眉，以翠掩之也。一音葉，一音琰。卽以温詞别之，「繡衫遮笑靨。煙草粘飛蝶」。此音葉。「粉心黄蕊花靨，黛眉山兩點」，此音琰。

檀，爲淺赭所合，婦女暈眉色也。「淺眉微斂注檀輕」，「斜分八字淺檀蛾」，「歌聲慢發開檀點」，「翠鈿檀注助容光」，「鈿昏檀粉淚縱横」，又「粉檀珠淚和伊」，「不語檀心一點」，「何處惱佳人，檀痕衣上新」，詞家多用之，見詞品。

黄，後周宫人黄眉黑妝，亦有借取檀畫意。温庭筠「撲蕊添黄子」，牛嶠「額黄侵膩髮」，於花間集，見數則語。

黑，易安詞「守着窗兒，獨自怎生得黑」，幼安詞「馬上琵琶關塞黑」。張端義貴耳集曰，此黑字不許第二人押。

瘦，「坐盡寶爐香瘦」，「天還知道，和天也瘦」。

嫩，方千里「嫩水帶山愁不斷」，趙鼎「夢回鴛帳餘香嫩」。

驀，不覺意，南史王晞詩「日驀當歸去，魚鳥見流連」，牛嶠詞「日驀天空波浪急」，正用晞語。俗改作暮，淺矣。

卍字，本佛經胸前吉祥相也，又髮右旋而結此形。王建詞「太平卍字舞當中」，馮延巳詞「卍字迴欄旋着月」，李珣詞「獝女鬅鬆卍字螺」。

銀字，製笙以銀作字，飾其音節。「銀字笙調」，蔣捷句也。「銀字吹笙」，毛滂句也。

心字，以屑香爲心字篆燒之。又製衣領屈曲如心字，故云「心字香燒」，蔣捷句。「兩重心字羅衣」，晏幾道句。

亞字，汪鈍翁曰：「吳作羅城如亞字。」王阮亭云：「記得相逢亞字城。」

闌干，橫斜貌。又韻會云，眼眶謂之闌干。薛令之詩「苜蓿長闌干」，王元景曰「別後淚闌干」，陳參政詞「杜鵑聲裏闌干」。

侵尋，白石詞「空歎岁序侵尋」，竹屋詞「故園歸計，休更侵尋」。

橫陳，簟也。王阮亭「簾衣如縠映橫陳」。

浮渲，畫家以淡墨籠染其髮，謂之渲，浮渲，充大其光澤也。劉禹錫「浮渲梳頭宫樣妝」。

樂句，按拍板也。皮日休「鐵板都教樂句傳」，元宫詞「不教軟舞珊珊立，玉趾迴旋樂句中」。

義甲，劉言史「迸却琉璃義甲聲」，彈箏所以護甲者。如假髻曰義髻，遂有義嘴，衣有義襴，皆外也。項羽目楚王曰義帝。又東坡集衆會曰義樽，義墨，或是共尊之名。

簷花，美成詞「浮萍破處，簷花簾影顛倒」，無逸詞「簷花細雨照芳塘」。以簷間畫花爲是，非雨花也。

風刀，蕭東父「恨結愁縈，風刀難剪幾千縷」。本庾肩吾詩「三更風作切夢刀」。

蘭膏，見巖棲幽事，蘭露一滴在花蕊間，用以潤髮。臨江仙詞「玉梳雲髮潤，不喜上蘭膏」。又油名蘭膏，花間集中「蘭膏光裏兩情深」，皆通。

剗地，言快便也。辛詞「緑窗剗地調紅粧」，「剗地西風欺客夢」。

僝僽，山谷詞「鎮把你來僝僽」。

阿那，法曲解云：「謝公留賞山公醉，知入笙歌阿那朋。」阿那云此等，朋云類也。

南雲，晏殊詞「鴈過南雲，行人回淚眼」。或問晏詞何出，楊慎舉陸機思親賦「指南雲以寄欽」，陸雲九愍詞「眷南雲以興悲」爲據。

雙螺，小山詞「雙螺未學同心綰，已占歌名」。安陸詞「垂螺近額。走上紅筵初趁拍」。當時歌女，未破瓜時粧飾。

瑟瑟，寶石名，與靺鞈同。魯郊詩「碧如瑟瑟紅靺鞈」。又王周詩「天女瑟瑟衣，風樓晚來織」。

金鋪，屈戌爲金鋪、銅鋪，樞鈕之屬。李賀「屈戌銅鋪鎖阿甄」。顧夐「金鋪向晚扃」。

意錢，卽攤錢，見梁冀傳。西樵云：「白袷春來學意錢」。羨門云：「意錢人在小窗西」。近代詞人用之。

金斗，秦觀詞「睡起熨沉香，玉腕不勝金斗」，本李義山詩「輕寒不省夜，金斗熨沉香」也。

靺鞨，古肅慎國所產寶石，華言謂之靺鞨。文與可朱櫻歌云：「上幸離宮促薦新，翡翠一盤紅靺鞨」。葛魯卿西江月云：「靺鞨斜紅帶柳，琉璃漲綠平橋」。

鬧裝，帶名。始於白樂天詩「貴主冠浮動，親王帶鬧裝」。薛田詩「九苞綰就佳人髻，三鬧裝成子弟韉」。蓋子弟腰帶所垂，以繫觿帨等具者。

坊曲，唐制，妓所居曰坊曲。周美成詞「愔愔坊曲人家」。陳敬叟詞「窈窕青門紫曲」。北里之南曲、北曲是也。

么鳳，惠州梅花上珍禽，名倒挂子。似綠毛鳳而小，其矢亦香，俗人蓄之帳中。東坡西江月云「倒挂綠毛么鳳」是也。

方響，蘇東坡有浣溪沙詞，專咏方響者，「犀槌玉版奏涼州。一聲敲徹絳河秋」是也。按梁始爲方響，以代磬，用鐵爲之。廉郊彈琵琶，池內躍出方響一片，物類相感如此。

輪臺，古遷謫地。岑參詩「西去輪臺萬里餘」。楊基詩「聖明寬逐客，不遣過輪臺」。牛嶠詞「星漸稀，漏頻轉，何處輪臺聲怨」。中呂宮，柳永有輪臺子。

一孤舟，人以爲重複字，然孤舟正妙在一字。如唐人之「青山萬里一孤舟」，「日夜一孤舟」，見詩話總龜。

斜陽暮，秦詞「杜鵑聲裏斜陽暮」，人議之，人改之。詞品曰，畢竟不如暮字，即周美成「山木蒼蒼落日曛」可辨。

密雲龍，蘇門四學士到必用之，茶名也。

雙魚洗，盥手之器，張仲宗夜遊宮詞用之。

海棠香，海棠無香，楊太真每取昌州名本，故昌州海棠獨香，見開元軼事。

海棠顛，放翁詩「走馬碧鷄坊裏去，被人喚作海棠顛」。

梨花雲，本王昌齡「夢中喚作梨花雲」，詞家多用之。

藕絲風，舊詞有「淺黃衫耐藕絲風」，弇州用之。

芳草歇，王麗真「燕拆鶯離芳草歇」，蘇長公「春事闌珊芳草歇」，俱本康樂詩「芳草亦未歇」來。

卵色天，見葛魯卿天穿節詞中「卵色天如水」。又花間詞「一方卵色水南天」。東坡詞「相逢卵色五湖天」。

舊雨來，杜少陵卧病長安，旅次多雨，尋常車馬之客，舊雨來，今雨不來。東坡詩「新巢語燕還窺硯，舊雨來人不到門」。稼軒詞「舊雨常來，今雨不來，佳人偃蹇誰留」本此。

玉版禪，東坡約劉器之往廉泉寺參禪，及至秪燒筍而食，劉異之。東坡指筍曰：「此玉版僧最善說法。」

索春饒，山谷「楊柳索春饒」，小山「一汀煙柳索春饒」。湧幢小品謂有餘裕，天之鍾情獨厚也。余謂其有厚望意，觀於毛東澤所用「一春嬌妬索人饒」，便知之。

秋千旗，李元膺詞「寂寞秋千兩綉旗」，陸放翁詞「千秋旗下一春忙」，永叔詞「隔牆遥見秋千侶。緑索紅旗雙彩柱」。

澹花瘦玉，孫光憲咏女冠云：「澹花瘦玉。依約神仙粧束。」

粉瘦酥寒，毛滂咏梅花云：「粉瘦酥寒，一段天真好。」

寵柳驕花，黄玉林曰：人以「緑肥紅瘦」爲易安佳句，予以「寵柳驕花寒食近，種種惱人天氣」，「寵柳驕花」四字，更爲奇俊。

蝶粉蜂黄，美成詞「蝶粉蜂黄都褪了」，宋祁詞「淚落臙脂，界破蜂黄淺」，則知宫中時粧，有時褪盡也。

明珠濺雨，少游詞「紋錦製帆，明珠濺雨」。皆隋煬帝事，帝令宫女灑明珠於船頭，以擬雨雹之聲。

暖香惹夢，枕名。温詞「暖香惹夢鴛鴦錦」。

鳳花簾局，熏籠也。

「錦楔雲挨」，蔣竹山風蓮句。

卧紅堆碧，東坡春暮詞「隱隱偏長林高阜，卧紅堆碧」。

「繫斜陽纜」，辛稼軒水龍吟結句。

醉玉黯雪，史邦卿「羞醉玉，少年丰度。懷黯雪，舊家伴侶」。醉玉見蘭畹詞，黯雪出韋詩。

「去去，何處」，李珣河傳二句。

「團扇，團扇」，王建轉應曲句。

句法

張炎曰：詞中句法，須要平妥精粹。一曲之中，安能句句高妙，只要相搭襯付得去，於好發揮筆力處極要用工，不輕放過，讀之使人擊節，所以時多警句。

沈雄曰：高恥庵所列麗句，原係天壤間有限之語。然古今人必以此爲矜新顯異者，自一字至四字爲字，自五字至十五字爲句。湊合不同，工力各別，特拈之不嫌其複也。至十六字則成小令矣。

「絲雨溼流光。」周晉仙謂花間集只有「絲雨溼流光」五字。

「風色偃貂裘。」王予可射虎句。

「半溼斜陽暮。」宗元鼎點絳脣句。

「紅影笑春酣。」吳綺滿庭芳句。

「人遠波空翠。」宋初大僚，如韓魏公、范文正公，俱能詞。如韓之點絳脣，有「人遠波空翠」句。

「放珍珠簾隔。」向伯恭好事近句。

「嬌妬索人饒。」魏承班訴衷情句。

「向吹簫吳市。」沈雄三奠子句。

「明月清風我。」蘇東坡句。

「心素。與誰語。」秦觀古調笑句。

「朝雨，溼愁紅。」温庭筠荷葉杯句。

「簷牙。枝最佳。」蔣捷霜天曉角斷句。

「溪水西。柳堤。」温庭筠河傳斷句。

「波底夕陽紅溼。」趙德莊西湖詞。阜陵見之喜曰，我家裏人會作此等語。

「杜宇一聲春曉。」東坡西江月句，及覺，亂山葱籠，不謂人世也。

「天澹銀河垂地。」范希文守邊作詞，有窮塞主之稱。其御街行「天澹銀河垂地」一句自佳。

「雙鸞衾裯悔展。」晏殊闗河令句。

「春淺千花似束。」文天祥齊天樂句。

「桃花淺醉春風。」王士禄何滿子句。

「花影亂鶯聲碎。」秦少游千秋歲句，後人因其語建鶯花亭。

「花非花，霧非霧。」白居易詞。黄玉林曰：雖高唐、洛神不及也。

「傾緑蟻，泛紅螺。」李珣南鄉子句。

「東風外，幾絲碧。」高觀國霜天曉角句。

「紅杏。交枝相映。」張泌河傳斷句。

「柳濃花淡鶯稀。」顧夐臨江仙句。

「雲破月來花弄影。」宋子京過張子野家，將命者曰：「欲見雲破月來花弄影郎中。」內應之曰：「莫是紅杏枝頭春意鬧尚書。」

「紅杏枝頭春意鬧。」宋子京玉樓春句，見前說。

「露濃香汎小庭花。」閻選襲之爲「小庭花露泣濃春」，因改浣溪沙爲小庭花。

「紅綃香潤入梅天。」王琪望江南句。

「笑呼銀漢入金鯨。」馮取洽句，臨卭高恥庵列爲麗句圖。

「玉船風動酒鱗紅。」何大圭小重山句。高恥庵列爲麗句圖，曰此等句在天壤間有限，如雲錦月鈎，造化之巧，非人力所能。然又本於山谷「酒面紅鱗恰細吹」也。

「碧波池皺鴛鴦浴。」馮延巳蝶戀花語也。唐元宗極愛此一句，可當「細雨夢回」兩句。

「花觸金丸紅雨少。」王阮亭評沈雄詞曰，花觸金丸固是麗句，竹窗箋體，當不下花間、尊前也。

「妬春良夜愛春朝。」李容齋豆葉黄句。

「好花天氣舊游時。」龔賢浣溪沙句。

「藕葉清香勝花氣。」蓮詞共推永叔諸作，後見處度此句，清新自無人道。

「不曾真個也銷魂。」詹天游爲席上粉兒咏此。楊都尉遂贈之曰：「請天游真個銷魂也。」

「瓣竹几蒲團茗椀。」宋謙甫鬗山溪句。

「花花，滿枝紅似霞。」温庭筠思帝鄉斷句。
「何處按歌聲，輕輕。」韋莊一絲風句。
「惡滋味最是黃昏。」晏小山兩同心句。
「怕傷郎又還休道。」孫夫人風中柳句。
「玉刻雙璋，錦挑對褓。」李易安贈孿生句。
「染雲爲幌，借月爲鈎。」謝勉仲七夕詞，稱爲險麗語。
「燈花負夜，月色欺廊。」徐士俊望海潮句。
「故將燈滅，儘把衣牽。」沈雄憶秦娥句。
「秋，夜靜螢飛點玉鈎。」張淵懿十六字令句。
「儘登高只迸新亭淚。」吴惕庵賀新郎句。
「羅衣溼，新揾舊啼痕。」韋莊小重山句。
「一去又乖期。　信春盡。」温庭筠荷葉杯句。
「海棠花謝也，雨霏霏。」温庭筠遐方怨句。
「驚問是楊花。　是蘆花。」韓駒昭君怨句。
「鴛鴦影何必畫雙身。」趙而忭小重山句。
「恰似一江春水向東流。」李後主虞美人曲。　宋太宗聞之，賜牽機藥致禍。

「妾擬將身嫁與一生休。」韋莊思帝鄉句。

「幸是古來如此，且開顏。」朱敦儒憶真娘句。

「偏我相思，人倒合歡牀。」朱彝尊江城梅花引句。

「眉尖。淡畫春山不喜添。」孫夫人南鄉子句。

「回顧。笑指芭蕉林裏住。」歐陽烱南鄉子句。

「風乍起。吹皺一池春水。」馮延巳作謁金門句。唐元宗曰：「干卿何事。」延巳曰，未若陛下細雨夢回云云。

「空相憶。無計得傳消息。」韋莊寓蜀，蜀主奪其姬之善詞翰者入宮，故作謁金門起句。

「舊時衣袂。猶有東風淚。」周美成與妓楚雲相善，後於蔡巒太守席上，見楚雲之妹，作點絳脣句以憶之，楚雲感泣。

「重來門巷，盡日飛紅雨。」王阮亭曰，龔尚書蘄山溪詞「重來門巷，盡日飛紅雨。」不知其何以佳，但覺魂搖心醉。

「誤則今生，情則何生了。」沈柳塘陡健之筆，盡推其直接山谷來，蓋蝶戀花也。

「只有淒涼月，來照鴉棲。」朱竹垞瀟湘雨落葉句。

「却無語回眸，眼波一線。」彭羨門白苧句。

「寶帳欲開慵起，戀情深。」毛文錫以調名結句。

「細草平沙，蕃馬小屏風。」薛昭蘊昭君怨句。

「卷盡殘花風未定。休恨。」辛棄疾定風波句。

「畫堂前，人不語。絃解語。」牛嶠西溪子句。

「有誰知，爲蕭娘，書一紙。」周邦彦夜游宫句。

「人不到，見歸鴉、掩窗紗。」李坦園三字令句。

「杏花疎影裏，吹篴到天明。」陳與義臨江仙句，真正自然而然，語意超絶，可摩坡公之壘。

「月上柳梢頭，人約黄昏後。」朱淑真元夕詞也。有云，詞則佳矣，豈良人婦所宜爲邪。（案此乃歐公詞，楊慎誤作朱淑真，後人亦多沿誤。）

「燈前纔一笑，偷解砑羅裙。」吴偉業臨江仙句。吴祭酒多有外好，時復遇之，有謂此詞直道其事，卽美成少年遊意。

「鴛衾空一半。鴛衾空一半。」沈偶僧東坡引疊句。

「衰柳數聲蟬。魂消似去年。」顧敻醉公子句。花間集曰，陳聲伯愛之，擬衍一絶句云：「擁被忽聽門外雨，山中又作去年秋。」兩俱脱化。

「折蘆花贈遠，零亂一身秋。」張炎句。

「早安排送春，小會櫻桃宴。」彭羨門白苧句。

「眉共春山争秀。可憐長皺。」周美成一絡索句。

「繁紅一夜驚風雨，是空枝。」皇甫松摘得新句。

「東風急。惜別花時手重執。」牛嶠望江怨句。

「倚危樓，但鎮日綉簾高捲。」劉彦冲句。

「如夢。如夢。殘月落花煙重。」唐莊宗於宮中掘得石刻有此詞，中有如夢字，爲如夢令。

「人靜。人靜。風弄一枝花影。」曹元寵如夢令句，因有寵於徽宗。

「去影來香。碁局換，酒杯涼。」孫武經意難忘句。

「自惺忪，伴酩酊，檀心暗切。」龔介眉秋夜月句。

「喜冬宜雪，秋宜月，夏宜雲。」梁棠村行香子句。

「睡起熨沉香，玉腕不勝金斗。」少游句，見前金斗註。

「鴈來人不來，羌笛一聲愁絶。」温庭筠句。

「小窗甲子初晴，報梅花早春。」顔吟竹句。

「流水落花歸去也，天上人間。」李後主歸宋，作此浪淘沙語，感懷故國。

「縱使人間春自好，悔我參差。」董元愷句。

「朱衾畫幔緊圍定，夢憨心軟。」龔鼎孳句。

「莫和秦箏。要聽香喉第一聲。」曹溶句。

「愁腸已斷，好去續繒雲絲雨。」蕙蘭芳引句，此青城詞中刺繡語也，却爲女紅填就此婉麗之筆。

「問開皇將相復何人，亡陳者。」吴偉業句。

「鶯嘴啄花紅溜。燕尾點波緑皺。」秦少游如夢令句。吹劍録曰：咏物形似而少生動，與紅杏枝頭費如許氣力。

「嬌癡不怕人猜。和衣倒在人懷。」朱希真句。

「報道先生歸也，杏花春雨江南。」虞伯生作風入松句，以寄柯敬仲。

「何物便稱情種，敗人學道根苗。」梅墩曰，此偶僧去妾寄調清平樂句也，學道人亦復未免有情邪。

「自起捲簾看夜色，天青星欲滴。」無名氏句。

「三分春色愁中度，一半在梨花。」梁棠村句。

「眼底分明暗着人，且逐旁人語。」毛大可句。

「當初錯處也相宜。何況總宜時。」吴綺句。

「竹外一枝斜，想佳人天寒日莫。」曹組賦梅句，用東坡「竹外一枝斜更好」。

「遲日正喧妍，颺游絲釵頭輕骨。」彭孫遹白苧句。

「銀屏小語，私分麝月，春心一點。」蔡松年尉遲杯句。

「一片青銅，半邊緑枕，悮我從頭。」沈雄柳梢青句。

「蚤見濃雲堆下，梨花月，一輪白。」高觀國霜天曉角句。

「微傳粉，攏梳頭，隱映畫簾開處。」風流子句。

「溪痕淺，雪痕凍，月痕淡，粉痕微。」上平西句。

「當初偎並，而今獨自，提起從頭。」單薄僧句。

「要迷踪困影，山尖海角填情滿。」曹溶句。

「珠貝橫空冷不收，半溼秋河影。」趙周臣句。

「霜風凄緊，關河冷落，殘照當樓。」柳永句，見前說。

「鴛鴦拂破蘋花影，低低趁涼飛去。」史達祖句。

「簾前歸燕看人立。却趁落花飛入。」毛滂句。

「捧觴含笑撥箜篌。留麽留。留麽留。」曹溶句。

「門外重重疊疊山，遮不斷，愁來路。」徐俯句。

「甘心署錦隊鉗奴，五湖編管風月」。襲鼎孶句。

「鴈飛吹裂雲痕，小樓一縷斜陽影。」吴文英句。

「儘取頭廳重印，肯換却，纖纖羅襪。」襲鼎孶句。

「香風吹欲散，都應是憨態玉難支。」陳世祥句。

「燕子樓空，佳人何在，空鎖樓中燕。」蘇東坡永遇樂詞。晁无咎曰，三句說盡張建封事。

「要東君着意催温送暖，試他心性。」曹溶句。

「鬢如蟬。寒玉簪秋水，輕紗捲碧煙。」牛嶠句。

「春波性。朝霞命。雨桃風絮前生鏡。」魏瑄句。

「金鑪次第添香獸。紅錦地衣隨步皺。」李後主句。

「枝上柳綿吹又少。天涯何處無芳草。」蘇東坡蝶戀花句。在可解不可解之間，姬人朝雲日夕歌之，竟以病終。

「落花一夜嫁東風，無情蜂蝶輕相許。」彭羨門踏莎行，爲春盡日作也。

「願把東風權做我，向漪簾影裏輕吹。」王阮亭讀龔介眉合歡帶句，謂其曲折豔思，復有仙骨。

「綵索身輕常趁燕，紅窗睡重不聞鶯。」人謂東坡惟唱大江東去，至如綵索身輕等語，使十七八女郎歌之，又豈在曉風殘月之下。

「無可奈何花落去，似曾相識燕歸來」。晏殊謂王琪曰，假如「無可奈何花落去」，久未有對。琪卽應聲云：「似曾相識燕歸來」何如。晏爲之大喜，辟置館職。

「一丈紅檣迷玉杵，十年青鳥斷銀鈎。」嚴蓀友句。

「燕已能言銜社雨，蝶因多夢醉春風。」江尚質句。

「夢和花落鶯憎蝶，淚傍燈枯雨迸霜。」沈雄句。

「最愛學宮樣梳粧，偏能效文人心性。」柳耆卿句。

「欲歸時司空笑問，微近處丞相嗔狂。」陸放翁句。

「夢魂淡筆供酒債，風日好棋破花慳。」李坦園句。

「惱脂銷守宮袖裏，羞玉減暗麝香中。」沈永令句。

「恨西風不庇寒蟬，便掃盡一林殘葉。」張玉田句。

「挑琴擘阮太多能，自寫影養花風下。」龔芝麓句。

「莫道不消魂，簾捲西風，人比黃花瘦。」李易安醉花陰中卒章三句。趙明誠作五十闋雜之以問人，人亦只指此三句爲妙絶。

「杜宇莫頻啼，不喚人歸，只喚三更夢。」曹顧庵句。

「畫裏移舟，詩邊就枕，葉葉碧雲分雨。」史邦卿句。

「我見青山多嫵媚，料青山見我亦如是。」辛稼軒句。

「愁不分明方是病，奈將愁比病誰深淺。」徐萍村句。

「君同春去秋來燕，奈妾是朝開暮落花。送入我門來，倩郎雙袖窄。櫳春纖。頻呵凍筆畫眉尖。」小重山句。

「遲留春笋緩飛觴。南堂静，人已候虚廊。」小重山句。

「須信鸞絃易斷。奈雲和再鼓，曲終人遠。」念奴嬌句。

「紅牙雙捧旋排行。將歌處，相向更勻粧。」小重山句。

「別館寒砧，孤城畫角。一片秋聲入寥廓。」千秋歲引句。

「風透紙窗蛩語咽。只今宵勾把愁腸絶。」賀新郎句。

割裂

沈雄曰：後人以集句爲割裂，近代以襲句爲割裂。情語未圓，割强先露，是第一病。甚有單調小令，而故加以換頭雙調者。更有雙調原詞，而截半爲單調者。如一剪梅截取半闋，改名半剪。如燭影揺紅截取半闋，收爲小令。若以西江月加於小重山，爲江月晃重山。以踏莎行加於虞美人，爲踏莎美人。割裂已極，何不爲四犯八犯之調，不幾於南曲之配合乎。

禁忌

周永年曰：詞與詩曲，界限甚分，惟上不摹香匳，下不落元曲，方稱作手。譬如擬六朝文，落唐音固卑，上侵漢制，亦復傖父。

爰園詞話曰：遇事命意，意忌庸，忌陋，忌襲。立意命句，句忌腐，忌澀，忌晦。意卓矣而束以音，屈意以就音，而意能自振者鮮矣。句奇矣而攝以調，屈句以就調，而句能自然者鮮矣。

詞筌曰：詞須風流藴藉，作者當知三忌，一不可入漁鼓中語言，一不可涉演義家腔調，一不可象優伶人敍述。其最醜者爲酸腐，爲怪誕，爲粗莽，是不可不禁也。然則險麗者重矣，須泯其刻劃之迹。創獲者貴矣，尤忌爲突兀之辭。

金粟詞話曰：大約用古人之事，則取其新僻，而去其陳因。用古人之語，則取其清俊，而去其平實。用古人之字，則取其姸媚，而去其淺俗。觀方虛谷之譏石屏，楊升庵之論元寵，昔人且然，何況今日。

柳塘詞話曰：詞之粗莽者，李似之咏桂「勝如茉莉，賽若荼蘼」，仲殊之咏桂「花則一名，種分三色」。更若王子文之「今日事，何人弄得如此」。王實之之「臺省好官，都做幾回」。筆墨何辜，傖父之甚。

徐士俊曰：曹西士爲紅窗迥，自慰其足云：「扶持我去，博得官歸。恁時賞對朝靴，安排你在轎兒裏。更選對宮樣鞋兒，夜間伴你。」殊欠典雅。

蔣一葵曰：康伯可從駕時，重陽遇雨，口占望江南有云：「戲馬臺前泥拍肚，龍山會上水平臍。直浸到東籬。落帽孟嘉尋箬笠，拂衣陶令覓蓑衣。兩個一身泥。」高宗大笑，問之，伯可對云，此蒜酪體也。

沈雄曰：粗鄙之流爲調笑，調笑之變爲諛媚，是也。如唐多令之賀半閒堂也「算來閒不到人間，一半神仙先占取，留一半與君閒」。如木蘭花慢之續福華編也，賈似道喜而語人曰：「詞則佳矣，失之太俳，安有著緋衣周公乎。」「篆刻鼎鐘將遍，整頓乾坤方了」，是何言歟，諛媚之極，變爲穢褻，秦少游「怎得香香深處，作個蜂兒抱」。柳耆卿「願得妳妳蘭心蕙性，枕前言下，表余深意」。所以「消魂當此際」。來蘇長公之誚也。

花庵詞客曰：耆卿晝夜樂云：「層波細剪明眸，膩玉潤搓圓頸。至無限狂心乘酒興，這歡娛漸入佳境。猶自怨隣鷄，道秋宵不永。」此詞麗以淫，爲妓作也。

詞統曰：無名氏點絳唇云：「殢雨尤雲，靠人緊把腰兒貼。顫聲不撤，肯放郎教歇。檀口微微，笑吐丁香舌。歕龍麝，被郎輕嚙，却更嗔人劣。」余謂漢之祕辛，未必及此。（案此詞原見董西廂。）

沈雄曰：詞貴運動自然，若葉元禮用王氏故事，作沁園春云：「濯濯丰姿，春柳秋桐，彷彿超羣。羨烏衣紫燕，畫堂如舊，碧鷄金馬，綵筆方新。座講毗曇，手持團扇，可是風流珉與珣。耽情甚，愛長干持檝，載取桃根。　蓮花幕裏相親。看旁若無人捫蝨頻。歎談言絶倒，我非衞玠，平生意好，君是王筠。對酒長歌，唾壺莫缺，家寶猶來即國珍。難忘處，記滕王高閣，賦就驚人。」猶以搬數家珍，終爲觸眼也。

蔣一葵曰：王特起賀生第三子，疊用三字，作喜遷鶯云：「古今三絶，惟鄭國三良，漢家三傑。三俊才名，三儒文學，更有三君清節。爭似一門三秀，三子三孫奇崛。人總道，賽蜀郡三蘇，河東三薛。　懽愜。況正是三月風光，好傾杯三百。子並三賢，孫齊三少，俱篤三餘事業。文既三冬足用，名即三元高揭。親朋慶，看寵加三錫，禮膺三接。」如此語意，亦即福唐惡習也。（案翰墨全書收目此詞不著名氏。）

語病

藝苑雌黄曰：歐陽公「平山欄檻俯晴空。山色有無中」。東坡賦水調歌頭記其事，「長記平山堂上，欹枕江南煙雨」。蓋以山色有無，非煙雨不能然也。然以「平山闌檻俯晴空」爲起句，已成語病，恐蘇公不能爲之諱也。則是以歐陽公爲短視者近是。俯一作倚。

漁隱叢話曰：聶長孺賦緑頭鴨「露洗華桐，烟霏細柳」，此是仲春天氣。其下乃云「緑陰摇曳，蕩春一色」，亦語病也。

沈雄曰：山谷西江月云：「斷送一生惟有，破除萬事無過。」似歇後句。「遠山横黛蘸秋波」，不甚聯屬。「不飲旁人笑我」，亦未全該。南宋人謂其突兀之句，翻成語病。

改詞

張炎曰：詞成恐前後不相應，或有重疊句意，又恐字面粗疎，卽爲修改。少頃再觀，必有未穩處，改之又改，方爲完璧。急於脫稿，豈能無過。

賀裳曰：王次回疑雨諸集，見者沁入肝脾。或云，次回詞不多作，善改舊詞，有加毫頰上之技。然舊詞本有自然而然之妙，反失之透露，失之猥鄙，不如不改之爲愈也。

温叟詩話曰：李景「手捧眞珠上玉鉤」，或改眞珠爲珠簾。舒亶「十年馬上春如夢」，或改爲如春夢，皆非知音者。

漁隱叢話曰：温飛卿玉樓春：「衰桃一樹近前池，似惜容顏鏡中老。」欲改近字爲頫字，映字，便覺一分頹露。詞品曰：東坡詞「玉如纖手嗅梅花」，俗刻改爲玉奴。孫夫人詞「日邊消息空沉沉」，俗刻改爲耳邊，敗人佳思。或云訛於亥豕，所以書貴舊本。

戲作

丘石常曰：詞中每多戲贈，曲中謂之諢語。周德清謂莊重之餘，出以詼諧，顧用之者何如。獨恨今之以風格笑人者，如陳仲子笑齊人，莊諧皆優，然不如諧者之神明，足以解頤。

陳子宏曰：稼軒沁園春止酒詞，如答賓戲，解嘲等作，以游戲文章，寓意塡詞，詞所不禁也。

沈雄曰：蘇長公爲游戲之聖，邢俊臣亦滑稽之雄。蘇贈舞鬟云：「春入腰支金縷細，輕柔。種柳應須柳柳州。」蓋柳州用呂温嘲宗元詩「柳州柳刺史，種柳柳江邊」也。邢作花石綱應制云：「巍峨萬丈與天高。物輕人意重，千里送鵝毛。」末用成句，以諷徽宗也。若稼軒之重疊金云：「人言頭上髮。總向愁中白。拍手笑沙鷗。滿身都是愁。」便不成詞意。

感遇

柳塘詞話曰：王琪受知於元獻，辟置館職。毛滂受知於東坡，留款法曹。王輔之賞識漢老，漢宮春感舊得名。雙溪之標榜玉林，金縷曲尖新特著。雖則一時之勝事，良爲不世之奇逢。只如蔡元長之薦晁氏，趙閒閒之黨元子，以至游次公有參幕之用，劉改之有求田之資。先輩之在高位，多有爲之延譽而成名者。迺若微行觸忤，流落方城，飛卿之數奇也。重扶殘醉，一朝釋褐，國寶之盛遇也。否亦風前月下，自稱奉旨填詞。瓊海金閨，能識風流學士。雄也薄命誰憐，困學自斅，縱不作鐵崖之老婦吟，尚能如升庵之熟稗史。無奈僅免公卿三辱，欲續文章九命。三十年來，落落窮途，蕭蕭白髮。諒可期於減字偷聲，庶有補於按宮變徵。乃若疎影暗香，小紅得以長價。綰雲棱玉，粉兒真個消魂。當亦自斥爲狂悖云。

詞讖

太平廣記曰：韓翃置柳氏都下，寄以章臺柳詞：「縱使長條似舊垂，亦應攀折他人手。」後果爲沙吒利所劫，人皆以爲詞讖。

侍兒小名録曰：錢思公撰木蘭花「緑楊芳草幾時休，淚眼愁腸先已斷」，歌之必泣下，舞鬟驚鴻聞之曰：「相公其將危乎。」果卒於隨州。

冷齋夜話曰：少游既謫方歸，嘗於夢中作好事近，卒章云：「醉卧古藤陰下，杳不知南北，」果至藤州卒。

徐士俊曰：徐渭作鷓鴣天「越溪多少蓮舟女，老却朱顏不嫁郎」，爲終身下第之讖。

讀詞

徐渭曰：讀詞如冷水澆背，陡然一驚，便是興觀羣怨，應是爲傭言借貌一流人説法。夫温柔敦厚，詩教也。陡然一驚，固是詞中佳境。

曹秋嶽曰：周雪客云：文章不遇賞鑒家，寧落咸陽一劫，甚爲士人之恨。余每讀古今填詞，非能自振拔，無爲呵護者，必不流傳。三復斯語，因讀無名氏諸傑作，亦思設一法以公之舉世也。

傳詞

沈雄曰：昔人詞多散逸，而又委巷沿習，宫禁流傳者，細心微詣，其精彩有不可磨滅故也。或有暗用刺譏，及太近穢褻者，統曰無名氏。餘亦聽其託乩仙，冒鬼吟，題壁上，記夢中而已。且和成績嫁名於他人，夏公謹諱言其姓氏，必欲指爲某某手筆也，迂甚。

朱彝尊曰：言詞必稱北宋，至南宋始極其工，至宋季始極其變。姜白石最爲傑出，惜乎樂府五卷，僅存二十餘闋。張東澤綺語債，傳亦寥寥。至施乘之、孫季蕃，盛以詞鳴，沈伯時樂府指迷亦爲矜譽，今求其集，不可復覩。周公謹、陳君衡、王聖與，集雖抄傳，公謹賦西湖十景，當日屬和者衆，而今集無之。花草粹編載有君衡二詞，陸輔之詞旨載有王聖與霜天曉角等調中語。張炎玉田集，汪晉賢所購，合之周雪客所抄，暨虞山吳氏所藏，尚云未盡，可見詞之傳不傳，亦有幸有不幸也。

選詞

周長卿曰：選詞如昭明文選，但一入選，面目相似。不入選者，非無佳詞，覺有佷氣。選草堂者，小令中調，吾無間然，長調則有出入。非惟作者難，選者亦難也。

詞綜曰：塡詞風雅，無過石帚一集，草堂之選不登其隻字。胡浩然吉席之作，僧仲殊咏桂之章，亟載卷中。甚而易静兵要，寓聲於望江南。悟真篇什，按調爲西江月。選者於此不幸極矣。

朱竹垞曰：選家書法不一，先系爵，後書名者，花間集、中州樂府體也。書字於官爵下者，絕妙詞選體也。書名者，全芳備祖體也。書字者，草堂體也。冠别字於姓名之前者，鳳林書院體也。楊氏詞林萬選，陳氏花草粹編，或書名，或書字，或書官，或書集，或書地名，或書别字，覽者茫茫然於世次人物之間。所以近選宜直書其名，無足怪也，況欲垂之不朽者乎。

柳塘詞話曰：選一家詞而以小令始，以長調終者，非通論也。花間、尊前，絕少長調。草堂、花庵，方有慢詞。務必拘執字數，分定後先，或賦材爾殊，或托感不一。況當場寄咏，長短皆可懸殊，一調尋思，汗漫亦自無極。大可偏師取勝，何必具體爲工哉。近若梅柳爭春，百篇兩體，春秋分部，終卷一生。是以贈答由興會所合，勢必幾處拆開。寄情爲種類所分，語亦終成零碎。既不得各人面目，復不合選家旨趣一成變體，殊爲恨事。

梅墩詞話曰：文人選詞，與詩人選詞，總難言當行者。文人選詞，爲文人之詞。詩人選詞，爲詩人之詞。等而下之，莽鹵者勝，更恐失村夫子面目也。

江尚質曰：人文蔚起，名製若林。近披朱竹垞詞綜、毛馳黄詞譜、鄒程村倚聲集、蔣京少瑶華集，家璣人璧，評者紛如。得與柳塘沈子，稽古證今，贊成是書。再願考覈定譜，公之天下，惟冀名篇典論之惠教耳。

詞辨目録

詞辨上卷

詞辨下卷

古今詞話

詞辨上卷

十六字令蒼梧謠　絳州春

按詞統，以十六字令始於周邦彦，片玉集中不載，見天機餘錦。句法多譌，讀不一體。詞綜曰：曾見宋人作蒼梧謠，張安國集中三首，蔡伸道集中一首。迺知刻本訛眠字爲明字，遂聯下文三字作句起，五字作句叶。或以五字作句起，三字作句叶。今讀晴川集，以一字作句起，七字作句叶，如云：「眠。月影穿窗白玉錢。無人弄，移過枕函邊。」爲是。因考周玉晨爲邦彦從子，號晴川，有晴川詞，此乃周玉晨所作。元初程鉅夫曰：予於近代諸家樂府，惟清真集犁然當於心目，晴川殊有宗風。雨坐空山，試閱一解，便如輕衫俊騎，上下五陵，花發鶯啼，垂楊拂面時也。案周玉晨並非邦彦從子。

明月斜落日斜

唐詞紀云：呂仙所製。竹坡詩話云：一名落日斜。

詞統曰：柳永聞婦人歌此曲云：「明月斜，秋風冷。今夜故人來不來，教人立盡梧桐影。」傳是女鬼作。後好事者李玉衍爲金縷曲云：「月落西樓凭欄久，依舊歸期未定。又只恐瓶沉金井。嘶騎不來銀燭暗，枉教人立盡梧桐影。」楊慎曰：藉此覺有身分。

南歌子碧窗夢　水晶簾

古今詞譜曰：「南呂宫曲，温庭筠多作單調二十三字，「手裏金鸚鵡，胸前繡鳳凰。偷眼暗形相，不如從嫁與，作鴛鴦。」張泌調多三字，「岸柳拖金綫，庭花映日紅。數聲蜀魄入簾櫳。驚斷碧窗殘夢，畫屏空。」温與裴諴有五七言體，裴云：「不識廚中味，安知炙裏心。井邊銀釧落，展轉恨還深。」温云：「井底點燈深燭伊。共郎長行莫圍碁。玲瓏骰子安紅豆，入骨相思知不知。」蘇東坡「蓮子擘開須見薏，楸枰着盡更無期」。註曰：「此效風人體南歌子也。今體收長短句，有雙調南歌子，乃南柯子，亦名雙蝶令。」

北邙月

洞微志載，鄭繼超遇田參軍，贈妓曰妙香，留數年告别，歌北邙月送酒。明日偕過北邙，妓化狐而去。太平廣記載，妖女王麗貞賦别詞云：「五原分袂真胡越。燕拆鶯離芳草歇。年少鶯花處處春，北邙空恨清秋月。」義本此。

三臺令翠華引

三臺舞曲，自漢有之，唐王建、劉禹錫、韋應物諸人，有宫中、上皇、江南、突厥之别。教坊記亦載五七言體，如「不寐倦長更。披衣出戶行。月寒秋竹冷，風切夜窗聲」。傳是李後主三臺詞。「鴈門關上鴈初飛。馬邑闌中馬正肥。陌上朝來逢驛使，殷勤南北送征衣。」傳是盛小叢三臺詞。今詞不收五七言，而收六言四句。王建詞云：「魚藻池邊射鴨，芙蓉苑裏看花。日色赭黃相似，不着紅鸞扇遮。」故一名翠華引。

花非花

楊慎詞品曰：予愛白樂天花非花一首，雖高唐、洛神不及也。後張子野衍之爲御街行。沈雄曰：近刻有作古風者，唐詩擊香集中收此。

搗練子 章臺柳　解紅歌　柱殿秋　瀟湘神　赤棗子　深院月

太平廣記曰：韓翃字君平，有友人每將妙妓柳氏至其居。窺韓所與往還皆名人，必不久貧賤，許配之。未幾，韓從辟臨淄，置柳都下。三歲寄以詞：「章臺柳。章臺柳。昔日青青猶在否。縱使長條似舊垂，亦應攀折他人手。」柳答以詞：「楊柳枝，芳菲節。可恨年年贈離別。一夜隨風忽報秋，縱使君來豈堪折。」後爲番將沙吒利所刼，會入中書，有虞候許俊詐取得之，詔歸韓。

物外清音曰：曲名解紅，相傳爲呂仙作。余攷解紅爲和魯公歌童，其詞：「百戲罷，五音清。解紅一曲新教成。兩個瑶池小仙子，此時奪却柘枝名。」魯公自製曲也。按解紅，舞衣紫緋，繡襦銀帶，戴花鳳冠，五代時飾。焉有呂仙在唐季預爲此腔耶。

唐詞載李德裕步虛詞，卽雙調搗練子。搗練子本無雙調，詞綜列爲李白桂殿秋二首。李集之考覈者多矣，不聞菩薩蠻、憶秦娥而下，别有桂殿秋也。吴虎臣得於石刻而無其腔，劉無言倚其聲歌之，惟未足信。劉禹錫作瀟湘神，起卽疊三字一句便是，亦卽搗練子，但爲迎神送神之詞。

古今樂録曰：樂府搗衣，清商曲也，分平仄二韻。李後主卽咏本意。俞彦曰：「調名不一，宜細辨之。」

望江南謝秋娘　春去也

海山記曰：隋煬帝開西苑，中鑿五湖北海，相通泛舟，令人歌望江南：「湖上花，天水浸靈芽。淺蕊水邊勻玉粉，濃苞天外剪明霞。清賞思何賒。」「湖上月，偏照列仙家。水浸寒光鋪玉簟，浪摇晴影走金蛇。恰稱汎靈槎。」「湖上柳，陰覆畫橋低。宿霧洗開明媚眼，東風調弄好腰支。煙雨更相宜。」「湖上酒，終日助清歡。檀板輕聲銀甲暖，醅浮香米玉蛆寒。醉眼暗相看。」本無换頭，後强添之，終非六朝人語。

古今詞譜曰：大石調曲，朱崖李太尉爲亡妓謝秋娘作望江南。白居易思吴宫、錢塘之勝，作江南憶。劉禹錫作春去也。李後主作望江梅。馮延巳作憶江南。

詞統載賈人女裴玉娥善箏，與黄損有婚姻約。後爲呂用之刼歸第，賴胡僧神術，尋復歸損。損作望江南曲云：「無所顧，願作樂中箏。得近佳人纖手子，砑羅裙上發嬌聲。便死也爲榮。」損，僖宗時人。

竹枝巴渝曲

竹枝本出巴渝，故亦名巴渝詞。劉禹錫序曰：歲正月，里中兒聯歌竹枝，吹笛擊鼓以應節。歌者揚袂雎舞，以曲多爲貴。聆其音聲，中黄鐘之羽，卒章訐激如吴歈。雖傖儜不可分，而含思宛轉，有淇澳之豔。

太平樂府曰：白居易竹枝云：「瞿唐峽口冷煙低。白帝城頭月欲西。唱到竹枝聲咽處，寒猿晴鳥一時啼。」劉禹錫竹枝云：「楊柳青青江水平。聞郎江上唱歌聲。東邊日出西邊雨，道是無情也有情。」沈雄曰：作者須不似子夜、歡聞體，亦不得全脱本意，又不可竟作七言絶句，如「盤江門外是儂家」，爲不可及。

詞統載：「阿娘拘束好心癡。白玉闌干護竹枝。春色到來抽亂筍，石頭縫裏迸芽兒。」「若個郎來討竹秧。雌雄須得要成雙。明年此日春雷發，管取嬰兒脱錦腔」。此田藝衡竹枝，大意不脱本旨，如折楊柳、采蓮曲之類。

柳枝壽杯詞

樂府作折楊柳，爲漢鐃歌橫吹曲，「上馬不捉鞭，反拗楊柳枝。蹀坐吹長笛，怨殺行客兒。」蓋邊詞别曲也。舊詞如劉禹錫云：「清江一曲柳千條。二十年前舊板橋。曾與美人橋上别，更無消息到今朝。」一曰壽杯詞，如：「千門萬户喧歌吹，富貴人間只此聲。年年織作昇平字，高映南山獻壽觴。」語意自别。唐無名氏柳枝云：「萬里長江一帶開。岸邊楊柳是誰栽。錦帆落盡西風起，惆悵龍舟更不回。」盡推此曲爲第一。然不若薛能楊柳枝云：「汴水高懸百萬條。風清兩岸一時摇。隋家力盡虛栽得，無限春風屬聖朝。」更得大體。

朱敦儒别有一調云:「江南岸,柳枝。江北岸,柳枝。折送行人無盡時。恨分離。柳枝。酒一盃。柳枝。淚雙垂。柳枝。君到長安心事違。幾時歸。柳枝。」絶似長相思琴調曲,而以添聲爲排調者。

阿那曲鷄叫子

古今詞譜曰:「唐人爲阿那曲,宋人爲鷄叫子,仄韻絶句。唐女郎姚月華歌二曲,即「手拂銀瓶秋水冷,煙柳曈曨鵲飛去」也。其夫北游,有感於詩而歸。「春草萋萋春水緑。野棠開盡飄香玉。繡嶺宫前白髮生,猶唱開元太平曲。」相傳玉川叟所吟,甘露變中,王涯、賈餗、舒元輿、李訓、鄭注輩鬼爲之,一下第孝廉聞之於噴玉泉,詞意近是。朱淑真曾爲阿那曲云:「夢迴酒醒春愁怯。寶鴨烟銷香未歇。薄衾無奈五更寒,杜鵑叫落西樓月。」時有作西樓月調者,宋人有雙調鷄叫子。

字字雙宛轉曲

才鬼録曰:「唐中涓宿宫妓館,見童子捧酒核導三人至,皆古衣冠。相謂曰:「崔常侍來何遲。」俄一人至,有離别意,共聯四句爲字字雙曲:「牀頭錦衾斑復斑。架上朱衣殷復殷。空庭明月閒復閒。夜長路遠山復山。」似非王麗真一人詞也,詞品竟作王麗真。諸選又以王建詞爲字字雙云:「宛宛轉轉勝上紗。紅紅緑緑苑中花。紛紛泊泊夜飛鴉。寂寂寞寞離人家。」意亦近似，而又見一集中爲宛轉曲，宜從之。

小秦王 丘家箏

柳塘詞話曰：唐人絶句作樂府歌曲，皆七言而異其名，如無名氏之小秦王，一名丘家箏者。楊慎曰：予愛無名氏三闋，其一：「柳條金嫩不勝鴉。紅粉牆頭道韞家。燕子不來春寂寞，小窗和雨夢梨花。」其二「雁門關外鴈初飛」，爲盛小叢三臺詞。其三「十指纖纖玉笋紅」，爲張祜氏州第一，乃所舉之訛者。

苕溪漁隱曰：唐人調俱失傳，今可歌者，小秦王、瑞鷓鴣耳。瑞鷓鴣依字易歌，若小秦王，必雜以虚聲乃可歌也。

清平調陽關曲 緩緩歌

楚曲有清調、平調、清平相和曲。李供奉乃作清平調三章云：「雲想衣裳花想容。春風拂檻露華濃。若非羣玉山頭見，會向瑤臺月下逢。」「名花傾國兩相歡。長得君王帶笑看。解釋春風無限恨，沉香亭北倚闌干。」「一枝穠豔露凝香。雲雨巫山枉斷腸。借問漢宮誰得似，可憐飛燕倚新粧。」教坊記作陽關曲，即王維送元二使安西「渭城朝雨浥輕塵」也。寇萊公、蘇東坡俱有是曲，又作緩緩歌。

屏山集曰：清平調之始也，玄宗曰：「賞名花，對妃子，焉用舊詞。」命李白進清平調三章，其一「雲想衣裳」，半爲賦語，半爲頌語。其二「名花傾國」，以人喻物，以物喻人。其三「一枝濃豔」，頌寓於規、美形於剌。於是學士之才情，不啻寵妃之恚恨矣。

吳越王妃每歲歸臨安，王以書遺之云：「陌上花開，可緩緩歸矣。」吳人用其語爲緩緩歌。蘇東坡爲易其詞歌之，「陌上山花無數開。路人争看翠軿來。」卽名陽關曲，是古清平調也。

欸乃曲下瀧船

元結於大曆中爲道州刺史，以軍事詣都。還洛日，春水漲溢不得前。作欸乃曲四首，使舟子歌之，以取適於道路云：「湘江二月春水平。滿月和風宜夜行。唱橈欲過平陽戍，守吏相呼問姓名。」詞紀云：「下瀧船似入深淵。上瀧船似欲升天。瀧南始到九嶷郡，應絶高人乘興船。」亦名下瀧船。欸乃，邪許聲，註作棹船相應聲，卽吳中棹歌相和聲。

踏歌詞拋毬樂附

詞品曰：崔液踏歌詞云：「綵女迎金屋，仙姬出畫堂。鴛鴦裁錦袖，翡翠帖花黄。歌響舞分行，豔色動流光。」體裁藻思俱新，五言四句之後，末以七字作句，三字句叶。近不得其句讀，律以五言，又何以别於劉禹錫之拋毬樂乎。拋毬樂五言六句云：「春早見花枝。朝朝恨發遲。及看花落後，却憶未開時。幸有拋毬樂，一杯君莫辭。」

法駕導引

古今詞譜曰：詞祇比望江南多疊一句云：「朝元路，朝元路，同駕玉華君。千乘載花紅一色，人間遥指是祥雲。回望海光新。」傳自紹興都下，有道人攜烏衣女子飲於酒肆，女子歌以侑觴，皆非人世語。或記之以問一道士，道士驚訝曰：此赤城韓夫人所製法駕導引，塵世安得有人歌之。烏衣女子，蓋一龍云。

如夢令憶仙姿　古記　比梅　宴桃源

古今詞譜曰：小石調曲，有傳自吕仙者，有傳自莊宗者。莊宗於宫中掘得石刻，名曰古記。復取調中二字爲名，曰如夢令，所謂「如夢如夢，殘月落花煙重」是也。不知先曾有一闋云：「嘗記溪亭日暮。沉醉不知歸路。興盡欲回舟，誤入藕花深處。争渡。争渡。驚起一行鷗鷺。」傳是吕仙之曲。别刻又云無名氏，此非吕仙之詞。張宗瑞寓以新詞，曰比梅。近選以莊宗曾宴桃源深洞，又名曰宴桃源。（案：嘗記一首乃李清照詞。）

後庭花

陳氏樂書曰：本清商曲賦後庭花，孫光憲、毛熙震都賦之，雙調四十四字。又有後庭花破子，李後主、馮延巳相率爲之，則是「玉樹後庭前。瑶草妝鏡邊。去年花不老，今年月又圓。莫教偏。和月和花，天教長少年」。是單調三十二字，俱與古體玉樹後庭花異。非「璧月夜夜滿，瓊樹朝朝新」，爲商女所歌也。楊慎云：「無限江南新樂府，君王獨賞後庭花。」

天仙子萬斯年曲

樂府解題曰：龜茲樂也，教坊記有是名。詞譜爲黄鐘宫曲。朱崖李太尉爲應制體，花間集多賦天台仙子，單調也，有平仄二體。韋莊詞：「金似衣裳玉似身。眼如秋水鬢如雲。霞帔玉帔一羣羣。來洞口，望煙分。劉阮不歸春日曛。」和凝詞：「洞口春紅飛蔌蔌。仙子含愁眉黛緑。阮郎何事不歸來，嬾燒金，慵篆玉。流水桃花空斷續。」又韋莊詞：「深夜歸來長酩酊。扶入流蘇猶未醒。醺醺酒氣麝蘭和。驚夢覺，笑呵呵。長道人生能幾何。」三詞俱不一體。其張先所賦「雲破月來花弄影」，則又仄韻雙調不在此選者。

何滿子斷腸詞

杜陽雜編云：「文宗宫人沈阿翹，爲舞何滿子，則一舞曲也。誤刻河字，一名斷腸詞。人傳文宗疾亟，目孟才人。孟請歌畢，指笙囊就縊。爰歌何滿子，一聲腸斷而殞。張祜爲詩以弔之云：「一聲何滿子，雙淚落君前。」白居易曰：何滿子，滄州歌者，開元中進此曲以贖死。因作七言云：「世傳滿子是人名，臨刑時曲始成。一曲四詞歌八疊，從頭便是斷腸聲。」今用長短句，有單調、雙調。和凝詞：「正是破瓜年紀，含情慣得人饒。桃李精神鸚鵡舌，可堪虚度良宵。却愛藍羅裙子，羨他長束纖腰。」第二首結句：「却愛薰香小鴨，羨他長在屏幃。」謂却愛下又是羨他，爲重疊語病。殊不知羨出於愛，更申明一層語意。

風光好

周使陶穀奉使江南，傲睨特甚。韓熙載爲飾妓秦弱蘭，以充郵亭卒女，前灑掃。穀悦之，遂私焉。贈以風光好曲云：「好姻緣。惡姻緣。秖得郵亭一夜眠。别神仙。　琵琶撥盡相思調，知音少。待取鸞膠續斷絃。是何年。」雲巢編又謂，陶穀惑於任社娘，故有此詞。再閲天機餘錦曲云：「柳陰陰。水沉沉。風約雙鳧立不禁。碧波心。」後有換頭，則此曲當以「琵琶撥盡相思調，知音少」，爲下段。抑又犯於虞美人影之過變也，似不必爲此。

伊川令

「西風昨夜穿簾幕。閨院添蕭索。最是梧桐零落。迤邐秋光過却。人情音信難托。教奴獨自守空房，淚珠與燈花共落。」此伊川令范仲胤妻寄外詞也。范爲相州録事，久不歸，其妻製此詞寄之。伊字旁失寫人字，范戲語有「料想伊家不要人」句。妻復答云：「閑將小楷作尹字，情人不解其中意。共伊間别幾多年，身邊少個人兒睡。」見詞統，畢竟是北宋人語。

長相思山漸青　雙紅豆　憶多嬌　青山相送迎

樂府解題曰：「長相思，古怨思二十五曲之一。」本古詩「上言長相思，下言久離别」。又「着以長相思，緣以結不解」。以致纏綿之意。玉臺新詠載徐陵、蕭淳各有長短句，而非詞也。唐詞紀載令狐楚五言：「君行登隴上，妾夢在閨中。玉筯千行落，銀牀一夕空。」張繼五言：「遼陽望河縣。白首無由見。海上珊瑚枝，年年寄春燕。」皆非詞也。止收雙調三十六字，如：「深畫眉。淺畫眉。蟬鬢鬖髿雲滿衣。陽臺行雨回。巫山高，巫山低。暮雨瀟瀟郎不歸。空房獨守時。」此白居易作。花庵詞客，稱爲世人莫及。

醉太平淩波曲　醉思凡　四字令

按起調以兩字藏韻作句，張炎論之最嚴。龍州詞，當改作「情真意真。眉清鬢青。小樓明月調筝。寫春風數聲。思君憶君。魂憑夢縈。翠綃香煖雲屏。更那堪酒醒。」舊見「張顛米顛。書船畫船。夫仙婦仙。鸞絃鳳絃」等語。辛詞只作仄韻云：「態濃意遠。眉顰笑淺。剪羅衣窄絮風軟。欺鬢雲翠捲。南園花樹春光暖。紅香徑裏榆錢軟。欲上鞦韆又驚懶。且歸休怕晚。」換頭俱異，别是一體。海昌查容洴翁集，有賀江右人納雙姬者云：「章江貢江。蜂狂蝶忙。桃根桃葉相當。弄明珠一雙。深粧淺粧。鶯商燕量。巫山巫峽中央。鎖芙蓉一雙。」但卒章合用一韻爲嫌耳。

薄命女長命女

樂府解題曰：「長命西河女羽調曲，唐五言體云：「雲送關西雨，風傳渭北秋。孤燈然客夢，寒杵搗鄉愁。」和凝集中云：「天欲曉。宮漏穿花聲繚繞。窗裏星光少。冷霞寒侵帳額，殘月光沉樹杪。夢斷錦闈空悄悄。强起愁眉小。」力崇詞格者，當不取詩體也。

馮延巳别有長命女詞：「春日宴。緑酒一杯歌一遍。再拜陳三願。一願郎君千歲，再願妾身長健。三願如同梁上燕。歲歲長相見。」留爲章法，詞則俚鄙。

昭君怨

柳塘詞話曰：調本兩韻，如蘇軾、韓駒、万俟雅言、辛棄疾、鄭域、張鎡，俱得體。而明之陳繼儒，强爲一韻曰：「水上奏琵琶。一痕沙。」遂名之爲一痕沙。此老未爲知詞。換頭亦係兩韻六字者，万俟雅言春到南樓雪盡一首，換頭云：「莫把闌干倚。」前人謂倚字上落一頻字，及查蔡伸道、程觀過、吴幼清俱有此體。

太平時楊柳枝　賀聖朝

賀方回衍杜牧之「秋盡江南葉未凋」詩，陳子高衍王之涣「李夫人病已經秋」詩，以七字現成句而和以三字爲調。花間集，起於張泌、顧夐，換頭句仍押仄韻。六一詞猶押平韻，一名添聲楊柳枝。

生查子嬾卸頭

查謂古楂字，未見有詠博望事者。諸選載牛希濟換頭云：「語已多，情未了。」咸以已字爲襯，及閱「繡工夫，牽心緒」，孫光憲又作三字句。至「誰家繡轂動香塵」，多誰家二字，又豈以誰家二字爲襯，列之三體宜也。

柳塘詞話曰：尊前集中，劉侍讀生查子一闋云：「深秋更漏長，滴盡銀臺燭。獨步出幽閨，月晃波澄緑。

芰荷風乍觸。一對鴛鴦宿。虛掉玉釵驚，驚起還相續。」堯山堂外紀中，歐陽彬生查子一闋云：「竟日畫堂歡，入夜重開宴。剪燭蠟烟香，促坐花光顫。待得月華來，滿院如鋪練。門外簇驊騮，直待聞鷄散。」因思韓偓生查子詞「空樓雁一聲，遠屏山半滅」，足色悲涼，不言愁而愁自見，何必又贅「眉山正愁絶」耶。覺首篇「時復見殘燈，和煙墜金穗」，如此結搆，方爲含情無限。古今詞話曰：陸放翁見題驛壁云：「玉階蟋蟀鬧清夜，金井梧桐辭故枝。一枕淒涼眠不得，呼燈起作感秋詩。」詢知驛女之作，爰納爲妾。後妻妬又出之，遂賦生查子云：「只知眉上愁，不識愁來路。窗外有芭蕉，陣陣黄昏雨。曉起理殘粧，整頓教愁去。不合畫春山，依舊留愁住。」朱淑真賦元夕生查子，有云：「月到柳梢頭，人約黄昏後。」詞品曰：詞則佳矣，豈良人婦所宜道耶。但其元夕詩：「但願暫成人繾綣，不妨長任月朦朧。」與詞相合，其行可知。（案此詞乃歐公作，詞品誤以爲朱詞。）

醉公子四换頭

雙調醉公子，一名四换頭，平仄互叶，詞意四换。如虞美人、菩薩蠻、減字木蘭花之類。五言體云：「昨日春園飲，今朝倒接䍦。誰人扶上馬，不省下樓時。」詞選秪以顧夐、尹鶚之所著爲正。懷古録曰：「門外猧兒吠，知是蕭郎至。剗襪下香階，冤家今夜醉。扶得入羅幃，不肯脱羅衣。醉則從他醉，還勝獨睡時。」此唐人詞也。前輩謂讀此可悟詩法。或以問韓子蒼，子蒼曰：只是轉折多耳。且如喜其至，剗襪下階，是一轉矣。而苦其今夜醉，又是一轉。喜其入羅幃，又是一轉。不肯脱羅衣，又是一轉。後兩句是自爲開釋，又是一轉。雖與諸家不同，直是賦醉公子也。柳塘詞話曰：體是四換韻者，顧夐、薛昭藴可法也。無名氏詞爲兩韻，半平半仄體。尚有尹鶚詞，只用兩韻者，「暮煙籠蘚砌。戟門猶未閉。盡日醉尋春。歸來月滿身。離鞍偎繡袂。墜巾花亂綴。何處惱佳人。檀痕衣上新。」此皆咏醉公子本意者。峽流集中，王晫詞：「盡日貪醽醁。不管人兒獨。剛到促呼茶。豪憨誰耐他。擁被寧孤睡。醒眼難禁醉。待得酒醒時。天街唱曉鷄。」此爲申明無名氏詞意，而不嫌其透露。

點絳唇沙頭雨　南浦月　十八香

古今詞譜曰：本仙吕宫，又入高平調。張仲宗結語云：「遥隔沙頭雨。」名沙頭雨。又「邀月過南浦」，爲南浦月。

詞品曰：蘇叔黨，東坡少子。草堂所録「新月娟娟」、「高柳蟬嘶」兩首是也。時禁蘇文，故隱其名。若以爲汪彦章作則謬矣，汪自有「永夜懨懨，畫簾低月山啣斗」，見於浮溪文藻。

詩話總龜曰：林和靖不特工於詩，且工於詞。如咏草一首：「金谷年年，亂生春色誰爲主。」終篇不露一草字。如覺範咏梅一首：「風吹平野，一點香隨馬。」終篇不露一梅字，同一雅潔。

浣溪沙小庭花　滿院春　廣寒秋　霜菊黄　踏花天

古今詞譜曰：黄鐘宫曲。張泌詞有「露濃香泛小庭花」，又名小庭花。

李後主用仄韻，「紅日已高三丈透。金鑪次第添香獸。紅錦地衣隨步皺。佳人舞點金釵溜，酒惡時拈花蕊嗅。別殿遥聞簫鼓奏。」固是獨唱。整鬟飄袖野風香。不語含嚬深浦裏，幾回薜昭蘊首句不用韻，「紅蓼渡頭秋正雨，印沙鷗跡自成行。整鬟飄袖野風香。不語含嚬深浦裏，幾回愁殺棹船郎。燕歸帆盡水茫茫。」亦僅見也。

樂府紀聞曰：張褘侍郎愛姬早逝，猶子曙代爲浣溪沙云：「天上人間何處去，舊歡新夢覺來時。黄昏微雨畫簾垂。」寫置几上，褘朝回見之，一慟曰，此必阿灰所作也。阿灰，曙小字。

竹坡叢話曰：蘇東坡云：魯直作浣溪沙，自以水光山色，替却玉肌花貌，此真得漁父之風者。魯直過瀘，瀘帥有寵妓盼盼，命之侑酒。魯直贈以浣溪沙，有云：「見人無語但迴波，奴料有心留宋玉，秖緣無奈楚襄何。」盼盼唱惜春容而帥不知也。

卜算子百尺樓

古今詞譜曰：歇指調曲，平韻卽巫山一段雲也。秦湛詞：「極目煙中百尺樓，人在樓中否。」又名百尺樓，有八十九字中調。

女紅餘志曰：惠州温氏女超超，年及笄不肯字人。東坡至，喜曰：「吾壻也。」日徘徊窗外，聽公吟咏，覺則亟去。東坡知之，迺曰：「吾呼王郎與子爲姻。」未幾，東坡渡海歸，超超已卒，葬於沙際。因作詞云：「缺月掛疎桐，漏斷人初静。時見幽人獨往來，縹緲孤鴻影。驚起却回頭，有恨無人省。揀盡寒枝不肯棲，寂寞沙洲冷。」

僧皎然送春詞：「有意送春歸，無計留春住。畢竟年年用着來，何似休歸去。」高賓王全用之：「屈指數春來，彈指驚春去。檐外蛛絲網落花，也要留春住。幾日喜春晴，幾夜愁春雨。十二闌干六曲屏，題徧傷春句。」

柳塘詞話曰：紫竹卜算子云：「繡閣鎖重門，攜手終非易。牆外憑他花影搖，那得疑郎至。合眼想郎君，別久難相似。昨夜如何繡枕邊，夢見分明是。」是有繾綣意而非穢褻語，攜手夢見，方喬可謂不孤。

青樓雅述曰：唐仲友守台，命營妓嚴蕊作紅白桃花如夢令，賞以雙縑。後朱晦庵爲節使，欲摭仲友罪，置蕊於獄。蕊曰：「身爲賤妓，不敢妄言以污士大夫也。」岳霖爲憲，憐蕊無辜，猝命作詞。蕊口占卜算子云：「不是愛風塵，似被前緣悞。花落花開自有時，總賴東君主。去也還須去。住也如何住。若得山花插滿頭，便是儂歸處。」立命出之。

巫山一段雲

樂府解題曰：漢鐃歌巫山高爲思婦詞，一曰狀巫峽。按太平廣記，王母第二十三女名瑤姬，號雲華夫人，居巫山，詩家所謂神女也。峽下有神女祠，過此爲無我灘矣。詞盛於花間，李珣、毛文錫諸人。又唐昭宗宮人題於寶鷄驛壁者，換頭用六字句，叶仄韻，與柳郎中之詠游仙相類。昭宗宮人云：「青鳥不來愁絕，忍看鴛鴦雙結。春風一等少年心，閒情恨不禁。」柳郎中云：「一曲雲謡爲壽，倒盡玉壺春酒。微醺争撼白榆花，踏碎九光霞。」箋體中應備之。

采桑子羅敷令　醜奴兒令

教坊記曰：采桑子，卽古相和歌中採桑曲。

古今詞譜曰：大石調曲。

詞品曰：花蕊夫人因蜀亡製采桑子，題葭萌驛壁云：「初離蜀道心將碎，離恨綿綿，度日如年。馬上時時聞杜鵑。」纔半闋而爲軍騎促行。有戲續之云：「三千宫女如花貌，妾最嬋娟。此去朝天。只恐君王恩愛偏。」此必後人侮之者，豈有隨昶行而書此敗節之語。

菩薩蠻重疊金　子夜歌　女王曲　花間意

古今詞譜曰：調屬正平，又中吕四换頭曲也。

古今詞話曰：温庭筠善屬詞，唐宣宗好歌菩薩蠻，令狐相公假温手修撰以進，有「小山重疊金明滅」句，爲重疊金。

杜陽雜編曰：唐大中初，女蠻國貢雙龍犀，明霞錦。其人危髻金冠，瓔珞被體，當時號爲菩薩蠻。優者作女王曲，文士亦往往聲其詞。

丹鉛録曰：開元時南詔入貢，危髻金冠，瓔珞被體，號菩薩蠻，因以製曲。楊慎改蠻爲鬘，以戒經華鬘被首爲據。胡元瑞駁之，非真正婦女入貢，蓋皆婦女髻也。

中朝故事曰：乾寧三年，帝次華州，登城樓歌一詞，有曰：「何處是英雄。迎儂歸故宫。」又曰：明年秋製此詞。既爲韓建迎歸矣，何又作此詞，且改爲「安得有英雄，迎歸大内中」，絶非昭宗聲口。舊曲有衍古詩而作者，如「牡丹帶露真珠顆。佳人折向庭前過。含笑問檀郎。花强妾貌强。檀郎故相惱。只道花枝好。一晌發嬌嗔。碎挼花打人」。宣宗嘗愛唱之，戲語左右，似婦人支解其夫者。詞品以爲遠在花間之先也。

張表臣過吴江詞云：「垂虹亭下扁舟住。秋風煙雨長橋暮。白苧聽吴歌。佳人雙臉波。勸傾金鑿落。莫作思家惡。緑鴨與鱸魚。如何可寄書。」或曰，不聞鴨可寄書。表臣不答。信乎柳州云，作之難，知之又難，雌霓之賞爲少也。

南唐盧絳，衡山人，爲蜀主昶刺史，夜夢白衣婦人歌菩薩蠻詞以侑酒，卽「玉京人去秋蕭索。畫簷鵲起梧桐落。欹枕悄無言。月和清夢圓」也。絳默記之，詢之，曰：「妾乃玉真也，他日富貴，相見於固子坡頭。」後入宋臨刑，有白衣婦人同事。問其名則耿玉真，其地則固子坡也。

謁金門花自落　垂楊碧　空相憶　春早湖山

古今詞譜曰：雙調曲，教坊記有儒士謁金門。

花庵詞客曰：張宗瑞詞：「睡起愁懷無處着。無風花自落。」爲花自落。又「樓外垂楊如此碧。問春來幾日」，爲垂楊碧。皆以篇末之語而立新名者。

古今詞話曰：李嗣主謂馮延巳曰：「風乍起。吹皺一池春水。干卿何事。」延巳曰：「未若陛下細雨夢回雞塞遠，小樓吹徹玉笙寒也。」

韋莊以才名寓蜀，蜀主建奪其姬之善詞翰者入宮。莊作謁金門云：「空相憶。無計得傳消息。天上嫦娥人不識。寄書何處覓。春睡覺來無力。不忍把伊書跡。滿院落花春寂寂。斷腸芳草碧。」

清平樂憶蘿月

詞品曰：李白應制清平樂見呂鵬遏雲集，共四首。自禁庭春晝，禁闈秋夜之詞，膾炙人口。黃玉林以後二首無清逸氣，贋作也，逸之。楊慎補作二首，人以爲遠不忘諫，填詞中風雅也。胡元瑞又混以清平調駁之，良誤。

古今詞譜曰：李白換頭一句仄粘，一句平粘，下句稱是，兩首一體。惟孫光憲「等閑無語，愁腸欲斷」效之。温庭筠俱用仄粘，韋莊之「春愁南陌全」，效之。要知換頭第一、第二、第四俱用平粘，而第三用仄粘，大概如是。

憶秦娥秦樓月　雙荷葉　碧雲深

唐詞紀曰：商調曲也，鳳樓春卽其遺意。李白之簫聲咽，用仄韻。孫夫人之花深深，用平韻。張宗瑞爲立新名曰碧雲深，至謝逸止二十三字作調。

樂府紀聞曰：相傳文宗宮妓沈翹翹舞何滿子詞。文宗曰：「浮雲蔽白日，此文選中，念君臣值奸邪所蔽；

正是今日。」迺賜金玉環。翹翹泣曰：「妾本吴元濟女，投入掖庭。」本藝方響，因奏梁州，音節殊妙。文宗選金吾秦誠聘之出宫，誠後使日本。翹翹製曲曰憶秦郎，卽憶秦娥也。

荆州亭江亭怨

樂府雜録曰：荆州亭四十六字，花庵收爲清平樂令。因檢山谷詞，魯直登荆州亭柱間，見詞云：「簾捲曲闌獨倚。江(原作山，據詞譜卷六校定。)展暮天無際。淚眼不曾晴，家在吴頭楚尾。數點雪花亂委。撲漉沙鷗驚起。詩句欲成時，没入蒼煙叢裏。」魯直悽然曰：「似爲余發也。」夜有女子見夢曰：「我家豫章，附客舟墮水死，有感而作，不意公能識之。」魯直覺而嘆曰：「此必吴城小龍女也。」

喜遷鶯鶴冲天　萬年枝

古今樂録曰：黄鐘宫曲，多賦登第，賦宫詞。

古今詞譜曰：正宫曲，韋莊詞：「家家樓上簇神仙。争看鶴冲天。」和凝詞：「嚴粧攏罷囀黄鸝。飛上萬年枝。」故名鶴冲天、萬年枝。前後和凝、薛昭藴爲一韻者，韋莊、歐陽修爲兩韻者，至毛文錫换頭，一概和仄韻。

薛昭藴詞云：「清明節，雨晴天。得意正當年。馬驕泥軟錦連乾。香袖半籠鞭。花色融，人競賞，盡是繡鞍朱鞅。日斜無計更流連。歸路草和煙。」

毛文錫詞云：「芳春景，曖晴煙。喬木見鶯遷。(此句據花間集補。)傳枝偎葉語關關。飛過綺叢間。錦翼鮮，金毳軟。百囀千嬌相喚。碧紗窗曉怕聞聲，驚破鴛鴦暖。」

歐陽修詞云：「梅謝粉，柳拖金。香滿舊園林。養花天氣半晴陰。花好却愁深。花無數。愁無數。花好却愁春去。戴花持酒祝東風。千萬莫匆匆。」

花庵詞客曰：夏竦於慶曆朝爲一不肖，然喜遷鶯詞必以之爲冠冕。如「三千珠翠擁宸游。水殿按梁州」，此景德中水殿按舞時應制之作。

阮郎歸 醉桃源　碧桃春

花庵詞客曰：宋仁宗見新燕掠水，曾覩應制作阮郎歸詞云：「柳陰庭館占風光。呢喃清晝長。碧波新漲小池塘。雙雙蹴水忙。萍散漫，絮飄揚。輕盈體態狂。爲憐流去落紅香。啣將歸畫梁。」仁宗極賞嘆其末二句。

古今詞譜曰：大石調曲也。黄山谷多作獨木橋體，詠茶一首，全用山字。

李後主阮郎歸云：「東風吹水日銜山。春來長是閒。」蘇東坡「綠槐高柳咽新蟬。薰風初入絃」，此定體也。獨王山樵阮郎歸第二句便失平粘，云：「風中柳絮水中萍。聚散兩無情。」不知何意。且眼兒媚起句：「霏霏疎影轉征鴻。人語暗香中。」朝中措起句：「平山欄檻倚晴空。山色有無中。」太常引起句：「君王着意履聲間。合押紫宸班。」少年游起句：「霽霞散曉月猶明。疎木掛殘星。」月宮春起句：「水晶宮裏桂花開。神仙探幾回。」是皆犯之矣。

眼兒媚秋波媚

花庵詞客曰：宋齊愈爲固陵召對，曰：卿文章新奇，可作梅詞進呈。詞云：「霏霏疎影轉征鴻。人語暗香中。小橋斜渡，曲屏深院，水月濛濛。　人間不是藏春處，玉笛曉霜空。江南處處，黄垂密雨，緑漲薰風。」蓋眼兒媚也。立進此。天語稱喜，又諭近臣曰：齊愈詞非惟不經人道，自花開至結子黄熟，并天色言之盡矣。

王荆公子雱多病，因令其妻樓居而獨處。荆公别嫁之。雱念之，爲作秋波媚詞云：「楊柳絲絲弄輕柔。煙縷織成愁。海棠未雨，梨花先雪，一半春休。　而今往事難重省，歸夢遶秦樓。相思只在，丁香枝上，荳蔻梢頭。」

柳塘詞話曰：起是平粘仄粘俱通，故阮閱一首「樓上黄昏杏花寒，斜月小闌干」是也。又卓田一首平粘起者，「丈夫隻手把吴鈎。欲斷萬人頭。因何鐵石，打成心性，却爲花柔。　君看項籍并劉季，一怒使人愁。只因撞着，虞姬戚氏，豪傑都休。」

山花子南唐浣溪沙　攤破浣溪沙

雪浪齋日記曰：王荆公問黄山谷曰，李後主詞何處最佳。山谷以「一江春水向東流」對。荆公曰：「未若山花子『細雨夢回鷄塞遠，小樓吹徹玉笙寒』也。按「手捲真珠」、「菡萏香消」二首皆元宗作，荆公誤屬後主。

古今詞譜曰：黄鐘宫曲，曾見南唐軼事，元宗手寫此二詞，以賜金陵妓人王感化。明林章詞云：「燕子樓中覓夢魂。杜鵑枝底認啼痕。惟有遠山江上出，翠氤氳。風送楊花三月雪，水蓮芳草一天雲。又是去年時候也，儘黄昏。」近代王士禛寄京口程崐崙云：「黄鶴山前黄鶴鳴。杜鵑樓上杜鵑聲。記得戴顒招隱地，共經行。北固雲山春望遠，南徐風雨暮潮生。一片澄江如練影，接蕪城。」同一情致。

柳梢青早春怨　雲淡秋空

古今詞譜曰：中吕宫曲，有平仄二調，謝逸、賀鑄俱仄韻。詞品無名氏詞云：「曉星明滅。白露點、秋風落葉。故址頹垣，冷煙荒草，前朝宫闕。長安道上行客。依舊是、名深利切。改變容顔，銷磨今古，隴頭殘月。」此五代新説載鬼仙詞，非太白、長吉之流不能及此。按之以柳梢青曲，第二句皆遺失一字耳。

謝逸詞云：「香肩輕拍，尊前忍聽，一聲將息。昨夜濃歡，今朝别酒，明朝行客。後回來則須來，便去也如何去得。無限離情，無窮江水，無邊山色。」此以仄韻證之也。淳熙中，張材甫應制詞云：「柳色初濃，餘寒如水，秋雨如塵。」復命曾海野和詞云：「桃曆紅勻，梨腮粉薄，鴛徑無塵。」詞品曰：句句叶而起句不叶，則亦未知詞者矣。夫柳梢青起句，不用韻者間有。既在應制聯賡之作，是亦可通融者，極言其未知詞也，過矣。

眉峯碧

宋無名氏眉峯碧詞云：「蹙損眉峯碧。纖手還重執。鎭日相看未足時，便忍使鴛鴦隻。薄暮投村驛。風雨愁通夕。窗外芭蕉窗裏聲，分明葉上心頭滴。」宋徽宗手書此詞以問曹組，組亦未詳。徽宗曰，朕粘於屏以悟作法。真州柳永少讀書時，遂以此詞題壁，後悟作詞章法。一妓向人道之，永曰：某亦頗變化多方也。然遂成屯田蹊徑。

賀聖朝

舊本葉清臣落句，俱作四字三句云：「三分春色，二分愁悶，一分風雨。知他來歲，牡丹時候，相逢何處。」雖犯旁宮，如秋波媚、洞天春、柳梢青、訴衷情等曲，未嘗不穩貼清圓也。以原調攷之，應改作兩句云：「三分春色二分愁，間一分風雨。知他來歲牡丹時候，相逢何處。」是上作七字句，下作五字句，又五字句作空頭句，更妙在間字、候字。若間字改更字，候字改再字，便屬粗淺。今證以馬莊父春游詞云：「游人拾翠不知遠，被子規呼轉。紅樓倒影背斜陽，墜幾聲絃管。荼蘼香透，海棠紅淺，恰平分春半。花前一笑不須慳，待花飛休怨。」

朝中措

藝苑雌黄曰：歐陽公送劉貢父守揚州，爲朝中措詞云：「平山闌檻倚晴空。山色有無中。手種堂前楊柳，別來幾度春風。文章太守，揮毫萬字，一飲千鍾。行樂直須年少，尊前看取衰翁。」平山堂望江左諸山甚近，或以公短視故云。東坡笑之，因賦快哉亭水調歌頭以道其事，有云：「嘗記平山堂上，欹枕江南煙雨。杳杳没孤鴻。認取醉翁語，山色有無中。」蓋指煙雨而然也。

人月圓青衫濕

宋王詵詞云：「年年此夜，華燈盛照，人月圓時。」名之曰人月圓。古今詞譜曰：大石調曲，北劇多收爲引子。

金源樂府曰：吳激赴金人張總家集，出侍兒侑觴，故宋宮姬也。時宇文叔通賦念奴嬌將成，見激作人月圓云：「南朝千古傷心事，還唱後庭花。舊時王謝，堂前燕子，飛向誰家。恍然一夢，仙肌勝雪，宮髻堆鴉。江州司馬，青衫淚濕，同是天涯。」叔通遂閣筆，退而語人曰：「吳郎近以樂府高天下。」

醉鄉春醉鄉廣

醉鄉春者，秦少游謫嶺南時所作也。藤州地志云，秦少游醉飲於海棠橋野老家，度一曲以題于柱間云：「喚起一聲人悄。衾冷夢寒窗曉。瘴雨過，海棠開，春色又添多少。社甕釀成微笑。半缺椰瓢共舀。覺顛倒。急投床，醉鄉廣大人間小。」聞修志者不識舀字，改之，怪甚。

惜分飛

樂府紀聞曰：東坡守杭，毛滂爲法曹掾，與一妓善。秩滿當辭，流連惜別。明日，東坡宴客，妓卽歌惜分飛以侑酒云：「淚濕闌干花着露。愁到眉峯碧聚。此恨平分取。更無言語空相覷。斷雲殘雨無意緒。寂寞朝朝暮暮。今夜山深處。斷魂分付潮回去。」東坡問是誰作，妓愀然以毛法曹對。東坡語坐客曰：「郡寮有詞人而不及知，某之罪也。」折柬追還，爲之延譽，滂以此得名。

西江月壺天曉　白蘋香　醉高歌

古今詞譜曰：調始於歐陽炯中呂宮曲，以隔韻叶者。後則漸濫而無紀極矣，惟東坡重陽詞近之。歐陽詞云：「月映長江秋水。分明冷浸星河。淺沙汀上白雲多。雪散幾叢蘆葦。扁舟倒影寒潭裏。煙光遠罩輕波。笛聲何處響漁歌。兩岸蘋香暗起。」此又以七字句爲換頭者。東坡詞云：「點點樓前細雨，重重江外平湖。當年戲馬會東徐。今日淒涼南浦。莫恨黃花未吐，且教紅粉相扶。酒闌不必看茱萸。俛仰人間今古。」恐又是平仄一韻，然已合調耳。

花庵詞客曰：「照野瀰瀰淺浪，橫空曖曖微霄」，東坡用陶語「山滌餘靄，宇曖微霄」也。公以春夜行蘄水中，過酒家醉飲，乘月一至溪橋，曲肱少寐。及覺已曉，亂山葱蘢，不謂人世也。黃九疑公有突兀之句，故小敍及之。

柳塘詞話曰：宋趙與仁西江月，又作一體云：「夜半河痕依約，雨餘天氣冥濛。起行微月遍池東。水影浮花，花影動簾櫳。　量減難辭醉白，恨長莫盡題紅。鴈聲能到畫樓中。也要玉人，知道有秋風。」見草窗詞選。

桂華明

梁溪軼事曰：關注子東，避地梁溪。夢至廣寒宮，夾兩池，水無纖塵，地無纖草，門鑰不啓。或告之曰，呼月姊則開矣。子東如其言，見二仙子，霞彩焕發，非復人間。引者曰，月姊也。子東再拜。因問往日梁溪之會，令歌太平樂猶記及否。子東歌之，復作桂華明云：「縹緲神仙開洞府。遇廣寒宮女。問我雙鬟梁溪舞。猶記得，當時否。碧玉詞章教仙女。爲按歌宮羽。皓月滿窗人何處。聲永斷，瑤池路。」

少年游

古今詞譜曰：黄鐘宮曲，林君復、蘇東坡俱有之，亦不一體，其更變俱在換頭也。東坡詞換頭云：「捲簾對酒邀明月。」非對酒捲簾也，刻誤。落句云：「恰似姮娥憐雙燕，分明照、畫梁斜。」異矣。耆卿換頭云：「薄情慢有歸消息，鴛鴦被，半香消。」異矣。小山換頭云：「可憐人意，薄于雲水，佳會更難重。」則又異矣。餘則俱同，當以美成詞爲正。

樂府紀聞曰：美成在汴日，主角妓李師師家。道君幸之，美成避匿其左右。遂賦少年游云：「并刀如水，吳鹽勝雪，纖手破新橙。錦幄初温，獸煙不斷，相對坐調笙。低聲問向誰行宿，城上已三更。馬滑霜濃，不如歸去，直自少人行。」直寫其事，流傳於外。道君怒，以課吏謫之。

瑶池宴

古今樂録曰：黄魯直與季常書曰：琴曲有瑶池宴，無名氏所製，詞不穩帖，而聲如怨咽。或改之别作閨怨，殊爲奇妙，勿妄以與人也。爲按拍歌之云：「飛花成陣春心困。寸寸。别腸多少愁悶。無人問。偷期自揾殘妝粉。抱瑶琴，尋出新韻。玉纖趁。南風未解幽愠。低雲鬟。眉峯斂暈嬌和恨。」一如王實甫之游藝中原曲云。按以仙吕點絳唇可歌也。

憶餘杭憶西湖

潘閬字逍遥，太宗朝人，狂逸不羈，坐事繫獄，往往有出塵之語。詞品曰：有憶西湖虞美人一闋，於時盛傳，東坡愛之，書於玉堂屏風。詞綜曰：潘閬有酒泉子二闋，石曼卿見此詞，使畫工繪之作圖。柳塘沈雄起而辯之，非虞美人，亦非酒泉子，乃自製憶餘杭也。舊刻詞曰：「長憶西湖湖水上。盡日憑闌樓上望。三三兩兩釣魚舟。島嶼正清秋。笛聲依約蘆花裏。白鳥成行忽飛起。到來閑想整綸竿。思入水雲寒。」復見詞綜共刻三首，其二首首句俱失三字，今爲正之。其一：「長憶孤山山影獨。山在湖心如黛簇。」其二：「長憶西湖添碧溜。靈隱寺前天竺後。」如失山影獨三字，添碧溜三字便不成詞矣。

（按今逍遥詞有十首，皆酒泉子，起句亦皆四字。）

鵲橋仙廣寒秋　鞓紅

古今詞譜曰：仙吕宫曲，又入高平調，與步蟾宫稍異。

古今詞話曰：張宗瑞有「天風吹送廣寒秋」句，爲廣寒秋。

詞綜載：「一竿風雪，一簑煙雨，家在釣臺西住。賣魚生怕近城門，豈向紅塵深處。潮來解纜，朝平擧棹，潮落放歌歸去。旁人錯比做嚴光，自是無名漁父。」梅苑所載宋無名氏詞。疑放翁所作，而集中不載，細味卒章，真是高隱之筆。

天機餘錦有無名氏鞓紅一曲云：「粉香猶嫩、霜寒可慣。争奈向、春心已轉。王容别是，一般閒婉。悄不管、桃深杏淺。月影簾櫳，金波隄面。漸細細、香風滿院。一枝折寄，故人雖遠。莫輒使、江南信斷。」前後第四句，各添一字，仍是鵲橋仙詠梅也。按鞓紅者，服帶之飾，天子用黄鞓，王侯用紅鞓，卿士用墨鞓，見藝苑。

浪淘沙賣花聲　過龍門

古今詞譜曰：歇指調曲。堯山堂外紀曰：幼卿女史過龍門有詞，仍立名曰過龍門，又曰賣花聲。别有中調賣花聲六十六字。

浪淘沙亦有詩體而入選列前單調者，亦卽歇指調也。唐詞紀名爲水鼓子，作者如白居易、劉禹錫輩。惟司空圖一首爲得大體，詞云：「不必長漂玉洞花。曲中止愛浪淘沙。黄河却勝天河水，萬里縈紆入漢家。」

柳耆卿作歇指調云：「有個人人。飛燕精神。急將環佩上華裀。促拍盡隨紅袖舉，風柳腰身。簌簌輕裙。妙盡纖新。曲終獨立斂香塵。應是四肢嬌困也，眉黛雙顰。」起句少原調一字。

宋子京別作浪淘沙以別劉原父云：「少年不管。流光如箭。因循不覺韶華換。到如今，始惜月滿花滿酒滿。扁舟欲解垂楊岸。尚同歡宴。日斜歌闋將分散。倚蘭橈，望水遠天遠人遠。」

河傳

舊記河傳爲隋煬帝開汴河所製勞歌也，其聲犯角，詞多失傳。海山記曰：煬帝宮中障壁有廣陵圖，帝視之「移時不能舉步。謂蕭后曰：「朕不愛此畫，爲思舊遊處。」爰指圖中山水，及入村落寺院，歷歷皆在目前。昔年征陳主日遊此。及幸江都，作泛龍舟詞，歌龍女曲，創柳隄迷樓，設錦帆殿脚，此河傳乃後人所造勞歌也。

柳塘詞話曰：河傳水調，本秦皇南幸之曲。如汴渠、隄柳、迷樓、錦帆、烏銅屏、四寶帳、殿脚女、女相如諸闋，各有故實。維揚宗元鼎卽以大業遺事詠之，更用花間限體復仿豔情，千載而下，殊爲香蒨也。余集有河傳共十四體，久爲箋出，以求未盡。

摘紅英 擷芳詞

太平樂府曰：政和中，京師有姥入內教歌，傳得禁中擷芳詞，唐人作也。張尚書帥成都日，人競歌之。

却於前段「記得年時，共伊曾摘」，其下添「憶憶憶」三字。換頭落句「燕兒來也，又無消息」，於下添「得得得」三字。擷芳，擅芳，禁中園名。

柳塘詞話曰：今以張仲舉詞按之云：「鶯聲寂。鳩聲急。柳陰一片梨雲濕。驚人困。教人恨。待到平明，海棠應盡。　青無力。紅無迹。殘香賸粉那禁得。天難準。晴難穩。晚風又起，倚闌爭忍。」卒章原無三疊字，若有三疊字，此即陸放翁之釵頭鳳，毫不異也。

鷓鴣天 思佳客　於中好　離歌

慶曆中，開封府與棘寺同日獄空。仁宗宮中宴集，宣晏幾道作鷓鴣天以歌之，得旨受賞。大意先賦昇平之盛，又見祥瑞之徵，而末句略近之，極爲得體。詞有云「朝來又奏圜扉靜，十樣宮眉捧壽觴」是也。亦以誌一時之治化云。

宋子京過繁臺街，逢內家車子，有褰簾者，呼曰小宋。子京乃作鷓鴣天「劉郎已恨蓬山遠，更隔蓬山一萬重」句。聞之仁宗，內家自陳。因宣學士侍宴，遂以內家賜之。仁宗曰，蓬山不遠矣。

蘆浦筆記，有述宣政一時之事者，僅記其詞云：「宣德樓前雪未融。賀正人見彩山紅。九衢照影紛紛月，萬井吹香細細風。　複道遠，暗相通。平陽主第五王宮。鳳簫聲裏春寒淺，不到珠簾第二重。」爲無名氏之作。劉與伯曰，此備述宣政之盛，非想像者所能道。

瑞鷓鴣 太平樂　舞春風　桃花落　五拍

古今詞譜曰：「南呂宮曲，又入平調，卽平韻七言律，仄韻卽玉樓春也。」詞品曰：「可以按調而歌者，瑞鷓鴣耳。」

樂府紀聞曰：「宣和間，闕注寓梁溪古柏院中，夢美鬟髯者揖坐，使兩女子以銅盆酌酒。謂注曰，自來歌曲，先奏天庭，後落人間，他日休兵，有樂府曰太平樂。兩女子舞，主人擊節。猶記其五拍云：『玄衣仙子從雙鬟。緩節長歌一解顏。滿飲銅盆效鯨吸，低徊舞袖作弓彎。舞留月殿春風冷，樂奏鈞天曉夢還。行聽新聲太平樂，猶留五拍到人間。』」此卽舞春風也。

馮延巳詞云：「嚴妝纔罷怨春風。粉牆畫壁宋家東。蕙蘭有恨枝猶緑，桃李無言花自紅。燕燕巢兒簾幕卷，鶯鶯啼處曲房空。少年薄倖知何處，每夜歸來春夢中。」在五代時已有瑞鷓鴣者，一名桃花落。

玉樓春惜春容　木蘭花令

古今詞譜曰：「大石調曲，詞統又作林鍾商調。詞中不失玉樓春三字者，顧敻也。通首一韻者，徐昌圖、温庭筠、歐陽修、宋祁也。前後兩韻者，牛嶠、韋莊也。」

温庭筠詞云：「家臨長信住來道。乳燕雙雙拂煙草。油壁車輕金犢肥，流蘇帳暖春雞早。籠中嬌鳥曉猶睡，簾外落花閒不掃。衰桃一樹近前池，似惜容顏鏡中老。」詩家收爲春曉曲，謬矣。何以趙弘基花間集，竟失之也。

宋子京詞云：「東城漸覺風光好。縠皺波紋迎客棹。緑楊煙外曉寒輕，紅杏枝頭春意鬧。浮生長恨歡娱少。肯愛千金輕一笑。爲君持酒勸斜陽，且向花間留晚照。」人謂鬧字甚重，我覺全篇俱輕，所以成爲「紅杏尚書」。

無名氏聞笛詞云：「紅樓十二春寒側。樓角何人吹玉笛。天津橋上舊曾聽，三十六宫秋草碧。昭華人去無消息。江上青山空晚色。一聲落盡短亭花，無數行人歸未得。」詞品曰：此詞悲感悽愴，在簡齋憶昔午橋之上而不知名，或以爲張子野作，非也。子野卒於南渡以前，何得云三十六宫秋草碧乎。明初開國如劉文成春感云：「春來觸處花成綺。春去可憐花委地。催耕布穀强知時，去國杜鵑空有淚。雙魚不見人千里。落絮牽愁和夢起。芭蕉多事惹西風，故作雨聲驚客耳。」明季中翰如沈聞華秋怨云：「盼盡玉郎離别處。空剩紫騮芳草路。年年同嫁與東風，只有小樓紅杏樹。愁病懨懨魂欲去。一霎芭蕉寒響聚。空嗟薄命玉容人，值得數聲秋夜雨。」情詞悽感更爲勝之。自聽秋雨後，不敢種芭蕉。信然。

步蟾宫

沈雄曰：步蟾宫係平調，不知原起是何人，但見蔣竹山詠桂一首。詞統有傳一士人訪妓，妓在開府侍宴，候之以寄閫者，誤達開府。開府見詞清麗，呼士人以妓與之。詞云：「東風捏就腰肢細。繫六幅裙兒不起。看來只慣掌中行，怎教在燭花影裏。更闌應是鉛華褪，暗蹙損、眉峯雙翠。夜深著緉小鞋兒，斜靠著、屏風立地。」

黄山谷詞云：「蟲兒真個惡伶俐。惱亂得、道人眠起。醉歸來、恰似出桃源，但目斷、落花流水。不如隨我歸雲際。共作個、住山活計。照清溪，勻粉面，插山花，算做勝、風塵滋味。」調異録之。

虞美人

古今詞譜曰：「正宮曲，又入仙呂，四換頭曲也。唐詞落句七字句，以三字句叶。宋詞落句只九字一句叶耳。不得誤以四字句，五字句混之者。

賈氏談録曰：褒斜谷中有虞美人草。益州記曰，雅州出虞美人草，唱虞美人曲，則隨風而舞，且應拍者。又高郵桑景舒，舊傳有虞美人曲，歌之則枝葉皆動。景舒曰，此吴音也。因取琴試操吴音，枝葉亦動，謂之虞美人操，全非詞家所謂宮音也。唐詞有烏騅欲上，專詠西楚事。

李後主詞：「春花秋月何時了。往事知多少。小樓昨夜又東風。故國不堪回首月明中。雕闌玉砌應猶在。只是朱顔改。問君還有幾多愁，恰似一江春水向東流。」當以此闋爲最。

闕注曰：葉右丞詞，能於簡澹處，時出雄傑，合處不減靖節、東坡，豈近世樂府之比哉。而尤以虞美人爲絶唱，如「美人不用斂歌眉。我亦多情無奈酒闌時」是也。「帳中草草軍情變，月下旌旗亂。攬衣推枕愴離情。遠風吹下楚歌聲。正三更。烏騅欲上重相顧。豔態花無主。手中蓮鍔凜秋霜。九重歸去是仙鄉。恨茫茫。」此唐無名氏虞美人原曲，以三字句作結者。

一斛珠闕黑麻　醉落魄　醉羅歌

梅妃傳曰：江采蘋九歲誦二南詩，期以此見志。開元中，選侍明皇見寵，所居悉植梅花，故號梅妃。時太真還上陽，明皇於花萼樓念之。會夷使貢珠，命封一斛賜妃。妃謝以詩云：「柳葉雙眉久不描。殘妝和淚污紅綃。長門盡日無梳洗，何必珍珠慰寂寥。」明皇以新聲度曲曰一斛珠。

無名氏詞：「醉醒醒醉。憑君會取真滋味。濃斟琥珀香浮蟻。一入愁腸，便有陽春意。　須將幕席爲天地。歌前起舞花前睡。從他兀兀陶陶裏。猶勝惺惺，惹得閒憔悴。」黄山谷曰，此或傳是東坡語，非也，與蝸角虚名，解下癡條之曲相似，疑是王仲父作。

踏莎行

古今詞話曰：春旅詞云：「霧失樓臺，月迷津渡。桃源望斷無尋處。可堪孤館閉春寒，杜鵑聲裏斜陽暮。　驛寄梅花，魚傳尺素。砌成此恨無重數。郴江幸自繞郴山，爲誰流下湘江去。」少游踏莎行也。東坡獨愛其尾兩句，及聞其死，東坡曰：「少游已矣，雖萬人何贖。」黄山谷曰：「絶似劉賓客楚蜀間語。」

柳塘詞話曰：唐子畏春閨，若不經意出之者，詞云：「可怪春光，今年偏早。閨中冷落如何好。因他一去不歸來，愁時只是吟芳草。　奈爾雙姑，隨行隨到，其間況味余知道。尋花趁蝶好光陰，何須步步回頭笑。」此與巨源、簡齋同一真趣，而有妙理。余恐其流於漁樵問答也，特拈一詞云：「雙燕相依，深閨寄語。鈎簾未放銜泥去。央伊趁曉向天涯，探郎昨夜和誰住。　桃葉輕風，杏花微雨。芹香不啄來何遽。喃喃惱逐絮顛狂，分明薄倖人如許。」稍爲明破，亦以云救也。

王阮亭曰：彭羨門善於言情，春暮之什，亦自矜勝。詞云：「鶯擲金梭，柳抛翠縷。盈盈嬌眼慵難舉。落花一夜嫁東風，無情蜂蝶輕相許。　尺五樓臺，秋千笑語。青鞋濕透胭脂雨。流波千里送春歸，棠梨開盡愁無主。」此即張子野「不如桃杏猶解嫁春風」也。賀黄公謂其無理而入妙，羨門「落花一夜嫁東風，無情蜂蝶輕相許」句，愈無理則愈入妙，便與解人參之，亦不易易。

小重山朝玉階附

堯山堂外紀曰：韋莊留蜀，蜀主奪其姬之善詞翰者入宮。韋莊念之，因作小重山宮詞，流傳入宮，姬聞之不食死。詞云：「一閉昭陽春又春。夜寒宮漏永，夢君恩。卧思前事暗消魂。羅衣濕，新揾舊啼痕。　歌吹隔重闇。繞庭芳草綠，倚長門。萬般惆悵向誰論。凝情立，宮殿欲黄昏。」

柳塘詞話曰：汪藻詞亦美贍，一時不爲流傳者，曾爲張邦昌雪罪表故也。乃其小重山秋閨云：「月下潮生紅蓼汀。殘霞都斂盡，四山青。柳梢風急墮流螢。隨波去，點點亂寒星。」却從庾信「秋風驅亂螢」不及寒星句來，而景自勝。過變云：「別語記叮嚀。如今能間隔，幾長亭。夜來秋氣入銀屏。梧桐雨，還恨不同聽。」又從小杜「銀燭秋光冷畫屏」不及夜長句來，而情自勝。

嚴次山曰：吴淑姬小重山一闋，如怨如訴，自起自倒，誦之有難以爲情者，匪直深於意態也。

選聲集曰：杜安世有朝玉階，與小重山落句稍異者，詞云：「簾卷春寒小雨天。牡丹花落盡，悄庭軒。高空雙燕舞翩翩。無風輕絮墜，暗苔錢。擬將幽怨寫香箋。中心多少事，語難傳。思量真個惡姻緣。那堪長夢見，在伊邊。」衹上作五字句，下作二字叶，有黄蓬甆仄韻。

臨江仙 庭院深深　雁後歸

唐詞紀曰：臨江仙，多賦水媛江妃，南唐人多效爲之。

古今詞譜曰：仙吕宫曲。堯山堂外紀曰：樂曲有念家山，後主倚其聲爲念家山破，在圍城中，賦臨江仙未終而城破。詞云：「櫻桃落盡春歸去，蝶翻輕粉雙飛。子規啼月小樓西。曲闌朱箔，惆悵卷金泥。門掩寂寥人散後，望殘煙草淒迷。」後劉延仲足成之云：「爐香閒裊鳳皇兒。空持雙帶，回首故依依。」

古今詞話曰：魯直守當塗，賀方回過之。人日席上，取薛道衡詩句作詞，名雁後歸，卽臨江仙也。

樂府紀聞曰：李清照每愛歐陽公蝶戀花詞「庭院深深深幾許」，作庭院深深曲，卽臨江仙也。

柳塘詞話曰：花間集起句，不拘平仄粘，有用韻有不用韻者，有作七字句起，有作六字句起者，韋莊爲減字詞，晏幾道爲添字詞，共有九體。

古今詞話

詞辨下卷

一剪梅

周永年曰：「一剪梅，惟易安作爲善。劉後村换頭亦用平字，於調未叶。若『雲中誰寄錦書來』，與『此情無計可消除』，來字、除字不必用韻，似俱出韻。但『雁字回時，月滿樓』，樓字上失一西字。劉青田『雁短人遥可奈何』，樓上似不必增西字。今南曲止以前段作引子，詞家復就單調别名剪半，將法曲之被管絃者，漸不可詰矣。」

柳塘詞話曰：「一剪梅爲南劇引子，起句仄仄平平仄仄平是也，諸闋如劉克莊、蔣捷盡然。有用福唐體者，弇州効山谷爲之，其旨趣尚遜前人。何況今日，偶一游戲爲之可也。但第二字全用平粘則誤，王弇州道場山詞：『小籃輿踏道場山。坐裏青山。望裏青山。漸看紅日欲銜山。湖上青山。湖底青山。一灣斜抹是何山。道是何山。又問何山。姓何高士住何山。除却何山。更有何山。』近代吴惕菴東湖雜感云：『紅染青楓白露霏。江上鴻栖。城上烏栖。扁舟野客倒金巵。霜下花稀。月下星稀。舊事與亡嘆弈棋。顰也西施。笑也西施。英雄心事總成癡。俊殺鴟夷。惱殺鴟夷。』以此證之。」

釵頭鳳折紅英

樂府紀聞曰：陸放翁初娶唐氏，伉儷相得，弗獲於姑。陸出之，未忍絕，爲別館住焉。姑知而掩之，遂絕。後改適趙士程，春遊相遇於禹迹寺之沈園。唐語其夫爲致酒，放翁悵悵，賦此釵頭鳳云：「紅酥手。黄藤酒。滿城春色宮牆柳。東風惡。歡情薄。一懷愁緒，幾年離索。錯錯錯。　春如舊。人空瘦。淚痕紅浥鮫綃透。桃花落。閒池閣。山盟猶在，錦書難託。莫莫莫。」

古今詞譜曰：比摘紅英衹多三疊字句。

蝶戀花鳳棲梧　鵲踏枝　黄金縷　捲珠簾　一籮金

古今詞話曰：司馬槱在洛下，夢一美姝，搴帷歌云：「妾本錢塘江上住。花落花開，不管流年度。燕子銜將春色去。紗窗幾陣黄梅雨。」其曲曰黄金縷，蘇小小作也。爲秦少章道其事，續其後段。一林鐘商調曲也。

冷齋夜話，東坡詞云：「花褪殘紅青杏小。燕子飛時，綠水人家繞。枝上柳綿吹又少。天涯何處無芳草。　牆裏秋千牆外道。牆外行人，牆裏佳人笑。笑漸不聞聲漸悄。多情却被無情惱。」東坡過海南，諸姬惟朝雲隨行，日詠枝上柳綿二句，每到流淚。及病亟，猶不釋口也，東坡爲作西江月悼之。

蘇幕遮鬢雲鬆

柳塘詞話曰：蘇幕遮，古曲名。古今詞譜曰：般涉調曲。張説詩云：「摩遮本出海西胡。琉璃寶眼紫髯鬍。」楊慎曰：攴之卽舞回回也，宋人作蘇幕遮。註云，胡服，一云高昌女子所戴油帽。余見嶺南竹枝云：「碧油油衣蘇摩遮。盤旋嶺南不採花。紅豆亂糝去打鼓。少時聚頭來搏虎。」教坊記，有醉渾脱之稱，唐吕元濟上書，比見方邑，相率爲渾脱隊，駿馬胡服，名曰蘇幕遮，曲名取此。李白云：「公孫大娘渾脱舞」，卽此意，則一舞曲也。

沈雄曰：蘇幕遮，一名鬢雲鬆，范仲淹、周邦彦有此詞。今以陳黄門之鬢雲鬆證之：「冷風尖，清夢杳。柳蕩花飛，總爲愁顛倒。鈎絞斷腸無一了。細雨連天，排演黄昏早。繡原長，青塚小。重問幽泉，可照紅裳曉。地下傷春應不老。香魂依舊嬌芳草。」此三月十九日作，幾許悲涼，蓋詠清明也。

漁家傲水鼓子

東軒筆録曰：「希文守邊日，作漁家傲數首，皆以「塞上秋來風景異」爲首句。

古今詞譜曰：黄鍾宫曲，歐陽永叔在李端愿席上，作十二月水鼓子詞。王荆公記其三句云：「五綵新絲纏角糉。金盤送，生綃畫扇雙描鳳。」每問人索其全稿。

沈雄曰：按絶句衍義樂府水鼓子，卽「千年一遇聖明君」也，後衍爲漁家傲。永叔蓮詞，希文塞上詞無異。獨杜安世作，聲調少異，其詞曰：「疏雨纔收澹竚天。微雲綻處月嬋娟。寒雁一聲人正遠。添幽怨。那堪往事思量遍。誰道綢繆兩意堅。水萍風絮不相緣。舞鑑鸞腸虚寸斷。芳容變。好將憔悴教伊見。」杜詞以平仄韻參半耳。

瞿宗吉曰：楊復初築室南山，凌彥翀和其新句云：「喜來不涉邯鄲道。愁來不竄沙門島。」舊譜皆以仄仄平平平仄仄爲起句。楊復初更爲平平仄仄平平仄也。王荆公「平岸小橋千嶂抱」，周美成「幾日春陰寒惻惻」，謝無逸「秋水無痕清見底」，率皆從舊，二公以平粘易之耳。

定風波

古今詞譜曰：商調曲也，始於歐陽炯爲之。

苕溪漁隱曰：東坡云：余昔與張子野作六客詞，其卒章云：「盡道賢人聚吴分。試問。也應旁有老人星。」此定風波也。凡十五年，再過吴興，五人皆已亡矣。時張仲謀與曹子方、劉景文、蘇伯固、張秉道爲座客。仲謀作後六客詞云：「月滿苕溪照野堂。五星一老鬭光芒。十五年間真夢裏。何事。長庚對月獨淒涼。　緑髮蒼顏同一醉。還是。六人吟嘯水雲鄉。賓主談鋒誰得似。看取。曹劉今對兩蘇張。」

東皋雜録曰：「王定國自嶺南歸，出歌者柔奴，勸東坡酒。東坡問以廣南風土應是不好。柔奴曰：此心安處便爲鄉。東坡亦作定風波詞，其卒章云：「試問嶺南應不好，爲道，此心安處便爲鄉。」然最難湊泊者此調也，亦不過記事云爾。

喝火令

柳塘詞話曰：張泌江城子，原是單調兩首，故押兩情字。有謂不妨用重字者，遂引莊宗陽臺夢兩鳳字，山谷喝火令兩尋字爲據。數年欲辨其訛，鈔本不足證，因於藏書家，檢得舊本，乃知陽臺夢起句「薄羅衫子金泥鳳」，鳳字應作縫字。喝火令換頭「便愁雲雨又難尋」，尋字政無皈著。得見宋本詞云：「見晚情如舊，交疎分已深。舞時歌處動人心。煙水數年魂夢，無處可追尋。昨夜燈前見，重提漢上襟。便愁雲雨又難禁。曉也星稀，曉也月西沉。曉也雁行低度，不令寄芳音。」便知後尋字應作禁字，良覺穩貼，錄此以見余無改易之病。

行香子

柳塘詞話曰：世以張子野行香子三句，爲足拄齒頰，謂之「張三中」，即心中事、眼中淚、意中人也。却不知石次仲有三些字，如等些時、説些子、做些兒，言情之作，不塗脂粉。更不知劉改之有三欠字，如欠桃花、欠沙鳥、欠漁船，布景之什，無限風煙，只存乎其人耳。

按東坡以二韻事見行香子，秦、黃、張、晁，爲蘇門四學士，必命取密雲龍供茶，家人以此記之。廖明略晚登東坡之門，亦呼密雲龍，視之則一廖明略也。東坡爲賦行香子。又東坡約劉器之參玉版和尚，至簾泉寺，燒筍而食。劉問之，東坡指筍曰，此玉版僧最善説法。使人得禪悅味遂有「麯生禪，玉版局，一時參」之句，亦行香子也。

按東坡行香子三首，在淮南雲龍山上，記崇觀年號。其換頭四字句，兩句俱不用韻。如張子野「江空無畔，凌波何處」。石次仲「良辰美景，賞心樂事」。蓋法此也。至稼軒云：「拄杖彎環。過眼嵚巖。」改之云：「無限風煙。景趣天然。」則换頭四字兩句抑又用韻者矣，留此參之。

青玉案

古今詞譜曰：中吕宫曲，按過變第二句七字句之第六字，用平聲乃叶。六一詞「争似家山見桃李」，方回詞「彩筆空題斷腸句」，稼軒詞「笑靨盈盈暗香去」。以多者證之也。若梅溪之「被芳草，將愁去」，又是一法。

江尚質曰：余閲青玉案多矣，獨不能釋手於無名氏之社日也。如「今日江城春已半。一身猶在，亂山深處，寂寞溪橋畔」，後則云：「落日解鞍芳草岸。花無人戴，酒無人勸。醉也無人管。」遂爲絶唱。

天仙子

詞統曰：天仙子止以張子野「雲破月來花弄影」爲妙句，又謂其心與景會，落筆卽是，著意卽非者，正在可解不可解之間。子野曾對人曰：「雲破月來花弄影。」「嬌柔嬾起，簾壓捲（原誤倦。）花影。」「柳徑無人，墜飛絮無影。」人稱「三影」，此余所愜意者。

古今詞話曰：劉改之天仙子，游戲詞耳，惟「雪迷村店酒旗斜」爲佳句。豔異編曰：淳熙甲午，改之赴試，賦天仙子，過麻姑山下，使小僮歌以侑酒。夜有美媛，執拍來唱一詞，卽賡前調者，有云：「別酒未斟心已醉。忍聽陽關辭故里。」又云：「蔡邕博識爨桐聲，君抱負却如是，酒滿金杯來勸你。」改之與偕東，擢第後過臨江。道士熊若水密謂隨車女子非人也。改之具以告，道士作法使改之緊抱焉，則一琴也。爲趙知軍前葬麻姑山下，令焚之。

錦纏絆

樂府紀聞曰：建中靖國時，士人江衍，過慧應廟下，閽者拒曰，公與夫人方坐白雲障下按歌，客子無唐突也。尋呼衍問之，汝聞此歌否。衍曰，世間那得聞此。公曰，此黄鍾宫錦纏絆也。詞曰：「屈曲新隄，占斷滿林佳氣。畫簷兩行連雲際。亂山疊翠水迴環，岸邊樓閣，金碧遥相倚。柳陰低映，穠豔花光洵美。好昇平、爲誰初起。大都風物不由人，舊時荒壘，今日香煙地。」詞極尋常，留以記調，與錦纏道小異。

連理枝

江尚質曰：按尊前集，李白連理枝十二首，黄鍾宫曲也。詞家止收二首云：「雪蓋宫樓閉。羅幕昏金翠。鬬鴨闌干，香心澹薄，梅梢輕倚。噴寶猊香燼，紅綃翠被。」「淺畫雲垂帔。點滴昭陽淚。咫尺宸居，君恩斷絶，似遥千里。望水晶簾外，竹枝寒，守羊車未至。」唐詞最初都無换頭，今以太白兩首，疊作雙調者何故。後晏殊亦爲此調，始有换頭。然在劉過爲小桃紅，尚亦稍異。劉詞結句「畫行人愁外兩青山，與尊前離恨」，爲添三字，餘則皆同。

三莫子

曹秋嶽曰：唐宋未有是曲，元遺山錦機集中有二闋，傳是莫酒、莫穀、莫璧也。崔令欽教坊記，有莫璧子。元詞云：「悵韶華流轉，無計流連。行樂地，一淒然。笙歌寒食後，桃李惡風前。連環玉，迴文錦，兩纏緜。　芳塵未遠，幽意誰傳。千古恨，再生緣。閒衾香易冷，孤枕夢難圓。西窗雨，南樓月，夜如年。」

黃九煙曰：康熙甲寅元旦，有孿生男女墮地時，尚有聯合作歡狀，棄置冰雪中。沈雄詞以哀之。「趁春光遷變，一會顛連。生墮地，不昇天。並頭開雪裏，比翼落風前。合歡錦，聯環玉，短姻緣。　笑人薄倖，悵爾纏綿。空覿面，共偎肩。已辭香案遠，難續鏡臺圓。願同衾，長交頸，白頭年」。聊爲紀事，以見未免有情，亦復誰能遣此也。

千秋歲

詞品曰：少游謫虔州日作千秋歲云：「柳邊花外。城郭輕寒退。花影亂，鶯聲碎。飄零疎酒盞，離別寬衣帶。人不見，碧雲暮合空相對。」後人慕其「花影亂，鶯聲碎」句，建鶯花亭。覺範誦之，謂少游奇麗歌詠之想，見其神情在絳闕、蓬壺之間。

樂府紀聞曰：山谷嘗歎美少游末句「春去也，落紅萬點愁如海」，意欲和之，以海字難叶而止。覺範爲和其千秋歲以題崔徽真子云：「半身屏外。睡覺脣紅退。春思亂，芳心碎。空餘簪髻玉，不見流蘇帶。試與問，今人秀韻誰宜對。　湘浦曾同會。手引青羅蓋。疑是夢，今猶在。十分春易盡，一點情難改。多少事，却隨恨遠連雲海。」按崔徽河中府娼也，裴敬中與徽相從累月而歸。後徽寫真奉書，寄裴之友曰：

「爲妾謝敬中，崔徽一旦不及卷中人，且爲君死矣。」元稹爲之作歌。

柳塘詞話曰：賀方回卒章，全應玉軟花欹意態，竟不知爲俚鄙作俑，如「奴奴睡，奴奴睡也奴奴睡」，此倒入睡鄉，無語自語時光景也。家詞隱先生，采入紅蕖記。

隔浦蓮

强焕序曰：美成爲溧水令，民到於今稱之。强焕八十年後踵公舊治，既喜且媿。適觀隔浦之蓮，抑又思美成之詞，撫寫物態，曲盡其妙。暇日式燕佳賓，果以公詞爲冠云。「新篁摇動翠葆。曲徑通深窈。夏果收新脆，金丸落，驚飛鳥。濃靄迷岸草。蛙聲鬧。驟雨鳴池沼。水亭小。浮萍破處，簷花簾影顛倒。綸巾羽扇，醉卧北窗清曉。屏裏吴山夢自到。驚覺。依然身在江表。」

樂府解題曰：「大石調曲，一作有近拍二字，方千里、陸放翁俱有和詞，結用二字藏韻，如放翁云：「人靜，吹簫同過緱嶺」意。

師師令

沈雄曰：張子野贈妓李師師云：「香鈿寶珥。拂菱花如水。學妝皆道稱時宜，粉色有、天然春意。蜀綵衣裳勝未起。縱亂霞垂地。都城池苑誇桃李。問東風何似。不須回扇障清歌，唇一點、小於朱蕊。正值殘英和月墜。寄此情千里。」按東都遺事，李師師汴京角妓，道君微行幸之。秦觀贈以生查子，周美成贈以蘭陵王，是也。子野晚年多爲官妓作詞以此。

碧牡丹

蔣一葵曰：晏元獻爲京兆日，辟張子野爲通判。元獻屬意一侍兒，每子野來，必令歌子野詞以侑觴。王夫人出之，子野戲作碧牡丹一曲，自歌之，元獻爲之憮然，支俸錢贖之。一時碧牡丹曲盛傳焉。其詞云：「步障摇紅綺。曉月墮，沉煙砌。緩板香檀，唱徹伊家新製。怨入眉頭，歛黛峯横翠。芭蕉寒，雨聲碎。鏡華翳。閒照孤鸞戲。思量去時容易。鈿盒瑶釵，至今冷落輕棄。望極藍橋，但暮雲千里。幾重山，幾重水。」

風入松

古今詞話曰：于國寶於淳熙年，題一詞於斷橋酒家屏風上云：「一春常費買花錢。日日醉湖邊。玉驄慣識西湖路，驕嘶過、沽酒樓前。紅杏香中歌舞，緑楊影裏秋千。　暖風十里麗人天。花壓鬢雲偏。畫船載得春歸去，餘情付、湖水湖煙。明日重扶殘醉，來尋陌上花鈿。」光堯見之稱賞，讀至「明日重攜殘醉」，笑曰，此句不免酸寒。改攜字爲扶字，卽日予釋褐。

陳仲醇曰：柯九思博士，退居吴下，虞集以風入松寄之，如云：「報道先生歸也，杏花春雨江南。」一時傳誦，機坊以此織成錦帕云。

古今詞譜曰：雙調曲也。于太學第二句「日日醉湖邊」，用率然陣法，首尾相應。康伯可第二句「緑暗紅稀」，只四字句，其細情密致，勝人十倍。古樂府有風入松琴調，僧皎然有風入松歌行，惟此爲詞調耳。

紅林檎近

沿聞記曰：唐永徽中，王方言於河灘拾得小樹栽之，及長，乃林檎也。進於高宗，以爲朱柰，又名五色林檎。俗云蘋婆，此云相思，教坊有此曲名，隸雙調。

古今詞譜曰：調始於周美成云：「風雪驚初霽，水鄉增暮寒。樹杪墮毛羽，簷牙掛琅玕。」四句起似古風。方千里和之，結句則云：「歲華休作容易看。」句法當以結句之第六字爲仄字。

詩餘圖譜載詞：「高柳春纔軟，凍梅寒更香。暮雲助淸峭，玉塵散林塘。那堪飄風遞冷，故遣度幕穿窗。似欲料理新妝。呵手弄絲簧。　冷落詞賦客，蕭索水雲鄉。援毫授簡，風流猶憶東梁。望虛簷徐轉，迴廊未掃，夜長莫惜空酒觴。」此美成詞也，未知孰是。

驀山溪

詞品曰：葛魯卿一曲，詠天穿節郊社也。宋以前以正月二十日爲天穿節，相傳是日女媧氏補天，俗皆以煎餅置屋上。葛詞故有「春風野外，卵色天如水」句。

沈雄曰：此調第四句作七字折腰句，而平仄或異。如張于湖「煖紅爐、笑翻灰燼。占前頭。一番花信」。宋謙父「辦竹几、蒲團茗椀。更薄酒、三杯兩盞」。前此第三字俱平，而後此第三字俱仄也。杜伯高「早綠徧、江南千樹，有佳人、天高日暮」。只一調之前仄而後平也。黃山谷、程書舟、陸放翁、易彥祥皆然，當不必拘此。

此調落句上有三字句兩句，有全用押者，有第二句用押者，有全然可平可仄不用押者。如方千里「闌倚。簾半起。魂動斜陽裏。歌舞地。尊酒底。不羨東鄰美」。易彥祥「梨花雪，桃花雨。畢竟春誰主。吴姬唱，秦娥舞。拚醉青樓暮」。此全用押，與第二句用押之式也。餘人或上平而下仄，或上仄而下平，竟敢陡健耳，全與清真律不相似。

洞仙歌

蘇東坡曰：僕七歲時，見眉州老尼，自言嘗隨其師某入蜀主昶宮中。一夕主與花蕊夫人，避暑摩訶池上作詞，尼具能道之，今死久矣。僅得二句，暇日爲足成之，乃洞仙歌也。「冰肌玉骨，自清涼無汗。水殿風來暗香滿。繡簾開、一點明月窺人。人未寢、欹枕釵横鬢亂。起來攜素手，庭户無聲，時見疎星渡河漢。試問夜如何，夜已三更，金波澹、玉繩低轉。但屈指、西風幾時來，又不道、流年暗中偷换」。

徐萍村曰：按温叟詩話，楊元素作本事曲記，東坡洞仙歌成，而後爲士人寄調玉樓春，以誦全篇也。或傳玉樓春爲蜀主昶自製曲，若然，則東坡爲衍詞也，何以云足成之。

沈雄曰：第二句是空頭五字句，李元膺云：「放曉晴庭院」。陳亮云：「夢高唐人困。」辛棄疾云：「算其間能幾。」蔣捷云：「受東風調弄。」是一法也。但第四句體異，東坡云：「繡簾開，一點明月窺人。」晁无咎云：「露涼時，零亂多少寒螿」。陳亮云：「又簷花落處，滴碎空階。」已見一斑。而李邴詞則云：「自長亭人去後，煙草淒迷。」謝懋詞則云：「讓輕寒，和暝色，花柳難勝。」依稀分作三句，又是一法。若李元膺句則云：「更風流多處，一點梅心相映遠。約略顰輕笑淺。」又「向楚宮一夢，多少悲涼無處問，愁到而今未盡」。似添一韻而直接落句，在此調之要詳於辨者。又，換頭三句，自無變動。東坡云：「試問夜如何，夜已三更，金波澹玉繩低轉」。少游云：「別夜欲重來，杳杳銀河，空悵望，不勝凄斷。」亦自作七字折腰句。李邴則云：「記那回深院靜，簾幕低垂，花陰下，霎時留住。」謝懋則云：「念陽臺當日事，好伴雲來，因個甚，不入襄王夢裏。」似作三字兩句。李元膺則云：「到清明時候，百紫千紅，花正亂，已失春風一半。」不入字，已失字，俱襯字也。東坡卒章前一句云：「但屈指西風幾時來。」晁无咎云：「更攜取胡牀上南樓。」李邴云：「又只恐伊家忒疎狂。」李元膺云：「早占取韶光共追游。」盡作八字句，而結自易易耳。

離別難

樂府解題曰：「武后時，士人陷寃獄，其家配入掖庭，撰離別難，一名大郎神，一名悲切子，俱見教坊記。其詞即五言近體，唐詞紀中「此別難重陳，花飛復戀人」是也。白樂天七言近體云：「緑楊陌上送行人。馬去車回一望塵。不覺別時紅淚盡，歸來無可更霑巾。」乃離別難曲也。惟薛昭蘊一首爲長短句，詞家用之。

古今詞譜曰：「中呂宮曲，多隔韻叶者，且長調過變，亦作兩韻。況又有平仄韻，隨作，隨轉，隨叶，當警切而出之以響亮可也。

離别難詞云：「寶馬曉鞴雕鞍。羅幃乍別情難。那堪春景媚。送君千萬里。半妝珠翠落，露華寒。紅蠟燭，青絲曲，偏能勾引淚闌干。良夜促。香塵緑。魂欲迷。檀痕半斂愁低。未別心先咽，欲語情難說。出芳草，路東西。搖袖立。春風急。櫻花楊柳雨淒淒。」

魚游春水

唐詞紀曰：東都防河卒於濬汴日，得一石刻，有詞無調。摭詞中四字名之曰魚游春水。教坊倚聲歌之。「秦樓東風裏。燕子還來尋舊壘。餘寒猶峭，紅日薄侵羅綺。嫩草方抽碧玉簪，媚柳輕拂黃金縷。鶯囀上林，魚遊春水。幾曲闌干偏倚。又是一番新桃李。佳人應怪歸遲，梅妝淚洗。鳳簫聲絶無歸雁，望斷清波無雙鯉。雲山萬重，寸心千里。」凡八十九字，而風花鶯燕動植之物曲盡，此唐人語也。

滿江紅

古今詞譜曰：仙吕宫曲，教坊記有此名。唐人冥音録曰上江虹，即滿江紅，彭芳遠有平聲詞。

苕溪漁隱曰：一丘一壑，予將老焉。吕居仁所作滿江紅，能具道阿堵中事，每一歌之，未嘗不擊節也。

詞品曰：于湖玩鞭亭，晉明帝覘王敦營壘處，自温飛卿賦詩，張文潛賦于湖曲，張安國賦滿江紅，雖間雜温張語，而詞氣不在其下。嘗見安國大書其後，有乾道元年年號。

王清惠昭儀，隨謝全兩太后北行，題滿江紅於驛壁，傳播中原。文信國改其卒章，鄧中齋亦爲和之。有云：「空有琵琶傳出塞，更無環珮鳴歸月。」又「争知有客夜悲歌，壺敲缺。」

周篔谷曰：小令中調前後兩韻者頗有，獨辛稼軒滿江紅，亦用兩韻間雜，不可以訓後。今拈出其詞云：「浪蕊浮花，當不住，晚風吹了。微雨過，池塘飛絮，一簾晴晝。寂寂山光春似夢，依依草色薰如酒。近新來，怕上小紅樓，凭欄眺。心事阻，詩情少。東皇去，良辰杳。想故園閒趣，水村煙柳。此日鵑聲天不管，當年燕子人何有。歎江南、離别酒初醒，頻回首。」

六么令

沈雄曰：楊慎云：古之六博，卽今骰子也。晉謝艾傳，梟者邀也，六博得么者勝。卽骰子之么也。曲名六么序，義取六博之采。胡應麟曰：六朝盛用樗蒱，以五木爲之，其采曰盧、曰雉、曰捷、曰梟，其製如銀杏仁，僅二面。春秋演繁露攷甚詳，儼然遺制在目。初無么二三四五六等稱，以梟爲么者。且晉書謝艾無傳，附張重華傳中。碧雞漫志曰：六么名綠么。吐蕃傳曰：奏涼州、胡渭、綠腰雜曲。琵琶錄曰：綠腰，本錄要也，樂工進曲，令錄其要者。王仲初宮詞：「琵琶先採六么頭。」元微之琵琶歌：「逡巡彈得六么徹。」白樂天竹枝：「六么水調家家唱。」永叔詞：「六么催拍盞頻傳，貪看六么花十八。」於義何取乎。青箱記曰：曲有六么，卽霓裳羽衣曲。沈雄曰：按霓裳羽衣，黄鐘宮音，而六么令爲仙吕宮曲。清真集中「快風收雨」是也。晏小山「綠陰春盡」，辛稼軒「酒羣花隊」，實與霓裳羽衣殊絶，然則並非六博之義可知。詞有與六么調名無干者，如晏小山六么令詞：「綠陰春盡，飛絮遶香閣。晚來翠眉宮樣，巧把遠山學。一寸狂心未説。已向横波覺。畫簾遮匝。新翻曲妙，暗許閒人帶偷掐。前度書多隱語，意淺愁難答。昨夜詩有回文，韻險還慵押。都待笙歌散了，記取留時霎。不消紅蠟。閒雲歸後，月在庭花舊闌角。」

水調歌頭花犯念奴

古今詞譜曰：此不與豔詞同科者，仄韻即花犯念奴。琵琶詞東坡所製，公舊序云：歐陽公常問予琴詩，答以退之作。公曰：此最奇麗，然非聽琴，乃聽琵琶也。予深然之。建安章質夫家善琵琶者，乞爲歌調，特取退之詞，稍加檃括，使就聲律以遺之。

詞統曰：明月幾時有一詞，畫家大斧皴，書家劈窠體也。後有海瑤子一詞，「一葉飛何處，天地起西風」爲起句。「鐵笛一聲曉，喚起五湖龍」爲卒章。此豈胸中有煙火，筆下有纖塵者，所能彷彿其一二耶。且讀此老孏翁賦冰紈火布，錯列交陳，直令饞眼爲醉。

沈雄曰：東坡中秋詞，前段第三句作六字句，後段「不應有恨，何事長向別時圓」，又似四字七字句，詞品所謂語意參差也。稼軒席上作「何人爲我楚舞，聽我楚歌聲」與「人間萬事，毫髮常重泰山輕」類是。餘俱整肅，能使神宗讀至「惟恐瓊樓玉宇，高處不勝寒」，嘆曰：蘇軾終是愛君也。但前後六字句，「我欲乘風歸去」二句，「人有悲歡離合」二句，似有暗韻相叶，餘人失之。然每閱張于湖觀雨，辛稼軒觀雪，楊止濟登樓，無名氏望月，固不如東坡之作，陳西麓所以品其爲萬古一清風也。（按楊炎正字濟翁）

滿庭芳鎖陽臺　瀟湘夜雨

鐵圍山叢談云：「寒鴉飛數點，流水遶孤村」，隋煬帝語也，少游滿庭芳引用之云：「斜陽外，寒鴉數點，流水遶孤村。」

樂府紀聞曰：秦少游壻范元實時在席，妓問曰：「公解詞否？」范曰：「吾乃山抹微雲女壻也。」可見當時盛傳太虛此詞爲絶唱。

沈雄曰：滿庭芳，盡推少游之作。少游又有咏茶一首，傳者多訛，今爲正之云：「北苑龍團，江南鷹爪，萬里名動京關。碾輕羅細，瓊蕊暖生烟。一種風流臭味，如甘露，不染塵凡。纖纖捧，冰瓷瑩玉，金縷鷓鴣斑。」舊詞「北苑春風，方圭圓璧」，雖用故實而多庸腐。卽苦心作「碎身粉骨，功名合上凌煙」，亦是小家氣象。惟「尊俎風流戰勝，降春睡，開拓愁邊」一語差當。而「熬波濺乳」，實不及「冰瓷瑩玉」，更爲落句地也。況後段又用「搜攪胸中萬卷，還傾動，三峽詞源」乎。更爲紀之云：「相如方病酒，銀瓶蟹眼，波怒濤翻。爲扶起，尊前醉玉頽山。飲罷風生兩腋，醒魂到，明月輪邊。歸來晚，文君未寢，相對小粧殘。」

周勒山曰：相傳王嬌娘詞前有「臨風淚，拋成暮雨，猶向楚江頭」句。後有「須相憶，重尋舊約，休忘杜家秋」句。喁喁兒女語，不堪多讀。更閱徐君寶妻詞：「一旦刀兵齊舉，歌樓舞榭，風捲落花愁。」又「破鏡徐郎何在，斷魂千里，夜夜岳陽樓。」情死情生，天日爲之晦暝也。

小聖樂

江丹崖曰：錦機集載，都城外萬柳堂，廉野雲置酒，招盧疎齋、趙松雪同飮。時歌妓解語花者，左手折荷花，右手執盃行酒，歌小聖樂，詞云：「綠葉陰濃，徧池亭水閣，偏趁涼多。海榴初綻，朵朵蹙紅羅。乳燕雛鶯弄語，對高柳、鳴蟬相和。驟雨過，似瓊珠亂撒，打遍新荷。　人生百年有幾，念良辰美景，休放虛過。富貴前定，何用苦張羅。命友邀賓燕賞，飲芳醑、淺斟低歌。且酩酊，從教二輪，來往如梭。」此元遺山預爲製曲以教歌者也。

漢宮春

苕溪漁隱曰：晁叔用漢宮春詠梅「問玉堂何似，茅舍疏籬」，謂引用薛維翰「白玉堂前一樹梅」事。或云，玉堂瓊樹之玉堂非也。端伯雅編、玉林詞選，俱以爲李邴作，謬矣。政和年間，晁叔用以此曲獻蔡攸，攸呈父京，京善之曰：我於樂府得一人焉。即日除大晟府丞。詞云：「瀟灑江梅，向竹梢深處，橫兩三枝。東君也不愛惜，雪壓霜欺。無情燕子怕春寒，輕失花期。惟是有、南來歸雁，年年長見開時。　清淺小溪如練，問玉堂何似，茅舍疏籬。傷心故人去後，冷落新詩。微雲淡月，對孤芳，分付他誰。空自倚、清香未減，風流不在人知。」

燭影摇紅憶故人

能改齋漫録曰：王詵都尉，憶故人作，本名憶故人。徽宗喜其詞，猶以不豐容宛轉爲憾，遂令大晟府職別撰腔調。周邦彦增益其詞，以首句名之，爲燭影摇紅云。　古今詞譜曰大石調曲。

樂府紀聞曰：明州舒信道中丞第中，燈下見一女子，舉手代拍而歌者。詢之爲斤氏，每歌燭影摇紅曲，有云：「綠靜波光，淺寒先到芙蓉島。謝池幽夢屬才郎，幾度生春草。恨鑠橫波，遠山淺黛無人掃。」句亦婉麗，家人以其爲祟，延法士治之，則一池中物也。

梅墩詞話曰：近代芝麓龔宗伯有催粧詞云：「一撣芙蓉，閑情亂似春雲髮。凌波背立笑無聲，學見生人法。此夕歡娛幾許，喚新粧佯羞淺答。算來好夢，總爲今番，被他猜殺。」則已極此調之工豔矣。

帝臺春

堯山堂外紀曰：唐元宗賦春恨帝臺春，爲長調之佳者。如「飛絮亂紅，也似知人無氣力。謾倚偏危欄，儘黄昏，也只是暮雲凝碧。拚則而今已拚了，忘則怎生便忘得」。按元宗時，尚無此等婉孌極妍之語。及詞綜辯之，爲華亭李甲作，非元宗作也。李甲字景元，即訛爲中主李景之作，一如李重元憶王孫四首，便推爲後主詞矣。

聲聲慢

貴耳集曰：李易安詞，首下十四個疊字，乃公孫大娘舞劍法。本朝非乏能詞之士，未有下此十四個疊字者。蓋用文選諸賦格也，後「到黄昏點點滴滴」，又疊四字，而無斧鑿痕，婦人中有此，殆間氣也。詞云：「尋尋覓覓，冷冷清清，凄凄慘慘戚戚。乍煖還寒時候，最難將息。三杯兩盞淡酒，怎敵他晚來風急。雁過也，正傷心，却是舊時相識。滿地黄花堆積。憔悴損，如今有誰堪摘。守着窗兒，獨自怎生得黑。梧桐更兼細雨，到黄昏，點點滴滴。這次第，怎一個愁字了得。」

醉蓬萊

太平樂府曰：仁宗秋霽日宴禁中，太史奏老人星現，命詞臣各進樂章。柳永冀進用，作此詞。仁宗見首有漸字，似若不懌。讀至「宸游鳳輦何處」，乃與御制真宗挽詞暗合，仁宗慘然。又至「太液波翻」，曰，何不言「太液波澄」。投之於地。

古今詞譜曰：林鐘商調曲，呂聖求醉蓬萊詞，佳處不減少游。

醉翁操

古今詞譜曰：琴調曲也。東坡序曰：瑯琊山川奇麗，泉鳴空澗，若中音會。醉翁喜之，欣然忘歸。既去十餘年，而好奇之士沈遵聞之往游，以琴寫其聲曰醉翁操。節奏疎宕，而音韻和暢，知琴者以爲絶倫。然有其聲而無其詞，翁雖爲之作歌，與琴聲不合，又依楚辭作醉翁引。好事者亦倚其辭以製曲，粗合均度，而琴聲爲詞所繩縛，非大成也。後三十餘年，翁既捐館舍，遵亦歿久矣。有廬山玉澗道人，特妙於琴，恨此曲之無詞，乃譜其聲而請于東坡以補之。東坡遂援筆作此醉翁操琴曲云：「琅然。清圓。誰彈。響空山。無言。惟翁醉中知其天。月明風露娟娟，人未眠。荷蕢過山前。曰有心哉此賢。醉翁嘯咏，聲和流泉。醉翁去後，空有朝吟夜怨。山有時而童顛。水有時而回川。思翁無歲年。翁今爲昇仙。此意在人間。試聽徽外兩三絃。」沈雄曰：按前解卒章曰「有心哉此賢」，作泛音，怨字叶平聲。汪水雲謂，不若朝禽夜猿也，曾改之。但辛稼軒送范先之琴曲，抑又不同耳。

並蒂芙蓉

東京軼事曰：政和中，大晟樂府告成。蔡京以晁次膺薦於徽宗，乘驛赴闕。會禁中蓮生，異苞含趺，次膺屬詞以進，名並蒂芙蓉，徽宗覽之稱善。詞云：「太液波澄，向鏡中照影，芙蓉同蒂。千柄緑荷深，並丹臉争媚。天心眷臨聖日，殿宇分明獻嘉瑞，弄香嗅蕊。願君王，壽與南山齊比。池邊屢迴翠輦，擁羣仙醉賞，憑欄凝思。蕚緑攬飛瓊，共波上游戲。西風又看露下，更結雙雙新蓮子。鬬粧競美。問鴛鴦，向誰留意。」凡九十八字，大約一時應制，以淺俗取妍如此。

念奴嬌百字令　壺中天　大江東　酹江月　無俗念　淮甸春　赤壁謠　湘月

樂府解題曰：蘇長公以「大江東去」爲首句，名大江東。嘯餘譜中，有訛爲大江乘者。以「一尊還酹江月」爲卒章，名酹江月。中有公瑾小喬事，名赤壁謠。張輯訪高沙事蹟云「柳花淮甸春冷」，名淮甸春。詞品載，丘長春無俗念詠梨花，凌彥翀無俗念詠月。金人高夔又改爲大江西上曲，皆念奴嬌也。姜白石集中湘月註云：卽念奴嬌之鬲指聲也。詞品曰：「中流容與，畫橈不點清鏡」，從柳子厚「緑淨不可唾」之語翻出。至「暗柳蕭蕭，飛星冉冉，夜久知秋信」，寫之得其神矣。

古今詞譜曰：大石調曲，又列雙調。葉石林中秋一闋，獨用平韻，「萬頃波光雲陣捲，長笛吹破層陰。縹緲高城風露爽，獨倚危檻重臨」，亦卽大石調也。

太平樂府曰：淳熙三年，孝宗起居上皇賞月，命小劉妃取白玉笙，吹霓裳中序第一。曾覿進壺中天卒章云：「金甌千古無缺。」上皇喜曰：從來月詞，不曾用金甌事。賜賚無算。六年二月，又請西宮游聚景園，一日，車駕觀浙江潮，命內官進泛蘭舟曲，張掄進壺中天，有「一塵不動，四境無鳴柝」句，賜法錦數事。從官各賦酹江月，以吳琚詞爲第一。壺中天、酹江月，即念奴嬌。念奴，唐玄宗宮人名。

沈雄曰：調中語意參差，盡人各倚以爲法。曾覿詞：「素飈漾碧，看天衢，穩送一輪秋月。」吳琚詞：「玉虹遥掛，望青山，隱隱有如一抹。」劉僊詞：「西風何事，爲行人，掃蕩煩襟如洗。」此第二句以三字呼起，第三句遂接以六字句，是一法也。朱希真詞：「別離情緒，奈一番好景，一番悲戚。」仲殊詞：「水楓葉下，乍湖光清淺，涼生商素。」黄昇詞：「玉林何有，有一灣蓮沼，數間茅宇。」此第二句以四字句起，下遂似一襯字接去，作四字句兩句者，亦一法也。姚孝甯詞：「素娥睡起駕冰輪，碾破一天秋緑。」白玉蟾詞：「漢江北瀉下長淮，洗盡胸中今古。」劉克莊詞：「老夫白首尚兒嬉，廢圃一番料理。」此以七字句起，隨作六字叶者，又一法也。若如下文以七字句承去，即以六字句照應，不幾爲雙拽頭之病乎，審之，審之。按調中第三句作七字句，第四句作六字句，如「桂魄飛來光射處，冷浸一大秋碧」，「剗地東風欺客夢，一枕銀屏寒怯」，「流水飄香人去遠，難托春心脉脉」。若「木落山高，真個是一雨秋容新沐」，「緑水芙蓉，元帥與賓從風流濟濟」，即是「故壘西邊，人道是三國周郎赤壁」句，此語意參差，以上三字，可續下作九字句者。

按換頭亦有語意參差者，辛幼安云：「聞道綺陌東頭，行人長見，簾底纖纖月。」陳同甫云：「因笑王謝諸人，登高懷遠，也學英雄涕。」王子端云：「有夢不到長安，此心安穩，只有歸耕去。」第二作四字句，第三作五字句，過變直捷，亦一法也。黃山谷云：「年少從我追游，晚城幽徑，遶張園森木。」趙長卿云：「憔悴素臉朱唇，天寒日暮，倚闌干無力。」姜白石云：「誰解喚起湘靈，煙鬟霧袖，理哀絃鴻陣。」此以五字句作空頭句，亦一法也。杜伯高云：「當日萬騆雲屯，潮生潮落去，石頭孤峙。」趙鼎臣云：「惆悵送子南游，南樓依舊否，朱欄誰倚。」李漢老云：「誰念鶴髮仙翁，當年曾共賞，紫巖飛瀑。」第二作五字句，第三作四字句，亦一法也。若姚孝甯詞：「尊前須快瀉山頭鳴瀑。」劉後村云：「梅花差可伯仲之間耳。」似聯似斷，此卽東坡「小喬初嫁了，雄姿英發」意，此了字，與下「多情應笑我，早生華髮」之我字同參。

換巢鸞鳳

沈雄曰：史梅溪春情一闋，通首是簫韶韻，但前半是簫韶之平聲，而落句是簫韶之仄聲，後遂相沿，盡爲仄聲，則曲韻亦不可不知也。中句「花外語香，時透郎懷抱。暗握荑苗，乍嘗櫻顆，猶恨侵階芳草」。詞統謂醉心蘇魄之語，恐非生人所安也。

木蘭花慢

詞品曰：此調惟柳永得音調之正，蓋傾城，盈盈，歡情，二字句中有韻。近見吳激中秋詞，蔣捷咏冰詞，吳文英餞別詞，亦不失體。劉克莊、戴復古俱不盡然。錦機集中九首內二首兩處用韻，亦未爲全知者。柳永清明詞：「拆桐花爛漫乍疎雨、洗清明。正豔杏燒林，緗桃繡野，芳景如屏。傾城。盡尋勝去，驟雕鞍，紺幰出郊坰。風暖繁絲脆管，萬家齊奏新聲。盈盈。鬭草踏青。人豔冶、遞逢迎。向路傍，往往遺響墮珥，珠翠縱横。歡情。對佳麗地，任金罍竭玉山傾，拚却明朝永日，畫堂一枕春酲。」沈雄曰：陳參政詞，亦自慨切，與德祐太學生相似，第六六字句，改作「鄉心促日行萬里，幸此身生入玉門關」，多一日字。王士禄全步其韻而稍改正之，讀其「向風塵決計」，見其高致，但藏韻二字句，則又爲時例之所忽矣，奈何。

桂枝香 疎簾淡月

古今詞譜曰：仙吕宫曲，張輯欵乃集秋思章云：「疎簾淡月，照人無寐。」又名爲疎簾淡月。古今詞話曰：金陵懷古諸公，寄調于桂枝香者，凡三十餘家，獨介甫詞爲絶唱。東坡見之曰，此老乃野狐精也。「登臨送目。正故國晚秋，天氣初肅。千里澄江似練，翠峯如簇。征帆去棹斜陽裏，背西風，酒旗斜矗。綵舟雲淡，星河鷺起，畫圖難足。念往昔、豪華競逐。歎門外樓頭，悲恨相續。千古憑高對景，謾評榮辱。六朝舊事隨流水，但寒煙衰草凝緑。至今商女，時時猶唱，後庭遺曲。」

水龍吟 小樓連苑　海天闊處

曲洧舊聞曰：章質夫楊花詞，命意用事，瀟灑可喜。東坡和之，若豪放不入律吕，徐而視之，聲韻諧婉，反覺章詞有織綉工夫。東坡詞如毛嬙西子，淨洗却面，與天下婦人鬬好，餘人詎可比哉。

鶴林玉露曰：閭丘太守，致仕居蘇，東坡過之，必流連信宿。常自言，不游虎丘，不謁閭丘，乃二欠事。一日，出後房善吹笛者，名懿卿，佐酒，東坡作水龍吟，詠笛材以遺之。

沈雄曰：諸選騷體僅見二首，如東坡，稼軒之醉翁琴調者。蔣竹山效之，爲招落梅魂云：「醉兮瓊瀣浮觴些，招兮遣巫陽些。」又「月滿兮方塘些，叫雲兮笛凄涼些。歸來爲我重騎蛟背，寒鱗蒼些。」詞品謂其古豔，迥出穠纖之外。余謂奇矣，未見當行也。

按張世文水龍吟，起句本是六字，第二句本是七字。若放翁「摩訶池上追游路，紅綠參差較晚」，上七字，下六字，世文以此疑之。余閱章質夫「燕忙鶯懶芳殘」，與少游「小樓連苑橫空」不異。但質夫下句「正堤上柳花飛墜」，東坡下句「也無人惜從教墜」及「下窺繡轂雕鞍驟」，則又語意參差。又前段歇拍，三字句作兩句，如放翁之「争先占，新亭館」，不異少游。而質夫之「依前被風扶起」，則又語意參差。即據詞品之誤，皎月照，作一拍，人依舊，作一拍，尚有情致，似乎無礙。要必如歎春來只有，四字爲句，楊花和恨，四字爲句，向東風滿，四字爲結，方爲合調。然末句如作霜天曉，繫斜陽纜，枕秋蟾醉，與煙霞會，則又四字之空頭句也，今拈出正之。按詞品謂斷句皆有定數，語意所至，時有參差。如少游前段歇拍句云：「紅成陣，飛鴛甃。」换頭落句云：「念多情，但有當時皎月，照人依舊。」以詞意言，「念多情但有當時，皎月照人依舊」，作二句爲順。以詞調拍眼，「念多情但有當時」作一拍，「皎月照」作一拍，「人依舊」作一拍爲是。余竊怪之，如東坡楊花詞，舊本於「細看來不是楊花」爲句，「點點是離人淚」爲句，頗覺其順。後閱諸作，如章質夫、陸放翁等詞，應作三句。乃知「細看來不是」爲句，「楊花點點」爲句，「是離人淚」爲句。今取以證之，大似上句不了，接在下句者，下句或分别作二句者。而詞品所定少游詞，「皎月照」作一拍，「人依舊」作一拍，又大謬甚。余駁正之，當以「念多情但有」五字爲句，「當時皎月」

四字爲句，「照人依舊」爲句，是則合調耳。按張綎卒章：「望王孫，甚日歸來，除是車輪生角。」未爲知調者。只看東坡之「作霜天曉」，稼軒之「繫斜陽纜」，秋澗之「枕秋蟾醉」，玉林之「與煙霞會」，以多者證之如是。若劉後村之「做先生處士，一生一世，不論資考」，毛幵之「念素心空在，徂年易失，淚如鉛水」，則知六字句之兩句與三字句之兩句，不可破其斷句，而四字末句之空頭體，則又可嚴可不嚴也。

瑞鶴仙

沈雄曰：瑞鶴仙一調，六一、清真、伯可俱擅作手，而三家之長短句，各各不同，平仄聲亦不合。惟海瑤子一詞，與六一無異。若蔣捷之壽東軒，全仿騷體俱用也字，但高平調之曲律，漸不可問矣。梅墩詞話曰：康伯可上元應制詞：「風柔夜暖。花影亂。笑聲喧，鬧蛾兒成團打塊，簇著冠兒鬭轉。喜皇都舊日風光，太平再見。」壽皇喜此數句，甚念東京故事，賜賚無算。此正弇州所評，以進奉故，未免淺俗取妍也，然惟順齋老人能賦之。

喜遷鶯

花庵詞客曰：元豐中，蔡挺自西掖出鎮平陽，經數歲，作喜遷鶯詞播中都。上語呂丞相曰，蔡挺欲歸。遂以西掖召還。若康與之作，是媚竈之語，不足存也。吳禮之閏元夕一首，入草堂選本。詞統曰：史邦卿喜遷鶯，細心苦思，不幸有改之者。如「芳草漸侵裙幄」，則改爲「雙燕漸窺簾幕」。又鶯囀緑窗，也似來相約。粉壁題詩，香階走馬，争奈髩絲輸却」，又改爲「無奈緑窗，孤負敲碁約。錦瑟調絃，銀瓶索酒，年少也曾迷著」，不亦大損風韻也哉。此不可以我面爲子面者，終必爲識法者懼也。

永遇樂

古今詞譜曰：歇指調曲，東坡詞「燕子樓空，佳人何在，空鏁樓中燕」。晁无咎曰，三句説盡張建封事，即此調也。

貴耳集曰：易安南渡後，懷京洛舊事，作元宵詞「落日鎔金，暮雲合璧」，已自工緻。至「染柳煙輕，吹梅笛怨，春意知幾許」，氣象更好。後云：「於今憔悴，風鬟霧髩，怕見夜間出去。」皆以尋常語言，度入音律，鍊句精巧者易，平淡入妙者難。山谷謂以故爲新，以俗爲雅者，易安先得之矣。

春霽 秋霽

苕溪漁隱曰：秋霽一詞，卽是春霽，儼然胡浩然聲口，「孤鶩高飛，晚霞相映」，昔人已辨之。草堂刻本，尚添陳後主名，結句一樣有誰知得，固無論陳後主豈能逆知王勃文而倒用之，但互抄末句，有誰知得，是甚情思。

摸魚子 山鬼謡　雙蕖怨　陂塘柳

鶴林玉露曰：辛幼安摸魚子，詞意殊怨，「斜陽煙柳」之句，其與「未須愁日暮，天際乍輕盈」者異矣。使在漢唐時，寧不賈種荳種桃之禍哉。聞壽皇見之不懌，然終不加罪也。

元遺山自記曰：元好問遺山過并州，道逢捕雁者，一死一脱網去。其脱網者，盤空哀鳴，亦墮地死。好問以金贖得二雁，葬汾水旁，壘石爲識曰「雁丘」，好問作摸魚子以記之。

柳塘詞話曰：宋季高節，多有作摸魚子、買陂塘，旋栽楊柳。爲起句者。元時程鉅夫、盧摯，亦多和之，故又名陂塘柳。

賀新郎 金縷曲　乳燕飛　貂裘換酒

古今詞話曰：東坡守錢塘，湖中宴會，官奴秀蘭後至，東坡已怒之，坐中倅恚恨未已。時榴花盛開，秀蘭以一枝告倅，東坡作賀新涼以解之。後人誤爲賀新郎，蓋爲不得東坡意也。漁隱叢話曰：東坡「乳燕飛華屋」詞，托意高遠，冠絶古今，寧爲一妓而發。「簾外誰來推繡户，枉教人，夢斷瑶臺曲。又却是，風敲竹」。用古詩「捲簾風動竹，疑是故人來」之意。「穠豔一枝細看，千重似束」，（東坡原詞作穠豔一枝細看取，芳心千重似束。）初夏榴花盛開，因寫閨情，調本賀新郎。偶緣晚涼新浴云然，而反言其誤，詞話之可笑者若此，不可以無辨。

詞品曰：稼軒「緑樹聽啼鴂」一首，盡集許多怨事，全與太白擬恨賦相似。而玉林咏梅一首，用文句入音律而不酸，亦宋詞之體也。

張功甫有送陳退翁分教衡湘賀新郎詞。楊慎曰：此詞首尾變化，送教官而及陰山狂口，非善轉换不及此。末句「呼翠袖，爲君舞」，又能換回結煞，真有千鈞筆力。稼軒有「憑誰喚取，盈盈翠袖，揾英雄淚」。似之。

多麗緑頭鴨

詞統曰：多麗有平仄二韻，柳屯田賦之，詞調少異。卓人月曰，多麗，張均妓名，善琵琶者也。

胡元任曰：中秋詞自水調歌頭一出，餘詞盡廢。其後豈無佳詞，如晁次膺緑頭鴨殊爲清婉，尊俎間以其篇長憚唱，故無聞焉。

黄玉林曰：惟聶長孺於李良定席上，賦多麗詞，才情富贍矣。其「露洗華桐，煙霏細柳，緑陰摇曳，蕩春一色」，則又玉中之拱璧，珠中之夜光也。每一誦之，撫玩無斁。

楊用修曰：石次仲金谷遺音，有西湖晚一詞。按次仲於宋未著名，而清奇宕逸如此。此宋之填詞，猶晉之字，唐之詩，不必名家而皆可傳也。

哨遍

卓人月曰：般涉調曲，龜兹部語，於華言爲五聲。五聲羽聲也，羽於五音之次爲五。東坡、稼軒爲三疊詞。

東坡序曰：予於雪堂之上，同張毅夫語及哨遍，爲般涉羽音，居慢詞之最。毅夫喜拈是曲。予乃檃括歸去來辭，使就於聲律以遺之，毅夫爲之閣筆。

蘭陵王高冠軍

南濠詩話曰：蘭陵王入陣必先，言其勇也。按北齊史，高長恭破周師，勇冠三軍，封蘭陵王，一名高冠軍，見本傳。清真之作「應折柔條過千尺」，盡人以爲咏柳也，殊不知别李師師而作，更覺離愁在目。師師爲道君皇帝述之，遂傳遍都下。

辛稼軒蘭陵王紀夢自序云：已未八月，夜夢有人以石硯見餉，光潤如玉，中有一牛磨角作鬥狀。云湘潭里張難敵者，多力善鬥，與人搏偶敗，忿赴河死。三日浮水上，則牛耳。自後並水之山，往往有此石，或得之里中，輒不利。夢中爲作詩數言，皆取古之怨憤變化異物等事，覺而忘其詩，賦詞以識，亦此調也。

六州歌頭

古今詞譜曰：歌頭本大石調，六州歌頭，又鼓吹曲也。六州者：伊州、梁州、甘州、石州、胡渭州、氐州也。宋之大祀、大恤用此，良不與豔詞同科者。樂府多以興亡事實之，别有絶句體，不入教坊記。

詞律曰：宋李冠、劉仲芳詞，俱作二疊，辛稼軒詞作三疊，亦不甚異。

江尚質曰：張翥咏梅云：「孤山歲晚，石老樹嵯岈。逋仙去。誰爲主。自疎花。破冰芽。烏帽騎驢處。近修竹，侵荒蘚，知幾度。踏殘雪，趁晴霞。空谷佳人，獨耐朝寒峭，翠袖籠紗。甚江南江北，相憶夢魂賒。水遶雲遮。思無涯。又苔枝上，香痕沁，么鳳語，凍蜂衙。瀛嶼月，偏來照，影橫斜。瘦争些。好約尋芳客，問前度，那人家。重呼酒，摘瓊葩。插鬢鴉。喚起春嬌扶醉，休辜負，錦瑟年華。怕流芳不待，回首易風沙。吹斷城笳。」卓藥淵謂其有飛鴻戲海，舞鶴游天之勢，信然。

詞評目録

詞評上卷 唐　五代　宋

詞評下卷金　元　明　清

古今詞話

詞評上卷唐 五代 宋

李白

鄭樵通志曰：李白草堂集，白蜀人，草堂在蜀，懷故國也。菩薩蠻、憶秦娥二首爲百代詞曲之祖。尊前集曰：李白有連理枝，黄鍾宫曲。遏雲集曰：李白清平樂令應制四首，如禁庭春晝，禁闈秋夜，膾炙人口。楊慎曰：後二首無清逸氣，逸之。

張志和

樂府紀聞曰：張志和，自稱烟波釣徒，嘗謁顔真卿於湖州，願爲浮家泛宅，往來苕霅間，撰漁歌子詞。竹坡叢話曰：唐肅宗賜張志和奴名漁童，使捧釣收綸，蘆中鼓枻。婢名樵青，使蘇蘭薪桂，竹裏煎茶。賜號玄真子，屬和漁歌子者無算。羅湖野録曰：張志和，字子同，金華人，放浪江湖。其兄張松齡即以漁歌子招之云：「樂在風波釣是閒。

草堂松桂已勝攀。太湖水，洞庭山。風狂浪急且須還。」後家鶯脰湖旁仙去。吳人爲建望仙亭猶存。

韋應物

樂府紀聞曰：韋官左司郎中，歷蘇州刺史，曉音律。夜泊靈壁舟中，聞笛聲，謂酷似天寶梨園法曲，李謩所吹者。詢之爲李謩外甥許雲封也。韋授以李謩笛吹之，遂吹六州遍，一疊而裂。

唐詩紀事曰：韋蘇州性高潔，所在焚香掃地，惟顧況、皎然輩，得與唱酬。其小詞不多見。沈雄曰，今惟三臺令、轉應曲流傳耳。

劉禹錫

耆舊續聞曰：劉禹錫字夢得，太子賓客，累官蘇州刺史。李司空罷鎮日，慕其名招至之，出妓佐觴。劉賦「春風一曲杜韋娘，惱亂蘇州刺史腸」，司空呼妓歸之。竹枝最著。

竹枝敍曰：劉禹錫，中山人，貞元進士。在沅湘日，以里歌俚鄙，乃依騷人九歌，作竹枝九章，教里中兒，由是盛於貞元、元和之間。

白居易長慶集

唐詩紀事曰：白字樂天，自號香山居士。作詩每詢一老嫗，解則録之。以所業謁顧著作郎，因爲延譽，名大振。貞元中進士，出知杭州，以尚書致仕，有長慶集。

花庵詞客曰：白樂天長相思，望江南，綿麗可愛，非後世作者可及。花非花一首，又纏綿無盡。

王建

花庵詞客曰：王建字仲初，潁州人，大曆進士。以宮詞百首著名，三臺令、轉應曲，其餘技也。

徐昌圖

詞品曰：徐昌圖，唐人，木蘭花一詞，綿麗可愛。今人草堂之選，然莫知其爲唐人也。

古今詞話曰：尊前集有徐昌圖臨江仙、河傳二首，俱唐音也。按徐昌圖爲肅宗時進士，至宋太宗時，世次遥遥，而必欲屈之爲博士，以列於宋人，不可解也。或曰是兩人。

韓偓香匳集

唐詩紀事曰：韓字致堯，小字冬郎。父瞻，李義山同門也。偓常卽席爲詩相送，義山喜贈之，有「十歲裁詩走馬成」及「雛鳳清於老鳳聲」句。生查子二首，風致過人。

全芳備祖曰：韓冬郎浣溪沙，絶非和魯公之嫁名者，亦以香奩名詞。

温庭筠金荃集

北夢瑣言曰：温字飛卿，舊名岐。以「鷄聲茅店月，人跡板橋霜」句知名。才思敏捷，入試日，凡八叉手而八韻成，多爲鄰鋪假手。沈詢知貢舉，别施一席試之。或曰，潛救八人矣。有金荃集，蓋取其香而軟也。

樂府紀聞曰：唐宣宗愛唱菩薩蠻，令狐相公假温手撰二十闋以進。戒勿泄，而遽言於人。且曰，中書内坐將軍，以譏其無學也，由是疎之。宣宗一日微行，遇於逆旅，温不識而故爲傲語，謫爲方城尉，流落死。

和凝紅葉稿

花間集曰：和凝少時，好爲曲子，布於汴洛。洎入相，契丹號爲「曲子相公」。有集百卷，自鏤板以行世。識者非之曰，此顏之推所謂詅癡符也。

樂府紀聞曰：和成績每嫁名於韓偓，因在政府諱之也。又欲使人知之，乃作游藝集，敍曰：予有香奩、贏金，不傳於世。

孫光憲橘齋詞

花間集曰：孫字葆光，蜀之資州人。爲荆南高從誨記室，後官祕書。兵戈之際，以金帛購書數萬卷，著北夢瑣言。詞見橘齋、蓉湖諸集。

孫巨源曰：小詞有絶無含蓄，自爾入妙者，孫葆光之浣溪沙也。

花庵詞客曰：孫葆光「一庭花雨溼春愁」，佳句也。

韋莊浣花集

樂府紀聞曰：韋莊字端己，著秦婦吟，稱爲「秦婦吟秀才」。舉乾寧進士，以才名寓蜀。蜀主建羈縻之，奪其姬之善詞翰者入宮。因作謁金門「空相憶，無計得傳消息」云。後相蜀，有浣花集。

堯山堂外紀曰：韋端己思舊姬，復作荷葉杯、小重山二闋。流傳入宮，姬聞之，不食死。

牛嶠

古今詞話曰：牛嶠字松卿，乾符中進士，事蜀爲給事中。其楊柳枝詞「不忿錢塘蘇小小，引郎松下結同心」，見推於時。

姜堯章曰：牛嶠望江南，一咏燕，一咏鴛鴦，是咏物而不滯於物者也，詞家當法此。

陸放翁曰：牛嶠定西番爲塞下曲，望江怨爲閨中曲，是盛唐遺音。及讀其「翠娥愁，不抬頭」、「莫信彩箋書裏，賺人腸斷字」，則又刻細似晚唐矣。

顧敻

堯山堂外紀曰：「蜀通正初，敻爲內直小臣。命作亡命山澤賦，有「到處不生草」句，一時笑傳。後官太尉，小詞特工。

蓉城集曰：顧太尉訴衷情曲：「換我心爲你心，始知相憶深。」雖爲透骨情語，已開柳七一派。

歐陽炯

堯山堂外紀曰：炯事孟蜀後主，時號五鬼之一。曾約同僚納涼於寺，寺僧可朋作耘田鼓歌以刺之，遂撤飲。炯始作三字令。歐陽彬作生查子者，其弟也。

蓉城集曰：歐陽炯首敍花間集者，每言愁苦之音易好，歡愉之語難工。其詞大抵婉約輕和，不欲强作愁思者也。

馮延巳陽春集

樂府紀聞曰：馮延巳字正中，廣陵人。唐元宗以優待藩邸舊僚，自記室至中書侍郎入相。詞最富，有陽春集。

蓉城集曰：「宮瓦數行曉日，龍旂百尺春風」，殊有元和氣象。陽春詞尚饒蘊藉，堪與李氏齊驅。

柳塘詞話曰：陳世修云：馮公樂府思深語麗，韻逸調新，有雜入六一集中者。余謂其多至百首，黄山谷、陳後山猶以庸濫目之。然諸家駢金儷玉，而陽春詞爲言情之作。

張泌

才調集曰：江南張泌字子澄，爲李後主內史。以江城子二闋得名。國亡仕宋，與錢俶謚議，泌每奏駁其人。少與鄰女浣衣善，經年不見，夜必夢之。女別字，泌寄以詩云：「多情只有春庭月，猶爲情人照落花。」浣衣流淚而已。

花間集曰：子澄時有幽艷語，「露濃香泛小庭花」是也。時遂有以浣溪沙爲小庭花者。

皇甫松

花庵詞客曰：皇甫松爲牛僧孺甥。以天仙子著名，終不若摘得新二首，爲有達觀之見。

元遺山曰：皇甫以竹枝、采蓮排調擅長，而才名遠遜諸人。花間集亦止小令短歌耳。

牛希濟

堯山堂外紀曰：希濟，嶠兄子，仕蜀王衍爲中丞。同光三年降唐，唐主令蜀舊臣王鍇等賦詩。希濟作一律云：「滿朝文武欲朝天。不覺鄰師犯塞煙。唐主再懸新日月，國王還却舊山川。非關將相扶持拙，自是君臣數盡年。古往今來亦如此，幾曾歡笑幾潸然。」唐主曰：希濟不忘忠孝也，賜緞百。詞亦富贍，載花間集。

仇山村曰：牛公臨江仙，芊綿温麗極矣，自有憑弔凄愴之意，得咏史體裁。

尹鶚

張玉田曰：後唐尹鶚，官參卿，其詞以明淺動人，以簡淨成句者也。

古今詞話曰：尹鶚秋夜月，頗覺遵古，而非正賞之音。杏園芳，更多頹唐之句。

柳塘詞話曰：「尹鶚杏園芳第二句『教人見了關情』，末句『何時休遣夢相縈』，遂開柳屯田俳調。再檢臨江仙云：『西窗鄉夢等閒成。逡巡覺後，特地恨難平。』又『昔年於此伴蕭娘。相偎竚立，牽惹敍衷腸』流遞於後，令作者不能爲懷，豈必曰花間、尊前句皆婉麗也。

魏承班

元遺山曰：「魏承班俱爲言情之作，大旨明淨，不更苦心刻意，以競勝者。」

柳塘詞話曰：「魏承班詞，較南唐諸公，更淡而近，更寬而盡，盡人喜效爲之。愚按：『相見綺筵時，深情暗共知。』難話此時心，梁燕雙來去』，亦爲弄姿無限，只是一腔摹出。至『好天涼月盡傷心』，『爲是玉郎長不見，少年何事負初心』，『淚滴縷金雙衽』，有故意求盡之病。

毛熙震

齊東野語曰：「蜀人毛熙震，官祕書監，其集止二十餘調，中多新警而不爲猥薄者也。」

柳塘詞話曰：「毛熙震詞：『象梳欹鬢月生雲，玉纖時急繡裙腰。曉花微斂輕呵展，裊釵金燕軟。』不止以濃艷見長也，卒章情致尤爲可愛。其後庭花云：『傷心一片如珪月，閒鎖宮闕。』清平樂云：『正是銷魂時候，東風滿院花飛。』南歌子云：『嬌羞愛問曲中名，楊柳杏花時節幾多情。』試問今人弄筆，能出一頭地否。

毛文錫

古今詞話曰：文錫詞大致勻淨，不及熙震。其所撰紗窗恨可歌也。

葉石林曰：毛詞以質直爲情致，殊不知流於率露，致令諸人之評庸陋詞者，必曰，此乃仿毛文錫之贊成功不及者乎。逮覽其全集，而咏其巫山一段雲，其細心微詣，真造蓬萊頂上。

李珣瓊瑶集

茅亭客話曰：梓州李珣，其先波斯人，事蜀主衍。妹爲衍昭儀，亦能詞，有「鴛鴦瓦下忽然聲」句。珣有詩名，秀才預賓貢，國亡不仕，有感慨之音。

周草窗曰：李珣輩俱蜀人，各製南鄉子數首以誌風土，竹枝體也。

鹿虔扆

樂府紀聞曰：鹿爲永泰軍節度使。初讀書古祠，見畫壁有周公輔成王像，期以此見志。國亡不仕，詞多感歎之語。

倪元鎮曰：鹿公高節，偶爾寄情倚聲，而曲折盡變，有無限感慨淋漓處。

歐陽修六一詞

名臣録曰：仁宗景祐中，歐陽脩爲館閣校理。兩宮之隙，奏事簾前，復主濮議，舉朝倚重。後知貢舉，爲下第劉煇等所忌，以醉蓬萊、望江南誣之。

樂府紀聞曰：歐陽永叔中歲居潁日，自以集古一千卷，藏書一萬卷，琴一張，碁一局，酒一壺，公以一翁老於五物間，稱六一居士，有六一詞。

羅泌序曰：公常致意於詩，温柔敦厚，詩教也，所得多矣。吟咏之餘，溢爲詞章，平山堂集盛傳於世。公所作在三上者，枕上，馬上，廁上也。

堯山堂外紀曰：錢惟演宴客後園，一官妓與永叔後至，妓對以失釵故。錢曰，乞得歐陽推官一詞，當即償汝。永叔卽席云：「柳外輕陰池上雨，雨聲滴碎荷聲。小樓西角斷虹明。闌干倚遍，留待月華生。燕子飛來棲畫棟，玉鈎垂下簾旌。凉波不動簟文平。水晶雙枕，旁有墮釵横。」清綺自好，非不作艷詞者。

西清詩話曰：歐陽詞之淺近者，謂是劉煇僞作。又云：元豐中，崔公度跋馮正中陽春録，其間有入六一詞者。今柳三變詞，亦有雜入平山堂集者，則浮艷者皆非公作也。

錢惟演擁麾集

錢惟演字希聖，吴越王俶之子。歸宋後，爲中書門下平章事，坐擅議宗廟，且與后通婚，落爲崇信軍節度使。耑意小詞，卒謚思，有擁麾集。其越江吟、浣溪沙，不愧唐人也。

侍兒小名録曰：錢思公謫漢東日，撰玉樓春曰：「城上風光鶯語亂。城下煙波春拍岸。緑楊芳草幾時休，淚眼愁腸先已斷。　情懷漸覺成衰晚。鸞鏡朱顔驚暗换。昔年多病厭芳尊，今日芳尊惟恐淺。」酒闌歌之，必泣下。後閤有白髮歌姬，乃舊日鄧王舞鬟驚鴻也，據言先王將薨，預戒挽鐸中，歌木蘭花引紼爲送，今相公其將危乎。果卒。

寇準巴東集

名臣録曰：寇準爲真宗朝宰相，封萊公。爲丁謂所搆，乾興初，貶雷州司户，有巴東集。

詞品曰：萊公小詞數首，率皆清麗，如江南春、陽關引、阿那曲，作詞不愧唐人。

石延年捫蝨庵詞

古今仙鑑曰：石曼卿，真宗朝學士，生平遺落世事。死後有見之者，曰，我今爲仙，主芙蓉城。其捫蝨庵長短句，少有流傳者。

堯山堂外紀曰：曼卿通守朐山，遣人以泥封桃李核，彈之巖竹中，嗣後花開滿山。又嘗攜妓石室間，鳴絃爲冰車鐵馬之聲。後黨竹谿爲詞以弔之云：「鐵馬冰車斷遺響，林花石室自春風。芙蓉城闕五雲中。」

范仲淹文正集

東軒筆録曰：仁宗朝，范希文守邊作漁家傲數首，皆以「塞上秋來風景異」爲起句，述邊鎮之苦。歐陽公嘗呼爲窮塞主之詞。

晏殊珠玉詞

名臣録曰：晏同叔爲仁宗朝宰相，卒謚元獻。常興建學校，爲諸生倡，延范仲淹教授生徒，薦爲館閣校理。詞名珠玉集，張子野爲之序。

劉貢父曰：元獻喜馮延巳詞，其所作不減延巳。

晏幾道小山詞

黄山谷曰：晏叔原樂府，寓以詩人句法，精壯頓挫，能動搖人心。合者高唐、洛神之流，下者不減桃葉、團扇云。晏字叔原，元獻幼子，有小山詞。

晁无咎曰：叔原不蹈襲人語，風度閒雅，自是一家。如「舞低楊柳樓心月，歌罷桃花扇底風」，乃知此人，必不生於三家村中者。

程叔徹曰：伊川聞誦叔原詞「夢魂慣得無拘鎖，又逐楊花過謝橋」。乃笑曰：鬼語也。意頗賞之。陳質齋曰：叔原詞在諸名勝中，獨可追逼花間，高處或過之。

王琪謫仙長短句

苕溪漁隱曰：王琪字君玉，仁宗朝翰林。晏元獻赴杭，道過維揚，憩大明寺，瞑目徐行，使吏誦壁間詩版，戒勿言爵里姓名，終篇者無幾。別誦一詩，問之，江都王琪也。召之同游池上，時春晚已有落花，元獻曰，每得句書壁，或彌年未嘗强對，且如「無可奈何花落去」，至今未有。王琪應聲曰：「似曾相識燕歸來」何如，元獻大喜，由此辟置館職。陳輔之曰：君玉有望江南詞十首，自謂謫仙。王荆公酷愛其「紅綃香潤入梅天」句。

韓琦安陽集

吴虎臣曰：韓稚圭於皇祐中，鎮揚州，撰維揚好四章。所謂「二十四橋千步柳，春風十里上珠簾」者是也。復作安陽好，卽望江南也。後罷相，出鎮安陽，有安陽集。

宋祁出麾集

宋子京爲天聖中翰林，以賦采侯，中博學宏詞科第一。每夕臨文，必使麗豎燃椽燭，此張先所稱「紅杏枝頭春意鬧」尚書也。

李端叔曰：宋景文以餘力游戲，而風流閒雅，超出意表，有出麾集。

孫洙

廣陵志曰：孫洙字巨源，元豐中以策論具陳治本，韓琦曰，今之賈誼也。擢翰林，與太尉李端愿往來尤數。李方納姬之善琵琶者，會宣召者至其家，踪跡得之。公飲不肯去，而迫於命。有菩薩蠻「上馬苦忽忽，琵琶曲未終」句。

藝林學山曰：孫巨源死後，其詞爲叔原所奪。

王安石臨川詞王安禮　王安國　王雱

古今詞話曰：金陵懷古，諸公寄調於桂枝香者，三十餘家，獨介甫爲絕唱。東坡見之歎曰：此老乃野狐精也。東坡羨服之語，非引用劉璽遇狐故事。

沈雄曰：介甫弟和甫，名安禮，有瀟湘逢故人慢云：「引多少夢魂歸，結洞庭雨棹烟蓑。」弟平甫，名安國，有減字木蘭花云：「簾裏餘香馬上聞。」子雱，字元澤，有心疾。妻獨居小樓事佛，介甫憐而嫁之，雱作眼兒媚詞。或議元澤不能詞，及援筆作倦尋芳，「恨被榆錢，買斷兩眉長皺」，人不能及也。

張先安陸詞

吳興張先，字子野，天聖中進士，爲都官郎中，有安陸集。

樂府紀聞：客謂子野曰，人咸目公爲「張三中」，心中事，眼中淚，意中人也。子野曰：何不謂之「張三影」，客不喻。子野曰：「雲破月來花弄影」、「嬌柔懶起，簾壓卷花影」、「柳徑無人，墜飛絮無影」。此平生得意者。

李端叔曰：子野詞，才不足而情有餘。

蘇軾東坡詞蘇過　蘇伯固

樂府紀聞曰：東坡知潁州時，月下梅花盛開。王夫人曰：「春月色勝如秋月色，何如召德麟輩，飲于花下。」東坡喜曰：「誰謂夫人不能詩，此真詩家語也。」作減字木蘭花以紀之。「輕風薄霧。都是少年行樂處。不似秋光。只共離人照斷腸」。

堯山堂外紀曰：東坡備歷危險，中秋作水調歌頭以懷子由。神宗讀至「惟恐瓊樓玉宇，高處不勝寒」，乃云：蘇軾終是愛君。量移汝州。

太平樂府曰：東坡貶惠州歸，晁以道見公「海山時遣探芳叢，倒掛綠毛么鳳」，便道，此老須得過海，只爲古今人不能道及，應罰教去。

陸放翁曰：世言東坡不能歌，故所作樂府或不協。晁以道謂，紹興初，與東坡別，東坡酒酣，自歌古陽關曲，則公非不能歌者。

晁无咎曰：謂東坡詞多不諧聲律，但其才橫放傑出，自是曲子中縛不住耳。如取東坡詞歌之，終覺天風海雨逼人。

陳無己曰：東坡以詩爲詞，如教坊雷大使之舞，雖極天下之工，要非本色。

胡致堂曰：詞至東坡，一洗綺羅香澤之態，擺脱綢繆宛轉之度，使人登高望遠，舉首浩歌，超乎塵垢之外。於是花間爲皂隸，而柳氏爲輿臺矣。

詞品曰：蘇過，字叔黨，坡公少子，所著詞，人以小坡目之，有斜川集。常以山芋作玉糝羹進公，公喜而爲詩。坡公有送伯固兄還吴詩，伯固字養直，其鷓鴣天有「醉眠小塢黄茅店，夢倚高城赤葉樓」，佳句也。其「屬玉雙飛水滿塘」，坡公常語人曰：我家蘇養直。

柳永樂章集

古今詞話曰：柳永初名三變，景祐中進士。樂章集中，多增至二百餘調，按宫商爲之。

吴虎臣曰：柳三變淫冶曲調，傳播四方。常候榜作鶴冲天詞云：「忍把浮名，换了淺斟低唱。」及下第，仁宗曰：「此人風前月下，好去淺斟低唱，且填詞去。」三變由此自稱奉旨填詞。

葉少藴曰：嘗見一西夏歸朝官云：凡有井水飲處即能歌柳詞。

陳質齋曰：柳詞格不高，而音律諧緩，詞意妥帖，承平氣象，形容曲盡，尤工於羈旅行役。

李端叔曰，耆卿詞鋪敍展衍，備足無餘，較之花間所集，韻終不勝。

黄庭堅山谷詞 黄知命　徐俯

黄庭堅，字魯直，分寧人，元祐初進士，官起居舍人，有山谷詞。

柳塘詞話曰：魯直少時，使酒玩世，喜作詞。法雲秀誡之曰：筆墨勸淫，乃欲墮泥犂中耶。魯直曰：空中語也。後以桂香無隱，因緣有省，居官一如浮屠法。間作小詞，絶不似桃葉、團扇闘妖麗者。

耆舊續聞曰：崇寧四年重九，山谷在宜城郡樓，聽邊人私語，今當鏖戰取封侯耳。因作南鄉子，有「花向老人頭上笑，羞羞，白髮簪花不解愁」，倚闌高歌，若不能堪。是月三十日果不起。有弟知命，字元明，有甥徐俯，字師川，俱能詞。

秦觀淮海詞秦湛　范元實

樂府紀聞曰：秦少游登第後，蘇軾薦爲博士。坐黨禁，徽宗放還，卒於藤州，有淮海詞。

藝苑雌黄曰：程公闢守會稽，少游客焉。館之蓬萊閣，席上不能忘情，所謂「多少蓬萊舊事，空回首烟靄紛紛」，極爲東坡所賞。

晁无咎曰：比來作者皆不及少游，如「斜陽外，寒鴉數點，流水遶孤村」。雖不識字人，亦知爲天生好語也。

冷齋夜話曰：少游既謫方歸，嘗於夢中作好事近，有云：「醉卧古藤陰下，杳不知南北。」果至藤州，方醉起，以玉盂汲泉，笑視而化。

柳塘詞話曰：少游有子處度，名湛，亦多好詞，山谷極稱賞之。如「藕葉清香勝花氣」，一時盛傳之句。

樂府紀聞曰：范元實常在歌舞之席，端重不言。妓問，公解詞否，范笑曰：吾山抹微雲壻也。草堂有選其詞者。

張耒宛丘詞

張耒字文潛，淮陽人，官起居舍人，蘇門四學士之一，有宛丘集。

堯山堂外紀曰：張文潛十七歲作函關賦，從東坡游。元祐中，祕閣上巳集西池，張耒咏云：「翠浪無聲黃繖動，春風無力綵旌垂。」少游云：「簾幕千家綿繡垂。」同人笑曰：又將入小石調也。因文潛作大石調風流子故云。

毛滂東堂詞

古今詞話曰：毛滂字澤民，爲武康縣令，更葺廨舍。自言庭院蕭然，饒食晏眠無所事，於東堂之上作蓦山溪以見意，有東堂集。

柯寓匏曰：澤民詩「酒濃香入夢，窗破月尋人」，真詞家佳境也。初爲杭州法曹掾，爲東坡延譽，以此得名。

程垓書舟詞

詞品曰：程垓，字正伯，眉山人，東坡中表之戚也。其酷相思、四代好、折紅英皆佳，故盛以詞名。獨尚書尤公以爲正伯之文過於詞。（案程垓南宋人，非東坡之中表。）

梅墩詞話曰：「沉水熨香年似日，薄雲垂帳夏如秋」，書舟佳句也。

陳師道後山集

堯山堂外紀曰：陳師道，字無己，徐州人，蘇軾薦爲太學博士。一生清苦，每枕上覓句。從上郊祀，天寒，或假以錦裘衣之。問所由來，擲之於地，得寒疾不起。有後山集。

苕溪漁隱曰：後山自謂他文未能及人，獨於詞不減秦七、黄九，其自矜如此。

王履道初寮集

古今詞話曰：安中名履道，宣和四年翰林，始爲東坡門下士。金人來歸，授慶遠節度使。郭藥師將叛，求召還。紹興初復附蔡京。有初寮集。

花庵詞客曰：王履道詞有「椽燭垂珠清漏長。庭留春筍綴飛觴。翠霧縈紆消篆印。箏聲恰度秋鴻陣」。知名當世。

賀鑄東山樂府

堯山堂外紀曰：方回少爲武弁，以定力寺一絶句，見奇於舒王，知名當世。詩文咸高古可法，不特工於長短句。

張文潛曰：賀鑄東山樂府，妙絶一世，盛麗如游金張之堂，妖冶如攬西施之袪，幽索如屈宋，悲壯如蘇李。

柳塘詞話曰：方回小築，在吾蘇之横塘。作青玉案詞，卽黄山谷贈以詩云：「解道江南腸斷句，只今惟有賀方回。」其爲前輩推重可知。因詞中有「梅子黄時雨」，人呼爲「賀梅子」。

晁補之鷄肋詞

柳塘詞話曰：鉅野晁无咎，登元祐進士，通判揚州。名鷄肋詞，又稱濟北詞人。晁補之嘗自銘其墓，名逃禪詞。與魯直、文潛、少游爲蘇門四學士。若晁次膺，其十二叔也。无斁，其八弟也。（按楊无咎有逃禪詞）花庵詞客曰：无咎自言今代作者，秦七、黄九耳。兩公詞亦不同，若无咎亦未必多遜也。

晁端禮閒適詞

晁字次膺，崇寧中擢第，宣和間充大晟協律，與万俟雅言按月律進詞。能改齋漫録曰：政和癸巳，大晟樂府告成。蔡元長薦次膺赴闕下，會禁中嘉蓮生，進並蒂芙蓉詞稱善。

晁冲之具茨集

晁冲之，字叔用，政和間，作漢宫春詠梅，獻蔡攸。攸以此詞進父京，京曰，今日於樂府中得一人焉。因其一詞，以大晟府丞用之。

花庵詞客曰：沖之鉅野人，其感皇恩二曲最工。

聶冠卿蘄春集

新安志曰：聶字長孺，慶曆中學士，以詞著名，率多慢詞，有蘄春集。

漁隱叢話曰：聶冠卿於李良定席上，賦綠頭鴨，所謂中秋詞自東坡水調歌頭而外，餘詞盡廢，惟此稱善。

石孝友金谷遺音

楊慎曰：石孝友字次仲，其作多麗一詞，「西湖晚起」句，後人多和之。次仲在宋，不甚著名，而清奇宕逸如此。是則宋之填詞，晉之字，唐之詩，不必名家而皆工也。有金谷遺音一卷。

毛幵樵隱詞

毛幵字平仲，三衢人，尚書毛友之子，有樵隱詞一卷。

楊慎曰：毛幵小詞，惟滿江紅一首爲佳。

洪适盤洲詞

柳塘詞話曰：洪字景伯，中博學宏詞科。其生查子春情、好事近別情，出人意表，時遂有批抹之者。生查子起句：「桃疎蝶惜香，柳困鶯銜絮。」真爲蕪累。其下「日影過簾旌，多少閒愁緒。春色似行人，無意花間住」，人所不及也。盤洲詞大率類此。

黄玉林曰：通叟風流楚楚，詞林中之佳公子，世謂耆卿，工爲浮豔之詞，考之此集，得名冠柳，豈偶然哉。

王觀冠柳集

陳質齋曰：逐客詞格不高，以冠柳自名，概可知矣。

古今詞話曰：觀字通叟，官學士。宣仁太后以觀應制詞近褻，謫之於外，稱逐客。其慶清朝慢可歌也。

王詵

西清詩話曰：都尉王晉卿歌姬，名囀春鶯。得罪外謫，姬爲密縣人所得。晉卿南還，汝陰道中，聞歌聲曰，此囀春鶯也。訪之果然。賦詩云：「佳人已屬沙吒利，義士曾無古押衙。」有足成之者云：「回首音塵兩沉絶，春鶯休囀上林花。」尋劫得之，歸于晉卿。晉卿有人月圓、燭影摇紅、花發沁園春諸調。

黄魯直曰：晉卿樂府清麗幽遠，工在江南諸賢季孟之間。

謝逸溪堂詞 謝邁

謝逸字無逸，臨川進士，有溪堂詞。

復齋漫録曰：臨川謝無逸，嘗過黄州杏花村館，題江神子於驛壁。過者索筆於館卒，卒苦之，因以泥塗焉。其爲人所賞重可知。

柳塘詞話曰：無逸弟邁，字幼槃，有竹友詞。但見贈弈妓宋瑤減字木蘭花云：「風篁度曲。倦倚銀屏初睡足。清簟疎簾。金鴨香消懶去添。纖纖露玉。風雹縱橫飛鈿局。頻歛雙蛾。凝竚無言密意多。」

万俟雅言大聲集

雅言號詞隱，崇寧中，充大晟府制撰，與晁次膺按月律進詞。大聲集五卷，周美成序之。花庵詞客曰：雅言之詞，詞之聖者也。發妙音於律呂之中，運巧思於斧鑿之外，工而平，和而雅，比之刻**琢句意以求精麗者遠矣。**

向子諲酒邊詞

樂府紀聞曰：臨江向伯恭，宋之外戚也，立朝忠節。胡安國、張九成輩極嘉與之。忤檜相意，致仕家居，自號薌林居士。作滿庭芳自慶云：「須知道，天教尤物，相伴老江鄉。」作減字木蘭花絕筆云：「真香妙質。不耐世間風與日。」酒邊詞四卷。

胡致堂曰：薌林居士，步趨蘇堂而嚌其胾者也。

周美成清真詞

柳塘詞話曰：美成以進汴都賦得官，當徽廟時，提舉大晟樂府。每製一詞，名流輒爲賡和。東楚方千里，樂安楊澤民全和之，或合爲三英集行世。

陳無己曰：美成牋奏雜著俱善，惜爲詞掩。

强焕曰：美成詞，撫寫物態，曲盡其妙。自題所居曰「顧曲堂」。

陳質齋曰：清真詞，多用唐人詩句，櫽括入律，渾然天成。其在長調，尤善鋪敍。

曹組箕潁集

松窗録曰：曹元寵六舉不第，著鐵硯篇自勵。宣和中成進士，有寵于徽宗，曾賞其如夢令「風弄一枝花影」句，點絳唇「暮山無數，歸雁愁邊度」句。徽宗又手書眉峯碧以問之。

詞品曰：曹組驀山溪賦梅云：「竹外一枝斜，想佳人天寒日暮。」用東坡「竹外一枝斜更好」句。時禁蘇文，而曹組暗用之。

吕渭老

楊慎曰：聖求在宋不甚著名，而詞甚工。詞選載有望海潮，與醉蓬萊、撲蝴蝶近、惜分釵、薄倖、選冠子、百宜嬌、豆葉黄、鼓笛慢，佳處不減少游。卽東風第一枝詠梅，不減於東坡之緑毛么鳳也。但疑中興後，不復有此等詞。

沈雄曰：渭老秀州人，宣和末朝士，善屬詞。又散落人間，江神子慢，盡人以爲婉麗。西江月慢，有無限穠華消不得也。

黄玉林曰：吕聖求詞婉媚深窈，視美成、耆卿伯仲。

陳克赤城詞

耆舊續聞曰：天台陳子高，元豐間名士也。吕安老帥建康日，薦入幕府，辟爲參議，有赤城詞。盧申之曰：最喜子高菩薩蠻云：「幾處簸錢聲。緑窗春夢輕。」謁金門云：「檀炷繞窗燈背壁。畫簷殘雨滴。」我殊覺其香蒨。

陳質齋曰：詞格頗高麗，晏、周之流亞也。

汪藻浮溪文粹

堯山堂外紀曰：汪字彦章，自作玩鷗亭於愚溪口。有詞一卷，附浮溪文粹。時禁蘇、黄之學，斜川集有混入彦章詞者。汪詞自有點絳唇「永夜懨懨」，醉落魄「小舟簾隙」詞，乃其所著。

李甲

沈雄曰：華亭李甲字景元，宋之詞人也。帝臺春一詞，舊刻李景爲唐元宗所製久矣，近代朱彝尊輩始出而正之。余暇日曾讀帝臺春數過，今偶得望雲涯引而併歸之。

胡浩然

柳塘詞話曰：時代氏籍俱未詳。選詞家俱甚薄其聲口，但就其春霽、秋霽、萬年歡、東風齊着力、送入我門來，俱以其庸而忽諸。殊不知穩帖者，亦有佳處，如滿庭芳吉席云：「幾幅紅羅錦帳，寶粧篆、金鴨焚香。分明是、芙蕖浪裏，一對浴鴛鴦。」如傳言玉女元夕云：「艷妝初試，把珠簾半揭。嬌羞向人，手撚玉梅低說，相逢長是上元佳節。」其情致人所不到，亦何庸過斥之也。

仲殊揮寶月詞

承天寺僧揮，字仲殊，本安州進士。妻曾以藥毒之，故爲僧。時食蜜以解毒，東坡呼之曰蜜殊。仲殊於每歲禁煙時，置酒菓以待來賓，謂之看花局。後居杭之寶月寺，詞七卷，名寶月集。花庵詞客曰：仲殊詞多矣，小令爲最。小令中之訴衷情又爲最，不減唐人風味。

覺範洪文字禪

石門文字禪，載覺範有「青杏欲嘗先齒軟，海棠開遍待新晴。分疎積雨調鶯舌，拗束東風倩柳條」句。曾作漁家傲頌古，以和寶寧勇禪師。

冷齋夜話，洪禪師曾留南昌，登秋屏閣望西山而有歸志，賦浪淘沙。

許彥周曰：上人善作小詞，情思婉約似少游，而仲殊、參寥皆不能及。

正平可東溪集

詞綜曰：僧祖可字正平，丹陽人，蘇伯固之子。住廬山，與陳師道、徐俯、謝逸與江西詩社。小重山詞意最工。

吴虎臣曰：正平工詩，長短句尤佳，何世徒稱其詩也。

李清照漱玉集

李别號易安居士，適趙明誠。明誠在太學，朔望出質衣，取半千錢市碑文菓實歸，相對玩味吟和過日。李有漱玉集。

魏夫人

端伯雅編曰：魏夫人，曾子宣丞相内子，有江城子、捲珠簾諸曲。

朱淑真斷腸詞

女紅志餘曰：錢塘朱淑真自以所適非偶，詞多幽怨。每到春時下幃趺坐。人詢之，則云，我不忍見春光也。宛陵魏端禮爲輯其詞曰斷腸集。

孫道絢

曾氏雅編曰：孫夫人名道絢，穀城黄銖字子厚之母夫人也，爲秀州鄭文室。詞甚富而失於火，求得之，僅清平樂令數首，紹興三年二月日事。

樂府紀聞曰：鄭文上舍久寓行都，孫爲製憶秦娥。其南鄉子風中柳，皆寄外詞。蘭皐集誤刻明人。

吴淑姬陽春白雪

花庵詞客曰：吴淑姬詞五卷，名陽春白雪，此女流中之黠慧者，佳處不減李易安也。

康與之順庵樂府

花庵詞客曰：建炎中，康伯可上中興十策。渡江初有聲樂府，受知秦申王，待詔金門。凡粉飾治具，及慈寧歸養，兩宮歡集，必假其應制。有順庵樂府。王性之曰：伯可樂章，非近世所可及，今有晏叔原，亦不得獨擅云。

陳與義無住詞

花庵詞客曰：簡齋被高宗眷注，參大政。無住詞語意超絶，可摩坡公之壘。柳塘詞話曰：去非佳句「杏花疎影裏，吹笛到天明」，「吟詩日日待春風。及至桃花開後却匆匆」。胡元任、張叔夏俱評其自然而然者。

李邴居士詞

李邴字漢老，任城人，崇寧中進士。伯昭圯，元祐名士。邴固世其家學者，後受一禪師授記，爲雲龕居士詞。

樂府紀聞曰：政和中歸朝，舉國無與共談者，方悵悵無計。時王輔爲首揆，招之，出家姬數輩，酒半，唱其漢宫春曲。數日遂有館閣之命，扈從至南渡。

葉夢得石林詞

花庵詞客曰：少藴妙齡有文名，早受知於蔡京。擢第後，終崇信節度使。時以詞章品隲自命，有石林集。關注曰：公以文章經術爲大儒，歌詞妙天下。元符中，尚爲丹徒尉，得其小詞爲多，是時妙齡豪氣未除。晚歲落其實而華之，能於簡淡處，時出雄傑，不減靖節、東坡云。

曾覿海野詞

花庵詞客曰：曾海野，東都故老，及見中興之盛者。嘗侍宴上苑應制，進阮郎歸賦燕，柳梢青賦柳，一時推重。其奉使舊京作上西平，重到臨安作感皇恩，感慨淋漓，甚得大體，人所不及也。淳熙中詠月云：「金甌千古無缺。」高宗喜，謂從來未有道之者。有海野集。

吕本中東萊詞

吕本中字居仁，紹興中進士，除右史，多論國事得失，見宋綱目。常集江西宗派詩。其所咏「春盡茅簷低着燕，日高田水故飛鷗」，見紫薇集。杜伯高、仲高出其門，爲集東萊詞。

朱敦儒樵歌

花庵詞客曰：希真爲東都名士，天資曠逸，擅詞名。從駕南渡。西江月二首，可以警世之役役於非望之福者。

張正夫曰：希真賦月詞：「插天翠柳，被何人推上一輪明月。」賦梅詞：「橫枝銷瘦一如無，但空裏疎花數點。」詞意奇絕，似不食煙火人語。

張元幹蘆川詞

沈雄曰：紹興戊午，元幹以送胡銓及寄李綱詞坐罪貶謫，皆金縷曲也。元幹以此得名。三山人，仲宗其字也，有蘆川詞。如「溪邊翠靄藏春樹，小艇風斜沙嘴路」與「簾旌翠波，颯窗影殘紅一線」，楊慎詞品極歎賞之。

劉子翬屏山集

劉字彥沖，朱晦庵之師，有屏山集行世。驀山溪九日，滿庭芳咏桂入選。

趙鼎得全居士詞

花庵詞客曰：元鎮詞章婉媚，不減花間，名得全居士詞。

楊慎曰：丁未九月南渡，泊真州作滿江紅最佳。

江尚質曰：趙忠簡，中興名相也。點絳唇云：「夢回鴛帳餘香嫩。更無人問。一枕江南恨。」醉桃源云：「青春不與花爲主。花正開時春暮。只有一尊芳醑。留得青春住。」較花間更饒情思。

王庭珪盧溪詞

沈雄曰：王民瞻送胡銓遠謫，有云：「癡兒不了公家事，男子要爲天下奇。」亦貶辰州。其留别感皇恩云：「醉中暫住。離歌幾許。聽不能終淚如雨。無情江水，斷送扁舟何處。」其感舊點絳唇云：「白髮相逢，猶唱當時曲。」皆可歌也。

張掄

張材甫，南渡故老，及見太平之盛者。集中多應制詞，如蝶戀花、朝中措、霜天曉角，傑作也。

張孝祥紫薇詞

花庵詞客曰：于湖紫薇詞，湯衡敍之曰：平昔爲詞，未嘗着稿，但筆酣興健卽成，却無一字無來處。如歌頭諸曲，寓以詩人句法者也。

沈雄曰：安國在建康留守魏公席上，賦六州歌頭，感憤淋漓。魏公爲之罷飲而入，則其詞之足以動人者也。

杜旟

陳同甫曰：葉正則有「杜子五兄弟，才名不相下」之語。伯高早登呂東萊之門，其詞如奔風逸足而鳴以和鑾者也。仲高麗句，如「半落半開花有恨，一晴一雨春無力」，令人眼動。叔高戈矛森立。季高、幼高匪獨一門之盛，可謂一時之豪。

周文璞

沈雄曰：周文璞，字晉仙，淳熙時人。義因郭璞，故字晉仙，非晉之仙人也。唐詞紀收爲韓文璞更誤。諸選止有浪淘沙、南鄉子二首。絶妙好詞内有一剪梅一首，流傳於世，因其題壁，訛爲仙家耳。

楊萬里

楊萬里，號誠齋，以道德風節，昭映一世，爲四朝耆老。著作詞五要。其閒居闢三三徑，有「日長睡起無情思，閒看兒童捉柳花」句。小詞亦一二見也。（案作詞五要乃楊守齋作，非楊萬里作。）

王邁人曰：念奴嬌，先生上章乞休詞也，「從此螺江門外路，吟詩日日醉春風」。恰適其意。

范成大石湖詞游次公

范成大，字致能，作吴江三高亭記，爭傳頌之。曾爲蜀帥，所著有石湖集。時游次公參内幕，倡和有西池集。

陸游劍南詞

山陰陸務觀，母夢少游而生，故名其字而字其名。初官臨安，有「小樓一夜聽春雨，深巷明朝賣杏花」，傳入禁中，稱賞知名。韓平原招致之，作南園、閱古二記。時雖稱頌而寓勸勉意，得不及於禍，便倚酒自放，號放翁詞。

花庵詞客曰：放翁詞纖麗處似淮海，雄快處似東坡。鵲橋仙感舊一詞，英爽可掬，流浪亦可惜矣。

張鎡玉照堂詞

花庵詞客曰：楊萬里極稱功甫之詩。玉照堂詞以種梅得名，如「光搖動，一川銀浪，九霄珂月」是也。周密曰：張功甫，西秦人，月洗高梧一闋，乃咏物之入神者。此白石論邦卿詞而及之。

胡仔

胡仔字仲任，苕溪人，嘗編漁隱叢話。

沈雄曰：感皇恩爲警悟之詞，所得多矣。

張震無隱詞

柳塘詞話曰：蜀人張震字東父，孝宗朝諫官也。花庵録其詞爲富貴人語。

辛棄疾稼軒詞

蔡光北陷，辛幼安以所業謁之。蔡曰，詩則未也，他日當以詞名。有稼軒詞四卷。

李濂曰：稼軒與晦庵、同甫、改之交善。晦庵曰：若朝廷賞罰明，此等人儘可用。同甫答辛啓曰：「經綸事業，股肱王室之心。游戲文章，膾炙士林之口。」改之氣雄一世，寄辛詞曰：「古豈無人，可以似我稼軒者誰。」觀同時之所推獎，則稼軒概可知矣。稼軒卒，家無餘財，僅遺著述數帙。

沈雄曰：稼軒詞亦有不堪者，「一松一壑真朋友，山鳥山花好弟兄」是也。

京鏜松坡詩

宋史載，京字仲遠，豫章人。光堯之喪，以京爲報謝使，金賜讌汴亭，京與郊勞使康元弼言，請免宴，不許。請撤樂，不許。促入席，甲士露刃閉門，京排之而出。有詩云：「假令耳與笙鏞末，只願身靡鼎鑊中。」後爲寧宗朝宰相，立春前一日，爲賦漢宮春。有松坡詞。

姚寬西溪集

姚字令威，其居擅西溪之勝，號西溪。亦以名詞。其閨詞云：「酒面撲春風，淚眼零秋雨。」秋思云：「採菱渡口日將沉，飛鴻樓上人空立。」足以見其概矣。

吳禮之順受老人詞

柳塘詞話曰：吴禮之，字子和，錢塘人。有順受老人詞，久著名，鄭國輔爲之序。其雨中花慢長調云「醖造一生清瘦，能消幾箇黄昏。斷腸時候，簾垂深院，人掩重門。」醜奴兒長調云：「狠前景物只供愁。寂寥情緒，也恨分淺，也悔風流。」能以極尋常語言，爲極透脱文字。

鄭域

鄭域，字中卿，寧宗朝，嘗隨張貴謨使北，著燕谷剽聞。詞亦清醒可喜。

沈雄曰：草窗之選，刻作陸姓。又云，世本誤作鄭，未知孰是。其詞自佳，所重不在此也。

謝懋樂章集

沈雄曰：勉仲自號静寄居士。樂章一卷，吴坦爲之序，稱其片言隻字，戛玉鏗金，蕴藉風流，爲世所貴。其惜别武陵春、行樂風流子，又其詞之含情無限者。草窗所選蓦山溪、風入松，更推清麗。

趙蕃

花庵詞客曰：趙蕃號章泉，負天下重望，屢召不起。劉後村所謂「一生官職監南嶽，四海詩名仰玉山」者。曾作小重山一闋，以寄劉叔通，云：「間留建城，銜杯之際，可令歌以酹我否。」

陳亮龍川詞

陳同甫，擅文名，負氣節，尋擢光宗朝第一。未遇時，遂與辛幼安交，每好談天下事。龍川詞疎宕

可喜

詞品曰：同甫水龍吟一闋：「鬧花深處層樓，畫簾半捲東風軟。」可誦也。

李石

花庵詞客曰：李號方舟，蜀人。有續博物志，詞亦風致。草堂選其夏夜，有「烟林疎疎人悄悄」。贈妓有「瘦玉倚香愁黛翠」句。

危稹巽齋詞

危字逢吉，淳熙中進士，有巽齋詞。

詞品曰：其詞咏笠篠，有漁家傲入選，危巽齋之詞爲善。

劉光祖鶴林集

劉光祖字德修，蜀之名士，有鶴林集，詞亦莊重而出之者。

劉過龍洲詞

樂府紀聞曰：劉改之阨於韋布，放浪吳楚間。辛幼安守京口，改之敝衣曳屐而來。幼安命之賦雪，則云：「功名有分平吳易，貧賤無交訪戴難。」命賦多景樓，則云：「江流千古英雄淚，山掩諸公富貴羞。」幼安帥越日，贈以千緡，爲求田資。其詞多壯語而學幼安者也。

陶南[illegible]曰：改之造詞贍逸有思致，沁園春二首，極纖麗可愛。

劉仙倫招山詞

花庵詞客曰：廬陵人劉仙倫，樂章爲人所膾炙。吉州刊本多遺落，劉復以家藏本行世，紙貴一時。周草窗曰：菩薩蠻別詞，詞鄙意濃。

嚴仁清江欸乃

嚴次山詞，極能道閨幃之趣，名清江欸乃，杜月渚爲之序。族人嚴羽、嚴參，時稱邵武三嚴，見花庵選。柳塘詞話曰：近代選家，無有不知次山詞者，玉樓春春思，鷓鴣天別情是也。甚則多麗之記恨，金縷曲之送春，有不能釋卷者。獨「粘雲江影傷千古，流不去斷魂處」。是才人創句，而亦削之，爲咄咄怪事。

馬莊父古洲詞

柳塘詞話曰：馬古洲建安人，好經綸，塡詞其餘事也。如月華清云：「悵望月中仙桂。問竊藥佳人，與誰同歲。」賀聖朝云：「游人拾翠不知返。被子規呼轉。」阮郎歸云：「三三兩兩叫船兒。人歸春也歸。」俱有旨趣。

姜夔白石詞

樂府紀聞曰：鄱陽姜堯章流寓吴興，常過金閶，有「行人悵望蘇臺柳，曾爲吴王掃落花」，楊誠齋極喜誦之。蕭東父尤愛其詞，以其兄之子妻焉。

范石湖曰：白石有裁雲縫月之妙手，敲金戛玉之奇聲。

花庵詞客曰：堯章中興名流，善吹簫，自度曲。初則率意爲長短句，其後協以音律，不減清真樂府。

趙子固曰：白石，詞家之申韓也。

沈伯時曰：白石清勁知音，未免有生硬處。

張叔夏曰：姜詞如野雲孤飛，去留無迹。

高觀國竹屋癡語

張叔夏評竹屋詞云：賓王多咏物詞，特立清新之意，刪削靡曼之詞。

沈雄曰：山陰高賓王詞，陳唐卿序之，要是不經人道語。

史達祖梅溪詞

彭孫遹曰：南宋白石、竹屋諸公，當以梅溪爲第一。昔人謂其分鑣清真，平睨方回，紛紛三變行輩，不足比數，非虛言也。

沈雄曰：姜堯章謂梅溪詞僅百餘首。張鎡序之曰：生詞織綃泉底，去塵眼中。有警邁閒婉之長，而無詭蕩汚淫之失。蓋能融情景於一家，會句意於兩得者。堯章亦當時名手，而服之如此。若雙雙燕之咏春燕，綺[illegible]香之咏春雨，尤爲堯章拈出者。

劉克莊別調

張叔夏曰：潛夫負一代時名，別調一卷，大約直致近俗，效稼軒而不及者。

沈雄曰：「貪與蕭郎眉語，不知舞錯伊州」，「除是無身方了，有身常有閒愁」，此後村悟語也。楊慎謂爲壯語，足以立懦，信然。

劉褒

劉褒字伯寵，武夷人。其滿庭芳別情，善於言情者。水調歌頭，亦不減於東坡也。

劉鎮隨如百咏

劉潛夫曰：隨如樂府，麗不至褻，新不犯陳。周、柳、辛、陸之能事，庶乎兼之。

柳塘詞話曰：泰定中，進士劉叔安，有「隨如百咏」，富貴蘊藉，不屑爲無意味句者。其詞皆時令物情之什。

戴復古石屏詞

柳塘詞話曰：戴式之，天台詩人，江湖四靈之一。方虚谷常議其胸中無百字成誦者。詞品曰：惟滿江紅賦赤壁懷古爲佳，游江西後，人盡謂其有才無行，爲世所薄，有石屏詞。

盧祖皐蒲江詞

花庵詞客曰：卬州盧祖皐，字申之，蒲江樂府甚工，字字可入律吕。

松陵集曰：慶元中，彭傳師吳江作三高祠，蓋擅漁人之窟宅以供詩境也。盧約趙子野同作金縷曲以記之。

張輯綺語債

花庵詞客曰：東澤爲鄱陽名下士，綺語債皆以篇末之語而立新名者，作詞韻衍文。

朱湛盧曰：東澤得詩法於姜堯章，世謂謫仙復作，不知其又能詞也。詞二卷。

宋自遜漁樵笛譜

花庵詞客曰：宋字謙父，南昌人。其詞名漁樵笛譜，率真而不事矯飾者也。

梅墩詞話曰：每閱謙父蘦山溪詞意，知其性情之所近。

周紫芝竹坡詞

沈雄曰：周紫芝字少隱，宣城人。舉進士，守興國，有竹坡詞三卷。余家有未刻稿。

高郵孫競序曰：竹坡樂章，清麗婉曲，非苦心刻意爲之。

李俊明文溪集

李俊明字公昴，寶祐進士，資州人，有文溪詞。其送郡守「有脚陽春難駐」，知名於時，蓋送王子文詞也。

吳潛履齋詩餘

吳潛字履齋，嘉定中第一人。其聲聲慢和夢窗賦梅，其賀新郎贈妓，見詞品。後爲賈似道所陷。

王邁

詞品曰：王邁字實之，莆陽人。劉後村贈以詞云：「天壤王郎，數人物方今第一。」其重之如此。蓋進則忠鯁，退則豪俠，太白、元龍一流人也，可以補史氏之遺。詞一卷，端重有法。

方千里和清真詞

花庵詞客曰：方千里，三衢人，盡是和周美成詞。

沈雄曰：方千里詞，見汲古閣新刻六十家。過秦樓、風流子是和詞之出一頭地者。

劉子寰篁𣜌詞

花庵詞客曰：劉圻父早登朱文公之門，劉後村嘗序其詩，其詞更上一層者。

江尚質曰：「靜坐時看松鼠飲，醉眼不礙山禽浴」，是咏山泉之極肖者。草窗詞又選其霜天曉角。

趙汝茪霞山集

沈雄曰：趙汝茪字參晦，絶妙好詞載其詞爲多，而語意爲人所重。弁陽老人有十擬詞，直與花翁、夢窗並列于前，且作醉落魄以咏之。及讀其梅花引、漢宫春，有不虛一時之所獎借者。

岳珂玉楮集

岳字肅之，號倦翁，飛之孫，歷官户部侍郎，有玉楮集。

江尚質曰：倦翁登北固亭，寄調於祝英臺近，忠憤感慨。於稼軒永遇樂詞千古江山相伯仲。

吴文英夢窗詞

花庵詞客曰：四明吴君特，從履齋諸君游。尹焕爲序其詞曰：求詞於吾宋者，前有清真，後有夢窗，此非焕之言，四海之公言也。

沈伯時曰：夢窗深得清真之妙，但用事下語太晦處，人不易知。

馮艾子雲月詞馮取洽

古今詞話曰：延平馮取洽，字雙溪。其與黄玉林互相標榜，有詞韻等書。其子艾子，精於律吕，詞多自製腔。雲月詞殊有北宋秦、晁風味，比之南宋教督氣，酸餡味，不侔矣。

沈雄曰：馮偉壽，小名艾子，非誤用其名也。余以壽玉林沁園春考之，中有云：「更擕阿艾，同壽靈椿。」

可證。

洪瑮空同詞

洪字叔璵，自號空同詞客。其詞多賦別情，稔悉人意，可歌也。空同集見汲古閣六十家。

黄昇散花庵詞

胡德方序曰：玉林早棄制科，雅意歌咏。閣學游受齋稱賞其詩，爲晴空冰柱。閩帥樓秋房，聞其與魏菊莊爲友，以泉石清士目之。其人如此，其才可知。

孫惟信

絶妙好詞云：孫惟信號花翁，有晝錦堂、夜合花諸調。沈伯時云，花翁有好詞，亦善運意，但雅正中亦有一二市井語。

沈雄曰：晝錦堂一闋，如「柳裁雲剪腰支小，鳳盤鴉聳髻鬟偏」與「杏梢空鬧相思眼，燕翎難繫斷腸牋」，周摯纖豔，已爲極則。但卒章云：「銀屏下，争信有人，真個病也天天。」情至之語，又開一種俳調也，奈何。

莫崙兩山詞

楊慎曰：莫崙詞未全覩，但傳其「聽春教燕孌鶯訴」山鬼謡一曲可歌也。

樓采

沈雄曰：樓君亮詞，見於草窗所選者，瑞鶴仙、玉漏遲、二郎神、法曲獻仙音、好事近、玉樓春諸闋，詞意具足，而又工力悉敵者也。

施嶽梅川詞

沈雄曰：弁陽選仲山之詞，多至數解之外。獨其步月咏茉莉一闋，情致周悉。弁陽云，茉莉嶺表所產，古今咏者無多，文公曾咏二絶句，道卿曾題此調，獨仲山「小蓮冰潔」之句，狀茉莉最佳。

李彭老李萊老

沈雄曰：李彭老，字商隱，有篔房詞。李萊老，字周隱，有秋崖詞。兩人爲一時翹楚，但俱是寄和草窗者。篇章亦甚富而少餘藴耳。

趙聞禮釣月軒詞

沈雄曰：聞禮字立之，於南宋播遷之後，而詞章饒有北宋風味。在諸選中亦一二僅見者。千秋歲、風入松、與水龍吟之咏水仙、賀新郎之咏螢火，猶可被諸管絃也。

楊纘

沈雄曰：楊字繼翁，又號守齋。詞品載其一枝春詠除夕者。今復見絶妙好詞中，有八六子咏牡丹，乃次白雲之韻者。又見其被花惱自度一腔，亦皆情真而語悉者也。

張炎玉田詞

詞綜曰：西秦人，字叔夏，曾著樂府指迷，玉田集三卷，鄭思肖爲之序。（案樂府指迷乃沈伯時作，非張炎作。）

仇山村曰：叔夏詞，意度超遠，律呂協洽，當與白石老仙相鼓吹。

周密草窗詞

螗詞話曰：公謹濟南人，著齊東野語。居吴興，又著癸辛雜識。詞二卷，别名蘋洲漁笛譜。其送王聖與還越，賦三姝媚。送陳君衡被召，賦高陽臺。送趙元父過吴，賦慶春宫。與莫兩山話舊，賦踏莎行。又有十擬詞，此一時秪有弁陽老人耳。故寄調以題詞者亦多。

梅墩詞話曰：「彩扇舊題煙雨外，玉簫新譜燕鶯中」，此李篔房題其詞，爲互相標榜者也。

王沂孫碧山樂府

詞綜曰：王聖與，又號碧山。碧山樂府，又名花外集。詞皆春水、秋聲、新月、落葉、物情之句。往來止有贈方秋崖、周公謹數闋，而曼聲爲多。

陳允平日湖漁唱

明州陳允平，字君衡，又號西麓，有日湖漁唱。

張叔夏云：詞欲雅而正，志之所至，一爲物所役，則失其雅正之音。近代陳西麓所作，亦有佳者。

汪莘方壺稿

詞綜曰：嘉定中求直言，汪莘三上書不報，爲楊慈湖、朱晦庵、真西山所歎服。築室柳塘，自號方壺。

孫山甫曰：汪字叔耕，長短句似坡翁，不受音律束縛者。

文天祥文山集

柳塘詞話曰：德祐初，詔集勤王師，文山結諸路豪俊，發溪洞酋長以應之，有議其猖狂者。有「山河破碎水漂絮，身世浮沉風打萍。諸葛未亡猶是漢，伯夷雖死不從周」句。死年四十七，一時廬陵諸公俱不仕。其詞有和王昭儀滿江紅、南樓令，別有吟嘯集，亦不多見也。

蔣捷竹山詞

蔣字竹山，義興人，宋亡不仕，有竹山集。其詞章之刻入纖豔，非游戲餘力爲之者，乃有時故作狡獪耳。

劉會孟須溪集將孫

柳塘詞話曰：按會孟字辰翁，廬陵人，宋亡不仕。張孟浩贈詩，直以孤竹，彭澤比之。自題寶鼎現詞云，丁酉時大德元年，亦只書甲子之意，有須溪詞。其子將孫，字尚友，同趙青山結社亦不仕，有詞行世。

白玉蟾海璚詞

玉壺遐覽曰：白玉蟾，本姓葛，字長庚，有海璚子集。咏燕云：「秋千節後重相見，袚禊人歸有所思。」不愧詞家。

湧幢小品曰：白玉蟾，瓊州人，自言世間有字之書，無不過目，足跡半天下。常爲朱晦菴作像贊，乃三臺令也。其自題云：「千古蓬頭跣足，一生服氣餐霞。笑指武夷山下，白雲深處吾家。」嘉定中被徵，封明道真人，尋别衆，於鶴林羽化。

古今詞話

詞評下卷　金　元　明　清

完顏璹如庵小稿

金史曰：璹字子瑜，完顏宗室明昌諸王，禁不得與外交，故得窮日力於書。越王甍，文士亦時至其門，藏書與中祕等。其臨江仙、青玉案，可歌也，見如庵小稿。

蔡正甫曰：密公子瑜，宗室中第一流人物。小詞可歌，非比南宋之有倀氣。

吴激東山樂府

古今詞話曰：吴激字彦高，故相子。一日，赴張總侍御家集，出侍兒侑觴，意狀摧抑。詢之，爲故宋宣和殿宫姬也。時宇文叔通賦念奴嬌先成，惟彦高作人月圓。又在會寧府遇老姬，善琵琶，自言梨園舊籍。因有感而製春從天上來。後三山鄭中卿，從張貴謨使北日，聞有歌之者。當時人盡稱之曰：吴郎以樂府高天下，號爲吴蔡體。

蔡松年蕭閑公集

詞品曰：伯堅丞相樂府，與彥高東山樂府，多人選者。即名吴蔡體者是也。獨推其「銀屏小語，私分麝月，春心一點」，乃伯堅尉遲杯也。

黨懷英竹谿詞

中州樂府曰：黨懷英，文似歐陽，不爲奇險語。詩如陶、謝，奄有魏晉風。少同辛幼安師事蔡伯堅，爲其所識拔，筮仕決以蓍，辛得離，南歸，黨得坎，留事金。有竹谿詞。

王予可

中州樂府曰：予可字南雲，本軍校子。南渡後平鄜城，麻九疇知幾，張轂伯玉，與之游甚狎。年三十，病餘能作詩文，與之紙輒書數百言，散漫無首尾，遇宋諱亦時時避之。詢以故實，其應如響，稍有條貫，以誕幻語惑之。有見其賦射虎云：「風色偃貂裘。」宮詞云：「翠雀啄晴苔。」醉後句云：「一壺天地醒眠。」小樂府句云：「吐尖絨舌淡紅甜。」時李子遷贈云：「石鼎夜聯春筆健，布囊春醉酒錢粗。」壬辰爲順天軍校所獲，尋卒，有見之淮上者。詞故雋上，無塵俗氣，或曰忠義神仙也。

王特起

堯山堂外紀曰：正之喜遷鶯，爲别妾作也。有云：「玉樓歡宴。記遺簪綺席，題詩紈扇。月枕雙欹，雲窗同夢，相伴小花深院。」又云：「紅淚洗粧，雨溼梨花面。鴈底關河，馬頭星角，西去一程程遠。」悽惋曲盡。其題郝仙女祠、賀人生第三子，俱有可存者。

劉仲尹龍山詞

詞統曰：仲尹字致君，少擢第，終節度副使。龍山詞，蓋參涪翁而得法者。草堂中與劉迎詞同入選。迎字無黨，爲記室，皆金昌詞人也。

高憲

古今詞話曰：王庭筠讀書黃華山寺，大定中登第，曾賦謁金門、梅花引。其甥高仲常好讀書，泰和中成進士。自言於世味無所好，惟生死文字間耳。以梅花引改名貧也樂。

元好問錦機集

金源言行録曰：遺山從郝天挺游，六年學成。閒閒公以書招之，爲延譽公卿間。及登第，出公之門。正大甲申，諸公坐政府，有從外至者，誦元子作秦王破竇建德降王世充露布。公顧左右曰：人言我黨元子，誠黨之耶。有錦機集，其三奠子、小聖樂、松液凝空，皆自製曲也。

錦機集曰：正大中，狂僧李菩薩，於十月灑酒作花，竟開牡丹二株。遺山爲賦滿庭芳，一時傳誦。

馮子振海粟詞

堯山堂外紀曰：海粟臨文時，命侍史二三人潤筆，以俟酒酣，援紙疾書，隨數多寡，頃刻而畢。有踏莎行以贈珠簾綉。

段克己段成己

柳塘詞話曰：河東段克己，字復之，著遯齋樂府。弟成己，字誠之，著菊軒樂府。兩人登第，入元俱不仕。時人目爲儒林標榜。

許衡魯齋詞

元儒攷略曰：元史書集賢大學士許衡卒，仕元之臣書卒者，原其心也。衡常語其子曰：我平生爲虚名所累，不能辭官以至於此。死後勿立碑，勿請謚，但書許某之墓足矣。朝野哀之，有魯齋詞。

王惲秋澗詞

樂府紀聞曰：王惲字仲謀，汲縣人，官翰林承旨。仕元日，亦效吴彦高，賦故宫人春從天上來，詞不引用故實，而淡宕可喜。小詞甚多，若平湖樂，即元人所爲曲調也。

劉秉忠

楊愼曰：「元太保劉秉忠，有乾荷葉曲，以咏本意。又製一首以弔宋高宗云：『吴山依舊酒旗風。兩度江南夢。』蓋秉忠助元兇宋，而其詞之憑弔感慨，亦其勢之有不容已者然。

陳孚

堯山堂外紀曰：「天台陳剛中，曾爲僧以避世變。洎至元中，又獻大一統賦，得官後奉使安南，詩云：『老母越南垂白髮，病妻塞北倚黄昏。蠻煙瘴雨交州客，三處相思一夢魂。』其詞亦有誌風上之異者，太常引一闋，淚漬青衫不少。

王國器

詞統曰：「王德璉，趙待制子昂之壻。其學識頗饜（原誤作壓。）衆望，尤長於今樂府。延祐中，曾製踏莎行八闋，誌香奩韻事，以貽楊廉夫。廉夫使侍兒歌之，又梓行之。以見王孫門中，雖閲喪亂而風雅猶存也。

趙雍

沈雄曰：「趙雍字仲穆，子昂之子。延祐八年，作木蘭花慢，别書樂府成卷，以就正於王德璉，蓋魏公長倩王國器也，長於今樂府，楊鐵崖亟稱之者。明正德己卯，文徵明題其後云，趙待制風流習尚，不減魏公，見於卷軸者，未有若此之富也。

許初曰：所書凡三十五首，而豔詞特多。凭闌干、水調歌頭二闋，頗以孤忠自許，紛華是薄，而興亡骨肉之感，默寓其中。意其父子之仕，當時亦實有所不得已者，良可悲也。

姚燧

詞品曰：牧庵，燧字也，一代文章鉅公。醉高歌一曲，高古不減東坡、稼軒。柳城人，元翰林承旨。

滕賓玉霄集

柳塘詞話曰：楊愼詞品云：元人工於小令者，玉霄集中，不減宋人之工。按賓字玉霄，睢陽人，官江西提舉。後棄家入天台爲道士，稱涵虛子。其鵲橋仙、齊天樂二闋，共推清綺。

喬吉惺惺樂府

堯山堂外紀曰：喬夢符有和黃子常賣花聲本意者，亦常自言作樂府有法，鳳頭、猪肚、豹尾是也。有惺惺老人樂府。

陶宗儀南村詞

柳塘詞話曰：輟耕録緣起於天台陶宗儀，九成其字也。崎嶇離亂日，每以筆墨自隨，時時休息於樹陰。有聞見輒摘葉書之，貯破盎埋樹根下。積數十日，盡發其藏，作書曰輟耕録。嗣有南村集，有宋頒韻序一篇。

虞集道園集

柳塘詞話曰：蜀人虞集伯生，虞允文五世孫也，仕元爲翰林。元文宗御奎章閣，伯生侍從，日以討論法書、名畫爲事。柯敬仲退居吴下，伯生賦風入松寄之：「報道先生歸也，杏花春雨江南。」又云翰墨兼善，機坊以此織成帕焉，幾如法錦。後張仲舉於柯敬仲席上，爲作摸魚子記之，卒章云：「楚芳玉潤吴蘭媚，一曲夕陽西下。試問人生，誰是無情者。先生歸也。但留意江南，杏花春雨，和淚在羅帕」。

仇遠山村集

元儒考略曰：仇遠號山村，錢塘人。一時名公鉅卿，都與之詞章往來。遊其門者，張雨、張翥，俱知名當世。

張翥蜕庵樂府

柳塘詞話曰：晉寧張仲舉，至正初學士，與同時韓伯清、錢舜舉、姚子章爲友。有蜕庵樂府。常集西湖爲賦緑頭鴨，俱以「晚山青」爲起句。

倪瓚清閟閣詞

柳塘詞話曰：倪字元鎮，慕吴仲圭之爲人，而從事於畫法。仲圭漁父詞「紅葉村西日影餘。黄蘆灘畔月痕初。」爲麐溪沈處士作也。元鎮繪之爲圖，詞亦淡潔。

顧阿瑛玉山璞詞

柳塘詞話曰：崐山顧阿瑛，一名德輝，好游。年五十，預定壽藏，自誌其生平成立狀。每出，以其文隨身，往來九峯泖浦，書經于九里寺，自稱金粟後身。有玉山璞詞。

張野古山樂府

詞綜曰：張野古山樂府所載奪錦標、石州慢、念奴嬌、水龍吟諸詞，其十六字令所云「開簾放燕」者，是其所製也，邯鄲人。

邵亨貞蛾術詞

沈雄曰：邵亨貞字清溪，曾有沁園春二首。一賦美人眉，一賦美人目，新豔入情，世所傳誦。其單調凭闌人云：「誰寫江南一段秋。妝點錢塘蘇小樓。樓中多少愁。楚山無限愁。」僅此四句，爲創調，氣竭於直，而情亦不贍。

楊維楨

沈雄曰：廉夫於元季，有風雅宗盟之望，每識拔後進，如楊基、瞿佑等。年未七十休官，游淞泖間，有稱其爲江山風月福人者。其爲古文詞好高古，末世恐爲人所嫉致禍，故不至濫於筆墨焉。

劉基文成集

樂府紀聞曰：劉文成少習天官兵法家言。揭奚斯一見奇之，曰王佐才也。及見太祖，命賦竹筯詩，有「漢家四百年天下，只在張良一借間」句。恨相見晚。後以佐命勛，封誠意伯。其詞雖婉麗而有感慨之句。

楊守醇曰：子房不見詞章，玄齡僅辦符檄，文成勳業爛然，可謂千古人傑。小詞亦見一斑，有文成集。

淩雲翰柘軒詞

古今詞話曰：淩彥翀領至正鄉薦，洪武初，辟爲成都倅。嘗作霜天曉角梅詞，柳梢青柳詞，有梅柳争春集。後退居吴興，與楊復初築室南山，俱號避俗翁。

柳塘詞話曰：柘軒詞格爽逸，非儷玉駢金者比，無俗念詠月云：「正面相看君記取，全體本來無缺。空裏非空，夢中是夢，莫向癡人説」。爲悟後人語。

王行半軒詞

沈雄曰：王止仲國初遺老，有賦迎春樂，用夾鐘商調。賦解語花，用林鐘羽調。前輩之按律填詞如此。

高啓青邱樂府

柳塘詞話曰：季迪十宮詞，思深致遠，不僅典贍見長也。即如長門怨云：「君明猶不察，妬極是情深。」可以想見其情思。青邱樂府，大致以疎曠見長，而石州慢又纏綿之極，綠楊芳草，年少抛人，晏元獻何必不作婦人語。

楊基眉庵集

樂府紀聞曰：孟載少時見楊廉夫，命賦鐵笛歌成。廉夫喜曰，吾意詩徑荒矣，今當讓子一頭地。有老楊、小楊之稱。眉庵詞，饒有新致。

柳塘詞話曰：孟載詩如西湖柳枝，綽約近人。春草詩：「六朝舊恨斜陽外，南浦新愁細雨中。」落花詩，「無人摇動秋千索，黄鳥飛來架上啼。」絶妙好詞也。其情致不及格者，「拚醉望愁醒，愁因醉轉增」，菩薩蠻調也。「尚短柳如新折後，已殘花似未開時」，浣溪沙調也。

瞿佑

樂府紀聞曰：宗吉少爲楊廉夫所知，父士衡以鞋盃行酒令，賦沁園春稱善，廉夫爲延譽於四方。永樂中，以詩禍謫戍保安。嘗居西湖富清樓，製摸魚子十首，曰西湖十景，梅深張子成，賦應天長，草窗周公謹，賦木蘭花慢，皆晚宋名家。惜工夫有餘而氣韻不足，故每篇末必寓以傷感焉。

史鑑西村集

柳塘詞話曰：吴江史鑑，字明古。相傳建文遜國後，潛幸其家閱鑑。其父方生明古，請於建文命之名，賜曰鑑。小詞數首見西村集。

聶大年東軒詞

樂府紀聞曰：聶字壽卿，與馬洪齊名。聶賦卜算子，蓋自況也。爲武陵訓導，天順初，被徵修史。投詩於王抑庵冢宰云：「鏡中白髮難饒我，湖上青山欲待誰。千里故人分橐少，百年公論蓋棺遲。」抑庵爲之泣下曰，欲我銘其墓耳。其東軒集中，有「玉樓人醉東風晚，高捲紅簾看杏花」，真詞筆也。

馬洪花影集

樂府紀聞曰：仁和馬鶴窗與聶東軒倡和，有詞集。馬自敍云，四十餘年，僅得百篇，名花影集。

堯山堂外紀曰：徐伯齡言馬鶴窗、陸清溪俱出菊莊之門。陸得詩律，馬得詞調。楊用修詞品，謂其皓首韋布，而含英咀華，儼若貴介。故四十餘年，僅得百篇也。

吴寬 趙寬

耆舊續聞曰：吴寬，字原博，有匏庵詞。「繁花落盡留紅蘂，新笋叢生帶緑苔」，名句也。趙寬字栗夫，受知於匏庵。匏庵曰，不遇吴寬，争得趙寬。兩人俱登進士第一，而趙爲吴所本皆得名。吴有詞曰匏庵集，趙有詞曰半江集。

顧璘

吴郡顧華玉，弘正間大司寇，爲當時風雅主盟，負知人之鑒，稱東橋先生。識拔張江陵於童子時。其詩有「君王自信圖中貌，静女虚迎夢裏車」。詞亦近是。

商輅

曹溶曰：先正弘載諸公，負荷鼎輔重望，即其見於文情詩思，亦不願以庸濫争長。故其爲小詞也，明淨簡鍊，亦復沾沾自喜。至今讀其旅情、春暮、秋月、退食篇什，不墮時趨，自有殊致。

楊慎

成都楊用修，正德辛未第一人。因辨禮謫戍瀘州，號爲淹博。所輯詞品、百琲明珠、詞林萬選諸種，亦詞家功臣也。所作極典贍而少生動，正李于鱗所云銅山金埒之句，雕繪滿前者也。夫人黄氏，亦有寄外巫山一段雲、旅思滿庭芳數闋，流誦於世。（案楊慎謫戍永昌）

夏言桂洲集

柳塘詞話曰：文愍少時，侍父於臨清官邸，出外漁色，爲人所困。每愛名姬一塊玉者，禁之不止。登第後，嘉靖中以議禮驟擢，猶寄情於小詞，大拜日不廢也。踏莎行等詞，故嫁名於無名氏，又見桂洲集中。

湧幢小品曰：世廟因正月降雪，命夏言等作時玉賦。石塘曾銑與夏爲内戚，夏遂信爲河套可復，緣作漁家傲屬和之。黃泰泉有「千金不買陳平計」句，蓋譏之也。

王世貞弇州詞王世懋

堯山堂外紀曰：弇州少好讀書，駱行簡奇之曰，他日以文章鳴世。汪道昆曰，詩如孫武、韓信用兵，宫嬪市人，無不可陣。詞則沾沾自喜，亦出人一頭地。李于鱗曰，惟某敢與狎主齊盟，而小詞弗逮也。詞四十九首。

沈雄曰：弟麟洲，人盡呼爲小美，奉常集所列詞，不過數首。自謂游江西後，頗覺有進。

吴子孝海峯集

沈雄曰：子孝字純叔，吴文端公一鵬之子。海峯詞集，大約近於質實者，滿庭芳四闋，獨有新豔之句。

高濂

沈詞隱曰：高深甫詞，獨出清裁，不附會於庸俗者。

文徵明

太平清話曰：衡山極熟勝國遺事，能口述其故實里居。性介潔，太宰喬白巖、司空林見素，爲延譽於朝，授翰林待詔。卽乞歸，往來姚山遯浦。小詞散布，隸書尤工，常勒一碑於報恩村寺，爲演教鶯子削去，衆惜之。

陳淳白陽集

太平清話曰：道復又善繪事，一草一木，無不畢肖。故白陽集所得句，極是瀟灑而又明切者。

徐渭

蘭皐集曰：文長每下第時，作諸謔語、謎語，引經據古，聰穎絶倫。名一夕話。其文逐徵仲之雅馴，而才思總不猶人也，故詞多刻入一種。

明詩紀事曰：徐文長與沈明臣爲胡少保幕客。倭寇既靖，讌將士於爛柯山，徐作鐃歌云：「接得羽書知破賊，爛柯山上正圍棊。帳下共推擒虎將，江南只數義烏兵。」少保命勒石。其詞止菩薩蠻、鵲踏花翻入選。

沈璟

明詩紀事曰：沈璟成進士後，善音律，好游戲。一日，將泛西湖，途中自按紅牙度曲，邏卒疑其有異，置之獄。時諸昆咸歷顯秩，號爲五鳳齊鳴者。共詣錢塘獄，問起居，冠蓋絡繹，縣令待罪去。進士號詞隱先生，著九宫譜，定古今詞譜，故近代之曲律詞調，必以松陵沈氏爲宗云。

俞彦近體樂府

詞衷曰：少卿刻意填詞，工於小令。持論極嚴，且以刻燭賡唱爲奇，不無率露語。至其備審源委，不趨佻險，而遵雅淡，獨見典型。

沈林貞隱詞

徐汧曰：貞隱先生學深於易，與白陽山人往還，洵是嘉隆人物，有古風。故其小詞數闋，無一浮靡之句。

張綖

沈雄曰：維揚張世文爲圖譜，絶不似嘯餘譜、詞體明辨之有舛錯，而爲之規規矩矩，亦填詞家之一助也。乃其自製鵲踏枝有云：「紫燕雙飛深院静。寶枕紗廚，睡起嬌如病。一線碧烟縈藻井。小鬟茶進龍香餅。」又「斜日高樓明錦幕。樓上佳人，癡倚闌干角。心事不知緣底惡。對花珠淚雙雙落」。更自新蒨蘊藉，振起一時者。

湯顯祖玉茗堂詞

沈雄曰：義仍精思異彩，見於傳奇。出其餘緒以爲填詞。後人猶咏其迴文，必指爲義仍傑作也。

張杞和花間集

詞統曰：西蜀南唐而下，獨開北宋之壘，又轉爲南宋之派，花間致語，幾於盡矣。黄陂張迂公，得起而全和之，使人不流於庸濫之句，謂非其大力與。

劉榮嗣簡齋集

沈雄曰：劉司空忠而被謗，三年請室，故生平多牢落侘傺語，有簡齋集。人謂其巾秋踏莎行，花明而月白者，如其人也。昔人謂陳簡齋無住詞，語意超絶，可摩坡仙之壘。吾於劉簡齋亦云然。

茅維十賚堂詞

沈雄曰：盛明以帖括之餘，而涉爲詩詞者，十不一工。孝若獨浸淫於古，而才情又横放傑出，故一時豔稱之，有十賚堂詞。

程餴石交堂詞

沈雄曰：休寧程墨仙，不爲金粉遮障，閨幨鋪張之語。至情之句，妙合至理，而又毫不可動。如玉樓春之密怨，蝶戀花之憶别，推閨情第一，要不數嚴次山也。余嘗有云：生居古人之後，而猶多創獲之詞，非才倍古人者弗能。今幸得於石交堂一刻也。

黄承聖蘿窗詞

汪森曰：婁江黄奉倩小詞數首，名蘿窗詞，亦自有遠神好句者。吴江周永年爲之序。

吴鼎芳唵囕集

柳塘詞話曰：傳稱吴凝父好游，每在莫釐、縹緲兩峯間，數十日僅得一二絶句。先輩風流，應不似時人浪費筆墨也。詞止小令三十首，極濃豔而又刻入，載晻曖集。

江尚質曰：吴凝父有春游曲云：「雨餘芳草緑新齊。亭榭無人絲幕低。忽慢好風傳語笑，流鶯飛過杏花西。」則詩亦詞也。

董斯張靜嘯齋詞

柳塘詞話曰：潯上董遐周與周永年、茅維爲詞友。周有懷響齋詞，茅有十賚堂詞，而遐周詞並不隨人口吻。陳黃門大樽謂其風流調笑，情事如見者也。

李元鼎文江唱和

沈雄曰：李司馬風神玉立，如閬苑蓬島中人，更得遠山夫人，佳儷唱詶，足傳千秋佳話。文江集出，余師錢牧齋爲之序，迄今膾炙人口。

范文光内江游草

柳塘詞話曰：鄒程村語余云：范仲闇先輩續花間集，皆畫舫青樓之詞。自作小敍原非不及情者，今得博採之以誌前代風流，且以當東京夢華録也。余答之曰，内江備兵明時，既爲僧，復殉節。雲水爲致小詞二十闋於余，故得述之。

陳繼儒晚香堂詞

柳塘詞話曰：眉公早歲，隱於九峯，工書畫，與董宗伯其昌善，爲延譽公卿間。每得眉公片楮，輒作天際真人想，但傳其居佘山，只吟咏過日，不知弘景當年，松風庭院中作何生活。其小詞瀟灑，不作豔語，見晚香堂集。

卓人月

王庭曰：蕊淵於詞家獨闢生面，但於宋人蘊藉處，不無快意欲盡之病。然詞統一書，爲之規規而矩矩，亦詞家一大功臣也。余見其與徐士俊棲水倡和，有晤歌諸篇什。迄今倚聲之學遍天下，蓋得風氣之先者。

沈聞華

蘭皋集曰：聞華中翰之詞最工香籢，玉樓春數闋，此其零膏剩粉，座間猶留三日香者也。其伯仲如君服善詩，一生不作酬應語。君庸善曲，如鞭歌妓、灞亭秋諸劇，盛傳人口，皆妙絶塵表。若中翰之慷慨殉國，又不可以柔情豔語測之耳。

陳大樽湘真集

蘭皋集曰：有讚大樽，文高兩漢，詩軼三唐，蒼勁之色，與節義相符者。乃湘真一集，風流婉麗如此。傳稱河南亮節，作字不勝綺羅，廣平鐵心，梅賦偏工清豔，吾於大樽益信。

吴惕庵北征小草

柳塘詞話曰：明季惕庵西郊較射，便讀其東湖雜感云：「深宮醉舞夜，敵國卧薪時。」想見其有心斯世。惕庵服上刑，武林僧名敬然者，乞遺骸於張撫軍，葬菜園中，爲位哭之，歲時供以麥飯。猶傳其浪淘沙絶命詞，成敗論英雄，史筆朦朧云云。

徐白笑庵詞

柳塘詞話曰：山人遭變後，足跡不入城市。築室於萬笏山前，館娃宫左，寫幅青山，以易白粲而已。好慕毛滂、謝逸之爲詞，尚有吟咏餘意，小令差有可觀也。

葉紹袁還聊詞

江尚質曰：葉天寥水部詞，偶見其浣溪沙云：「銀粉畫雲乾蝶夢，繡針抛雨溼鶺愁，冶笑博開雙臉白，春愁不上小眉青。」先輩遂有此新豔過人之句。其詞三十三首，名還聊集。

周永年懷響齋詞

沈雄曰：安期師，以博洽著名，冢宰白川之孫，固世其家學者。虞山錢牧齋師所撰列朝詩選，從中補輯亦多。所著詞規未竟，無後而廢。剩有懷響齋詞，如「宿雨指磨新月色，晚風擡舉好花枝」。新豔如是。

湯傳楹湘中草

沈雄曰：湯字卿謀，多才早夭，著貧病秋箋。卿謀死，其友尤悔庵爲文哭之，情至之語，亦數千言，在他人不能下一字。別爲之刻湘中草，小詞特多秀發之句，而藻思總不由人者。

錢繼章菊農長短句

沈雄曰：魏里錢爾斐，五十三年塡詞手也。曾貽我菊農長短句，見其編以歲月，感慨繫之，其詞亦整而有法。

王翃二槐堂詞

王邁人曰：余兄介人專習詞，集必備諸調，調復備諸體。二槐堂稿，遂以千計。迨遭盜，盡沉之江，身亡無有存者。余兒援，聞鹿城何太初有選本，求得之，乃十之二三也。陳大樽序之，余梓之，以俟世之閱者。

易震吉佳哉軒詞

沈雄曰：顧庵學士，貽我佳哉軒詞，蓋易月槎稿也，流寓金陵所得。詞總不拾人牙後慧，而饒有別致。

夏存古玉樊堂詞

柳塘詞話曰：夏存古玉樊堂詞，向得之曹顧庵五集中。見其詞致，慷慨淋漓，不須易水悲歌，一時悽感，聞者不能爲懷。留此數闋，以當東京夢華録也。

徐士俊鴈樓詞

柳塘詞話曰：野君與余論詩，如康莊九逵，車驅馬驟，易爲假步。詞如深巖曲徑，叢篠幽花，源幾折而始流，橋獨木而方渡，非具騷情賦骨者，未易染指。其言正爲吾輩長價。

吴偉業梅村詞

熊雪堂曰：情語不嫌其盡，終不露英雄兒女本色，則尤服其無一字欺人處。

王阮亭曰：婁東吴祭酒長短句，能驅使南北史爲體中獨創。小詞流麗穩貼，不徒直逼幼安也。

沈雄曰：有以梅村比吴彦高者曰，吴郎近以樂府高天下。余讀其「十八年來如夢，萬事凄涼」，幾使唾壺欲碎。

江尚質曰：祭酒神於使事，又得一唱三歎之旨。若其豔情動色，豈真效樊川風致，所謂「正是客心愁絶處，見人紅袖倚高樓」，亦復未能免此。

熊文舉雪堂集

倚聲集曰：新建詞，不矜奇鬬麗，猶有晏氏父子之風。

柳塘詞話曰：少宰夫人，爲廣陵内君杜猗蘭。丙戌南歸，爲遠山夫人作詞敍，以酧南鄉子之贈。所云，慶易水之生還，羡鑑湖之得請，良有以也。雪堂可謂不孤矣。

龔鼎孶香嚴齋詞

倚聲集曰：南宋諸詞以進奉故，未免淺俗取妍。香嚴一集，如此雕搜緜致，仍歸生色真香，所謂妙音難文，未易爲淺人索解。

徐釚曰：古人蘊藉生動，一唱三歎，以不盡爲嘉。清真以短調行長調，滔滔漭漭，如唐初四傑作七古，嫌其不能盡變。至姜、史、蔣、吴融鍊字句，法無不備，兼擅其勝者，惟芝麓尚書矣。

曹溶寓言集

陳素庵曰：秋嶽詞，從無一蹈襲之語，正不必擬之以周、秦，周、秦合讓一頭地。

龔芝麓曰：君詞如晏小山，合情景之勝，以取徑於風華者，所云「舞低楊柳樓心月，歌罷桃花扇底風」，庶乎。

單恂竹香庵詞

沈雄曰：曾見蕁僧與同學論詞，所尚當行者，選旨遥深，含情麗楚，縱復絃中防露，衿裏迴文，要不失三百篇與騷賦古樂府之遺意。故其竹香庵詞工於言情，而藻思麗句，復不猶人也。

陳世祥散木詞

沈雄曰：善百老於填詞，曾貽我半豹吟、蟲餘集。數年以來，情詞婉至，諸家必以散木爲金荃、蘭畹之比，故咸快其流傳。自以散木名其詞。

梁清標棠村詞

梁冶湄曰：叔父家法，自理學經濟諸書外，稗官野史，不許子弟流覽。然使其涉獵詩詞者，所以發其興觀羣怨，使知古來美人芳草，皆有寄托也。故得從閒竊觀蕉林集，凡樂章小令，必一一從紈素閒誌之。

宋徵輿幽蘭草

倚聲集曰：幽蘭諸詞，不及湘真，於新警中，仍留藴藉。以才情論，則轅文居勝。

彭羡門曰：詞於雲間稱盛，然能作景語，不能作情語。嘗從素箋見宋宗丞長相思十六闋，力仿沈休文六憶諸體。言情之作，刻劃無餘，斯爲優矣。

宋琬二鄉亭詞

沈雄曰：聞荔裳觀察，只閉户兩月，而竟爲填詞老手。余最服其賦情之真摯，用語之蒼古，是以夙學之淹貫，而溢爲聲歌，故不難也。

李雯幽蘭草

曹顧庵曰：雲間諸子填詞，必不肯入姜之豕語，亦不屑爲柳七俳調。舒章舍人，是歐秦入手處。

鄒程村曰：舒章作小重山除夕，全不學村夫子面目。

賀裳紅牙詞

王阮亭曰：紅牙咏燕詞，「斜日拖花，微風撲絮」，不獨措語之工，正如柳塘花塢之詩，讀之便覺春光駘宕。

彭羨門曰：紅牙一集，其刻劃迷離處，西陵松柏，北里菖蒲，履遺纓絶，宛然在目。

鄒程村曰：余過金閶，賀拓庵爲余言，黄公少時，風流倜儻，在青樓桃葉間，大有佳語。此醉花陰卽事，入之北里志中，猶令讀者想十四樓風味也。

董以寧國儀集

曹掌公曰：董文友，殆仿毛文錫之贊成功而不及者也，穎異居然第一。

沈偶僧曰：毛馳黄評楊升庵詞，有沐蘭浴芳，吐雪含英之妙，將無詞有別腸乎。以余讀文友詞極其儇巧，恰合屯田待制得意處。國儀一集，幾四百首，又恐其以喁喁兒女語、漸淪落於漁樵問答也，故欲力爲芟而存之。

王庭秋閒草

沈雄曰：王阮亭推服方百五言，逼真韋左司，故其詞且淡冶而不嫌於俚，刻入而不傷於率。學道人固無一事荒唐，無一語欺人處。

曹爾堪南溪詞

吳梅村曰：顧庵諸詞，有渭南之蕭散，無後村之粗豪，南宋當家之技。

鄒程村曰：南溪諸詞，能取眼前景物，隨手位置，所製自成勝寄。如晏小山善寫杯酒間一時意中事，當使蓮鴻、蘋雲別按紅牙以歌之。

宋犖楓香詞

曹秋嶽曰：湯灊庵稱牧仲詩爲蕭閒澹遠，於山水文章有深情者。楓香小詞，亦浸淫於樂府，流溢而爲法曲，不作儇巧，是一大家。

沈雄曰：我友甫草、其年輩，數游京洛，歸卽豔稱宋公爲風雅宗盟。今讀楓香一刻，固集周、柳、辛、陸諸家而爲大成，翩翩材藻，正不屑争雄於下中李、蔡也。

王士禄炊聞卮語

鄒程村曰：西樵考功、無題諸詩，麗情逸致，已見一斑。所撰然脂百餘卷，朱鳥軼事數帙，大爲彤管紀勝。而炊聞卮語，亦復新豔自矜。尤悔庵爲之敍，更爲賞識不倦也。

丁澎扶荔詞

沈雄曰：藥園祠部於拂意時，不作侘傺佷語，偏工旖旎愁腸。故扶荔詞，曲盡纖豔之思。其友亦有以詞柬之者，「勸君莫負賞花時，幸歸矣，長嘘復奚爲。黄鬚笑捋憑紅肌，論英雄如此足矣。」其中調行香子、兩同心諸作，猶有酒悲餘緒。

尤侗百末詞

倚聲集曰：展成所作，字字雋脱，有瑶天笙鶴之致。西堂雜俎諸刻，自爾欣豔宸衷也。

柳塘詞話曰：晦庵人文壓倒一世。每爲填詞家作小序，不用樹顛苦思，亦更層次有致，落筆便有雋上殊勝之想。

韓純玉鳳晨堂詞

徐臞庵曰：子蘧爲吴興人文之望，間賦小詞，必措語鮮綻，謀篇清圓，不爲透露，亦非沉刻，填詞上乘也。

沈謙東江別業

沈雄曰：家去矜諸詞，率從屯田、待制浸淫而出，言情最爲濃摯，又必欲據秦、黄之壘以鳴得意，所以來宋歇浦之論詞書也。

余懷秋雪詞

吴梅村曰：澹心詞，大要本於放翁，而點染藻豔，出脱輕俊，又得諸金荃、蘭畹。此由學富而才俊，無所不詣其勝耳。

龔芝麓曰：澹心余子，驚才絶豔，吐氣若蘭。而搦管題詞，直搴淮海之旗，奪小山之纛者。

吴綺藝香詞

王阮亭曰：吴園次太守，工爲小賦，雋逼庾、鮑。詞亦哀江南之流。

吴慊庵曰：吴興有藝香山，爲西施種蘭處。家園次適守是邦，取以名詞者也。其深麗綿密，集周、秦諸家而爲大成。海内操觚家，堪語此者且少。

王士禎衍波詞

詞衷曰：衍波一集，體備唐宋，目不給賞。如揚子江上之「風高雁斷」，蜀崗眺望之「亂柳棲鴉」，非坡公之弔古乎。咏鏡之「一泓秋水碧於烟」，贈雁之「水碧沙明，參横月落，還向瀟湘去」，非梅溪、白石之賦物乎。「楚簟涼生，孤睡何曾着。借錦水桃花牋色，合鮫淚和入隃糜，小字重封」，非清真、淮海之言情乎。要其工緻而綺靡者，花間之致語也。其婉戀而流轉者，草堂之麗字也。塡詞於是無憾矣。

汪蛟門曰，阮亭嘗稱易安、幼安俱濟南人物，各擅詞家之勝。衍波一集，既和漱玉，復仿稼軒，千古風流，遂欲一身兼並耶。

黃永溪南詞

沈雄曰：溪南詞，不趨新鬪險，整攝自餘情致。余偕其年讀溪南詞金縷曲云：「說乍來家同鷗泛，門央鶴守。細註農家新月令，樂事吾生儘有。茅簷下，烏烏擊缶。罨畫戴溪都不惡，好風光只落閒人手。」得想見其生趣。

宗元鼎芙蓉集

曹顧庵曰：梅岑稱小香居士，芙蓉集緣情綺麗，不減西崐、丁卯。而詩餘特出淸綺。周晉仙謂花間一書，只有「絲雨溼流光」五字，使讀梅岑「半溼斜陽暮」，又如何嘆賞耶。

吳騏芝田集

沈去矜曰：日千詞專工小令，讀之不纖不詭，不淺不深，生色真香，在離卽之間。晚唐人用疊字多不見佳，易安聲聲慢連下十四疊字，不嫌其複。日千亦連下十二疊字，此等語自宜於塡詞家耳。

張淵懿雒鶡草

倚聲集曰：其詞不過數闋，而筋節成就處，入北宋堂奧，非時流湊泊所能及。柳塘詞話曰，張硯銘雒鶡草，獨能删削靡曼之詞，咸歸雅潔，而出以工緻。徐膠庵向曾爲余言之，此真選聲第一功臣也。

秦松齡微雲詞

沈雄曰：對巖以庚、鮑儁才，燕、許大手，得心古學，海内推之。八越聯吟，已窺半豹，而微雲一帙，絶無俗惡字句，猶可想見「花影亂，鶯聲碎」於當年。

李天馥容齋詞

沈雄曰：容齋詞深于意態，如「香階小立不知還。徘徊久，端爲出來難」，小重山之豔情也，豈遜南唐。「極目香塵舊板橋。路迢迢。不見歸鞍見柳條」，憶王孫之春望也，逼真北宋。迺若「倩魂不隔枕函邊，化作彩雲飛去遠」，更有餘情矣。

鄒祗謨麗農詞

鄒程村自敍曰：阮亭衍波，羡門延露，彭王齊名，良云不忝。近復以僕麗農詞列爲三家者，竊有子魚龍尾之恧矣。

沈偶僧曰：訏士少有鄒董之目，多拈僻調。後來曲折盡變，而時出新警之句。

彭孫遹延露詞

詞衷曰：彭十是豔詞耑家。王阮亭曰：每當十郎，輒自覺傖父。沈去矜、宗梅岑諸子亦云，夫一字之工，能生百媚，卽欲拂然不受，其可得耶。

柳塘詞話曰：延露詞綽然有生趣，而又耐人長想。如「舊社酒徒零亂。添得紅襟燕。落花一夜嫁東風，無情蜂蝶輕相許」，詞家所謂無理而入妙，非深情者不辦。

毛際可映竹軒詞

沈雄曰：余於同人輩，稔知會侯工塡詞。其古文已讀之久矣，然未見其映竹軒全集也。曾有鄭寄蝶戀花一闋云：「桂魄淸涼寒玉宇。顧影無聊，影也添凄楚。爲月不眠情更苦。來宵願下廉纖雨。待欲澆愁斟綠醑。酒盡愁生，畢竟愁爲主。天上寄愁愁可去。天孫正別銀河渚。」似此曲折情致，豈可與頹唐弄筆者比數哉。

董元愷蒼梧詞

潘眉曰：舜民卜築蒼梧別業，有偕隱終焉之志。其所游歷燕、趙、秦、晉、齊、魯、魏、宋、越、楚，以及三江、五湖、七閩、百粤諸名勝，盡入奚囊。故小詞亦以蒼梧名之，殊有山川鬱葱之概。

董俞玉凫詞

張硯銘曰：宋尚木爲詞家老手，推重董樗亭，津津不置。近復見潮陽所寄赫蹏云，每日荒陬無事，輒焚香咏玉凫樂府，其虚懷折服如此。

汪晉賢曰：樗亭婉麗之什，源於清商諸曲，遂與子夜、歡聞競爽。若矯健疎宕處，則又歌行佳境，非學步辛、陸者也。

陳玉瑾映山堂詞

沈雄曰：映山堂詞不喜浮豔，自有沉摯之力。「夢裏和愁，愁時如夢，情似越梅酸」，此咏閨情也。「縱舞遍天涯，休教忘了，繡閣斜陽裏」，此咏落花也。一如湘真之深於意態者。

汪懋麟錦瑟詞

徐電發曰：宋詞俱被管絃，故設大晟應制。金元院本一出，不復管絃舊詞。蛟門以錦瑟名詞，亦欲如柳郎中争勝於歌頭尾犯之下與。相傳令狐楚丞相家青衣名錦瑟者，李義山素受知於令狐楚，又爲王茂元、鄭亞所辟，義山托爲錦瑟諸咏，以冀其感動。豈蛟門亦有所托與。要之温情昵語，宜彈撥於鵾絃雁柱之中，非僅酒邊花下已也。

曹貞吉珂雪詞

沈雄曰：實庵詞，久從南溪讀其一二，恨未窺其全豹。珂雪新㦸，欲想見其丰采而未可得。茲覽陳檢討題詞云：「愛佳詞一編珂雪，雄深蒼穩，箏蝶板鶯簧不準。多少詞場談文藻，向豪蘇膩柳尋藍本。吾大笑，比蛙黽。」君詞更出其望外。

江皋染香詞

沈雄曰：詞如菊英蘭畹，生色堪把，匪直如古人搆唱，抒寫厥衷已也，要與矜蟲鬭鶴者異耳。吳棯曰：旨取温柔，詞歸蘊藉，所謂曬而閨幃，勿浸而巷曲，細而幽折，勿墮而庸套者是也。

孫枝蔚溉堂詞

尤悔庵曰：豹人老矣，元龍湖海之氣未除。而有時寄托閒情，作喁喁兒女語者，猶之東坡令朝雲唱「花褪殘紅」，稼軒「倩盈盈翠袖，揾英雄淚」。老子於此，興復不淺。每讀其「小妾不嫌白髮，先生共坐朱簾」句可見。

高士奇蔬香詞

汪枚曰：學士朝朝染翰者，皆黼黻太平景象，有謂歡愉之詞難工者謬也。邗上夏之禹郵寄蔬香詞，得捧讀之，如「惟恐瓊樓玉宇，高處不勝寒」，無異坡公之愛君也。

陳維崧檢討詞鈔

蔣景祁曰：其年詞刻於倚聲者，輒棄去。因厲志爲烏絲詞集，已刻而未竟也。復傷鄒董謝世，以向所失意，及平生所誦習，一一於詞見之，如是者十年，名曰迦陵詞。取裁非一體，造就非一詣，豪情豔趣，觸緒紛起，要皆含咀醖釀而出。向使其年於詞，墨守專家，若沈雄蕩激則目爲傖父，柔聲曼節或鄙爲婦人，卽極力爲幽情妙緒，昔人已有能之者。其能開疆闢宇，曠古絶今，一至此耶。此余與同學急索其詞，而謀梓之，凡千八百篇。既芟而復存之曰詞鈔者，志其缺也。

朱彝尊江湖載酒集

李容齋曰：錫鬯集唐句爲詞，曰蕃錦集，不惟調協聲和，又復文心妙合，真傑構也。

沈雄曰：汪晉賢盛稱竹垞新詞，貽我一卷。讀之如夢窗之麗情幽思，不可梯接，但下語用事處，淺人固不易知。

江尚質曰：竹垞檢討每拈一調，務爲精警，奇思妙句，總不猶人。良由夙昔之博洽典籍，以曁平生之周覽山川，復得勝情如此。載酒一集，亦尚有未盡者。

毛奇齡當樓集

柳塘詞話曰：文如異錦斑斕，情至之語，使人色飛魂動。近與竹垞、迦陵輩，纂修之暇，不廢吟咏，穎異亦當前隊。如「小姑不解斷人腸。看花落，又看浴鴛鴦」，「眼底分明暗着人，故逐旁人語」，「落花原有早和遲，空自曉風吹了晚風吹」，妙麗勝人百倍。

嚴繩孫秋水詞

柳塘詞話曰：余於秋水詞中，見蓀友所製娟娟静好，行役寄情如此，亦詞品之最上乘也。

徐釚菊莊詞

李容齋曰：菊莊詞藻則遠取諸古，而情思則近得乎真，故無捃摭粉飾之跡。

郭士璟眉樞詞

桑雪薌曰：清則雲輕柳弱，怨則月墮煙沉，隔花啼鳥，當路游絲，有其麗情。調雨爲酥，催冰做水，有其神思。以至一川煙草，三徑風梅，眉樞好句，兼而有之。

顧貞觀彈指詞

顧茂倫曰：梁汾舍人，吾家之司馬散騎也。翩翩風采，久不作等夷觀矣。其詞亦爲世所競賞。沈偶僧曰：余同吴季子北游，與梁汾締交於芙蓉江上，此三十年事也。伯勞飛燕，已成白首。兹讀彈指詞，妙麗勝人，及寄季子金縷曲，歎其多情，於詞亦無欲盡之病。

陸次雲玉山詞

宋實穎曰：余讀雲士所題三異人祠壁，一往情深，至其倚聲，便請以三先生句還贈之，如忠愍之「野樹含煙迷寺逈，寒山被雪倚窗明」。忠肅之「暗香直入蛟龍窟，絶勝飄零點翠苔」。正學之「能採風雅無窮意，始是乾坤絶妙詞。」以擬玉山之風格，其誰曰不可。

沈雄曰：陸令君風雅耑家，蘊藉處正是其生動處。

沈爾燝月團詞

朱竹垞曰：月團詞綺而不傷雕繪，豔而不傷醇雅。逼真南宋風格，安得不歎其工。

萬樹香膽詞

沈雄曰：讀紅友詞，已見細心微詣。近得詞律一書，留情倚聲，服其上下千載，有功詞學，固當以公瑾望之。

沈豐垣蘭思詞

洪昉思曰：蘭思詞多天然妙語，如「獨憐春草不成花，看盡晚雲都做水」，爲徐野君拈出。「怪底窺人鶯不語，綠楊枝上微微雨」，爲沈去矜拈出。余尤賞其「畫屏飛去瀟湘月，一床夜月吹羌笛」，直臻神境而在不可解不必解之間。

汪森月河詞

沈雄曰：晉賢與竹垞搜輯宋元未見詞章，刻爲詞綜三十卷以廣見聞，俾倚聲者之有所宗，大有功於詞者。月河一刻不下百篇，而整潔自好，亦自成家，故其人亦如之。余訪之於梧桐鄉，贈答百字令，信知名下無虛也。

周稚廉雲居堂詞

錢葆馚曰：冰持詞，豔而不纖，利而不滑，刻入而無雕琢之痕，奇警而無突兀之病。可與彷彿者，溧陽彭爰琴、秀水朱竹垞耳。

蔣景祁罨溪詞

宋牧仲曰：罨溪詞，清蒼似片玉，流麗似草窗，並不作意標新，而詞情自浮動楮墨間。逐影尋聲之徒，正未足以語此也。

聶晉人曰：京少擅潘江陸海之奇，而工曉風殘月之句，便有才大於人自不羈之勢，故曼詞不讓其年。

張軫邀笛詞

沈雄曰：睠城張具區詞，對偶最工，如江南好曰：「秋白菓香詩岫紫，冬青子熟酒槽紅。」又曰：「萬壽亭邊争渡急，千人石上彌春情。」諸句清新俊逸備之矣。其七夕詞有云：「偏是儂家歡會，人間只管喧傳。」此語千古未經人道破者。